三更鼓

桃娘传

上

文安初心忆故人 著

中国出版集团 现代出版社

三更鼓 桃娘传

目录

第一卷

一更鼓：陌上花开两处相思

三更鼓·桃娘传

楔子

这里是大唐。这里的君主、百姓，都称呼他们的国家为大唐，但这并不是那个辉煌昌隆的唐帝国。后来的历史，称之为“南唐”。

金陵，是彼时的国都，称为“江宁府”。第一风华地，不二金陵城。南国的城便是这样，不似长安的苍凉，不似汴州的端方，金陵沾了一点龙气，便立马妖娆起来。那凤凰台，朱雀桥，劳劳亭，秦淮月……都默默地倚着，仿似蘸了水的胭脂，在浓浓的春意里化开，再化开。

戌时，一更的梆子敲响了。若是寻常百姓家，一更的声音，便是该睡觉的信号。但在花月坊，却是一出盛大的序幕。

花月坊外的巷子，远远铺出了三里的朱红毯，道路的两旁，每隔十步，便有男子如定桩般立着。那些男子虽穿着常服青袍，但个个如鹰隼般透着凌厉威猛，一看便不是寻常人。

花月坊是金陵城里最大的官妓乐营，隶属于朝廷教坊。迎来送往的都是官家人物，出入的也都是官家的厅堂筵席。虽说花月坊的开销经营朝廷是拨了银子的，但若是将官家服侍妥帖，一来有了头脸，二来也能得些打赏。因此花月坊也是绞尽脑汁想着新奇法子。

就说前堂横三竖三的九面花鼓，也是一大特色。花月坊上三堂的官妓每人的名字都是花名，名气最响亮的九位官妓，便能将自己独属的花鼓支在前堂，若有客人“点春”，或是“走春”，便可击打花鼓，声音震着，便是气派，也是官妓在花月坊的地位。

而花月坊的官妓，更是各显神通。有获罪的大家小姐，诗词歌赋、琴棋书画，可以做着歌妓、舞妓，或是乐妓，行走于达官显贵的家宴上；若是贫民小户的，酒量不错，也可陪酒，是为“酒妓”；若是酒量也不佳，便只能做些皮肉生意，地位也是最不济的。

此刻花月坊前堂二楼的各个雅间，也坐满了客人。其中一间，内有四五人，是几个金陵的世家子弟，宴请一位外地的官员。点了几位官妓作陪。

忽地前堂正中，从空中垂下一条红色丝绸，随即一个轻盈的女子顺着丝绸如燕子般飞下，动作轻灵矫捷，飞下时一个漂亮的回旋，直击桃花鼓的正中。博得满堂彩。那个外地的张姓官员啧啧点头，问道：“这是那名冠天下的桃娘？”

那几个世家弟子对视了一眼，随即哈哈大笑，其中一个腰间挂着纯白双鱼玉佩的，那玉是难得的无一丝瑕疵，净白如雪。那人坐于正中，尤为尊贵些，开口道：“张兄，这等雕虫小技，怎么会是桃娘。桃娘的舞，出神入化，宛如云中仙子。更绝的是，桃娘一手好字，和那舞配合得行云流水。看了桃娘，这女子便什么都不算了。她不过是代为桃娘击打桃花鼓的。”

张姓官员听了不免神往：“桃娘也能点吗？”

方才的世家子弟摇摇头：“晚了。有人赎了桃娘，今晚这么大的场面，就是桃娘出坊。你瞧那九面花鼓，平日只有一击，再尊贵的官员，也只能二击。只有出坊的姑娘，才能三击。桃娘的桃花鼓刚才已经击了一次，二更和三更的时候，还会各有一击。如此，方才排场。”

张姓官员一愣：“赎一个官妓？”官妓是朝廷的人，并非一般官员可以据为己有，这人能将官妓赎出来，想来背景不薄。他还想再问细些，一旁的酒妓连翘已是按捺不住，擎起手中的白玉杯，眼波流转：“张大人，何须谈些不可及的，不如点一出珠圆玉润可好？”

张姓官员早已被连翘含情脉脉的目光看得心神荡漾，哪里知道珠圆玉润是什么，只呆呆地点了点头，塞到连翘手里一锭银子。

连翘从盘中拈起一粒葡萄，含入口中，又将杯中的酒含到嘴里，忽地俯身噙上张大人的唇，张大人还没来得及反应，只觉得牙齿被柔软的舌尖撬开，一股甘酿沁入口中，葡萄的清甜中和了酒的辛辣，再加上美人的唇香，张大人只觉得唇烫了起来，紧接着全身都烫了起来，不自觉得揽上了连翘的腰，目光迷离道：“那葡萄的皮呢？”

连翘将口中的葡萄皮取出，笑着又倒了一杯酒。张大人早已全身都醉了，直叹自己之前见识浅薄，竟不知道女人可以这么妙。身边的世家公子笑道：“花月坊的花样是最多的，却也有趣。张兄若是喜爱，一一尝试便是了。珠圆玉润，双凤朝阳，鸳鸯交颈……只是可惜桃娘独有的长虹卧波，你不得见了。”

另一个公子叹了口气，由衷艳羡道：“沈兄好福气，可惜我们未曾有机会点过桃娘。”

沈姓公子不免面露几分得意之色，将手探入身边酒妓的衫内动作起来，腰下洁白的双鱼玉佩也随着一晃一晃。

看得张大人心下痒痒，眼前的这个珠圆玉润都让他把持不住，那长虹卧波，该是怎样的撩人？不觉吞了口口水，桃娘，到底是怎么个惊艳的人物？

后院二楼西厢最大的一间，便是桃娘的房间。屋外侍奉的婢女青青跺了跺已经站麻了的脚，手里的漆盘由于长时间的托举猛地抖了一下，青青顿了顿，再次开了口：“姑娘，喜服到了。”

过了一盏茶的时间，屋里响起了一把不温不火的声音：“进来吧。”

青青推门进去，风吹着支起的窗棂上糊的纸“扑扑”响，雕花檀木床上的茜纱帘幔并着妆台上的红烛，一齐在风里摇了摇。

桃娘坐在朱漆的月牙凳上，正细细地画着眉。她似乎从没有这么认真地画过，一笔笔勾描，一点点补齐，像对着一件上古瓷器般精描细画。青青走到桃娘身侧，冷不防桃娘忽地转过身来，把青青吓得一个趔趄。

桃娘的唇角冷冷勾起，盯着响动的窗棂，似有若无地问道：“好看吗？”

青青偷偷抬眸看了一眼桃娘，心下倒抽了一口冷气，没敢接话。桃娘依然很美，只是今天的远山黛，是从未有过的画法，那眉，长长的似乎要挑到发髻，配上眉心的桃蕊红妆，竟有几分妖气了。这不是桃娘素来清淡雅致的妆容。桃娘，是没有妖气的。

桃娘没有注意青青的表情，转眸看向了她手里的托盘。一袭浅红的柔纱锦袍，并着赤色描金线的披帛，在烛火的映照下正莹莹散发着丝绸的光泽。桃娘抬起如水葱般的纤指，轻轻抚了抚披帛上的绛色流苏，低眉问着：“他，来了吗？”

青青一愣：“他？”哪个他？若说今晚要赎出桃娘的那位大人物，是断不会亲自来的吧？先遣的媒姑、侍从来了不少，已经给足了天大的面子。若说祁公子，今晚要是来，才是真要了命。青青语塞，轻轻摇了摇头。

桃娘没有说话，转过身去，继续描着已经很长的黛眉，只是手，开始抖了起来，几次画眉都画不成。只好把黛石放下，叹了口气，随口问着青青：“我走后，你去服侍冰兰，要勤快些，那里不比这里随意。”

青青抽了抽鼻子，声音有些涩：“是。”说罢抬眸看着桃娘眼圈红红：

“我舍不得姑娘。”她是想随着桃娘走的，但官妓不比娼门自由，都是入了乐籍的官家人，桃娘自己能脱离苦海已是不易，哪能带着她。她也没有开这个口。

桃娘苦笑，捏了捏青青的肩，目光凄然：“青青，我这一去，众人皆是羡慕，只有我自己知道，只怕不是好的结果。太平日子，不会太久，能得空逃出去，你就逃吧。”

“能逃到哪里呢？”青青咬唇，“我还在襁褓里娘就死了。爹犯了事我到了这里，家里没个兄弟姐妹，也不知道宗族何处，除了金陵，我不知道还有哪里。”

桃娘想了想，从妆奁盒子里取出一串樟木珠子，塞到青青手里：“金陵西南歙州的云湾村，还可藏身。他日你若能逃出去，带着这串珠子到云湾村，他们不会撵你走的。”

青青点点头将珠子藏进袖中，不由好奇地问着：“姑娘怎么知道那个地方？”

桃娘笑得有些失神：“那里是我的家乡。”家乡的定义，就是当初想出来，如今回不去的地方。落到如今的境地，她也问自己，如果从头选择，她是不是还会不顾一切地跑出来？她没有答案。

青青轻声问道：“姑娘，我从不敢问你从前的事，你原来，就叫桃娘的吗？”

桃娘怔了一下，她有许多名字，一时她也分不清自己原本叫什么。她只知道她最喜欢的，是桃宜的名字。那是何家小姐为她取的。只是物是人非事事休，欲语泪先流。她如今，连泪都已经流完了。

她还没来得及回答青青，忽然门被撞开，掌事的月娘扶着摇摇欲坠的珠钗，上气不接下气地说着：“来，来了……”

话音未落，门口已经站了一位长身玉立的男子，没有戴幞头，只是将头发用玉冠束着，一身紫色暗纹的锦袍，华丽的色泽和革带上莹润的玉饰，彰显着主人身份的显贵。

青青看月娘使的眼色，忙低头退了出去，并带上门。屋里，只余桃娘和那男子，并窗棂的风声。男子细细打量着桃娘，唇角泛出一丝没有温度的笑意："这个样子，倒也不错。"

桃娘直直挺着脊背，没有看那男子，只是透过他的身形，漠然地盯着他背后的门，淡淡说着："请先出去稍候，妆容还没理好。"

桃娘的表情刺痛了男子，他眸子一厉，冷笑几声："如今倒有了节妇的脾气。我只想问问，长虹卧波是什么？"

桃娘轻轻笑了，远山黛荡开，眉眼间仿似一片鲜艳夺目的桃花在闪烁，媚态万千，那种媚，蚀骨销魂一般，灼得男人有些痛。桃娘伸出玉指，将自己身上月白的披帛丢到地上，背过身子忽地侧身，犹如反弹琵琶一般，已经探入男子胸前的衣襟，桃娘的腰肢像丝绸似的柔软无骨斜靠在男子身上，手指像火一样穿过男子的外袍，中衣，直到肌肤。一股热浪从男子的脚底蹿起，从腿，到腰肢，到头顶，已经被这团火烧得失了方寸。桃娘的手在男子胸前逡巡着，那指尖划到哪里，哪里就烧得酥麻，男子不禁伸手揽上桃娘的腰，俯身盖上她的唇，那股带着肃杀之气的原始气息，仿佛要把这桃花片片揉碎一般。他忍不住了，他是个正常的男人，他想要她，这种欲望，从前是这样，如今更是这样。

他反身一把将桃娘按到墙上，压在她身上那种绵软让他痴迷，让他欲罢不能，他等不及，他要把自己陷在这片泥泞中。他喘息着揉上桃娘的身子，扯下她的外袍，露出颈下一块桃色的胎记。他愣住了。

桃娘冷哼了两声，看向他的目光似乎有千根冰刃，刺得他清醒了过来。男子的手松开，看向桃娘身侧的窗棂冷声道："你这是做什么？"

桃娘轻笑："我在告诉你，长虹卧波是什么，刚开始，就不想尝尝了？”

男子蹙眉，从袖中甩出一枚玉佩，掷到桌上，那双鱼形的玉佩品相是难得的雪白，却有几片血沁在上面。男子轻睨了一眼桃娘，阴声说着：“我不想知道长虹卧波的滋味。但凡尝过的，就是这个下场。”

说完顿了一下，声音温和了些：“三更鼓的时候，必须出了花月坊的门。别误了吉时。”说完转身离去。

桃娘仔细看了看那玉佩，带血的白玉双鱼，很眼熟。仔细想了一番，不禁心下一沉，折身回坐到月牙凳上，手有些无力，连画眉的黛石也拿不起来。

夜，凉得几乎要沁入骨头缝里。满屋的红，摇曳得头晕。这是不是算“于归之喜”？每个女人都盼望的一天，对于她，竟然是以这种方式来的。桃娘也曾经憧憬过这一天，只是这样的方式，打碎了她所有的憧憬。桃娘看着镜子里的自己，思绪飘得有些远，往事，倒一件件清晰了起来。

第一章

七里溪畔初相见
会将因缘再度逢

那年，歙州云湾村。

暮春时节，云湾村的田间地头，正开着一树一树的桃花，灿若明霞。一大早村东头便锣鼓喧天。叶小桃早已睡不着了，跑到后山土地庙大声喊着：“幺娘，快起床，看热闹去。”

喊了三大嗓子，才从土地庙南面废弃了的柴房里探出一个脏兮兮的脑袋，看了看小桃，又看看自己这身衣裳，脸红了：“算了，还是不去了吧。”

“怕什么。”小桃不由分说，拉起幺娘向村东头跑去，“咱们碍着谁的事了，管那么多做什么。”幺娘挣扎了两下，拧不过小桃，只得低头跟着小桃跑去。

不到一炷香时间，小桃和幺娘已经气喘吁吁地跑到了村东头。村东头的戴家嫁女儿，戴家是村里的大户，嫁女儿也排场。几十个打着红绸的樟木箱子早已排着队等着装牛车了。一大早来看热闹的乡邻也不少，都抻着脖子看怎么个排场。看到小桃和幺娘挤到了前面，几个大婶拨拉着小桃：“呸呸呸，跑这来添什么晦气。快回去吧。”

幺娘的头要低到地上去了。小桃倒是毫不在意，继续像泥鳅似的往前钻着，挤到戴家那发喜饼的老头跟前，嘻嘻笑着：“王伯，也派我几个喜饼呗。”

那王伯正一边派发着喜饼，一边笑着说道：“今日我家小姐于归之喜，大家都沾沾喜气。”猛地一回头看到小桃和幺娘，眉头一皱，塞给小桃两个喜饼：“快去吧。让我家老爷看见，仔细打断你的腿。”说着把小桃推出了人堆。小桃吐了个舌头，边道谢还不忘边问着：“什么叫于归之喜？”

王伯匆忙应着：“小姐出嫁就是于归。你这个疯丫头，再这么疯下去，看你怎么嫁人。”

小桃鼓了鼓嘴巴，想反驳，又不知怎么说。半天才低低嘟囔出了一句：“谁嫁不出去。哼！”她也十四岁了，些微懂得人事。虽不知道嫁人究竟是怎样，但看着眼前戴家的架势，嫁人必定是不错的。那漫天的红，比村头陇上的桃花，还要鲜艳。仿佛能把整个人都烧起来似的。女子最极致的一天，是不是就是王伯说的那个“于归之喜”？自己嫁人，会是什么样呢？想着想着，小桃的脸有些泛红。

幺娘看着小桃扑哧笑了：“自己偷着乐什么呢？”

小桃仿佛被看穿心思似的，忙把手里的喜饼塞一个给幺娘：“快吃你的。饿死鬼。”幺娘是孤身一人从外地流落到云湾村的，靠偷村里人给土地庙的供奉吃饭，饥一顿饱一顿，过着老鼠般的日子。昨晚就没的吃，接过喜饼吃得狼吞虎咽。

小桃舔了舔嘴唇，眼巴巴地问着：“好吃吗？”

幺娘愣了一下，停住了嘴，含糊不清地问着：“那个喜饼要留给你娘啊？”

小桃点点头。幺娘把剩下的喜饼递给小桃：“你尝尝。”

小桃小心翼翼地舔了一下，又小小咬了一口，把喜饼推给幺娘，眉眼笑成了小月牙：“好吃。”

幺娘也笑了，揉了揉小桃的脑袋。阳光很好，幺娘和小桃走到陇上，靠着一棵粗大的桃树坐了下来，幺娘在玩草，小桃在看天，难得地有些失神，脑子里只想着自己将来“于归”那天，会是嫁给谁呢？想着又脸红，随口和幺娘扯皮：“幺娘，你为什么要叫幺娘呢？”

幺娘的声音很低：“我还有个哥哥，我是老幺，所以叫幺娘。”

小桃没有说话，幺娘的身世她已经问过了。幺娘比她大一岁，没有爹，家乡瘟疫，娘和大哥死了，只她一个人跑出来，一路讨饭为生，流落到云湾村，村里人还算和善，没有像其他地方的人那样用棍棒赶跑她。还认识了小桃。就在这村子里住下了。

幺娘抿了抿唇又道：“不过娘和哥哥死了后，只有你叫我幺娘了。”幺娘的声音又低了下去，“他们都叫我扫把星，杂种……”

幺娘的相貌和普通人不同，鼻子要更高更挺一些，眼窝深陷，但睫毛很密很长，还向上卷着，眼眸泛着淡淡的蓝光。刚到村里的时候，不少人都喊她“妖女”，纷纷吓得跑开。一些有见识的老人猜测幺娘可能是汉人和沙陀人的孩子，才会有着汉人的轮廓，却是沙陀人的眉眼。村里人这才好些，但也觉得她是个不祥之人，避之不及。

小桃抬起下巴，冲着幺娘的睫毛轻轻呼呼吹了两口，笑道：“管别人嚼什么，我就觉得你好看。你是扫把星，我还是丧门星呢。”小桃摸了摸自己脖子下的胎记，撇撇嘴。这块桃色的胎记，她打娘胎出来就带着，只是形状有些怪怪的棱角，家里按习俗请了个算命的卦师看了看，卦师偏说她那胎记形状凶险，不是吉兆，是“桃花劫”。巧不巧的没几天，小桃的爹砍柴从山崖上跌下来死了，小桃被全家当做丧门星，连着小桃没出月子的娘，都被赶了出来。后来小桃的娘带着小桃嫁了村里死了老婆的叶老三，还有个游手好闲的儿子叶广。

幺娘手里撕着一片树叶，淡淡笑了：“我真羡慕你的心胸。”

“本来就是，哭哭啼啼一天，高高兴兴也是一天。”小桃把脖子上的长巾子往下扯了扯，露出了胎记，“天热了，这玩意儿戴着真累赘。”小桃娘怕别人看到胎记呵斥女儿，特意缝了一块巾子给小桃系在脖子上。

幺娘帮她往上拽了拽衣领："还是遮着些吧。别人看见又骂你。"

"管他的。"小桃眯眯笑开，腾地站起来拍拍屁股上的土，"不早了，我得去干活了。"说完跑开，边跑边回头对幺娘说道，"等我回来找你。"

小桃的活儿，就是在云湾村的七里溪摆渡，撑一只竹筏，将上游弦高镇的客人渡到下游的安平渡。安平渡所在的安平镇是个四通八达的地方，南可至洪都府，向西可至楚地，向东能至吴越的衢州一带。七里溪是唯一的一条连通弦高镇和安平镇的水路，但溪流狭窄，两岸是高耸的大山，中间一处两座山几乎挤成了"一线天"，大点的船都过不去。而且大船吃水深，七里溪是条浅溪，所以这条水路上都是竹筏往来运客。小桃的筏子一次能坐七八个人，一天打个来回，赚几枚铜板给久病卧床的娘买药。

今天天气虽好，生意却不怎么样，还有好几个抢生意的。喊了半天，除了常坐的一个姓吴的老伯，再没旁人。吴老伯本是个读书人，没考中就以给人代笔书信为生，隔一天去一趟安平镇，相当于揽了两个镇子的生意。

"走吧，今天看来只我一个了。"吴老伯说着上了竹筏。

"再等等嘛。"小桃急得直扯巾子。

正说着，从远处向渡口走来两个人，小桃急匆匆地跑过去，来不及看清来人就赶着说道："公子，坐筏子吧？到安平镇的？我的筏子又轻又快……"小桃的嘴向来利索，噼里啪啦像爆豆似的就开始了，却刚说了一句话，就有点发愣，声音也越来越低了。

眼前的这两个男人，在阳光下几乎要晃着她的眼了。一个一袭白袍，眉眼细长，看着温和清雅，小桃不知道怎么形容，反正她从来没见过这样的男人，人好看，衣服也好看。就像一块上好的玉，有丝冰凉的清冽。看了一眼就挪不开眼睛。另一个穿青色袍子的男子，棱角更加分明，但目光清冷，看着有些害怕。

这样的人物，别说云湾村，弦高镇也没见过，小桃第一次觉得心里发紧，嘴唇发干，向来说话利索的她竟然不知道该说什么了。

青袍男子指着另一架竹筏说道：“坐那个吧，是个男人撑的，看着壮实。”

小桃这才回过神，急急说道：“我撑了两年了，不比他差。划着筏子在七里溪耍水都不怕。”说完不禁偷偷抬眸看了眼白袍的公子，看着他眼底似乎有隐隐的笑意，小桃又有些懊恼自己的嘴巴真快，说的什么腌臜话。

这时吴老伯开了口：“这孩子划得也好，我常坐的。”

白袍男子声音淡淡的，却有种不容反驳的坚定：“就这个吧。这位姑娘急着跑过来，想来她更需要这桩生意。”小桃听到第一句本是一喜，第二句又让她的脸有些发烫。

青袍男子眼中有丝讥讽之色，但并没说什么，只是跟着上了小桃的竹筏。

小桃也上了筏子，手脚却像被下了降头似的，都不听使唤。筏子在水里打了几个转才终于向前划去。小桃没敢看白袍男子，只偷眼看了看青色袍子的，却见他眉头锁得更紧，眼里嘲讽的神情也更重。

瞧不起人？！小桃心里较起了劲，刚才的羞涩渐渐褪去，把筏子划得如行云流水般轻盈。两位公子路上都很沉默，只是从偶尔一星半点的交谈及两人的互相称呼里，小桃听出来白袍的公子姓祁，青色袍子的姓赵。二人的目的地似乎是洪都府。

筏子行了大半个时辰，到了一线天，小桃轻轻说了声：“这里石头低，你们千万别站起来，仔细磕碰。”

吴老伯呵呵一笑：“以前从没听你提醒过，今天怎么这么妥帖？”

小桃的脸红了，冲吴老伯直瞪眼："你都熟门熟路的，还怕——"话没说完，小桃只觉得耳边一凉，一股强大的力量已经将她的胳膊向左用力一挪，小桃手里的竹篙顺势向左使劲，筏子整体向左迅速地移了半步，小桃这才发现光顾着和吴老伯斗嘴，自己的脑袋险些撞上了石壁。幸好祁公子及时把筏子移了半步，行到一线天的中间才躲开来。

小桃顾不上后怕自己的险境，只是惊叹那位白袍的祁公子，如玉温雅的人，怎么动作像风雷闪电似的又快又有力。

吴老伯倒后怕了，数落着小桃："你这个丫头，也不仔细些。万一磕碰着，你那卧病在床的娘怎么办？药钱都被你耽误了。"

小桃的脸又红了，方才一拉扯，脖子上的巾子几乎要掉下来，要是平时，小桃才不怕别人看见她的胎记。可现在她也说不上为什么，忽然像揣了只兔子似的，使劲把巾子在脖子上缠了几圈，确定胎记被遮严实了才作罢。

青色袍子的赵公子忽然冷冷发话："你不热吗？"

小桃看着那人阴冷的神情就有些不舒服，也同样冷冷地回瞪了他一眼，不卑不亢地抹了把汗，答着："我冷。"赵公子冷哼了一声移开了目光。

小桃偷偷瞄了眼祁公子，他正看着右侧的山水，头上束着玉冠，侧面棱角温润，眼底那抹似有若无的笑意，和着天上悠游的云朵，两岸青山透过的缕缕阳光，小桃从没发现，七里溪这么美，美得让她整个人都晕晕的。

平日两个时辰的路程，小桃总觉得又长又累，今天却似乎一眨眼就到了。那两位公子下了筏子，祁公子拿出一锭银子递给小桃，小桃慌了，她哪见过这个，忙摆着手，脸羞得比桃花还红："要不了这么多，六文钱就够了。"

“只有这个。”祁公子的眸中有着一丝笑意，看向小桃的眼光温和又带丝疏离，让人看着温暖，却又尊重。

小桃壮着胆子看了一眼祁公子的眸子，心里有十几只兔子蹦跶，她的脸更红了，手在衣角上揪扯着，声音低得哼哼：“我找不开。”

“那就不必找了。”祁公子依然是淡淡而儒雅的笑。他的目光很清浅，却能钻进心里似的。

这时赵公子冷冷插了一句：“祁公子不缺这个。”转而看着小桃几丝嘲讽，“要么你就别要那六文钱？”

本来就尴尬的情形，被赵公子这么一激，更加尴尬，如果不要那六文钱，白辛苦一趟不说，因为自己找不开银子收不了渡钱，真窝囊；可如果拿了那锭银子，似乎在接受祁公子的施舍一般。她可以嘻嘻哈哈，可以没皮没脸，但是被人施舍的滋味，她第一次尝试，却并不好受。

小桃心里一动，扬眉看着他们：“银子我先拿着，我们一起到镇上兑开找还给你们就是了。”小桃转身看着吴老伯，“麻烦你帮我看着筏子。”

祁公子抬手把小桃的手牵起来，将银子放到她手心，目光温和：“我们还有些事情，不去镇上了。三日后回金陵，还会路过这里，到时你再来接我们回去，顺便把剩下的银子找还给我。”说完转身和赵公子并肩而去。

小桃只急忙大声说道：“祁公子，三日后我在这里等你，别忘了啊。”祁公子顿了一下，接着大步向前走去。

小桃这才像经历了一场大仗似的回过了味儿，一身大汗淋漓，不知道是累的还是紧张，脸也红扑扑的，忙把脖子上缠得像乱麻似的巾子扯下来透着气。

吴老伯笑着叹道：“丫头，你遇到善人了。”说着向安平镇里走去。

小桃咂摸着吴老伯的话，被祁公子牵起的手麻麻的，虽然隔着衣袖，但那种心都要跳出来的滋味，小桃第一次觉得几乎呼吸不上来。攥着银子，小桃的心情忐忑却有点兴奋，三天后，又可以见到他了。

云湾村的月牙清清的，浅浅的，悠游地挂在天边，和清风一起缠绵地绕着。小桃坐在院里的柴堆上，手里攥着那锭银子，盯着月牙出神。银子上似乎还有祁公子的温度，小桃久久舍不得把银子兑出去。

今天真是最不普通的一天，怎么个不普通法？小桃只知道以前村东头的狗下崽了，村西头的鸡被黄鼠狼咬了，对她来说都是个不小的事儿。可突然，见到了那么清润的祁公子，小桃的脑子里晕晕的，来回都是祁公子的衣袍和淡淡笑意的重影，所有的事儿，都不算事儿了。

小桃那天才懂一个道理，原来有的人，见了一眼，以前的日子就像白开水一样咂摸不出味儿了。遇见他，就是生命里最不平凡的事。

忽然小桃面前蹿出个人影，一把把她手里的银子抢了去，小桃定睛一看，原来是那个挂名大哥回来了。小桃立即扑上去抢："叶广，你别抢我东西。"小桃根本不屑于喊这个游手好闲的家伙为大哥。

叶广把银子放到嘴里咬了咬，把扑上来的小桃一把推开，瞪着眼睛："贼丫头，从哪儿偷来的？行啊你，这锭银子够一年家用了。"说着掂了掂银子的分量，满脸都是笑。

小桃急得直跳脚："你还我，不是偷的，是客人给我的，我找不开，要还给人家的。"小桃语无伦次。

"放屁。"叶广戳着小桃的肩膀，"你撒谎先撒泡尿照照，在我这还嫩了点。哪个客人这么大方？弦高镇还是安平镇有这么阔绰的人让你撞上？还等着你找银子？他脑袋被门挤了，傻呀？"

小桃急哭了，蹦起来去抢叶广手里的银子："你还我，我说好还人家的。"看够不着，又气又急伸脚蹬了叶广一脚。

叶广的火上来了，一把把小桃拎起来像拎小鸡似的甩到柴堆上，大着嗓门嚷道："告诉你拖油瓶，这个家被你这个丧门星、你娘那个病秧子吃空了，我不管你这钱哪来的，我见着了，就得归我。"

小桃的娘在屋里听到外头的动静，竭力扯着嗓子喊了几句小桃也没人理，挣扎着从床板上起来，气喘吁吁地挪到屋门口，只看见小桃和叶广来来回回拉扯，小桃娘挪到两人身边，虚弱地说着："小桃，不要和大哥打架。"

小桃眼里含着泪，像只憋足了劲的小牛，不知道哪来的力气竟能死命拽着叶广。

叶广没了耐性，一脚踹上了小桃："死丫头。"说完拿着银子飞快地跑了。小桃被叶广踢得撞到了娘身上，两人一起跌在了地上。小桃顾不上追叶广，赶紧把娘扶起来，小桃娘已经面色乌青大口喘气，小桃赶紧连抱带拖地把娘拽回了屋里，又跑到村东找郎中来看病。

晚上叶老三做活回来，他早习惯了叶广的不回家，只是看到请了郎中又是几文钱没了，自然骂骂咧咧一顿。

小桃蔫巴了，银子被叶广抢走，连累娘也病得更重，连着咳了三夜都没有睡。小桃自己也被叶广踢得肚子痛，一走路更痛，两天撑不了筏子。

第三天，小桃挣扎着一早到了安平镇的渡口，她很矛盾，她答应过祁公子要接他们，但是她把银子弄没了，本想到镇上找家店铺把银子兑开，如今，她手里还不到十文钱。真不知道该怎么面对他。祁公子会不会觉得自己是不想还银子找的借口？会不会误会她是贪小便宜的人？

小桃躲在渡口的亭子边，心扑通跳个不停，又盼着他们出现，又怕他们出现。十四年来，小桃第一次这么纠结。

却直到日头落山，也没等来祁公子他们。难道他们耽搁了？直到月牙都快上来了，小桃才失落地撑着篙子回到了家里。

小桃依旧是每天撑着筏子往返于弦高镇和安平镇，她比以前更起早晚归，巴望着哪天，那个白袍的身影忽然会出现在渡口。但是一个月过去了，小桃每天留心，却再也没见到祁公子他们。

日子过得很快，小桃从最初眼巴巴的期待，到后来，便是一天天的失望。祁公子他们也许再也不会来了。也许他们没等到三日，便走了；也许他们回去绕道没有再走安平镇……小桃猜不出原因，只是心思越来越重。长这么大，小桃一直是个没心没肺的，第一次心里能这么长时间记挂一件事，记挂一个人。

大半年过去了，小桃的日子还和以前一样，只是心不同以往。心重了，心细了。而小桃娘的病却不乐观，自从上次被叶广推得摔倒后，一直气短，每况愈下。本来就卧床不起熬日子，如今一天天不行了。小桃顾不得再惦念祁公子，每天除了划竹筏渡客，就是赶紧回家照顾娘。连幺娘都没法像以前那样常见着小桃了。

但小桃娘还是没能熬过年，腊月初三，小桃的娘撒手去了。临走前紧紧地攥着小桃的手，似乎有很多话要对小桃说，但只能张着嘴喘气，直到灯枯油尽。

小桃呆呆的，她虽然有所准备，却还是接受不了这一天来得这么快。直到下葬的那天，看着黄土一点点地掩埋了那口薄薄的棺材，小桃才拼了命似的扑在棺材上，任谁也扒不下去。直到最后哭晕了过去。

叶老三被小桃娘的病拖了多年，倒也没有太悲痛。只是一个劲的拍着自己的大腿感慨命不好，娶了两个婆娘都先走了。叶广吊儿郎当地出现过两回，看见穿着一身孝衣的小桃，平时小桃补丁摞补丁的衣服，整天像个灰猴儿似的，还真入不了叶广的眼。如今穿着一身缟素，面容也是难得的沉静，有点女人味儿。叶广搓了搓手掌心，挑起唇笑了，难怪人家说女要俏，一身孝。这丫头有点儿意思。

娘走后，小桃大病一场，每天都昏昏沉沉的，只是躺在床上。但是奇怪了，叶广这次没像以前那样骂她挺尸犯懒，反倒跑过来嘘寒问暖。小桃看着他的样子实在奇怪，有气无力地问他："爹呢？"

"爹出去做活了。"叶广拿了个纸包凑上来，"给你买的，煮花生，快吃吧。"

这可是日头从西边出来了。小桃只觉得他皮笑肉不笑的表情格外生厌，便推开他的手，口气生硬："不吃。"

叶广把花生硬塞到小桃手里，将腾出的手揽在了小桃肩上，用一种从没见过的猥琐语气说着："小桃，一家人，不要这么别扭。"说着手还在肩上细细地摸了摸。

小桃已经懂了点人事，脸立马通红，忙用力把叶广的手推开，有些恼怒："你做什么？"

叶广没什么耐心，脸沉了下来："别给脸不要脸。你吃了我们家多少粮食，你那个病怏怏的娘浪费了我爹多少银子？现在不和你计较，你就乖乖地跟了我，我也不嫌弃你是个丧门星，就得了。要不然把你卖给隔壁村死了老婆的羊倌，都不见得要你——"

叶广的话没说完，小桃已经全身发抖，血往头上冲，她把手里的煮花生冲着叶广的脸砸了过去，顺手将身边针线筐里的剪刀抡了起来："叶广，你再胡扯，我戳死你！"小桃几乎吼了起来。

叶广没见过像疯了的小桃，忙摊开手："好好好，我走，我让爹收拾你。"说完愤愤地转身出去。

小桃抱着膝哆嗦成了一团，她不敢相信叶老三会同意这么龌龊的事。娘才刚走，他们竟然算计到她头上了。但是晚上叶老三回来和她说的话，让她的心彻底掉进了冰窖。

叶老三的意思，大致是叶广对她动了心思。家里穷，小桃又是个桃花劫的命，媒人说破嘴也不会有人要的，家里也没钱给叶广娶媳妇。两个凑一处，正好都解决了。小桃和叶广虽说是兄妹，但毕竟不是亲生。如今这么着，叶广委屈委屈，小桃就跟了他做个小。以后等家里有些闲钱，再给叶广娶个正房媳妇儿。

叶老三还说了些什么，小桃一个字也听不进去，只看着叶老三的嘴一动一动，小桃的拳头攥紧了。小桃虽是大字不识一个，但偏偏不是个认命的孬种。没人能作践她，叶老三更不行。

小桃一晚上没睡着，清晨叶老三前脚刚出门，小桃就跑到了后山找幺娘商量。这个村子，也只有幺娘可以商量。

幺娘虽然比小桃腼腆羞怯，却不像小桃急起来像个没头苍蝇，幺娘想了想，给小桃出着主意："有个办法，保长不是管事吗？找保长去评理，让保长劝你爹和大哥，然后你搬出来——"

幺娘话没说完，小桃就是一摆手："保长见了我像躲瘟神，他理我才怪。叶广的德行，就算我搬出来也会死缠烂打，大不了和他拼了，我死也不能被他糟蹋。"小桃说着说着，又要急得蹦起来，两眼都是泪。

幺娘忙拍着小桃的肩："别急别急，还有第二个办法——"

"什么？"小桃止住了哭，瞪大了眼。

"跑！"幺娘抿唇，定定地说。

江南的年，热闹中带着潮潮的冰冷，小桃和幺娘围着几根快要熄了的柴火，冻得实在不行，只好紧紧抱着取暖。

小桃没有想到自己会过一个这样的年。有大红的灯笼——别人家的；崭新的桃符——别人家的；浓浓的肉香——别人家的！所有过年的味道，都是别人家的。而自己只能和幺娘抱在一起，下午乞讨的两个包子，还能扛一顿饿。破庙里还有几根能供取暖的柴火。不被饿死、冻死，还活着，就是幸福。

幺娘的一句“跑”，敲醒了小桃。她在云湾村生活了十四年，云湾村的每棵树，每座山，每条小溪，都像她的亲人似的，她从没想过离开那里。但是幺娘说起来，她忽然发现她的牵挂，也只有那些树，那些山，那些小溪。

幺娘不仅给小桃出主意，还陪着小桃一起跑。幺娘在云湾村唯一的牵挂，就是小桃，自然要和小桃一起。为了避免叶广追上来，小桃没敢走水路，弦高镇，安平镇，他们都太熟悉。小桃和幺娘翻过后山，从山路逃。好在幺娘是个四处流窜惯了的，带着小桃还算顺利。饿了就找户人家讨口饭，或者摘几个野果子充饥。看到有面善的人赶着牛车，能搭就搭一段。她们的目的地，是金陵。

幺娘提议去远一点，这样叶老三他们找不到。小桃也不知道怎么鬼使神差就脱口而出金陵。除了弦高镇和安平镇及附近的几个镇子，她知道的地方并不多。祁公子说要回金陵，金陵在小桃的眼里，就有了不同寻常的光彩。何况，那里是天子脚下，一切的一切，对于懵懂年少的小桃来说，都是无尽的美妙。

只是她没想到，到金陵的路，却那么艰难。风餐露宿，提心吊胆，挨过饿，摔过伤，被野狗咬过，被人打骂过，有时迷路听到狼叫就全身哆嗦。这逃荒的日子，真不是人过的。走了近半个月，一打听还有大半截路程呢。

第二天就是除夕，她们却只能在破庙里度过。小桃和幺娘抱着取暖，完全没有过年的心思，她们最愁的，是她俩的鞋子都已经走破了，以后的路可怎么走？

幺娘看了看小桃，支吾着说道：“我知道有个地方，也许我们能弄到鞋子。”

“哪儿？”小桃好奇。

“义庄。”幺娘怯怯说着，“那个地方专门停着没人管的尸首，也许会有鞋。”

“穿死人的鞋？！”小桃吓得掩住了嘴，接着脑袋摇的像拨浪鼓，“我不敢。”

“其实也没事。”幺娘低下了头。

“你穿过？”小桃的眼睛瞪大了。死人的东西是最忌讳的。

幺娘点点头，嘴抿得紧紧的。她以前连死人的供品都吃过，穿穿鞋，还怕什么呢。

小桃挠了挠头，不吭声了。生活就是逼人低头的东西。没有资格讲究的时候，只能什么都不讲究。

第二天是除夕，一大早小桃和幺娘在破庙找了根还算结实的草绳把鞋底已经掉了的鞋子绑了绑，打听着向义庄走去。

这个镇子的义庄建在郊外的半山坡上，有些破败，更添了些阴森之气。小桃的心像打鼓似的慌张，幺娘攥了攥小桃的手，对她说道：“义庄里一般会有一两个管事的，待会你进去和他们周旋，我嘴笨，偷偷溜到后院去偷鞋子。”

幺娘绕着义庄的院墙向后门跑去，小桃顺着石阶向义庄的正门缓缓挪着。义庄的大门虚掩着，小桃探头探脑顺着门缝往里看了看，院子里停着几副棺材，地上还有几捆冥烛纸钱。

小桃硬着头皮哆嗦着抬手刚要推门，一道寒光从门中一闪而过。小桃顺着寒光出来的方向一看，院子里站着几个精明强干、短衣襟打扮的壮汉，而随着那道寒光，一个灰色的影子已经冲她劈过来，看到她似乎有些意外，又硬生生地把手收了回去，只稳稳地立在她跟前，声音很冷：“怎么是你？”

小桃惊吓之余，看到眼前的人，突然激动地几乎要跳起来，也顾不得礼数，一把抓住生怕他跑了似的，声音都有些颤：“赵公子，你怎么在这里？祁公子呢？”

小桃的手很烫，赵公子只觉得小桃手上的热量顺着她的手，窜到了他的手、脸，以至于他的脸有些热，一把甩开小桃的手：“我又不是他的影子，怎么知道。”转而哼了一声，“你是追着来还银子的？”

小桃的脸腾地红了，提起银子，才是丢脸。这个人的记性也真好，不仅记着她，还记得那破银子。真小气！没等小桃答话，从后院走进来两个人，一个瘦猴样的男子，看着像义庄的人，扯着幺娘的脖子面色不善：“连死人的鞋都敢扒，你胆子真肥。还是沙陀人的细作？”

小桃忙跑去扯那个人的手：“什么细作？我们是逃荒的。你放开她。”

那人被小桃扯得手有些疼，一个巴掌就抡了上去，还没打上去，已经被赵公子抬手劈了回去，声音很冷：“大唐的男人见了女人就打？”

义庄正房的门开了，走出来一位月白袍子的男人。二十出头，头发束在玉冠中，身材修长而立。面色和善。虽然年纪不大，却自带着一股华贵的气度。他身后还跟着两个黑衣的随从。他一出来，四周都好像安静了一般。所有人脸上露出毕恭毕敬的神情。只有赵公子面不改色，只是微微低下了头。

“什么事？”那人开口，声音很沉厚。

钳着幺娘的人急忙答着：“这丫头在后院扒高夫人的鞋呢。难保不是沙陀的细作。您看她的相貌。”

月白袍公子的眉头微蹙了一下，但声音温和，问着幺娘：“为什么？”

幺娘已经哆嗦成了一团，头也不敢抬，说不出话。小桃忍不住嘴快：“我们都是云湾村逃荒出来的，走到这鞋子都破了，实在没办法才想着到这里找双鞋穿。否则谁愿意来这地方。”

小桃的话引得众人都看向了她和幺娘的脚。小桃的脚都磨得血淋淋的，看着让人不忍。幺娘更惨，纵然长年的流亡已经让她的脚起了厚厚的一层茧，但现在连日的逃跑也让幺娘的脚茧里透着血泡，肿得像两个血馒头，简直没法看。

公子微微颔首，随即又问：“未曾听说歙州一带有灾荒，为什么要逃荒？”

这人心思转得真快。小桃犹豫了一下说道：“家里的人都去世了，过不下去了。”她的声音低了下去，她解释不了叶老三和叶广的龌龊事。

公子没再细问，只是吩咐着属下：“找两双鞋给她们。”属下应声而去。小桃这才抬头细细看着那位公子，长身玉立，英俊挺拔，眸子里的神色是很难得的纯粹干净。如果说祁公子身上有仙气，赵公子身上有英气，那么这个公子，就是贵气。沉厚中带着股慵淡，似乎惊雷都无法撼动的沉稳。

小桃盯着他的脸又认真瞅了瞅，旁边的侍从已经向前半步喝道：“放肆！”

小桃忙一哆嗦，低下了头。娘似乎教过她不要紧盯着别人看，但她在村里野惯了，娘又成天在病床上督不着她，她早把这些教导扔到脑后了。被人一呵斥，才想起了点规矩。

这时另一个侍从拿来两双鞋，看着挺大，估计是男人穿的。月白袍的公子把一双递给了小桃，一双递给了幺娘：“这里没有女眷，只有男人的鞋，你们垫些东西，凑合穿吧。不要穿亡人之物，不吉利。”说着又从袖中取出一个小玉瓶递给幺娘：“这是些上好的冰痛散，消肿化瘀是最好的。”

身后的侍从首领似乎要制止他，开口道：“六——”

那公子一抬手："我们半日就可回金陵，不需要这些东西。"

幺娘接过玉瓶，手有些抖。不知是害怕，还是感激。小桃胆子壮，听到"金陵"二字，顿时来了精神，顾不上礼数，抬头惊喜地问道："你们也是去金陵的吗？搭我们一程吧，我们也去金陵。走了半个月才走到这里，还差点遇到狼——"小桃的话又收不住了，看着那公子微微蹙了一下眉，才赶紧收住了嘴。

这时赵公子淡淡插了一句："你们去金陵做什么？"说完看着小桃唇角挑了挑，眼中一丝看穿的讥讽。

小桃脸一红，这个家伙，倒比鬼还精。自己那点小心思他倒好像什么都知道。小桃梗着脖子撇过头："我金陵有亲戚不可以吗，我投奔亲戚去。"

赵公子竟然眯着眼笑了，他不信？！小桃觉得他笑起来的样子简直比哭还难看，又自大又阴暗。

幺娘这时才哆哆嗦嗦冲着小桃低声说了句："小桃，不要麻烦公子。我们自己走吧。"

月白袍公子看了看幺娘的脚，略一思忖说道："这里距离金陵虽不远，但走路还要好几天。只是我们待会就要先行出发，你们只能跟着押物的马车。不知两位姑娘是否介意？"

小桃早已激动得差点蹦起来："不介意不介意。多谢公子，多谢。"

月白袍的公子微微一笑，转身走进义庄的正房。侍从跟随进去。剩余赵公子和几个壮汉依旧在院子里。

小桃的心喜滋滋地欢腾，除夕真是个好日子。心想事成。看来昨晚对着破庙里的神仙老爷许愿还真是灵光。去金陵有车可以搭了，还见到了赵公子。虽然她真不稀罕见他，但赵公子见到了，祁公子还会远吗？小桃的脸笑得像朵灿烂的桃花，对着赵公子噼里啪啦地问道："赵公子，你们后来怎么没去安平渡啊，我等了你们一个多月呢。你们怎么回的金陵？你是金陵人吗？祁公子在金陵吗？祁公子和你是不是很熟啊？祁公子——”看到赵公子扫来一道似冰锋霜刃的目光，小桃识趣地闭了嘴。

赵公子吩咐那几个壮士分别守着义庄不同的院门，转身向大门口走去。小桃忍不住跟着，想问又不敢问。赵公子立在门口，小桃不禁又开口：“祁公子——”

赵公子冷冷打断她的话：“上次回去没有走安平镇，从衢州借的道。他是金陵人。”转而斜看着小桃，“我和他不熟，你这么喜欢打听祁正修，问那位李公子。他们相熟。”

李公子？小桃一怔，马上明白过来赵公子嘴里的李公子应该就是那位月白袍的公子。祁正修，是祁公子的名字吗？小桃的心又突突有些跳，看着赵公子似笑非笑的目光，小桃撇了撇嘴，问道：“那你叫什么名字？”

赵公子勾唇淡淡说着：“我觉得我叫什么，对你来说，没什么要紧。”

小桃嘿嘿笑了，心下腹诽道，你叫什么，当然不关我的事。不过随口一问罢了。爱说不说。

小桃转回身，幺娘已经在西厢房的台阶上坐了下来，手里拿着玉瓶发呆。小桃四下看了看，把自己衣襟撕了一块，沾了石臼里的积水，小心翼翼把幺娘脚上的血迹、泥土擦了擦，将玉瓶里的药粉倒到幺娘的脚上。幺娘咬唇轻声呻吟了一声，过了片刻，看着小桃惊喜地说着：“真的管用诶，凉飕飕的，不疼了。”

“太好了。”小桃把剩下的药粉一股脑地全倒在了幺娘另只脚上。小心地往四周匀着。幺娘“哎呀”了一声，说道：“你怎么都给我弄上了，你自己的脚也该敷点药。”

小桃认真地给幺娘匀着药粉，手一挥：“我没事。”

赵公子看了看小桃，正要说什么，正屋的门开了，赵公子忙大步走进去，院里的壮士跟着赵公子的步子。紧接着，似乎有很多人的脚步声一齐向后院走去。

小桃和幺娘没敢动，脚步声整齐有力，小桃没有想到这么小的义庄里，竟然会有这么多人。这些都是些什么人？那位李公子又是谁？看着不像普通人，但他们怎么会在义庄里？小桃百思不得其解。

过了不久，赵公子带着几个人回到前院，看着小桃说道："再过半个时辰出发。"

"李公子呢？"小桃脱口而出。

"已经走了。"赵公子的面色有些凝重，吩咐着手下准备搬运东西。想必就是那会李公子说的押物车。

小桃有些失望。还没来得及向李公子打听祁公子呢。唉，只好等去了金陵，如果还能再见到李公子再说吧。

过了半个时辰，一个男人进来告诉小桃她们可以出发了。小桃扶着幺娘随着那男人，穿过后院，到了后门。小桃的眼睛瞪大了，押物车——小桃此刻才明白，在义庄的押物车，押的是会是什么"物"。

两辆马车，后面赫然拉着两口黑漆漆的棺木，小桃的腿软了。别人都是骑马，她和幺娘该坐哪里？赵公子这时走过来，指指棺木后面还有一辆车道："坐那辆车上。"小桃定睛一看，原来还有一辆马车，拉着几个大小不一的箱子。小桃这才说道："谢，谢谢……"

看着小桃哆哆嗦嗦上了马车，赵公子唇际一丝似有若无的冷笑。他本该让这个又贪银子又傻乎乎的女子和那些棺木在一个车，但看到她刚才明知药有效还是毫无保留地都给另一个女子涂了上去，心不觉顿了一下，吩咐人又收拾出一辆装其他东西的马车。

一行人出发。赵公子和那些精壮的男子在前面骑马，后面的三辆车各有两个人驾着。尽管拉着棺木，但队伍行进的速度并不慢。小桃和幺娘盯着前面两口棺木，只觉得阴气逼人。小桃嘀咕着：“你说棺木里会是什么人？”

幺娘摇头：“不知道，应该是大人物吧。这么多人护灵。”

走了大概一个多时辰，到了一个十字路口前，队伍忽然停了下来。赵公子吩咐向右行。而另一个男人却坚持按照原来的计划向左行。小桃认出来那个男人是李公子身边的侍卫首领，那个呵斥她“放肆”的人。队伍也很快分了两个阵营。最终侍卫首领屈服了，队伍向右策马而去。

道路渐渐不太好走，似乎偏离了官道，向小路走去。路很颠簸，树木藤草渐渐多了起来。小桃有些担心，这是去金陵的路吗？但也容不得她质疑。

天渐渐黑了，一行人走到了一个人烟稀少的村庄。赵公子吩咐在这里先歇息。找了处荒弃了的破院子，把人、马和车安顿下来。小桃和幺娘下了马车，揉了揉快颠折了的腰，小桃挤到赵公子身边，问道：“金陵不是有半天就到了吗？天都黑了，怎么还没到？”

赵公子的表情很冷漠：“不去金陵了。”

“什么？”小桃瞪大了眼睛，愣在了那里，不去金陵？她是要到金陵去的呀，赵公子的话像盆冷水浇到小桃的头上，“那要去哪里？”

“先去开封府。”赵公子面无表情从马背上的包袱里拿出一个水囊，喝了两口，递给小桃，“喝吗？”

开封府是哪里？小桃压根没听说过。失望，懊恼，愤怒，一起涌上来，小桃一把推开赵公子的手：“你骗人！你明明说去金陵的。”

赵公子的目光一厉：“我没说过。你可以选择不跟我。”

“你！”小桃气结。的确，是李公子说去金陵的。可他当时也没反驳啊。他明明知道自己要去金陵，还带到这个鬼地方。

小桃生气了，紧紧抿着唇不说话。看赵公子转身到了后院安顿人马，小桃一把扯着幺娘往外走去："我们走！"

幺娘一愣："去哪里？"

"去哪也不和这种骗子在一起。"小桃气鼓鼓地大步走着，"他们是去什么开封府的，不去金陵了。我们去那个鬼地方做什么。"

"开封府？"幺娘也没了主意，只好跟着小桃走。

两个人的脚都不好，走得很慢，幺娘叹了口气："走了也好。总觉得那些人怪怪的。"小桃气得不想说话，只是闷头走。怪人，骗子！赵——赵什么来着，后悔没问他名字，想骂人都不知道骂谁。

走了将近半个时辰，小桃的气才渐渐消了，可气一消，胆子又小了。看看周围黑漆漆的天色，看了一整天的那两口大棺材仿佛就在小桃眼前晃，小桃的脖子缩了一缩。其实也可以等天亮了再走嘛，干吗着这个急呢。

"哎呀！"幺娘摸了摸袖子，声音着急起来，"那个玉瓶丢了。"

"玉瓶？"小桃一愣。

"就是那个装药粉的玉瓶啊。我看着做工精细，就收了起来。等以后到了大集镇，也能去当铺换几文钱。"幺娘的脸有点红，"刚才在那个院子里还在呢。"

小桃心一动，拉着幺娘往回走："那我们回去找找。"好汉不吃眼前亏，这么黑，回去蹭到天亮再说。小桃一边走一边缩着脖子说着："说好了啊，我可是为了你找玉瓶。否则我才不回去呢……"

"知道，知道。"幺娘抿唇轻笑。

两个人又走了半个多时辰，回到了那个荒弃的院子。但院里的景象，让她们愣住了。她们走了前后不过一个时辰，这里竟像被血洗了似的。几个还在烧着的火把，把四周照得很清晰，院子里横七竖八地躺了许多人，还有一摊摊血迹，小桃愣在了原地，脚仿佛被粘住了。离她最近的一个人，她认得出，就是白天赶马车的人。四周，像坟一样寂静。

“他……他们是死了……吗？”小桃的声音哆嗦。

幺娘说不出话，只是紧紧地攥着小桃的手，全身冰凉。过了许久，幺娘先回过神：“小桃，这里不安全。我们赶紧离开吧。我去找玉瓶。”说着松开小桃，拿起一个火把，在地上开始细细搜寻着。

小桃瞠目结舌，她才发现幺娘的胆子真不小，死人都不怕。也只好硬着头皮跟着细细找起来。绕过的几个人，都没有了一丝生气。小桃的腿直打战。忽然看见一个熟悉的面孔，赵公子？！他死了？

小桃忙跑过去，心咚咚跳着。赵公子的胸前都是血，小桃颤抖着摸了摸赵公子的鼻下，还有气。忙喊着幺娘：“幺娘，快来呀。”

幺娘瘸着跑过来，扯着小桃说道：“玉瓶找到了。我们赶紧走吧。”

“赵公子还有气。”小桃用力晃着赵公子，“醒醒，赵公子——”说着看向幺娘，“我们该怎么做？幺娘，你知道怎么做吗？”小桃第一次见到这么血淋淋的状况，手脚慌乱地说着，“要么你看着他，我去请郎中。”

幺娘摆摆手：“小桃，我们又不知道这是哪里，去哪找郎中？再说了，你和这位赵公子很熟吗？你那会不还说他是骗子吗？”

“骗子是骗子，可也不能不救啊。”小桃急起来。尽管她一直看赵公子不是那么顺眼，但她从小连看人宰只鸡都要捂眼睛，又怎么能眼睁睁看着一个人去死。

人着急起来，便什么都不怕了。小桃看赵公子胸口还有血冒出来，从旁边一个人的衣服上使劲撕下一条，对幺娘说着：“你帮我把他扶起来。”幺娘看小桃坚持，只好两人一起把赵公子的上半身扶起来，小桃用布条使劲把赵公子的伤口裹起来。

小桃四处看看，看到了下午的水囊，忙拿过来递到赵公子的嘴边，水顺着赵公子的唇角流了下去，半晌，赵公子忽然轻轻动了动，睁开了眼。看到小桃，他伸出舌头将唇边的水舔了舔，小桃忙又把水囊递到他嘴边。

看到赵公子清醒了，小桃一股脑地问着：“你对这里熟悉吗？哪里有郎中？我给你去请。”

幺娘拧了小桃一把，摇了摇头示意小桃别再管闲事了。小桃没反应，继续看着赵公子：“你说，我去请。”

赵公子伸出手，用力地捏了捏小桃的手，没有力气说话，只是摇了摇头。他的手好凉，像冰似的。娘在临死之前，也是手开始凉，慢慢地，胸口都凉了。小桃的心忽然有些疼痛，顾不得男女避讳，小桃两只手捧着赵公子的手来回搓着，嘴里还不住叨叨：“千万别凉下去啊，等到天亮了，就暖和了……”

幺娘忍不住又拧了小桃一把，有些焦急：“我们走吧，万一待会又有人来怎么办？”

小桃也急了：“可是我们不能扔下他啊。他会死的。”

“小桃，天下很大，每天都会死人。”幺娘见过太多的死人，她无法理解小桃。

小桃没有吭声，她说不过幺娘。但她知道她不能走，她如果扔下赵公子让他这么死去，她一辈子都不会安宁的。也许她帮不了他什么，但是做人不能不讲良心，她不能走。幺娘说了半天，小桃只一句硬邦邦的话：“我不能扔下他。”

幺娘看说服不了小桃，叹了口气，只好把周围的火把都拿了过来，这样暖和了许多。赵公子的手渐渐有了点温度。小桃的心舒缓了些，看赵公子时不时睁开眼，小桃叨叨着：“你就别睁眼了。还费力气。你要是闷，我就说话给你听啊。你说你，大除夕的，不在家待着，非要拉着两口棺材跑，多不吉利。”说着扭头看了看，却发现院子里没了那两口棺材。

小桃没在意，继续说着：“还非要到这个鸟不拉屎的地方。如果去金陵，不就什么事都没了吗？金陵的年一定好热闹的。我们云湾村也热闹啊，一大早，保长带着村里的男人去祭祖，回来就有祭祀的肉分了，那肉好香的……”小桃抹了口口水，肚子也叽里咕噜叫了起来，“算了，我还是不讲肉了，给你讲讲村里的鸡被黄鼠狼……算了，鸡肉也怪好吃的，我还是讲小狗下崽好了……”

赵公子的唇角轻轻扯了扯，小桃没看到，正要继续念叨，忽然门外响起了一阵急促的马蹄声，赵公子猛地睁开了眼，挣扎着要起身，小桃扭头看了眼幺娘，声音直发抖：“真……真来人了啊……”手却还紧紧攥着赵公子的手。

话音没落，已经有几十个穿着铠甲的人走了进来，院子外面似乎还有好多人和马。看到赵公子，忙跑过来半跪着道：“属下来迟。”

看着那些人恭敬的神色，傻瓜也知道安全了。小桃拍了拍胸口，全身绷着的弦忽然放松，一屁股坐到了地上。看着那几个男人把赵公子抬到屋子里，里里外外忙乎。小桃和幺娘在院子里就着火把坐着。有这些人在，这里应该比外面安全。小桃和幺娘商量了一下，决定等天亮再走。

小桃打了个盹儿，再醒来的时候，天已经蒙蒙亮了。小桃看屋里出来个男人，跑上前问着：“赵公子没事了吧？”

“没事了。”那男人恭敬地对小桃说道，“多谢姑娘。公子有请。”

小桃快步走进了屋里，赵公子的气色好了不少，半靠着一架破旧的床坐着，看到小桃进来，指了指床前的一个木凳，示意小桃坐下。

小桃没有坐：“看来你没事了。那就好。我就来和你说一句，我要走了。”

赵公子虚弱地开了口：“随我去开封府吧。”

小桃的脑袋摇得像拨浪鼓似的，她才不去那个听都没听过的开封府。小桃的脸有点红：“我在金陵真的有亲戚——”

“好了。”赵公子缓缓抬手打断了小桃，顿了顿，从胸中摸出一枚玉扣递给小桃，“这个你拿着，如果金陵待不下去，就到开封来。”

小桃接过玉扣看了看，颜色泛青，做得很精致，边上还雕刻着些奇形怪状的花纹：“这个能做什么用？”

赵公子的笑有些勉强，手指在床边轻轻敲着：“这个有什么用……这么说吧，你拿着这个随便在开封府的街上找一个兵打听，就能找到我。”

“哦。”小桃点了点头，把玉扣收起来，对赵公子说道，“那你好好养伤吧。”小桃看着屋外渐渐升起的太阳，急着赶路，没有心思再和赵公子絮叨，“我真得走了。”

赵公子微微点点头。小桃觉得不知道是自己的错觉还是怎么的，赵公子自从受伤后，今早的表情好像没那么自大阴暗了。虽然还是冷冰冰的。

小桃从房间里出来，身后一个男人大步走来，冲小桃一抱拳：“姑娘，公子吩咐把你们送到金陵。”

小桃和幺娘对视了一眼，这可是意外之喜。她们也没有虚客套，直接坐上了马车。这比两双血淋淋的脚赶路舒服多了。幺娘揽着小桃并排坐着，有些失神地说道：“看来做好人，真的会有好报。”

“那是自然。”小桃得意起来，把那男人给她们的干粮递给幺娘，嘻嘻笑了起来。

那男人也是个行伍出身，尽管马车上还坐着两个姑娘，仍然把车赶得飞快，傍晚就已经到了金陵城郊。马车停在了城门口，看着小桃和幺娘顺利地进了金陵城，男人和马车旋即消失在了夕阳中。

正值日暮，金陵的繁华才刚开始。金陵的夜从来就不是寂静的。何况是正月初一。秦淮风月，一如既往地波光流转。楼台高阁，车如流水马如龙，小桃看傻了眼，捏了一把幺娘：“快掐我一下，这不是做梦吧。”

幺娘也看呆了，轻轻捏了捏小桃的手，叹道：“我虽然也去过几个地方，但和金陵比起来，都只能算村子了。”

过了半晌，两人才都像从梦里醒来似的，叽叽喳喳兴奋得顾不得脚伤还没好，就到处看热闹。大街上有唱小曲的，有玩杂耍的，小桃只觉得眼花缭乱。村里就是赶大集也没这红火啊。小桃拉着幺娘在人堆里到处钻。冷不防钻到一座看着很气派的楼阁门口，里面坐着不少客人，中间还有一个台子，几个女子正在跳舞，不过她们的衣服好奇特，蒙着脸，只露着一双大眼睛。小桃看得仔细，看那几个女子眼窝深深，不禁回头看着幺娘："她们和你长得好像。"

幺娘红了脸，也忍不住看着那几个女子，好奇地张望。旁边也在看热闹的一个中年男人说道："那几个是波斯女人。也只有花月坊，能请得起这些人。"

花月坊？波斯人？小桃不懂，不过那波斯女人的舞跳得好美。小桃看得痴了。

那一晚，小桃也不知道看了多久，她长这么大，没见过这么多新奇的东西，也没经历过这么热闹的夜晚。直到三更天，才和幺娘在路边找了座亭子缩着睡了一觉。赵公子的属下给了她们一包碎银子，不过小桃和幺娘怎么舍得把银子花在住店上？吃饭才是要紧。

在金陵晃荡了一个月，银子花得只剩下几文钱的时候，小桃终于在家酒坊找到了一个卖酒的活。幺娘由于常帮着一个街坊大婶洗衣服，大婶索性给她几个工钱雇了她一起帮忙。两个人的生计总算有了着落。

小桃人快嘴快，喜欢说话，又整天乐呵呵的，没多久就有了不少回头客。酒坊的老板是一对中年夫妇，人也和善。得知小桃和幺娘没地方住，经常在广顺街的祠堂里过夜，便将西厢柴房旁的杂物间收拾出来，让小桃和幺娘住了进去。虽然工钱少了点，但她们终于在到了金陵的第三个月，有了个可以踏踏实实睡觉的地方，已经很满足了。只要有双手，日子总会从困境里一点点、一点点好起来。

转眼间，小桃已经在酒坊做了两个月。五月的初夏，端午节到了。一早幺娘去洗衣服，把小桃推起来，塞给她一个荷包："别忘了今天戴上这个，驱邪的。"说完就匆匆跑了。小桃打开荷包，是些蚌粉、几枚铜钱，还有一道符。在云湾村时，娘也给她做过端午的荷包。小桃美滋滋地把荷包系在腰上，赶紧去了前院的酒坊。之前老板就吩咐过，端午这天，订酒的会特别多。

果然刚把门打开，就有不少人来。端午这天的习俗，是要喝雄黄酒的。小桃忙了一早晨，手脚都要抽筋了。到了上午，有个穿着短襟衣裤的年轻男子走来，看着文文弱弱，似乎比小桃还小一两岁，急匆匆要两坛"琼浆"酒，还要立即送到秦淮河边。

小桃有些为难，负责送酒的贵叔今天一直忙得脚不离地，此刻还没回来："您得稍等半个时辰，送酒的还没回来呢。"

"帮帮忙，附近的酒坊都跑遍了，不是没酒就是没法送。我家公子和客人在画梁亭等着呢。"男子从袖子里拿出一锭银子放在老板面前的柜台上，想了想又加了一锭："帮个忙，只要两坛。"

老板的眼睛直了，他可不想和这么多银子过不去，忙把酒装到运货的小车上绑好，吩咐小桃道："店里我看着，你快去帮这位客官送酒。"

两坛也不算重，小桃推着车，男子在一旁帮扶着，向秦淮河边走去。小桃话多："怎么不提前买好啊？今天处处都要酒，哪里来得及呢？"

那个男子其实也是个孩子，开始还有些腼腆，在听小桃不停叨叨之后，也打开了话匣子："我家公子素来不拘俗礼，只为尽兴。今天有朋友一起，备的两坛竟然一会就喝完了，原本没想到能喝这么多。只好再来买。要是回家现取，既来不及，也坏了我家公子的酒兴。”

“哦。”小桃点头，原来还有“酒兴”这一说。二人聊了几句，很快就到了秦淮河边。端午节的龙舟赛很快要开始了，河畔都是挨挨挤挤的人。小桃和男子绕过人群，又走了几百步，渐渐远离了人群。有一处院子，临江而建，外面有几个人在把守着。

男子领着小桃进了后院，说道：“就卸在这里吧。”

小桃把酒搬下来，忽然听到旁边传来了脚步声，一个熟悉的声音在她耳边响起：“酒买来了？”

小桃的心几乎要蹦出来了，这个声音，纵然已经过去一年，纵然应该恍惚，但她自己知道，这个声音在梦里出现太多次，想忘也忘不了。她几乎不敢抬头，她觉得自己今天的打扮哪哪都不对。鞋子太笨，衣服太粗，也没有梳个好看的发髻。一切都来得太猝不及防了。她以前天天等，日日盼，就是见不到。可就在毫无预料的情况下，却忽然重逢了。

小桃偷偷伸手把衣服抻了抻，抬起了头。一身白色袍子的祁公子，正温和地看着她和身边的男子。他没有什么改变，依旧云淡风轻的神情，眼底隐隐的笑意，温润却有着一股清凉。小桃的眼睛几乎看直了。

身边男子恭敬地回答着：“买到了。”

祁公子微微颔首：“送进去吧。”说着冲小桃温温一笑，转身离开。

小桃情不自禁地喊出口：“祁公子——”

祁公子顿了一下步子，回头看着她温声道：“什么事？”

小桃忽然害怕起来，他的目光温和却很疏离，还带着一丝陌生，小桃的声音几乎颤抖着：“祁公子，你，还记得我吗？”她的声音没有底气，越来越低。

祁公子的目光在小桃的脸上扫了一下，有些迟疑：“姑娘，我们见过吗？”

这时一阵轻快的脚步过来，一个束着青玉冠、略微年长些的男人笑道："老七，赶紧回来喝酒，都等你呢。"

祁公子冲小桃浅浅勾唇笑笑，转身和青玉冠男子并肩而去。

初夏的端午，四处已经是闷热的气息。可小桃的心，此刻却像跌到了冰窟窿里。她想过千万种重逢的情形，他会惊讶，他会意外，他的眼底会有浓浓的笑意，却独独没料到这一种：他已经忘了她。

小桃的脑袋有点木，身边的男子喊了她好几声才回过神来。小桃声音颤抖着问道："祁公子就是你家公子？"

"是啊。"男子好奇地看着小桃，"你认识公子？"

小桃点点头，又摇摇头："以前，祁公子给了我一锭银子，不不，我和他约了三天后见，哦不，也许他给我银子只是为了帮我……"小桃的声音很抖，话也语无伦次。的确，她和祁公子怎么能算认识呢。他给了她一锭银子，她找不开，他便不要。尽管她觉得祁公子是听到吴老伯说她娘生病而有意帮她的。但，一切的一切，都只是她的猜测和想象，不是吗？

那男子也没明白小桃说的是什么，挠了挠头："一锭银子？那对我家公子来说真不算什么，公子乐善好施，看到过不去的就帮一把。做过不少善事。帮的人估计都数不过来。他怎么会记得呢。"说完男子提着酒进去了。

小桃不知道自己怎么从那处院子出来的，头重脚轻，整个人像飘在云彩上。周围的人，周围的物，都在眼前晃来晃去。手里推着的空车好像有千斤重，她怎么用力也推不动。踉踉跄跄地走了几十步，她实在没力气，只好停下来，就着一棵树边蹲了下去。

龙舟赛应该开始了，号子声，喝彩声，擂鼓声，声声震天。周围的人群都是沸腾的。可这些声音，小桃似乎都听不到。她麻木地看着天，眼泪，从腮边流了下来。

第二章

何府一入深似海
连理婚配定他人

幺娘跟着洗衣服的大婶，有时会接花月坊洗衣服的活计。这些衣服华丽，是最要小心的。需先在水里浸浸，将皂角在手里打出了汁，再揉到衣服上，不像其他的衣服可以用棒槌捶打。

幺娘不免好奇花月坊是做什么的，那里的姑娘怎么会这么金贵？幺娘洗好了衣服送到花月坊，便不由自主留神看着那些姑娘，有唱歌的，有跳舞的，有奏乐的。看得久了，幺娘对跳舞独有慧根，便随着跳，也有模有样的。偶尔被花月坊的几个舞娘看到，都赞幺娘天分高。幺娘暗暗存着心思，如果真能把舞跳好，那可比洗衣服有前途多了。

这天她又给花月坊送衣服的时候，听说何大人的府上要选几名舞姬，还找了花月坊里跳舞最好的几个姑娘去“指点”了一二。其中一个和幺娘熟识，便打趣道：“你不妨也去试试。何府那几个笨手笨脚，还不及你呢。”

说者无心，幺娘却不由心里动了一动，这算不算一个鲤鱼跳龙门的机会？何大人是什么人物她不知晓，可王公贵胄、官宦士绅，家里豢养几个舞姬、歌姬是再平常不过的。到了那样的人家，以后的日子是不是就不用这么辛苦？

小桃见过祁公子后蔫了几天，渐渐地回了神。尽管自己那念念不忘的心情如今看来是那么可笑，但生活还是要继续的。她的伤心，她的难过，只能揉碎了再黏成一团，放在心底，在没人的时候拿出来独自咀嚼。祁公子当初又疾又快地救她，祁公子牵起她的手给她银子，祁公子眼底的笑意，在夜深人静的时候，都是能让她甜甜一笑的蜜糖。

日子又在闲云流水中过了半月，幺娘这天上午就收了工回来找小桃，半天不说话，只拉着小桃的手抿唇笑。

“什么事开心成这样？”小桃瞪大了眼睛。幺娘和小桃不同，小桃一点小事都会叽叽喳喳，幺娘却是腼腆，很多事不形于色。乐成这样，那是真有大好事了。

幺娘笑吟吟说道：“何府同意收我做舞姬了。”

“舞姬？你？”小桃惊讶的嘴巴里能塞进一个桃子，“你怎么不声不响谋到这个差事的？”

“现在说也不晚嘛。”幺娘拍了小桃脑袋一下，“何府要几个舞姬，管事的四处托人找，我便托了花月坊里的绿萝帮我去说合说合，管事的让我试着跳了一段，没想到真成了。”幺娘眯着眼笑道，“去了何府，就不用再担心吃饱穿暖了。”

小桃一惊：“你要去何府？那我怎么办？”

幺娘捏了捏小桃的手：“我怎么会不管你。绿萝也荐了你，说你天赋好，只是没跳过。我说你不去我也不去。管事的最后答应，让你随我去试半个月。要是行，就正式收下来。”

小桃呆住了：“我？你让我撑筏子卖酒还差不多，跳舞我哪里会？”

“谁也不是天生就会。我以前还只会讨饭呢。”幺娘看着小桃，“我很想去，也不想和你分开。”

“可是……”小桃想了想，憋红了脸说道，“去了何府，是不是就出不来了？是不是除了何府的人别人都见不到了？”这是她最担心的。

幺娘歪着头想了一会儿，深深看着小桃说道："听说做何府的舞姬，会在何府宴会大请宾客的时候表演，或者何大人去赴宴，也会带着撑门面。这些场合的人，都是非富即贵的。小桃，祁公子是富贵子弟，如果你想遇到他，待在酒坊是很难的。"

小桃的脸红彤彤的："我没有——"她此刻才发现，她的心思，幺娘都懂，只是一直没有说破。也许，从她执意要来金陵，从她向赵公子打听祁公子，幺娘便什么都知道了？小桃更臊得慌。

"小桃，"幺娘拉起了小桃的手，"你卖一辈子酒，我洗一辈子衣服，再找个杀猪的或者挑水的嫁了，这样的一生，你愿意吗？"

小桃没有吭声，在云湾村的时候，她以为她的人生就是幺娘说的那个样子，撑一辈子筏子，再找个挑水的嫁了。可是，遇到了祁公子，她好像就不甘心那么过一辈子了。

幺娘的声音很平，却字字扎进了小桃的心里："如果你坐在这里等，什么也等不到。为什么不想想办法离他近一点？"

幺娘的话，像平地惊雷一样，把小桃打懵了。过了好久，小桃点点头答应了。她不想和幺娘分开，也想试试，如果不坐着等，生活会有怎样的改变？

何大人是何许人？小桃进府三天了也没弄明白。她这回是真的开了眼，什么叫亭台楼阁，水榭琼宇。假山、碧水、小桥、亭子、楼阁，宛如仙境一样绕来绕去。和幺娘从后院西处角门进入何府后，便被侍婢带着绕过了三处小桥，一处假山，走了两个抄手回廊，绕过一处烟霞阁，转来转去，最后到了一处独立的院落，上面写着四个字，小桃也不认识。侍婢告诉她们这里叫做"清音出岫"。好拗口，小桃记了好几次才记住。

"何府可真大。"小桃边走边忍不住叹出了声。幺娘捏了她一把，示意她别出声。

侍婢微微笑道:“这可不是何府。何大人的府邸在朱雀大街。这里只是别院,何大人很少来。公子和小姐嫌府里闷,倒是常住这里。别院住的是府里的优伶、乐姬、舞姬。你们平日里不要四处乱逛。仔细冲撞了公子小姐。”

小桃连连点头,眼睛都不够用了,这么多新奇的花草树木,亭台楼阁,还只是个别院?真是大户人家。

小桃和幺娘,还有另外两个舞姬住在一个房间。忐忑不安地过了一夜,第二天一早,便有教习的舞娘来教舞姬们学舞。

小桃终于明白,人的天赋真是不同的。幺娘天生就像是个游走的燕子般,动作轻盈,身形婉转。舞娘教一遍,幺娘就能跳得很好,还能举一反三。而自己,就真是个撑筏子的命。怎么扭,手脚也协调不到一处。

管事的皱着眉头看了一会儿,摇了摇头走了。

一连几天,小桃连最简单的滑步、甩肩、回眸,都学得磕磕绊绊,更别提那些有难度的了。而幺娘没几天已经成了新招募这批舞姬中的翘楚,后来索性被调拨到“瑶台阁”单独训练。瑶台阁是何府别院近几年来不断筛选后留下的舞姬,个个都是长袖善舞。幺娘是这拨新人里唯一一个被选到那里的。住的地方也换成了单独的一间。

幺娘担心小桃,舞娘教完后又拉着小桃没日没夜地教,小桃愁眉苦脸地说道:“我看你是白费力气。我这个笨样子,哪是学这个的料。”

幺娘也不明白,聪明伶俐的小桃,怎么就教不会。想了半天,才说道:“我觉得你不是笨,是没用心。过两天是何大人的寿辰,何府里会摆寿宴。到时也会有别的府的舞姬来献舞,我会求管事的带着你去看看。你看人家跳得好,自然就愿意学了。”幺娘这几天正在和瑶台阁的舞姬一起排一出“绿腰舞”,准备在何大人寿宴上表演。

“那太好了。”小桃喜上眉梢，有热闹看就能让她一蹦三尺高。管它有没有舞姬呢！

何大人的寿辰很快便到了。天黑漆漆的，刚敲过四更，小桃和幺娘已经坐在了马车上，马车向朱雀大街的何府疾驰而去。小桃揉着惺忪的眼睛，窝在幺娘的怀里贪睡着。别院驶向何府的马车浩浩荡荡，前后有十几辆。不止舞姬，还有歌姬、优伶、乐姬大大小小四五十人，并着乐器道具家伙事，昨晚就装好车，今天一早出发。

以小桃在舞姬里的资质，是绝没有机会来这种场合的。好在幺娘现在能和管事的说上话，好话说了一箩筐，管事的便让小桃做个粗使的丫头跟了来，帮着端茶倒水，递个衣服打个下手。

小桃并不在乎做什么，马车一到了何府，便立即机灵起来。何府的戒备更加森严，马车停在了何府的后门。歌姬舞姬下车后，从后门绕过角楼，被统一安排到一座阁楼上休息整顿。等宴会开始后，再被带到舞台后面西侧的阁楼，准备依次表演。小桃便不停跑前跑后，帮着整顿收拾，不亦乐乎。

中午，寿宴在何府后院正式开始。舞台坐南朝北，有三层阁楼那么高。而北面、东西两侧都是二层阁楼，有各个厢房，坐着各位前来贺寿的大人及家眷，在交杯换盏中欣赏着各色表演。

小桃在舞台后面的阁楼，看不到全景，只能偶尔看到舞姬排成各种队形，长袖翻飞，幺娘说得没错，这么看起来，是非常美。但自己这辈子，怕是没那个造化跳得这么好看。小桃正胡思乱想着，被一双大手猛地一拍：“快把这个给幺娘送去。”小桃一看，是一个托盘那么大小的莲花，应该是幺娘她们那个“绿腰舞”的道具。小桃赶忙捧着跑下阁楼，一路小跑到舞台后面，递了过去。

下一个舞就是绿腰，小桃绕了个弯，转到舞台的西侧，又往北走了两个廊子，准备找个能看到舞台全景的地方猫着。别人的可以不看，幺娘的舞一定要看。小桃刚挪到下一个柱子旁，冷不防和经过的一个人撞了个趔趄，小桃吓得一哆嗦，抬起头看了看来人，眼睛瞪大了："是你？"

那人挠了挠头，恍然笑道："你怎么在这？你不是卖酒的吗？"他对小桃也还有些印象。

小桃顾不得回答，忙紧张地问道："祁公子呢？他也来了吗？"

男子点头："来了，我家公子同何大人、何公子都是熟识，自然要来的。"说罢指着东侧的阁楼道，"喏，就在那里，穿白色袍子那个。"

小桃使劲揉了揉眼睛，距离有些远，她看不太真切。但是既然他说在，那就一定在。小桃的心跳得好快，没来由地脸就绯红了。她不好意思地笑了笑说道："对了，见了你两次，还不知道你叫什么。我叫小桃，现在何府做事。"

男子也笑了："我叫云笙，是公子的书童。"顿了下说着，"我现在得赶紧去马车上给公子取个物件，待会回来再同你聊。"说完急匆匆地向后走了。

小桃站在原地，仍然看着楼阁上祁公子的方向。哪怕只是个隐隐约约的身影，都让她目不转睛。是不是心里记挂一个人，就算隔着再多的人、再多的物，他的方向都能像磁针石一样吸着自己的心转过去？

小桃拍了拍自己的脸，转头看向舞台。绿腰舞开始了。从舞台正中缓缓向上升着一个物件，小桃仔细端详，可不就是自己刚才送去的那个盘子大小的莲花座吗？这时琵琶声急，忽地从上空飘下来一个人，一身水绿的幺娘飘然而至，落在了莲花盘上。周围顿时静了下来，所有人都屏住了呼吸。直到幺娘稳稳落下，在莲花上一个回眸亮相，四周猛地一阵叫好。

琵琶朱弦变缓，幺娘在莲花上长袖舒卷，一会儿单脚独立，一会儿引身悬空，招来叫好连连。小桃都顾不得拍巴掌，眼珠完全被幺娘的舞姿吸引了过去。幺娘美得都不像凡人。小桃正看着入痴，忽然背后传来两声轻轻的咳嗽。小桃一愣，转头过去，一位衣着艳丽的女子正冲着她微微笑，身边的侍婢小桃熟悉，是何府别院的小春。

小春看着愣愣的小桃，说道："小桃，这是二小姐。"

小桃听说何大人有两位千金也住在别院，却是从未见过。手忙脚乱地屈膝做了个礼，二小姐一抬手，声音很爽利："过来。"

小桃小心翼翼走过去，二小姐问着她："刚才那个书童你认识？"

云笙？小桃轻轻点头，小春走到小桃身边，将手里的一块丝帕递给小桃："待会你把这个给那个书童，让他交给公子。不用说是谁给的，他见了就知道。"

二小姐深看了小桃一眼，唇际翘起，转身离开。

小桃第一次见何家的小姐，却是这么猝不及防。小桃仔细看了看手里的丝帕，上面是一簇兰花，这是什么意思？交给祁公子做什么？她有些纳闷。

过了半晌，云笙也没有过来找她。小桃手里攥着那块烫手的丝帕，这要是没交出去，回去怎么向二小姐交代？再抬头看看楼上那个白色袍子的修长身影。也罢，小桃咬咬牙，冲着东侧阁楼的二层走去。

小桃刚走到东侧阁楼，门口的守卫便拦住了她："阁楼上的都是贵宾，你是哪处的？"

小桃垂下眉眼答着："我是遵了二小姐的吩咐来的。"

守卫仍然不放行："大人有令，任何人不许上去。你要找谁，我可以通传，让他下来。"

小桃这才明白为什么那个二小姐巴巴的让她送东西，原来这楼不准上去。她们看小桃和云笙说话，便以为她和云笙熟悉就让她跑这趟差。

小桃只好答着："我找祁公子的书童云笙，有东西给他。"

其中一个守卫上了楼，不多时，云笙随着下来，看到小桃，笑了起来："我还没来得及找你呢，你这么急？"

小桃把帕子塞给云笙，撇嘴道："我才不是专门找你说话的。有人托我把这个交给你，再交给祁公子。"

"谁？"云笙把帕子收进袖子，问道。

"她说祁公子看了就知道。"小桃凑到云笙跟前，低声问道，"这帕子有什么特别？送这个给祁公子做什么？"

云笙微微一笑："我们的本分是传东西。切记少打听。"

小桃吐吐舌头笑了，问着："祁公子到底是做什么的？"

云笙说道："我家公子是太子侍读，自然炙手可热。"看小桃懵懂的表情，又解释道，"太子侍读，陪着太子读书。"太子侍读虽然没有正式的官职品阶，但太子是未来的皇帝，作为陪太子读书的人，自然在太子登基后前途无量。

"哦。"小桃应了一声。太子身边的人，那就算皇亲国戚了吧？

云笙嘿嘿笑着："端午那天见了你之后，公子回去还问我记不记得什么时候见过你。"

"真的？"这个消息来得太兴奋，小桃的眼睛猛地亮了。

"当然是真的。"云笙说道，"不过我不记得以前见过你。公子还说你挺有意思的。"

这句话让小桃的心里像灌了蜜似的，忍不住整个脸都鲜活了起来，眉眼弯弯地问道："祁公子还说什么了？"

云笙挠挠头："别的就没说了。"顿了下说道，"我得赶紧回去服侍公子了。下次再聊。"说完匆匆进了阁楼。

小桃的心仿佛一瞬间就蹦到了云端，忽悠悠地颤了起来。开心，太开心了。祁公子还打听她了。要不是周围人多，小桃简直想撒个欢儿蹦起来。

这时从后廊走来一行人，是跳绿腰舞的几个舞姬。中间一个正是一身水绿的幺娘。小桃刚想开口喊幺娘，又想起这里是何府不能大喊大叫。只好掩着自己的嘴巴，看着幺娘几个进了祁公子所在的东侧阁楼。她们进去做什么？小桃有些疑惑，却也无暇猜想。只是喜滋滋地蹦回舞台后的阁楼。

过了半晌，幺娘和那几个舞姬回来了。其他的舞姬还好，幺娘的脸刷白，没有一丝血色。小桃跑过去拉着幺娘："我看到你进了东侧阁楼。怎么了？你脸色好难看。"

幺娘紧紧攥住了小桃的手，低声说道："我见到他了。"

"他？谁？"小桃摸不着头脑。

"你还记得送我们鞋的李公子吗？"幺娘问道。

小桃点点头，她当然记得了，那个一身贵气的李公子。

"刚才就是他召见我们的。原来他是当朝的六皇子。"幺娘的目光飘得很远，声音低得几乎听不到，"没想到他的身份这么尊贵，我这么费尽周折……"

"六皇子？"小桃打断幺娘，嘴张得老大，皇子！在义庄遇到皇子！小桃捏了捏自己，不是做梦，"你确定是李公子？没认错？"

幺娘摇头："不会错的，李公子有一只眼睛是双瞳。这样的人怎么会认错？"

双瞳？小桃不记得了，她只记得李公子的相貌英俊伟岸，是有点特别，但她没注意是哪里特别。还是幺娘看得仔细。

幺娘她们今天再没有舞蹈要表演了，小桃便帮着将东西收拾归整好，准备回别院。正忙着，一个侍婢过来对小桃说道："外面有人找你。"

阁楼下是几株柳树，两个男子站在树下，丝丝缕缕的柳条仿似也多情，在微风里摆着，其中一位长身玉立，绿柳拂面，温润清凉。小桃的心"怦"扯了上来，几乎要蹦出来。祁公子，在树下等着她？！

小桃的头有些眩晕，情不自禁抬手将耳边碎发抿了抿，脚步都放轻了，低头看了看自己的装束，好在何大人寿辰，给下人的衣服都是统一的粉衫蓝裙，比之前的补丁衣服好多了。小桃定定神，两只脚几乎倒不过来似的，不知道怎么挪到了祁公子身边，声音有些扭捏："祁公子，找我吗？"话没说完，脸已经绯红。祁公子临风而立的样子太好看，让她睁不开眼。

"是。"祁公子的声音温温，话音刚落，云笙已经走上前一步，将袖中的丝帕塞到小桃手里，"我家公子说不能收这个。"

丝帕顿时变得烫手，小桃猛地抬头，有些可怜兮兮地看着祁公子，声音慌乱："这不是我的，这是——"

没有等小桃说完，祁公子轻轻抬手："我知道。烦劳姑娘转达丝帕的主人，她的心意，正修心领。但东西是断不能收的，免得污了大家小姐的声名。"

祁公子的话文绉绉，小桃也不是太懂。但脸红得更厉害了，几乎要滴出血，好像祁公子拒绝的是自己似的。小桃的手脚不知怎么放，这帕子要是还给二小姐，会不会骂死她？看向祁公子的眼神更加无助。

祁公子似乎看透了小桃的心思，眼底浮上笑意，整个脸庞因着这丝笑更加俊朗得摄人心魄："你只告诉二小姐，过几日，正修自会亲自登门拜谢。你不用担心她会责怪。"

小桃听到这话心里定了定，看着祁公子的眼睛神魂都游离，讷讷地问道："祁正修，真的是你的名字吗？"

祁公子微微笑着点点头。

小桃的心剧烈地跳着，片刻后终于鼓足了全身的勇气定定看着祁公子道：“我叫叶小桃。”

祁公子颔首而笑：“好。我记住了。你是何府的——”

小桃轻轻吐出了两个字：“舞姬。”

“哦？”祁公子略一抬眉，眼里多了一丝赞赏，“想必你的舞姿应当不输今日的绿腰。”

小桃的心更加跳突，自己这么轻贱而卑微，但是每次在祁公子的脸上都看不到一丝嘲讽和不屑的神色，只有让人满身心暖意的平和和鼓励。

祁公子从袖中取出几粒碎银递给小桃，微微躬身揖了一揖：“辛苦小桃姑娘。”说罢向后退了两步，转身离去。

小桃袖里揣着丝帕，心里揣着心思，魂不守舍地和幺娘她们回到了别院。刚把马车上的东西帮着搬进了别院，已经有侍婢来传二小姐请她过去。小桃摸了摸袖子里的丝帕，脚步重了起来。

在侍婢的带领下，小桃第一次到了二小姐的闺房。屋里罗帐重维，珠帘漫卷，极是奢华。小桃没敢怎么仔细打量，向二小姐行了礼。二小姐扬着下巴问道：“丝帕送出去了吧？”

“送出去了。”小桃的头低着，“不过——祁公子又给送了回来。”小桃把袖里的丝帕双手捧到了二小姐面前。

“什么？”二小姐的声音顿时像冰锋一般厉色，一把把丝帕扯了过来，紧紧盯着小桃，“谁送回来的？”

二小姐的表情有几分狠戾，一脸意外。小桃极力保持着声音平稳说道：“祁公子亲自送回来的。说心意他领了，但东西不能收，怕污了小姐的声名——”

小桃还没有说完，二小姐已经盛怒，厉声喝道：“好了！”咬牙低声道，“滚出去！”

小桃一愣，她的话还没说完呢。但二小姐已经快将手里的丝帕扯了，小桃有些胆怯，低着头退了出去。刚出去，就听得屋里一阵把东西砸到地上的叮铃咣当的动静。

小桃拍了拍胸口，二小姐看着如花似玉的人，脾气可真大。小桃顺着来时的路回去，刚转过两个莲池，从假山旁走出来一个侍婢，脸上没什么表情：“你是小桃？”

小桃点点头：“你是哪处的？”

那侍婢依旧没有什么表情：“随我到大小姐那里一趟。小姐有事吩咐。”小桃愣了，大小姐？小桃心里忐忑，随着那侍婢走去。

虽然同是何家小姐，两人住的地方却相距甚远。小桃跟着侍婢走了一炷香的工夫，绕了几条回廊小径，才到了别院东侧向北伸出去的一处院落里。院子很幽静，满眼的竹林，在竹林中穿行了半晌，才到了大小姐的房间。

与二小姐的奢华不同，大小姐的房间简单素洁，临窗的香案上燃着一个小巧精致的青瓷香炉，袅袅上着青烟。香案旁的柜中，摆着许多书。再向后便是卧房了。小桃立在门口等了片刻，卧房的门开了，走出来两人，前面的一位梳着飞仙髻，身着浅藕色的襦裙，袅娜中带着一丝出尘的味道。与二小姐的明艳不同，这位是淡雅的，想来就是大小姐了，后面的一位年纪稍长些，一脸的精明干练。

大小姐看到小桃，愣了一下，回眸看向身后年长的妇人道：“芸娘，我说过不必叫她来，你又自作主张了。”

被叫做芸娘的妇人躬了躬身子说道：“小姐，也要知己知彼，才能心里有数。”

小桃听不懂她们打的什么哑谜，赶紧伏身给大小姐行了礼。芸娘走到小桃身边直截了当地问道：“你今天是不是帮二小姐送了一条帕子？”

小桃点点头。府里的消息传得真快，自己的一点动静背后被多少双眼睛盯着呢。想到这里，小桃忽然出了一脊背冷汗。

“祁公子收了吗？”芸娘继续追问。

小桃摇了摇头，她理不清这其中的关系，也不敢乱说。

“为什么？”芸娘的声音有种紧迫的催促，小桃被她催得脑子一片空白，半晌不知道该怎么答。

“好了。”大小姐忽然开口，“别再问了。没有收下就好了，打听那些无关紧要的做什么。”

芸娘叹了口气说道：“这怎么是无关紧要呢？二小姐仗着自己是嫡出，处处要压制着小姐。如今这婚嫁的事，本已经是说定了，偏偏她又要插一杠子。也太霸道了些。”

大小姐淡淡摇摇头：“她要喜欢，就让给她。”

“我的大小姐哟，”芸娘一副恨铁不成钢的样子，“这是终身大事，不比别的，怎么能让呢。”

“不过是个太子侍读，狐假虎威的角色，未见得有多少真才实学。”大小姐的神情很漠然，轻轻摇着手里的罗扇。

小桃虽然不懂什么叫狐假虎威，但太子侍读，那就是说祁公子了吧？再看大小姐的表情，似乎是瞧不上祁公子的意味。小桃也不知道哪来的勇气，愣头愣脑来了句：“祁公子是好人。”

如果时光可以穿梭，小桃知道以后发生的事，又或者当时的她，脑子可以稍微转一转弯，也许她不会说出那句话，可她说了。

她的话一出口，芸娘和大小姐都看向了她。芸娘嗔了她一句：“这孩子。”大小姐倒是很好奇：“你和祁公子很熟悉？”

小桃咬了咬唇，没有吭声。大小姐吩咐芸娘和其他的侍婢出去，屋里只剩下了大小姐和小桃。小桃没那么紧张了，大小姐和二小姐不同，没有那么大的压迫感，更亲切随意一些。

大小姐示意小桃在凳子上坐下，大小姐斜倚在一旁的榻上，看着小桃淡淡笑道："你是新来的？"

小桃点头："只来了几天。"

"你认识祁正修吗？为什么说他是好人？"大小姐看向了窗外，"身在官场，又能干净到哪去？"

后面的话小桃不爱听了，也顾不得主仆身份，急急辩解着："祁公子真的是好人。"噼里啪啦地把在云湾村的经历说了一通，"我和他不认识，他知道我娘卧病在床，就给了我一锭银子，怎么不是好人呢？"

大小姐没置可否，半晌只说道："那是因为你的心太干净了。"说完笑笑，又问道，"你多大了？"

小桃说道："下个月生辰过了，就十五了。"

"十五？那是大日子。"大小姐又问了些她的情况，小桃觉得大小姐很容易亲近，也就胸无城府实话实说了。越说越停不下来，索性就连下午送帕子的事也一股脑地倒了出去。

"祁公子说过两天会来？"大小姐微微蹙眉。

"是啊，"小桃点头，"祁公子说来，一定会来的。他说话算话。"

大小姐抿唇笑了："你很有意思。"小桃的脸红了，祁公子说她有意思，大小姐说她有意思，但她真不知道自己有意思在哪里。

从大小姐房里出来，小桃迫不及待地去找幺娘。幺娘的住处如今是单独一间，小桃进去的时候，幺娘正在烛火下愣神，手里攥着一只玉瓶。小桃跑过去一拍幺娘："想什么呢？"

幺娘吓了一跳，回过神来，匆忙把玉瓶塞进袖子，勉强挤出个笑：“跑哪去了？刚才去找你，她们说你被二小姐找去了？”

小桃大大咧咧往凳子上一坐，手托着腮道：“不止二小姐，大小姐还找我了呢。”说着把事情前后讲了一遍，“我都被搞糊涂了，她们在唱什么大戏？”

幺娘笑了：“这你都听不懂？祁公子准备娶何家的一位小姐，可能原本说的是大小姐，但现在二小姐也想嫁给祁公子，之前不知道做过什么手脚，反正今天托你给祁公子送丝帕表心意，但祁公子拒绝了。大小姐着急了，就找你去问情况。”

“祁公子要娶何家的小姐？是成亲吗？”小桃的心忽然扯疼起来。她刚才在大小姐那里脑子懵懵的，没有听明白这其中的丝丝缕缕。如今听到幺娘的话，只觉得心像被插进去了一根针，好疼。

幺娘点点头，叹了口气：“这些大户人家的公子，哪个不娶亲呢？祁公子，李公子，那位你救过的赵公子，只怕都娶了亲。”

“李公子也娶亲了？”小桃想起今天幺娘还见过李公子。

“他是当今六皇子，早在几年前，就娶了大司徒的女儿周娥皇为正妻，六皇子擅填词，皇子妃擅音律，坊间不知道传着多少他们恩爱的故事。只是我不知道，竟然是他。”幺娘的笑有些苍凉，捏了捏小桃的手，“这与我们有什么关系？我们的身份，能做侍婢就是天大的福分了。”

小桃不吭声了，幺娘的话像一阵寒冬的风彻底将她吹醒了。是啊，今天才得知祁公子是太子身边的人，李公子是当今的六皇子，那个赵公子与他们相熟，还指不定又是多么尊贵。个个身世显赫，能遇到已经是几世的福分，多看一眼，多想一会儿，仅此而已，还能怎样？如幺娘说的，就是做侍婢，都不见得够资格。小桃也闷闷的。和幺娘相对坐着，手都一样的冰凉。

“你说，他会娶大小姐，还是二小姐？”小桃的心又疼起来，不过如果是这两位小姐，小桃宁肯是大小姐，起码看着和气些。

小桃的稚气、调皮，聒噪，在知道祁公子要定亲的一刹，似乎就藏了起来。她比原来沉默了，心思也多了。练舞却开始拼命了。祁公子那天对她微微一笑，说她的舞姿必然不输绿腰。天知道她的手脚是多笨拙。她害怕，万一有一天祁公子真的要看她跳舞，她不要丢脸。尽管，她知道那一天很渺茫。

一个女人的成熟，是不是就从一个男人让她心疼开始的？

小桃玩命似地开始练舞，十五的年纪，学舞虽不算晚，却有些艰难，双腿劈开撕拉的疼痛，腰身上下弯折的窒息，天赋的匮乏，都让小桃觉得像在炼狱一般。但她没有理由，也没有机会不好好练。半个月后，何府遣了几个不中用的舞姬，幺娘的恳求，再加上小桃进步的迅速，终于让管事的勉为其难将她留下了。

过了几天，到了“十斋日”，二小姐照例去城郊的安济寺上香。大小姐却没有像往常一样同去，而是留在别院。

祁正修在这天到了何府别院，何公子在前院的清晏堂设宴招待。小桃知道消息后，立马扔下手里的活儿，立在了通往清晏堂路边一棵粗大的柳树旁，来回张望了许久，才终于见到瑶台阁的琴师季叔抱着一把琵琶走了过来。小桃忙跑过去：“季叔，你做什么去？”

季叔被窜出来的小桃吓了一跳，待看清楚后说道：“这孩子，还不稳重些。方才有侍婢过来通传，说大小姐要用琵琶，我去送。”

小桃扯着季叔的胳膊笑道：“我去替你送嘛。”看季叔犹豫，又赶紧说道，“保证不出差错。送个琵琶，多简单的事，不就是进了门……”

“好好好。”季叔知道小桃是个话多的，怕耽搁了时间，便把琵琶递给小桃，嘱咐道，“先打听谁是芸娘，去找芸娘就是……”

“我认识芸娘。”小桃头也不回，一路向侍婢打听着清晏堂的位置，一边小跑过去。

清晏堂很大，小桃抱着琵琶在后门探头探脑，芸娘正守在门边，看小桃进来，赶紧说道：“这边，快点。”

小桃跟着芸娘走到了清晏堂西侧的一处珠帘后面，大小姐正坐在那里。小桃把琵琶递给大小姐，透过珠帘偷眼看了看，清晏堂里大约有四五位公子，分案而坐，坐在正首的应该是何公子，而祁正修坐在东侧的第一个。祁正修今天穿了一件霜白色的袍子，更加俊朗。其余的公子，小桃并不认识。

大小姐调了调琵琶的弦，何公子说道：“那就由舍妹献丑了。”何公子话音刚落，大小姐的琵琶已经如珠落玉盘，嘈嘈切切错杂开弹。小桃虽不懂音律，但也觉得好听悦耳。

小桃偷偷从珠帘一侧看着祁正修，他手握着一只玉杯来回旋着，脸上的表情很专注，眉间眼底都是深深的笑意，那笑仿佛是从心底发出的赞赏。而大小姐在弹奏之间，也不由抬眸看上祁正修，四目相碰，祁正修手里的玉杯顿了一下，眸中的笑意更深，还透着一丝温温的柔和，那柔和，好像春风拂过湖面的涟漪，撩拨得人心里痒痒的。小桃看着不觉就脸红了，转眸看向大小姐，大小姐的脸颊也变得绯红，垂下了眸子，手里的琵琶弦也似乎微微颤了一下。

小桃纵然不懂，也似乎明白了什么，看着祁正修和大小姐眉目之间，不由心扯得微微疼痛起来。

琵琶一曲终了，还有余音绕梁。外间的公子早已赞叹不已。大小姐将琵琶交给小桃，转身从清晏堂的后门走了。小桃抱着琵琶，不知道怎么挪着步子回到的后院。

晚上幺娘过来找小桃时，看小桃坐在廊子上发呆，便也坐了过去："怎么坐在风口上发愣？"看小桃不吭声又道，"祁公子今天来了，我看到你去送琵琶，可和祁公子说上了话？"

小桃无力地摇了摇头，幺娘顿了顿说道："大小姐真是有心。听说大小姐弹的那首曲子，是祁公子新创制的词牌调《双燕舞》。"

"啊？"小桃一惊。填词她听说过，但创制词牌调，那很难吧？祁公子还有这个才华，"你怎么知道？"

"坊间有流传出来的调式。我们瑶台阁还准备和着《双燕舞》的曲调，编一支新舞，我当然听出来了。"幺娘叹口气道，"大小姐弹了《双燕舞》，隔着帘子，祁公子也明白大小姐的心意了。"

小桃沉默了。难怪祁公子目光柔和，眼神沉迷。他们有自己的语言。而这种语言不是用嘴。小桃苦笑道："我看都看不懂。"而大小姐是什么时候摒除了对祁公子的偏见，转而弹拨《双燕舞》迎合祁公子，小桃更是不明白。

小桃以前只觉得达官显贵们住的地方，和自己是两个世界，如今才明白，他们说话，做事，和自己都是两个世界。而且这两个世界的鸿沟是那么深，她跨越不了。

幺娘也有些失神，半晌，才淡淡说道："看不懂不要紧。努力走进他们的那个框框，渐渐地，就会懂。"

走进去？怎么走？小桃很茫然。手指在廊子上划着："那祁公子会和大小姐成亲了？"

幺娘抚了抚小桃的肩："谁知道呢，夜风起了，回去吧。"

小桃一夜没有安眠，第二天一早起来还在发呆，忽然门被人一把推开，小桃还没回过神，一个粉色的身影已经站在她面前，一巴掌挥了过来，打得小桃耳朵嗡嗡响：“贱婢！”

小桃捂着脸莫名其妙，却无法反抗，只好忍痛问道：“二小姐，不知道发生了什么？”

“发生了什么？何之棠给了你什么好处？你要帮着她害我？”二小姐脸色铁青，手指都在哆嗦，“你明明知道祁正修过两天要来，在我那里憋着不说，却一股脑地告诉何之棠？故意趁我去礼佛的时机让他们暗通款曲，谁给你这么大的胆子？一个大家小姐，毫不顾忌待字闺中的身份，在一群公子面前弹琵琶献媚，她不臊得慌吗？！”

小桃这才明白，二小姐是为了没见到祁公子而生气。可那天她根本没来得及说，二小姐就让自己滚了，刚鼓足了劲儿说了句：“二小姐，那天，我本来要说的——”

二小姐越说越气，由不得小桃辩驳，便吩咐侍婢：“把她关到西苑。饿她个三五天，何家还轮不到一个卑贱的舞姬作威作福，更轮不到一个贱妾的女儿耀武扬威。”

一个年长的侍婢低声说了句：“兰小姐——”

二小姐柳眉倒竖：“我偏要说，什么样的娘生什么样的女儿，贱坯子生出来的也是偷偷摸摸、专会装模作样的种。”

说着几个壮硕些的侍婢过来，架起小桃的胳膊向外拖去。晕头晕脑的小桃这才反应过来，但她不知道怎么讨饶，半天只憋出句：“二小姐，下次不会了……”

二小姐冷冷笑道：“还有下次？”更加毫不留情地一抬手，侍婢们拖着小桃向外走去。

西苑是位于别院西侧的一处荒弃的院子，门口站着几个护院把守。侍婢和护院交代了几句，其中两个护院把小桃拖进了西苑，走了几十步，到了几间房子门口，进去后顺着台阶又走到了地下。这里和监牢似的，见不得阳光，黑漆漆的，只有墙壁上点着几盏油灯。那几个护院把小桃随便扔在了地上便出去了。

又惊又怕的小桃过了好久才缓过气，爬到了一个墙角斜靠着。这是何府的地牢？小桃头一次在这种地方，除了惊恐，就是惊恐。地上除了爬着的各种虫子老鼠，还有几块骨头，小桃不敢去想那是畜生的还是人的骨头。

小桃分不清过了多久。只觉得肚子饿了，咕咕叫了，饿过劲了，头晕了，渴了，嗓子要冒烟……渐渐地，小桃晕了过去。

梦好像特别长，梦里是儒雅清俊的祁公子，只是他不说话，就那么笑着，小桃喊着祁公子，那身影却渐渐地飘远了。急得小桃什么也不顾地追过去，却一个激灵醒来了。

小桃睁开眼，映入眼帘的是幺娘哭得像核桃的眼睛，欣喜若狂地抓着她的手不住问着：“哪里难受？饿吗？”小桃想回答，却使不上劲来说话。只是打量着四周，这不是她的房间。很大的雕花木床，金色帘钩上卷着茜色的纱幔，身上的被子也是柔软的锦缎。

床外是嵌着云纹贝片的桌椅、香案，小桃张了张嘴，嘶哑着说了句：“这是哪？”

幺娘抹了把泪：“这是大小姐院里的厢房。你都晕了两天，可吓死我了。”幺娘站起身向外走去，“我这就去禀告大小姐你醒了。”

不多时，幺娘回来，身后跟着一个捧着食盒的侍婢，小桃虽然饿了许久，恨不得吃下一头牛，但全身乏软，半晌也只吃了一碗碧绿粳米粥，并两块胭脂酥糕。吃完才恢复了些力气，问着幺娘：“我怎么会在大小姐这里？”

幺娘待侍婢出去，才低声对小桃道：“你昏睡的这几天，何府的事情，都可以演一出梨园戏了。”

小桃心急：“快说说。”

“二小姐那天从你那出来，又跑到大小姐这里吵闹，二小姐急，大小姐慢，但二小姐说不过大小姐，她说的一堆话，被大小姐淡淡的一句就说得没了应对，后来索性乱发脾气，大小姐便回屋关上门，不再听她喊叫。听下人们传，大小姐虽然比二小姐年岁大，但大小姐是庶出，二小姐是嫡出，所以二小姐的腰杆子更硬些。”

幺娘慢慢说着：“二小姐这一闹，惊动了何公子何大人，晚上何大人就来了。听说何大人最初是责怪大小姐抛头露脸，可后来，情形发生了大变化。”

“第二天一早，别院里来了几个人，穿的都是锦衣华服，何大人见了都极为恭敬。那些人在别院待了一天，何大人亲自作陪，中午午宴，晚上晚宴，瑶台阁的都去跳了好几支舞，还有歌姬、优伶们呢。后来听人说，那几个人是太子的近侍，给何大人来送信的。太子保媒，为祁公子向何家提亲，点名要何家大小姐。”幺娘有些出神，“瑶台阁的舞娘说，有太子出面，这亲事就不是一般的隆重和脸面了。所以大小姐的身份一下子尊贵了起来。何大人又吩咐二小姐向大小姐道歉，但二小姐脾气大，死活不肯。大小姐又宽宏大量不计较，这才作罢。”

小桃已经听得如坠云里雾里，糊涂不堪。

“还好大小姐仁义，知道你在西苑的地牢，待那些人一走，就去恳求何大人把你放出来。”幺娘握着小桃说道，“这次你真得感谢大小姐。是她救了你。”

小桃咬了咬唇，没有说话。按理，她是该感谢大小姐的，可祁公子偏偏选了大小姐。她的心说不上的疼，好矛盾，也好纠结。

过了一会儿，门外传来了脚步声，幺娘说道：“应该是大小姐来看你了。”忙跑去开门。大小姐一身缃色的衣裙，显得身形高挑袅娜。依旧是温婉如兰的神情，身后跟着芸娘和两个侍婢。小桃想起身，却怎么也使不上劲，大小姐忙摆手：“快别多礼，注意身子。”

小桃便也没有再用力撑着，只是看着大小姐说道：“多谢大小姐。”

大小姐走到小桃床边坐下，伸手抚了抚小桃的脸庞，脸上的神情有些沉郁，半晌才说道：“你受苦了。”

大小姐这句话说得肺腑，不是客套，不是敷衍，小桃的心里忽然像涌起什么似的酸酸的，她的苦她本来不是那么在乎的，可大小姐体察到了，由衷地关心她了，她也说不上是感动还是委屈，眼睛潮潮的。

顿了一下，大小姐说道：“我特意吩咐请了张太医为你诊治，内服兼外敷，应该很快能恢复，你别担心。”

小桃怔了一下，太医给自己看病？简直不敢想，何家在朝廷的地位，以及如今大小姐在何家的地位，她算是能感觉到不同凡响了：“大小姐费心了，不用惊动太医……”

大小姐叹口气摇摇头道：“这件事怎么说也是因我而起。之兰记恨的，是我。”小桃反应过来，大小姐叫之棠，二小姐叫之兰。

大小姐继续说道：“这几天你别回清音出岫了，之兰心里有气，难保不会把气再撒到你身上。以后你不妨跟着我，在身边服侍？”说着征询地看着小桃。

芸娘眉头皱了皱，她本来是不赞成大小姐这么做的。在小桃昏睡时她进来探看，却发现小桃颈下有朵桃花状的胎记，不是什么吉利的符号，平时衣服遮着看不到。这孩子是个福薄的，她担心给大小姐带来厄运。只是大小姐却说不在意这些虚妄的说法。如今大小姐这么决定，芸娘也只好把担心掖在心里。

跟着大小姐？小桃张口结舌说不上话。她是做舞姬的，跟着大小姐做内侍，这算升了还是降了？小桃看了看温和的大小姐，毕竟是自己的救命恩人，拒绝似乎不合规矩，又转看向幺娘，幺娘轻轻点了点头，小桃便迷迷糊糊地应：“好。”

大小姐微微一笑道：“那便好。你先安心休息，我吩咐下人去帮你收拾东西，你也不必再回去了。”又安顿了小桃几句，便起身出去了。

屋里只剩下幺娘和小桃，小桃看着幺娘有些迷茫：“你说我这步走对了吗？”

幺娘咬唇想了想：“舞姬毕竟辛苦，跟着大小姐倒是更轻松。走一步看一步吧。大小姐这么仁义，应该好服侍。”

小桃休息了些日子，便在大小姐身边服侍了。大小姐的生活很简单，除了日常的吃穿，也就是看书、洗漱之类的事需要人服侍，小桃做些端茶倒水换换衣服的事，最主要的是晒书研磨。服侍大小姐久了，自己身上似乎也沾了书香气。

做这些的时候，小桃不由会想着祁公子应该也是饱读诗书，可自己连字都不认识，便有时趁着大小姐闲着，也会问问看到的是什么字。大小姐看她爱学，便渐渐教她认些字，小桃学得也快，很快就能挑着看些简单的篇章，只是略微复杂的字就不认识了。

转眼到了重阳，几个月过去，何大人渐渐有些坐不住了。太子三个月前就给他来信为祁正修保媒，他还满心欢喜。可三个月过去，祁正修像没这回事似的再不提及，按理早该来问名纳彩走走提亲的形式。这算怎么个事？他决定促促这桩亲事。

第三章

出城渐觉风光好
入情难解权谋深

何大人还没想好如何明示暗示祁正修，皇上却给他派了桩差事。皇上夜里做了个龙潜海底的梦，相师解梦是大吉之兆，为了感恩天地，准备建一座隆恩寺，以济天下。相师划定的范围是濠州一带，皇上命太子带人去濠州选址勘测，准备建寺。

太子这一行浩浩荡荡，除了带着祁正修，还有何家公子何之训，并三队指挥人马二千左右，择日出发去濠州。

何大人得知这一消息不免着急，一是儿子又要出行几个月不得见，二是祁正修一走，之棠的婚事没个交代，这是让她等还是不等？

何之训明白父亲的心思，他也急，但是这事作为女方一头，即使熟识也不好意思催问，只怕急急吼吼地贬了身份。想了半晌说道："既然太子都保媒了，那应该错不了的。但这又没法张口，一旦开了口，便是失礼丢份。不如这样，反正这次出行是选址建寺，不是紧急军务，一路也清闲，不妨我带着之棠去，暗示暗示祁正修。"选址建寺是桩轻松的美差，太子还带了几个姬妾解闷，他顺势带着妹妹也不算逾矩。

何大人放下心来，一边吩咐着之训照顾好之棠，一边派人通知大小姐准备同去。

大小姐接到何大人的指示没有太大的表情，吩咐小桃和芸娘收拾东西随她同去。但小桃看得出来，大小姐是开心的，眉梢眼底都是笑意。小桃的心莫名就有了些酸涩的味道。

三日之后，太子带着祁正修并两千人马走在先行，何之训及另几个随行官员并相师在后分批而行。从金陵到濠州，一路顺顺当当，不急不缓，用了两天的时间，已经到了濠州地界。太子派人遣书信知会了濠州刺史，却并没有进城。绕了个圈，在濠州城外西南支了营帐驻扎了下来。濠州刺史又忙亲自来拜见，把附近的别院祠堂农舍等地方竭尽一切地腾挪出来，给太子一行居住。太子嫌麻烦便还是在营帐。带的女眷们安置在了别院里。

安顿好之后，太子每天带人外出勘察，选着风水地势好的地方。大小姐待着发闷，倚着别院的斜廊叹道：“这地方的气候，倒是和金陵差别不大，不知道外头的风土人情怎样？”

小桃明白大小姐是想出去，却又担心安危，便笑道：“这好办啊，不妨我和芸娘先去打探打探，看有什么又近又好玩的，回来告诉您，再让公子派两个人护着一起出去，就不怕有差错了。”

大小姐想想说道：“也好，芸娘不喜抛头露脸，你和若素一起去，就在附近别走远。记得打问得详细些。”

小桃点头应是。吃过午饭，便和若素一起出了门。若素比小桃还小两岁，更是个机灵好动的。两人出了别院，看看四周除了水田，河渠，农舍，也不知该往哪去。和路过的农户问了问，知道不远处走一炷香的光景，有个集镇，每逢初一十五会有集会，可以买些新奇的玩意儿，再往东，有座小山，山上有座栖凤亭；往西有条灵水河，灵水河流的尽头入了濠河……

小桃听着心痒痒的，待农户走后，对若素说道：“今天正好十五，不是说有集会吗？我们去禀告小姐一起去逛逛。”

若素的心思也活泛，说道："不如我们先去探探，要是人多又杂，乱糟糟的，小姐去了倒腌臜了。"

小桃想想也对，小姐出去怎么着也得通知何公子，那又不知得什么时候了，不如自己和若素先去探探，反正也就一炷香的工夫。二人便一起打听着向集市走去。

两个人不识路，又弯绕了不少，等到了集市已经是日头偏西，小桃嘟着嘴说道："一炷香！他说的这一炷香得有大腿那么粗吧。"

若素也累得直喘气："好在还有没收摊的，正好转转。"

集市上的东西还不少，虽然都是小摊位，但是东西琳琅满目，吃的，穿的，用的。小桃手里的几个铜板，买了两把树莓，一包藤茶糕就没了。结果看到下一个摊位的咸水鹅，便只有流口水的份儿。忙拽着若素道："快借几个钱使唤，这鹅肉的味道闻着就正……"话音没落，发现身边的人不对劲，这才猛一转身细看，是个不认识的姑娘，四处瞅了瞅，哪还有若素的影子。都是十几岁小姑娘，正是爱新鲜热闹的年纪，若素跑得比小桃还快。早不知道去哪个摊子瞧热闹去了。

小桃找不到若素，只好自己在集市上瞎逛，这块绸绢不错，那朵宫纱制的花也好，忽地看到一个卖香囊的，又忍不住凑上去，做工格外精致，难得的好东西，要是有几个钱就好了，买着回去送给幺娘，她一定喜欢得不得了。可惜没钱了。

小桃正恋恋不舍地翻看着，忽然身边多了一个霜白色的身影。小桃扭头一看，祁正修熟悉的微笑正在夕阳下，静静地看着她。小桃只觉得"轰"一声，脸就泛了红，低低唤了一句："祁公子。"又赶紧补了句，"你也来逛集市？"

祁正修点点头："是。"说着把摊上的香囊拣了两个，对小桃说道，"自从你们到了濠州，还没时间去拜会何小姐。这个香囊你帮我送给小姐，失礼之处还多包涵。”顿了一下又说道，“另一个，便送你吧。”

小桃愣了一下，半天才想明白，祁公子要送小姐香囊，又碍着自己这个跑腿的情面，所以捎带送她一个吧？小桃的心抖了一下，接过了香囊，把其中一个放回到摊上，又想了片刻才憋出句文绉绉的话：“我会把这个拿给小姐。祁公子不必和我客气。”

祁正修勾唇笑了，微微侧身伸手指着另一个摊位道：“看来你是更想要那只咸水鹅？”

小桃一愣，马上脸红到了脖子，祁公子很早就看见自己了？他瞧见自己拽着人借钱买咸水鹅？天哪，丢脸丢到家了。小桃手脚都不知道往哪放了，急着摆手：“不是，不是。我不要……”

祁正修看着小桃这个样子，忽然心里有点软软的。刚才他在集市扫了几眼，小桃的样子实在没法不令他注意。一个打扮得干干净净的女孩子，明显比同来赶集的村民显眼，袅袅娜娜地站在那，却偏偏盯着一只咸水鹅恨不得立即吃了的样子，又好笑又有趣。他留心看了会儿，又看见她像只撒欢儿的小鹿似的东逛西窜。他见过的女孩子，有大家闺秀的贤良淑德，也有小家碧玉的玲珑剔透，也有村里女子的纯朴憨直，可小桃，有点特别。可特别在哪儿，他又一下子说不上来。

看祁正修微笑不语，小桃更加羞得喘不上气，忙把刚才放下的香囊拿到手里，急急说着：“那我还是要这个。”拿香囊总比拿只鹅要体面。

祁正修忍不住笑出了声，他的笑声轻轻的，很好听。把银子付了后，祁正修说道：“好了，天色也不早了。赶紧回去吧。”

“你不回去吗？”小桃鼓起勇气问着，如果能一起回去，那她今晚会不会开心地睡不着？

祁正修看了眼远处：“我还有事。你先回去。”

小桃有些失望，勉强笑了笑：“好。”

祁正修点了点头，转身离去。小桃立在原地，看着祁正修的背影有些失神。天快黑了，他要去哪里？他去的地方似乎和自己来时是相反的路径。小桃不由快走了几步，跟着祁正修。

他先是看了几处摊子，有砚台的，有玉器的，还有瓷器木雕的，每一处都悠悠地看着，看得很细。小桃的心也跟着扑通扑通跳，祁公子的每个动作，都系着她的心跟着起伏。没想到祁公子也挺有耐心，这市集的东西乡野粗糙的多，他家藏的一定比这金贵多了，竟还看得这么仔细。祁公子转一个地方，她也由不住脚地跟着看。往里面走，摊位渐渐少了，开始出现村里的农舍，乡间的阡陌，祁公子没有转身，继续向农舍走去，绕了几户人家，又走过一座小桥，忽然就不见了踪影。

小桃一愣，祁公子怎么说不见就不见？转身看看，这才惊觉太阳已经落山了。原来祁公子走了这么久。小桃赶紧顺着来时的路往回跑。摊位都撤走了，小桃看着遍地狼藉、四处通着的路，乱了方寸。前面还有几个农夫，小桃跑过去想问问，却不知道她们住的别院是哪里，只知道是濠州的城郊。这可急死人。她只好形容着，离这里一炷香，周围还有栖凤亭等等，那几个人面面相觑，也没法从她七零八乱的信息里听出是哪里。

最后其中一个人指着一条路说道："你就顺着这走吧。好像前头几里地是有间大宅子，听说最近来了不少人。"

小桃忙道谢，顺着那人指的方向往回跑去。天色越来越暗，偏巧没有月亮星星，小桃跑了一会儿，突然淅淅沥沥下起雨来了，不多时小桃身上就湿漉漉的了。路上除了田地就是小沟渠，一时没个躲雨的地方。小桃跑了好久才看到一片树林，也顾不上仔细看，一头就扎了进去。

树林里有两个男人也在树下躲雨，看到冲进来的小桃，虽然天黑看不清模样，但裙衫被雨水淋透了，紧紧贴在身上，看得身形凹凸有致，妙不可言。那两个男人不约而同吞了口口水。

小桃撞了进去，才看到模模糊糊有两个身影，便说道："打扰了，我在这避一会儿雨。"

其中一个男人开了腔："没事，避多久都行。"

小桃听这人说话古怪，就没再搭腔。只是站在树林边上，望着外头。

过了一会儿，雨渐渐小了，小桃动了动步子，正要往外跑，忽然被一双手扯住，一个猥琐的男声说道："小姑娘，别急嘛，陪着兄弟们说会儿话。"

小桃愣了一下，马上明白这是遇到了歹人，那人力气很大，一只手扯着她的胳膊，另只手伸过来揽住了她的肩膀："哟，真滑嫩的身子。"

小桃又羞又臊，情急之下一手用力勾住身边的树，大声喊着："救命啊！"

话音刚落，忽然身后凉风一起，一声惨号，小桃感到肩膀上松了一下，随即半条胳膊从她肩上掉了下来，"啊！"小桃尖叫一声，抱着树身子一软出溜了下去。

过了片刻，小桃悠悠回转过气，一个男人蹲在她身边，晃着她的肩膀，小桃只觉得人中处麻麻地疼。小桃一个战栗，用力推开身边的男人问着："你是谁？"

那人怔了一下，声音有丝失落的不悦："你不认识我了？"

小桃揉了揉被他晃得生疼的肩膀，没好气地嘟囔着："这么黑，我连你长什么样也看不清。还怎么认？"说着用力撑着想站起来。

那人伸手搭了小桃一把，声音沉沉的："没事吧？"

"没事。"小桃站起来，反应过来是这人救了她，刚才那语气有些无礼，便又屈膝做了个礼道，"谢谢公子相救。"

那人"哼"了一声，语气有些冷："如今这些虚礼倒是学得不错，精致得让人生厌。”

这冷冷的语气，喜欢嘲讽的调子，小桃猛地反应过来，不由扯着那人胳膊道：“赵公子！是你吗？”

赵公子微微挣了一下，声音有了些温度：“不是天黑看不清吗？”

小桃嘿嘿笑了两声：“看不清听得清嘛。赵公子你不是在开封吗，怎么来这里了？是来找祁公子吗？”

赵公子顿了一下，说道：“我来办点事。你如果见到祁正修，不必告诉他见过我。”

小桃点点头，心里有些迷糊。忽然看见赵公子微微别过了头。小桃猛地低头，脸红得像烫过的钳子，该死该死，自己站起来做什么，身上的裙衫还紧紧贴着呢，小桃伸出胳膊抱在胸前，声音都不稳了：“我得赶紧回去了。赵——赵公子，改天再聊——”说着就想溜走。

赵公子一把扯住了她的胳膊：“你知道别院在哪儿就瞎跑？完全岔了。”

“你知道？”小桃有些惊讶。

赵公子侧身指着另一处：“在那边，还有十几里路。我送你走吧。”

“不用不用，我走得了。”小桃紧紧抱着胸，面红耳赤。

“好了。”赵公子打断她，“天黑路歧，不要冒险。”

小桃还在抱胸纠结，叽叽咕咕着：“那我走前面，你走后面，你要和我保持二十步的距离。我不方便……”

黑暗里赵公子的唇角还是忍不住挑了挑，玩味地说道：“我的眼睛好得很，夜里看百步之内都十分清楚。”

“你！——”小桃气结，噼里啪啦说道：“那就离我百步之外，要两百步！眼睛好得很，干脆闭着眼睛走路好了，我看你身手那么好，闭着眼睛也不会掉进沟里……”

小桃还在话唠，赵公子转过了身子不再看她，语气不容置辩："走吧。"说着走到一边，牵过马。

小桃看到马，顾不得捂胸，好奇地跑到马跟前，伸出手摸了摸马背，反被那性子烈的马喷了她一鼻子，吓得她一哆嗦。赵公子沉声喝了一句："云骢！"那马也乖，听到他的喝声便扭过了头，不声不响。

训练得真好，小桃心里叹着。随口问着："云骢，它的名字吗？"

赵公子轻"嗯"了一声，调试着缰绳和马鞍。

小桃扭头看着他，捂胸眯眯笑道："那你叫什么？"

赵公子怔了一下，缓缓开了口："你现在才想起问我的名字？"

"爱说不说。"小桃绕到他身边，涎着脸说道，"不过你要是不告诉我呢，我就叫你赵云骢——"说着得意地看着赵公子。

赵公子冷冷"哼"了一声，别过了头，过了半晌，才说道："赵廷宜。"

"廷宜？"小桃轻声念着，"什么意思呢？"她觉得这些公子们的名字她都理解不了，祁正修，赵廷宜，何之训，好难。哪像村子里，二牛，铁柱，招福，五娃，多好懂。

"没什么意思。就是我这个人。"赵公子把缰绳握在手里，问着小桃，"会上吗？"

小桃摇摇头，高头大马得大户人家才有，她在云湾村的时候，连驴都没骑过。赵公子沉声说了句："别动。"抬手揽着小桃的腰，小桃还没反应过来，已经稳稳地落在了马上。小桃小心翼翼地把一条腿跨过去。这样还好，小桃的羞涩好了些，好歹他在自己身后。看不到，一定看不到。小桃安慰自己。把护在胸前的手放了下去，扯住了赵公子的袖子。

第一次骑马，马的身子微微一动，小桃吓得轻呼："啊，会不会掉下去？"

赵公子闷闷地笑了："胆小。"

谁胆小？！小桃可不想被他看扁了，憋着气不再吭声。尽管马儿动一动，她的心都跟着颤一颤，却再也没吭一声。

雨停了，月亮渐渐从云后出来，照得四周一片清亮。水田盈盈，偶尔还有白鹭飞过，马儿咯噔咯噔跑着，并不快，小桃只觉得要颠出肠子了，却紧张得全身汗毛都竖着，双手紧紧攥着赵公子抓缰绳的袖子，全然忘了赵公子另只手还在她腰上揽着。

雨后的味道，全是清心的干净，赵廷宜第一次骑马骑得有种惬意的滋味，草的香味，还有怀里女子的清香，他的心像是被什么化开一般，有点甜，有点痒。他今天本来不想出手的，可在集市无意看到她便由不住地跟着她，由不住地教训那两个痞子，他对自己说，只是还她的救命之恩，可真的只是救命之恩吗？他不知道，他只知道她娇俏的样子很好玩，她叽叽呱呱的样子也好玩，她和他斗嘴的样子也好玩，而他，真的不想把手从她的身上拿开。

马儿这么咯噔着跑了一会儿，小桃好奇地问着："人家都说马跑得很快，这也不快嘛，和牛差不多。看来传说不能信。"

赵廷宜沉沉笑了："想知道马能跑得多快？"

"还能快？"小桃好奇地问。

"抓好。"赵廷宜话音刚落，将放在小桃腰上的手拿开，拍了拍马背"走！"，双手紧紧抓着缰绳，那马瞬间四蹄腾空，小桃的身子一滞，紧接着全身像飞起来似的，两旁的水田都在飞快向后移着。小桃顾不上惊呼，只是眼睛瞪得大大地盯着前方。

"快吗？"赵廷宜俯在小桃耳边沉声问着。

小桃也不知道怎么了，忽然耳朵就发烫了。第一次有一个男人离她这么近说话。那股男人的气息就在她身边环绕着。很安宁，也很震惊。像腾云驾雾的感觉。她忍不住点点头。马越跑越快，跑起来反而不颠了。耳边的风呼呼作响，小桃激动地喊道："太快了，好有趣。"

身后的赵廷宜轻轻勾唇笑了，那声音，很轻快，很暖，满是惬意。

天上的云和月，也相互逐着，时隐时现。

马飞驰了一会儿，赵廷宜用力拉了拉缰绳，夹了夹马肚子，马停下来，又恢复了小步咯噔咯噔。小桃的心放了下来，伸手轻轻抚着马背道："云骢啊云骢，你也太厉害了。果然像云似的飞啊。你不能叫云骢，得叫闪电骢，真是个宝贝，还那么听话……"

听着她叽叽咕咕，赵廷宜挑起唇际笑着。清风，明月，疾马，还有一个小话唠，好像这样也挺好。

尽管是咯噔着慢跑，也很快就到了濠州城外的别院附近。赵廷宜停下马，把小桃扶下来，说道："我不能再走了。你顺着这里回吧。"这里离别院也不过几百步的距离，再无危险。

又要分别，小桃对赵公子倒没什么不舍，反倒是对那匹云骢恋恋不舍起来，虽然以前她坐过马车，但那和骑马完全不同。在马上腾飞的感觉，是她活到现在最美妙的滋味。小桃抬眸看着赵廷宜，甜甜地问道："我们，还能再见吗？"

赵廷宜僵住了。他没有料到小桃会问这个问题，小桃甜笑的脸荡漾在他面前，他第一次发现这个女孩子在月下这么动人心魄，心"怦"地猛然跳了一下。他算了下日子，对小桃点点头："五天后，酉时，我在这里等你。"

"好！说好了啊，你可别像上次在云湾村那样，又不来。"小桃嘱咐着。

"上次？"赵廷宜哭笑不得，"我记得你上次不是和我约吧？"

小桃被他噎住了，眸子一转，轻声问着：“你到时会骑马过来吧？”

赵廷宜一怔，这才明白小桃的意思，好像一瓢冷水浇下来，他第一次被女人逼得气恼，但偏偏她那副无辜又天真的样子让他也发不起火，只好从牙缝挤出个字：“会！”

小桃脸上的笑喜滋滋绽开：“那就好。我走啦！”说着欢快地跑开。看着她的背影，赵廷宜心里有种莫名的滋味。

小桃快跑了几步，跑到别院门口，正要进去，却见到出来几个人，为首的正是祁正修。走到台阶下，转身对送他出来的大小姐揖身做礼。小桃赶紧藏在了树后。看着那两人话别后，大小姐转身回了院内。祁正修带着云笙大步向这边走来。小桃从树后走出来，正犹豫着要不要同祁公子打个招呼，忽然祁正修步子停下来，转身看向小桃的方向。雨后的月光分外清亮如洗，小桃无处遁形，只好碎步走到祁正修身边，躬身行礼道：“祁公子。”

祁正修打量了下小桃，转身对云笙道：“你去那边等我。”云笙走到了一边。祁正修看着衣服贴在身上的小桃，脸上一热，把自己身上的披风解了下来，递给了小桃：“把这个披上。”说着目光瞥向了一旁。

小桃一愣，脸烫得滴血，下意识地又抱住了胸。自己这个脑袋瓜什么时候才能好使啊，方才骑马骑得开心，早忘了衣服这回事。天哪，天哪，后来还和赵廷宜说了那么久的话，要命了要命了，一定被他看光了。现在又被祁公子看到，小桃臊得头都抬不起来。

祁正修抬手把披风披到了小桃身上，小桃只觉身上一暖，抬眸看着祁正修，心也微微暖了。披风很大，把小桃罩得严实，小桃把手放了下来，结结巴巴说着：“路上赶上了雨，避了会雨耽搁了。”

祁正修淡淡笑着看向她：“我知道。我比你早到。方才雨停了，想着无事，抽空来拜会了何小姐，终归不能缺了这个礼。”

小桃恍然，却也好奇，祁正修明明是向另一个方向回来的，怎么倒先回来了，还有时间拜会大小姐。不觉问道：“公子没遇到雨？”

祁正修答着：“也赶了一点。不过雨大时已经赶回了营帐。对了，你日头没落就走了，不过几里路，怎么现在才回来？”

小桃咬着唇，心想这么一会儿工夫，她可干了不少事，跟他跟丢了，躲雨遇到坏人，又遇到赵公子，却不知怎么说给他听。小桃在祁正修面前总是怯怯的。尽管祁正修温和儒雅，小桃不知道自己的怯意从何而来。

看小桃没有回答，祁正修也没有继续问，温声说道：“不早了，先回去休息吧，改天再说。”说着抬手把不远处的云笙唤来，一同离去。

小桃抚着身上的披风，一时怔在了那里。看着祁正修的背影呆了许久，直到祁正修和云笙都完全消失在月色里，小桃才回过神来，幸好祁公子给了她披风，否则别院的侍卫、护院，都是男人，她可臊得怎么见人。小桃偷偷溜回自己的房间，换了身干净衣服，把祁正修的披风搭在木架上晾着，赶紧去何之棠那里服侍。

小桃刚走到何之棠房门口，芸娘眼尖，快步出来拧着小桃的胳膊：“你个死丫头，一出去就像撒了的鹞子，不知道回来。大小姐担心死了，你疯到现在才回来。”

小桃怯怯地看了眼何之棠，素来温和的何之棠面上有些焦灼和担心：“怎么才回来呢？”

小桃咬了咬唇说道：“本来说去集市看看，结果和若素走散了。忘了回来的路，又赶上了雨。对了，若素回来了吗？”

芸娘插嘴道：“早回来了。看你平时是个机灵的，一出门竟还不如个小你两岁的丫头。”

小桃的脸红了。何之棠抬手制止着芸娘，说道："好了，平安回来就好。"转而吩咐着芸娘："你们出去吧，小桃留下服侍。"

芸娘一行出去，何之棠看着小桃，温声说道："小桃，以后一定要记得，天黑前要回来，女孩子在外面危险，遇到歹人可怎么办？如果看着天要黑，可以雇辆车或者轿夫，钱不够不要紧，回来我们给就是了。"何之棠的话正好戳中了小桃的心思，不觉眼睛有点潮潮，何之棠站起来，抚着她的肩柔声道，"我不是骂你，怎么还委屈了呢？"

小桃摇着头："不是委屈，只是从没人教过我这些。谢谢大小姐……"她的谢谢是由衷的。这些道理，这些办法，只有大小姐告诉了她。

"真是个傻丫头。"何之棠轻声笑笑，捏了捏她的脸，"好了，我还不想睡，想写会字，你帮我把笔墨纸砚准备好。"

小桃应声而去，将纸铺开，用镇尺压好，又将墨研开，何之棠坐在凳子上，不知在想什么，半晌，才提笔道："欲笺心事无从寄"，又没了下文。

小桃不认识那个"笺"字，也不知道何之棠写的什么意思，但认识心事二字，知道何之棠有了心事，小桃自己也心事满满，一边研墨一边出神，直到墨汁都溅了出来，才反应过来。忙伸手去擦，何之棠好笑道："你想什么呢？"

"没，没。"小桃忽然想起来祁公子还有香囊要给大小姐，忙从袖中拿出一个香囊道，"今天下午在市集遇到祁公子，他托我带给小姐的。"

何之棠接过香囊，反复看着，眉眼里全是笑意。不知看了多久，小桃只觉得如果那个香囊有脸，一定也让大小姐看脸红了。许久，何之棠抿唇笑道："来而不往非礼也。明天吩咐厨房做些点心，你帮我去送给祁公子吧。"

小桃心里一疼，她真是不爱做这种事。大小姐脸上幸福的笑，祁公子脸上深意的笑，都让她心里疼疼的。祁公子是她梦里想忘都忘不了的人，大小姐是对她有恩、待她如亲人的人，她真的不知道怎么在中间做这个传情的人。半晌，她嗫嚅着说道：“其实，其实，小姐你自己去，不是还可以和祁公子聊聊什么的……”

大小姐难得在脸上荡起一层红晕：“以后吧。现在去显得轻浮。”

“什么叫轻浮？”小桃不懂。

“真是傻丫头。”大小姐拉小桃坐下，缓缓给她讲着一些闺阁礼节。虽然大唐的女子已是不甚拘礼，但还是要有些规矩，尤其越是身份高的人，越要注意体面。小桃听着，用心地记着，却也觉得烦琐束缚，远不如在云湾村来得畅快。

第二天一早，小桃便带着点心，在侍卫的陪同下，向太子的营帐那边走去。走了没多久，就看到重重士兵守卫的营帐。小桃说要找祁正修，守在门口的士兵进去通传，没多久出来便带着小桃进去，绕了几步，到了一处营帐门口，说道：“请。”

小桃整了整衣裙，提着食盒进去。祁正修正坐在桌前不知写着什么，云笙在营帐门后候着，对小桃说道：“公子在忙，先等等。”

小桃点头，将食盒放在了门口的案上，静静立着。看着祁正修的侧影，时而微蹙眉思索，时而提笔挥毫，那动作行云流水，小桃看得痴了。

过了半晌，祁正修终于写好，唤了一个士兵进来，吩咐道：“把这个给太子过目，然后送到金陵。”士兵应声而去。祁正修这才转身坐到营帐正面的榻上，看着小桃微笑道：“来了？”

小桃忙提着食盒上前，给祁正修拜了一礼说道：“奉我家小姐吩咐，给公子送些点心来。”说着把食盒递上前，放到祁正修面前的案几上，打开了盖子。

祁正修微微笑着：“越来越知礼。”伸手拈了一块点心，“还是热的。”祁正修尝了尝，对小桃说道：“很不错，你也尝尝。”小桃犹豫了一下，轻轻伸手拈了一块，放到嘴里尝了尝，的确好吃。只是身边的是祁公子，否则她一定毫不犹豫地一口就吞了，可如今只好一点点地小口吃着。

看小桃吃完，祁正修从榻上站起来，随口问道：“急着回去吗？”小桃一愣，祁正修微笑道，“写了一早晨，也累了。不妨出去走走？”

小桃的心跳得激烈，和祁公子一起走？！“不急，不急。”小桃连声答着。

祁正修点头：“那便好。”说着从营帐中先走了出去。小桃赶忙也跟着出去。

出了营帐，往东南的方向走了很远，祁正修似乎有心事，一路也没有说话，步子很缓，小桃也便缓缓跟着。穿过几片水田，到了一处小溪，又沿着小溪走了一阵子，到了一条大河边，河水很急，打着旋奔流向前。

河边是一丛丛芦苇，祁正修站在芦苇边，风吹得衣袂飘飘。小桃呆呆地看着他的背影。

过了许久，祁正修悠悠地说着：“这边的风光也不错，比起金陵，田园景致更让人能轻松自在些。”

小桃不知道怎么答，只是紧张地攥了攥袖子，半晌憋了句：“是，不过雨水也不少。入了秋还这么多雨。”

“天象异常，这里本不该这么多雨的。”祁正修若有所思。小桃更加紧张。她和祁公子说话，总觉得有些搭不上调。他和大小姐的调调倒是有点像，说话都文绉绉的。想到这里，小桃心里忽然疼了。

祁正修回过神，侧身看着小桃道：“昨晚淋了雨没事吧？该喝些热热的姜汤。”

小桃忙摇头：“没事了。”忽然一拍脑袋，“啊呀，我忘了公子的披风了。真是糊涂。”

“不妨事。”祁正修温声道，“改天再拿给我。”“改天”二字让小桃心里一动。还有改天！又有些心猿意马起来。祁正修随即问道：“昨晚是不是迷路了？否则不会那么晚。”

“是。走反了，赶上了雨。”小桃不由叹气，“明明问了人的，只怪我不知道别院那里的名字，结果给我指了另一条道。雨越下越大，只好在树林里躲了好久。结果还遇到了——”小桃说得秃噜了嘴，赶忙收住了口。

“遇到了什么？”祁正修追问着，目光有些绷紧。

“没什么。”小桃支吾着，由于紧张手又开始攥着衣裙。

忽然手一暖，祁正修把她的手从衣裙上拿下去，温声说着：“裙衫都被你攥皱了。你很怕我？”

“不是，不是。”小桃不知该怎么表达，真是笨啊。憋了半天又憋出一句话，“我只是，很怕自己说错话。”

“说错话？”祁正修笑了，“话没有错的，只是看你同谁说，他计不计较。在我面前，没有错的话。”

祁正修的笑似乎是阴霾天气里的一缕阳光，总能暖到小桃心里。小桃琢磨了下祁正修的话，低头抿唇笑了，轻声道：“小桃很笨。说话无礼会冲撞公子的。”

祁正修唇角挑了挑：“礼数，存在于并不太熟悉的人之间。如果陌生人间讲礼，会很舒服；而朋友间讲了礼，便生分了，反而不舒服。礼数这个东西，是不是很奇怪？”

祁正修的话有难度，小桃听得有点晕。反复咂摸了两三次，终于听懂祁正修的意思是朋友间说话不用拘礼。那意思是，她和祁公子是朋友？小桃的心几乎停止了跳动，过了半晌，才抬眸看着祁正修，却看到祁正修也在看着她。和祁正修对视的滋味，晕晕的，醉醉的，甚至比骑马还让她觉得特别。小桃垂下头，脸有些发烫："那以后，便不和公子多礼了。"

祁正修微微笑笑，看着远处又不知在想什么。小桃绞尽脑汁，也不知道该说什么。说来也奇怪，她这个话唠，一见到祁公子就像个锯了嘴的葫芦，说俗的，怕祁公子不爱听，说雅的，她现在这个水平还偏偏说不来。每到这时候就恨自己识字太慢。

憋了半晌，小桃终于又蹦出句话："香囊，我带给了小姐。她很喜欢。"

祁正修回头看着她："那你呢？你喜欢吗？"

小桃一愣，心被祁正修这句话砸得又狠狠跳了几下，垂下眸子："喜欢。只是淋了雨，我把还算干的那个给了小姐，自己的那个湿得厉害。香味都淡了。"想想就心疼。

祁正修怔了一下，温声道："不要紧。以后看到，再买一个就好。"顿了一下说道，"昨晚该送你回去的，便不会赶上大雨，也不会遇到危险了。"

小桃惊讶地抬眸："公子怎么知道我遇到危险？"

祁正修淡淡笑笑："你不愿说，自然是坏事，不是好事了。好在你没有受伤。否则，我更加于心难安。只是实在被事情绊住，身不由己。"

祁正修清清淡淡几句话，却像狂风巨浪似的冲击得小桃有些晕，他会不安，他在关心她。顿时她的心便满满的，原来她真的很容易满足。小桃摇摇头："昨晚真的没什么事，只是遇到两个无赖。"接着把她遇到歹人，赵公子出手相救，又送她回去的事大致说了说。说完才突然想起来赵公子嘱咐她不要告诉祁公子，但已经说了。小桃咬唇看着祁正修："本不该说的。”

祁正修若有所思地看着小桃，笑得有些失神：“哪有什么不该说的。你安全就好。你说的赵公子，你知道他的名字吗？”

小桃答着：“赵廷宜。”小桃本来还想说你们是认识的，但这么一说又得讲云湾村的故事了。想起丢了的那一锭银子，小桃没好意思再开口。

祁正修唇角勾了勾：“他告诉你他叫赵廷宜？没说别的名字？”

“嗯。”小桃点头。

祁正修冷笑了一声，眸中有一丝玩味的神色。小桃甚至怀疑自己看错了。温润的祁公子，似乎和这样的表情很不搭。但很快，祁正修恢复了温和儒雅的神情。看着小桃微微笑道：“我和他认识的。听你提起他有些意外。”

天色渐渐阴了下来，似乎又要下雨，祁正修便提议先回去。到了营帐门口，祁正修吩咐了一个士兵送小桃回去。小桃问道：“祁公子，我什么时候把披风给你送来？”

祁正修扭头温温说道：“后天下午吧，我在。”

小桃的心扑腾扑腾地欢喜，重重点了点头。他在，他在就好。小桃回去，整晚都在嘿嘿傻笑，连做梦都搂着香囊笑醒。

第二天一早，小桃还在做梦傻笑，就被若素揉了起来，说是大小姐找她。小桃赶忙换好衣服，跑了过去。

平时这个时辰，何之棠也刚刚起床，今天却已经梳洗好，端坐在了客堂的椅子上。表情也一本正经的。小桃的心不禁怦怦跳，抬眼看了看芸娘，也是一脸正色。小桃正在疑惑，芸娘已经出声：“跪下！”

小桃的心一颤，发生了什么？难道大小姐发现了披风，还是发现了她那个一模一样的香囊？她都藏得好好的呀。但看大小姐和芸娘严肃的神情，忙跪了下去。却还抬眸偷偷看着大小姐。

芸娘“扑哧”笑出了声。何之棠也扬唇轻轻笑了：“你别吓她。明明知道她胆子小。”

看她们都笑了，小桃更莫名其妙了，但好歹知道不是自己犯了错，这才缓过气，顺势一屁股坐在了地上：“什么事嘛，这么吓人。”

“蠢丫头，今天什么日子？”芸娘笑着问她。

“什么日子？”小桃掰指头算着，今天不是什么节日啊。忽然脑子里一闪，今天是自己的十五岁生辰。不觉嘴巴张得老大：“我的……”

芸娘点头：“咱们小姐是极仁厚的，你跟着就是享福呢。我们这些人的生辰，小姐都会打赏，何况你这还是个大日子。”

十五岁生辰，是女子一生中第一个重要的日子，从这天起，就正式长大成人了。家里有条件的，会办个“及笄”之礼。这天之后，头发就可以用簪子绾起，待嫁闺中了。小桃娘活着的时候，总念叨着，如果自己能活到那一天，眼看着小桃长大也就无憾了。可最终，还是没有撑到这一天。娘去后，小桃过得糊里糊涂，早忘了自己的生辰。可大小姐竟然还记着。小桃一时不知说什么才好。

何之棠微微笑道：“也不是多么费心。你们所有人的生辰八字，我这里都会备册，每天翻翻就知道了。大日子，自然该好好过一次。”

芸娘对小桃说道：“还不快拜谢大小姐。及笄礼的第一项，该拜见家中长辈，咱们这里，就数大小姐为长。”

小桃没有犹豫，跪下咚咚咚给何之棠磕了三个头。芸娘笑道：“真是个实心眼的。”说着一招手，侍婢捧来一个托盘，里面是一件浅粉泛彩的罗裙，松花色的襦袢。

何之棠说道：“要是按正儿八经的上笄礼，还需一件采衣。只不过如今在城郊闭塞，一切因陋就简了。这身衣裳本来是我的，做得有些小了，还没穿过。就给你吧。”

小桃不知道及笄之礼有多大。云湾村的丫头们，也不过是这一天吃顿好的，煮两个红蛋罢了。这样的衣服对她来说足够奢侈了，小桃又给何之棠拜了三拜，说不出话。

芸娘将小桃拉起来，走到一旁将襦裙换上，再次带到何之棠面前，笑道：“倒像是专门给她做的，正好。”

何之棠微笑点头，目光飘得有些远：“虽然简陋了些，还是不错的。”

芸娘笑道：“不能比大小姐那时的笄礼。”

小桃不由多嘴好奇问道：“大小姐那时是怎样的？”

芸娘叹道：“自然半个金陵城都知道的隆重。那奢华，那排场，从头一天入夜开始准备，直到第二天的三次大拜，聆讯，酬神，从三月三女儿节开始，府里做了三天的席面呢。”

小桃不敢想象那是什么阵仗，如今的这些礼遇，已经让她受宠若惊了。芸娘吩咐小桃再跪下，把她的两把抓丱头散开，侍婢端上来一个漆盘，里面盛着一把象牙梳和一枚措丝银簪。

侍婢端来盛水的铜盆，何之棠将手在盆里盥了盥，拿起梳子，在小桃的头上象征性地梳了三次，每梳一次，小桃便伏身拜一次。

芸娘嘴里都念念有词：“一梳平安康健，二梳贤良淑德，三梳姻缘早定——”听得小桃一阵脸红。

何之棠梳过三次后，芸娘用簪子将小桃的头发绾了一个髻，笑道：“今天起，可就是个大姑娘了，别再毛手毛脚。”小桃点头。

何之棠对她笑道：“今天不用你服侍，自己出去逛逛。晚上天黑前回来。”

小桃又给何之棠施了一礼，才退了出去。大小姐赏的罗裙裙摆很窄，走路只能小步挪，不能大步快跑。小桃好容易扭回了自己的房间，还像做梦似的没醒过来。看着镜子里的丱头，如今变成了绾在一处的发髻，是比原先多了不少韵味。自己已经十五岁了，长大了。

小桃把祁正修的披风取出来，双手托腮看着，忽然有些羞愧。祁公子是大小姐的意中人，自己却来回惦记着，是不是有些不厚道？可是，自己只是心里想想，并没有怎样。再说，祁公子都要同大小姐成亲了。自己不过是个婢女，也不会影响大小姐。小桃心里有些烦，总觉得自己哪里做得不对，却又说不来。想了想，将祁正修的披风叠得整齐，捧在胸前跑了出去。祁公子说明天他在，那就是说今天应该不在。小桃决定今天还了披风，让侍卫送进去就好。自己还是不见祁公子了。虽然，这样会有点心痛。

祁公子的披风似乎很沉，小桃捧着很久才挪到了祁正修营帐外，守门的士兵果然说祁公子和太子出去了。小桃将披风交给守门的士兵，恳求他帮忙先收起来，待祁公子回来转交给他。

小桃把披风交出去了，心情却并没有轻松起来。转过身沉沉地走了几步，一抬头，却和迎面回来的几个人险些撞个满怀。小桃赶忙躲到了一边。走在最前面的是一个三十左右的男人，一身黑色袍子，眉宇间都是一股肃杀的英武之气，看着便很有气势。后面跟着的人，其中一个便是祁正修。

走在前面的人乜了一眼小桃，声音几分威严："这是谁？看着眼生。"

祁正修回答着："回禀太子，这是之训府上的。"

太子？小桃打了个哆嗦，偷偷抬眼看了看那人，小桃不懂什么叫龙气，倒看出浑身的刚猛之气。

太子点点头："听说之训把妹妹带来了。还有其他人的家眷，都吩咐下去，晚上设宴，一起热闹热闹。"说着大步向前走去。祁正修深深看了眼小桃，也随着太子而去。

傍晚时分，何公子派人来接何之棠去太子营帐赴宴。何之棠换了一身艾绿色的衣裙，搭了件茶白色的披帛，将发髻绾成了斜着的倭堕髻，一支珍珠钗，看着清爽利净。芸娘迟疑问道：“小姐，会不会太素了。听说太子喜欢热闹奢华。”

何之棠摇摇头道：“太子喜欢什么，关我们什么事。一群爷们，我一个未出阁的姑娘，不招摇的好。”

小桃在一旁听着似懂非懂：“穿衣服也要想这么多吗？”难道不是什么好看穿什么？

何之棠淡淡笑了：“小桃，你要记着，不仅是穿衣服，做任何事，都要多想想原因和结果，不要太直肠子。”顿了下又说道，“不过你的可爱之处，倒就是直肠子。”

小桃被何之棠说得脸微微红，却也明白了些许道理。看看自己的衣服，好像有些艳丽，本想换上平日的衣服，但已经来不及了。何之棠起身要走，小桃便只好紧紧跟着出了门。

白天看着严整的营帐，入了夜，却分外热闹。太子的营帐很大，太子面朝南坐着，东西两侧，大家分席而坐。家眷在同一席。何之棠和何公子坐在一席，小桃和芸娘立在一旁侍奉。而祁公子是自己一席，没有带家眷，只有云笙在身后。

行礼、寒暄、客套之后，宴席正式开始。菜肴上了，有专门负责倒酒的侍婢，拿着酒壶挨个席分酒伺候。太子指着自己席前说道：“前朝盛世的时候，都用金鼎烹羊，咱们今天也学学，待会给大家分食。”小桃的嘴巴险些张开，乖乖，好大的一个金鼎，竟然用来做锅蒸羊肉。

中间空的场地，是歌姬舞姬展示的地方。箜篌响，人人醉，丝竹罗衣舞纷飞。还有几个胡姬跳着异域风情的舞蹈，小桃看得呆了。

酒席过半，何公子带着何之棠上前给太子敬酒，小桃端着托盘酒壶跟在后面，太子很豪爽，一口气把酒喝完对大小姐道："上次见你，还只有这么高。"太子比画着到膝盖，"现在已经是聘婷的大姑娘了。"

何之棠淡淡笑着施了一礼："多谢太子还记挂着。"

太子打量了一番何之棠和小桃，哈哈大笑："之训，你府里的丫头可真够标致，穿得比之棠还鲜艳些。"说完看着小桃，素来凌厉的眼睛眯成了一条缝。

何公子和太子熟识，听太子这么一说，也细细看了眼小桃，打趣道："我府里的都是些粗枝大叶，难得太子看上眼，不如就送给太子好了。"

小桃一愣，手里的酒壶险些掉到了地上。太子的笑声很大："那可说好了？你舍得送，我便收着。"

小桃不明就里，听着两人的对话分不清是玩笑还是真话，哆哆嗦嗦腾出一只手偷偷扯了扯大小姐的袖子。何之棠看起来比小桃还急，紧紧抿着嘴唇盯着太子，却一时不知说什么解围。

忽地身后响起了一声云淡风轻的笑："不要开玩笑了，这是之棠小姐的人，之训做不得主，才敢这么大方。"话语虽是调侃，却有着一丝笃定，瞬间把刚才几乎要当真的调侃，拉回了现实。小桃不用转身，也知道这个声音，是祁公子。一刹那眼圈都红了。

"哦？"太子顿了一下，促狭地看着祁正修，"那岂不是将来都是你的了？"太子的话让大小姐的脸一红。

祁正修躬身作了个揖，笑得爽朗："太子取笑了。"

这时何之棠才好不容易插了句话："小桃今天生辰，所以穿得鲜艳些。平日里并不这样。"不知是吓的还是惊的，脸色有些不好看。

太子笑得开心，大手一挥："既然是生辰，快赏！"不多时一个侍婢端出来一个托盘，托盘里是一个锦盒。小桃看着何之棠，何之棠冲她点点头。小桃把锦盒接了过来，对太子拜谢行礼。太子倒毫不在意，又去一边喝酒，把这头撂开了手。

小桃随着何之棠回到坐席，抹了抹额头的汗，心还在突突地跳着。天，衣服没穿对，差点就被送人了啊。小桃感激地抬眸看了看祁正修，他正端着琉璃杯，在和一位青衣公子对饮着。小桃收回了目光，手指有些好奇地在锦盒外头抠抠着，好想知道里头是什么。大小姐给了她个眼色，她赶紧把手拿了下来。

太子已经喝得微熏，小桃暗暗打量着太子，这个以前她想都不敢想能见到的人，如今见到了，的确比一般人看着更威严，但在祁正修面前，倒是好脾气的样子。

小桃的目光也离不开祁正修。他的酒量让人捉摸不透，别人喝了都会脸红啊，话多啊，东倒西歪啊，唯独他没什么反应。他也喝了不少啊，怎么会像没事人似的呢?

这时有其他公子带来的家眷找大小姐说话，小桃看到祁正修走出了营帐，顿了一下，不由得也跟了出去。刚走到营帐门口，几滴雨飘了下来，小桃忙又折回去拿上伞。

祁正修一身牙白色的长袍，在夜色里很是显眼，小桃跟着祁正修走到了辕门外头，有一片很大的空地。空地南面是一个缓缓的土坡。祁正修几步跨到坡上，小桃顿住了步子。

祁正修猛地回过头，看着小桃浅浅笑了，伸出了手:“上来。”

小桃的心跳得好快，她没有任何犹豫，就把自己的手搭在了祁正修的手上。指尖触碰的一刻，似乎有一股强大的洪流，击得小桃的心慌成了一团，脚底也有些发软。

祁正修一个用力，小桃跟着上了坡顶。站在坡上，可以看到远处的山，水田，树林，还有水流。祁正修的手很大，很有力，就是指尖有点凉。小桃还没来得及细细体味，祁正修的手松开了。小桃的脸红得发烫得紧，匆忙说道：“刚才，谢谢公子。”

祁公子却好似没听到一般，指着西面远处道：“你去过那里吗？”

小桃一愣：“公子说的是哪儿？”

“寿州，滁州，泰州……也许，很多地方。”祁正修唇角是扬着的，可语气里却有种说不出的苍凉。

小桃闷闷回答道：“没有，小桃没去过什么地方。濠州也是第一次来呢。还没有进过城。”

祁正修没有说话，静静看着远处的山川。身后营帐的油灯、火把的光亮，在祁正修身边画了一个好看的光圈。小桃只静静看着。

雨渐渐下得大了，从飘着的雨点渐渐串成了珠子噼里啪啦下了来。真是怪天气，还下得没完了。小桃忙把带来的伞打开，撑在了祁正修头上。

祁正修出了好久的神，过了好半天，才突然醒了神，转过头来，却怔住了。小桃正踮着脚，努力地给他撑着伞。小桃没有他高，却将伞整个撑在了他的身上，自己被雨淋得头发湿哒哒的，看着他的眸子里，亮晶晶的没有一丝杂尘，全是他的影子，他从没看见过那么纯净的眸子。他的心，那一刻，震了一震。

如果岁月有痕，他想自己一定会很多年都忘不了这一幕吧：一个眼里都是他的女孩，踮着脚尖给他撑伞。

借着营帐传来的光线，祁正修第一次细致地打量了小桃，纤细得有些瘦弱的身子，好看颀长的脖颈，头发被雨淋湿了，额前的刘海湿成了一绺一绺。他忍不住微微俯身，把她额上湿湿的头发拢了下去。露出了光洁的额头，白玉般细嫩的脸庞，尖尖的下巴，大大的眼睛，灵动的眸子。好一副秀美的容颜。祁正修的心跳得缓了半拍。放在小桃额上的手滞了一下，情不自禁地顺着脸庞抚了下去。

小桃的全身像被定住了，一动不动地看着祁正修。他的手指滑过的地方，就是酥酥麻麻地战栗。祁正修的脸好像更近了，细长温和的眉眼，此时竟有些特别的专注，那目光，让小桃的呼吸都快停止了。

祁正修的手，从小桃的脸上，滑到了她的肩上，他的声音有些燥热的干涩，却柔和得异常："今天是你十五岁的生辰？"

"嗯。"小桃轻轻应着。不敢大声喘气，生怕这只是个绮丽的梦，她的声一大，就把梦惊醒了。

"那是大姑娘了。"祁正修的声音很低，温柔得旖旎，手滑到了小桃的腰际，小桃不知道是下雨的缘故，还是什么，祁公子的脸似乎越来越近，还有一层雾气的光晕；祁公子的眸子很温和，却深不见底；还有越来越清晰的祁公子身上独有的男人气息。小桃有些眩晕。

四周的风大了些，吹得周围的树沙沙响的声音也大起来，好像有一股阴寒凌厉之气越来越近。

祁正修猛地松开小桃，微微甩了甩头，向后退了一步，小桃也回过了神，脸烫得像要烧起来似的。刚才发生了什么？她不敢想，看祁公子向后退，她的心忽然疼了起来，急急说道："公子喝多了。"说完把手里的伞塞给祁正修，头也不敢回地跑了回去。

祁正修手里拿着伞，看着她跑进了雨里，心里动了一下，却还是没有移动脚步。

四周的沙沙响声比刚才远了许多，那股凌厉之气已经随之走远。祁正修仔细听了听响动，勾唇笑了。半晌才缓缓地撑着伞走回了自己的营帐，吩咐云笙去太子营帐替自己告退。

祁正修随手拿了本书翻看着，脑子却不似以往那么清静。那个撑着伞的女孩子，在他眼前反复晃着。祁正修甩甩头，努力让自己的思绪移到别处，方才雨中的沙沙声，应该是他吧？！祁正修勾唇笑了，打蛇打七寸，他竟然意外地发现了赵廷宜还有这么个七寸。

小桃跑回太子的营帐，身上湿了不少。小桃木木地跟在何之棠身边，机械地端茶递水，后面的歌舞琵琶，小桃一个也看不进去，所有歌姬，舞姬的身影，在小桃眼里都变成了祁正修深不见底的眸子。何之棠似无意地问着："刚才去哪了？弄了一身湿。"

小桃都仿佛没听见般发呆。何之棠只好推了她一下，又问一遍，小桃才结结巴巴说着："出去——出去透透气，看到祁公子没带伞，就——就把伞给了他。"

何之棠微笑着点点头，没有吭声。小桃忽然有些懊悔，这么做大小姐会怎么想？好在何之棠没事人似的继续看着歌舞。小桃才缓过来。木木地跟着何之棠参加完了太子的酒宴，木木地回到了别院，直到躺到了自己的床上，脑子还是木木的。

窗外的雨滴滴答答，敲着窗棂，滴在窗檐下的台阶上。晚上的那一幕不知道在小桃脑子里反复上演了多少遍，祁公子揽住了她的腰，祁公子俯身定定看着她……直到现在想起来，还会全身一阵一阵的热流，把她的身体冲击得七零八碎。小桃用被子捂住了脸。她是不是该羞愧啊？大小姐说的那个"轻浮"，是不是就是自己啊？

可为什么自己不但不感到羞愧，反而一心的欢喜，还夹杂着许多担心？祁公子为什么要突然松开她？为什么要后退两步？难道他真的喝多了，还是认错了人？小桃越想越乱，心里像揣了一百只兔子怦怦乱跳，又是欣喜又是担忧又是纠结，一晚上心都在来回跳突，直到天快亮了，才迷迷糊糊打了个盹儿。

第二天一早，小桃才想起来太子似乎还赏了她一盒东西。赶紧跳下床打开盒子看了看，一对金元宝，两只金锞子，一对错金寿果。小桃还是第一次有这么大一笔财产，忙放到柜子里收好。虽然不至于欣喜万分，倒也开心。

只是太子赏金的刺激没持续多久，小桃就又恢复了一副失魂落魄的鬼样子，在大小姐身边服侍得心不在焉。一会儿偷偷笑了，一会儿却又愁容满面，搞得芸娘骂了她一天的失心疯。到了下午，云笙过来还伞。先拜见了大小姐，在大小姐屋里聊了好一阵子。

小桃刻意提醒自己不要去关注云笙，不要去想和祁公子有关的一切。却还是由不住看着大小姐正房的门口。来回几次，小桃自己都觉得没劲，索性回到了房间，倒了一大盏凉茶咕咚咕咚灌了进去，坐在桌旁发呆。

不知过了多久，忽然眼前有条白线在晃动，小桃吓得一激灵，却看见是云笙在她脸前拿着个东西晃着，小桃扑哧一笑："我还道是谁？你怎么不在大小姐那里说话，跑这里来了？"

云笙嘿嘿笑着："和何小姐已经说完了。公子让我办的事还没办完，当然来找你了。"

"找我？"小桃一愣。

云笙把手里的东西递到小桃面前："这是公子给你的，为了选件称心的，公子还特意去了趟濠州城里呢。"

小桃的脸又烧了起来，看了眼云笙手里的东西，一条黑色的挂绳，中间一枚像玉扣似的圆圆的东西，小桃拈起来细细看着，是两朵叠在一起、俏生生的白玉桃花。小桃只看了一眼，便被那桃花吸引了。不由接过了仔细摩挲着，那玉通体雪白，没有一丝杂质，小桃在大小姐身边服侍，也渐渐懂了些首饰的价值，忙把挂件递给云笙："太贵重了，我不能要。”

云笙没有接，从袖子里拿出个红色的锦盒：“这是放它的盒子。你还是收着吧，我拿回去怎么交差？”

“可是，大小姐那里——”小桃觉得这算不算大小姐教的“私相授受”？不太敢收。

云笙嘻嘻笑着：“这可是公子的一片心，昨天不知道是你生辰，今天特意补上，你可得收好。”说着一溜烟地跑走了。

小桃呆在了原地。祁公子的一片心？小桃看着挂件，终究心动了，戴在脖子上，把衣领收紧，将白玉桃挂件藏在胸前，又发起了呆。

傍晚还没吃饭，芸娘嘱咐小桃去附近的农户家买些新鲜的茶回来做茶糕，说着往小桃手里塞了几块碎银子：“快去吧，看你是在外头逛得野惯了，守在家里就发呆。要是走远处记得找个侍卫陪着，反正这两天院子里的侍卫突然多了不少，不用也是闲着。”

小桃迷迷糊糊地应着，接过银子，刚走出了别院几百步，穿过一条小径，忽然前面出现一个黑影，小桃险些和他撞上。急忙停住脚步，差点跌个趔趄，小桃有些气恼地抬头，谁啊杵在这儿，好走不走地停着。正要开口，抱怨却变成了惊讶：“赵公子，你怎么在这里？”

一身玄青色袍子的赵廷宜正冷冷站在路中，勾唇斜睨看着小桃：“很意外？”

小桃猛地想起和赵廷宜约好五天后见面，这几天整天神魂颠倒，早忘了这茬。偷偷掰着指头数了两遍，不到五天啊，便又抬起头理直气壮地说道：“不是约好五天后见吗？”

别院门口进进出出的人不少，赵廷宜看了看四周，抓着小桃的胳膊沉声道：“别在这说话，找个没人的地方。”说着要走。

小桃看了看赵公子没有牵马，心里已少了许多趣味，芸娘还在别院等着她的茶呢，也不想走远，便嘟囔着：“别走远了，我还得去买茶。诶，对了，我知道有个地方很清静，也不远。”上次和祁公子说话的那个地方，走一会儿就到了，有大河还有芦苇丛，也没人打扰。

赵公子蹙了下眉，问着小桃：“没和祁正修说见过我吧？”今天他总觉得有些不对劲，小桃住的别院侍卫明显比上次多了不少。

小桃的心一突，她在祁公子面前，哪能瞒得住话。不过如果告诉赵公子，一定又是顿冷嘲热讽。小桃哼哈着：“没。赶紧走了，被人看见我回去怎么和小姐交代嘛。”说着甩开赵公子的手往河边跑去。

赵廷宜四下看了看，大步随着小桃走去。

不到一炷香的时间，小桃已经连蹦带跳跑到了河边，今天风大，吹得河水翻腾奔涌，夕阳照着，阵仗还有些吓人。河边的芦苇也哗哗作响。小桃站在一片空地上，眯眼看着赵廷宜：“你找我做什么？也不牵着马。”

赵廷宜的声音冷冷的：“除了骑马，你就没别的？”

小桃被这声音冷得一颤，心想除了骑马，还能见你做什么。难道看你的冰块脸啊。但终归不好意思说出来，只好嘿嘿笑道：“也不是。只是……只是……那晚骑马太好玩了。”

赵廷宜脸上的线条柔和了些，顿了顿，说道：“我待会就得走了。所以来和你说一声。”

“待会？这么快？”小桃一愣，她和赵公子约的五天后，也就是明天见面啊，“咱们不是约的明天见吗？”

“事情突然有变。”赵廷宜看了看小桃，一时心里有些说不出的滋味。这一去，不知道什么时候还能再见？再见时，又会是什么样子？

赵廷宜昨晚就该走。这些天他一直跟着祁正修，从市集跟到营帐，虽然白天被他带着兜圈子，但晚上部下偷偷探得的消息极为有用。不过跟着祁正修对他来说真是件胸口憋闷的事，下着大雨祁正修竟然侵犯小桃，偏偏自己又不能暴露，好在祁正修只是浅尝辄止，否则他简直想不顾后果直接把龙泉剑刺出去好了。想起这些，他心里就腾地蹿起一股无名火，恨不得能立刻把小桃抓来问问。可问什么呢？她对祁正修的心意，他早知道。赵廷宜觉得自己很可笑。

他从祁正修的营帐那边回来就想离开濠州，却第一次有些犹豫。不过就是个小丫头，就算失信于她又如何？可思来想去，还是没有走。早晨起来本想跟着祁正修再探些消息，却看到他跑到濠州城买了个白玉桃花链子，想也想得到要送谁。赵廷宜的心，有些闷闷地疼。他忽然有股冲动，无论如何，走之前，必须见小桃一面。守在别院等了一下午，才看到那个失魂落魄的丫头走了出来。

小桃叹了口气，把脚底下的石头捡起来向河里扔去。

“你叹什么气？”赵廷宜挑眉问着。

“叹气？发愁呗，愁见不到——你啊。”小桃无聊地又扔了块石子，心里继续着刚才的话：愁见不到你的马，没法骑马像云里飞了。

赵廷宜却是一愣，心用力跳了两下，脸微微有些发烫，双手扶上小桃的肩，一双眸子沉沉，俯身看着小桃：“你说真的？”

小桃抬眸看着赵廷宜，他黝黑深邃的眸子里似乎有点亮亮的东西，脸庞也泛着丝柔和的光晕，好像，好像哪里不太对劲。小桃的心无端有点慌乱，忙扯了扯嘴角，挤出个笑：“我随口一说，记得代我向云骢问好。”

赵廷宜刚才还怦怦跳的心忽地沉了下去，眸子里的光也“扑”地灭了，胸口像堵了快石头，真他妈的光火。赵廷宜也不知道哪来的气，随手扯了根手边的芦苇向河里扔去。

小桃眼睁睁地看着那根轻飘飘的芦苇，竟然像支箭似的，“嗖”地飞了出去，飞了好远，才一头扎进了河中心，比她刚才扔的石头还远。太神奇了！小桃仰头看着赵廷宜，扯着他的袖子，一脸的兴奋："快教教我，你怎么做到的？好厉害，怎么把芦苇练成箭的？我要是学会了这个，回去一定吓死幺娘了，我俩以前就一起玩扔石头，我总扔不过她……"说着絮絮叨叨起来。

赵廷宜看着叨叨个没完的小桃，刚才的火气随着她的眉飞色舞又不知跑到哪里去了。他也搞不明白自己，怎么对她就是生不起气来。就在小桃和他絮叨了云湾村扔石头的五次经历后，赵廷宜终于从地上捡起两块石头，递了一块给小桃，打断她道："先教你用石头。"说着把自己手里的石头丢进河里，石头竟然砸了好几个水漂花儿出来。

小桃看得眼睛都瞪大了，忙学着也丢了一次，却只在近处扑通，瞬间掉进了水里。赵廷宜冷着脸又捡了一块放到小桃的手里，站在小桃背后，左手扶着小桃的肩，右手抓着小桃的手，抬起来，手里一用力，将石头甩了出去。石头也打出好几个水漂。小桃眯着眼直乐，又捡起几块石头，扭头看着赵廷宜："快，再教教我，我还要。"

赵廷宜只好再次站到了小桃的身后，抓起了她的手，怀里的女子，一如那个月夜，在他胸前，一缕缕清香，让他心慌脸红。他不知道用了多大的力气，才抑制住想把她紧紧揽进怀里的冲动。小桃还在催着："快呀，快扔嘛。"声音糯糯的，又带着几分娇嗔。在夕阳下全身都像镀了层金色的光圈。

赵廷宜身子一紧，情不自禁地从背后揽紧了小桃，在她背后沉声说着："随我回开封。跟了我。"

小桃一愣，赵廷宜的气息像烈火一般从她背后炙烤而来，她脑子晕了好久才反应过来他说的什么意思，忙急得跳脚似的把他挣开，脸臊得通红："你，你做什么！我才不跟你。你简直是——"小桃想继续骂下去，你有病，好色之徒……想把她学会的词全砸过去。可她发现对面这个男人的脸，冷得像寒冰一样，眸子里似乎有种裂开的疼痛，她的心，忽然也跟着有点压抑，有点疼，那些话便骂不出口了。

“我再说一次，跟了我。”赵廷宜的神色有些清寒，“我不会让你委屈。”

小桃的脑袋拼命摇着，想都不用想。

赵廷宜向前跨了一步，一把扯出小桃脖子上的白玉桃花，冷笑着问道：“就为这个？”

小桃看着他的眸子变冷，裂开，里面浮出一些让她害怕的情愫，她僵在了那里，回答不上。

“祁正修的心里没有你。”赵廷宜的声音像冰锥一样刺了过来。

小桃不等他说完就咬唇倔强地盯着他，“不要你管！”

赵廷宜胸口一疼，扯起了小桃的胳膊：“走！”话音刚落，忽然四周风声好大，沙沙沙的响声，仿佛从四面八方一起奔了过来。

赵廷宜一怔，抬眼看向四周，眉头紧紧皱了起来。小桃顺着他的目光看去，脚都软了。天哪，这是从哪冒出来的这么多士兵，还都是全副铠甲，好像从地底下钻出来似的，一眨眼里里外外围了紧紧的五六层。

而在最外层，也是最高处的，正是骑着一匹白马，一身茶白素衣的祁正修。那身素衣在夕阳下仿佛能反光一般，刺得小桃有些睁不开眼。只有祁公子的披风长袖，和头上束发的带子，随风飘着。

小桃第一次发现，祁公子原来也会骑马。可他骑在马上的神情，竟然是寒如冰霜，和小桃认识的温润的祁正修完全判若两人。

赵廷宜冷冷看着小桃道：“你没告诉祁正修？”

小桃看着赵廷宜的神情，心开始怦怦狂跳，慌乱地说着：“我，我无意说的。”

赵廷宜笑了，笑得有些凄凉。他拼尽的一赌，还是输了。他猛地抬头，紧紧盯着祁正修冷声道：“这次终于肯露脸了？”

祁正修的声音同样很冷：“这里是大唐的地界，周人来这里却不禀告朝廷，也不行通关文牒，目的何在？”

赵廷宜勾唇冷笑：“你想怎样？”

祁正修温温地笑了，声音里却有丝阴阴的味道：“把你留下。”说着一抬手，四周的士兵弓弩搭好，准备发箭。

小桃吓傻在了那里，此刻眼看着箭在弦上，才明白祁公子是要赵廷宜的命，前面是弓箭手，后面是奔腾不见底的大河。都是死路一条。小桃顾不得许多，大声喊着：“祁公子，他是赵公子，你们认识的啊！”她想不明白，明明他们还一同相伴搭船，怎么一转眼就要命呢？

祁正修扫了一眼小桃，伸出了手，语调很平：“小桃，你过来。”

小桃一愣，随即反应了过来，她过去，祁公子就会下令放箭了。她脑子里一片乱，虽然她什么都不懂，但让她眼睁睁看着赵公子被射死，她做不到。就算是陌生人，她也会于心不忍，更何况他是赵廷宜，是带她骑马，教她打水漂的赵廷宜，不是陌生人啊。小桃攥紧了拳头，咬着嘴唇没有动。

祁正修的声音清冷中带着严厉：“小桃，过来！”这样的祁公子，太陌生了。小桃咬着唇还是没动。赵廷宜看了一眼没有任何犹豫立在原地固执的小桃，心里不由一股热浪涌了上来，终究，她还是那个让他放不下的傻姑娘。

祁正修没有再说话，他缓缓抬起了手，手下的士兵将弓弦都绷紧了，只等祁正修一声令下，便发箭。四周的风声更大了，吹得河水声，芦苇声，都哗哗作响，也衬得四周的铠甲弓弩更加肃杀。小桃不敢置信地看着冰寒冷酷的祁正修，他已经完全不在乎她在不在那里，准备下令射杀了。她甚至来不及想自己的安危，只是呆在了那里。

祁正修细长的眉眼眯起，一脸的阴冷，突然唇角勾了勾，正要开口下令，赵廷宜一个旋身腾起，飞快地将小桃拽起用力扔到了西侧的芦苇荡里，转身跳进了河里。

祁正修凌厉的一声令下：“放！”弓箭手齐动，数不清的箭离弦，用力地追着赵廷宜飞进了河里，有两支已经在赵廷宜进水之前扎在了他的背上，小桃捂住了嘴，凄厉地喊着：“不要——”

可弓箭无眼，更何况祁正修挑的这三百精兵都是训练有素的弓箭手，手上的力气大得很。河上很快漂起一层血，打着旋涡散开，但赵廷宜却没有浮上来。

祁正修冷静地吩咐着一百弓箭手在原地下河去找，一百精兵顺着河的上游去找，自己带了另外一百弓箭手到下游去堵截。

马蹄声渐渐远去，小桃被赵廷宜摔得全身散了架，瘫在了原地，哆嗦着身子，再也起不来。

不知道过了多久，小桃才颤颤地站了起来，河水依旧在奔腾，赵公子的血早已消散得无影无踪，刚才的弓箭兵弩、生死之间仿佛已过去很久。弓箭手们下到河里也没有找到赵廷宜。有几个人商量着，估计是顺水漂到了下游，方才那么多箭，活着的份儿也不大了。又仔细搜寻了半晌，最后集结了队伍，顺着河的下游进行而去，去找祁正修禀报。

小桃看看人已走远，一头扎进了河里。她是熟悉水性的，她不甘心，她拼尽力气也要找到赵公子。秋天的河水很凉，她全身有些哆嗦，却还在咬着牙一点一点地找着，连河边的芦苇丛也没有放过。最终却是一无所获。直到小桃的牙齿都开始打架，腿有些抽筋，才赶快游上了案，风吹着湿漉漉的身体，好像能吹进骨头里。小桃无力地瘫坐在了河边，双手紧紧抱着膝盖，似乎这样才能暖和一点，以至于身体没那么凉，心没那么凉。

天已经黑了，小桃的脑子一片空白。事情太突然，情形太复杂。她想不通。但她知道，怪自己。如果不是自己多嘴告诉了祁公子赵公子在这里，赵公子就不会死。如果这世上有卖后悔药的，她一定倾其所有也会买一服吃了。

不知过了多久，小桃才缓过神来，觉得胸口有什么硌着，伸手从胸口的衣襟里摸出了赵公子送她的玉扣，她怕弄丢，就放在衣服前襟的夹层里。小桃看着那枚青黑色的玉扣，赵公子曾经说过，拿着这个玉扣，随便在开封府找个兵，就能找到他。可是此刻，她拿着玉扣，他在哪儿啊？

“赵廷宜，你出来，你出来啊！”小桃把头埋进了膝盖里，哭出了声。风依旧很大，吹着芦苇的声音，仿似呜咽的悲鸣。

哭了许久，忽然背后又传来马蹄疾驰的声音，小桃赶紧站了起来，抹了抹眼泪，祁公子带着弓箭手返回了这里，同行的还有一身赤赭色袍子的太子。祁公子下了马，亲自又督着弓箭手在附近的芦苇丛里细细地搜寻。

太子眉头微蹙道：“按理该没活路了。这么急的水，又中了那么多箭。找不到尸首就算了。”

祁公子稳声道：“水里是很难找。不过还是细细搜寻一遍，也好放心。”

太子点点头，勾唇冷笑：“如此警告一下周人，也算大快人心。周人狡诈，濠州的水军布阵，必须谨防。”

说着抬起头来，看到了立在芦苇丛一旁全身水淋淋、瑟瑟发抖的小桃。不觉挑眉朗声道：“子介，难怪你那天说这丫头有大用处，你怎么知道跟着这个丫头，就一定能抓着赵匡义？”

小桃愣了一下，子介，赵匡义都是谁？随即反应过来，子介应该是祁公子，赵匡义就是赵公子。

祁正修顿了一下，神色有些复杂，还是回禀了太子：“他和小桃有些渊源。”说完看了眼小桃，脸上的表情恢复了云淡风轻，将身上的披风解下来递给小桃，温声道：“天气冷。”

同样的动作，几天前，小桃觉得这件披风暖如三春，可此刻，只觉得寒气逼人，方才祁公子下令射杀赵公子的时候，几乎要她一起陪葬，现在却又关心她冷不冷？是不是太可笑了？

小桃的心疼得厉害，她咬唇直直地看了眼祁正修，笑得有些凄凉：“不必了。”说着转身飞快地跑开。河水声，风声，祁正修那分不清真假的声音，她都只想抛到脑后，统统甩开。

第四章

情切切身解奇毒
误重重心生嫌隙

直到跑回别院，小桃才发现自己满眼是泪。芸娘正立在廊子前和若素念叨着："这个小桃，就不能放出去，一放出去就找不回来……"正说着，看着一身湿透，满眼是泪的小桃冲了进来，脚上的鞋子都不知什么时候甩了一只，只剩一只磨烂的鞋，和一只渗着血的脚。

芸娘吓坏了，几步跑到小桃跟前扶住了她的肩："怎么这个样子回来了？出什么事了？"

小桃说不出话，眼泪却止不住地流。何之棠听到动静从正房里走了出来，看着小桃的样子，赶紧吩咐芸娘把小桃扶进她的房间，又吩咐若素去准备热热的巾子和定惊茶。何之棠没有像芸娘那样急急地问她，待若素帮小桃换上干净的衣服，用热巾子擦了脸，看小桃的神色缓了些，嘱咐其他人都出去，才问道："出了什么事？"

小桃缩进了被子里，却还觉得全身发冷直哆嗦，何之棠握住了她的手，她才觉得有丝热气。她不知怎么说，只有眼泪不停地流着。过了好久，才断断续续地简单说了她约赵公子在河边，却被祁公子下令射杀的事。

何之棠听了后有些沉默，半晌才抚着小桃的肩膀说道："这些事，不是我们能左右的。你不必难过。"

小桃看着何之棠，眼泪依旧止不住，她做不到像大小姐那么气定神闲，她很难过。小桃的脑子一片糨糊，喃喃发抖道："为什么祁公子要跟着我，为什么……”

何之棠把颤抖的小桃揽进了怀里，直到她没那么抖了，才温声说道：“也许，从你告诉祁公子，他叫赵廷宜开始。”

小桃愣住了，他叫赵廷宜怎么了？何之棠看小桃不解，继续说道：“读书人除了姓和名，还会有字。比如我大哥，姓何名谨，字之训。祁公子，正修是名，子介是字。你认识的那位赵公子，匡义是名，廷宜是字。他直接告诉了你他的表字，自然是与你亲近。以祁公子的思谋，一定早想到了这一层。”

小桃微微有些明白了，咬着唇直咬出血来：“都怪我……”都怪自己多嘴，没心没肺，如果早听赵公子的话不去乱说，就不会害死他。

何之棠把床边案几上的定惊茶拿给小桃：“什么都别想了。先睡觉。我叫若素今晚陪你睡。”说着拍了拍小桃的背，起身出去。

那晚，小桃一夜未眠。一闭上眼，就是赵公子满身是血的样子。从她第一次见赵公子的情形，此刻竟然全都浮现了上来。云湾村的冷嘲热讽，义庄的意外相逢，树林里他的出手相救，一起骑马飞驰，一起打水漂，虽然他总是板着脸，但他对她，从来都没有坏心思。可她都做了什么？她害死了他啊！小桃把被子蒙上了头。她想不通的事情太多太多。她不明白祁公子为什么要杀赵公子，祁公子又是从什么时候跟着她去算计赵公子。但是她总算明白了一件事，祁公子对她的一切好，都是为了引出赵公子。她只是个棋子。原来，她和祁公子果然从来都不在一个世界。

秋意渐渐浓了，濠州城外的树叶也深红浅黄，零落起来。小桃变得安静了些，经常会盯着远处发呆，想些乱七八糟的事。祁正修来别院的次数略微多了些，和何之棠也更加熟络。有时是和何公子把酒言谈，有时是和大小姐下棋闲聊。祁公子来的时候，大小姐总是很开心，眉眼弯弯像一泓澄澈的泉，有时也会抱着琵琶弹些韵味悠悠的小调。祁公子应该会满眼盈笑吧？

小桃猜应该会，却不敢看。虽然心里有点酸酸的、疼疼的。祁公子来别院，小桃不像从前似的喜欢蹭过去，如今只会躲在远处，望望祁公子的背影。端茶递水这些活儿，都让若素统一代劳了。甚至有次何之棠亲自吩咐小桃给祁公子送秋茶，小桃都低着头拒绝了："还是让若素去吧。小桃笨拙，怕冲撞了祁公子。"

何之棠微笑深看着小桃道："较劲了？"小桃抿唇不语，的确很多事，和从前不一样了。何之棠拍了拍小桃的手，温声说着："不要再过不去了。如果是因为赵公子，的确不必要的。"

"为什么？"小桃忍不住抬眸问道。虽然她心里的坎，不完全是因为赵公子。但也有一部分，毕竟是人命啊。

何之棠的手指很纤细，像水葱般，在茶盏上旋了旋说道："小桃，我们是唐人，而你认识的赵公子，是周人。如果祁公子不除掉他，总有一天，他会除掉我们，而且绝不会比祁公子手软。"何之棠的眸子里有一种小桃看不懂的深邃。那一刻，小桃觉得大小姐的动作、神情都像极了祁公子。

小桃那天终于明白了，天下不是只有一个大唐。北方还有汉，周，东南有吴越，西南有蜀等等。而赵公子，是周朝的人。小桃似乎明白了，却更加沉默了。果然，大小姐和祁公子才是一个世界的人。从前是，现在更是。大小姐能懂祁公子在做什么，要做什么，而她，永远不懂。

小桃学字更勤奋了。时常夜里还会在油灯烛火下翻着书认字。以前学字，她只是单纯地想走近祁公子的世界，可如今她学字，只是不想像个傻子般活着。

看她认真，何之棠打趣道："难不成你也想考个功名？"

小桃有些不好意思地笑笑，她哪会考什么功名。她只要能识得几个字，懂些道理，就已经活得比从前明白了。否则她连天下有几个国家，姓名和字都分不清。想到名字，小桃好奇问道：“小姐，男人有字，那女人有字吗？”

何之棠笑着摇头：“以前是有的。现在取字的女子不多了。”转而看着小桃，顿了下说道，“不过，你倒是可以改改名字，小桃——太随意了些。”

小桃的脸有点红，自己的名字是娘随口叫的，只因为生她的时候，本来是秋天落叶的季节，却突然有棵桃树返了青冒出几枝新叶子，娘觉得有趣，便给她起了小桃的名字。如果按照祁公子和大小姐这样的读书人看来，也许都不算个名字。小桃抬眸看着大小姐，神情恳切：“小姐帮我取个正儿八经的名字吧。”

何之棠凝神道：“桃之夭夭，灼灼其华，之子于归，宜其室家。桃夭？美是美，却有些刁钻，不如桃宜，端庄稳重些。你喜欢哪个？”

小桃愣了一下，桃宜？是赵廷宜的宜吗？却终究没好意思问大小姐，微微屈膝道：“桃宜谢小姐赐名。”

何之棠忍不住用帕子掩口笑道：“礼数是学到家了。但被你学出来，倒看着奇奇怪怪的。”

小桃就这样成了桃宜。何之棠嘱咐了下人，所以芸娘、若素她们也都对她改了称呼。大小姐说的什么“宜室宜家”的话，她记下了，也特意学着怎么写了。虽然她体会不到这名字的精妙，但总归比小桃要文绉绉些。何况听到“宜”字，她心里还会酸酸的。

有时大小姐身边事情不多，小桃会抽空去河边走走。她很盼望着哪天，那个总喜欢穿深色袍子的赵廷宜会突然黑着脸站在她面前，冷冷地和她说上两句话。她保证不再惹毛他，保证不和他顶嘴，保证不话唠。可迎接她的，每次只有奔腾的河水声和芦苇丛的哗哗声。她知道，自己的希望只怕渺茫了。

有一次在河边发呆，却遇到了也来河边的祁正修，两个人相对而立，竟然许久，谁都没有说话。小桃发现自己的心还是会突突跳，却能抑制住抬眸看祁公子的冲动，只是低着头，双手叠放在前，恭敬地站着。

半晌，祁正修先温温地开了口："还在生我的气？"

他的声音温和带点亲近，小桃几乎控制不住地心动了一动，但哗哗的河水声，芦苇声，提醒着她曾经发生的一切。小桃收敛了刚涌上的情愫，正色答着："桃宜不敢。"

"桃宜？改名了？"祁正修微微怔了一下，随即心里像被什么堵上了。桃宜？赵廷宜？这算什么？

小桃点点头："不算改，只是起了个正经名字。"

祁正修突然觉得有点恼火，对，就是恼火。这种情绪在他身上是很罕见的。他素来是温雅的，不形于色的。挚友陈述每每嘲笑他就是个"伪君子"。他很享受伪君子这个称呼，古往今来，有几个是真君子？要达到目的，终归要用些手段。君子也要有手段的。他的温和从容，只是因为寻常的事在他看来，实在不值得计较，倒不是刻意伪善。陈述的玩笑，他也一笑而过。

可如今，小桃的新名字，这个在他看来实在小得不值一提的事，竟然让他恼火了。那个踮着脚为他撑伞的女孩子，名字改成了别人的字！祁正修袖中的手微微攥了攥，面上却淡淡笑了："很好。"他此刻才觉得陈述真了解他，他妈的，他就是个伪君子。

小桃顿了顿，从袖中把祁正修送她的白玉桃花挂链取了出来。自从她明白了祁正修对她的用意，她就把那个链子摘了下来。她的确很喜欢这个挂链，因为它很美，因为它是祁公子送的。小桃问过自己好多次，祁公子送她挂链的时候，会不会有一点点真心？可是想到河边祁公子下令放箭一刹那的冰冷，她不觉自嘲地笑了。小桃把挂链递给了祁正修："公子，还给你。"

祁正修的恼火，腾地从胸口窜到了全身，他自己都觉得要爆发，却还是最终化成了微微的凉意："不喜欢？"

小桃抿唇摇摇头，抬眸静静地看着祁公子："桃宜卑下，不敢消受。"

祁正修定定地看着小桃，心里却不平静。才几天，小桃像变了一个人。少了唐突，少了害羞，不再畏首畏尾，不再慌慌张张，变得有条不紊，变得镇定大方。这种变化，却令他有些失落。

风吹着小桃的衣袂，飘飘袅袅，及笄后的小桃，头发绾起，脱了几许稚气，多了些风韵。祁正修的心，第一次有种微疼。还君明珠的滋味，原来不好受。他伸手接过玉桃挂链，却依旧是云淡风轻的表情，只是喉咙发紧，说不出一句适宜的话。

小桃后退了一步，微微屈膝行礼道："桃宜先回去了。公子万安。"说着没有再看祁正修，转身不疾不徐地离开。

祁正修看着她的背影，胸中好像被上百斤棉花塞住般憋闷，手里不觉用力，玉桃碎裂。手指疼痛得发木。祁正修勾唇笑了笑，自己是怎么了？一个女人，还是一个侍婢，至于么？转身也向着营帐走去。

深夜，月明星稀，乌鹊绕着树在叽叽呱呱地叫着。太子的营帐门口，守卫森严。营帐里灯烛高悬，太子，祁正修，何之训，并其余的几名大将，商议着事情。

太子指着地图上濠州西侧的位置道："这里已经布好五十艘战船的桩位，明天夜里，就可以秘密将淮河的战船，引流到这里。"

何之训有些迟疑："太子，赵匡义现在生死不明，我们从西反攻，未必稳妥。"濠州西处几十里地，便是涡口，已经被周朝的军队占领了。长期驻守涡口的将领，正是赵匡义。而涡口又是太子一心想反攻周朝的突破口，所以赵匡义早成了太子的眼中钉。

太子手一挥，朗声道："不死也重伤，守不了城。赵匡胤在寿州，远水救不了近火。周朝的其他人根本不在话下。此时不拿下涡口，更待何时？子介，你说！”

祁正修反复看了看地图，手指在桌上轻轻敲着，涡口，濠州，淮河，泗州，围成了一个不太稳定的方形，涡口是可以突破，但是北面的淮河——

太子看祁正修半晌不吱声，有些急躁：“子介，是你当初出的妙计，以勘察风水为名，来濠州查看水军的布防，从涡口反击的，如今赵匡义除了，你怎么倒犹豫了？”

祁正修微微蹙眉：“赵匡义之前一直探查濠州水军的布防，虽然我们故布疑阵，领他绕了几个圈子，但他恐怕已经知道了一些情况。如今他虽然生死不明，难保不会有属下把消息带回去。涡口反击固然重要，但是——”祁正修点了点淮河的位置，“最近有守卫的士兵禀告，这里有异动，布防还是弱了些。”

太子不耐烦地拍案：“那怎么办？这也担心，那也害怕，还怎么收复失地？我大唐就眼睁睁看着周人不停地蚕食？连一点血性都没有？！”

祁正修手背上的青筋跳了跳，转而看着太子沉声说道：“明天我亲自去巡查淮河的守备，等我回来再决定怎么攻涡口。”

何之训也有些不解：“为什么担心淮河？周人是不擅长渡河作战的。”

祁正修唇角勾了勾，指着地图说道：“现在是深秋，马上就入冬了。淮河入冬后水位会下降，往年皇上都会下令在入冬以后，增派士兵驻守淮河把浅。周人不擅水性，要是春夏之时，我根本不担心他们会从淮河强攻。但是此刻，只怕把浅之时，就是周人入侵的绝佳时机。”

太子皱皱眉，用力一拍桌子，豪爽地说道：“好，那你就先去巡查。如果有异常，先派兵增守淮河。如果没异常，依原计划攻涡口。”

计划已定，太子挥手吩咐各位将领退下，留下了祁正修。二人对着灯烛，都有些默默。半晌，太子闷声道：“子介，我们在这里已经一个多月，近两个月了。父皇为什么还不肯增兵？难道是不信我？”

反攻涡口，如果仅靠这次带来的几千精兵，是绝不够的。要么皇上增派兵马，要么得有驻守这一带军队的兵权，即调兵遣将的鱼符。这次出行濠州，太子给皇上的理由是水军布防。到了濠州后，才又给皇上追了一封书信，说出准备从涡口反攻的计划。

太子本以为这招先斩后奏是绝无风险的。虽然皇上不愿意主动出兵，但如果太子已经先行一步，那皇上也会勉为其难地同意。当年守润州就是如此。皇上紧急召回太子李弘冀，但李弘冀却誓与将士同生死，皇上没办法，只好增派兵力，最终润州得以保全，皇上也大加赞赏。但这次，皇上却迟迟没有动静。

祁正修看着烛火，思忖许久说道：“从冀，今时不同往日。以前周朝的力量并没有如今这么强大。陛下如今恐怕不敢轻易动兵，以免扩大战事。”

太子眉头紧锁，嗓门大了起来：“难道就这么撤走？什么也不做？我不甘心。”

祁正修唇际轻轻勾起：“还有一支军队可以试着调遣。”

“谁？”太子一愣，看了看祁正修的神色，有些恍然，“你是指何士忠手里的忠勇军？”随即摇摇头，“那老狐狸狡猾得很，何之训是他的亲儿子，都要不到忠勇军的鱼符。他最会揣摩皇上的心意，皇上不肯增兵，他怎么会舍得把忠勇军交出来？”

祁正修从袖中拿出一块丝帕放到桌上，淡淡笑道：“你把这个，和之训的玉佩一同寄给他，看他舍不舍得交出鱼符。”

太子顿了一下，随即拍着祁正修的肩膀哈哈大笑：“老七啊老七，陈述说你是伪君子我还替你争辩。你的手段，比我都狠。没你算计不了的人。连自己的女人也不放过。”说着吩咐守值的士兵进来交代了一番。

而此时别院里，何家的大小姐正在烛火下细细绣着一对燕子，已经快完工了。芸娘在一旁笑道：“小姐的手，平日摆弄书和笔的，学刺绣竟也快得很。只是可惜扎了多少次的手。”

何之棠盈盈笑着：“学刺绣还能怕扎手？”

一旁服侍的小桃没有吭声，心跳得有些酸疼。大小姐要学着绣荷包送给祁公子，怎么会怕扎手？这种心情，小桃怎么会体会不到？

第三天的半夜，濠州城外别院里的人正在酣眠中，忽然门板拍响，有士兵进来急事禀告。芸娘最先起来询问，知道了事由，忙跑进何之棠的房间通传：“小姐，祁公子受伤了。情况怕是不好了。”

何之棠赶忙起来，命人几下换好衣服，小桃和若素也被喊了起来。若素还睡眼蒙眬，小桃的全身都有些微微发抖了。他受伤了。这个消息来的时候，小桃觉得自己的心好像被什么摘了，瞬间整个人都空了。

小桃懵懵懂懂地跟着疾步匆匆的大小姐和芸娘，跑到了祁公子的营帐。营帐外三层士兵把守，太子正对着随军的御医大发脾气：“不管用什么稀奇药，你必须治好他，否则提头来见。”

哆哆嗦嗦的御医开了方子，太子命人去抓药，看到大小姐等人，只是“哼”了一声算是打过招呼。

小桃看着躺在那里的祁正修，青色的衣衫上全是血迹。胸前裹好的伤口处还不停地渗着血。祁正修面色发青，整个人已经昏迷不醒，嘴唇干裂得直渗血。小桃的心也随着裂开般疼痛。

从旁人的议论里，小桃大体听明白了祁公子去淮河一带勘察水军的布防情况，遇到了周人的伏击。祁公子中了流箭，本来不要紧，但箭头上淬了毒，这下就要命了。一旁的士兵还在禀告着太子：“祁公子晕之前吩咐着，务必撤兵。”

太子猛地一拍桌子，力气大得桌上摆的东西都嗡嗡作响：“撤兵？！我李弘冀没那么孬。”转而烦躁地挥挥手，命士兵退下，问着御医：“什么时候能醒来？”

御医擦着额上的汗：“老臣尽全力。”

五天过去了，何士忠的忠勇军都已经调遣来了，祁正修还没有醒。太子和何之训忙着排布忠勇军，准备近日反攻涡口。

大小姐白天会来守着祁正修，晚上回去。又担心祁正修这里没人尽心服侍，云笙是男人不够仔细，便留了小桃和若素晚上在这里。若素熬不到二更就打盹儿，只有小桃整夜地守着。

营帐外林风飒飒，战事临近，处处肃杀。而营帐里，趴在桌上打瞌睡的若素，守在门边的云笙，和坐在祁正修身边的小桃构成了这杀气腾腾的营帐里最柔和的画面。

祁正修会突然发烧，小桃便会赶紧端来凉水，用巾子蘸了仔细给祁正修擦拭着脸、手、脖颈和胸口来降温；祁正修有时又会突然冷得打战，小桃便给祁正修加着被子，用力搓着手和胳膊；祁正修的嘴微张，小桃知道他口渴了，便端着水一勺一勺地喂进去。但祁正修有时牙关紧咬，小桃只好用力先捏着他的下巴，一点点用手掰开他的嘴，再把水喂进去。几勺水，也会喂得小桃一身汗。但小桃依旧眼睛一眨不眨地盯着祁正修，只要他有一点动静，小桃都会忙一阵子。

祁正修平稳睡着的时候，小桃有时会和云笙聊聊。可聊来聊去，聊的全是祁正修。云笙告诉了小桃祁正修的许多喜好：他不喜吃太甜或太咸的东西，喜欢吃清淡的；喜欢白色的袍子；喜欢素净整洁的摆设；喜欢古旧的器物，尤其是古玉；喜欢夜里读书；喜欢雨天；喜欢墨研得浓浓润足了笔再写字；喜欢歙砚徽墨，喜欢用五福镇产的纸；不喜欢花草虫鱼，不喜欢金银配饰，不喜欢妖娆的东西或人，不喜欢书发霉，不喜欢黑色的衣服……小桃听着心里一阵发酸，如果祁公子能醒来，她一定照着他的喜好去服侍。只求他能早点醒来。只要他醒来，让她怎样都可以。小桃此刻才明白，自己是有多在乎祁公子。尽管曾经，他让她的心凉透，但只要他能醒来，她不恼了，不生气了，不较劲了，一切都不了，只要他安好。

到了第七天，祁正修的气息有些微弱。太子大怒，拔剑指着御医喝道："你这几天到底在干什么？怎么不但没醒过来，反而更糟了？"

御医哆嗦着跪下道："老臣已经尽力。公子身上中的是毒箭木的剧毒，又叫见血封喉，两个时辰就要命。老臣这几天试了好几种法子，都不甚见效。昨晚又查到了一个古方，正准备再试试。"

"那就快去试！"太子低吼着，眉头皱得紧紧。

"只是……只是……"御医犹豫着说道，"需要一种特别的药引。"

"什么药引？"太子不耐，只要能救祁正修的命，什么药引他都会不计代价的去弄。

"毒箭木生于南方瘴气之地，是至热的毒。所以解毒就需要些至寒的药材，这倒不难。但难的是需要一味至阴的药引，引着这些药材通入肝肺经脉，百寒归经，才能解毒。否则再多的药材，也无济于事。这种至阴的药引——"御医犹豫了下说着，"半盏新鲜的女子的血。"

太子眉头展开："我还道是什么稀罕药引。随便拉个婢子出去不都能放半盏血出来吗。"

御医又小心翼翼地补充了句："只有处子之血，才是至阴之物。"

太子的眉头又皱了起来。他这次带的侍妾，歌姬舞姬，哪还有处子。就是近身服侍的婢子，也都早被他尝尽了滋味。猛一下还真想不出谁来。抬头看了看何之训，也是一脸尴尬。得，他也没有。

这时一个温温的声音响起："不必为难，用我的就可以。"何之棠站起来，向太子施了一礼说道。

何之训有些担心："之棠，你身子弱。"

何之棠笑笑："没事。何况我是最该做这事的人。"说着对御医说道："该怎么弄？"

御医抹了抹汗，抬手指着营帐外说着："小姐随我来。"何之棠稳稳向前走去，芸娘和小桃忙跟上去服侍。

太子摸着下巴挑眉说道："子介倒是好福气。"

御医将何之棠带到了自己的营帐，里面的工具器械一应俱全。御医请何之棠坐下，把营帐里的药童都轰了出去。毕竟是未出阁的小姐，不能让一众男人看着腌臜了。芸娘守在营帐门口以防别人突然冲进来。

御医拿出了一把锋利的柳叶尖刀，又拿出了一个碗，何之棠有些惊讶："这么大？"小桃也愣了，明明说的是半盏，可这个"盏"，也略大了些。

御医叹气道："药引足够，才能引毒归经。否则功亏一篑啊。"

何之棠放在桌上的手，拿了下去，看着小桃微微有些抖："这——"犹豫了许久，还是把手伸了出去。

御医把刀悬在了何之棠的胳膊上，正在来回捏着看从哪里下刀，何之棠身子一软，晕了过去。芸娘忙从门口跑来抱着何之棠，御医掐着人中，着急道："这可怎么办？祁公子还危在旦夕——"用力掐了好几下，何之棠才悠悠地回转了气，额上出了一层汗。

看着一团乱的情况，小桃攥了攥手心，道："我来吧。我身子比小姐结实。"

何之棠虚弱地喘着气："你可以吗？"

小桃挽起袖子，坐在了凳子上，坚定地看着御医："可以。"说完别过了头紧紧咬着唇。

御医如释重负地舒了口气，拿起小刀，在小桃的腕上割了下去。一阵尖利的疼痛，小桃全身都是一哆嗦，疼出了一身黏黏的汗。小桃的嘴都咬得一股甜腥。她害怕，她不知道这么多血出去，她还活不活的了。可就算活不了，她也认了。只要他安好。

血一滴滴地浸润在碗沿的声音，很轻，却每一滴都让小桃的心一颤。她不敢睁眼看鲜红的血是怎么蜿蜒着离开自己身体的，只是觉得头有些晕，渐渐地无力，身子使不上劲。大小姐和芸娘说什么，她都有些听不清了。她用力绷着，绷着，不知过了多久，御医说了声："好了。"小桃这才如释重负，一头栽到了桌子上。

御医匆忙给小桃胳膊上的伤口撒了些金创药，用布紧紧缠了几圈包扎好，急匆匆地端着碗小跑着向祁公子的营帐过去。何之棠吩咐芸娘照顾小桃，也忙跟着御医过去。

芸娘拍了拍小桃，小桃勉强用力睁了睁眼，又无力地合上了。芸娘叹口气，从营帐外头叫来两个士兵，找了架藤椅把小桃抬回了别院。芸娘也跟着回了别院安顿。

祁正修的营帐，所有人的目光都盯着御医手里的碗。只有何之训担心地看了看何之棠苍白的脸问道："没事吧？"

何之棠摇摇头，转而看着御医的动作。药服进去大概一个时辰，祁正修脸上的乌青渐渐淡了些，御医松了口气："这是淤毒消散的迹象，终于好了。"

太子激动地一拍桌子："成了！"转而指着御医叫道，"赏，重重地赏。"说着命人带御医下去领赏。

太子扫了四下一圈，看到了一脸憔悴的何之棠，不由感慨着："之棠，子介的命是你救的，这份情深义重，让他这辈子好好还你。"一向豪爽的太子竟然声音有几分动容，他不由地想着自己姬妾上百，如果有一天自己也到了祁正修的地步，有谁能心甘情愿主动站出来？一个弱女子有这样的胆魄和情意，太难得。

何之棠咬了咬唇，神色有几分不自然，话梗到了喉咙里，最后还是咽了下去，只是淡淡地笑了笑，把手往宽大的绣袍里缩了缩。

太子又吩咐下去，把自己营帐里案前常供的白玉点翠镂空描金屏风赏给了何之棠。何之训都不由扯了扯唇角，这么大的赏，还真没见过。

何之棠的面色有些不好看，接了赏道谢后静静地立在了一旁。外头有士兵进来禀告太子忠勇军已经准备好，在濠州城西分成了三路准备包抄涡口。太子和何之训急忙出去应对军情。

营帐里只剩下了何之棠和若素。云笙在一旁立着。何之棠撩起裙摆，坐在了祁正修的床榻边，目光紧紧锁着祁正修的脸。

若素机灵，对云笙使眼色道："出去打水，给公子擦洗擦洗。"云笙一愣，擦洗什么？看若素冲他挤眉弄眼，再看看何之棠出神的目光，随即明了，嘴里应着和若素一起到了帐外。

"真没眼力价。"出了营帐，若素冲云笙撇撇嘴。

云笙摸摸脑袋笑笑，不由问道："小桃呢？平常不都是她服侍吗？"小桃对祁公子的心意，别人不知道，他看得真。这个时候小桃应该寸步不离的啊，怎么反倒不见人了？

"桃宜？"若素鼓了鼓嘴，"回去歇着了。"转而冲云笙促狭地笑着，"你这么打听桃宜做什么？哦，我知道了，你家公子和我家小姐成亲，你就想沾光讨小姐的贴身丫头。"

云笙冲着若素脑袋就是一记爆栗子："胡扯什么。"转而把话头撂开了。

营帐内光线昏昏，祁正修躺在那里，尽管面色依然泛青憔悴，却掩不住俊朗的五官，棱角分明的脸颊。何之棠的心无端有些怦怦乱跳，从什么时候起，自己就动了心？

以前一直以为祁正修整天跟着张扬霸道的太子，必定不是什么好人。

如果不是小桃那丫头执意说“祁公子是好人”，也许她就不会好奇，不会特意找借口和大哥出去，偷偷看了祁正修，这一看，就再也忘不了那个经常一袭白衣的身影。于是，她对婚事不再随意，不再任由妹妹之兰从中作梗，她也要出手，去争她想要的。

可是，既然是她想要的，为什么她看到那把锋利的刀，会退缩？为什么她明知道如果自己退缩小桃就会冲上去，她还是退缩了？何之棠第一次有些想不明白。原来书里的那些礼义廉耻说起来容易，可真正到了关键时刻，别说舍生取义要命了，就是要点血，也不像想象的那么简单。

祁正修微微动了一动，何之棠轻轻抬起袖子，伸手抚上了那个让自己心心念念的脸庞，就让她偷偷地放肆一次吧。

祁正修只觉得脸上温温的，缓缓睁开了眼，一只细润的手匆忙从自己脸庞拿开了，映入眼帘的是一张微微张皇失措的脸，祁正修的眼睛有些模糊，只看得那人身后有一片白玉，他的心忽然跳了一下，忍不住冲口而出：“小桃？”

面前的人脸上的惊喜滞住了，祁正修仔细看了看，长出了一口气，声音温和了些：“之棠，是你。”原来背后的白玉是那个白玉屏风。

何之棠伸手把祁正修身上的被子掖了掖，眼圈有些红：“你终于醒了。”

祁正修怔了一下，素来温文有礼的何之棠很少有这么大失形象的时候，一时也有些动容：“你一直守在这里？”

何之棠点点头，定定说出四个字：“我担心你。”说完低下了头，脸红得几乎要滴血。

祁正修的心有丝说不出的滋味，他应该动心应该高兴，但很奇怪，他没有。祁正修转向四周看了看，没有别人。那个曾经眼里都是他的女孩子，如今在他生死垂危的时候，不在这里。正要说什么，忽然营帐门口的帘子一挑，人没到声音先到了：“子介醒了吗？”

何之棠忙从祁正修的榻边站了起来，给太子行礼。太子大步走来，看着祁正修眉梢扬起："太好了，子介，你终于醒了。这几天我们都担心死了。"祁正修正要说话，太子一摆手，"你刚醒来身子虚，先别用力。军营里的事不用你操心。"转而看着何之棠笑道，"你就好好谢谢之棠吧。为了救你，人家一个娇滴滴的大小姐，可是忍着疼，割了胳膊给你弄了半碗血呢。你真不知几世修来的福气。"

祁正修抬眼看着何之棠，眸子里是深深的震动。他的确没想到，一个金枝玉叶，可以为他做这种事。一时竟然语塞。只是眼里的神情，从最初的平静，到震动，到柔和出了一丝情意。

何之棠的脸有些红，屈膝道："太子取笑了。祁公子既然醒了，之棠就不耽误事了。先告退。"说着匆忙转身快步走开。

太子哈哈大笑："害臊了。"营帐内只余几个侍从，太子坐到祁正修床榻，正色道："子介，忠勇军已经到了，分三路，包抄涡口……"

太子还没有说完，祁正修的眉头蹙起："从冀，我担心淮河以北，已经被周军都暗暗包抄了。我那天还没出唐沟岭，就已经被伏击，周人的军力排布绝对不少。"祁正修大伤初好，说得有些喘。

太子打断道："不可能。自从你被伏击后，这几天，我特意派人把濠州城北滩涂里竖起了栅栏，疏通了淤塞的护城河，绝对是一道好屏障，周人过不来的。你好好休息。不用担心。"

祁正修无力地摆了摆手，看了看太子一脸出战前的亢奋，最终还是什么也没说。两军交战，有谋算，有天意，随它吧！

小桃胳膊上的伤口处理得太匆忙，回去还不停地渗着血。起初小桃没在意，只是又用紧织的布裹紧了些。头晕晕沉沉，也不想动。在床上躺了两天，何之棠吩咐下来，进补的汤药没少喝，身子却一天不如一天。伤口化了脓烂开，小桃开始发烧，人也迷迷糊糊的。起初以为只是失血多了人犯懒，到了第五天，眼看着小桃开始忽冷忽热打摆子，这才着急起来，不好麻烦军营里的御医，只好派人到濠州城里去请郎中。服了药，却不甚见效。小桃全身忽然冷得骨头疼，忽然热得又像火炉上烤，难受得直往墙上撞头。身边却没什么人照管，偶尔若素腾出手来喂药，小桃看到身边有人，扯着若素的胳膊不放，一声声哀号喊疼。

看着小桃煎熬的样子，若素也不觉直抹眼泪。可是大小姐吩咐下来，不许她们乱说话，否则她真的想逮个人说说，原来这人世间还有这种罪受，看都不忍心看下去。

前后换了三个郎中，折腾了十多天，直到最后换了个外地来的老郎中，小桃才渐渐好转。但全身像被抽了筋，不论做什么都软软的没力气。走路时间长了也犯晕。郎中嘱咐千万别让伤口蘸水，小桃只好每天用另只手拧着巾子擦脸，澡都半月不敢洗。

小桃见好，便又开始服侍在何之棠身边。何之棠比从前更加经常外出。小桃身子还没有痊愈，便一般是若素陪着，小桃留在别院。

这日何之棠又带着若素出去，小桃听说是要给祁公子送点心。这几天唐军开始反攻涡口，先后派出了三个急行营。太子和祁正修每天在营帐里等着战报，随时调整军力。祁正修忙碌，何之棠便更加殷勤地前去照看。

何之棠刚出去一会儿，芸娘急得直跺脚，看到小桃马上像看到救星似地招呼过来，递到小桃手里一个食盒："刚才若素急脚鸡似的跑得匆忙，点心都拿错了。大小姐要的是胭脂脯，这个若素把昨晚吃剩的红豆饼拿去了。你赶紧追上去吧。晚了让祁公子他们笑话就不好了。"

小桃接过食盒，快步走出去追着何之棠。小桃一路快走，却始终没看到何之棠和若素的身影，走了半个时辰，不但没追上，反而追到了祁公子的营帐。

守卫的士兵对小桃也认识了，没有多加盘问就把她放了进来。小桃走到祁公子营帐门口，看着营帐里大小姐和祁公子两人不知在看着桌上铺开的一幅字还是画，并肩而立，大小姐的身子微微有点斜靠着祁公子，祁公子唇角扬起，一脸温柔。真是一对璧人。小桃看着，心里忽然就酸酸的。

云笙从外面倒茶进来，看到门口的小桃，不觉有些激动，声音也大了些："小桃？你可算来了。这阵子你做什么呢不见人影。"

小桃忙把手指放到唇边："嘘——"可是已经晚了，祁公子听到声音，抬起了头。他和小桃，不过隔着几尺远，阳光斜打在小桃的身上，圈出一个金边，显出女子婷婷袅袅的身形。祁正修竟然有种恍如隔世的恍惚，心突然揪了一下。半个多月没见，有时旁敲侧击问问，何之棠总说她别院里还有事走不开。能有什么事？她不过是不想见他罢了。

小桃看着祁正修和大小姐都抬起了头，祁公子的气色好多了，她忍不住想进去细看看，看他恢复得怎样，可刚迈出脚，突然想起自己好久没洗澡，身上味道怪怪的。不觉脸红了，把手里的食盒塞到云笙的手里，低声说道："小姐出来时拿的食盒错了，麻烦你把这个给小姐。"说完不等云笙反应，飞快地跑了出去。

云笙莫名其妙地皱了皱眉，这个小桃，怎么像被咬了似的，逃得那么快。祁正修看着小桃跑开的身影，眼里的寒冰更重。

"子介？"大小姐看着祁正修出神的表情，轻轻唤了一声。

祁正修回过神来，脸上恢复了温和。云笙提着食盒过来道："小桃，哦不，桃宜说小姐的食盒拿错了。"云笙也是被若素纠了几次才改口。

桃宜，这个名字刺得祁正修有些耳朵疼。一股无名的火窜了起来，一反常态说道："之棠，我这里最近事情多，过几天我和太子可能会拔营到阵前去。有些要收拾的，云笙一个人忙不来。想从你那里借一个侍婢帮协一二，可好？"

何之棠的心跳了一下，随即说道："若素就很好。手脚麻利。"

何之棠反应之快，让祁正修怔了一下，不禁觉得自己有些唐突了。云笙看祁正修眉尖微蹙，忙说道："桃宜能来吗？我和桃宜认识得早，也好让她多帮衬些。"

祁正修唇角勾了勾，定定看向何之棠："你说呢？"语气却有着不容置辩的坚硬。

何之棠是第一次见祁正修这个样子，不禁点点头："好。那就桃宜吧。"话虽出口，却变成了满腹心事。看不见的危机，像黑云压城一样层层逼来。

何之棠又待了一炷香的时间，就匆忙回了别院。吩咐下人把小桃叫到了屋里。

小桃进来，屋里只有何之棠一个人斜靠在榻上失神，看着小桃微微一笑，招手道："过来。"

小桃也不拘礼，便坐在了何之棠身侧的矮凳上。何之棠拿起小桃的胳膊细细看了看，叹了口气道："还是留疤了。再涂些膏药试试，兴许过个一年半载能下去。女孩子留着疤，终归不好看。"

小桃点头应是。何之棠从塌边一侧拿出一个钗奁盒，打开后取出了一只碧玉贵妃镯，抬起小桃的手，套了进去。镯子很宽，刚好可以把小桃的疤痕掩住，何之棠微笑着点头："这么一来，就不妨事了。"

小桃忙把镯子往下扒，道："小姐，这可使不得。镯子太贵重了。桃宜只是个婢女，怎么能消受得起？"

何之棠按住了小桃的手，深深地看着她说道："我从没有把你只看做婢女。就凭你对祁公子的义举，也担得起这只镯子。我也该好好谢你。"

小桃顿住了，细细体味了大小姐话里的意思，似乎是大小姐在为祁公子感谢自己。自己对祁公子的所作所为，不需要任何人感谢，只为自己的心。小桃低低地说着："小姐言重了。"

"没有。"何之棠牵起小桃的手，温声说道，"我只是希望，这件事，就到此为止吧。好吗？"

到此为止，大小姐指的是什么？何之棠柔柔地看着小桃："太子和大哥，都以为做药引的是我的血。委屈你了。若不是你帮我，我晕过去就真的什么都完了。"小桃抬头看看小姐，低头看看镯子，终于明白了。一阵寒意，从心透彻到四肢，到手脚冰凉。

大小姐果然是极会说道理的。她帮的是大小姐，不是祁公子。她是大小姐的婢女啊，帮大小姐是天经地义的，她有什么资格去帮大小姐未来的夫君？这个道理原来是这样的。小桃的心有些灰暗，低声说着："桃宜知道了。"

何之棠的表情也有些黯然，看着窗外摇曳的树，半晌才说道："桃宜，人生的路，有很多种。该选什么路，一定要想好。走本分的路才能守得幸福，一味好高骛远，受苦的是自己。"

小桃愕然地愣在了那里，大小姐是在说自己不本分？大小姐觉察出了自己对祁公子的心意？小桃的脸红得几乎滴血，心却扯得生疼。何之棠拉起小桃的手道："你我素来亲厚，我是真心为你着想。眼看着你过了及笄之年，也该为将来打算了。侯门大户，你即便进得去，也是侍妾的身份，起初如花美眷，恩宠一身。可日子久了，终归是一场权衡较量。身份地位才能撑腰杆。恩宠又能持续多久？"

小桃不知怎么接话，半晌才低低地说道："小姐也没出阁，怎么会有这种感悟？"

何之棠的声音缓缓传来，好像在很远的地方："我的亲生母亲，同你一样，是名舞姬。"

小桃身子一震，不觉抬起了头。何之棠的目光飘得很远："她的舞很美，如今府里的舞姬，没几个能比得上她。所以我的父亲，便把她收了房。起初是很恩爱，可惜不长久，他娶了正妻，就是之兰的母亲。之兰的性格——和她母亲很像。”

何之棠没有具体形容何大人那位嫡夫人，不过小桃已经明了，和二小姐的性格像，必然是张扬跋扈，不肯屈就的。那大小姐母亲的状况，便可想而知了。

何之棠的声音消沉了下去："她是抑郁而终的。过世的时候，年纪并不大。”母亲早逝，从小看人脸色行事，她比不了何之兰可以恣意任性，她只能用懂事、德行为自己赚来一丝丝父亲的关注。顿了顿，何之棠看着小桃道："不说这些陈年旧事了。你的事我会挂在心上的，替你找户好人家。”

“不要啊！”小桃不由得扑通跪在了地上，声音都带着几丝颤抖，“小姐，我还小，不要——”小桃终于感受到自己的无奈，大小姐是她的恩人，又是她的主人，她的全部命运都握在大小姐的手里。从前大小姐教她识字，教她念书，那种无间的日子好像一瞬间，就从指缝溜走了。

过了半晌，何之棠淡淡笑笑："那就以后再说吧。”又对小桃说了祁公子要调她过去帮忙做事的事情。如果是以前，哪怕是大小姐说这些话之前，她的心都会怦怦乱跳，满是期待。可如今，小桃只剩下一肚子恐慌。

半梦半醒地睡了一夜，第二天一大早，小桃换了件干净衣服，和何之棠辞行后去了祁公子的营帐。祁正修一早已经和太子出去了，小桃过去的时候，云笙正在营帐里搬弄着东西，看到小桃眉眼都笑开了："你来了？”说着一把拉起小桃的胳膊，“快过来，有好吃的给你留着呢。”

小桃的胳膊本来有伤，被云笙捏得一阵生疼，忙把他的手甩开，不自在地笑笑："不吃了。先干活吧。公子要做什么？”

“急什么？又不在一时半晌。”云笙从柜子最下头摸出一个小坛子，“这是上次太子赏公子的，公子赏了我，我留下的。”

小桃凑过去一看，是几块果脯之类的，伸手捏了块丢进嘴里，不觉笑得眉眼弯弯：“好甜。”

“那是。”云笙得意地笑道，“这是西域特产，蜜瓜干。”

祁正修回来的时候，就看得小桃和云笙脑袋挤在一处，叽叽呱呱地不知说着什么，小桃的眉眼，笑得弯弯像两弯新月，颇有动人之处。她在自己面前倒是从来没这么自在过。祁正修轻轻咳了一声。

云笙忙赶紧站了起来，垂手立着：“公子回来了。”小桃几乎是蹦起来的，惊慌失措地站在了云笙一侧，离祁正修更远。

祁正修看着小桃温和地笑笑：“来了？”

小桃的心随着那勾起的眉眼，又狠狠跳了两下，回答着：“来，来了。”

祁正修对云笙说道：“随我去城外办些事情。”转而对小桃微笑道，“麻烦桃姑娘帮我把这帐里的书搬到营帐外的空地上晒晒，难得今天天气好。”

云笙愣了一下，随即说道：“公子，不如等我回来和小桃一起弄吧，书——”

祁正修温温地打断了云笙：“回来不早了。”看着小桃勾唇问道，“可以吗？”

“好。”小桃用力地点头。晒书，不是什么难事。以前也帮大小姐做过的。

云笙和祁公子出去后，小桃便赶忙翻腾着书柜，将祁公子的书搬了出来。难怪云笙说祁公子爱看书。果然不虚言，到濠州这么几天，还带了满满两箱书。只是，大部分的书都湿漉漉的。这便有些麻烦。寻常的书，放得久了，顶多是返潮，放在阳光下晒晒就好。可湿了的书，就得每页都晾干，还得用镇尺绷直，否则书就皱了走形了。

小桃搬了五六本书，走到营帐外面，也就只有一处地方，翻下营帐外的小坡，再翻上对面的那个小坡，坡顶有块很大很平的石头，可以晾书。小桃把书放在石头上，用镇尺压好，又回去搬书。身体还有些虚弱，这上上下下地跑已经让小桃喘不上气了，还抱着一大摞书上下地跑，还得不时翻翻书，用镇尺绷直，刚一个多时辰，小桃就觉得胳膊都酸得抬不起来了。这才刚晒了不到五分之一。小桃给自己捶着胳膊，太阳也太好了，照得小桃眼冒金星。

中午小桃肚子饿得咕咕叫，可是这里谁都不认识，也不知道哪里能吃饭。只好先忍着。好容易弄到下午，晒了过半，但日头没了，乌云又开始压城。小桃赶紧疯跑着把书抱回营帐。生怕再被雨淋了就麻烦了。等把书到搬了回来，小桃累得瘫坐在地上，一动也不想动。可是这是祁公子的书啊，小桃把晒好的书每本都细细地收好，摞到一起。又忍不住翻了翻里面的内容，有些字小桃不认识，有的认识，大致知道是些兵法的书。看着书里祁公子的字迹，小桃随着心摇神荡地幸福着。

等到把书都整理好，已经日近黄昏了。小桃捏了捏胳膊，伤口还会隐隐作痛，尤其是阴天。忽然营帐帘子一挑，祁公子和云笙回来了。小桃赶紧走上前行礼。

云笙对祁公子告了一礼说道：“公子，我去吩咐把晚饭送来吧？”

祁公子摆摆手：“我还不饿。”

小桃的肚子“咕咕”叫了两声，不由脸红地轻轻按着。祁公子似乎没听到一样，坐到了案几前，吩咐着云笙：“你出去吧，我要写封急件。桃姑娘在这里帮忙就可以了。”云笙看了小桃一眼，退了出去。

小桃识趣地走到案几旁，开始研磨。云笙对她说过，祁公子喜欢墨研得浓浓润足了笔再写字，便使劲地开始磨墨。祁正修看着低头专注的小桃，随手拾起一支笔蘸了笔墨，浓浓的饱满，不由心里微微动了一动，抬眸问着小桃："谁告诉你的？"

祁公子的声音很温，小桃觉得自己又忍不住心跳得怦怦了，可这是不应该的。便低头吭哧答着："什么？我瞎弄的，平时给大小姐就这么研磨。"

祁正修的心刚浸润起的一点暖意，倏地退了去。是啊，她平时也这么服侍何之棠的，又何必自作多情以为她是对自己用了心，知道自己喜欢研得浓墨润笔这么上心？

祁正修无故地有些懊恼，只是他的懊恼从不表现在脸上，反而化作了个淡淡的笑意。祁正修取出一叠纸展开，纸的张幅很大，案几却很小，铺开后几乎占满了整个案几。祁正修看着小桃笑道："案几太小了，辛苦桃姑娘捧砚。"

"啊？"小桃一愣，捧砚？好吧，小桃把那个沉沉的歙县大砚台端了起来，捧到了祁公子身边。果真是好砚台，真沉。

祁公子拿笔在砚台里反复润着，然后开始沉思。"一，二，三……"小桃数了不知道几个一百了，祁公子却始终没有落笔，不知道在想什么。足足过了有一炷香的时间，小桃捧得胳膊都麻了，祁公子还没动弹。小桃只觉得那砚台越来越沉，而自己受伤的胳膊越来越麻木，终于，"咣当"一声，砚台掉到了地上。溅了小桃满鞋的墨汁。

祁公子眉头一蹙，勾唇看着小桃："这就累了？还是不愿意服侍？"

小桃满脸通红，抬眸看着祁公子，说不上的委屈，自己的胳膊，使不上劲啊。可是大小姐吩咐了，不能说。便只好咬唇说着："没有，桃宜不敢，刚才走神了。"

桃宜两字一出口，祁正修猛地站起身来，看着小桃的目光射出两道清寒的光，声音也变得冰冷："那就继续捧着砚台，先学学怎么不走神。"

小桃蹲了下去，将地上的砚台捡了起来，砚台磕了个角，将一侧的枯藤松树造型磕掉了几片枝叶。小桃抿着唇，重新将墨研好，把砚台捧了起来。没有再吭声。委屈像一股漫延的潮水，从头到脚袭了过来，她不是故意的，她对祁公子的那份小心翼翼，天底下再也找不出一个人能让她这么用心，越是用心，越是小心，越是出错。可是他不懂，那一切都只是个笑话。

祁正修看着抿唇而立的小桃，她不吭一声，把所有的情绪都敛了进去，只有一双失神的眼睛，不知看着哪里，那眸子里的灵动像枯萎的花似的没有光泽。祁正修莫名地又是一股气，她似乎还很委屈，委屈在哪里？祁正修腾地站了起来，转身出了营帐。

营帐外的空气不错，起码比营帐里那股像窒息般的别扭强。祁正修长舒了一口气，他不知道自己是怎么了。似乎有些莫名其妙。云笙走过来试探着说道："公子，晚饭还没吃呢。"

祁正修没有说话，心里翻腾地有些乱，他不应该是这个样子。他应该是波澜不惊、心定如水的，如今这是怎么了？过了半晌，他挥了挥手，吩咐着云笙："让她回去吧。"

"那——明天还来吗？"云笙问道。

"不用了。"祁正修觉得自己有些无聊。大敌当前，和周人在涡口较着劲，竟然在这里和一个侍婢又较劲。

云笙忙跑进了营帐，看着小桃像个泥塑似的站着，赶紧捅了捅她，低声道："公子让你回去了。"说着把她手里的砚台拿了过去放到一边。

小桃手里的砚台被拿去了，有伤的胳膊竟然僵了，动弹不得，小桃用另只手搓着那条受伤的胳膊，咧着嘴龇牙："这下完了，胳膊都抡不直了。"

云笙也赶忙两手给小桃搓着胳膊，问着："怎么这么娇贵了，端个砚台还僵了。好点没？"

小桃这才好些，甩了甩恢复知觉的胳膊，对云笙笑道："好了。"

云笙也笑了："那就好。公子吩咐，明天不用来了。"

小桃脸上的笑僵了，她服侍得不好吗？如果不是不好，为什么明天不用来了呢？也是，自己书也没晒完，还打翻了砚台，这么笨手笨脚，祁公子怎么会满意。可是自己又怎么控制这只受伤的胳膊？

小桃轻轻"哦"了一声，忽然营帐门口一声柔柔的笑："云笙倒是真不错。"云笙给小桃揉着胳膊的手赶紧拿了下来。小桃抬眸一看，何之棠不知何时来了营帐，正与祁正修比肩立在营帐门口，何之棠转眸正色问着祁正修，"不知云笙定亲了吗？"

何之棠的这句问话让其余三个人都是一愣，祁正修的脸色没有变化，眸子里却都是寒冰，云笙一副摸不着头脑的样子，小桃的脸色瞬间惨白，哀求般地看了眼何之棠，何之棠却并没有看小桃，只固执地盯着祁正修。

祁正修蹙眉："还没有。"顿了顿道，"云笙还小，再在我身边留几年。"

何之棠浅笑道："若是有好姻缘，也不必拘在一两年，缘分难求……"

小桃心惊胆战，不想再听，转身出去。出了大营门口，小桃飞快地跑了起来。她想离开，赶紧离开。

终于跑出了祁公子营帐的视线范围，小桃渐渐缓下了脚步，心里像压了一块大石头似的憋闷。不想回别院，小桃转身跑到了道路西边的一处树林里，夕阳已经落山了，四周只剩余晖。

空旷的树林，小桃再也忍不住，大声地对着树林喊着："啊——啊——"声嘶力竭地喊了几声，小桃无力地靠着一棵树滑坐在了地上，眼泪扑簌着落了下来。为什么要这么难受？为什么要这么憋屈？小桃抱着膝，哭得伤心。

忽然耳边传来一阵咯噔咯噔的声音，马蹄声？小桃停住了哭，抬起了头，一匹马冲着自己的方向跑了过来，这马——有些眼熟，小桃的心揪了起来，一下从地上弹了起来，跑到马跟前，仔细看了看，没错，这是云骢啊。小桃抹了抹脸上的泪，向四周看了看，树林深处，缓缓地走出了一个人。一身青黑色的长袍，头发束着，表情冷冰冰的。

小桃的手不觉捂住了嘴，刚才止住的泪又出来了。她狠狠咬了口自己的手背，很疼，不是做梦。那，眼前的这一切，是真的？那个走出来的人，真的是赵廷宜？

小桃呆在了那里。看着那人的脚步，一步，一步，沉沉走了过来，走得她心里怦怦直跳。直到他走到她身边，冷冷说了句："不认识了？"

小桃这才回过了神，冲上去拉着赵廷宜的袖子，又哭又笑："真的是你吗？你没死啊？老天，我是不是在做梦啊？你中了那么多箭，竟然现在还活着。你是什么做的啊？……"小桃早忘了曾经发的誓，话几乎像洪水般涌了出来。

赵廷宜被她摇晃得脑子都晕，伸出手扶住了她的肩，沉声说着："是我。我活着。"

小桃仔细从头到脚地看了看赵廷宜，他没什么变化，只是稍微瘦了点，面上如刀削般更见棱角。小桃不觉咧嘴笑了："太好了。你知不知道，我担心死了。内疚了好久，就差向老天爷祈祷让我变成一只猪算了。"

赵廷宜的心哗地像被什么淹了，来这里之前，他告诫过自己，不要再去招惹那个没脑子的家伙。她会害死自己。可到了这里，忍不住就想在她住的地方晃悠晃悠，是不是能默默地看看她？晃悠了半晌也没看到，正准备回去，走到树林里歇着，却听到了熟悉的哭喊声。他的心，立马就揪了起来。于是什么也顾不得了，什么也不管了。顺着她的哭声，就到了这里。赵廷宜深看着小桃问道："为什么哭？"

小桃好容易放下的事，又被赵廷宜问起来，一时有些不自在："没什么。"

赵廷宜唇际扬起，仔细看了看小桃，没有说话。小桃被他看得有些尴尬，别过头去问着：“你怎么又来了？不怕危险？”

赵廷宜冷哼了一声，道：“危险？大不了被祁正修再阴一次。”

听他提到祁公子，小桃的心里有些皱皱，抬手摸着在一旁吃草的云骢说道：“嗨，好久不见你啦，你还好不好？”

云骢不习惯被陌生人摸，摆了摆身子，抬腿挪到了另一边，小桃吓了一跳，以为它要踢人，赶紧收手，但刚才没注意，伸出去的是那只受伤的手，又端了半天砚台有些僵，一时竟收不回来，但身上又用力太猛，一个趔趄，就向后仰着摔在了地上，手还在直直地伸着。

赵廷宜一个箭步跨过来伸手去拉她，正好扯得她手疼，不禁龇牙咧嘴起来。赵廷宜眉头一皱：“你的手怎么了？”不由分说扯起小桃的袖子抡了上去。看到小桃胳膊上的镯子晃啊晃，一把把镯子也扯到了手腕，一条歪歪扭扭像蜈蚣似的疤在胳膊上爬着。

赵廷宜的心“腾”地疼了一下，半个身子都有些麻，眉头皱得更紧，声音冷得像冰刀：“谁弄的？”

“我自己。”小桃的声音很轻，又补了句，“本来是个小伤，没弄好烂的。不要紧。”

赵廷宜细细看了看那道疤，又伸手轻轻来回捏了捏小桃的胳膊，问着：“疼吗？”

小桃疼得直叫：“疼，啊，啊，啊，轻点……别这么用力。”

赵廷宜的脸红起来，把手拿了下来，闷声说着：“抻着筋了。”说着从身边云骢的背上解下一个酒囊，扯起小桃的胳膊，倒了些酒在上头，伸手搓了搓胳膊，在酒的作用下，小桃只觉得胳膊热乎乎的，舒服了许多。不由笑道：“你办法真多。这样好多了。”

身上舒服了些，肚子又开始叽里咕噜地叫。小桃的脸有些红：“嘿嘿，饿了。”

赵廷宜唇角弯了弯，从马背上拿出几块干粮递给小桃："只有这些，将就着吃。"

小桃没有客气，拿起一块狼吞虎咽地吃起来，味道还可以，就是有些干，噎得她够呛，不由抬眸笑道："有没有水？"

赵廷宜把酒囊递给她："水喝完了，只有这个。"

小桃喝了一口，"咳，咳。"全又呛了出来，眼泪都被辣出来了，"这也太辣了吧。"

赵廷宜看着狼狈不堪的小桃，不禁勾唇笑着："是你心急。一顿不吃就饿成了这个样？"

小桃撇嘴瞪了他一眼："一顿至于吗？我已经一天都没吃了。"说着低头又啃起了干粮。赵廷宜的眉头紧紧锁了起来。小桃吃得很快，三两下就把干粮吃光了，忽然看着赵廷宜一拍脑袋："你吃了吗？忘了给你留点了。"

赵廷宜没有回答她的问题，反问她道："何小姐对你不好吗？"

小桃忙摇头："小姐很好。"大小姐对她的情分怎么能叫不好。说起小姐就想起祁公子，小桃的胸口又有些闷闷的，甩了甩头道："别说这些了，你这次待多久？"

赵廷宜定定看了看小桃，回答着："一会儿就走。"

"这么快？"小桃不觉嘟起了嘴，话还没说两句，云骢也没骑，又要走？心里更不舒畅，脚底下踢着一块石子儿，直到踢得很远，甩出个弧线。

赵廷宜唇际勾了勾，声音竟有丝暖意："不想我走？"

"嗯。"小桃低着头，继续用脚踢着旁边的石子。她的确不想让赵廷宜走。虽然他的脸经常像个冰块，虽然他说话总是一副冷嘲热讽的鬼样子，但小桃也不知道从什么时候开始，自己对着他就会唠唠叨叨，可以把所有的掩饰、所有的隐忍都抛开。尤其是在濠州，幺娘不在身边，小桃只觉得身边越来越没有个可以说话的人，憋得透不过气。对祁公子要小心翼翼，对大小姐要尽心尽力，对芸娘要客客气气，而云笙、若素虽然可以嬉笑玩闹，却也要注意分寸。这里的每个人，都需要她用学了的“礼数”去对待。

可在赵廷宜面前，她不用怕失了礼数。反正他是讨厌礼数的，还说什么“精致得生厌”，而她也不怕惹恼了他，反正他也不会害她，而她也不用天天对着他。所以在赵廷宜身边，倒是难得的放松。赵廷宜扶着小桃的肩，声音沙沙地温柔：“那就跟我走。”

小桃的心一突，抬眸看着赵廷宜的眼睛，深邃得看不见底，却好像要将她化进去般。小桃猛地摇摇头：“我才不去。我是大小姐的人，跟着你算什么。再说了，你是——”小桃想了半天憋出一个词，“你是敌国的人。”不知道听谁说过这话，小桃猛地想了起来。

赵廷宜眉尖一蹙，唇角挑了起来：“敌国？谁教你的？”

小桃哪记得谁说过，咬唇说道：“我就不能学点东西？说个新鲜词，你就这么惊讶。我还会写字呢。”

赵廷宜不禁眉眼舒展了开来，闷闷笑了声说道：“你倒说说，会写什么字？”

小桃抿着唇，眉眼笑成了小月牙，冲赵廷宜一招手：“我写给你看。”说着在林间捡了根枯树枝，蹲了下去。

赵廷宜也蹲了下去，看着她把地上的枯草石子扒拉到一边去，腾出一片空地，认真地拿树枝在地上写着“山，川，水，火”这些字。赵廷宜的唇角弯了起来，轻笑道：“就这些？”

小桃转头斜看了他一眼哼道：“这只是随便写的。”说着又在旁边写道，“杨柳青青着地垂，杨花漫漫搅天飞，柳条折尽花飞尽，借问行人归不归。”

这首送别诗是大小姐教的，字句简单朗朗上口，小桃很快就学会了。只是现在写出来，倒应了眼前离别的景。赵廷宜的心里也有些闷闷的酸疼，叹口气：“学了字，还不如不学字。”如果不学字，还不会这些搅人心酸的词句，倒也分离得爽利干净。

小桃哪里知道赵廷宜的心思，还以为他觉得自己写得不好，可自己也就会这么点酸文假醋的诗，像在祁公子营帐里见到的那些书，和书上的批注，什么“假栈道以攻”，“养之以德，则民合”，小桃看都看不懂，别说记了。小桃撇撇嘴，哼哼了两声：“我还会写你的名字。”说着在地上划拉着“赵廷宜”三个字，歪歪扭扭。

赵廷宜心里“轰”地涌起一股热浪，让他几乎有些眩晕。第一次眼看着一个女孩子在地上划拉他的名字，他有种说不出的心动。

小桃继续扒拉着：“赵——匡——义”，可是“义”（繁体）这个字笔画也太难搞了，上面是“羊”没尾巴，下面是什么……小桃卡住了。

赵廷宜伸手握住了小桃的手，继续着她的笔画，在地上认真地续写着下面的字。他的手很有力，用树枝划在地上，都抠掉了好多的土。小桃的手随着他的手，行云流水地划着。他的字真好看，有起有落，有顿有挫，比自己那歪歪扭扭的狗刨好看多了。

小桃笑得甜甜：“真好看。”待赵廷宜握着她的手写完“义”字，小桃又迫不及待地写着自己的名字“桃宜”，叽咕着：“这是我的新名字。”

桃宜两个字，像一记重锤，锤在了赵廷宜的心上。捶得他的心轰轰作响，捶得他仿佛有股洪流，从脚底涌了起来。他站起身来，静静地看着那个还在地上兴致勃勃划字的女孩子，第一次有种被震慑的意味。以前常听人说，温柔乡英雄冢，只觉得是个笑话。可如今才觉得此言不虚。

小桃把自己名字划完，这才站了起来，捶了捶蹲麻了的腿，看着赵廷宜眯眯笑：“我是不是长进了不少？”

赵廷宜勾唇点了点头，看着小桃的目光，多了几丝灼热。小桃被他看得有些不好意思，笑嗔道：“你怎么这么怪——”话没有说完，已经被眼前的男人俯身掠上了唇，赵廷宜的吻强硬有力，很快撬开小桃的齿强势地侵袭。

小桃还没反应过来，已经被一个强有力的怀抱拥紧了攻城略地。他的胡楂扎得小桃有些疼，一种山野坚硬的气息，让人反应不来，让人不自觉地顺承。

小桃只觉得眼前黑压压的，心怦地跳得老快，扑腾着手，下意识地抵抗着。可是小桃的力气哪能拼得过赵廷宜，挣扎只是徒劳。小桃又急又臊，张嘴用力咬着赵廷宜的唇，他却仍不肯放手，直到两人嘴里都是一阵甜腥。才缓缓松开了小桃，眸子有些疼："就这么不情愿？"

小桃用力往后退了两步，恼怒地看着赵廷宜："你是疯了吧？"声音都有些抖，"人家好心和你说说笑笑，你居然——欺负人。简直是——登徒子！好色之徒！轻佻！放荡！"小桃把她新学的词一股脑地甩了出去，转身就要跑开。

赵廷宜伸手一把揽住小桃的腰，用力把她掰得转过身来，声音坚硬得似乎都能反射回来："跟我。"又补了句，"我会好好待你。"

小桃气得全身哆嗦，自己真是瞎了眼才会拿他当好人。原来他就是个轻薄浪荡子。小桃气急反笑："好好待我？你怎么好好待我？做你的丫头还是做你的洗脚婢？"

"做我的女人。"赵廷宜语气坚定，深深地看着小桃。

小桃只感觉像雷劈过来一样，愣在了原地。过了好久，才反应过来，冷笑道："赵公子要是找人寻开心，也该去那歌楼酒坊，而不是找我这个使唤丫头。"即便自己出身低微，也不能被人这么戏弄。

赵廷宜用力扶着小桃的肩，没有一丝动摇："我没有寻你的开心。"

小桃用力想挣掉他的手，却没有挣开，眯着眼看着赵廷宜，眸子里都是冰冷："别说赵公子二十好几，还没妻室。小桃是个丫头，但不是个傻子。"

赵廷宜的眸色有些黯淡："她已经去世了。"小桃愣住了，赵廷宜唇际有丝苦涩，"三年前，她就得疾病去了。"他同尹贞婉是父母之命媒妁之言，没有见面就成了亲。婚后还算相敬如宾，只可惜贞婉身子弱，没有留下一男半女就病逝了。

已经三年了，赵廷宜连贞婉的模样都已经模糊了。印象里她是娴静的眉眼，和她的名字一样，幽娴贞静。他和贞婉不能说不恩爱，没有吵过架，没有红过脸，在所有人眼里，这样的，就算是很恩爱了吧。只是，他对贞婉，似乎从来没有过对小桃那种怦然心动。

初次见小桃，对她的印象一如对所有江南唐人的印象，阴柔狡诈，和祁正修一样。明明想要银子，却说找不开，让他看得可笑。唯一深刻的记忆，就是她脖颈下那片胎记。那是不祥之兆，他以前见过这样的，所以才留了心。

如果不是义庄相遇，他和她这辈子可能也不会再有交集。可是她出现了，在他生命垂危的时刻，她没有放手，在他耳边叨叨着那些馋人的烧肉、鸡肉，让他从四周一片血海的窒息中浮了上来。尽管她的处境也危险，她身边还有人不停给她打着退堂鼓，可她没有放手。

赵匡义不知道自己有生之年，还能不能遇到这么傻的丫头，这么难得的执着。所以，尽管他知道她念着祁正修，他知道她是唐人，可他，也不想放手。何况，她的那份娇俏动人，他也说不上为什么，就是撩拨得他心痒痒。

小桃垂下了眸子，这人说得像真的一样。可是就算他死了老婆是真的，自己又不了解他是个什么人，还是个周人。该怎么回绝他，顺带溜回去呢？小桃正在琢磨着，四周夜风飒飒，一旁的赵廷宜已经毫不迟疑地用力擎住小桃的身子，飞身上了云骢的背，用力拍了拍云骢，马四足奋蹄，向着西边飞驰而去。

小桃还没回过神，已经在云骢的背上跑出了树林，一路向西。小桃用力挣扎，可她哪挣得过赵廷宜有力的臂膀，只好圈在赵廷宜的怀里，在云骢身上离濠州城越来越远。

第五章

强掳营帐强为情
错结仇怨错负心

子夜时分，祁正修正在营帐内的油灯下看着公文，忽然云笙急急惶惶地跑了进来，对祁正修禀告着：“公子，公子，不好了。”

“嗯？”祁正修眉心一挑，手里的公文还没有放下。

“桃宜，还没有回到别院。”云笙急急地解释着，“何家的下人过来打问桃宜有没有来过，说是还没回去，可桃宜是太阳没落山就走了的啊，这已经三四个时辰了，就是乌龟爬也爬回去了。”自从下午何小姐问他成亲没有，云笙也渐渐琢磨出味儿来了。和小桃相识这么久，他倒是从来没想过，可是一旦这层窗户纸被捅破了，再想想小桃，论模样论人品，都是一等一的好。云笙不禁心神动摇起来，此刻听说小桃不见了，比平日更加着急几分。

祁正修深深看了云笙一眼，腾地站了起来，揪起门口的披风大步走了出去。何家的下人正守在门口等着，祁正修一改平日的温文尔雅，声音有些阴凉：“你确定桃姑娘从没回去过？”

“没有”，下人应着，“大小姐吩咐我前来看看她有没有到这里。”

祁正修转头吩咐着门边一个守卫的侍从：“通知穆点校，带三队弓箭手，一队沿大营到别院之间的路搜寻，另外两队，随我向西去找。快！”

侍从愣了一下，重复着：“三队？”三队的军力去找一个侍婢？侍从直以为自己听错了。

“速去！”祁正修的眸中泛出阴冷，“和桃姑娘在一起的男子，杀无赦。”云笙听到祁公子阴阴凉凉的话，身上不觉打了个寒战。侍从赶紧去找穆点校，太子早吩咐过了，营中急用兵，祁公子说了就算，不用去禀告他。如今子夜点兵，却是找一个侍婢，想不通也得照办。

祁正修大步回到了营帐，看着悬着的地图，心中细细盘算着，这一带没有山匪蟊贼，如果是意外且不说，如果小桃是被赵廷宜劫了走，那就说明赵廷宜已经伤好了。这个周贼，箭伤好得也比别人快。如果他好了，那涡口之战他必然会出马。

祁正修盯着地图上的方向，眼下兵力有限，忠勇军悉数派往了涡口，赵廷宜如果伤好了，战时就会延长。即便是半个月拿下涡口，那时淮河水位降得更快，潜伏在附近的周军一定会渡河而战。到时统帅周军的会是谁？赵廷宜在涡口，那么李继勋一定也在涡口，会是赵匡胤统帅吗？不会，他应该来不及……祁正修来回踱着步子，忽然有了筹划，转身去了太子的营帐急报。

小桃在赵廷宜的马上飞了一夜，这次可坐够了马，再也不要心心念念惦记着云骢了，屁股都要散架了。直到第二天上午，绕过了不知几片树林，几个大坡小坡，几座桥，终于到了一片宽大的水面，旁边是几个土丘，依着土丘是一片营帐。看到赵廷宜骑马进来，守卫立得板正：“少将。”

赵廷宜下了马，把早已骨头架子都散了的小桃抱了下来，吩咐道：“打些热水来。”这一路狂跑疾奔，何止是风尘仆仆，简直是灰头土脸。

小桃的两腿都直打战，赵廷宜抻着她回到了自己的营帐。不多时士兵打来了水，赵廷宜对她说道：“没人服侍，自己去洗洗。”说着走出了营帐，吩咐士兵守卫好，不准任何人擅入。

小桃只觉得脑袋都要炸了，把身上的土拍了拍，看着旁边有个搭衣服的木架子，吭哧吭哧搬了来挡在对着营帐门口的位置，毫不犹豫地钻进了木桶里。舒服啊，解乏啊……小桃紧绷的筋这才缓和过来，昨晚到现在，像个梦似的。小桃使劲甩甩头，晕，疼，才知道不是梦。真是太好笑了，一个只见过两次的人，不对，前前后后四五次吧，要自己做他的女人？为什么，自己虽然算救过他一次，可也害了他一次，早打平了。难道有什么算计？可自己一个侍婢，身份这么低微，能有什么算计？

做他正妻，自己是绝不够格的，做个侍妾就算顶了天吧，搞不好还只是个没名没分的通房丫头，被人叫一辈子桃姑娘。不由想起大小姐说起她娘的一辈子，小桃闷闷地捶了下木桶的边，他想得美！就是让自己做他的正妻，自己还不乐意呢，他又不是祁公子，还妄想让她做他的女人。想到祁公子，小桃的心里又是一阵酸，不知道祁公子会不会知道自己被这个家伙劫了，他会来救她吗？……一夜没睡的颠簸，此刻木桶里热水的氤氲，小桃迷迷糊糊地睡着了。

赵廷宜去别人的营帐里冲了个凉水澡，吩咐准备午饭，又巡查了一遍人马，都快半个时辰了，小桃还没出来。他的心有些揪着，大营里都是男人，谁能进去看？又等了一顿饭的工夫，他坐不住了，抬腿朝营帐里走去。

轻轻抬起帘子，自己的衣服架子被她搬到了前面，难道跑了？赵廷宜快步过去，沉声叫着："桃宜！"却顿在那里。

小桃乌黑的头发垂在肩上，正靠在木桶上睡得香。脸庞像白瓷似的细腻，睫毛很长，还向上翘着，小小的嘴抿着，红得像五月天里熟透了的樱桃，有种能浸出汁的水润。肩膀更是白腻得光滑，应该很细软吧……赵廷宜只觉得喉头发干，全身像腾地点起了一把火，烧得他脸发烫，身子紧绷，胀得难受。

还好水以下的部分他看不见，如果看到了不知道会不会一个冲动把她抱起来，就这么让她做了他的人。他用了好大的力气，才克制住自己，侧着头推着小桃："水凉了。"

小桃做了一个很长很缱绻的梦，梦里祁公子对她温和地笑着，他的眸子，他的声音，都那么软暖，还有他的唇……忽然被人推醒，小桃迷迷糊糊揉着眼睛，“啊”地大叫一声，抱着膝盖捂住胸：“你这个好色之徒，快出去，出去！”

赵廷宜苦笑一声，向营帐门口走去，好色之徒？如果真是好色之徒，早就要了她。

小桃哆嗦着把衣服穿好，这个家伙太过分了，这里不能待，一刻也待不下去了。小桃穿好衣服气得就往外走，赵廷宜一把扯住她：“做什么去？”

小桃声音很大：“回家！”

“家？哪里算你的家？”赵廷宜声音清冷，“云湾村？还是金陵城你的亲戚？”

该死，这家伙的记性真是好得不得了，小桃气急，慌不择口：“你这个登徒子，禽兽不如。我是唐人，你是周人，本就不是一处的。你还强抢，你和山贼有什么区别？我虽然出身低微，可我也不会做你这种人的玩物！不明不白，不清不楚被你毁了。”一口气说完，小桃觉得好解气，果然识文断字就是好，以前骂人都不会，如今一扯一大堆，还不带脏字。

赵廷宜只勾唇不语，待她说完，定定说道：“军中这么多将士都可做媒证，我今日便纳你为妾。”说罢俯身抬起小桃的脸，“我不会毁了你，更不会负了你。”

小桃的心狠狠地跳了两下，这两句话听起来怎么心怦怦乱跳？小桃捂住胸口，看着赵廷宜还是两眼喷火，却一时想不出说辞，半天憋出一句话：“我是大小姐的人，得大小姐同意。”

赵廷宜冷笑了两声：“我的人，不需要别人做主。”接着补了句，“何况唐人覆巢之下，有什么资格说不？”

小桃也杠了上来，那句话她听懂了，他在侮辱她的国家，不禁还嘴道："周人就像你一样不懂礼义廉耻的吗？提亲是用抢的？大小姐不同意，我就不……"

赵廷宜只觉得自己的耐心要被磨尽了，小桃的伶牙俐齿让他忍不住俯身下去堵上了她的嘴，她的唇果然像樱桃般甜润，只刚触上，他的血气从脚底轰地窜了上来，把他所有的理智都烧炸了。他想要她，此时此刻。

赵廷宜的手用力揽住了小桃的腰，一个用力把她横抱起，几步走到了营帐的床榻旁，把小桃放下，俯身压了上去。她的唇，她的眼，她的脖颈，一如凉玉般细腻瓷滑，他触上便像中了毒般放不下，只想深入，再深入，陷进她的身体里不再自拔。

小桃被他揉得全身战栗，羞耻和侮辱一起涌上心头，使劲推也推不开，抓踹打捶，全都无济于事，只折腾出了一身汗，衣服也被他扯开，肩膀和胸都露了出来，男人的气息在她身上蜿蜒，她无力地绷直了身子，急得哭了出来，起初只是默默流泪，但赵廷宜似乎被她的眼泪刺激了般更加粗重，伸手去解她的下裙，那沉沉的声音里全是旖旎的情动："桃宜，桃宜，你叫了我的字，就得是我的人。"

小桃后悔得要死，这个破名字啊，早知道就不改了。又羞又臊，索性最后一招撕破脸，大声号哭了起来。那哭声尖利凄惨，声嘶力竭地喊得嗓子都哑了："赵廷宜，你欺负我，我死给你看，我，我跳河——"说出去想起自己会水，忙又改口，"我上吊，化作厉鬼，这辈子都不会放过你！""救命，救我——"

被她这么大着嗓门又哭又喊，伸出手又挠又抓，赵廷宜的手背，胳膊，脖子都是抓痕，小桃力气还不小，伤口全挂了血，要不是赵廷宜躲得快，脸早被她抓花了。

这么一来，什么情致都没了。刚才只是忍不住情欲冲动，难道他还真像山贼悍匪霸王硬上弓？赵廷宜按住小桃的手，几乎咬牙切齿："好了！"

小桃止住了喊叫，停下手，看着他一脸的怯意，往床里缩了缩。

赵廷宜站起身来，冷冷看着小桃，脸上的寒意有些彻骨，小桃的心扑通直跳，他脸上的寒气似乎能隔空传过来，冷得她身上都一股寒意，小桃忍不住颤着哑了的嗓子嘟囔着："你还想做什么？"

赵廷宜的眸子有丝疼痛："真的不想跟我？"

小桃拼命点头，她想回家，想回大小姐身边去。瘪着嘴说了句："我要回去。"

赵廷宜眼里的疼痛碎开，唇际挑了挑："那就待到你不想回去为止。"说着大步走出了营帐。

小桃看他的背影终于出了营帐，才大大舒了一口气，瘫软在了床上。

营帐外的守卫看着少将扛回来个女人，一群很久没见过女人的男人早就议论纷纷，调笑着荤段子。听到赵廷宜营帐里女人的哭喊，一个年岁大点的挠着胡子笑道："少将还挺厉害啊，把那女人弄得——欲死欲仙了吧？"围着的人哈哈大笑起来。另一个支棱起耳朵听了半晌，"嘘"了一声，小声说道："诶，没动静了，依少将的性子，是不是已经颠龙倒凤揉成一团了？"

围着的人正要笑，忽然营帐的帘门挑开，赵匡义黑着脸走了出来。人群赶紧立正装着若无其事。赵匡义冷冷扫了一眼四周，定声吩咐道："谁也不准对外乱说大营里来了女子的事。违令者斩！听到没有？"

"是！"众人齐声应和。

赵匡义大步继续向前走去，几步走到了李继勋的大营，进去抱了个拳，也没多礼，直接坐到了凳子上拿起茶碗喝了一大碗凉茶。李继勋哈哈大笑："廷宜老弟，这趟濠州之行，听说你带回来个女子。怎么此刻不在你的营帐春宵一刻，跑我这里做什么？"

李继勋比赵廷宜年长不少，但行伍出身，性格豪放。赵廷宜苦笑道：

“烈性子。”

“哦？”李继勋捋着胡子，看着赵廷宜脖子上的挠痕，笑得爽朗，“你还对付不了一个女子？还是舍不得吧。”说着吩咐下人拿些金创药过来，给赵廷宜敷上，问道：“濠州城怎么样？”

赵廷宜微微点头道：“主要的兵力，看来都调到了涡口。我们再虚张些声势，等淮河水位下降，安国军就可以从淮河渡河而攻了。”

李继勋看了看挂着的地图，道：“昨日已经收到密报，赵大人已经从泗水一侧到了淮河北，和陛下会合了。”

赵廷宜的眸子泛起了亮光：“二哥已经到了？太好了。”说着也看向地图，眯着眸子看了许久，说道：“只要唐人不增派战船，那攻下淮河，进入濠州，指日可待。”忽然转头吩咐着身边的侍从，“去厨子那里赶紧弄点干净的吃喝，送到我的营帐里去。”

侍从领命而去，赵廷宜才又转头对李继勋说着战事。李继勋一愣，笑看着赵廷宜：“哈哈老弟，你还真认了真。”随即又看着地图，商量布军的事。

小桃窝在营帐里，正在苦思冥想怎么逃出去。这里四处都有士兵把守，硬闯是肯定不行的。该想个什么主意呢？来的时候倒是看到营帐外有片水面，自己只要能跑到水里，就随处游了。可是连营帐门都出不去，怎么接近那片水？

小桃想了半天，懊恼地直揪头发，也没想出来。唯一的办法，只有讨好那个好色之徒，等他发慈悲允许自己单独出去走走，或者带自己出去走走的时候，再见机行事。好愁人！

有人挑帘子进来送吃的，郁闷的小桃看也没看，连家都回不去，哪有心思吃。咦，不对，什么吃的这么香？小桃看送吃的人走了出去，忙跳下了床，哇，烧肉，烤鸡，油香香的芝麻葱花饼，还等什么？不吃饱，哪有力气回家！

小桃卷起袖子，毫不客气地风卷残云地吃了起来。烤鸡味道好，烧肉也不错，可以和云湾村的媲美了。还有壶不冷不热的茶，正好喝了不会噎着。小桃吃得简直通体舒泰，不一会儿就撑了起来，嗯，果然吃饱了心情好。再想着怎么对付赵廷宜，也思路大开啊。

院子里的赵廷宜，正在等着校点骑兵，看下人端着吃得七七八八的剩菜出来，不觉勾唇笑了，果然烧肉和烤鸡合她的胃口。

小桃本想着下午讨好讨好赵廷宜，带她出去。可始终没见着人影，打听了下，才知道他出去巡查去了。小桃只好无聊地在赵廷宜的营帐里来回地翻着，这人也喜欢看书，打仗还带着许多书。不过和祁公子的一样，她也看不懂。这人的字是真不赖，几处笔迹都苍劲有力，虬枝崖松似的。小桃翻了几页大幅的字，忽然看到底下有幅不一样的，忙抽出来，却有些发愣。

那是一幅女子的画像，长发明眸，眼睛灵动，和自己倒有几分像。脖子下一块桃花胎记。呸呸呸，还真是画的自己啊？小桃脸红心跳，赶忙把上面的纸压了上去。过了一会又仔细翻出来看看，也不全像啊。小桃的心跳得有些慌乱，却又有种说不出的喜欢。第一次有人画她，可是不是画她呢？有桃花胎记，应该就是吧。小桃压上了纸，坐在凳子上发了好久的呆。他看到了她的胎记，却从没有嘲笑过她，也没有轻视过她，小桃第一次有种莫名的感动。

看在他画她的份上，就勉为其难帮他收拾收拾。小桃把桌上的纸笔整理了一番，又把书码齐，忽然从一册书里掉出了一封信。小桃本想放回去，随便看别人的信是不礼貌的。不对！赵廷宜这家伙是别人吗？他是敌国的好色之徒，当然要尽可能多地了解他，才能逃出他的手掌心。

小桃毫不犹豫地打开了信，字龙飞凤舞，小桃还有好几处不认识，包括写信的人的名字她也认不全，“匡什么？”小桃虽不认识“胤”字，但匡前面那个“兄”还是认识的，原来是好色之徒的哥哥给他的家书。

里面的内容小桃又前后仔细认了认，“符家女”“定亲”“陛下已同意”几处，小桃连贯起了意思。好色之徒既然死了老婆，他二哥要给他介绍个符家的小姐，这个符家看来是个权贵，还得皇帝同意。但皇帝似乎已经同意了。这个登徒子，已经攀上了权贵，还拿她这个小侍婢调戏，小桃的火气腾地起来了。用力把信塞回了书里。索性也不想收拾了，随便抽了本书飞快地乱翻。

祁正修亲自带着五十人的先锋军，骑马赶赴涡口。到了中午，已经赶到了周军大营附近。祁正修命先锋军都下了马，在树林间躲着，以免被周人发现伏击。同时派了几个便装的先锋军去附近的人家打探情况。

属下有些不解，问祁正修：“公子，您确定桃姑娘是被赵匡义劫走了吗？这一路赶来，咱们已经算快的了，如果前面真的是赵匡义，还带个姑娘，应该会被咱们撵上的。”

祁正修一抬手：“赵匡义擅骑射，何况他那匹云骢是千里宝马，日行八百。走在前头很正常。”

过了一个多时辰，打探的人回来，禀告祁正修：“公子，四下打听过了，没听说周军大营里来了女子。”

祁正修蹙眉沉思着，属下试探着问道：“公子，那我们……撤走？”

祁正修没有答话，狭长的眸子向四处看了看，这片林子很密，是个不错的栖身之所。南边有水，有桥，西边是周人的大营，北边是山。这就够了。祁正修吩咐下去，告诉后面的三队兵力，不要急着到涡口，分散着找隐蔽的地方栖身，等待号令。

祁正修淡笑着问身边的属下：“带了短笛吗？借我一下。”兵营枯燥，士兵们多随身带着短笛、骰子，闲来无事的时候各自把玩。而短笛由于声音高亢嘹亮，也常作为部队集结的信号。属下把短笛递给祁正修，不明所以。祁正修擦了擦笛子，放到唇边轻轻吹了起来。祁正修擅长吹笛子，不过很少吹，除了太子，没人知道他的这个特长。

属下在一旁听着，也有些出神。笛声宛转悠扬，时而是潺潺水声，时而是空山新雨，时而又是鸟鸣啾啾，音韵缭绕，在树林里竟又反射出好几种声音，不像单纯的笛子声，倒像好几种乐器在配着和鸣似的。往常听那些伶人演奏，也从没有这么好听的笛子声。

周人的大营里，也有人听到了笛声，不过声音婉转，不像是军队的信号，附近也常有百姓吹笛解闷，不是个稀罕事，所以没人在意。营帐里的小桃也听到了笛声，起初没有在意，但渐渐地，曲子重复地吹着，这个调子——啊！小桃从凳子上蹦了起来，这是祁公子自创的词牌《双燕舞》啊。大小姐常用琵琶弹的，甚至那次在何府别院的清晏堂，大小姐就当着祁公子的面弹过。

小桃只觉得全身的气血都涌了上来，祁公子来了，一定是祁公子。他来救自己了……小桃咬着唇，眼泪都几乎出来，不顾一切地冲着营帐外冲了出去。

小桃刚挑开赵廷宜营帐的帘子，门口已经有两个守卫的士兵把手里的铁戟架到了小桃胸前，面无表情地说道："少将吩咐，姑娘不得出去。"小桃急得用手去扒拉面前的铁戟，可惜她的对手不是赵廷宜，而是两个身强体壮的士兵。任她怎么用力，也动弹不了一分。小桃生气地鼓着嘴巴大声说道："那我出去走走也不行吗？"

"不行。姑娘不要为难属下。"其中一个冷冰冰说着。

小桃磨了许久，嘴巴都说干了，那两个人也不动弹。小桃气得一挑帘子走进了营帐。四处扒拉着，除了门，没有任何出口。可怎么办，没一点办法呼应祁公子。他可别走了啊。

小桃绞尽脑汁，也想不出一点办法。就算想把这破营帐点着了，也没个火折子啊。为难死了。不多时，笛声停了。小桃缩在了床上，不争气的眼泪又扑簌下来。祁公子在外面，可她出不去。这滋味太难受了。不行，一定要想个办法，哪怕是递个信儿给祁公子。

琢磨了一个下午，到了傍晚，赵廷宜终于挑帘子进来了。小桃强撑起笑脸，和赵廷宜闲聊了几句。到了晚上坐在一起简单地吃了个饭，赵廷宜吃饭的速度很快，小桃还没动几下筷子，他已经吃完了。小桃也没心思吃，随便扒拉了几口，也结束了晚饭。

赵廷宜坐到了桌前，顿了一下，抬眸看着小桃，唇际挑起："你帮我收拾了？"

小桃点点头："嗯。"补了句，"我什么都没看。"

赵廷宜扫了她一眼，眉眼扬了起来。小桃小步走过去，问道："需要我帮你研墨吗？"

赵廷宜轻轻点头，小桃赶忙用力把墨研好，把纸铺好，又往旁边的香炉里撒了把香料，最后端了一盏茶袅袅娜娜地走了过来。赵廷宜有点眼花，也看不进去字，红袖添香夜读书，哪读得进去？目光不由随着那个背影转来转去。半晌还是忍不住说道："好了，你歇着吧。"再转悠下去，难保他能不能抑制住自己的冲动。

小桃把茶放下，托着腮趴到了桌上，和赵廷宜脸对脸地看着，一双大眼睛乌溜溜瞪着。赵廷宜被她盯得心里一烫，往后靠了靠身子蹙眉道："做什么？"

小桃嘿嘿笑道："赵公子，你看，我帮你做了这么多，你是不是也帮我做点事？"

"什么事？"赵廷宜唇角微微向上扬起，"除了放你回去，别的可以说说。"

这家伙！小桃的话被噎在了嗓子眼里。好，换第二个办法："赵公子，你的大营好是挺好，挺气派，可我待着挺无聊的，没人说话没事做，太闷了。不如你陪我玩玩吧。"

赵廷宜的手轻轻扣着桌子，眯眼看着小桃微微点头："你想玩什么？"

小桃站了起来，掰着手指说道："大晚上的，也没什么好玩啊。对了，以前呢，我和幺娘有时会放孔明灯玩，那灯飘到天上啊，晃晃悠悠，可美啦……"孔明灯上画朵桃花，祁公子一定知道自己在这里。

赵廷宜轻轻摇着头，声音很沉："不行，军营里不能放那个。"

"为什么不行？"小桃噘起了嘴，"分明就是你不想陪我玩。"

赵廷宜苦笑道："大晚上放那个，别人还以为是军营的信号呢。不行。"

"那就，那就放风筝呢？"小桃忙追问着，风筝也好啊，偷偷把线剪断，也能送个信儿。

"也不行。一个道理。"赵廷宜摇头。

"这也不行那也不行。到底什么行？"小桃的心情瞬间坏到了极点，大声嚷嚷了两句，抬脚坐到了凳子上，背对着赵廷宜，再不想看他一眼。

半晌，赵廷宜站了起来，拍拍小桃的背："走吧，我带你出去走走。"

小桃的心一动，微微蹙眉道："我可不要骑马了。"那云骢，她骑够了，现在屁股都疼。

"哈哈。"赵廷宜朗声笑道，"不会。"说着大步走出了营帐。

"喂，你等等我呀。"小桃小跑着追了出去。

出了大营，身后还跟着两个士兵，倒是尽忠职守。小桃嘟囔着，想跑开都不行。赵廷宜没有往有水的那边走，反而向相反的方向走过去。小桃跑上前拽着他的袖子："我记得来的时候，有一片大水面，怎么不去那啊？"

赵廷宜停下步子，反手紧紧攥住了她的手，声音有些凉："别动歪脑筋。我不会放你走。”

小桃被戳中心思，一边挣着他的手一边嘟囔：“我没歪脑筋，我只是，觉得有水好玩，我从小是水边长大的……”挣了半天也没挣脱他的手便只好作罢，任由赵廷宜攥着她的手向前走着。

从大营西边绕过去，是个小山坡，爬了一会儿就到了坡顶，顶上有个小亭子，小桃累得直喘，没好气道：“你，你大晚上的，带我来亭子玩，玩什么……”

赵廷宜的唇际勾了勾，踩着亭子的横档，伸脚用力一蹬，几下就蹿到了亭子的顶上，小桃惊讶得嘴都合不拢：“这么快，就上顶了？”

赵廷宜伸出手：“来！”

这个好玩，小桃去过很多亭子，却从来没上过亭子的顶，小心翼翼地踩上了平时坐的横档，伸手拉住了赵廷宜的手，他一个用力，自己也身轻如燕似的被他抻到了亭子顶，小桃兴奋地大叫，虽然腿还在打颤，不敢伸直腰，但第一次爬这么高，她激动得不是一点点：“这么高啊，太好玩了！”

好容易连拉带扯的，小桃和赵廷宜一起坐在了亭子顶上，天上的月亮仿佛就在手边，伸手可摘，小桃忍不住仰头伸出手去，大小姐教的那个“手可摘星辰”原来是真的呀，此刻月亮仿佛伸手可及。

月华流连，在小桃的脸上打了一层光晕。头上是明月，脚下是灯火点点的大营，赵廷宜从未有过的心情舒畅，眼前的景致，夜色流云卷不尽，月光旖旎拂还来。像一幅贞静的画，锁在了他的脑海里。

赵廷宜伸手揽住了小桃的腰，怕她摔下去，声音也温和起来：“当心。”

“知道啦。”小桃沉浸在如洗的月色里，开心地满脸盈笑，赵廷宜的手也被她忽略不计了。

小桃看着脚下的大营，东边的水面下还藏着一个月亮，一时有点置身梦境的感觉，转过头去，迎上的是赵廷宜深不见底的眸子，那眸子像深潭似的，竟然让她的心怦怦乱跳起来。其实，在月光下看，他好像——也不难看，脸上棱角分明，很有气魄，唇薄薄的，鼻子高高的……小桃的脸烫得发烧，自己在干吗？轻浮！小桃赶紧敛正了神色，看着赵廷宜问道："喂，就在这干坐着呀，有点什么别的玩的？"

赵廷宜向后仰了仰身子，抬手摘了片头顶的树叶揉碎了。已经快入冬，残存的树叶也枯了。他把手里的碎叶子随意地向下抛着，幽幽道："就这么坐着，也很好。"

小桃忽然脑子一动，拉着赵廷宜道："你帮我摘些树叶嘛，我有好玩的。"

"什么好玩的？"赵廷宜抬手捋了一把树叶递给小桃，颇有意味地看着她。

小桃以前在云湾村，村里的树木多得不得了，爬树摘叶子都不是什么稀罕事。无聊的时候，就拿树叶在嘴边吹着，吹个调调出来。小桃从赵廷宜手里接过树叶，选了几片不太枯，还能吹出响动的，放在嘴边，用力地吹了起来。

《双燕舞》的曲调，她虽然是第一次吹，但那旋律，那调子，她早已铭记在心了。月色清霜，那声音在寂静的夜里飘得很远。

大营东面的树林里，一阵《双燕舞》的声音隐隐约约传来，一般人听不太真切，但祁正修的眉梢轻轻扬了起来，他就知道，小桃一定在赵匡义的大营里。祁正修吩咐下去，一个时辰里，所有的三队兵马，务必在树林里集合。他自己换了一身黑色的衣袍，往周军的大营潜去。

小桃反复吹了五次《双燕舞》，直到腮帮子都有些肿胀，才把树叶放了下来。赵廷宜在她身后，悠悠的曲调，呢喃的双燕，江南独有的情韵像一幅水墨一样在他眼前展开。他听过许多小曲，也听过不少大戏，但是都没有这个月夜，一个女孩子简简单单吹树叶的声音那么直直地敲在了他的心上。

已经五遍了，祁公子应该听到了吧？小桃掩饰着内心的慌乱，扭头冲赵廷宜嫣然一笑："好听吗？"

"好听。"赵廷宜答得柔和，抬手抚上了小桃的肩，声音变得坚定，"桃宜，跟着我。等这场仗结束，我们回开封府。你想学字，吹叶子，放孔明灯，我都陪你。"

又来了！小桃的头皮一阵发麻：我吹叶子放孔明灯是给祁公子的啊。和你回的哪门子开封府。小桃抽了抽嘴角，不自然地笑了，这个好色之徒没完没了啊。跟了他？做梦去！小桃眸子一转，抿唇笑道："你知道我刚才吹的什么曲子？"

赵廷宜摇头，他是北方人，自小在军营长大，对丝竹音韵本就不懂多少。他始终认为只有纸醉金迷的江南人才会对这些感兴趣。

小桃看他摇头，得意地点头道："这个曲子是双燕舞，双燕，懂吗？两只燕子，双燕复双燕，双飞令人羡。玉楼——"玉楼什么来着？大小姐说是那个叫李白的写的，小桃卡住了，索性一挥手，"管它什么的，燕子都要双飞，人也要成双才好。"

赵廷宜唇角扬起，心跳得有些快，双燕复双燕，很美，他不禁伸手牵过了小桃的手，动情地说道："我们也可以。"

小桃脸发烫，慌忙把手抽了出去："怎么可能？如果我嫁给你，只是做个妾，你终究要娶妻的，兴许还要纳别的妾，到时候一堆人，别说双燕了，一窝燕子都有了。"小桃撇撇嘴，"如果正妻再是个悍妇猛虎，我哪有活路，我才不要。"

赵廷宜怔住了，没有吭声。小桃说的没错，纵然眼前这个女子再好，自己也只能给她侍妾的身份。贞婉去了后，父兄都在给自己寻着一户更高的门第。二哥前几天来信，皇上暗示同意了将符雪婵许给自己做正妻。按理说，这该是全家荣耀的一件乐事了。符雪婵是当今皇后的妹妹，魏王符彦卿之女，一门荣耀。要是和符家结了亲，皇亲国戚，一生的荣光。可他竟然有些高兴不起来。二哥的信也很久没有回复。符雪婵他见过，在宫宴上，年纪不大，十七八岁，长得清清冷冷，举手投足都是一派大家小姐的作风，气势凌人。他想着就有些头痛。

看赵廷宜蹙眉不语，小桃知道说中了他的软肋，心里一阵痛快，继续说道："所以，赵公子，如果你能不惜身份，娶桃宜做正妻呢，我自然打心眼里一百八十个愿意，可如果做妾，我不愿意。"

赵廷宜没有说话，只是目光有些沉重，过了许久，才说道："好了，先不说这些。"

"那我们就回去吧。"小桃缩了缩胳膊，夜风起了有些冷，何况登高的新鲜劲儿也过去了，和他有什么好待的。

赵廷宜点头，飞身下去，把小桃又抱了下去。一路沉默地回到了营帐。赵廷宜心事沉重，小桃却是暗暗高兴，总算用正妻这个借口，打消了这个好色之徒纳妾的鬼念头。只是年少不知，有的话，竟然日后一语成谶。

到了营帐，小桃停在门口不肯进去，看着赵廷宜支吾着："难道你，我，都睡这儿？"

赵廷宜顿了顿，说道："我不睡这里。"说着转身向旁边走去。为了防止唐人半夜偷袭，他晚上很少睡一个固定的地方。

"这还差不多。"小桃舒了口气，转身挑帘进了营帐。

夜，渐渐地深了，四周一片静谧，连风吹树叶响的声音都听得一清二楚。赵廷宜的营帐里空落落的，只有小桃一个人。门外守着几个士兵。小桃躺在床榻上翻来覆去，祁公子听到她的树叶声了吗？祁公子会来救她吗？她的心忐忑不安。

翻滚了许久，约莫着得有四更了，小桃迷迷糊糊的，忽然听到耳旁有声轻轻的呼唤：“小桃。”

小桃一个激灵，赶紧翻身坐起来，揉了揉眼睛，是做梦吗？怎么好像是祁公子的声音，小桃四处看看，没有？刚要躺下，又听到了祁公子的声音，好像是从上面传来的，小桃抬头，营帐的顶被祁公子划开了一个大大的口子，祁公子正伏在营帐顶上。

小桃腾地从床上蹦起来，四周看了看，看到了凳子，小桃忙把凳子搬来踩上去，可是够不到。只好又四下看着，找着可以爬上去的东西。小桃的心跳得剧烈，从来没有这样过，这么刺激这么紧张。忽地小桃看到了赵廷宜放衣服的架子，赶忙吭哧吭哧地搬了过来，手脚还得轻，尽量不发出声响。

小桃踩着凳子，摇晃着爬到了木架子上面把手伸出去，祁正修一个用力，小桃便腾空飞出了赵廷宜的营帐。

四周黑漆漆地不见人影，偶尔几处火把有士兵巡守着。祁正修拉着小桃弯着腰轻轻地从营帐后面绕到了另一个营帐背面，很快地蹿上了一棵树，几下子就腾出了大营，向着东南边飞快地跑去。小桃什么也顾不上想，祁公子的方向就是她的方向，无论他去哪，她就是豁出命，也会跟着去。

巡查的士兵看到了大营西门后倒下两个士兵，察觉不对，赶忙紧急鸣笛。片刻，整个大营都惊动了。赵廷宜从东边的营帐第一个冲了出来，听到守值的禀告，二话不说冲进了小桃的营帐。营帐里空空的，只有一个凳子，一个放衣服的架子，赵廷宜顺着看上去，看到了一片繁星。

妈的，这个狡猾的祁正修。放了这么多兵还是被他钻了空子。赵廷宜黑着脸冲出去，命令立即点校一支兵马，随他去追。

李继勋闻讯追出来，皱眉道：“廷宜老弟，不能冲动用事。咱们只是虚张声势给淮河那边留空子，涡口这可没多少兵力。追出去做什么？”

是的，他们现在的目标只是拖住唐军，并不是和唐军开战。他们每天摆摆阵，走走样子就可以了，追出去会露怯。可是桃宜被祁正修劫走了，还是在他赵廷宜的眼皮子底下？他赵廷宜的女人被别人劫走？这种奇耻大辱他怎么能忍？

赵廷宜没有理会李继勋的话，跨上了云骢，一声沉沉的喝令："走！"一队人马飞驰电掣地冲出了大营。

李继勋直跺脚："年轻气盛，年轻气盛啊！"

祁正修拉着小桃一路向东南边的水面飞奔，小桃只觉得胸口要炸了，跑得好快。很快到了水边，祁正修看着小桃道："下水没问题吧？"

小桃点头："没问题。"

祁正修从水边折了两根芦苇秆，递给小桃一根，沉声吩咐着："待会进了水里，不要露头，万一周军追上来向你射箭就完了。憋不住气的时候，就用这根芦苇杆通上去呼吸。明白了吗？"

小桃拼力点头，身后已经传来马蹄的疾驰声，由远及近，仿佛能震慑天边，没有时间再犹豫，祁正修拉着小桃跳进了水里。

冬天的水好凉，好在小桃的水性好，进去就像一条灵活的鱼似的向前拼力游去。游了半晌，她扭头看了看祁正修，她本来有点担心祁公子的水性，可是很明显，祁公子的水性不知比她好多少。他在水里，似乎随便怎样都能游动，仰着，躺着，顺着水流风阻，用最省力的方法灵活地游动着。很快祁正修游到了小桃的前面，给她带着路。

赵廷宜追到水边的时候，只剩下平静如镜的一片水，属下有些犹豫："少将，他们会不会从山边的那条道跑了？"

"不会！"赵廷宜一抬手，山边的那条道尽头也是这片水的下游，更何况祁正修和小桃都是江南人，擅长水性，绝对是从河里游走了。

赵廷宜冷声下令："随我沿着河追，看到浮上来的人，立即擒拿。"

属下追问着："是射杀吗？"

赵廷宜抬眸冷冷瞪了他一眼，声音寒得彻骨："抓活的，谁要是敢放箭，提头来见。"属下忙应是遵命。

小桃在水里游了很久，渐渐有些不支，水太凉，像一袭厚重的铜墙铁壁一样难以穿越，再加上只能通过芦苇管呼吸，那点气也根本不够。小桃好想把头伸出河面，大大地呼吸几口，可是她不敢。渐渐地，她的头有点晕，前面的祁公子似乎越来越远了。

祁正修扭头看到了四肢垂下去的小桃，飞快地游了过去，把她夹着向前游去，小桃觉得轻松了许多，虽然还是有点喘息不上。忽然，祁正修俯身下来，对着小桃的唇压了下去，度了大大的两口气给小桃。

小桃轰轰发晕的头轻泛了些，随着祁公子继续向前。就这么连拉带拖，时不时祁公子给小桃度几口气，终于游到了唐军的势力范围。

人的记忆总是有选择的，有的场景稍纵即逝，有的场景却像钉在了墙上一般历久弥新。如果说小桃记忆里有什么抹不去的画面，也许在水里，祁正修那一袭飘逸的身影，就是她记忆里的永恒。是他的身影，拖着她走过了那艰涩的历程，他给她度了不知多少口气。在小桃头晕脑涨迷迷糊糊的时刻，只有前方祁正修的身影，是她前行的唯一动力。

到了岸边，祁正修把小桃连拉带拽地拖了上来，小桃憋得青紫的脸这才渐渐恢复了些神色。她抬头看了看祁正修，他的面色也不太好，但还是比小桃精神些。两人在岸边瘫坐着歇了好久，都是一身水，互相看着狼狈相，小桃忍不住抿唇笑了，祁正修怔了一下，也随着温温地扬起了唇角。

小桃把衣摆的水拧干净，又红着脸帮祁正修把袍子也拧干。祁正修看着她满脸红晕几分娇羞的样子，心里怦地跳了一下，不觉温声问着："不生气了？"

小桃抿了抿唇，抬眸看了眼祁正修，又垂下眸子，声音低得像呓语：

“是公子在生我的气。”

祁正修忍不住伸手抬起了小桃的脸，太阳即将升起，在一层渐白的光中，小桃的样子的确像含苞欲放的桃蕊，祁正修也不觉把声音放轻了，轻得带着一丝柔：“我没有。”

祁正修的声音仿佛有着催眠作用，小桃听了只觉得心头麻麻的，酥酥的，像被什么勾着，欲罢不能。小桃垂眸抿唇笑得羞涩，半晌才想起来问：“公子是怎么潜进周军大营的，没有受伤吧？”

祁正修淡淡笑笑：“没有。”转问道，“你没有受委屈吧？”

委屈？被那个家伙差点用了强，小桃的脸有些红，猛地摇头：“没，没有。”

祁正修看着小桃的神情，眉眼里浮了层寒冰，很快又下去，把小桃鬓上的湿发往后拢了拢，温声道：“没有就好。”

太阳仿佛一瞬，就从河边的地面腾空而起，朝阳，彩霞，映得一片橘红，立在河边的祁正修，和那天地，都好像化在了一起。小桃看得心扑通乱跳，却全然不知道自己也在朝阳里艳若桃李。

祁正修静静立了一会儿，远处隐隐似乎传来马蹄声，祁正修转头对小桃道：“休息得怎么样了？我们赶快渡河吧。”

眼前的水面很宽，左侧是他们刚才顺着河游过来的岸边，右侧是山边路的尽头，汇到这里，只有一架长长的浮桥可以渡过对岸。而对岸，是大唐的地界。

小桃点点头，定声道：“好了。”

祁正修拉起小桃的手，沿着浮桥飞快地跑了过去。刚跑到对岸，祁正修带来的三支兵马立即从隐藏的树林里出来，齐刷刷地集结在祁正修的身边。一个属下对着祁正修抱拳道：“公子，已经准备好了。”

祁正修点点头，盯着对岸的眸子轻轻地扬了起来。赵匡义果然没让他失望，对小桃的情意倒是深厚，一队人马就这么追了过来。

赵匡义的人马到了浮桥边，停了下来。祁正修原来不是一个人来的，还有三队人马，而自己只有一队，冲到对岸硬拼，不是良策。赵匡义冲着对岸冷冷说道："桃宜，过来！"

小桃往祁公子身后缩了缩。好容易跑出来了，干吗过去？硬着头皮冲赵匡义喊了句："赵公子，你回去吧。我要回家。"

赵匡义的胸口像被什么堵上了，梗在了那里。

祁正修勾唇轻笑："赵匡义，不必追出来远送，我接小桃回去足矣。"

祁正修的话像一把喷了油的火把，烧得赵匡义怒火冲天，不禁脱口而出："桃宜是我的人，自然要跟着我。"

小桃急得跳脚，这个好色之徒瞎扯什么啊？她可是清清白白的女儿身。忙扯着祁正修的袖子急得眼圈泛红："我没有——我真的没有——"

祁正修的拳微微攥了起来，耳鬓的青筋突突地跳着，面上却勾了个好看的弧度，淡淡笑着："那你晚了。小桃是唐人，早已是我的人。"祁正修相信这话必定能激怒对岸的赵匡义。

小桃的脸红到了脖根，祁公子这么说太意外了。一时心里像揣了十八只兔子，跳突得慌乱不已。莫名的兴奋激动，莫名的狂喜激烈，搅得神思都有些飞动混乱。

赵匡义果然按捺不住，拿起随身的铁戟对祁正修冷笑道："大丈夫处世，练什么嘴皮子功，有能耐就出来单挑。"

祁正修唇际温温地勾了勾，旋身轻盈地飞到了马背上，顺手操起属下手里的八宝紫金枪，冲着浮桥飞驰而去。小桃还没反应过来，两人都已经骑马到了浮桥上，朝阳的光霞里，赵匡义紫衣白马，祁正修黑衣黑马，束发的白玉冠泛着莹润的光泽。两人对峙在那里，已经有一股剑拔弩张的硝烟之气弥散了出来。

小桃咬住了手背，心里万般纠结。他们为什么要打啊，又不是三岁的孩子，怎么见面就打？祁公子万一受伤可怎么办？她的心会碎掉。赵廷宜也不要受伤啊。就在众人愣神的一瞬间，马上的两人已经突然开战。赵匡义一个铁戟直刺，冲着祁正修的面门就过来了，小桃的心狠狠一疼，吓得“啊”的一声，眼泪就急得出来。

好在祁正修也不是寻常的身手，灵活地向左一偏脑袋，躲了过去，身下的马向前冲了两步止住步子，祁正修一个回马枪杀了过来，直刺赵匡义的左肩。小桃的心又是一突。咬住了唇。

赵匡义反手用铁戟去挡祁正修的枪，金属撞击的声音嗡嗡作响，金花四溅。要是平常人，在这么重的冲力下虎口都该震裂了。可赵匡义和祁正修放马过去又开始了一个回合。

几个回合下来，赵匡义的铁戟有力，次次直刺要害，而祁正修却像个飘逸空灵的谪仙，每次都能化险为夷。内行人看得出来，祁正修根本无意恋战，只是在不停地挑着赵匡义的气焰，而赵匡义怒急攻心，恨不得几招毙命。赵匡义的属下都捏着一把汗。

小桃急得直跺脚，她看不懂，只觉得那好色之徒赵廷宜似乎用力很猛，招招致命，而祁公子却只是闪躲，好像没有还手之力。这可怎么是好？不由大声喊着：“祁公子，回来吧。别打了。”

小桃的声音让赵匡义一个愣神，就这么个瞬间，祁正修的枪忽然像幽灵一样不知从哪冒了出来，直刺赵匡义的腿，赵匡义一急之下忙把腿一撇，而祁正修的枪灵活地向下转了个角度，直直刺上了云骢的大腿。云骢疼得要紧，在浮桥上发起了疯。赵匡义只好拼命抓紧缰绳，以免被云骢甩到河里去。

祁正修像闪电似的疾驰回到了浮桥这边，阴寒的面颊勾起了一抹冰凉的笑，手一挥，属下的箭冲着赵匡义射了过去。赵匡义忙用手里的铁戟挥舞着抵挡。第一批弓箭手射完一箭下去，第二批马上开始，这批竟是带着火的流箭，射程又远，直接封断了浮桥两边的退路。

“少将！”赵匡义的属下策马向浮桥冲了过去救援，但是秋末初冬的天气有些干燥，浮桥上的草木遇火就疯狂地烧了起来。属下的马看到燃烧起的火，根本不敢冲上去。

云骢又中了枪，像一头困兽在火圈里打着转，浮桥越烧越旺，很快要断了。小桃冲着浮桥跑了过去，祁正修一把拉住了小桃，声音冰冷：“别过去。”

“他会死的！”小桃的声音尖利而颤抖，发疯似的挣脱着祁正修的手。但无济于事，祁正修的力气，不是小桃能挣脱的。

小桃转过头满脸的泪：“祁公子，求求你，不要啊——”

祁正修索性伸手把小桃揽进了怀里，声音冰凉得没有一丝温度：“今日仁心，来日囚徒。”

小桃听不懂，她拼力挣也挣不脱祁公子的手，眼看着浮桥咯吱作响就要断裂，小桃的眼泪绝望地流了下来。

四周的火焰几乎要把整座浮桥做最后的吞噬，赵匡义心一横，手里的铁戟冲着云骢的大腿扎了过去。云骢疼得仰天长啸了一声，那声音悲凉中带着哀嚎，听得小桃的心一颤，忽然云骢像疯了一样奋蹄腾空，不再惧怕火，向赵匡义那边的河对岸冲了过去。浮桥承受不住云骢的突然发力，火焰的张狂肆虐，在云骢即将到岸的时候，浮桥断了，赵匡义一个腾空，从云骢身上飞下，悬而又悬地落在了对岸，滚了两滚，爬了起来。而云骢随着断裂的浮桥，一起掉进了波涛滚滚的河里。

生死似乎就在一瞬间。小桃张大了嘴巴不可置信地看着化险为夷的赵廷宜。心终于舒缓了一口气。只是可惜了云骢，那匹飞一样的马儿，小桃的心里还是有些难过，抹了抹眼泪。

浮桥断了，周军和唐军各在河的对岸，也没有办法隔河相斗。赵匡义的属下扶着擦伤的赵匡义，上了另一匹马驰回了大营。赵匡义走的时候，没有再看对岸一眼。

四周恢复了平静，只有风的呼啸声，残余的浮桥燃烧的哔哔剥剥声。祁正修松开了小桃，看着断裂的浮桥，唇角勾起了一个浅笑。属下不解地问着："公子，烧了浮桥，我们不攻涡口了吗？"

浮桥是通往涡口的必经之地，一直谋划攻打涡口，如今却把路烧了，实在令人费解。祁正修没有说话，他心里有数。战场就是这么波诡云谲，随时都要调整战术。赵匡义只带了一支兵马追出来，可见涡口没有多少兵力，说明周军在虚张声势装样子。那么主力一定是放在了淮河。既然如此，实在没必要再耗费军力攻打涡口，正好烧了浮桥，断了涡口和濠州的路径，把这股周军憋在涡口没法出来祸害，倒是意外之喜。

祁正修掸了掸袖子上的尘土，这才看到了一脸泪痕的小桃。心里有些闷闷的疼，赵匡义对她来说，有那么重要吗？面上淡淡笑了笑："哭什么？"说着抬手去牵小桃，"来，我扶你上马走吧。"

小桃第一次用力地甩开了祁正修的手。祁公子好陌生，他怎么能一边温文尔雅，一边却置人死地？一边仁义道德，一边却暗地伤人？一边风轻云淡，一边却处处谋算？为什么人要这么复杂？为什么人心要这么叵测？

"怎么了？"祁正修的笑意敛了去，静静立着看着小桃。

小桃抹了抹止不住的泪，颤抖着声音问道："祁公子，小桃愚笨，只想问你一句话，你到底是救小桃，还是为了谋算赵公子？"顿了下，又补了一句，"我想听真话。"

祁正修的狭长的眸子眯了起来，声音很淡："这不冲突。"看小桃一个劲儿地啜泣，不禁反问道，"这个问题，有意义吗？"

有意义吗？小桃忽然觉得自己好无聊，自己在乎的事情，在祁公子眼里，都是没意义的。在他眼里，人命都不算什么，还有什么有意义？不禁第一次对祁正修凉凉地笑道："没意义。小桃就是个没意思的人，怎么能问出有意义的问题。"说着垂下了头，声音几分哽咽，"小桃的命，不及公子的谋划重要。赵公子的命，更不算什么。云骢死了，它是一匹好有灵性的马，它跑得好快，又听话……"小桃说不下去了，眼泪流进了心里吧？怎么这么咸，这么苦？小桃转身向濠州城的方向缓缓走去。

看着小桃的背影，祁正修的神情变得阴寒。他第一次发现，他一点也不了解这个女孩子。善良得糊涂，悲悯得可气！相比之下，自己似乎残忍得像双手沾满了血。可是自己愿意吗？战场上不是你死就是我亡，对敌人的仁慈就等于自掘坟墓。

祁正修的好脾气，突然就消失得无影无踪，他忍不住一个箭步跨上去，拽住了小桃的手，声音满是凉意："小桃！"

小桃顿住了步子，抬眸看着祁正修咧了咧嘴角："公子还有什么话？"小桃失望的神情刺得祁正修有些疼。

他忍不住用力扯着小桃来到了河边，指着对岸说道："你怪我不在意人命，你看到了没有？涡口，原来是我大唐的土地，被周贼占了去。往西，寿州，滁州，泰州，扬州，都是我大唐的土地，周贼攻城略地，都占了去。周贼顾及人命了吗？多少百姓的命像草芥一样被他们碾死？守城的将士又有多少战死？眼下他们还要入侵淮河，濠州，下一步金陵。你我做亡国奴的那天，谁会为我们掉一滴眼泪？"

祁公子的声音并不高，却很凉。小桃的心一点点沉了下去。是自己错了吗？她不懂。也许，祁公子是对的，自己终究不像大小姐那样能理解得了祁公子吧。小桃沉默不语，看着对岸的山河，有些茫然。

祁正修刚才的积郁发泄了出去，心情松懈了一些。却又笑自己的认真，不过是个侍婢，和她讲这些大道理，她又能理解多少？祁正修恢复了温温的表情，拍了拍马背说道：“走吧，回去的路还长。走着不是个办法。”

小桃点了点头。祁正修把小桃扶上了马，一撩袍子，就轻轻稳稳地坐在了小桃的身后。一马双乘，小桃却没有了当初乘坐云骢的兴奋与欢乐。刚才的惊魂一幕还在她脑海里不停地回响，而祁公子的话也在她心里反复琢磨着。一路沉默不语。

中午时分，行程过半。路边正好有个茶水铺子。祁正修命令士兵停下来修整修整再走。正午的太阳照着暖意融融，加上刚才急忙赶路，虽是初冬，士兵们也有些汗流浃背。祁正修吩咐店家准备些凉茶，大家三三两两或站或坐，端着茶大口大口喝了起来。

小桃和祁正修进了店铺里面，铺子有些简陋，里面只摆了三五张桌子。小桃和祁正修面对面坐着。小桃垂着眸子低着头，祁正修一动不动地僵坐在那里，眉梢眼角却一片安然。

不多时，店家给他们桌上摆了两碗茶，几块点心，呵呵笑着：“小店简陋，没有饭菜，只有些茶水点心，军爷慢用。”

祁正修微笑着点点头。小桃折腾了一夜，早饿了，出于礼貌，本想等祁公子先动手后自己就吃，可等了半天，祁公子只温温地说了一句：“你吃吧。我不饿。”

“哦。”小桃没抬头，应了一声抓起一块点心，就着茶吃了起来。味道不错，小桃连着吃了三块，只剩下两块了，小桃有些不好意思说道：“公子也吃一块吧，挺好吃的。”

祁公子的声音有点僵：“不了。”说着抬手去拿桌上的茶碗，一口气灌了下去。又把茶碗放到了桌上，吩咐着店家，“再来一碗凉凉的。”空茶碗在桌上晃了几下，稳住了。

小桃忍不住扫了一眼，却顺着茶碗看到了祁公子放下去的手，不禁呆住，祁公子的手背上，有两条殷红的血线，就在普通人血管的位置。小桃不禁抬眸问着："公子，你的手——"

祁正修淡淡地笑着，紧咬的牙关却磨得有些轻微的声音。小桃的脸瞬间变得惨白，不禁抓起了祁正修的手，手很烫，手背上的血线几乎要逼出皮肤。小桃的声音都有些抖："怎么会这样？"

祁正修轻轻摇头："不妨事，上次见血封喉的毒留下的后遗症。只要体热就这样。喝些凉茶就没事了。"

"是不是很难受？"小桃急切地问着。

"不会。"祁公子淡然，看小桃不肯相信，补了一句，"只是有点痒。"

有点痒？怎么会只是有点？分明都在紧咬着牙关坚持了。这么说来，那会和赵公子打斗的时候，祁公子发力出汗，也一定痒得难受了。真不知他是怎么坚持下来的。小桃觉得自己真没出息，那会还对祁公子心凉意寒，现在却又开始丝丝缕缕疼了起来。小桃跑到店家那里，央求店家打了些冰凉的井水上来，用铜壶盛了，快跑到祁公子身边，倒出一碗来，急切地说着："公子快喝了这些。"

祁正修端起喝了一口，透心的凉爽，身上的奇痒好了些，又把剩下的喝了。身上那股热毒，瞬间像蔫了一般，从各处缩了回去。小桃想了下，又把祁公子的手拉上来，覆在铜壶外："用铜壶凉一凉，就会好些。"

祁正修的手覆上铜壶，仿佛一股清泉从手心传来，凉凉润润，那种蚀骨的痒终于下去，手背上的红线也退散了。祁正修看着小桃唇角上扬："谢谢。"小桃刚才的急切，刚才的尽心，他都看在眼里。小桃抿唇笑笑，没有吭声。只是继续换了一壶冰凉的井水，又帮他捂上。

休整了半个多时辰，祁正修的身体也恢复如常，命令队伍再次上路。这次再骑上马，小桃依旧一路沉默，而祁正修的心，却无法再像之前那样如同止水。他只觉得怀中女子的芬芳，顺着迎面来的风，一齐朝自己袭了来。

让他第一次觉得，冬天的阳光，很暖；疾驰的风，很爽；而两个人骑马，也有两个人骑马的好处，起码不会寂寞。如果山河太平，没有战事，就着清风烈马，喝上一壶酒，马蹄是不是能揉碎一怀的快乐？可惜，那只是如果。

傍晚回到了城郊大营，祁正修命令属下把小桃送回了别院。自己匆忙赶到了太子的营帐。涡口周军的虚张声势，让他有了不好的预感。只怕淮河的战事，不可避免了。

小桃刚进到别院，何之棠就忙把她召了过去。拉着她上上下下仔细打量了半晌，才捂住胸口道：“你可吓死我了，祁公子的属下说你被周人掠走了，我真怕你出个什么意外。”

芸娘也在一旁抹着眼眶：“你说这个丫头，平时在不觉得什么，猛地说被人劫了，把我吓得心都跳出来了。大小姐整夜睡不着和我叨叨千万别被欺负了，若素还说只要你能回来保证再不和你抢吃的——”

小桃的心头有点酸，是啊，这里才是她的家吧。有惦记她的大小姐，芸娘，若素，还有金陵城的幺娘。

叙了半天，何之棠屏退了众人，拉着小桃的手问道：“劫你的，是那位赵公子吗？”

小桃点点头：“路上遇到的。”

何之棠沉吟了半晌，说道：“赵公子看来是对你上了心。你呢？可曾对他有些意向？”

小桃猛地摇头：“没。”那个好色之徒，还要娶妻纳妾，她才对他没想法呢。

何之棠叹道：“本来你是唐人，他是周人，是不好联姻做媒的。既然你对他也没动心思那便好。”顿了顿道，“也该给你觅一门好亲事，断了他的念想 。”

小桃扑通一声给何之棠跪了下来，急得眼泪都要出来了："小姐，不要啊。桃宜只想在你身边服侍，不想嫁人。"

何之棠抚了抚小桃的肩，笑道："傻丫头，你哪能一辈子陪着我。"说罢细细看着小桃道，"祁公子身边的云笙是个性情好的，和你也素日亲厚，我与祁公子都想着你们俩倒般配。"

小桃呆在那里，祁公子之前不是说想把云笙留几年吗？怎么转眼便变卦了？小桃看着何之棠眼泪不止："小姐，不要！"

何之棠的声音温和却不容置辩："我的一番苦心，你细细想想吧。好姻缘不是时时能遇到的。"说罢吩咐小桃下去。

小桃不知道怎么挪着步子回到的房间，这几天的疲累、紧张、担心，此刻却又添了几分焦急和凄凉。她万万没想到，素来温和的大小姐在她的亲事上这么执着和坚决，更是在她一回来就给她这么一个晴天霹雳。她和云笙？这都哪跟哪啊。小桃一夜辗转反侧，不知所以。

第二天一早，小桃才刚刚起床，何公子已经来到了别院，和何之棠不知说着什么。只见何之棠的面色有些苍白。何公子吩咐完之后很快离开了。何之棠把众人招来，嘱咐着："下午回金陵，大家收拾收拾。"

回金陵？太突然了。一般从准备到出发，怎么着也得半个月。东西得收好装箱，还要装到马车里。怎么只留了不到两个时辰的时间？大家不禁纷纷交头接耳地议论着是不是有什么事。何之棠声音清冷地又嘱咐了一次，说道："午后就出发。不得延误。"说完挥袖而去。何之棠很少这么严肃。一时众人也不敢再揣度，赶忙各自散开收拾行装。

小桃也跑了回去，她倒没什么收拾的，不过是几身换洗的衣裳。大小姐那里收拾的就多了，芸娘肯定忙不过来。小桃把自己的东西收拾好之后，又赶忙跑到大小姐的房里，去帮忙收拾东西。正收拾着，忽然下人进来禀告着："祁公子来了。"

何之棠一愣，眉眼随即泛出一丝甜意，向客堂走了出去。小桃的心一突，并没有跟着何之棠出去，只是继续在后房收拾着何之棠的首饰钗奁。芸娘给了小桃个眼色："还不赶紧出去给公子倒茶，杵在这里做什么？"

小桃咬唇道："我手里做着活呢，让若素出去倒茶。"

"你个死蹄子，我使唤不动你怎么着？"芸娘笑嗔着把小桃撵出去，继续着手里的活。

小桃无法，只好去倒了茶，送到前面的客堂里。祁正修今天又是一袭飘逸的茶白长袍，头上束发的巾子很飘逸。小桃垂着眼，托着茶盘将第一盏茶放到了祁公子面前，手竟然还哆嗦，茶盏的盖磕着沿叮叮作响。

祁正修抬手接过了茶盏，声音有些沉："多谢。"

小桃没敢看祁正修的表情，很快地走到何之棠面前把另一盏茶放下，几乎是夺路而逃地快步走了出去。身后传来何之棠柔柔的声音："公子，先喝茶。"

小桃出了客堂，一口气跑到了门外。云笙在门外候着，看小桃出来，嘿嘿笑着："还好吧？你回来我还没来得及看你，你就得回金陵去了。"

小桃看是云笙，更是尴尬，若是以前自然见了云笙是最放松的，可现在看到他，却是最别扭的。小桃有些忸怩："可不是。你们几时回去？"

云笙叹了口气："我们可就不知道喽，现在是家眷们回去。太子，何公子，我家公子都要留在这。"

"为什么？"小桃不解。

云笙看看四周，附到小桃耳朵边低声说着："我就告诉你，你可别告诉别人，要打仗了。"

"啊？"小桃捂上了嘴，打仗，她虽然没有亲眼见过，却也能想象出来是怎样的激烈，心噌地揪了起来，前阵子一直都是备战，小桃以为这么晃晃悠悠着就没事了呢，没想到真的要开战了。

“所以得把家眷都遣回金陵去。否则真打起来，拖家带口的怎么撤退。”云笙说道。之前只是打着看风水的名义测探濠州的地势布军，所以才带了家眷掩人耳目。如今，是时候送回金陵去了。

小桃的心跳得好快，情不自禁问着：“万一打起来，祁公子会上战场吗？”

“不知道。”云笙摇头，“我也没见过。之前公子和太子守润州的时候，我还小，没跟着去。听说是上了。”

小桃的心好像被什么扯着使劲拽了拽，疼得又找不见了方向。以前听人说战场上把人当稻草人似的，随便就扎个窟窿。如果真这样，可怎么办？一时心里翻江倒海，担心不已。

云笙笑着递给了小桃一包蜜瓜干说道：“这是我最后一包了，送你。等我回金陵还有稀罕吃的呢，再给你送去。”

小桃推搡着并不想接，无奈云笙只当小桃害羞，一个劲往小桃怀里塞，小桃挣不过只得接了。若是以前，小桃毫不介意，可现在却不想白拿云笙的东西。小桃摸了摸全身，也没几文钱在身上，一急便从头上拔了根银簪子递给云笙，急急道：“怎么好白拿你的东西。这根簪子也抵几个钱——”

话没说完，祁正修已经从客堂出来，对大小姐揖手道：“小姐留步。”说着向门口大步走了过来。

云笙接过小桃的簪子，后面的话他没听清，只当是小桃送他的礼物，忙喜滋滋收了起来。却巧不巧地被祁正修尽收眼底。祁正修的心有些微微发钝，走到小桃身边顿住了步子，狭长的眸子扫了一眼小桃，唇角微微扬了扬。

小桃胸口涌起一股热浪，想和祁正修说点什么，半天却什么也说不出，自己是什么身份？该说什么？半晌只憋出简短的一句：“公子，保重！”简单的四个字，小桃不知用了多少心思，含了多少担心和惦记。

祁正修的眉梢轻轻扬了上去，声音温和，却很坚定：“等我回去。”说着抬步走出了别院，云笙紧跟其后。

小桃看着祁正修的背影，头晕晕的。祁公子刚才那四个字，让她经历了全身血液涌上头顶，和心跳猛烈律动的滋味。让她等他，什么意思？可这简单的四个字，却饱含了所有的承诺。等他回来，他会回来，她会等。

小桃转过头去，却看见何之棠也在倚着客堂的门，静静望着祁正修的背影，表情苍白得吓人。小桃的心咯噔一下，方才和祁公子的对话，不知道大小姐听到了没有。不过，隔着这么远，声音又低……应该听不到吧。何之棠出了一会儿神，转身回去。小桃松了口气，赶紧端着茶盘跑到后厨。

吃过晌午饭，大致收拾妥当。何之棠吩咐下来，准备出发。何之棠和芸娘坐一辆马车，小桃和若素一辆马车，紧跟其后。

马车咯吱咯吱压着田间的泥土，离别院越来越远，也离濠州城越来越远。小桃撩开马车的帘子，看着车外的荒田青山，有些怔忡。来这里待了这些日子，经历的事却是她这辈子都难以忘却的。战事一起，不知道这里会变成什么样，她贪心地希望着，她认识的每个人都安好，祁公子，赵公子，云笙，何公子，太子……都可以安好。

隐隐地又传来了《双燕舞》的笛声，小桃一愣，支棱起耳朵仔细听着，笛声悠悠袅袅，祁公子比那天晚上吹得更加音韵绵长，而且那双燕的鸣声里还有一丝忧伤。小桃的心也随着那笛声丝丝地疼起来。小桃有些出神地对若素说道：“离开这里，还真不是滋味。”

若素望着窗外看得新鲜，听到小桃这么说，嘴一撇：“我可盼着回金陵呢。这里吃得也差，住得也不好。床板都硌骨头。有什么不舍的。”

小桃把包袱紧紧抱在怀里，没再说话。胸口什么东西这么硌？小桃把包袱拿下来，打开一看，云笙方才送的那包蜜瓜干里，裹着一块桃形玉牌，但成色看着明显并不好。莫非是云笙给的？啊呀，小桃顿时像捧了块烧红的炭，这不就是什么“私相授受”？小桃面红耳赤，慌乱地又把玉牌塞回了包袱。

马车一路颠簸着，走走停停，用了四天，回到了金陵的何府别院。何大人亲自过来看望了何之棠，顺带问着何公子的情况和淮河一带的战事。而小桃早已忍不住跑到了幺娘的房间。两个人又哭又笑，分别了几个月，倒像是多少年没见。小桃也说不上为什么，好像有许多委屈似的，在幺娘面前眼泪都流不完。

幺娘也是满脸泪光：“你们走了后，何公子不在，宴会应酬少了许多，大家练舞也不是那么辛苦。不过，有次宫宴，何大人带我们去宫里助兴了呢。”

“宫宴？你进了皇宫？”小桃的眼睛瞪大了。皇宫，那是个不可企及的梦，“快说说皇宫是什么样的。”

幺娘的目光有些躲闪，随口说了几句，急得小桃不住追问。幺娘只好继续细细说着，最后添了一句：“那天，见到了六皇子。他还记得我。”

“他和你说话了？”小桃比幺娘还兴奋。

“嗯。”幺娘的脸有点红，“他说我比上次在何大人寿宴上跳得更出众。还打赏了我一串珊瑚珠子。”说着幺娘把珠子拿出来给小桃看。

小桃细细揣摩着珠子，笑道：“那你还不开心死了。”

“难得六皇子并不笑话我眉眼和常人不同，还赞我美得特别。小桃，你能明白那种感受吗？”幺娘有些失神，喃喃道，“只有六皇子不会轻视我、作践我……”

“我懂，我都懂。”小桃直点头。她怎么会不懂，在云湾村，她的桃花胎记、幺娘的眉眼，都是别人嘲笑的对象，都是藏在怀里的自卑。如今有人不在意，心里的那份畅快小桃怎么会不知道。

第六章

幺娘入宫遇不淑
桃宜临危赴开封

从濠州回来的日子，看上去和往常一样，却又有些不一样的地方。大小姐没那么亲近了，连带着芸娘也没那么亲近了。祁公子和云笙都没有消息。小桃只有常常去找幺娘说说话排遣些心事。

这夜，小桃怎么也睡不着，索性跑到幺娘的门口，却怎么敲也没人应，小桃只好低声叫道："幺娘，快开门，是我。我知道你还没睡。"看屋里还没动静，又叫道，"冻死啦，快开门，再不开我踹啦。"

屋里传来了幺娘的声音："等一下。"

又过了半晌，小桃搓着胳膊直打哆嗦，幺娘才终于把门开了。小桃一个踿脚蹦进屋里，嚷嚷着："怎么才开门啊？慢吞吞的。"

屋里黑漆漆的也没点灯，小桃熟门熟路地找到了火折子，幺娘屋里的东西，没有她不知道的。小桃把油灯点着，眼前一片光亮。幺娘的脸色有些白，往里面走着说道："大晚上的，点灯做什么。有话就着月亮说就行了。"

小桃抿唇笑着："就着月亮，只能说黑话。你可得和我打开天窗说亮话，刚才偷偷摸摸做什么呢？我明明听见有动静的。"

幺娘坐在床边，表情有些生涩："哪有。我翻身呢。"

"你是猴子啊？翻身那么大动静。"小桃四下里扫着，忽然看见枕头边有一截四指宽的粗白布，小桃伸手拿过来，反复看着："这是什么？"

幺娘勉强弯唇笑笑：“你不是看见了嘛，一块白布。垫衣裳用的。”

“垫衣裳？”小桃看了看幺娘，一件浅藕色的外披裹得紧紧的，鬓角都出了些汗。小桃扑哧一笑，“大冬天热成这样。”说着小桃也坐到了床上：“今晚我不回去了。和你睡。”

“啊？”幺娘一愣，声音有些结巴，“我这里冷，你还是回去吧。”

小桃脱了鞋躺到了里面，翻了两滚惬意地说道：“不冷啊。咱俩在一处就不冷了。”

“不——不太方便。”幺娘吭哧地说着，还坐在床边不动弹。

“好啦。有什么不方便的。以前咱们都在一张床上睡了多久了，你磨牙的毛病我都不在意，还不方便。”小桃说着伸手揽了揽幺娘的腰，“快把灯灭了，躺在这儿咱俩好好说说话，我心里正烦着呢——诶？”小桃又摸了摸幺娘的腰，惊讶地问道：“腰上裹什么了？这么硬。”

幺娘往外挪着，神色微微紧张：“没什么。”顿了下，又补了句，“练舞，束腰呢。”

“束腰？”小桃来了兴趣，她以前只听说过有人为了让腰变得纤细会用布束着，还没亲眼见过，幺娘这么一说她更加好奇，索性把幺娘的外披从后拽了下去，“怎么束啊？”

幺娘急着躲闪，被小桃一扯，外披刺啦一声扯开，露出了里面的中衣。小桃的眼睛瞪大了，幺娘的腰上裹了不知道几层白布，勒得紧紧的，和上下形成了鲜明的对比，腰都走了形。还有几块凸出来的地方，小桃上去摸了摸，挺凉，不禁问道：“你布里头还裹了什么？”

幺娘目光躲闪道：“铁块。”

“啊？”小桃惊讶地从床上蹦下来，使劲把幺娘腰上的布解了下来。幺娘伸手去挡，却挡不住小桃手脚的利索，几下就把裹得紧紧的白布解了下来，里面果然是铁块。束腰还要包铁块？小桃直摇头：“这铁块凉透透的，裹在肚子上难受死了。女人多怕冷啊。”说着伸手要去拍幺娘的肚子，“快揉揉松快松快。”

幺娘向旁边躲开，脸上的表情极为不自在。小桃撇撇嘴：“你今天真怪了。怎么像变了个人。”

幺娘呆呆地坐在床边，想挤出个笑，却只是脸色苍白地扯了扯嘴角，过了许久，还是伪装不来，双手捂住了脸，无声地抽泣起来。

小桃慌了，揽着幺娘的肩说道：“怎么了？你说啊。到底怎么了？”

幺娘不说话，只是啜泣。小桃看得急死了，不停问着。幺娘终于咬着牙说道：“我——我有了。”

“有了？有什么了？”小桃不解。看幺娘苍白的脸泪痕满满，又琢磨了半晌，终于反应了过来，一下蹦了起来，“啊？谁的？”

“我不知道。”幺娘仰起了头，可眼泪还是顺着脸颊滚了下来。

小桃急得使劲晃幺娘：“你是要急死我是不是？到底是怎么回事？快告诉我。”

夜，像死一般寂静，只有幺娘的抽泣声和着屋外的风鸣。过了好久，从幺娘断断续续的讲述里，小桃听出个端详。

那天宫宴一直持续到晚上，除了宫里的歌姬舞姬，还有几个大臣府上豢养的歌舞姬也在表演着。到了晚上，都有些醉意微醺。幺娘跳舞结束后，便在附近转了转。本来是看着六皇子向荷塘一带独自踱步走了过去，她便也随脚跟了过去。跟着跟着看不到了六皇子，却不知怎么糊里糊涂地撞进了一间傍假山的亭子，七皇子正在那里调戏着一个歌姬。见她闯进来，歌姬红着脸跑开。她也要走开，却被七皇子拦腰截了下来。

七皇子凑在幺娘的耳边吹着酒气：“我认得你，舞跳得最好那个。”幺娘又羞又臊要挣扎，却又不敢得罪七皇子。来回揪扯了几下，七皇子命她喝了两盅酒便放她回去。幺娘急慌慌地把酒喝了后，便什么也不知道了。等到她醒来，发现自己衣衫不整地躺在假山不远处的一间荒弃的房子里，身下是一片血。

“我真的不知道是谁。”幺娘痛苦地靠在了床边，面如死灰，“我当时真想直接跳进湖里死了算了，可刚走到湖边，就碰到管事的找了过来。我只好装着没事人似的，同他一起回来。”

小桃紧紧拉住了幺娘的手，手脚都是冰凉的。畜生！小桃心里骂着，可她不敢说出来惹幺娘更伤心。

“起初我真的想死，可等回来后，又没了勇气。这辈子就这么完了，我不甘心。”幺娘的眸子里有丝疯狂的挣扎，“我真的不甘心。”

小桃心里一酸，把幺娘揽进了怀里：“不许提死呀活的，那些畜生逍遥着，你怎么能先死？”

幺娘冷笑着：“我本来以为这事过去就算了，没想到葵水两个月都没来。只一次，便这样了。我造了什么孽？老天爷为什么要这么对我？为什么？”幺娘的牙齿咯噔咯噔作响，几乎癫狂。小桃除了紧紧抱着幺娘，再没有一丝力气，她整个人都懵了。

小桃咬牙说道：“还能是谁？十有八九是那个七皇子。还是皇子呢，真下作，用这种手段。”

“我不知道。”幺娘的眼泪扑簌了下来，“后来我偷偷打听了打听，七皇子是这几个皇子里风评最差的一个，皇宫里除了妃子不敢动，模样周正点的宫女他都会调戏。皇上也最不喜欢他。可他还是老样子。”

“这种人老天怎么不天打雷劈劈死他！”小桃几乎要冒火。虽说身为侍婢歌姬舞姬，都是低贱的。陪侍达官显贵也算是本分。可毕竟幺娘是何府的人，还轮不到别人欺负。即便是九五之尊的龙子龙孙，也不能这么拿人不当人。

“人家是皇子，我们只是奴婢，能怎么样？老天爷从我们出生，就是不公平的。”幺娘凄凉地说着，“我现在只想赶紧把肚子里这块肉弄掉。否则何家也不会要我的。我有什么颜面活着？”

“所以你就束腰？”小桃终于明白幺娘折腾自己的原因了。

幺娘点点头：“只能试试了，听人说这么用力勒，也许能勒掉。”说着看着小桃眼睛泛起了光泽，“你帮我一起弄吧？”幺娘把床上的白布用力塞给小桃，“小桃，求求你，帮我把它弄掉，好不好？”

小桃看着幺娘痛苦的样子有些不忍心，接过了白布：“怎么弄？”

幺娘下了床，指着屋里的柱子说道：“把这布的一头系着柱子，在我腰上绕一圈，然后你用力拽着另一头，我就不信弄不下去。”

小桃犹豫着按照幺娘的吩咐，把白布准备妥当：“这能行吗？会很疼吧。”

“我不管。只要能把这堆肉弄掉。”幺娘的脸重新有了光泽，“只有它掉了，我才能重新做人。”

小桃的手有些抖，可幺娘说的对，不把孩子弄掉，幺娘还怎么活下去？何家出了这样的事，自然不可能去找七皇子理论。为了门楣干净，会不会把幺娘赶走？小桃不敢想下去，咬了咬牙，扯着白布用力拽过去。

幺娘被裹在白布里绞着，小桃用力地满头大汗，柱子那头系着的崩开好几次，幺娘脸上的汗也直淌，脸由于疼痛而扭曲着，肚子却没一点动静。

折腾了好半晌，小桃停住了手，抹了抹汗道：“这么做不行。干受罪弄不下来。”顿了下说道，“还是去抓几服药弄掉吧。”小桃以前在云湾村的时候，听说过有人家穷养不起孩子，再怀上只能用药打掉。

“嗯。”幺娘虚弱地点着头，“不过瑶台阁管得严，我不方便出去。”

“我去。”小桃急忙说着，“我有时会帮大小姐出去买些东西，进出倒是自由些。明天一早，我就去帮你抓药。”

幺娘紧紧抓着小桃的手，跌坐在了床板上。

一夜无眠，小桃和幺娘都没什么睡意。上午小桃起来到大小姐身边服侍了一会儿，便找了个买香片的由头跑了出去。一出何府别院的门，小桃便直接冲着南城河堤外的那间“汇安堂”跑了去。

直到中午，小桃才又跑回何之棠那边服侍。何之棠的精神不太好，不停地咳嗽着，闻着小桃身上的药味，不觉蹙眉道：“做什么去了？怎么一身的药味？”

“哦——”小桃支吾着，“早晨去买香片的时候，兴许在药铺里待久了，染了一身。”

何之棠点点头，对小桃说道：“待会到后院采些墨菊回来，芸娘正在窨茶呢，顺带把墨菊和茶窨在一起，味道会很独特。”小桃应了一声出去。

采好墨菊交给芸娘，小桃惦记着幺娘，又跑到瑶台阁。幺娘服了药以后正躺在床上歇着，小桃给幺娘倒了碗水问道：“怎么样？喝药后有什么感觉？”

“没太大的不适，只是肚子一阵阵地抽疼。”幺娘的脸色有些苍白，眸子却恢复了亮色，“看来还是有用的。”幺娘的额上渐渐渗出了几层汗，身子也蜷了起来。身下藕色的褥子透出了一层血。

小桃紧张地问着：“出了这么多血，不会有事吧？”

幺娘摇头，有气无力地喘着：“没事，肚子轻泛了许多。这会没有刚才疼了。”又过了足足一个多时辰，幺娘松了口气：“药劲儿应该过去了。不怎么疼了，血也流得缓了。”

小桃跑去煮了热水，给幺娘端进来一大盆，把门窗全都闩得严严实实。幺娘用巾子蘸了热水擦了擦身上，把带血的褥子换了下来。又换了一身干净的衣裳，挣扎着下了床："我得去趟瑶台阁，不能让别人看出来我病恹恹的。"

"你不要命了？"小桃急得拽住幺娘，"你这身子怎么能行？"

幺娘摆摆手："不妨事，我就去露个脸，不会去跳舞的。否则我一整天不露面她们会怀疑。"说着摇晃着身体踉跄着出了门。

小桃咬了咬唇，偷偷地把一堆带血的东西裹紧了，趁着傍晚人少的时候，从后门跑出去，又拐了几条街，才扔了出去。

何之棠的屋里，油灯有些暗了，她却只是失神地在那里坐着。芸娘推门走了进来，何之棠一怔，抬起了眸子："怎么样？"

"小姐猜得没错，桃宜身上的药味果然不是从药铺里沾的那么简单。我派人在别院里细细搜了搜，从后院的芍药圃里找到些药渣，郎中看了说只是些利血运气的药。"芸娘静静回答着，"后来我又找人去城中的各个药铺都查了，汇安堂的伙计说早晨有个女子去过，不过什么药也没抓，很奇怪。而汇安堂的郎中就什么都不肯说，只说不记得了。其余的药铺没什么印象。"

何之棠的脸上依旧苍白没有血色："既然这样，那便是说桃宜只是抓了几服药，却不知道是什么药？"

芸娘有些犹豫，半晌说着："倒也不是。有家药铺说记得有个姑娘抓了些川穹和斑蝥，但量很小。"

"川穹、斑蝥？"何之棠一怔，"那是什么？"

"我问了郎中，川穹和桃仁同用，再加上些斑蝥就可以——"芸娘支吾了许久，还是说了出来，"可以堕胎。"

当啷，何之棠手里的笔摔在了桌上，细小的墨汁溅了一身。何之棠的声音有些抖：“她没有抓桃仁……”

“可是桃宜去了不止一个药铺，这个药铺没抓，兴许在别的药铺抓了。只是别的药铺不记得而已。”芸娘叹了口气说着。

“那这家怎么记得这么清楚？”何之棠没有擦拭身上的墨痕，只觉得从头凉到了脚。

“他家一天没有生意，再加上桃宜抓了斑蝥，这药并不常用，所以记得清楚些。”芸娘接着说道，“下午又派人跟了桃宜，她去了三条巷子外，扔掉了一堆染血的衣物。”

何之棠的表情都木在了一处，放在桌上的手也微微抖着：“会不会是别人的？”

芸娘面容有些凝重地说着：“桃宜今天除了在这边服侍，就是在瑶台阁的舞姬幺娘那里。幺娘和桃宜是一起来的，也走得近。如果不是桃宜，就是幺娘。可幺娘是府里的舞姬，之训少爷不在，谁敢动她们？若是府外，每次出去都是一群人，谁想轻薄她也没机会。再说幺娘下午还去了瑶台阁，又是旋身又是下腰，要是服了堕胎药，哪还有精神蹦跳……”

“好了——”何之棠抬手打断了芸娘的话，“不要再说了。”

屋里寂静一片，谁也没有出声。只有何之棠眼前的红烛在来回跳跃着，晃得人心里缭乱。过了许久，芸娘轻轻出了声：“我觉得祁公子不是不庄重的人。”

“你先出去吧。”何之棠的声音有些凉。芸娘应了一声，退了出去。

何之棠颤抖着手拾起桌上的笔，却再也写不了字，一落笔就是重重的一团墨，何之棠把笔冲着前方用力地掷了出去，直洒得满地墨点。

看着桌上被揉成一团的纸和满地凌乱的墨，何之棠的眼泪静静地流了下来。她什么时候变得这么泼？这不该是她的仪容。何之兰才是泼辣的，她何之棠该是贤淑的，温良的，不是吗？

可原来她也不是贤良淑德的。如果她是，她便不该为桃宜和祁正修之间那说不清道不明的情愫吃醋，她该善解人意地让桃宜做陪嫁。可她做不到。她妒忌桃宜奋不顾身地救祁正修，更妒忌祁正修带着人马闯到涡口救桃宜，她妒忌他们之间欲说还休的情绪，更妒忌他们曾经因为赵廷宜起的别扭。

而这些情愫，祁正修对她都不曾有。他对她，有尊敬，有礼让，有温和。可何之棠总觉得这些情绪似乎不够真实。她明明是主角，为什么在这场感情里，她的分量越来越轻？所以她迫不及待想把桃宜嫁出去，恰好出现了云笙，何之棠不惜一切努力想促成云笙和桃宜的婚事。

可是祁正修竟然一直没有给她个准话，直到祁正修从涡口救桃宜回来，听下人的闲言碎语，祁正修在涡口战场亲口说桃宜是他的人，何之棠不敢想这是祁正修的计谋还是事实，而现在，恐怕是事实了。

桌上的烛火燃尽了，何之棠静静地坐在黑暗里。她想说服自己接受，嫁入任何一个世家，都不可能只有一个正妻，姬妾成群是常态，将来祁正修也会有不少的小妾，何必在乎一个桃宜？她是撼动不了自己正妻的位子的。与其和别人共享一夫，不如桃宜，起码有情分在。可为什么偏偏是桃宜？偏偏是那个她当初可怜同情、真心以待的桃宜？她怎么就在身边养了一条蛇？祁正修和桃宜都背叛了她为什么还不肯和她说实话……

不知过了多久，忽然何之棠手一挥，把面前所有的东西摔到了地上，痛苦地伏在了桌上，泪流不已。她说服不了自己，她没有办法接受……

十天后，大周皇帝柴荣御驾亲征，趁着把浅之机，带兵渡过了淮河，攻进了濠州城。大唐皇帝李璟急命何士忠、陈延肇，带着剩余的忠勇军、忠信军，赶往濠州支援，同时命濠州守将郭廷谓誓死守城。

何士忠去了濠州，府里只剩下了何之棠和何之兰，并一众家丁护院。从何大人临行前的严肃，小桃暗暗揣测战事应该很严峻，不知道祁公子用不用上战场？能不能安全？自从何大人走后，小桃的心也开始每天揪扯起来。

何士忠出发已经半月，时至冬日，金陵城也有些冷清清的。何之棠的屋里生起了炭火盆子，比别处多了一丝暖意。可小桃明显地觉得，大小姐，还有芸娘好像都和以前不一样了。芸娘不再戳着她喊“傻丫头”，大小姐倒是依旧温温和和的，却好像隔了什么，只有若素依然没皮没脸地和她抢东西吃。

小桃闷闷的，闲暇时候，便大多和幺娘一起。看幺娘练舞，自己也跟着瞎练。幺娘说她跳得比以前好多了，果然熟能生巧。

过了几天，何之棠要去金陵城郊的安化寺为何大人祈福，带了芸娘和若素。安化寺路程较远，光去程就要大半天，何之棠准备顺带在那里待个十天半月，还带了一本《楞严经》，打算在寺里抄经诵佛。可是却没有带小桃的打算，小桃心里有些发虚，这是以前从没有过的事，不禁问着：“小姐，是不是嫌桃宜笨？”

何之棠淡淡笑道：“怎么会。别院里也要有人守着。万一有个什么事，也好疏通上下。都去了安化寺，心里不踏实。”

小桃想想也对，帮何之棠把行装打点好，又亲手做了好几篮子糕点交给了芸娘：“寺里不比别院，僧人们都吃素，难免会总觉得饿，带着点心，饿了就垫补两口。”

芸娘看着满满的几篮点心，心里不觉动了一动，却是欲言又止，只是默默接过了点心，没有说话。

何之棠走后的几天，小桃都有些缓不过神来。唉，这样的日子，好无聊啊。没有事做，每天睡醒了等饭吃。小桃也懒得和其他婢女一起磨嘴皮子说人长短，索性要么和幺娘练舞，要么躲在何之棠的书房里找书看，也有些进益。

这天中午，小桃才刚刚睡醒，便有婢女跑过来唤她："桃宜，快起来，二小姐找你。"

小桃的心怦地一跳，二小姐？自从大小姐走了后，她处处躲着，已经好久没遇到二小姐了。难道二小姐突然想拿她醒脾了？忙问着那婢女："你知不知道找我什么事？"

婢女直摇头："我哪知道。不过二小姐在前面清晏堂的外间等着你呢。快去吧，去晚了二小姐又该骂了。"

小桃急慌慌地披上外衣，束好腰带，跑了过去。小桃跑到清晏堂，还没进门，就听到屋里二小姐爽朗的笑声："哈哈哈，原来还有这么一遭子事，倒是有趣得很。"

小桃心里揣度，看来屋里有客人？清晏堂是待客的地方，自己是进还是不进？正在门口徘徊，二小姐已经眼尖看到了她，忙一挥手："来来来，桃宜进来。"说着对旁边的人说道，"我那姐姐疼爱极了桃宜，特意给她改的名字，还命别人都叫这个名字呢。"

半扇门挡着那人，小桃一时看不清客人是谁。便忙碎步走了进去。

二小姐今天穿了件水红色的纱衣，里面罩着一件绛色的罗裙，十分娇丽明艳。只是面上却有种讥讽的哂笑。看小桃进来，挥挥手道："不用多礼了，你看看谁来了。"

小桃侧目一看，愣在了那里，那一瞬间，她几乎想落荒而逃。立在二小姐右侧的，不是别人，正是一身短打扮的叶广。快一年没见，还是一身的痞气，衣裳倒是干干净净的。

叶广也打量着小桃，人要衣裳马要鞍，小桃一身浅碧色的衣裙，再加上何府的饭食好，更加白净如瓷。叶广的心立马痒痒起来，看着小桃嘿嘿笑道："看来你过得不错呀。"

小桃的心一抖，这个混蛋怎么找来了？不觉咬紧了唇，没有吭声。

二小姐拍手笑道："这可是了。桃宜，这位公子说你是他家定好的媳妇儿，被人拐了出来，如今他寻到这里了，要你跟他走，否则就要到府衙告我何家拐卖他媳妇儿，这可怎么担得起？"

小桃忙跪下急急分辨着："小姐，不是这样的。他是我哥哥，我不是他定好的媳妇儿。他不遵循纲常伦理，要和我乱来，我才跑出来的。小姐明察，真的不是他说的那样。"

叶广开了口："小桃，你太不懂事了。咱们又不是亲兄妹，你娘带着你嫁到我家，咱们可是一点血亲关系都没有。都是说好的事，你可不能耍赖啊。现在你日子过得好了，就不认账了吗？"转而抬头看着二小姐，"何家也是要脸面的人家，难道要为个丫头，就跟着耍赖吗？这里是天子脚下，也没王法吗？"

二小姐冷笑着打断了叶广的话："可别这么说。我们何家在金陵也是有头有脸的，也不至于为了个丫头跟着倒胃口。"

叶广向前走了一大步，抱拳对二小姐拱手笑道："还是小姐明理。我爹为了这个逃跑的丫头，气得都咳血了。再搞出人命就麻烦大了。"

二小姐嫌恶地用帕子掩了掩口鼻，叶广识趣地向后退了退。小桃跪着往前窜了窜，扯着二小姐的裙摆哀求着："小姐，不要听他胡说。根本没有的事。自从我娘去世后，他家就起了歹意，逼我嫁给叶广。我不愿意啊。小姐！求求你救救我，我不想嫁他。"

二小姐用力把裙摆扯回来，皱着眉头轻声喝道："拉拉扯扯做什么！"

小桃急得眼泪都出来了，二小姐冷笑道："你这丫头也真是奇了。自古婚姻大事不都是父母做主吗？你亲娘去了，就该听你继父的。你怎么倒没羞没臊，自己跑了？论理，也算淫奔了吧？"说着斜睨着小桃，声音冰冷，"果然什么小姐配什么丫头，上梁不正下梁歪。你那会勾引、会手段的小姐，也只能教出你这会淫奔的丫鬟。"

小桃这才明白，二小姐一直记着这份仇。从何之棠抢了祁正修的那天起，何之兰就把何之棠，以及中间传帕子的小桃，都视作了心里的刺。逮到了这个机会，何之兰怎么会放过她？小桃绝望了，头垂了下去。

二小姐把帕子收起来，"哼"了一声："把管事的叫来，带着桃宜的卖身契。"下人应声而去。

叶广谄媚地笑着："多谢小姐成全。"

不多时，管事的带着小桃的卖身契过来。二小姐轻咳了两声，对管事的说道："看看桃宜的卖身契，签了几年？"

管事的回复着："刚开始只做舞姬的，说看看能不能行再留下。后来按舞姬的惯例，是签了终身契。后来归了大小姐，又改成五年。"

二小姐的手一挥："既然五年，也不算长。"说着乜着眼看了看叶广冷声道："看你也拿不出几两银子，就不要你赔钱了。我们何家认了这个倒霉。"

管事的此刻也听出了些端倪，对着二小姐作了个揖说道："恕老奴多嘴。桃宜虽说是个婢女，但依规矩，是谁的奴婢，得谁首肯才能放人。如今大小姐不在——"

二小姐打断了管事的话："你是在何府待得太久了？！这么懂规矩？"管事的吓得不再敢多说一句话。二小姐继续说道，"是，按照寻常的规矩呢，谁的丫鬟谁做主。可现在的情形，上无尊长，父亲、大哥都在战场上。我们那位大小姐又一甩手，跑到山里抄什么经书，倒是会给自己享清闲。这别院里大大小小的事，竟然要我一个未出阁的姑娘家操心。我还一肚子的苦水没处倒呢。去请那位大小姐，一个来回就要两天，远水救不了近火。眼下桃宜的哥哥要告咱们，是，何家是大家，不在乎他是告到府衙、大理寺还是刑部，告不倒咱们。但何家是以理治家，能做那仗势欺人的事吗？”

管事的又大着胆子回了一句：“安化寺就在金陵城郊，如果骑匹快马去找大小姐，明天一早也就回来了。桃宜毕竟是大小姐的人——”

二小姐斜看了眼管事的，阴冷的语气：“你果然是在何家待久了。是不是觉得待够了？”管事的这回再不敢吭一声。

二小姐说着扬起唇角，声音嘎嘣脆：“桃宜淫奔在前，即便现在是何家的婢女，何家也不能帮着做这没伦理的事。该怎么办就怎么办。叶广带着桃宜回去，再赏二十两银子的盘缠，我们何家也算仁至义尽了。”叶广听得脸上一阵喜色。

二小姐拍手道：“这事就这么着了。真是的，何之棠惹的烂事，还要我来接后手。”说着转身大步离开了清晏堂。看着小桃苍白的脸，何之兰忽觉得满心痛快。桃宜就是何之棠的左膀右臂，即便收拾不了何之棠，杀鸡儆猴也是好的。还得感谢何之棠这次没带着她这个臂膀去安化寺，才给了她个痛下杀伐的机会。

小桃哀求地看着管事的，管事的叹了口气：“如今这般，也没办法了。你先跟着去吧。等大小姐回来了，老奴一定把事情告诉她，再做商议。”

小桃的心微微燃起了那么一点希望，是啊，还有大小姐，大小姐不会不管她的。现在这种情形，她就是哭死在这里，二小姐也不会动容的。小桃轻轻点了点头，没有看叶广，冷声说着：“我去收拾东西。”说着快步跑了出去。

身后传来了叶广猥琐的笑声："你快点。别让我等急了。"

小桃先是跑到瑶台阁，和幺娘粗粗把事情讲了一遍，抹了抹不觉溢出的泪说道："我先走，你等大小姐回来，一定要告诉她。"

幺娘急得直冒汗："还等什么大小姐回来，谁知道她什么时候回来，黄花菜都凉了。我这就去安化寺找大小姐去。"

小桃按住了幺娘："你怎么去，百十来里呢。你身子还没好利索。"

幺娘摇摇头："都快一个月了，早好了。我这就偷偷赶去安化寺找大小姐，你尽量拖着叶广，别走小路，就走官道，到时候大小姐也好派人去找你。"

小桃点头，刚要走，幺娘又想起什么似的从枕头下拿出一把匕首递给小桃："保护好自己。万一叶广那个畜生对你动手动脚，宰了他。"幺娘牙根发痒，想起这种畜生，她就是一身寒意。

小桃把匕首收到了袖子里，回到自己的房间，把衣服简单地收拾了几件，云笙给的玉牌想了想挂在了脖子上，好歹值点钱，万一有个急用还能应对一二。小桃又来回磨蹭了许久，直到日头偏西，才不情不愿地走到了前堂。

叶广早已等得不耐烦，一把扯起小桃骂骂咧咧道："你个死丫头，别想着鬼主意要跑，你跑不了的。"

小桃用力把他的手甩开，直直地冷看他："尊重些，我没想跑。"

叶广阴笑着："没想跑就最好。走吧！"说着在前面大步走开。小桃只好一路跟着。叶广拿着管事的给的二十两银子，雇了辆马车，马车跑得很快，入夜时分，已经走到金陵城的西郊。城郊没什么店家可住，叶广又急着赶路，命令车夫继续赶夜路，自己在马车里窝着睡着了。小桃紧紧抱着包袱和匕首，一直不敢闭眼。直到黎明才偷偷打了个盹儿。

马车一路驰骋，到了第二天中午，已经出了金陵的地界，到了一条山路。车夫也走不动了，执意要歇歇。歇了半晌后继续赶路，到了晚上，便是庐州的地界了。马车行到了一个小镇，投宿进了一家小客栈。

叶广准备要两间房，小桃忙说着：“一间，一间就够了，省省钱。”加上车夫三个人，睡一间叶广总不会还有什么歹意。叶广看着细白滑嫩的小桃早已忍了多时，怎么肯放过这个绝好的机会。执意要了两间房，车夫一间，他和小桃一间。

小桃的心里沉了沉，她知道今晚怕是要和叶广拼死一回了。小桃默默地捏了捏袖中的匕首，没有再吭声。

把包袱放到房间里，叶广和小桃到楼下去吃饭。叶广小气，只点了三碗面条，自己吃得挺香。小桃静静挑着碗里的面条，四周张望着，琢磨着打算。这家店里有两个厅，晚上上了门板，还真没地方可逃了。不过窗户应该可以，楼也不高……小桃细细打量着，耳朵里传来了邻桌两个人聊天的声音。

那两人应该是茶商，正议论着哪里的官道还能走。听他们聊的内容，似乎是要把一批茶叶送到濠州城去。只是现在濠州战事起了，就搁在半道上了。两人起了争执，一个仍坚持要去濠州，而另一个打算去开封府。两人为此争执不下。小桃的心里动了一动，濠州，祁公子在那里。她有救了。

小桃磨磨蹭蹭地吃完了面条，跟着叶广回到了房间里。一间不大的客房，在二楼，前后各有一扇窗户，前面的窗户挨着门，出去便是楼上的过道，而后面的窗户通着后院。屋里只有一张床，一个柜子，并一张圆桌和四张板凳。

叶广阴笑着看着小桃：“早点休息吧，明天还要赶路呢。”

小桃往后缩着，声音有些微微颤：“你睡床，我趴在桌子边歇一歇就行。”

叶广凑上前来，伸手揽过小桃的肩：“别这么生分。从今往后你就是我的人了，还躲个屁，没意思。”

小桃用力挣开叶广的手，气得脸有些发红，又怕惹急了他，只好忍气吞声地说着：“那也不急在一时。回去再说。何苦在这里丢脸。”

叶广看着小桃白里透红的脸，哪里还忍得住，一把按住小桃的肩，笑得淫邪：“我今天就想要。你做了我的人，心就彻底安分了，我也不用看你看得那么严。多好？”

小桃快步往后退着，叶广步步紧逼，很快就把小桃逼到了墙角，叶广的脸上露出了胜利的笑：“是我的就是我的，逃到天涯海角也是我的人。”说着伸手就去扯小桃的衣裳。小桃一偏身子，又被叶广另只手按住，叶广的声音严厉起来：“给我老实点，别敬酒不吃吃罚酒。”

“别逼我。”小桃牙关紧咬着，死死盯着叶广。

叶广只觉得眼前这个女孩子像只发怒的兔子般好笑，不禁咧开嘴露出了一嘴黄牙：“逼你怎么了？我还要玩你呢。”说着已经把手探到了小桃胸口抹了一把，用力往下撕扯着衣服。

“啊！救命！”小桃大声地喊着，同时拼力反抗着叶广。

叶广伸出一只手捂住小桃的嘴，表情变得狰狞：“再叫我饶不了你。”另只手把小桃的外衣已经扒到肩以下，小桃的力气哪里是叶广的对手，拼命地来回挣扎却丝毫没动静，被叶广捂得有些呼吸不上，憋得脸发紫。情急之下，小桃狠狠冲叶广的裆部踢了过去。叶广疼得差点闭了气，松开了小桃去捂裤裆。小桃趁机赶紧向门口跑去。

还没跑到圆桌那里，就被叶广一把抓了回来，像拎小鸡一样把小桃拎了起来，破口大骂：“小婊子，老子不嫌你给人家当奴做仆被人玩烂了，你倒假正经起来。敢踢老子！反了你了。”说着扯着小桃的头发往墙上撞去。

“要不是有人花银子让我把你弄回来，你当老子愿意跑这么远找你这个死丫头？”叶广用力地摔着小桃，小桃只觉得头像要爆炸一样，叶广说的话一个字也听不见，只是头“轰轰”像炸雷一样响。

剧烈的疼痛从头皮传来，小桃疼得全身哆嗦，从袖子里摸出匕首，冲着疼痛传来的方向挥了过去，低声嘶吼着：“别逼我，别逼我。”

叶广不提防小桃能摸出匕首，一个躲闪不及胳膊被拉了道口子，疼得松开了手，小桃趁机大大缓了几口气，叶广又挥手扑了过来，小桃冲着他就是一匕首刺了过去。匕首扎在了叶广的左肩上，血瞬间涌了出来。叶广疼得嗷一嗓子，那么多的血把小桃吓得也是一哆嗦。忙拔出了匕首飞快地向屋外冲了出去。

“贱丫头。”叶广拔腿去追，但肩膀上的剧痛让他有些吃力，没跑几步身上就虚汗淋漓，步子也慢了下来。只好折回去拍隔壁车夫的门：“快起来，人跑了，赶紧帮忙去追。”

小桃从没有跑得那么快过，几下跑下楼，客栈还没有关门，小桃飞快地冲了出去，在大路上跑了一阵，看身后没有追来的人，拐到了小路，又跑了一段，出现了一座小桥，小桃的心里一松，有桥的地方就有水，有水就不怕了。小桃飞快地跑到桥边，冲着桥下的小河跳了下去。河水并不深，小桃贴着桥下的石头泡在了河水里，只露出半个脑袋呼吸。静静地听着外面的响动。

这里是个小镇，入夜便十分寂静。很少有人走动。不多时，就听到了叶广发急的嚷嚷声：“就这有个岔路，往里头找。”

小桃赶紧憋着气把头缩进了河里。叶广的声音远了，似乎还有马车的轱辘声。过了一会，车轱辘声又返了回来，想来是没找到，继续沿着大路去找了。小桃探出了头，喘着气，头上的剧痛，身上的扯痛，冬天水里的冰冷刺骨，此刻一起涌了上来。小桃咬牙坚持着，不知过了多久，总有一个多时辰了，估摸着叶广也不会再回来了，小桃才哆哆嗦嗦地爬上了岸。

这里人生地不熟，是个什么镇都不知道。身无分文，怎么可能走回金陵去？小桃的脑子一闪，等着四周更静谧了，才顺着小路偷偷摸摸地回到了客栈。

已经是四更天，小镇在沉睡中。客栈的门板上着，小桃绕到了后院，顺着门口的树努劲儿吭哧吭哧爬了半天，终于爬到了院墙那么高。

小桃抹了抹额上的汗，多时不爬树，技艺还真是生疏了。小桃从树上伸出腿，来回试着探到了院墙上，慢慢地两条腿都踩上了院子的墙头，小桃轻轻蹲下，手脚并用地爬了一截，忽然看到院墙一处底下有个马槽，忙用手紧紧扳着墙头，把身子探下，踩着马槽，跳进了院子里。

后院放着客人的东西，有木箱子，有箩筐，有的堆放得整整齐齐，有的就那么散着。还拴着几匹马和骡子。客栈并不大，所以客人的货物也少。小桃想了想，那两个客人要贩运的是茶叶，应该是在箩筐里吧。小桃翻了翻院里堆的几个箩筐，小米，高粱，诶，这个是茶叶。小桃又继续看了看，统共有四五筐茶叶。每个竹筐都到小桃的胸口那么高。

小桃使上吃奶的劲儿把竹筐挪得倾斜了一点，茶叶随着倒了出来，小桃早把箩筐的盖支在下面，等茶叶到了满满一盖，小桃把箩筐扶正，用力端着一盖子茶叶，四处搜罗着看哪里能把茶叶扔了。

西墙那边有个猪圈，小桃一咬牙，端着箩筐盖走到了猪圈门口，心里念着佛，对不住了，这么好的东西糟蹋了。等我找到祁公子，一定赔你们银子。这么想了想，心里也轻松了许多。

小桃来回搬了十来趟，筐里的茶叶已经去了一半。小桃试着往筐里蹲了蹲，还差点。又倒了几盖子茶叶，小桃这回钻进筐里，正好窝着腰藏了下去。小桃伸手把竹筐的盖子盖到了头顶，猫在了筐里。

叶广和车夫赶着马车一路追去，叶广揣度着按小桃的脚力也跑不了多远。便在小路四处搜寻着。但他万万想不到小桃还敢跑回客栈去。车夫看叶广不像什么善碴儿，带了个姑娘还跑了，估计来路也不正。车夫陪着寻了半夜，天快亮的时候，找了个由头驾着马车向金陵城的方向跑了回去。只剩下叶广气得跳脚。只好等天亮，在小镇又雇了辆马车沿着回金陵的官道和小路找着小桃。叶广也找得有些烦躁，再找一天，找不着就回云湾村去。反正银子也得手了，管那个死丫头去哪。

东方刚刚泛白，那两个商人已经起来。赶路就要起个大早，两人匆忙吃了早饭，便命人把箩筐重新放到马车上捆绑好。小桃藏在筐里心扑通扑通直跳，生怕被发现了。只听得外面搬运的人嘟囔着："这个筐可真够沉的。"吓得小桃就是一哆嗦。好在大清早都迷迷糊糊，也没人接他的茬，只是把四五个茶叶筐都紧紧地绑在了马车上，便开始赶路。

一路颠簸，小桃的额上有血不时渗了出来，昨晚被叶广打得头上好几处伤。小桃抹了抹血，心里松了下来，靠在筐里晕睡了过去。

马车行了两天一夜，小桃除了夜里出来找点水喝，饿极了就跑到猫食狗食盆里拣点吃的，再蹲回筐里。小桃有点发烧，昏沉沉地全身疼，只想睡觉。

第三天的夜里，那两个商人住店时，又找人把茶叶筐卸了下来。其中一个随手把盖子打开，想看看茶叶怎么样，却看到了缩在筐里的小桃，吓了一跳，厉声问着："你是谁？怎么会在筐里？"

小桃揉了揉干涩的眼睛，有气无力地问着："到濠州了吗？"

那人哭笑不得，一把把小桃从筐里扯了起来："什么濠州，这都到了开封府的地界了。"说着把小桃上下打量了一通，"你是谁？"

小桃从筐里站了起来，头一晕，又跌回了筐里，虚弱地回答着："我，我以为你们去濠州，就搭一段车，等到了濠州，有人会，会给你们银子答谢的。”

那人连拉带拽把小桃从筐里揪了出来，痛心疾首道：“你这个不知哪掉下来的疯丫头，可惜了我半筐好茶。濠州战事吃紧，周围三十里都过不去。现在我们已经到了开封府的城郊了。”顿了顿说着，“你开封府有什么人接应？快把我们那半筐茶叶赔了来。”

开封府？赵公子是开封府的，可他此时，应该在战场上吧。小桃昏昏沉沉地摇了摇头，抬眸哀求地看了那人一眼：“能不能给我口水喝，好渴。”

那人气得发昏：“我是不是还得割个龛把你供起来？你知道半筐茶叶多少钱吗？我们辛辛苦苦这一趟，也得不了这半筐茶叶的钱。”

同行的另一个商人细细打量了下小桃，是个眼尖的，猛地抬手把小桃脖子里的绳子扯了出来，果然不出所料，就想着绳子上会拴个东西，只是那桃形玉牌成色一般，不过倒也能换几个钱。他对另个商人使了个眼色，笑道：“罢了，罢了。”转而对小桃温和笑道，“既然已经跟到这里，今晚就凑合一晚吧，明天再做商量。”小桃忙感激不尽。

那两个商人同店家商量了一番，从杂物间腾出个地方，用半间房的钱让小桃住一夜。太多天的煎熬和疲累，加上身上的伤口发作烧热，小桃没有吃晚饭，就很快昏睡着了。

这一觉睡得不是很安神，却睡了好久。等小桃醒来已经是太阳高照。小桃被外间客人往来招呼的声音吵了醒来，赶忙起床简单收拾了一下，走出了房间。店家看到小桃，笑着说道：“姑娘起来了？”

小桃笑了笑，四下看看，问着店家：“那些人呢？”

“哪些？”店家一愣，随即一拍脑袋说道，“哦，你说昨晚和你一起的那几个茶商？”小桃猛地点头。

“一大早就走了，天还没亮就说急着赶路。”店家回答着。

“走了？”小桃有些发愣，怎么突然走了？不是说再做商量吗？小桃忽然觉得脖子轻轻的，下意识地摸了摸，全身都凉透了，玉牌没了。小桃呆呆地立在了那儿，最后一个能换钱的东西也没了。

小桃踉踉跄跄地晃到大街上，漫无目的地缓缓走着。不知过了多久，小桃到了一户人家的院墙外，她再也支撑不住，靠着墙角出溜了下去。小桃坐在地上，看着来来往往、行色匆匆的人，眼泪无声地落了下来，从没有过的绝望袭了上来。身上没有一个铜板，周围没有一个认识的人，说着她听不明白的口音。她该怎么办？此刻，她有点相信桃花劫之说了。自己就是个倒霉蛋嘛，从小到大，什么倒霉事都能让她赶上，坏人，都让她遇到了，倒霉，都让她碰上了。

小桃绝望地看着开封府的大街，人流如织。开封府真大，真繁华，不亚于金陵城。对面也不知道是个什么府邸，门禁森严，还有兵驻守着。好像是刚办完喜事，门口的匾额都被红绸包裹得看不清写的是什么字了。四周的墙上也支出了一串又一串的红灯笼。好气派。唉，真是人生命，各不同，人家在围墙里面吃得舒爽，自己却这么狼狈。

想到吃，小桃肚子咕咕叫了起来。小桃下意识地在全身摸索着，哪怕能找到一文钱也好，好歹她能买个馒头吃。摸了半晌，只有绝望。诶？腰上硬的，圆圆的，小桃的手都有点激动地颤抖，难道是铜板？

小桃从腰带的夹层里把东西摸出，原来是它，赵公子送的那枚玉扣。太久没看了，小桃甚至都忘了自己身上还有这么个东西。小桃把玉扣放在手里掂了掂，不知道这个东西值不值钱，有心想把它当了换几个铜板买吃的，忽然心里一动，赵廷宜曾经说过，只要拿着这个，随便在开封府上找个兵，都能找到他。如今他虽然在战场，那些兵会不会看在玉扣的份上，给她顿饭吃？

豁出去了，小桃挣扎着站了起来，拿着玉扣。迎面来了几个巡逻兵，四下里查看着。小桃走了过去，把玉扣摊在手心问道：“麻烦问下，我想找赵廷宜，哦不，赵匡义。”

“少将？”那两人相视看了一眼，其中一个喝道：“大胆，少将岂是谁想见就见的？”

小桃把玉扣往前伸了伸：“我认识他的。这就是他给我的。”

其中一个兵从小桃手里把玉扣拿起来，细细看了看，对另一个说着，“你认识吗？这是少将的东西吗？”

另个摇头：“我也才来不久。”说着四下看了看，忽然一抬手，冲不远处另个士兵招手道：“志高，你过来。”

那个志高应该是个老兵，听那两人说完后，轻轻扫了眼玉扣，面色变了，对着小桃双手抱拳道：“姑娘，失敬了。这是少将的物件。”说着细细打量了一番小桃，这个女子看境况不是特别好，额头是破的，有血痂有化脓，带着半张脸都有些泛青。脖子上也有挫伤，好几道血痕，一身风尘仆仆，衣服又皱又脏，不知道受了什么折腾？从哪里逃来的？

按理这么个卑贱的女子，不应该认识少将。可她手里那个玉扣，又的确是少将的贴身之物。除了兵符，这个玉扣就是少将身份的证明，还是皇上亲自赐的名贵阗中墨玉。军中人人认识。难道是她偷的？不管怎样，这事应该向少将报告了，总归是个讨巧的事儿。

志高看着小桃说道：“姑娘不妨先随我回镇守营坐坐，少将早晨去点兵，要中午才回得来。到时我去禀告少将。”

小桃一愣，手里的玉扣都险些没拿稳：“赵，赵公子在开封？”又急急补了一句：“他不是在涡口吗？”

志高恭敬地回道：“陛下御驾亲征攻打李唐，京都无人看守。少将便回来守着京师，已经半月有余了。”

小桃的心忽然蹦了一蹦，他竟然就在开封？小桃的眼眶突然红了，一时间百种滋味，都涌了上来。在她走投无路的时候，竟然是他，又给了她一丝生机。

小桃随着志高到了开封城中的镇守营。由于战乱时期，皇上又不在京城。赵匡义特意派了军中的一队人马驻守在开封府的街头路边应急。小桃在营里歇了歇，吃了顿午饭。志高先行去禀告赵匡义。上午没认出玉扣的兵端了茶水给小桃，嘿嘿笑着：“姑娘，对不住啊，我新来的，真没认出来。”

小桃笑着摇了摇头：“不妨事。”

两人有一搭没一搭地聊着，似乎过了很久，志高还没回来。

小桃问道：“赵匡义住得离这里很远吗？”

那个士兵听小桃叫赵匡义名字叫得顺溜，料想必定是熟识得很，便也没有隐瞒：“少将上午去点兵，一般中午就会去震远军的营里，那里离这儿远，志高骑马去来回也要两个时辰。”

小桃“哦”了一声，那个士兵又说道：“如果少将巡营，中午就会回家了。对了，少将的家就在我们上午见面的那个地方。少将真是厉害，新婚还不到三日，就每天去点兵，真是做大事的人。”

小桃只觉得头轰了一声，嗓子沙哑地问着：“他，新婚？”

“是啊。”那个士兵来了兴致，“啊呀，说起少将的大婚，那真是风光了整个开封府。迎亲的车马，从头一天夜里就开始装嫁妆了，直到第二天中午也没装完。不愧是皇亲国戚。我要不是亲眼见，想象都想象不到。那金茶壶，这么大！”士兵比画着，“那玉扇屏，这么大——从东大街排到少将的府上，还绕了好几个圈。为了少将的婚事，皇后娘娘都省亲回来了呢。”

"皇后？省亲？"小桃听得云里雾里。

"你不知道啊？哦，你可能许久不见少将了。少将夫人是当今皇后的亲妹妹，符家的小姐，那可是整个大周最金贵的小姐了。皇后亲妹妹要出嫁，可不就省亲回到符家主持婚事了嘛。"那士兵说得收不住了嘴，兴致勃勃得很，"唉，要不是天下大乱，皇上御驾亲征，兴许皇上还会亲自主持，那个场面，就更不敢想了。"

"哦。"小桃淡淡地应了一声，忽然想起以前在赵匡义的大营里看到的那封家书，难怪他的婚事要皇帝同意，原来娶的是皇后的妹妹。小桃忽然有些兴趣索然。本来她对这种热闹的事最感兴趣了，原来云湾村的大户人家成亲，她都要窜过去看个热闹，长长见识。可是对于赵匡义这么大场面的婚事，她竟然没兴趣，而且是毫无兴趣。不仅如此，心里有点堵。那种感觉说不出来，酸酸的，涩涩的，堵得很难受，还有点小火苗，烧得全身都七燥八燎的。

真是奇了怪，为什么自己会这个反应。他娶他的妻，关自己什么事。娶了妻也是个好色之徒。小桃愤愤地踢了脚下的几粒石子，没想到脚力还挺大，把旁边的凳子都踹倒了。小桃想站起来去扶凳子，却头晕脑涨又跌在了原处。

那个士兵去把凳子扶起来，对小桃笑道："姑娘也觉得开眼界吧，还有呢。按照这里的风俗，新娘子要迈三道门槛，结果那少将夫人不知道是不是身上的宝贝披挂太多压得走不动，刚迈了第一道门槛就把脚扭了。少将也真是豪气，抱着夫人就跨过了后两道门槛。整个开封府都轰动了，都说少将爱夫人爱得紧呢。街头巷尾都传为美谈了……"

小桃的脑子里轰轰作响，士兵的嘴在她眼里只剩下一开，一合，一开，一合……后面的话一个字也听不进去。她想起了在大营的时候，他抱着她的样子，心怎么会扯得有点难受呢？

小桃腾地站了起来，对那士兵说道："我不等他了，我先走了。"虽然还有点晕，可她突然就觉得无论如何都待不下去了，大步向外走去。

"诶！姑娘，怎么走了呢？"士兵摸着后脑勺，不知所措。

小桃快步走出了镇守营，好像身后有什么在追似的。她不知道自己怎么了，只是很想逃开。小桃的脑海里不断浮现着早晨见到的那处宅院的样子，红绸缎，红灯笼，满眼的红……小桃不由又想起了云湾村戴家嫁女儿时，那漫天满眼的红，和山后飞舞的桃花，红成了一片。

不知道跑了多久，小桃渐渐地有些跑不动了。靠着一堵墙终于停下了步子。小桃这才发现自己脸上湿乎乎的都是泪。真可笑，这是怎么了？小桃抹了抹泪，看着四周狭窄的巷子，这里似乎是开封府的城郊，有些凋敝。小桃在一户人家门前的石头上坐了下来，渐渐地，情绪好了些。唉，自己是抽什么风啊，怎么好端端地跑出来？这下银子也没有，什么都没有，唯一一个兴许还值钱的玉扣也被志高拿去找赵匡义了。真是的，好女不斗气，这下惨了，再回去？不回不回，还是不回去了。

小桃也不明白自己为什么不想回去，只是忽然就很怕见到赵匡义，好像见了他，就很没面子似的。尽管她也不知道这所谓的面子，是从哪里计较来的。

赵匡义中午点兵结束，照例回到了震远军的营里。身上这副铠甲够沉的，赵匡义把绛色的长袍换上。下午营里也没什么事，但他就是不想回家。宅子够大，够奢华，可总是冷冰冰的。金银器皿冷冰冰，紫檀沉香冷冰冰，连人，也是冷冰冰的。开封府，还真不如在涡口待得痛快。那里的一草一木，哪怕是后山的一处小亭子，也有生机。他也是在那里，第一次听到"双燕复双燕，双飞令人羡"……他的思绪飘得又远了。

赵匡义猛地回神，叫进来帐外的一个士兵，嘱咐他去请骁骑营的左将军过来，商议开封府布兵的事，士兵领命而去。忽然帐外有人来报，说巡城的士兵有事求见。赵匡义心里咯噔了一下，难道开封城里有什么意外发生？赵匡义忙命那人进来。

志高得令大步走进赵光义的营中，单膝跪地抱拳行了一礼，直截了当地禀告着：“少将，开封府来了一位女子，说是与您相识。她还带来了这个。”说着志高从腰里把玉扣拿出递给了赵匡义。

赵匡义接过玉扣，就像被一记木棍敲上了脑袋似的就是一闷。紧接着，心扑通狂跳起来，他一把扯过志高，揪着胸口问道：“她在哪儿？”

志高还从没见过这么激动的赵匡义，一时也有些慌张，少将这是高兴还是震怒？忙答着：“在镇守营里等着回信。”

赵匡义的眉梢眼角都扬了起来：“快走！”说着大步向外走去。志高一愣，这点眼力价他还是有的，少将这是狂喜。

门口的士兵低头禀告着：“左将军马上到了。”左将军比赵匡义的军衔还高一级，又年长赵匡义许多。平日里赵匡义极尊敬左将军。可赵匡义此刻哪里还管得了左将军，大手一挥：“让他先回去吧。”说着抬腿跨上了一匹枣红色的马，向着开封城里飞驰而去。

快马加鞭，本来一个时辰多的路程，硬是被赵匡义用了大半个时辰就赶了回来。到了镇守营，赵匡义顾不得把马拴好，大步冲了进去。可来到营里，只有空空的桌凳，和一杯剩了一半的茶。

“人呢？”赵匡义的心缓了半拍，声音也凉得彻骨。

紧跟上来的志高愣了一下，随即走到营帐外把看守的士兵找过来问着：“那位姑娘呢？”

士兵吭哧着：“她走了。”

“走了？”志高的嗓门不觉大了，“你怎么看人的？怎么让走了呢？”

“本来聊着好好的，她突然要走。她是来找少将的，又不找了，你……你也没说不许她走啊……我哪能拦着不让她走。”那士兵结结巴巴地解释着。

赵匡义突然发声：“你们聊什么了？”

士兵答得有些忐忑：“就很平常地聊了聊，聊到少将大婚，她就走了。”

赵匡义的心，忽然丝丝缕缕地扯疼起来。这个丫头，是生他的气了吗？他有点酸楚，却又有一点说不出的欢喜，她是在意的？这一冷一热，纠扯得他胸口闷闷地疼。

赵匡义冷声下令：“出去找，翻遍整个开封府，也要把她找回来。”说完又补了句，“不得对她无礼。”说着快步走了出去。

赵匡义带着志高出了镇守营的门口，志高问着守门的士兵有没有看到上午来的那个姑娘去哪了。军营里很少来女人，士兵倒也记得清楚，指着东南的方向禀告着。

赵匡义向着那里疾步而去，沿着路打听着。志高这才知道不善言辞的少将原来话也可以这么多，走一路，问一路，大有不放过任何一个路人的架势。可他又不知道那姑娘的衣着打扮，路上那么多姑娘来来往往，人家也不知道他说的是哪个。好在还有志高给他补充着：“一个穿得有点破旧的姑娘，浅绿色的衣裙，额头破了，半边脸肿着……”赵匡义听着志高的描述，心疼得忽然要滴出血来，她怎么了？怎么会这么狼狈？脚下的步子更加发了狠似的飞快。

一路问，一路找，终于在傍晚时分，在一条人迹罕至的巷子里，看到了倒在地上的小桃。志高指着小桃的身影说道：“少将，好像就是那个姑娘，绿衣裙。”

赵匡义大步奔到小桃的身边，是她！他蹲在地上，微颤着手把小桃扶了起来。他不敢相信自己的眼睛，那个俏丽动人的女孩子，是他怀里现在的这个女子，额上的伤，血痕，身上破旧的衣服……无一不像一条沉重的鞭子，狠狠抽在了他的心上。所有对她的懊恼，对她的刻意忘记，此刻都跑到了爪哇国，只剩下心口的锥疼。祁正修这个混蛋，他不是带走她了吗？带走她，为什么不好好待她？为什么？

第七章

喜相逢是非难容
怨别离好事难成

赵匡义轻轻拍着小桃的脸唤着："桃宜，醒醒。"小桃没有反应，他的心就跟着一疼，一疼。他甚至莫名地有些害怕，她不会醒不过来吧？便又加重了手里的力度。

半晌，小桃有气无力地睁开了眼睛，看着赵匡义的脸，用力眨了眨眼睛，又咬了咬嘴唇，不是做梦啊？小桃长长喘了一口气，挣着坐了起来，看着眼前熟悉的脸孔，她忽然很想哭，可又没力气哭，只是眼圈泛着红，无力地轻轻摆了摆头。

赵匡义心里一酸，把小桃打横抱了起来。脸上清冷得像凝固的冰刀。小桃微微动了一下想挣扎，却反而被他抱得更紧。这算什么？小桃心里好忸怩，可她没气力想太多，挣扎不动也只好在他怀里听之任之了。

志高忙跑出巷子，吩咐着不远处的士兵不用再找了，又赶忙命人从镇守营把马牵来。不多时，士兵很快把马牵了过来，赵匡义抱着小桃上马。小桃强挣扎着从嗓子眼里蹦出两个字："去哪？"

"回家。"赵匡义沉沉地说了两个字，声音却很柔和。

家？是他那个挂着红灯笼红绸子的家吗？小桃只觉得一股莫名的恐惧袭了过来，不觉微微颤了颤，轻轻摇了摇头。

"回我的旧宅。"赵匡义体察到小桃的不安，补了一句。他不知道自己为什么要补这句，他也不知道自己担心的，是不是小桃的不安。不过他的话音落了之后，怀里的女子安宁了许多。

赵匡义拍了拍马背，缓缓地向着旧宅的方向走去。旧宅是他成亲前住的地方，也是他和贞婉婚后独立出来的门户。本来依着他的意思，是打算继续在旧宅住下去的，倒不是惦记着什么，只是他住习惯了。可是他二次大婚的对象，是皇后的亲妹妹，皇上钦赐了一处大院子，方才配得上符雪婵的尊贵。

旧宅离巷子倒不是很远，不一会儿便到了。赵匡义把小桃抱进院子里，直走到后院的卧房。后院还有几个守着的旧仆，看到赵匡义回来，都有点喜出望外。没想到公子还会回来，忙跟着跑前跑后地服侍着。

赵匡义把小桃抱进卧房，轻轻地放到床上，命人立即去请郎中。又吩咐下人烧些热水过来，给小桃擦拭着脸和脖子。小桃伸手去接蘸了水的巾子，喘气说着："我自己来吧。"

赵匡义眉头紧锁，冷冷吐出两个字："我来！"手里的动作却是十分轻柔。小桃看挣不过他，也就作罢，静静任他把脸和脖子、手、手腕都擦了擦。

小桃额上的伤口，又是血痂又是脓，赵匡义觉得自己的手都有些颤。真他妈怪了，自己打仗的时候，上次胳膊都被祁正修的流箭射中了，也一咬牙就拔了，不过就是疼得麻嗖嗖的，过一阵子就好了。也不像现在这样，倒像疼在自己身上，还是一丝一丝抽着疼，疼得坐立不安，直想骂人。

小桃"咝咝"地轻声喘着，赵匡义手下的动作就更轻了一些，不禁问着："怎么弄的？"

叶广那晚发疯似的扯着她的头往墙上撞，小桃现在想起来还觉得全身疼得喘不上气，她闭着眼睛微微抖了抖，没有吭声。半晌说了句："没什么，别问了。"

赵匡义却是不肯罢休，手里的动作停住，抓起了小桃的胳膊："告诉我！”声音有一丝执着的狠戾。

小桃忽然心烦起来，告诉你有什么用？难道你能追回去打叶广一顿？索性咬着唇不说话。

赵匡义抓着小桃胳膊的手不觉加了几分力度：“嗯？谁做的？”

疼！小桃本来就全身是伤，被他一捏更痛得要命，声音也不由大了起来：“疼啊。”赵匡义一愣，顺着把小桃的袖子抡了起来，胳膊上一大块一大块的青，小桃被他看得有些懊恼，把袖子扯了下来说道：“被人拎起来摔在墙上撞的，好了吧，别问了，别问了，我不想再去想……不想……”那夜的疼痛，她不想回忆。只是眼圈有些潮，想起来就委屈得想哭。

撞的？是什么样的畜生，撞了她多少次才能撞成这样？一股锥心的疼，像洪水一样，从胸口猛地溢了上来，让赵匡义有些窒息。他呼吸不上，喘息不来，突然把小桃揽进了怀里，用力地几乎要把她嵌进自己的身体里。他不能允许有人这么伤她，任何人，都不能。

小桃微微挣扎着：“你做什么？”

赵匡义没有说话，只是继续紧紧地抱着她，半晌，下巴抵着她的肩沉声道：“我不会再让人伤你。”

小桃怔了一下，那时的情形，那句话，突然就触得她心里潮潮的。第一次，她觉得他说的话钻进了她的心里。以前总觉得他说话阴阳怪气，不爱听也不在意。可这句话，她记得了。小桃没有再挣扎，任由他用力地抱着。

下人在门外轻轻扣了两下门，赵匡义把小桃松开，侧过了头，下人禀告着：“郎中来了。”

赵匡义抬手挥了挥，一个胡子花白的老郎中进来，行过礼之后，给小桃号脉诊断。仔细望闻问切了一番，又查看了番额头和胳膊上的伤，开了剂止血消肿的方子，又佐以去火补气，还有些外敷的药，一并交给了赵匡义。赵匡义看了看，命人照方抓药，亲自送郎中出了宅子的大门。

小桃把外敷的药擦上，吃过晚饭又把熬好的汤药喝了，静静地睡了过去。她太累了，只想不停地睡，睡，睡。

赵匡义看着熟睡的小桃，天色也已经晚了，他吩咐下人："回去告诉夫人，今晚我有要事在军营，不回去了。"

下人是服侍赵匡义多年的，和他的情分也比常人深厚些，不禁问："公子新婚才几天，不回去，夫人会不会怪罪？"后面的话，下人没好意思说出来。夫人怪罪倒是不怕，可是怕夫人背后那些个人怪罪，魏王，皇后，皇上……符家的女儿，岂是能冷落的。

"随她吧。"赵匡义挥挥手，下人退了出去。

赵匡义静静地坐着，昏暗的油灯下，小桃睡得很安宁。赵匡义抬手帮她把被子盖好，转身去了隔壁的房间和衣而卧。身上累得发疼，却睡不着。这一天，真是出乎意料，没有想到已经准备藏到心里，不敢再碰的女人，会又回到自己的身边。没有一刻能像此时，他那么确定小桃在他心中的位置，见到她的狂喜，为她担忧的心痛，无人能及。

小桃第二天起床的时候，赵匡义已经去了军营里。下人把饭菜服侍好，小桃这么多天的疲累终于好好缓解了一番。吃饱喝足，小桃无聊地在屋里随手翻书看着，却也看不进去，只好双手托着腮呆坐着。

下一步怎么办？总不能在这里住着。好色之徒……唉，算了，看在他几次三番救了她又帮了她的份上，不叫他好色之徒了。赵廷宜已经成亲，有妻，不久还会有子，自己算个什么。不对，不管他成不成亲，和自己有什么关系呀！小桃捂着脸，只觉得脖子以上都发烫。自己是大小姐的人，是唐人，和他没关系！小桃反复在心里念了好几遍，终于心情平复了一些。

等伤好了，还是回金陵找大小姐吧，或者去濠州找祁公子？就看到时怎么顺路了。自己也算得人恩惠，不能就这么白吃白住养好伤就走啊，小桃苦思冥想着，该怎么样才能报答赵廷宜的恩情啊？吃的？缝个鞋垫？做件衣服？他什么也不缺啊，金茶壶还——那么大！想到金茶壶，小桃不自觉翻了个白眼。算了，想破脑袋也想不来，干脆等他来了亲自问他怎么办？大不了服侍他一阵子，工钱抵了。想到这里，小桃又觉得心里轻松了不少。

符雪婵这天夜里心情有些郁郁。才新婚三天，丈夫竟然就不回来了。她对这个丈夫，起初是不大满意的。按照她的家世，她的容貌，本想着嫁个王公贵胄，可惜和她年龄相当的，也挑不出一个来。挑来挑去，那个近几年在皇上面前很得宠的赵匡胤推荐了他弟弟赵匡义。

起初，她简直是愤愤，赵匡义的父亲，也不过就是个普通得不能再普通的兵。赵匡义出身低且不说，还是死了老婆的。自己千金之躯，竟然做个继室，实在让她愤愤难平。

可一次宫宴，她见到了赵匡义。这一见，她的一肚子牢骚就没了。果然很高大，很威严，还带着股凌厉的气势。这样的男人，远远地望去，心都会不自觉地跳了起来。虽然她面上没露出什么神色，心里却暗暗开始期待着婚期了。

新婚之夜，她紧张而惴惴地期待着他的来临，他的掠夺。可他在外面陪着宾客直到深夜，才一身酒气地回来。拉着她随便草草几下应付了事。她才刚体会了疼痛的战栗，他却没有一丝怜香惜玉的疼惜，很机械地在她身上冲击了几次，没有新婚的蓄势待发，也没有暴风骤雨似的揉碎，只是不咸不淡，让她吊在那里，心里像猫抓似的难受。连她的叫声，都唤不起他猛烈的冲动。她是千金小姐，不能哀求他。只能咬牙忍着，而似乎只是那么几下，他就完事翻身去睡了。只留下她一个人恨不得把被子撕碎。

接下来的两天，他又说太累，没有任何表示。昨晚更过分，竟然都不回来。难道自己就这么不打眼？符雪婵第一次有种被挫败的感觉，对着燃烧的龙凤烛，发了一夜的呆。

第二天一早，侍奉的婢女瑶琴进来，看着重重黑眼圈的符小姐，吓了一跳。瑶琴是陪着符雪婵嫁过来的，从小侍奉，也和她极为贴心："小姐，昨夜没睡好吗？"

符雪婵摆摆手，有些没精打采："只是五更打了个盹儿。"顿了一下又问着，"大人早晨也没回来？"

瑶琴摇头："没有。也没派人捎口信回来。"

符雪婵有些失落地吩咐着："哦。过几天要去宫里答谢，你先去备些东西吧。总不能空手过去。"

瑶琴应声而去。符雪婵强打起精神，走到桌前，详细地筹划着进宫及回门的一系列事情。

赵匡义一大早去了城郊练兵，又同左将军商议好布防的事，急匆匆就要回去。还命手下把军营里要看的信件、书籍都搬回旧宅去。手下有些发愣，平日里少将上午点兵后，中午便去骁骑营，一直待到晚上才回。今天怎么刚到中午就急着要回？但回的却不是新院，而是旧宅？纵然一肚子疑问，手下也不敢多嘴，忙按照吩咐把东西收拾好。

小桃正在院子里无聊地瞅着树上的两只麻雀叽叽喳喳，忽然院门响了，赵匡义回来了。小桃竟然还有些欣喜，果然是没人说话憋得慌啊。小桃忙叽里咕噜地跟着赵匡义念叨："你可回来了呀。我都没人和说话。也没事可做。想干点活，这里的人都抢着不让我干。你赶快也给我派点活吧，扫院子啊，打扫书房啊，都行。省得我无聊。"

还是那么话多。赵匡义的唇勾了上去。

小桃看他不说话，又追着问："对了，你有没有什么爱吃的啊，我做给你吃。"

“怎么动了这个心思？”赵匡义怔了一下，小桃主动要给他做东西吃，这还是头一遭，不觉心里也有丝甜意。

“报答你的救命之恩呀。”小桃没过脑子就来了这么一句，话也说得实在，“这次虽说是误打误撞，可真的要谢谢你，否则我真不知道该怎么办。”

赵匡义扬起的唇放了回去，误打误撞？救命之恩？她倒是和自己分得清楚。赵匡义的脸冷了下去，径直走到了书房。手下跟了进来把搬来的书放好。

小桃看这里又没自己的事，赵匡义又是一副开始看书看信的架势，也不好在一旁碍手碍脚，便索性跑到后厨，张罗着做点心给赵匡义吃。

小桃最拿手的便是茶叶糕。把茶磨开，煮好，蒸上糕点，要是赶上春夏，再配点鲜花的碎屑，那味道真是美极了。可惜现在已入冬，没法找到合适的鲜花了。

准备开做，小桃才发现自己忘了一个很重要的事，赵匡义的口味是什么？他爱吃甜的还是咸的，还是淡的，她完全不知道。小桃只好问着身边的厨娘道：“赵公子喜欢吃什么口味？”

厨娘想了想道：“好像没什么特别，以前记得是偏咸一点。不过糕点一类的，公子吃得少，也不知道好哪个味儿。”

偏咸？小桃往面里加了一撮盐，再来点吧，直放了两三次，才觉得也差不多了。把面和好，蒸了上去。

过了大约一个时辰，小桃端着蒸好的茶叶糕，蹑手蹑脚地来到了赵匡义的书房外。小桃猫着腰探过头去，赵匡义正在写着什么，还挺专注，目光一直凝视着桌面。

小桃站在门口，正犹豫着进还是不进，屋里传来了冷冷的一声：“进来。”

小桃抱着食盒进去，快步走到赵匡义身边，也不和他客气，把食盒放到赵匡义案边，打开了盖子，声音带着一丝小得意："尝尝我的手艺。"

赵匡义随手拈了一块放进嘴里，眉头皱了起来，真咸。不觉嘴里的动作也慢了起来。

小桃却还没发现异样，自言自语着："好吃吧。其实茶叶糕本来不放盐的，可厨娘说你爱吃偏咸的，我才特意放了盐。"

她还会打听他的口味？赵匡义的心暖了一暖，嘴里的茶叶糕，也不觉得分外难吃了。眉眼微微扬起道："那你费心了。"

"不费心，不费心。你救了我的命呀，这点不算什么。"小桃说得由衷，"赵公子，你还有什么活，就都派给我。虽然我不是十分灵巧，但寻常的事还是没问题的。"

又是报恩，赵匡义的心有些堵，勾了勾唇际问着："就这么想报答我？"

"那当然啊。"小桃很认真地看着赵匡义说道，顺便走到了他身边，给他研着墨。这个活儿她熟悉，"大小姐教过我，滴水之恩，涌泉相报。我早点报答了你，也就心安了。好早日回金陵去。"

回金陵？赵匡义心里无端地腾起了一股火，声音也冰冷："还回去做什么？"

小桃一愣，不觉答着："我是唐人，当然要回金陵了。"从踏上开封的第一天，她就知道自己不属于这里啊，满大街的话，她都听不懂几句。

赵匡义忽然烦躁起来，小桃的这个理由让他说不出话。是的，他没理由让她留下。她的家在李唐，她也是唐人，她该回金陵，或者去濠州……想到濠州，赵匡义就不由得血气上涌。凭什么祁正修把小桃弄成这样，他还要拱手把她还给他？赵匡义猛地站起来，压上了小桃的肩，俯身看着她冷冷道："既然要报答我，就跟了我。"

小桃一愣，赵匡义的唇已经俯了下来，起初是轻轻的触碰，一碰到小桃柔软的唇，他便控制不住自己的冲动，开始了用力的掠夺。只有碰到她，他的全身都好像点燃了似的，抑制不住地想用力把她揉进身体里。

小桃全身发烫，用力地挣着，赵匡义一只手揽着她的腰，另只手已经扯下了她的衣领。他的唇从她的唇，滑到了她的颈，吮到了她的肩……她身上的每一寸肌肤，都诱惑着他不停地深入，让他脑子空白，迷失到什么都不愿去想。

小桃挣脱不开，却没有像上次那样撕他，抓他，更没有像对叶广那样踹他。她只是很绝望。赵匡义是帮助她的人，是值得信赖的人，可为什么连他也要这么对她？小桃的眼泪涌了出来。

赵匡义的动作停了下来，看着小桃咬唇流泪的样子，心也一点点地寒了下去："你还是不愿意？"

小桃不知道怎么回答他，他的表情有丝凉，还有丝疼，好像她做错了似的。可小桃实在想不明白，自己哪错了。

也许感情就是这么一种很难言说的无理取闹，自己付出了真心，便总是希望对方能真心以待的。赵匡义忽然觉得很累，松开了小桃，勾了勾唇淡淡道："你歇着吧。"说着走了出去。

外面已经是傍晚了，夕阳把他的影子拖得很长。

在路上漫无目的地走了一通，看着快上灯了，赵匡义回到了新宅子里。

符雪婵看赵匡义回来，心里泛起了一丝甜意。但大小姐的矜持让她始终不形于色，只是吩咐厨房将晚饭做得精致些。两人有一搭无一搭地吃过饭，又磨蹭了许久。符雪婵先上了床休息。赵匡义在灯烛下心不在焉地看了会书，估摸着符雪婵睡着了，便也上了床，灭了灯烛。

黑暗的夜里，赵匡义双手紧贴着身体一边放得笔直，和符雪婵之间倒像隔了道鸿沟似的。符雪婵一直盼着赵匡义的手哪怕能搭过来一点也好，她心里也会暖些。可等了半晌，他也没任何动作。

符雪婵实在等不了了，暗夜滋生的情愫在盈盈疯长，她终于咬牙做了件她已经到底线的举动。她翻了个身，抱上了赵匡义的胳膊，往他怀里钻了钻。

赵匡义身子一僵，把她的手挣开，声音有丝疲惫："我累了。先睡吧。"

尽管是黑夜，符雪婵也觉得自己脸都烫了，像蚊子似的轻轻"嗯"了一声，翻过身去，再不碰赵匡义一下。

第二天一早，符雪婵照旧是青着眼圈，瑶琴不由愣了一愣："小姐，大人昨晚回来了，怎么还是没睡好？"

符雪婵素来和瑶琴也不见外，冷笑了一声："他就是个木头，中看不中用。怎么能睡得着。"

瑶琴年岁也不小了，听符雪婵这么一说，也明白了是什么意思，不觉有丝惊讶："大人还那么年轻，不至于啊。再说又是武将，按理身体不错的。"瑶琴整天市侩的事情听得多，也不禁动了个念头，"小姐，不如我私下打听打听，看大人到底是什么原因？"

符雪婵点点头。要是真的有什么隐疾，那可真是绣花枕头中看不中用了。心里不觉看轻了赵匡义几分。自己的婚事，真是诸多不顺，心情也有些烦躁，吩咐着瑶琴："别忘了张罗几扇紫檀屏风，带回去给父亲大人。"

符雪婵的父亲符彦卿因女得贵，被封了魏王，手里还攥着大周的一大支兵权。除了皇帝亲率的天威军，赵匡胤兄弟的天英军，左将军手里的骁骑大军，魏王手里的天乘军就算是精兵众多了。眼下皇帝御驾亲征，赵匡胤也率军出发，左将军的兵力镇守京师，而魏王刚接到皇上的旨意，也要派军前去濠州支援。看来濠州的战争不甚乐观。符雪婵知道父亲即将出征，故而也急着完成回门大礼。

赵匡义在军营里，整个人都不得劲，脾气也格外大。往常点兵训练也不过是一两个时辰，这天从早晨到下午，连续不停地训着，自己也亲自示范摸爬滚打一番，到了傍晚，士兵已经叫苦不迭，几乎累瘫。可赵匡义还觉得不知哪来的火撒不完。副将看不下去，小心地劝说着：“少将，这么练下去，恐怕将士们都受不住，万一有了紧急情况，就麻烦了。”

赵匡义刚在马上教了半天怎么用枪和对方拼杀，听了副将的话，把手里的枪向旁边的树上用力一挥，枪头戳进了树里三寸深。副将不由叹了句：“好身手。”赵匡义对这句赞叹却充耳不闻，冷冷地大步走回了营帐。

队伍散了休息，赵匡义却心烦着，不知道该回哪去。新宅子是打死也不回去了，想着和符雪婵应对，再想着符雪婵用力贴到自己身上的情形，他就哪里都不舒服。想来也怪，符雪婵长得并不比小桃差，甚至还更明艳一些，可面对她的身体，他无端就觉得兴趣索然，尽管心里也有丝不忍，但没办法，自己的反应，自己也做不了主。那就回旧宅？想着昨晚和小桃的别扭，他的手指重重地扣着桌子。她到底是什么做的？怎么对她万般用心，都换不来她的心甘情愿？想着头疼，赵匡义吩咐属下回去告诉符雪婵，他不回去了，在营帐歇息。

小桃在赵家旧宅的一天，也过得闷闷的。她说不上是种什么情愫，赵匡义的举动，她本能地抵触。可他和叶广不同，对他，她总觉得有些抱歉。可至于为什么抱歉，她又说不上来。她很怕看见他眸子里那种伤痛的冰冷，好像是自己刺伤了他似的。唉，终究是亏欠了他。

到了晚上，估摸着赵匡义也不回来了。小桃吃过晚饭，有些无聊，除了看书，就是写字，可自己的字也不好看，像虫子爬。小桃翻了翻，看见了赵匡义写的一篇字，内容之乎者也地看不懂，似乎是策论兵法一类，但字还是认识的。小桃便照着赵匡义的字，一笔一笔临摹起来。

赵匡义在兵营里熬到了晚饭后，实在辗转难耐，还是回到了旧宅。一进屋里，看到的就是小桃在认真地一笔一画地写着，旁边已经写了一堆的纸片。赵匡义放轻脚步踱过去，心里又是一荡。小桃临摹的，是他的字。胸口又怦地一下涨得满满。

这个女子，不停地拒绝着他，却又不停地做些撩拨他、挠得他心痒痒的举动。到底要怎么样？

小桃刚写完一个还算漂亮的斜钩，猛一侧身，看到立在身边的赵匡义，吓得捂着胸口，脸都变白了："你怎么走路没声音的，吓死我了。"

"还是这么胆小。"赵匡义挑了挑唇角，随手翻了几页小桃写的东西，有些好笑，好家伙，这写的是什么玩意，一坨一坨的。

小桃抓着笔还在自言自语地划拉："你看，除了你的字，我也会写别的呢。海上生明月，天涯共此时。情人怨遥夜，竟——"小桃卡在了那里。

赵匡义抬起手，握住了小桃的手，继续写了下去："竟夕起相思。"相思两字，他第一次写得这么有感觉，每一撇一捺，一勾一画，都润着浓浓的情愫。

小桃被他的手握着，起初觉得怪怪的，但看着笔下的字比原来漂亮了几十倍，又欣喜起来，也不介意被他握着手了。反而饶有兴致地看着自己的字神奇地变化着。

看小桃抿唇直笑，赵匡义的心轻轻地怦怦跳着。他发现自己在小桃这里挺没出息的，所有的懊恼，不快，纠结，遇到她没心没肺的笑，也只能作罢。一首写完，小桃看着自己笔下的字竟可以如此苍劲有力，直乐呵，眯眼看着赵匡义道："再教我写一首。好不好？"又小心地补充了一句："就一首。"

"一首？"赵匡义勾唇促狭地笑着。

赵匡义找了厚厚一沓纸铺在了桌上，将墨研好，握着小桃认真地书写着："汉皇重色思倾国，御宇多年求不得……"赵匡义的字铁戟银钩，笔锋苍劲，小桃看着心里有丝莫名的得意。

一句又一句，原以为四句完事了，结果还有四句。好吧，小姐说过，律诗是八句的。八句完了，还有，把纸都写完了五六张，竟然还有。什么“后宫佳丽三千人，三千宠爱在一身”，什么“悠悠生死别经年，魂魄不曾来入梦”……

小桃写得手都酸了，不禁问道：“还没完吗？”

赵匡义扬唇笑了，这首白居易的《长恨歌》，八百四十个字，应该是最长的一首诗了吧，自己也没骗她啊，只是一首。看着小桃皱眉噘嘴的样子，赵匡义强忍着笑答道：“是你说的一首。”

“我也没要这么长的一首啊。”小桃嘟嘴道，“耍赖，这么长。手都酸了。”十几页纸都甩出去了，这什么时候是个头啊。

“在天愿作比翼鸟，在地愿为连理枝。”终于要写到结尾了，看着这两句，赵匡义忽然有些脸红心跳。这首诗第一次打动了他，以前看这诗，觉得就那么回事，只是因为白居易的名气，马嵬坡的前车之鉴，他才读了。现在看着，竟格外入心。一个字，一个字，都让他深有同感。

小桃企着头问着：“比翼鸟是什么？和燕子是一回事吗？连理枝又是什么？”

赵匡义闷闷地笑了：“以后你就知道了。”

不告诉算了。小桃也没心思再问，手已经麻了。又写了两句，终于写完了。小桃甩了甩酸疼的胳膊，龇牙道：“真是写够了，够够的了。还是去厨房找点吃的是正事。”说着一溜烟跑了出去。

赵匡义顿了顿，在最末端写了“桃宜，赵廷宜，于丁巳年。”写完待墨痕干了，收到了书柜最顶端的一卷书稿里。

那夜赵匡义睡在最外间，却安然酣眠，一梦到天明。

符雪婵辗转了一夜，到了四更还是难以入眠，直接把瑶琴叫了来，咬牙道：“明天就去查仔细了，赵匡义到底是什么毛病，大营比家里还好睡不成？”

这日子真是受够了，新婚五天，天天不回来。要是以后的日子就是守活寡，还不如再做打算。反正大姐都嫁过人了还能做皇后，符家的女人不受这份气。

到了下午，便有了结果。瑶琴慌慌张张地跑到符雪婵的房里，把所有服侍的下人支了出去，门窗都关好，附在符雪婵耳边说道：“小姐，打听到了。”

“快说。”符雪婵的心提了起来。

“大人昨晚压根就不在军营里。”瑶琴支吾着，“听说，听说，大人回旧宅了。”

“旧宅？”符雪婵冷哼了一声，“难道他还念着那个死鬼尹贞婉？”旧宅无非就是他和尹贞婉的旧居。这么说来，倒是痴情念旧得迂腐。

“听，听说，大人旧宅里新来了个女人。”瑶琴答着。

“什么？”符雪婵的眉头紧皱，声音凌厉起来，“快说！”

瑶琴不知道这一说会不会引起轩然大波，但如果瞒着，将来被符小姐知道了，一样饶不了她。索性一咬牙说道：“他们说，大人前几天从外头领了个女人回去，应该是以前认识的。那女人刚回去好像受了伤，大人亲自给擦洗，还请了郎中。大人没回来的那两晚，都是在那里。还听说……大人对那女人，好得很。”

瑶琴的话像一瓢冷水浇了下来，好，很好，原来他不是不行，他行得很。才新婚几天，就给她搞出这种事来。符雪婵只觉得一股热浪从脚底轰地腾到了头顶，整个人都要炸了。符雪婵的手指绞着帕子，几乎扯碎。

过了许久，符雪婵才冷静了些，问着瑶琴：“那女人什么来头？”

瑶琴摇头："不知道，听探回来的消息，不是什么大家闺秀。刚来的时候穿得破破烂烂，还带着伤，比乞丐好不到哪里。还有……"瑶琴顿了顿说着，"听下人说，她是唐人。口音和我们不一样。"

符雪婵蹙眉盯着屋里的柱子，静静地想着，过了半晌，对瑶琴说道："再去问仔细些。"顿了一下，接着说道，"派人去大营里通知大人，明天回门。"最后几个字，竟有些阴冷的语调。瑶琴知道符雪婵是真动了怒，赶紧应声出去。

赵匡义一早去营里点校好士兵，还不到中午就跑回了旧宅。心里总像惦记着什么似的，急慌慌地想回去。小桃正在无聊地蹲着看下人们走来走去，虽说看书写字还有点意思，但也不能每天都是看书写字，活儿也不让干，门也不让出，真是烦死了。来了开封也好几天了，除了第一天在大街上饿得头晕眼花，还没仔细逛逛开封府呢。

小桃看到赵匡义回来，忙跑过去拽着他的胳膊嘟囔着："公子，你可回来了。我都要闷得发霉了。你快和下人们说说，别看着我了，好歹让我去开封府的大街转转呀。"

"想出去？"赵匡义勾了勾唇角，"那还不简单。"说着牵着小桃向门外走去。

小桃一愣，反应过来赵匡义这就要带着她去大街，不由高兴得眉眼都笑弯了，嘴巴也分外甜："公子英明，公子是大好人。"

赵匡义的嘴抽了抽，这丫头，高兴了能甜死人，不开心了就唧唧歪歪瞎嘟囔。不过这两句话还是让他挺受用的，心情也好得放晴。

从旧宅出来不远处，就是一条宽敞的大路，两边是熙熙攘攘来往的人群。赵匡义说道："这条叫马行街。十分热闹。"

小桃四处瞅着，早已眼花缭乱。两旁铺子林立，卖什么的都有，还有茶楼、酒楼，小桃一会跑到玉石店门口瞅瞅，一会又跑到刀具铺逛逛。街上不时有些身材高大的壮汉走路横冲直撞的，赵匡义不得不紧跟着小桃，不时揽着她，免得被人撞翻。

小桃看了一会儿，对赵匡义问道："这里的东西，怎么不是刀啊，枪啊，就是马鞍，辔头什么的？"

赵匡义微微点头："还算有眼力价。从那头穿过去，就是开封最大的马市。各地的马、骡子，都在那里有卖。"

听赵匡义提到马，小桃的心抽抽了一下，不由想起了云骢。如果不是她，云骢也不会死。唉。小桃垂下了眉眼，声音像蚊子哼哼："你现在还有马吗？是不是还很想念云骢啊？"

赵匡义心里一动，揽着小桃的手紧了紧，声音也温和了许多："一匹马，不要紧。我又得了一匹宝马，烈火狮子骢，下次带给你看。"这匹烈火狮子骢是皇上钦赐的，御马监里他一眼就看上了，枣红色，性子烈，一看就是匹日行千里的宝驹。只是不比云骢那么通人性，终究是有遗憾。

"哦。"小桃的心这才舒展了些，抬眸看着赵匡义，"那你带我来这里做什么？"

"咳，咳。"赵匡义清了清嗓子，绷着脸似乎漫不经心地说着，"因为这里是整个开封吃的最多的地方。我估摸着，咱们该吃午饭了。"

小桃的眼睛，不出他意料瞪得老大，还泛着熠熠的光彩，拉起他的手用力往前拖去："那还等什么呀，快走啊！"

赵匡义心里一软，反手牵上了小桃柔若无骨的小手，被她拉着走得飞快，甚至到后来，跑了起来。他有多久没像个傻小子似的这么跑了？从十一二岁起，书读多了，就没这么疯了吧？赵匡义的唇角扬得很高。

跑了半条街，赵匡义拉着小桃的胳膊停住，指着路旁的一家酒楼："这里，这里的好吃。"

“全味斋？”小桃认出了字，兴冲冲地钻了进去，“我看看味道有多全。”

不多时，鲤鱼焙面，套四宝，桶子鸡纷纷端了上来，小桃的眼睛随着菜放着亮光，也不和赵匡义客气，就开始饕餮。味道真不错啊，尤其那个桶子鸡，比云湾村的老母鸡好吃得多呀。小桃话也顾不上说，一会儿工夫已经风卷残云，吃得那叫一个舒坦。赵匡义也吃了不少，看来一起吃饭的人不同，胃口也不同。看着小桃吃得香甜的样子，他忍不住软软地心动。

小桃吃饱喝足，这才开始留意四周的环境。这个酒楼装潢得还不错，他们坐在楼下一处清静的地方，四周的食客三三两两并不多，衣着还算体面，看来这里价格不菲。

楼上走下来几个人，应该是吃完要走，小桃随意打量了几眼，最前头是几个锦衣玉袍的公子，后面跟着几个人。小桃忽然眼睛直了，腾地站了起来，快步跑到后面一个人面前，伸手拦住了他的去路，声音都有几分颤抖：“终于又见到你了。”

那人愣了一下，仔细看了看小桃，眼底闪过一丝慌乱，随即镇定地笑道：“姑娘，我们不曾见过，你认错人了吧？”前边的几个人扭头诧异地看着小桃，面露不悦。

“我没认错。”小桃倔强地说着，“你是那个茶叶商人。把我的玉牌还给我。”

那人眉头一蹙，语气也十分不悦：“你认错人了，我没见过你，更没见过什么玉牌。”

旁边一个短打扮的已经耐不住性子了，走上前来要推开小桃：“小丫头别捣乱。”说着已经伸出手来，刚要碰到小桃，却被一股强大的力量用力一抬，身子也跟着站不稳，差点跌到后面去。挣过身子一看，一个高大的男人立在小桃身后，穿着青黑色的袍子。那人没把赵匡义放在眼里，被他一抬，有些恼羞成怒，又走了过来：“敢在这里撒泼，你也不打听打听我家公子是谁？”

赵匡义斜睨了那人一眼，抬眸看着前面的几人。一个三十出头紫色袍子的人，一脸风流之色，应该是他们口中的“公子”，还有两个浅蓝袍子的看着也像富贵公子。赵匡义盯着他道：“我不管你是谁，如果拿了这位姑娘的东西，最好现在立即还给她。”

“公子”冷冷笑了一声：“还没人敢在我头上动土。”说着一抬手，身后跟着的两个男人已经蹿出，挥着手里的刀扑了上来。赵匡义把小桃推到一旁，和那两人打在了一处。那两个男人看着高大，却是一股蛮力，没多久就已经被赵匡义一人一脚踹到了那里。其中一个趁赵匡义不备，倒在地上的时候，偷偷从靴子里拿出一把匕首又冲赵匡义的背刺了过去。

小桃吓得大叫：“小心背后！”

赵匡义一偏身子，反脚把那人一个窝心脚踹出了门外。这一脚下了大力气，那么壮实的一个男人，倒在台阶上捂着肚子再也站不起来。

“公子”扭头吩咐了手下几句，那人从后门快速地跑了出去。“公子”转头看着赵匡义轻笑道：“你说他拿了你的东西，有什么凭据？”

小桃忙急急说道：“他和另一个人，都是茶商。他们这次往开封运的是云雾茶，很贵，我认得的。还有这个人，”小桃指着那个茶商，“他吃饭用的是左手。如果我和他素不相识，怎么会知道这些？”

那“公子”一脸的风流纵色，目光看着小桃，有几分轻佻：“谁知道你们还做了什么？”说着从袖中打出一把扇子，“兴许做了些什么事，你给他的信物也不一定。哈哈哈……”

小桃被他说得一脸绯红，气得直瞪眼。赵匡义眉头一蹙，抬手向着紫袍公子的面门劈了过去，紫袍公子身手也敏捷，把扇子合上和赵匡义打了起来。

小桃刚才还在纳闷这个人大冬天打什么扇子，现在却是反应了过来，这扇子原来是他的兵器，一会甩出去，一会收回来，极为灵活。好在赵匡义身手也不弱，力度又比他强，两个人打得不分胜负。忽地那人的扇子又飞了过来，赵匡义向右一躲，那人却像道闪电似的蹿到赵匡义右边抬手就劈，赵匡义用力一挡，两个人都震得向后跌了一跌，小桃隔着两张桌子都觉得疼。

这时酒楼的门外传来一众整齐的脚步声，一个穿着铠甲的将领冲进来，身后跟着一个穿着官服的人快步走了进来。将领看到紫袍的公子，单膝行了个礼道："属下来迟。"说着转头看着四周，声似洪钟，"何人撒野？"

那个穿官服的也抬手向紫袍公子作了个揖，抬头看到赵匡义，吃惊地说道："少将？！"

赵匡义定睛一看，那穿官服的，正是开封府尹鲁大人。不觉蹙眉问道："你怎么来了？"鲁大人到了，那紫袍公子看来还真有些来头。不觉抬眸冷冷看着紫袍公子，而那公子也在摇着扇子勾唇打量着他。

鲁大人忙打着圆场："误会，都是误会。"对赵匡义说道，"这位是吴越的镇东军安抚使，钱弘仪钱公子。"又忙对紫袍公子介绍着赵匡义："这位是大英军少将赵匡义赵公子。官拜右将军。"

赵匡义前些日子就听说吴越王派了人前来纳贡，没想到就是眼前这个人。钱弘仪也听说过赵匡胤兄弟的名号，没想到今天倒是不打不相识。把手中的扇子收了，微微躬身向赵匡义作了个揖笑道："在下钱弘仪，字延世，没想到能与少将在这里相遇。"

赵匡义也抱拳沉声道："赵匡义，字廷宜。方才多有得罪，还请见谅。"

小桃此刻才回过气来，刚才那场打斗她看得紧张死了。此刻她看着这两个男人，一个眼泛桃花一脸轻佻，目光却冷傲似冰，一个脸如刀削目光清冷，怎么看都不像是和解的样子。

赵匡义轻轻勾了勾唇，看着钱弘仪说道："既如此，不知能不能先把东西还给这位姑娘？”

钱弘仪侧头看了看茶商，对身边的另一位公子说道：“是你带来的人吧？”那个蓝袍的公子本也是别人托了他介绍这茶商过来，谈给吴越王宫进献茶叶的事。如今惹出这事，也忙扭头对茶商说道：“你要是拿了，快还给姑娘。”

那茶商看眼下的情形，哪还敢赖账，哆嗦着双腿说道：“实不相瞒，那个玉牌，已经卖了。”不义之财，自然到手就赶紧转出去，哪有存在身上的道理。

“卖给什么人了？”赵匡义追问着。

“别人搭线随手卖的，也没打问清楚。”茶商边答着，边抹着额上的汗。

钱弘仪冷笑道：“这么没用，留着也是浪费粮食。”说着将扇子冲茶商挥喉而去，茶商像个木头似的跌倒在了地上，嘴里冒着血泡抽搐着。

小桃吓得用手捂住了嘴，就那么一挥，一条人命眼看着就没了？！钱弘仪冲赵匡义拱手道：“多有得罪了。”

赵匡义的眉头蹙了起来，顿了一下勾唇轻笑道：“钱大人多虑。”说着转身对鲁大人说道，“钱大人就拜托你好好招待了。”对钱弘仪点头道，“告辞。”说完拉着目瞪口呆的小桃大步走出了全味斋。

也没有心情再去逛了，两人回到了旧宅。小桃才喘了口气，说道：“那钱公子是什么意思？就算拿了玉牌，也不至于要人命吧？”

赵匡义的唇角冷冷扬了起来，钱弘仪是在耍威风罢了。人命，不过是个样子，做给他看而已。他耳朵里早传了些风言风语，吴越那边也有异动，不知道是准备揭竿而起，还是联合唐人。吴越，始终是盘捉摸不透的棋。

忽地想起刚才赵匡义和钱公子打斗的情形，小桃赶忙把赵匡义的袖子扯了起来：“你的胳膊没事吧？刚才好大的一声。”

钱弘仪的力气不小，赵匡义的胳膊青紫了一块，小桃急得眼眶都红了，捧着赵匡义的胳膊，轻轻吹着，抬眸看着他责怪道：“瞧瞧，这么大的淤青。看着他们人多就算了嘛，你还拼了劲地往上冲。你看那个怪人，像个妖孽似的，大冬天耍扇子，能是好人吗……”话没说完，已经被赵匡义紧紧揉进了怀里。

小桃没有挣扎，怕碰疼了他。赵匡义用力揽着怀里的女子，柔软得好像没有一点骨头，江南的女子，果然是水做的。她柔软的身子，娇俏的嗔怪，她关心他，在乎他，这就够了。那点小伤又算什么？那丝清甜，从他的心底泛上，泛上，整个人都像浸到了塘子里一般舒爽。

小桃窝在他的怀里，他的气息，他的用力，第一次让她有点头晕。小桃什么也没有想，只是觉得他的怀抱，很安宁，很踏实。

过了很久，赵匡义松开小桃，看着她面若桃花的脸庞，欲诉欲泣的眼眸，抬手抚上了她的脸，声音温柔得旖旎：“傻气，哭什么哭。”

小桃用力掐了他的腰一把：“你才傻。”说着不禁咧开嘴笑了。

两个人这么对望着，赵匡义也闷闷地笑了，目光更加炽烈，他的手滑到了她的肩，她的腰……赵匡义只觉得全身的血液都要沸腾起来了，她不挣扎，是接受了他吗？赵匡义俯身正要吻上小桃，忽然门口传来两声轻咳。

赵匡义转眸凌厉地扫到门口，符雪婵带着瑶琴，正俏生生地立在门口，唇角弯了起来，声音不怒不惊：“看来我来得不巧了。”她很佩服自己的涵养，全身是冰冷的，甚至还抖着，竟然能这么波澜不惊地和赵匡义说话，而不是冲上去抽他一巴掌。

小桃赶紧挣开赵匡义的怀抱，低着头立在了一旁，脸红得像要滴出血，心也扑通扑通跳着，这是谁？看着气势很足，难道是他新婚的妻子？唉，自己这是做什么。想着又偷眼看了眼符雪婵，好漂亮的小姐。符雪婵也正盯着她看，眼睛里能刺出一把寒冰裹着的刀。小桃不禁打了个哆嗦。

赵匡义站在了小桃身前，挡住了符雪婵的目光："你来做什么？"

符雪婵扬唇笑了，走过来牵起赵匡义的手："夫君，你忘了？明天要回门的。父亲过几天就要出征了。"

一声夫君叫得赵匡义身子一僵，明天回门，自己是必须要回去。不由轻轻挣脱了符雪婵的手，对她说道："我知道了，你先回去吧，我待会就回去。"

符雪婵继续笑着，目光却寒冷："东西还没有准备，夫君，你不回去，我自己怎么决断？时间来不及了。"

赵匡义和符雪婵对视着，符雪婵的目光让他有些心凉，也有些担心。符雪婵的脾性他还不了解，万一做出些什么事，也不好收场。便淡淡说着："好，你去门口等一下，我待会就出去。"

符雪婵却是一步不让，继续盯着赵匡义："夫君，家里什么都有，你还需要收拾什么？"

小桃被这么来回争执夹得实在难受，轻轻推了推赵匡义："公子先回吧。我要歇着了。"

赵匡义听着小桃冷冷的声音，心扯了一扯，只好叹气道："那你先歇着。"说完大步在前面走了出去，符雪婵扭头看了一眼小桃，冷笑着紧随赵匡义出去。赵匡义走到院子口，忽然厉了声音，吩咐着管事的："好好看着旧宅，再让不相干的人进来，就卷铺盖回去。"管事的赶忙应着。

符雪婵冷哼了一声，没有吭声。两人同进了马车里坐着，赵匡义看着马车外，符雪婵盯着赵匡义上下打量着，她真是没认清这个人啊，还是个痴情种子呢。

两人一前一后回到了府里，走到后院的卧房，符雪婵把门关上。赵匡义坐在窗下的椅子上，看着一身月白的符雪婵，冷得几乎能反出光来。

"我已经知道了。"符雪婵先开了口，"她是唐人，何士忠府上的丫鬟。"说着坐在了赵匡义的对面，轻轻笑着，"没有想到，夫君喜欢丫鬟。早知道，我该把原来符家府上的春花、秋月一起带来，才热闹。"

赵匡义没有顾忌符雪婵的冷嘲热讽，只静静地盯着符雪婵看，手指在桌上轻轻敲着。符雪婵被他盯得心有些跳突，把眸子垂了下去。赵匡义开了口，声音平静却很坚定："我要纳她做妾。"

符雪婵抬头看了看赵匡义，忽然笑了起来，笑得前仰后合，笑得眼圈泛潮，过了许久，才止住笑，看着赵匡义柔声道："夫君，你觉得，你有资格和我商量这件事吗？"

赵匡义盯着符雪婵，敲在桌上的手指顿住了，眉头蹙了起来。

符雪婵站了起来，走到赵匡义旁边的椅子边坐下，手中拈着帕子托腮看着赵匡义眯眯笑道："少将大人，我符雪婵不同意你纳妾。至少现在不许，将来嘛，别人可以，那个女人，不行！"

"为什么？"赵匡义声音很冷。

"为什么？"符雪婵笑道，"因为你喜欢她啊。"

"你！"赵匡义腾地站了起来，眉头紧紧地锁住。他早知道符雪婵是个冰冷的大家小姐，成亲后的这几天，虽然相处平静，但也能看出她的大小姐做派。但是没有想到，她是这么难对付的人。

符雪婵敛了笑意，静静看着赵匡义道："她是唐人，现在大周在和唐开战，你不会不知道吧？她是何士忠府上的丫鬟，何士忠父子都是抗周的主力战将，你也不会不知道吧？"符雪婵的话步步紧逼，"你曾经因为见她被人射箭差点没了命你不会不记得吧？你曾经因为抢了她被人烧了浮桥差点命丧涡口，还把你的宝驹没了，你，不会也不记得了吧？"

符雪婵的声音不大，却字字像针，连绵不断，一气呵成都不带打磕绊的，那气势像堵墙压得赵匡义喘不过气来。赵匡义刚想开口，符雪婵又接着说道："所以，不仅我不同意，我父亲不同意，你的母亲兄长也不会同意。皇上，更不会同意。你怎么知道她不是细作来探我大周虚实的呢？"

好厉害的一张嘴。赵匡义看着符雪婵，这个女人真不简单。一个小小的丫鬟，转眼就被她说成了关系着大周命脉的一个细作。一件纳妾的小事，被她夸大成了有关国祚的大事。不愧是符家的小姐，头脑、嘴巴都是一流。赵匡义用力将自己胸中的怒火平息了下去，沉声说道："你想得太复杂了。她不过是个弱女子。"

"弱女子？那是你以为。"符雪婵止住了话头，转过眉眼看着赵匡义说道，"她背后的人，何士忠，祁正修，李弘冀，都不弱吧？"

赵匡义唇际一挑，她不仅知道军中的事，连国事也分析得头头是道，这不像一个处在深闺的女子的见识，不禁看着符雪婵冷笑道："你已经告诉魏王了？"

符雪婵一怔，赵匡义好毒的眼睛。既然他已经识破，索性一咬牙撕破了脸："所以我警告你，三天之内，把她送走。否则，你自己看着办。"

"送走？"赵匡义冷笑，"送到哪？"

"送回唐地。"符雪婵也冷笑，"否则留在大周，没准哪天就被人当细作处置了也未尝可知。"

"你敢！"赵匡义只觉得气血直往头顶冲。她如果真的敢动小桃一下，他不知道自己能做出什么事来。

"你试试看我敢不敢！"符雪婵盯着赵匡义，"弄死一个敌国的丫头，比踩死一只蚂蚁都容易。"

话没说完，符雪婵的脸上已经重重挨了一巴掌，赵匡义眼中一丝碎裂的疼痛，夹杂着愤怒，咬牙字字清楚地说道："你如果不想死，就别动她。"说着大步走了出去，只甩得门在风里嘎吱嘎吱作响。

符雪婵捂着脸呆在那，她被赵匡义这一巴掌打懵了，脑袋都在嗡嗡作响。他打她？他竟然敢打她？新婚才几天，他就为了一个丫鬟打她？她长这么大，哪里受过这种委屈。符雪婵趴在桌上，肩膀一耸一耸，哭了起来。

过了一会儿，瑶琴从外面进来，看到符雪婵坐在椅子上发呆，眼角还挂着泪珠，不禁惊讶地问道："小姐怎么了？"又怯生生地补了一句，"大人去书房了。"

符雪婵用帕子擦了擦眼泪，对瑶琴冷声道："备车，进宫！"她符雪婵没受过这样的气，这回她要让赵匡义看看，到底谁能拧得过谁。

赵匡义在书房待了一夜，他睡不着。符雪婵的锋利大大超过了他的预期。虽然刚刚成亲就提纳妾，的确有些不妥。但男人三妻四妾，也该是每个做正妻的应有的肚量。符雪婵把细作的大帽子扣过来，赵匡义有些挠头。父亲去年过世，二哥在战场。剩下母亲弟弟，也没法去说这些事。

赵匡义整夜未眠，到了凌晨，只能最后豁出去，大不了纳了小桃，放到母亲身边，符雪婵总无法到母亲那边下手。赵匡义还没把思路厘清，母亲杜夫人却已经一早坐着马车到了赵匡义家里。

下人来禀告，赵匡义赶忙迎了出去，扶着杜夫人下了马车道："母亲怎么突然来了，提前告诉一声，儿子好去接。"

杜夫人冷着脸走进客堂，挥手让下人都出去，屋里只剩下母子二人，杜夫人看着赵匡义，痛心地说着："义儿，你糊涂！"

赵匡义看母亲动了气，料想是符雪婵已经先告状了，忙单膝跪在了地上："母亲，不要动气。不过是家事，不值当生气。何况，纳妾也不是什么大不了的事。"

杜夫人气得用手捶着桌子："逆子，为了你这大不了的事，我昨夜大半夜就被皇后娘娘召进宫里，陪侍了一夜。"

符雪婵告进了宫里？赵匡义眉头紧皱了起来。符雪婵果然是个厉害的，这么一会工夫，已经告到皇后那里，还把母亲都带累了。想必皇后娘娘对母亲，也不会有什么好气色，不由有些惭愧：“皇后有没有难为母亲？”

杜夫人叹了口气：“那倒没有。”接着痛心地说道，“你们弟兄几个，济儿和赞儿早早没了，老四还小，老二和你拼了这么多年，现在好容易有了些成就，你是要都毁了吗？”

赵匡义蹙眉道：“不至于。”

“不至于？”杜夫人气得发抖，“你知不知道昨晚魏王也进宫了，气得直说不出征了，赵家兄弟既然这么能干，那伐唐的事，就他们去做好了。”

赵匡义一愣，魏王竟然敢拿伐唐的事做赌注。魏王出征是皇帝的旨意，魏王拒绝伐唐，便是抗旨，这可是掉脑袋的事。“不会，军令如山，他不敢拿九族做儿戏。”赵匡义笃定说道。

杜夫人摆了摆手：“这些我不懂。不管他是真的不出征还是赌气，起码他是表明了态度，他和雪婵是一个立场。”顿了下，杜夫人接着说道：“这不是简单的纳妾。如果符雪婵只是看不惯那丫头，大不了偷偷处置了，你也无法。可她偏要闹得这么大，就是要你彻底绝了这念头。也是要告诉你，符家是高咱家一头的。”

“你和他家闹成这样，你有没有想过，他去了战场，万一给老二使绊子怎么办？战场上刀剑无眼，本来结亲家是为了相互有个帮衬，现在可好，成了仇人了，你有没有想过匡胤的处境？”杜夫人叹气道，“我们和符家结亲，是高攀。皇上对皇后素来尊重，魏王犯下天大的错，都有皇上兜着，你和匡胤，谁给兜着？还是你真的打算为了个女人，和整个大周为敌？”

赵匡义没有回话，母亲说的没错，魏王家里盘根错节的关系，不是他能比。他第一次感到面对强权的无奈。半晌，才轻轻吐了几个字：“想要一个自己喜欢的女人，就这么难吗？”

杜夫人看着赵匡义，心也有些微疼。赵匡义和赵匡胤性格不同，匡胤从小好动，挥个刀枪棍棒，想要什么就说，说不过就打，皮厚脸也厚。匡义性子沉，也懂事，看家里为难，想要的也就忍了不说。这些年跟着匡胤行军打仗，更加历练得不形于色。这次为了个小小的丫头大动干戈，可见他是真的很想要。她这个做娘的自然心疼儿子，从小到大，她没见这个儿子这么为难过。可偏偏这事，就由不得他。

杜夫人拍了拍赵匡义的肩膀叹了口气：“忍了吧。现在我们比不上符家的势力，还能怎么样？你要是执意纳妾，魏王那里得罪了且不说，你只怕也会害了那丫头。符雪婵要实在咽不下这口气，把她弄没了，你能怎么办？你还能让她抵命？到时那口气你才更难咽。你要真是喜欢，就放她回去，还给她条活路。”

赵匡义的拳头紧紧攥了起来，闭上了眼睛。脑子里轰轰作响，什么都想不清。

杜夫人坐到椅子上，缓缓说着：“把她送走吧。再去魏王府给雪婵赔个不是，把她接回来，这事就算了了。人这辈子，有想要的，也有得放弃的。”

赵匡义低下了头，面色铁青，却说不上一句话。

杜夫人看他不言语，起身道：“你自己再好好想想。娘老了，只盼着咱们这个好容易兴旺起来的家能好好的。”转头又说道，“明天我再过来。”杜夫人蹒跚着步子，走出了房门。

赵匡义跪在原地，看着母亲离去的背影，攥紧的拳直握得手背上青筋暴露。人图权势，就必为权势所累。权势能带给俯瞰别人的权力，也必然会带来不自由的束缚。在遇到小桃之前，他不知道这份自由，有多可贵。

父亲原本是个普通的士兵，因着他们兄弟这几年在战场上的骁勇，也跟着加进官爵。赵家从一个普通的士兵的家庭，渐渐走到了大周朝堂的前列。为了巩固这份荣耀，他联姻了大周最尊贵的小姐，本来是光耀门楣的好事，但是认识了小桃后，这份光耀，成了牢牢束缚他的绳索。他被捆得紧紧的，透不过气。

不知道在屋里待了多久，从早晨，到中午，到下午，赵匡义渐渐回过了些神，往旧宅走去。

天阴沉沉的，不知道是不是要下雪。小桃在屋里坐着正发呆。昨晚的事，弄得她也一宿没睡好。看赵匡义正妻的样子，好漂亮，也好有气派，但是对她好有芥蒂。不知道会不会生出什么事端来。看到一身玄黑色袍子的赵匡义沉着脸进来，小桃站了起来，远远看着赵匡义冲自己走过来，小心地问着："你家里，没事吧？"

赵匡义轻轻摇摇头，看着小桃目光有些发直，把小桃看得有些不好意思，垂下头轻声问着："看什么呢。"

赵匡义回转了神色，长叹了口气说道："出去走走吧。"

小桃点头，跟在了赵匡义身后一前一后出了院门。两人一路无话，赵匡义心事重重在前面，小桃疑惑满腹跟在后面。走了许久，到了一处很繁华的大街，有各种杂耍、叫卖，热闹得很。

赵匡义这才回过神来，勉强挤出个笑："这是潘楼南街，虽不及昨天的马行街繁华，但是有各种杂耍可看，也有些卖东西的。昨天匆忙，还没来得及带你好好看看。"

小桃点着头，旁边的一处杂耍正在喷火，小桃赶紧钻进人群里去看了。大冬天一个壮汉光着膀子，嘴里往外喷着火，还能把长长的一把刀都吞进肚子里，围观的人都啧啧惊叹，连声叫好。小桃也跟着直拍巴掌。

不多时喷火的还没结束，旁边一个摊子的叫好声又盖过了这里，原来是一出戏班子在唱，小桃又赶紧窜到了旁边去听戏。

小桃一路哪里热闹往哪里钻，赵匡义却是没有任何心思看热闹，只紧紧盯着小桃的背影，其他的一切，在他的眼里都是虚无。

来回地窜了几个摊子，杂耍的过了，便是买卖东西的商铺。有珠宝玉器，也有笔墨纸砚，还有衣服绸缎。小桃在街道两边来回看着，进了一家玉器店。店里面各种玉器都有，有白玉的、碧玉的、珊瑚的，小桃猛地回身看了一眼赵匡义，指着一个方形的白玉佩说道："这个拿来看看。"

店家看小桃虽穿得一般，但身后那个男子气宇不凡，便赶紧把玉佩拿了上来，还多拿了几个同款的，让小桃对比着看。小桃翻来覆去挑了半晌，还是选了最初看上的那款，方形的白玉佩，上面浮雕着两支泽兰，最下面坠着绛色的穗子。赵匡义淡淡笑笑："怎么想起买这个？这是男子佩的。"

小桃抿唇一笑，拿着玉佩在赵匡义身上比画着："就是给你买的呀。你老穿些深色的袍子，却从不带任何东西。不好看。"

赵匡义心头一颤，随即整颗心都像被刀绞似的疼得丝丝发紧，脸上的表情有些僵，只是紧紧攥住了小桃的手。她这样，让他怎么舍得送走？

小桃轻轻挣开了他的手，嗔笑道："不过我可没钱，只是帮你选，钱还要你自己付。"

赵匡义的唇角扯出个笑："好。"重又牵上小桃的手。

在店铺里转了一圈，小桃也没有再挑别的东西。赵匡义把钱付了，除了那个玉佩，又挑了几样别的，镯子、挂件、玉钗之类，都装到了锦盒里带走。小桃有些惊讶地看着他："买这么多？你要送谁啊？"

赵匡义看着她，勾了勾唇际："都给你。"

小桃愣了一下，随即笑得有些不自然，把头别到了旁边："我一个丫头，哪用得着这些。"

赵匡义的心有些疼，直直看着小桃说道：“你知道在我心里，你不只是个丫头。”

小桃垂下了眸子，脸颊有些发烫，没有再吭声，匆匆向前走去。

赵匡义跟在小桃身后，还要再进珠宝铺子或绸缎铺子看看，小桃却怎么也不肯再进去了。赵匡义也只好作罢。

走出了潘楼南街，天色更晚。街上的行人已经很少了。天上飘起了雪花，没多会儿工夫，片片洒洒越下越大。久居江南的小桃还没见过这么大的雪，兴奋地伸出手去接，一时又弯着腰在地上踩着脚印，看赵匡义呆立在原地，不禁去推他，大声笑道：“傻站着做什么呀，你要能踩出这么长的一串脚印，我就——”一时卡了壳。

“你就怎么样？”赵匡义的眸子里焕出了光彩。

“你先踩出来再说！”小桃笑着在前面跑开，赵匡义胸里一荡，不自觉地跟着她傻傻地跑着。

两人跑了一路，到了街边的一个亭子里，小桃停了下来，一边小步跳着，一边呵气搓着手：“开封真的比金陵要冷呢。”

四周上了灯，隐约有些光亮照到了小桃的身上，打出个暖暖的光晕。赵匡义看着小桃的脸冻得红扑扑的，把手里的锦盒放到亭子中间的石桌上，伸手拉过小桃的手：“我给你捂捂。”

小桃没有挣扎，任由赵匡义握着她的手，他的手很大，正好把她小小的手全都包了进去。小桃的唇角弯起，眉眼像新新的小月牙，看着赵匡义笑得没有一丝城府。

赵匡义的心通通跳得激烈，他很有种冲动，牵着这双手，到一个没人能找到的地方。这个念头越来越强烈，越膨越大，赵匡义冲口而出：“你愿不愿意和我一起走？”

小桃被这个没头没脑的问题问得怔了一下，看着赵匡义有些发呆，他的眸子里有两簇要燃烧的小火苗。小桃被那火苗的炽烈烫得有些脸红，垂下了眸子，声音很轻："你又说笑话。不是我们一起走，是我该走了。"

小桃的话像一记重锤，锤得赵匡义心疼，却说不出话。小桃把手从赵匡义的手里挣出来，咬唇说着："不要因为我，让你家里的人不开心。"昨晚那盛气凌人的夫人，小桃就是瞎子，也知道是什么意思了。

赵匡义双手扶着小桃的肩，目光定定的："不去管她们，只有我们，去一个没人的地方。"又补了句，"只要你不怕吃苦。"

小桃无奈地勾唇笑笑，看来他家里给他的压力不小，才会让他说出这么负气的话。小桃摇头说道："吃苦算什么，我吃过的苦还少吗？只是哪有没人的地方呢？再说你也不是普通人，你是大周的——"小桃也不知道赵匡义的级别官衔，只好模糊地说道，"权贵吧，你要是不见了，皇上会翻遍每一寸地方找你的。"

普天之下莫非王土，逃到哪里？无奈、悲凉，从赵匡义的胸口蔓延了出来，直到手脚，化作了一股焦灼的愤怒，赵匡义一拳捶在了身边亭子的柱子上，一拳，两拳……他不知道怎么宣泄心里的无奈和压抑。

小桃赶紧扑上去抱紧赵匡义的拳头，声音变得很大："你做什么啊！"

赵匡义闭着眼睛，身体都在微微地抖着，他恨自己的无能，连心爱的女人，都无法留在身边，还有什么颜面整天要求她跟了他？跟了他也无处安放啊。

小桃轻轻捧起赵匡义的手仔细看了看，手背都是血，这个人，傻的啊，手不是自己的啊，怎么下这么重的力气，小桃的心忽然也有些绞得疼，把赵匡义的手放下去大声对他吼道："你干吗把自己的手弄成这样！这算什么事，至于吗？"她很少这么大声说话，吼完竟然眼睛也潮潮的。

赵匡义看着小桃的眼泪，他的心也像被淹了似的窒息到喘不上气，他心里一个劲地说着，别哭，别哭，他受不了这个。索性把头别了过去。

小桃抹了抹眼泪，咬唇说着：“我是唐人，早晚都要回到大唐，回到金陵。那里才是我的家。本来，也是想报答你再走的，如今不是更好，我还能不用还你的情分就能走人，我还巴不得呢，你以为谁想留在这冻死人的破开封，谁想看见你这个阴晴不定冷冷的怪人……”小桃越说眼泪越多，背过身子，使劲抹着眼泪。

赵匡义心里越抽越紧，忍不住从背后紧紧抱住了小桃。他真的舍不得，她回到唐地，不知道会不会受委屈？等待她的又是什么命运？她会嫁给祁正修还是什么张三李四？他不要，可他做不了主。从没有一刻，他这么恨自己，恨自己手中没有制衡天下的权力。

小桃没有挣开，在他的怀里静静地流泪，她不知道自己哪来的眼泪，哪来的不舍。真是奇怪了。

外面的雪越下越大，很快就把他们刚才踩出的道掩盖得一片白茫茫，反照得四周亮莹莹的。小桃看着亭子外失神地说着：“看，我们刚才的脚印已经没了。只要有时间，什么痕迹，都没了呢。”

小桃的话扯得赵匡义心里酸疼得艰涩，他松开小桃，牵起她的手向外走去，声音不大，却很坚定：“只要走下去，脚印就会比刚才还深，越深，越不容易再盖着。”

小桃没有再言语，任凭他牵着她的手，一直走回了旧宅。

魏王府里，符彦卿正气得七窍生烟，已经一整天了，赵匡义还不过来接婵儿，打人已经让他很气愤。他的闺女，他自己舍不得动一指头，刚嫁到赵家还没几天，就被那小子打了，要不是夫人拦着，他只想操着枪去教训教训他。

符雪婵的脸还肿着，真不知道赵匡义用了多大的力气。她的脸疼，心更疼。她哪里比不上那个丫头？小门小户，一看就没见过世面，要什么没什么，凭什么在那个男人心里就比她好了千百倍？

魏王夫人换了第三次冰了的巾子给符雪婵捂着，符雪婵不耐地推开：“好了，敷也没有用。”

夫人叹口气，坐在符雪婵身边道：“婵儿，不是我说你。你嫁了人，不比在府里，不能事事由着自己的性子。可你就是一句也不肯让。”

“才成亲六天就和我提纳妾的事，还怪我不肯让？”符雪婵差点跳起来，“让我怎么让？”

“纳妾，不过是早晚的事。你看这府里，又养着多少姬妾。”夫人劝着女儿。

魏王的脸上有些不好看，虽然他也大大小小纳了不下五六个妾，可自己纳是一回事，女婿纳就是另一回事了。不由插嘴道：“那也要过个几年吧？纳妾不过是开枝散叶罢了，如今婵儿才过门几天？就看她不能生？”

夫人看着符彦卿直皱眉：“过几年和几天有什么差别？赵匡义喜欢那丫头，就让他纳了，一个丫鬟，还能踩着婵儿做正室不成？夫人的位子不稳稳的就是婵儿的，还落个贤惠的好名声。现在这么一闹，你让婵儿以后的日子怎么过？”她这个做娘的自然心疼女儿，可她更深知处在侯门的求生法则，掌握不住丈夫的心，就要掌握住些别的。硬碰硬，只能钻进死胡同出不来。

符雪婵站了起来，冷声道：“我就是看不惯府里这些莺莺燕燕，以后我的府里，绝不要这些。我就不信了，挟制不住赵家。”

夫人忍不住说着：“那你可以暗着来啊，何必非得明着和赵匡义对仗呢？”

符雪婵高傲地扬起了唇角：“她不配。我还怕脏了我的手。我要一次就让赵匡义记着，再不敢提纳妾这个茬。”

夫人看说服不了符雪婵，叹了口气走出去换巾子。魏王一时也没了主意，夫人说的话有理，可从感情上，他又心疼女儿，一时左右为难。

旧宅里，赵匡义和小桃相对坐着，心里都沉沉的。谁都不知道该提什么话头。半晌，还是小桃先开了口："这么坐着也是无聊，不如，你再教教我写字吧。"

"好。"赵匡义的声音有些喑哑。

小桃把墨研好，赵匡义握着小桃的手，缓缓写着。赵匡义是武将，读的诗文不算多，那晚他把能想到的句子都教着小桃写了出来。如今他才体会到诗人的句子，字字锥心。离情最苦，相思难断，赵匡义的手也有些微颤。

小桃却是学得认真，越是认真，便越不会想别的乱七八糟的，心也可以没那么难受。一笔一画，她学得形似，渐渐地，也有些神似。她发现赵匡义起笔、顿笔都很有力，写来顿挫感十足，倒像本身也有着韵律似的。小桃模仿得也渐渐有模有样。

门外，是一夜的北风，加一夜的雪。屋内，是一室的墨香，一室的离愁。

天，不知道什么时候已经亮了，赵匡义没有困，小桃也不困，一写就写到了天明。桌旁是写完的厚厚的几沓纸。

天亮了，就意味着又要到营帐里去点兵。这是风雨无阻的事情。赵匡义站起了身子，深深看着对面的小桃，声音很沉："我得走了。"

小桃抿了抿唇，细细看了看赵匡义，其实他长得真不错呢，脸如刀削过般有棱有角，泛青的胡楂很有男人味，眉眼也很有精神。小桃的脸有点烫，伸手帮赵匡义整了整衣领，柔声说着："去吧。不用急着回来。想吃什么？我做给你吃。"

赵匡义的心颤颤地疼，不由用力揉上了小桃，低沉却动情："上次的茶叶糕，不要加那么多盐。”声音落了，唇也落在了小桃的唇上。小桃怔了一下，第一次没有推开他，笨拙地接受着他的用力，接受着他的唇齿缠绵，只是头晕晕的。

赵匡义控制不住自己的情动，从唇，到脸，到脖颈，他的吻纠缠而深切，他忍不住抬手去解她的衣襟，他好想把这个小小的女人揉进自己的身体里，不让她离开自己。可是他有什么资格？

他的手碰到小桃腰上的带子的瞬间，停了下来。赵匡义用力咬了下自己的唇，直到血腥味充斥着嘴里，自己就是个窝囊的混蛋。赵匡义松开了小桃，抑制住了一腔的情愫，无奈而纠结了许久，沉声说着：“对不起。”说着转身大步出了屋子。

小桃从刚才的旖旎中醒来，涨得满脸通红，她不知道自己被什么魔怔住了。这是在做什么呀。赶忙把昨夜写的东西收拾好，却又把砚台打翻了，真是越慌越乱。

好容易把桌面收拾好，小桃的心也渐渐平静了些。她坐在桌前，认真地想了想，提笔在一张空白的纸上，一笔一画地写着。一会儿挠挠头，又有不会写的了；一会儿揉揉鼻子，这字好难写；一会又抓抓脸，哎呀，墨汁糊脸上了吧，怎么湿湿的？赶紧对着铜镜擦了。使劲写了好久，才写好。

小桃仔细看着她的成果，虽然她的字还很生涩，但和赵匡义的字还真的像呢，尤其在起笔和转折的地方。

小桃待墨迹干了后，把信折了三折，压在了镇尺下面。转身去了厨房，细细将茶叶用热水煮了，又将茶汤用纱布滤了好几次，把茶汤和糯米粉和好。小桃第一次这么认真地做茶叶糕，做好后自己尝了尝，味道果然还不错。把茶叶糕放在食盒里，端回了卧房，放在那封信的旁边。

小桃又细细地打量了一番这间屋子，自己在这里只不过住了几晚上，怎么还依依不舍起来？是第一次被人这么在乎，第一次被人像珍宝一样珍惜？第一次不管自己怎么没心没肺伤他他还会为自己难过？第一次有人为了自己敢拼命打架，也敢弄伤他自己？第一次有人为了自己纠结得一夜睡不着还陪着她疯写字？……太多的第一次。

遇到幺娘，是除了娘之外，第一次有人亲近自己；遇到祁公子，是第一次有人善待自己；遇到大小姐，是第一次有人收留自己；可遇到赵廷宜，好多的第一次……

算了，不想了，自己还要回大唐，还要回金陵，大小姐也许正在四处找自己呢，祁公子在战场上厮杀的时候也许也会惦记自己呢。想到祁公子，小桃的心情好了些。她甩了甩头，头也不回地出了屋子。

到了门口，小桃和守门的下人笑道："昨天和公子出去看上了一家铺子的玉佩，只是没雕好，说是今天可以雕好，我去取货。"

下人有些为难："公子说了，不许您出去啊。"

小桃拍手笑道："这有什么，你陪我去就好了。要是晚了，东西被别人抢了去就亏大了。"

下人看小桃两手空空，什么也没拿，便也放了心，随着小桃一起向那家卖玉佩的铺子走去。

小桃沿着昨天记忆里潘楼南街的位置快步走着，不多时到了潘楼南街，到处都是熙熙攘攘看热闹的人，跟着她的下人也四处看着杂耍。一边是舞龙，一边是耍狮，还有一边耍猴。等他回过神来找小桃的时候，满大街乌泱泱的人，哪里还有小桃的影子。

这下糟了，下人赶紧沿着大街到处打听小桃的去向，可是潘楼南街最不缺的就是人，打听个十五六的女子，无疑是大海捞针。下人不敢耽误，赶紧跑回了旧宅。

还没等下人找人去军营里通报赵匡义，赵匡义已经点校完士兵赶紧回来了。不管还能留她多久，他只想把每一刻都把握住，珍惜住。可是当他骑着烈火狮子骢赶回旧宅的时候，卧房里静静的，没有那个喜欢发呆的丫头。

昨夜写了一整夜的字，被整整齐齐地收在了一处，旁边还放着一个食盒，赵匡义的心一沉，微颤着手打开了食盒，碧莹莹的九块茶叶糕整整齐齐放在里面，颜色比上次也好看。

镇尺下压着一封信，赵匡义觉得全身僵了，过了半晌，才扶着有些发晕的头坐在桌旁的椅子上，打开了信。

“廷宜，见字如面。我走了，回大唐去。那里是我的家，有我的家人、朋友，大小姐、幺娘，都是对我很好的人，不会欺负我，也会打点好我的以后的。不要担心。

在开封的这几天，谢谢你照顾。对你总是很多谢谢，却没有报答，只有好多的抱歉。害你受伤，害你丢了云骢，还害你惹家里生气，给你带了很多烦恼。不过没关系，以后我不在你旁边，你就不会这么倒霉了。

对了，不要找我，我怕死了分别的场景，本来也没那么难过，倒像生离死别，怪难受的。我一个铜板没有都能从金陵跑到开封，还能回不去金陵吗？

昨天你送我的宝贝，后来我想了想还是带走了。不是我贪财，我没有去金陵的盘缠啊。总不能爬回金陵去，想来你也不会见怪的。食盒里是你爱吃的茶叶糕，这次我用心做了，很好吃。你如果回来得早，一定要趁热吃，才会知道有多好吃。

桃宜敬上。”

一封短短的信，一如她一般没心没肺。赵匡义的手抖着，把信放下，他都能想到她写信的样子，一定是一会皱皱眉头，一会儿揉揉鼻子，一会儿挠挠脸，没准还挠得一脸墨汁。云骢的“骢”都不会写，勾勾画画成了一坨，真是笨。

赵匡义把食盒打开，茶叶糕还温着，他拈起一块放到嘴里，滑软顺口，真是好吃。只是，怎么这么苦，苦得他的心像被揣了一样扯疼，苦得他的眼睛第一次发涩，苦得他全身都微微抖着。

赵匡义无力地闭上了眼睛，眼前却仍是她的影子，怎么晃也晃不走。她的娇俏，她的温柔，她的傻气……赵匡义腾地站了起来，冷着脸快步冲了出去。他特意带了烈火狮子骢给她看，她怎么可以不等等他就溜走？

赵匡义跨上狮子骢，疯了似的打马向南边的城门狂冲过去。从开封去金陵，是向南的，一定是朝那个方向走了。

小桃甩掉那个下人后，赶紧跑到一家当铺，把昨天赵匡义送她的玉镯环佩都当了，还不少银子呢，应该够她回金陵了。

小桃揣着银子从潘楼南街的另头跑去，一边走一边打听着马行街。第一天赵匡义就带她去那里，记得他说过，那里有各地的马卖，那一定也能雇到马车。马行街嘛。

马行街离潘楼南街也不算远，小桃走了一会儿便走到了。果然不出所料，不仅卖马，也有雇马车的。小桃选了个看着老实的上了年纪的老伯，谈好价钱，跳上马车，向着出城的方向走去。

小桃撩起马车侧面的帘子，有些失神地看着外面的大街，忽然一匹枣红色的马从她旁边窜了过去，马背上的身影，她如今不用细看，也知道是谁。小桃的心一颤，从前面把帘子撩开，对着车夫说道："老伯，出城有几个城门啊？"

"八个。"老伯答着，"南边这个门最近了，出去就是去金陵的官道。不过现在战事起了，没法直接通到金陵，得绕过濠州，再绕几程路才能到了。"

“那东门能出去吗？”小桃问着。

“也能，就是有点绕。”老伯答着。

“不怕绕，我们从东门出去吧。正好看看风景。”小桃忙说着。

“行。”老伯答应得爽快，扯着缰绳，马车打了个弯，从东门的方向奔了出去。

赵匡义飞奔到南门，问了守城的将士，一早晨出出进进的车马不少，他们也无法回答，少将想找的人到底出了城没有。赵匡义估摸着小桃应该也没有走太远，茶叶糕还温着，她还要出去把首饰兑成银子，时间差不多。

赵匡义盯着出城的人，细细查看着，一个时辰过去了，出城的大姑娘小媳妇，装箱子的车都被细细验过了，却始终没有他要找的人。

日头从正中滑到了偏西，赵匡义的心也扯得越来越疼，她是故意躲着他的。赵匡义飞身上马，到城门外绕着城墙把八个城门都找了个遍，来来往往的人在他的眼里，都变得虚无。

从最后找的北门出来，赵匡义的心彻底沉得没有一丝生气。疼，撕裂般的疼。城外是官道，官道旁是连绵的树丛，树的尽头是连绵的远山。小桃现在走到哪了？如果她正午就出了城，现在都出了开封的地界了吧？

桃宜，桃宜，你在哪儿？

赵匡义负手立在城外，看着远山残阳，只觉得心也随着那残阳，再没有喘息的能力。不知道立了多久，出城的人渐渐少了，城门也要关了。赵匡义才牵着马，缓缓地进了城里，随便找了一家酒楼，一个人喝得昏天黑地，醉倒不醒。醒来做什么？醒来会疼，醉了不会。

第八章

三寸金莲得君心
五更清宵同入梦

小桃赶了两天路，有钱就是好办事。不仅老伯的马车坐得舒坦，夜里也可以找个大些的客栈，不用担惊受怕。只是从开封到金陵的官道如今因为战事断了，不论从那条路去金陵，都要绕过濠州城外，转道再去金陵。

濠州，小桃的心思飘得有些远，不知道战事怎么样了，祁公子还在濠州吗？要不要去看看呢？

祁正修是三天前收到何之棠的信的。信中除了一般的寻常问候，最末提到由于她去城外的安化寺抄经诵佛，小桃被她云湾村的哥哥接了回去。她本想去找，但听府里的下人传着，小桃似乎和那人有些瓜葛，而且还曾去药铺抓过斑蝥、桃仁、川穹一类的药，她也不知道怎么办了，所以想听听他的意思。

何之棠这封信写得字斟句酌，极有技巧。她没有明说小桃服过堕胎药，但是斑蝥等三味药配在一起是什么作用，稍懂药理的人都知道。如果孩子不是祁正修的，他自然会断了纳小桃为妾的念头，如果孩子是他的，他也必然会伤心难过。关键是时间上这么一拖，生米早已成了熟饭。不管祁正修怎么想，都无法挽回了。也赖不着她。

祁正修细细把信读完，眉头轻轻蹙了起来，没想到何之棠还是个蛮有心思的人，是个聪明人，做正妻真的是再合适不过了。只是，他不喜欢她对自己玩这种把式。

祁正修斜靠在榻上，霜白色的长袖垂到了地上，衬着如玉的脸庞，整个人都泛出一丝寒凉之气。他微微眯上了眼睛，小桃羞羞怯怯的身影在他脑海里晃了晃，那个小女子买堕胎药做什么？会是给她自己用吗？祁正修的心微微凉了凉，手指重重地扣在了榻上，要不要给何之棠回封信？

云笙进来服侍，看着从金陵来的信，不觉问着："是何府的信吗？"他本想问问小桃如何，还是没好意思。祁正修的心思动了动，起身到桌旁，给何之棠回了一封信，命侍从急速送回金陵。

夜，又深了，祁正修没有束发，如墨的发，似雪的衣，在月色下有些凄清。祁正修走出大营，看着对岸的营火，心情也有些沉沉。

随着战事的推进，濠州城外的大营早已撤了。现在对战的主力是何士忠、何之训父子，他同太子一起驻守在濠州城北的淮河旁准备增援，昨日又调了三十艘战船过来，如今河流低浅，如果水战，唐军的优势并不明显。大周皇帝御驾亲征，士气鼓舞，听说还有增援军队要过来，濠州，只怕撑不了太久了。

小桃在马车上的日子并不难过，赶车的老伯人很好，一路也照顾小桃，渐渐地和小桃聊惯了，话也多了起来。

小桃一心想着再去濠州城郊看看，便问道："咱们反正路过濠州，不妨去城外看看呢？"

"濠州城都打起仗了，有什么好看的。"老伯摇头道，"这种地方，还是离得越远越好，别人跑还跑不及呢，你还要去看。"

"可是……可是……"小桃很为难，她实在有点不甘心就这么和祁公子擦肩而过，"我那里有个朋友。"

"什么朋友也顾不得了。"老伯把马车赶得飞快，"战事一起，濠州城就肯定划了防线，都有兵守着，连城门都进不去。我们现在走的道也不是濠州的官道，官道已经断了。我们走的是小路，没准两边就有兵伏着随时准备开仗呢。赶紧走吧，前面很快就出了濠州，离金陵不远了。”

小桃被颠得都快要飞起来了，赶紧钻进马车后面老老实实抓紧，纵然纠结，也没有了办法。

马车一路飞驰，快到傍晚的时候，在濠州城南郊的一家客栈停了下来。老伯去把马车拴好，小桃进了客栈要了两间便宜的客房，在楼下找了张桌子坐了下来，点了两笼包子，并两碗粥，静静地等着饭菜上桌。

楼下吃饭的地方倒是不大，只摆了七八张桌子。现在还不到饭点，人很少，除了小桃，稀稀拉拉地没几个人。

小桃旁边的桌上坐了位江湖游医，拿着幌子走南奔北的。此刻正把幌子放在一边，一个人吃着面。客栈的小二给他上了碟咸菜，他随意抬头看了眼小二，面色却变了：“等等！”

小二一愣，那游医指着他问道：“你是不是最近夜里经常起夜，失眠，盗汗？还总是脚底发虚？白天头发晕，恶心不想吃饭？”

小二一拍大腿，也顾不上忙活了，赶紧坐到游医身边：“您说得太对了。前阵子出了趟门，走了个亲戚，回来就这样了。我还只当是累的呢，难道不是？先生给看看什么毛病？”说着把胳膊搭上了桌子。

游医摇摇头：“不用号脉。你呀，幸亏是遇上了我，否则你都不知道自己怎么死的。你这可不是累。”

小二脸色大变：“那是怎么了？”

“你那亲戚，一定是住在西南蜀地吧？”游医斜眺了一眼小二。

小二鸡啄米似的点头：“是，是。”

“那就对了。”游医从背上的褡裢里掏出两颗药丸，“你中的是瘴毒。回去赶紧把这两颗药碾开，和上锅底灰，大黄，桔梗，再取凉凉的井水煎了服下，服两次就行了。”

小二愣在了原地，过了半晌才回过味儿来拖着游医的胳膊千恩万谢个不停。又用自己的工钱请游医吃了盘腱子肉才作罢。

这么一折腾，附近的几桌人都凑到游医跟前，有让号脉的，有让看面相的。小桃也不禁放下了筷子，凑到跟前挤了进去。

等了老半天，才终于插上了嘴："我想问问您，中了毒以后，还有后遗症，老是痒怎么办？"

游医盯着她勾唇微微笑着，小桃赶紧从袖子里摸出两块碎银子递到他手里。游医这才开了口："中的什么毒？"

"见血封喉。"小桃想了一下才想起祁公子中的那毒的名字，"当时郎中开了方子好了，但是过后遇到天热，就全身痒，手上的血管处还有红线。"小桃尽可能地回忆详细。

"见血封喉？"游医笑了，"抹在箭头上的吧，中了这毒的人一定是个将领，郎中才不敢用一味药，求个保险。但是恰恰缺了那味药，药效就差了许多，才会虽然活命，但留下了后遗症。"

"什么药？"小桃好奇地问道。

"狼毒。"游医答着，"把狼毒的根须取上二钱，加进去，就不会这样了。不过一般郎中不敢用这味药，用不好，人就没了。"

"那现在怎么办？"小桃焦急地问着，"还有什么法子能补救？"

"补救的法子，也不是没有。"游医顿了一下道，"如果有缘再见，我为他针灸几次，便可根治。或者，这个法子，也可以缓解。"说着示意小桃附耳过来。

小桃赶紧凑过去，游医问了她一句，她轻轻点了点头，游医又说了几句，小桃有些目瞪口呆，半晌才回过味来，抽抽嘴角对着游医说道："你还是告诉我去哪里能找到你，我到时带着他去找你施针吧。"

游医拈着须子笑道："我一年有大半年在外游荡，只有入冬的三个月，会回家里去。越州万春堂，霍仲。你去了一打听就知道了。”

“好，说话算话啊。”小桃再三打听清楚了万春堂的位置，才放心地钻出人群回到位子上吃饭。几天的阴郁此刻清爽了一些，总算小有收获，下次看到祁公子，可以把这个告诉他，他就不用那么难受了。

何之棠的信寄出去刚三天，就收到了祁正修的回信。看来他收到信后立即便回了。何之棠的心还有些怦怦直跳，不知道祁正修会是怎样的反应？

何之棠屏退了下人，坐到桌前，点上蜡烛，打开信细细看了起来。信的开头，长篇地讲述了一番前方战事的辛苦，以及对她淡淡的挂念。应该是挂念她吧？“犹忆别院深秋，琵琶铮铮，两相和鸣，心有戚戚。”这说的貌似是她，何之棠的心里泛起了一丝甜。

随后信中写了本已同意何之棠的提议，把小桃许给云笙，都已经安顿云笙在老家置办好了宅子。现如今小桃却被人领走，让他颜面无存。他将尽快派人到小桃的老家云湾村把小桃接回，给云笙交代。至于其他流言蜚语，云笙并不相信。

何之棠放下信笺，陷入了沉思。祁正修的心思，她一直摸不准。如今这信到底是缓兵之计？还是真的要许给云笙？可不管怎样，祁正修不肯就此作罢是真的，如果他找到叶广，那后果……何之棠心一横，打开了门，芸娘守在门外恭候着：“小姐，有什么吩咐？”

何之棠深深吸了口气，淡淡说道：“把桃宜找回来。要快！”

“为什么？”芸娘一愣，当初煞费苦心，如今为什么又要找她回来。

“快去，要赶在祁公子前面把叶广的嘴堵上。”何之棠淡淡吩咐着，“找到桃宜后，把她带回来。”何之棠说完，没有什么表情地转身回去。

芸娘有些摸不着头脑，但既然何之棠这么吩咐，便只好去办。赶在祁公子之前？那就是说祁公子也要去找叶广？祁公子找到叶广不就什么都露馅了？芸娘猛地醒悟过来，赶忙出去安排。

濠州城外的大营，祁正修却并未吩咐一兵一卒去云湾村打听叶广或是小桃的下落。战事吃紧，哪还有多余的兵力派去云湾村。他的这招故布疑阵，对敌军未必管用，对付何之棠，却已经绰绰有余了。那么小桃也就安全了。

第二天的下午，小桃却是自己回来了。何之棠听到小桃回来的消息，有些抑制不住的惊讶，待到芸娘把一身清爽的小桃领到她面前，方才回过了神，看着小桃温温地说道："你可回来了，我都担心死了。"这句话如今说来，也不算虚假。

小桃只觉得心里一颤，拽着何之棠的袖子不觉哭了出来。何之棠伸手拍了拍她的背，淡淡道："回来就好。哭什么？可是受了委屈？"看小桃哭得这么伤心，何之棠估摸着叶广一定欺负了小桃，心里一时有些说不上的滋味。

何之棠扶着小桃坐下，轻轻拍着她的背："慢慢说。到底怎么回事？去哪儿了呢？"

小桃坐着歇了歇，把这一路的事情都细细说了，但去了开封后和赵匡义的事没有细说，只说是找到了赵公子，赵公子接济了她些银子，她才有钱雇马车回金陵来。

何之棠的心里，随着小桃的讲述，也颠簸起伏。小桃对她的态度一如从前，还执意回来，说明对她之前的行动并不知晓。何之棠舒了一口气。对小桃笑笑："回来就好。房间还给你留着呢，芸娘每天都让人打扫。你快去歇歇。"顿了顿又说道，"晚上也不用来我这里伺候了。好好休息，再去找你的小姐妹好好说说话。兴许，以后你们也不能常见面了。"

小桃愣住了，何之棠拍拍她的背："快去吧。"

小桃点点头，起身快步走回了房间。把东西放好，赶紧跑到幺娘的屋里。幺娘正在屋里收拾东西，收拾一会，就发会呆，再抹会眼泪。她都要走了，可小桃还没回来，也不知道她被叶广那混蛋怎么了。大小姐说是派了人去找，可她看大小姐这几日的情形，一点也看不出焦急来。派的人也杳无音讯，没有小桃的一点消息。到底有没有人去找啊？还是大小姐糊弄她呢？小桃完了，叶广那个混蛋一定逮着机会就欺负小桃……正在担忧纠结着，门口就探进来一个熟悉的脑袋，嘻嘻笑着："幺娘！"

幺娘抹了抹眼睛，没错，是她；又掐了掐自己的胳膊，疼，不是做梦！腾地就从凳子上蹦起来，扑过去抱着小桃就不撒手："你终于回来了，吓死我了。"说着呜呜地大哭了起来。

小桃揉着幺娘的背："好啦好啦，我这不是好好的站在这儿吗？我一回来就赶紧看你了。还不是最惦记着你。"

幺娘破涕为笑："还是傻里傻气的。"说着拖着小桃到床边坐下，"快说说，叶广没欺负你吧。"

幺娘跑去把门关上，又跳到床上把帘幔拉了起来，昏黄的床上，小桃一身碧绿，幺娘一身水红，两人盘腿对坐着。小桃扑哧一声笑了："多亏了你的那把匕首，我把叶广扎跑了，就逃了出来。"说着把一路的事向幺娘说了个详细。

幺娘听了后不由说道："那位赵公子，对你还真是上心。"又叹了口气，"只可惜，是个周人。而你心里，又惦记着祁公子。只能是有缘无分了。"

小桃的脸一红，冲着幺娘啐了一口："什么缘啊分的，不害臊。"忽地想起什么，问道："刚才看你收拾东西，你要去哪儿？"

幺娘的目光沉了沉，咬唇道："六皇子府。"

"啊？"小桃的眼睛瞪得老大，六皇子？那个月白袍子一脸贵气的双瞳六皇子？那不是幺娘心心念念的人吗？她竟然能到他府上，还不乐疯了啊。可是看幺娘的表情，倒不像特别高兴。

小桃揉揉幺娘的脑袋："你是乐疯了，还是高兴傻了，怎么这个怪样子啊？垂头丧气的。"

幺娘勉强挤出个笑，她不知道怎么说。

那天，她急匆匆地去安化寺找何之棠。一路颠簸，搭了一段马车，又跑了一段，终于在晚上一瘸一拐地到了安化寺，找到了何之棠。

幺娘和何之棠讲了经过后，何之棠倒是很快地吩咐下人沿着官道去找小桃。幺娘的心也稍微松了松。有大小姐出面，小桃应该是有救了。

天色已晚，幺娘便留在安化寺没有回去。何之棠嘱咐幺娘过两天一起回何府别院。芸娘在一旁插嘴道："这么早就回去？"

何之棠点头道："桃宜还下落不知，我总归有些担心，回去打问更方便些。再者，六皇子今日也驾临安化寺诵经礼佛，虽说同六皇子也认识，但总归不方便，还是尽早回去吧。"接着吩咐芸娘道，"你明天去安排一下，过两天就启程。"

芸娘点头应是。幺娘的心却是"嗵"地一跳，六皇子来了？幺娘之前也听瑶台阁的舞姬谈起过六皇子好礼佛。太子好武善战，而六皇子恰恰相反，淡薄权势，工于诗词歌赋、音律书画，尤其尊释重佛，每年都会花费大量银子布施寺庙僧侣。却没想到这么巧，竟然可以同在安化寺。

何之棠按着规矩，晚饭后带着芸娘若素等人去六皇子处拜见问安。幺娘有些遗憾，可惜自己是舞姬，如果是服侍大小姐的侍婢，也可以一起去拜见六皇子了。不免有些失落。

那晚幺娘早早躺下，却怎么也睡不着，想着六皇子就在不远处，心就跳突不已。到了三更时分，索性披着衣服起来出了卧房。听下人们议论，六皇子似乎在东厢房，幺娘放轻了脚步，向东走去。

四周静的没有一丝响动，偶尔传来断断续续的箫声，似乎在试着音调。幺娘顺着声音过去，看到东厢房院里的石凳上，一身月白的六皇子正在品箫，只是有些不太顺利，有的地方反复了好几个音，还是生涩。

幺娘的心跳得很快，像中了蛊一般冲着六皇子就直直走了过去。却是没走两步，已经有不知哪窜出来的侍卫挡在了她的面前："不得入内。"

六皇子就着月色看了看幺娘，淡淡笑了："是你？快进来吧。"侍卫这才让出道来，躬身退在了一旁。

幺娘心里暖融融的，六皇子一直能认出她。便袅袅地走了过去，大着胆子问了一句："皇子是在试曲子吗？"

六皇子点了点头："新作了一首词牌，但总觉得拗口，怎么试音色都不润。"

幺娘平日练舞，词牌曲牌听了无数，自然也有些底子，便鼓起勇气和六皇子一起试着调那几个始终不顺的音。过了半晌，再用萧吹来，已经顺畅了不少。

六皇子一脸的赞许和惊喜："没看出来你不仅会跳舞，对曲子也懂。你还会什么？"

幺娘心里一动，说道："奴婢愚笨，也就会这点。其实，刚才皇子的曲子，若是配上舞，更好呢。"

"哦？你已经配好了舞？"六皇子来了兴致，对于诗词歌赋，音律丝竹，他有着天然的兴趣和执着，他的骨子里，就是浓浓的浪漫。此时听到幺娘只听了几次曲子，便能配上舞蹈，更加觉得惊奇。

"奴婢今天脚伤了。皇子要是有意，明天我再来，正好也可以把舞再编得顺畅些。"幺娘低头答着。

"好。明天我要同慧明大师一起去安源禅寺礼佛，晚上会回来。你还是这个时候来吧。"六皇子笑得清朗。

幺娘低头退下，心情却再无法平静。明天的三更，成了她所有的期待。那是她人生中的第一个约见，也是她人生中最大的一个机会，她会拼尽全力，也要把这个机会把握住。

第二天，芸娘若素等人开始收拾何之棠的东西。幺娘没什么事，便出了安化寺，到附近的小集镇去逛了逛。

夜里天气比昨晚冷了些，还有些雪粒儿，六皇子命人在厢房里起了一盆炭火，吩咐着侍卫若是昨晚那个女子来找，直接带进厢房便是。屋里暖意融融，六皇子又将昨晚那首新作的曲子吹了一番，更觉得改了之后流畅动听。不多时，侍卫进来通报，那女子来了。

六皇子抬起头，幺娘还是昨天那身衣裳，鹅黄素裙，头发拢成了倭堕髻，但是好像又哪里有些不同。

六皇子仔细上下打量了一番，还是没看出不同在哪里。幺娘跪下拜见了六皇子，六皇子轻轻抬了抬手，示意她起来，淡笑着问道："舞编好了？"

幺娘点头："是。"

六皇子又道："再找几个乐师过来，一起奏乐吧。"六皇子出行，不论去哪里，琴师舞姬是少不了带几个的。

幺娘摇摇头："不必了。奴婢的舞，有皇子的箫足矣。"说着旋身上了旁边的桌子道，"皇子如果不嫌弃，奴婢就在这里跳了。"

那桌子并不大，也就够四五个人围着坐，六皇子有些惊讶："这里会不会太小了？"

幺娘冲六皇子低眉浅笑："足够。"

六皇子的兴致完全被勾了起来，他见过各种跳舞，还没有见过在三尺圆桌上起舞的。他倒是好奇，幺娘会怎么施展。六皇子拿起一旁的箫，细细吹起了昨晚的曲子。

幺娘腾身一跃，一只脚立在了桌上，随着箫声翩翩而舞。六皇子这才明白幺娘今晚哪里不一样了。她的脚缠了起来，看起来分外地小，像两瓣莲花在桌上灵巧地移动着。她身上的动作全都是腾空完成的，当她落在桌上时，便提起裙子，任那两瓣莲花纠缠跃动。妙，实在是妙！

六皇子的心一点点地沉了下去，随着那越舞越快的莲花，他只觉得自己箫的声音似乎越来越把持不住，早不知道跑调到哪里去了，而眼前的幺娘，像一朵莲花精灵，绕得他的心都随着醉了起来。

到最后，他的眼里，只有那小巧到极致的舞鞋，划成了一个个彩虹的圈。他忍不住上前揽紧了幺娘的腰，俯身低低地问道：“你从哪里学的？”

幺娘低眸笑道：“奴婢自己想的。”

“自己想？更妙。”六皇子的声音有些动情的旖旎，怀里的人，脸孔都有些模糊，他只觉得全身的血液似乎都涌了上来，有些克制不住的冲动。他俯身覆上了幺娘软软的唇，“你叫什么？嗯？”

“幺娘。”幺娘的声音都有些微颤，手轻轻颤着勾上了六皇子的脖子。

六皇子用力看了看怀里轻妙的女人，使劲睁了睁眼睛还是看不清，只是看到一双深邃，又带着几丝忧愁的大眼睛，那眼睛像是会勾人似的，勾得他心里波涛起伏。六皇子摇摇头：“幺娘，太平淡了。”说着手指划上了幺娘的眉眼，柔声道，“这么美的眼，叫窅娘，可好？”

窅娘？幺娘不知道好在哪里，但是他起的，总归是好的。便轻声答着：“好。”一声好还没应完，已经是一声嘤咛，被六皇子压了上去。

四周服侍的下人见怪不怪地出了六皇子的卧房，把门关上了。那夜，幺娘第一次感觉到极致的快乐，和深深的情动。如果一辈子有一天挫骨扬灰也忘不了，对幺娘来说，便是那天，他喊着她“窅娘”忘情地在她身上恣意；而她，缠在他身下，顺承着他的冲击，低低地卑微地喊着他的名字“重光”。

事情过后，六皇子似乎有些诧异自己的冲动，却也只是浅浅笑了笑，召来何之棠，要了幺娘去府上，过几日回去便派人去何府接。

幺娘陷在回忆里失神，小桃却是缠磨不停：“快说啊，到底发生了什么，你怎么突然去了六皇子府上？”顿了下，小桃捂嘴道，“难道六皇子也是个衣冠禽兽，强了你？”

“没有！”幺娘回过神来，忙摇头，“不是，不是。”

“那你干什么不开心？”小桃摇着幺娘的胳膊，“你不说是要急死我呀？”

幺娘被磨得没法，只好大致说了说。小桃听得脸有些发烫：“也不是什么好人，话说不了几句就动手动脚。不过是比别人多披了一张温和的外皮。我看这些权贵们都这样，见到身边有个模样周正的，就恨不得都尝尝滋味。”

小桃想起当初祁公子需要处子之血的时候，太子和何之训身边那么多丫头，竟找不出一个。可见他们都是什么人。这个六皇子也是，才见了幺娘几次，就要了她。要是正经人，起码先要到自己府上，再动手动脚才名正言顺嘛。这倒好，跳舞跳着跳着就来劲了。

“不怪他。”幺娘的头低了下去，咬着唇低声道，“怪我。”

“你真是脑子坏啦？”小桃戳着幺娘的脑袋，“怪你做什么？”

幺娘抱膝缩作了一团，紧紧扯着小桃的胳膊，艰涩地开了口：“我用了药。”

“药？什么药？”小桃发愣。

“以前我四处流落的时候，就听人说过，有种药，抹在身上，就能让男人动情。”幺娘的声音低得几乎像挤出来似的，“还有种西域的香，点着也会这样。那天我在安化寺附近的集镇逛，看到有人卖那种药，就……”

小桃没等幺娘说完，就起了急，晃着幺娘的肩膀道：“你疯了啊？你怎么能这么做？你用药？你不怕六皇子知道怪罪你啊？再说，万一他不认账怎么办？万一你又怀上怎么办？……”

“小桃！”幺娘有些凄凉地看着小桃，“我没有你的好命，大小姐会给你的以后打算，还有祁公子，云笙，赵公子。我什么都没有。只有一个已经脏了的身子。等到跳不动的那天，被府里随便打发个下人嫁了。我不要，好容易有个机会，又是我心心念念的人，我只是用了一点点小手段，又有什么不可以呢？”幺娘的表情都有些扭曲。

小桃愣在了那里，她有些没法思考，脑子一片空白。她认识的幺娘，不是这样的。是幺娘变了，还是自己太傻？一直像个孩子似的没心没肺？小桃有些难过，咬着嘴唇，没有吭声。

幺娘看着小桃，唇角勾了勾苦笑道："你是不是觉得我更脏了？"

小桃猛地摇头，眼圈有点红："不是，我只是觉得，不应该这样。"两个人在一起，应该是彼此都情愿啊，用药催情，也太……小桃说不上来，说不上是为幺娘悲哀还是担心。

幺娘看着帘幔外，有些失神："从见到他的那天，我就一直努力地想让他多看我一眼。我知道他喜欢诗词，喜欢乐器，喜欢歌舞。可我什么都不会，只会跳舞。别人睡觉的时候，我在跳，别人玩闹的时候，我在跳。我的脚比别人多了好几层茧，我的腰闪了好多次脚崴了好多次。我这么拼命，才入了他的眼，一步步走近了他，有一个机会，我为什么不能牢牢地抓着？即便用点手段，可也只是因为我喜欢他，我错了吗？"

小桃听幺娘说的心酸，幺娘为了六皇子拼命跳舞，自己为了祁公子拼命识字，她能懂。只是用药这事，她说不好。顿了顿，小桃道："我不知道。其实我觉得你错没错，没那么重要。关键是你觉得自己错了，你说服不了自己。"

幺娘把头埋在了膝盖里。方才那一大通，她的确是说给自己听的。如果她觉得自己做得对，又何必不开心而神伤呢。她恨自己的下作，可她真的不舍得放弃那个机会。那点手段，她不知道用对了，还是用错了。

过了半晌，小桃才忽然想起来，低声问着幺娘道："他知道你——"不知道幺娘没有落红，六皇子会不会介意。

幺娘摇摇头："屋里炭火旺，药劲就足，他顾不得……"

"那就好。"小桃舒了口气。

赵匡义醉生梦死了几天，每天上午去点兵，中午回到大营就是烂醉。他不想回新府，更不敢回旧宅，那里到处都是小桃的气息，他怕自己看到她曾经发呆的屋子，她做好的茶叶糕，她写得乱七八糟的字。一旦走进那个都是她影子的地方，他会像中了蛊毒一样，窒息在漫无边际的痛苦和思念里。

到了第五天，杜夫人实在坐不住了，亲自赶到大营里把赵匡义拽到了魏王府。魏王夫妇两个正担心着，这么多天还不来接，不会真的打算把符雪婵扔在这里不管了吧。斗气归斗气，但嫁出去的女儿泼出去的水，也收不回来了啊。这么拧着，苦的最终是雪婵。如今好容易杜夫人和赵匡义一起来了，魏王的颜面还有些放不下，但夫人却是极热情地把他们迎了进来。

赵匡义给魏王夫妇行了礼，表明了把符雪婵接走的来意。魏王仍是不悦，这小子，也不说说以后会好好待雪婵，起码当着他们说句窝心的话也好。故而没有吭声。夫人轻轻碰了碰魏王，笑道："日子总是要好好的过，雪婵纵然有千般不懂事，但她对廷宜是一心一意，才会在意。若是她不上心，也不会这么较真。"

赵匡义冷着脸没有说话。杜夫人笑着应道："是啊，雪婵是侯门大户出身，心思纯净，自然是直来直去，这样最好。"

两位夫人一来一往地聊着，气氛也软和了些。又留着赵匡义吃了午饭，饭后赵匡义带着符雪婵回到了新院，杜夫人回到了自己的府上。

魏王符彦卿仍有微词："若不是你，我今天断不会让婵儿跟他走。连句像样的话都没有。"

夫人叹了口气："我劝你，还是给女儿积点福气吧。那赵匡义年纪轻轻就把握着重军，你想想你自己什么岁数才坐到他那个位子？莫欺少年穷，现在他权势不如你，将来保不齐他能权倾朝野，到时后悔就来不及了。我看他说话做事，自带威严，前途差不了。”夫人数落了半天，魏王这才换过了脸色。

赵匡义和符雪婵回到府里，一个去了卧房，一个去了书房。赵匡义思索了一番，提笔给赵匡胤去了封信。如今虽说倾了大周全部的兵力去攻打李唐，但是北部契丹正值冬季围守，而北汉兵力薄弱，也构不成威胁，实在不用这么多兵力都守着开封府。左将军守城已经足够。如今攻打濠州久攻不下，不如自己带兵前去增援。魏王从西线入濠州，自己从东线围攻，一定可以尽快攻下濠州。否则耗着兵力，也是大周的损失。

信写好后，赵匡义立即派人快马送到濠州战场。他依旧放不下。既然放不下，就必须要去争取。他的手沉沉扣着桌子，一下，一下，桃宜，等我。

小桃既然回来了，何之棠立即给祁正修又去了一封信，只告诉他小桃半路去了开封府，得赵匡义照顾，平安归来，不必再去寻找。

祁正修看到赵匡义的名字，心里就是一堵。赵匡义很有闲情逸致啊，只要小桃出现的地方，他总能如影随形地出现。只是很奇怪，他为什么把小桃放回金陵？上次浮桥一战，他不是口口声声说要纳她做妾吗？这次送上门去反倒怂了？

祁正修迅速思忖一番，去到太子的营帐，商议先带着一千兵马先回到金陵。太子微微蹙眉：“子介，真是大可不必。虽说你深谋远虑，但这次，我觉得你多虑了。”

祁正修勾了勾唇道：“从冀，我相信自己的判断。赵匡义只怕要折返回来了。这次来者不善，一定会想些旁门左道。我必须回金陵部署一番。”

太子想了想道：“还是先不惊动父皇，禁军的左右羽林军如今父皇都看得很紧，也不好调用。”

祁正修微微拱手道：“好。如果战场有任何异动，太子请迅速撤离。我会在一个月后布置好一切，便迅速返回濠州。但太子切记，不要将出城的鱼符给之训。”

太子挥挥大手：“好，知道了。”他素来不拘小节，祁正修事无巨细的嘱咐他都没记住多少。

过了五六日，六皇子派人把幺娘接到了皇子府。直到分别的那一刻，小桃才觉得有些撕心裂肺。她最亲近的人，从此就要离她而去。她不知道幺娘以后的日子会不会好？六皇子有着那么琴瑟相和的皇子妃，又有着无数的姬妾，会对幺娘好吗？

幺娘的身子看起来好单薄，纤弱得几乎能随风化了一般。幺娘微微有些抖，紧紧握着小桃，眼圈红红：“我不在的时候，你要保重自己。别傻乎乎的，别人说什么你都信。”小桃拼命点头，眼泪却早已忍不住肆意。

幺娘顿了下又说道：“要是有难处，就到六皇子府去找我。”这句话却是说得没什么底气，她去了皇子府也不过是个卑微的姬妾，又怎么能给小桃排忧解难。

小桃抱紧了幺娘不肯撒手：“当初我们从云湾村出来的时候，说好一起的。到金陵，到何府，我们都在一起。我舍不得你啊。”小桃的眼泪止不住。那次义庄遇到赵公子后被人血劫，当时面临着再被人返回来灭口的危险，幺娘都不会抛下她一个人走，现在为了六皇子竟然把她扔下了。爱情真是让人背弃一切的东西。

幺娘抹了抹眼泪捏了捏小桃的脸：“傻气，还长不大了？现在哭哭啼啼的，在濠州和祁公子一起的时候哪里想过我半分？”小桃这才不好意思地松开了手。

幺娘从床上的包袱里拿出一双鞋递给小桃：“我没什么给你的。这双鞋是我亲手做的，本想着我自己跳舞穿。给你吧，拿着当个念想。”

小桃接了过来，很漂亮的一双舞鞋，底子很软，肯定很舒服，小桃嘟囔着：“只是怎么这么小，你穿得上啊？”

幺娘看着小桃认真说道：“跳舞，就要跳出花样来，去跳别人跳不了的。把脚裹起来就可以穿上这鞋，这样的脚一亮相，别说舞了，首先脚就夺了别人的目光。”

“哦。”小桃听明白了，原来这鞋还有这个妙处。小桃把鞋收好，又和幺娘絮叨了许久，直到何之棠亲自来催。

何之棠如今见了幺娘，也略微屈了屈膝，算了行了礼，温声道：“窅娘，六皇子的车马已经等了许久。”

幺娘点点头，牵着小桃一起出了何府别院的门，一辆并不十分气派的马车，并着几个下人，接走了行装简单的幺娘。何之棠又送了些金银器皿，算是陪嫁，也算给了幺娘些脸面。何之棠并其他人都早早回了府，只有小桃站在门口，一直目送幺娘的马车向东一路行过去，直走到巷子尽处，再也看不见。小桃才擦了擦眼泪，回到何府。

幺娘走后，小桃只觉得日子更加难过。大小姐不像从前那么热络，和她总像隔着什么，许多服侍的活也用若素，而不用她。芸娘对她更是冷冰冰的。若素忙得也顾不上理她。

一时间整个何府上上下下，都变得疏离而陌生。小桃有时觉得自己都是个多余的人。一整天找不到人说句话。唯一能说话的，便是偶遇二小姐，听两句冷嘲热讽。闲着无事，小桃便在屋里练字，墨汁兑了水，可以写好久，倒把字练得越来越像样了。只是小桃看着，总觉得那字里，到处都是赵匡义的痕迹。

半月后，祁正修托人带着聘礼，到了何府的别院。亲事不好自己出面，祁正修找了好友陈述，陈述官至翰林学士承旨，也不算辱没何家小姐。

陈述的到来有些突然。何之棠也意外得脸红，在屋里对着芸娘说道：“他怎么突然就派人来了呢？现在父亲和大哥都不在，我一个没出阁的女子，又是自己的亲事，我总不能自己出去把聘礼接了吧。”

芸娘也纳闷：“祁公子行事好古怪。之前迟迟不来，现在濠州都打起仗来了。他突然回来下聘礼，还偏偏大人和公子都不在，这可如何是好？”

两人对着想了半天，才忽然想起还有一个人，何府上还有何大人的一个妾室。当年服侍何大人的丫头桂兰，通了房后便做了侍妾。只是那妾室无儿无女，又不大讨何大人欢心，很早便独居在何府后院的一处阁楼里，除了逢年过节能见到一个默默的身影，平时像隐形了似的。

此时正好起了作用。芸娘赶忙跑回何府，把那位桂夫人请了过来。陈述在清晏堂喝了一上午的茶，快到中午，桂夫人才被芸娘匆匆忙忙接了来。

陈述看桂夫人的年纪和服饰，估摸着是何大人的屋里人，忙起来躬身行礼道：“夫人。”

桂夫人不善应酬，只是点了点头。由于何之棠订了祁正修是何府上下皆知的事情，桂夫人也有耳闻，便也无须再书信请示何大人，准备将聘礼收下。却在看到聘礼时愣了一下：“怎么是两份？”

陈述朗声笑道：“一份是何小姐的，一份是老七替云笙出的聘礼。之前老七和何小姐商量好了，把云笙和桃宜许了婚配。”陈述也叹祁正修真是个极好的主家，连云笙的聘礼都能做到丰厚。

桂夫人了然，命下人把聘礼收下，对陈述说道：“真是抱歉，我家大人不在，我一个妇道人家，也没法准备什么场面。本来该请些大人的同袍朋友来庆贺一番，现在也只好先搁下了。”

陈述对桂夫人微微躬身道：“夫人的心意，我会转达给子介。现在战事正起，特殊时期，一切都从简。子介一直忙于战事，没有正式对何小姐行聘。如今也是给小姐一个交代。”

“那就好。”桂夫人也不知道再说些什么，又与陈述闲聊了几句，陈述先告辞了，桂夫人也抹了一头汗下去。

刚出了清晏堂，桂夫人已经被芸娘带到了后院何之棠处，桂夫人把陈述的话原样复述了一遍，何之棠听后，一直悬着的心终于落了下来。之前还怕祁正修是缓兵之计，现在聘礼都下了，看来云笙和小桃的婚事也作数了。何之棠只觉一身轻松。

消息传到小桃耳朵里的时候，她正在屋里运笔练着字。最近功夫下到了，字也越来越流畅了，有的地方还能龙飞凤舞地连起来划拉划拉。只是墨快用完了，又得腆着脸找大小姐去要墨去。如今大小姐总是冰着脸，她都有些不敢亲近了。似乎在她被叶广带走之前，大小姐就是这样了。为什么？她也说不清。

当若素扯着她胳膊，又是笑又是叫，喘着大气告诉她祁正修替云笙给她下了聘礼的时候，小桃脑子一片空白，半晌才抖着声音不可置信地问道：“你说的是真的？”

若素笑道：“整个府里都知道了。大小姐安顿好一定会来告诉你的。这还能有假？”

小桃的手一抖，整个人都软了下去，跌坐在了凳子上，怎么会这样？祁公子真的同意把她许给云笙？小桃刚想挣扎着起身去找大小姐，门口传来了何之棠盈盈的笑声：“桃宜，我来给你道喜了。”

小桃顾不得礼数，扑通一声跪在何之棠脚边，抱着何之棠的腿满脸是泪：“小姐，我不想嫁人，我真的不想……”

何之棠脸上的笑散去，吩咐旁人退下后，定定看着小桃问道：“你真的不想嫁？”

小桃拼命点头：“真的，小姐，我还想服侍小姐，只求小姐——”

小桃的话没说完，已经被何之棠冷冷打断："你是还想服侍我？还是有什么打算？"何之棠直盯着小桃，"这些日子来，我善待你，爱护你，教你识字念书，我待你不薄。于情，你该回报我，让我安心。"

小桃愣在了那里，何之棠话里有话，小桃不是傻子。何之棠接着道："于理，你是我的丫头，你的亲事，我说了算。更何况，云笙也并不辱没你。这事就这么定了。"说完头也不回地走了出去，吩咐下人把小桃看好。小桃的婚事，何之棠不希望再有任何差池。

小桃呆呆地坐在地上，从头到脚，全是麻木。她要嫁给云笙了……小桃的脑子里仿佛洪钟在嗡嗡作响，什么也转不来。这不是她想要的，却是她该得的。她是大小姐的丫头，大小姐做主的婚事，她无力反抗。

下聘之后，何府上下都喜气洋洋。不少人都羡慕小桃的好运气，不过是一个使唤丫头，却能配个年纪相当的人当正室。何况又是太子侍读祁大人身边的人。小桃每天麻木地接受着旁人的贺喜声，时间久了，不由也问着自己，是不是这已经是自己最好的归宿？

过了些时日，祁正修回到金陵，来何府探望何之棠。闲聊着问了问近况，何之棠又探问了父兄在濠州的情形，祁正修说道："近来金陵城里不太平，盗贼四起，别院里都是些小姐姑娘，实在不安全。我还会在金陵待一阵子，不妨派些人守着别院。后巷有处小院，我暂时安顿住在那里。不知小姐意下如何？"

后巷原来是家商户的院子，后来商户搬走，只留下看院子的几个人，祁正修花了几两银子租了来，暂住在那里。何之棠满心欢喜，本来这么大个院子没个顶门立户的男人她就有些胆怯，如今祁正修要住在附近，她的心自然安宁了许多，便沉眉浅笑道："那再好不过了，谢谢公子用心。"

何之棠看祁正修有些神色疲累，又想了些诗词歌赋的话题和他聊着，祁正修勉强提了精神应付着，四下看了看，没有见到小桃的身影，只有芸娘和若素，心里又有些不自在。有心想问问何之棠，又怕引起她忌惮小桃，便没有聊几句就称有事先回去了。只留下一腔欢喜的何之棠有些怔忡。

祁正修就住在何府别院后巷的事，小桃并不知道，只是觉得进进出出多了许多侍卫看守，也不知是从哪调来的。幺娘的屋子要腾出来给别的舞姬住了，小桃又进去最后收拾了一趟，看看有没有幺娘落下的东西。仔仔细细捋了一遍，忽然在床底下看到一包药丸，小桃拿起来闻了闻，打了个喷嚏，不觉脸上烫烫的，身上好像也有点热。糟了，不会是幺娘用剩的那种药没有扔吧？这要是被别人看见了，还指不定怎么编排幺娘。小桃赶紧把药收了起来。

揣着那包药丸，小桃好像踹了只兔子似的跳突不已，生怕被人发现就完蛋了。一整天小桃都在找机会溜出府把这包药扔了。府里是断不敢扔的，被人看到药丸一定会追查来源，反倒惹得一身骚。

傍晚时分，小桃终于找到个机会，看着后院西侧角门开了，有收账的从那个门出去没有及时关门，小桃赶紧从那个门跑出去，准备在附近找处地方扔了。

小桃正在四下看着，忽然眼前一亮，一袭霜白袍子立在她面前，熟悉的声音温温地响起了：“找什么呢？”

小桃的心咯噔一下，紧接着怦怦狂跳不已。这个声音太熟悉了，许久不听，乍一听到她竟然眼睛都有些泛潮。小桃抬起眸子，看着眼前的人低声叫着：“祁公子。”说罢，偷眼细细打量着眼前的人，依旧是云淡风轻的神色，狭长的眉眼带着一点若有若无的笑意，小桃的心几乎要跳出来了。不见还好，这一见，又抑制不住地跳突。

“好久不见。”小桃正憋了句话说出来，没想到祁公子也同时说了这句话。小桃的脸腾地红了，低下了头。

祁正修轻声笑道：“既然好久不见，不妨找个地方聊聊。大街上总不是说话的地方。”

小桃被这温和的声音蛊惑得没有多想，只把手里那包药揣得紧了些，便跟着向前走去。祁公子的背影好高大，走起路来也蛮好看的，修长舒朗。小桃正胡思乱想着，祁公子顿住了步子，说了句：“到了。”

小桃这才把注意力从祁公子身上转到眼前，这个地方，有点眼熟。忽地想起来，这里就是在金陵第一次看到祁公子时，送酒到的那个地方，秦淮河边的那处院子。当时小桃只到了后院。

这次从东侧角门进去，有下人守着，起初并不起眼，只是普通的院子，比起何府别院来还差些。越往里走，却越是别有洞天。往里走到头，是一片茂林修竹，高大的竹子一片一片茂密得很，甚至遮得都看不到天。竹林里挂着许多灯笼，那灯笼的造型是各种花型，排成了一溜，随风摇曳着别有一番韵味。而最奇怪的是，外面是冬天的寒凉，而这竹林里，却是温暖如春。

脚下走的石板路，两侧还间歇有水流淙淙，水流边上有些石桌石凳，小桃边走边看，连呼吸都屏住了。这才是仙境一般的地方呢，幽幽的竹子，暧昧的光线，小桃有些迷得忘了自己。而祁正修一袭白衣，墨发玉冠，在竹林里更加显眼，像谪仙般飘逸出尘。小桃看得呆呆的。

祁正修走到竹林深处的一个桌旁，指着旁边的一个石凳说道：“坐吧。”已经有下人过来，奉了两盏茶上来。

小桃看着四周好奇地问道：“这是哪里？”

祁正修看着她淡淡笑着：“我家的别院。如果你喜欢，以后可以常来。”

小桃的脸又红了，心也开始怦怦跳。祁公子说话总像是带了钩子，勾得人心里软软的，乱乱的。可是也是这个人，亲手把自己推向了另一个男人。小桃的心情好复杂，目光也不觉带了几丝怨艾。

祁正修啜了口茶，似有若无地问道："前阵子遇到麻烦了？"

他知道了？小桃心里一突，不过转念一想自己被叶广带走，后来又去了开封。这么大的事，大小姐一定已经和他说了。便点点头。

"路上没有遇到歹人吧？"祁正修又问道。

歹人？小桃猛地想到了那两个茶商，叹口气道："跑得匆忙，又遇到了两个贪财的茶商。"

祁正修点点头，随即道："人平安就好。后来去了开封？"

小桃"嗯"了一声，这回她长记性了。关于赵公子的事，她可不敢随便乱说了。谁知道哪句又是要命的。

祁正修看小桃防备的神情，心里有些别扭，就好像风乍起，吹皱了一池春水。他没有继续问下去，拂了拂袖子，一个侍婢捧着壶过来。把旁边的小炉点着，把壶架了上去。

小桃好奇地看着那个侍婢，只见她从一个茶盒里舀出几勺茶叶的细碎至极的末，放到了四个茶碗里。祁正修笑道："没有想到会遇上你。之前约了几个朋友在这里，其中有一个嘴刁的，普通的茶他不喜欢，必须要点茶才行。估摸着也该来了。"

话音刚落，一个爽朗的声音已经在背后响起："老七，又在背后说我什么呢？"

小桃抬眼一看，两位公子正边笑着，边大步向这里走来。走在前面说话的那个青色袍子，头发用黑色丝织冠子束着，比祁公子看着年长，另一个蓝色袍子，看着忠厚老实。青色袍子走近看着小桃眯眼笑道："这位是谁？"

祁正修站起来勾唇笑道："何府上的。一个朋友。"

青袍公子哈哈大笑道："何府除了那位大小姐还有你的朋友？"说着转看向小桃笑道，"我叫陈述，你叫什么？"

祁正修立在了小桃前面："好了，赶紧坐下吧。"

小桃鼓了鼓勇气，看着陈述道："我叫叶桃宜。"祁正修听到这个名字，眉头就不觉一皱。小桃顿了下又说道，"我见过你，今年端午，就在这里。"

陈述转眸想了一下，拊掌笑道："不错，那天我们是在这里喝酒。"蓝袍公子坐下，微笑不语。

小桃的脸有点发烫，低头坐到了祁正修身边。祁正修笑道："凤凰贡茶，怎么样？"

陈述的眼睛亮了一下，兴致大起："极好。不过还要看点茶的功夫。"

小桃低头看了看茶盏里极细的茶末，那侍婢待水烧开后，提壶倒进了其中一个茶盏里，从手边的托盘里拿出一个像竹刷子样的东西，快速地在茶盏里搅动，很快茶就打起了泡沫，不多时茶汤就变得均匀。祁正修抬手示意先给蓝袍公子，这里应是他最年长。

蓝袍公子啜了一口，说道："欠了点。"

祁正修勾唇笑了笑，顺手提起侍婢面前的壶，站起来向下一冲，小桃心里凛了一下，这么高能倒进去吗？但事实证明她多虑了，水流快速而有力地直接冲进了茶盏，祁正修拿起茶筅快速搅着，小桃只觉得眼花缭乱，祁公子的动作飘逸出尘，长袖挥舞间，她还来不及看得清，一盏茶已经点好，均匀而青绿的茶汤散发着幽幽的茶香。

陈述迫不及待地抢着端起茶喝了一口，眼角都是笑："绝了，好茶，好功夫。"瞟了一眼茶盏外赞道，"果然连一滴水都没洒出来。"

蓝袍公子道："他的点茶功夫御茶坊的都比不上，还能把水洒出来？"

祁正修又点了三盏，小桃面前也有一盏，看其他人都喝了，小桃也轻轻捧起来，喝了一口，和寻常喝的的确不同。小桃说不出具体滋味，只是觉得平时喝茶，是有茶香的解渴，而此时此景喝这种茶，就像整个人都飘起来一样。

陈述边喝边似无意地说道：“陛下这回有心御驾亲征，几个反对的都被贬了。”

祁正修唇际挑了挑，不再出声。蓝袍公子问道：“子介，你认为不会？”

祁正修淡淡道：“有心无力。”顿了下看着蓝袍公子道，“陛下是否提过召回太子？”

蓝袍公子答着：“前几日听闻周军魏王符彦卿和右将军赵匡义去增援濠州，曾提过让太子回来，不过如你所说，朝中有人提议再增派战船。陛下便没有坚持。”

听到赵匡义的名字，小桃的心咯噔了一下，他又去濠州了？不由目光有些游离，嘴里的茶喝着也有点咂摸不出味儿。祁正修斜睨了一眼小桃，淡笑着岔开了话题：“不提这些了。近日可有什么新作？”

一时间几人又聊起了彼此近来写的诗文词曲，互相品评一番。从他们聊天里，小桃知道了那蓝袍公子叫徐锴，字楚金，擅长书法。恰好陈述有首新词，祁正修便让侍婢备了笔墨，陈述吟诗，徐锴写了出来。

小桃也不由凑了上去，徐锴的字不及赵匡义的苍劲，不像大小姐的娟秀，也不像祁公子的飘逸，却是金瘦铁钩，别有味道。小桃忍不住也跟着在手心里描画着。

陈述无意瞥到小桃的动作，不觉好奇道：“桃姑娘也会写字吗？”丫头识字的都不多，别说是写了。

小桃抿唇摇头笑道：“我写得不好。”

“不好就是会写，”陈述忙把笔递给小桃：“快写几个看看。”祁正修的面上依然淡淡的，心里却有些莫名的滋味，看来他的确不够了解小桃。

小桃拿起笔，看了眼祁正修，落笔写了十个字：“海上生明月，天涯共此时。”这句诗赵匡义曾经带她写过好几次，她也只这句写得最好。

字写好后，几个人都有些吃惊，陈述拍掌道：“写得倒有些男子的风骨。”后面的话他没有说，只是不像祁正修的字。

祁正修看着那十个字，忽然一股热气从脚底噌地窜到了全身，击得他的心苦涩。他袖中的拳往紧捏了捏，却勾唇笑了，写得不错。他之前看过赵匡义写的字，小桃果然是他的好徒弟。

就连擅长书法的徐锴，也赞叹小桃的字写得有模有样。小桃红了脸，默默退到了祁正修的背后，心里却也微甜着。能在祁公子的世界里露一小手，小小的得意，小小的安慰，都让她欢愉。

那晚，是小桃从未有过的快乐。看着祁公子、陈述他们几个，聊得热闹，喝得开怀。起初是喝茶，后来是喝酒，连小桃也架不住陈述的调侃，喝了一盏。脸红心跳间，却也少了许多羞涩和拘束。

陈述喝得兴起，一边用筷子敲着酒碗，一边大声吟唱着李白的《将进酒》，“人生得意须尽欢，莫使金樽空对月……”小桃看他表情激昂，不由抿唇笑得眉眼弯起，帮祁公子添了一盏酒，却看到祁公子正眯眼看着她，她的心扑通跳了起来，把酒壶放下，低下了头。

忽然手里一暖，祁公子的手已经紧紧攥上了她的，小桃的心跳得好快，指尖都微微颤着。她不敢抬头看祁公子，只是任由自己的手被祁公子握得很紧。

幽幽的竹林，谈笑的公子，甘洌的美酒，特别的点茶，是小桃那晚的记忆，也是祁正修的记忆。脑子里没有想战火纷飞的边界，没有想风雨飘摇的大唐，没有想兵临城下的决绝，只是安静的林子，三五至交朋友，一个暖暖的丫头。

四周渐渐有些凉气了，已经是三更天，陈述和徐锴起身要回去，祁正修把他们送到门口坐上马车，又返了回来。

小桃看祁正修也有些摇晃的步子，不由上前扶了他一把：“公子，今晚在这里歇着吗？”

祁正修摇摇头，温声说道：“我先去书房写封急信。待会送你回去。”

小桃轻轻“嗯”了一声，继续扶着祁正修向书房走去。有侍婢也跟了进来，在书房点好炭火盆子，很快屋里便暖和了起来。

小桃把墨研得浓浓，祁正修坐在书桌旁的椅子上，并没有急着写，只是一手扶着额，像在思考着什么。

小桃等了许久，祁正修也没有动笔，盆里的炭火烧得有些过了，小桃走到炭火盆的边上，蹲下从旁边夹了两块木炭，放到炭火盆里，火苗一下又蹿了起来，小桃手忙脚乱地赶紧把火苗压了压，一个没注意，袖子里的那包药直接掉进了炭火盆里，“哧”一声，冒起了一股青烟。一股有点甜得刺鼻的味道蹿了出来，呛得小桃咳嗽了两声。

小桃赶忙站了起来，头有点晕，心里咯噔一下，完了，幺娘说那药遇到热发得更厉害，若是祁公子和自己都吸了这药……小桃偷偷抬眸看着祁公子，却和祁正修看向她的目光正好遇上，小桃忙又低下了头。

祁正修心里动了一动，随即一阵凉意拂上心头，过了半晌，从袖中拿出一支簪子，缓缓说道：“这个，是你的吧？”

小桃一愣，走向前把簪子拿在手里，正是她当初慌乱中给云笙还礼的，却怎么在祁公子手里：“是我的，公子，这？”

祁正修心里紧了紧，强作了一个微笑：“云笙……要我给你的。”

小桃脸色有些赤红，自己和云笙的姻缘，正是眼前这个心心念念的人撮合的，小桃不免眉眼中几丝哀怨，幽幽看着祁正修道：“公子真是糊涂。”

“糊涂？”祁正修叹了口气，“和云笙的婚事，你，愿意吗？”

小桃直看着祁正修，哀婉的目光让祁正修心里不是滋味：“我愿意不愿意，重要吗？公子和大小姐不已经决定了吗？我不过是一个卑贱的奴婢，纵然不愿意，又能怎样？”

小桃压抑低沉的声调让祁正修心里像被什么掠过一般刺疼，半晌才道：“你的心意，才是最重要的。我替云笙送的聘礼，也不过是权宜之计，并不作数。一切都等战事有了眉目再说吧。”

小桃心里“咯噔”一下，不由一喜，不作数吗？不由眉眼弯弯：“公子说的是真的？还有转圜的余地？”

祁正修苦笑：“总不能勉强你。”说完，祁正修看向了别处。战火无情，一个多月前和周军三天三夜的对垒战中，云笙被敌军的流箭射中，还没来得及交代一句话已经离去。祁正修只在他贴身的衣物里找到了那枚簪子。他记得，那是小桃的。他不知道怎么和小桃说起，也不想说起。他替已故的云笙下聘，不过是让何之棠放过小桃的权宜之计。以后怎么办？祁正修不知道，如今所有的情形都是转瞬即变，他也只能是且走且看。

小桃不知道祁正修的心思，只知道自己不必嫁给云笙，欢喜地把簪子插在头上，低头拨弄着炭火。药在炭火里已经烧尽，屋里的气息热得发晕，小桃有些头晕眼花，眼前的祁公子也来回晃动着。糟了，药力发作了。小桃忍不住撕扯着胸前的衣襟，身上的每一寸肌肤都像被衣服烫伤般灼热。

祁正修嗅到了屋里一丝甜腻的味道，全身的血脉像通过缕缕细细的血管都涌动起来，燥热、痒痛，见血封喉留下的后遗症让他格外敏感。祁正修看着同样迷离的小桃，淡淡笑了，刚才她丢在炭火盆里的药只怕就是这个效果。祁正修觉得自己应该把小桃拎起来放在榻上，自己再去冲个凉水澡才好。不管她是有意无意丢的药，他和她，不该这样。

祁正修把小桃抱起，小桃不禁伸出双臂勾上了祁正修的脖子，一双弯弯的眉眼里，全是祁正修的影子。从云湾村，到金陵，多少个日子的相思，小桃不知道，昏昏沉沉里，小桃伸手抚摩着祁正修如玉的面颊，又抚上祁正修的胸膛。祁正修把小桃放在榻上，双手却无法从她的身上挪开。

不该这样，云笙的义，何之棠的恩，都让他不该这样，他也无法为小桃负责。可是眼前如花的女子，让他不忍离去。小桃撕扯开的衣襟，露出了颈下的桃花胎记，绚烂如三月妖娆。雨里的撑伞，深夜里《双燕舞》的信号，水里的度气，朝阳里的微笑……祁正修的记忆在药力里轰然坍塌，忍不住俯身吻上了小桃的唇，从轻柔，到用力，他不知道自己压抑挣扎了多久，终于还是深深地陷入了药物里的迷离中，在昏乱中紧紧揽着小桃的腰，把小桃压在了身下，带着几分鬼魅："那就给我吧。"

小桃全身烫得很，脑子里一片混乱，自己一心挂念的人，有什么不能给他的呢？小桃紧紧抓住了祁正修的衣襟，回应着他的热烈。

祁正修眼前一热，空气里的幽幽香甜促得他全身的血液几乎沸腾，那桃花胎记仿佛变成无数的桃花铺天盖地而来，他再也控制不住自己，药力也罢，内心的魔怔也罢，执念也罢，祁正修脑子一片空白，疯狂而动情地陷入了泥泞中不想自拔……

不知过了多久，夜也变得清淡起来，小桃渐渐恢复了清醒。祁正修在身边闭目而眠，小桃不知道他睡没睡着。看着身边的男人，她有刻骨铭心的欢愉，却也有深深的愧疚。这一切来得太猝不及防，她对不起大小姐，对不起祁公子，无意中用了药，自己和幺娘有什么分别？小桃的脸发烫，看着身边墨发如泻的祁正修，欢愉和纠结同时扯得她的心七绕八绕地慌乱。小桃匆忙起身穿好衣服，轻手轻脚把书房的门打开，头也不回地跑了出去。

祁正修睁开了眼，起身立在了窗前。他不知道自己刚才是药力所致，还是情之所至。但是他不后悔。小桃做不得自己的主，自己又何曾可以任性？

祁正修在书房里静静地站着，看着屋外的天色一点一点变亮，他的心第一次有种难言的酸涩。做太子侍读已经多年，多到连他自己也分不清到底这是他的事业，还是他的生活。

也许，他的生活就是事业，也是责任。曾经他们结义七人，除了太子，何之训，陈述，徐锴，已经战死了两个，是他亲眼看着他们断了气。如今他不知道下一个再走的，会是谁。

他不希望是何之训，虽然何之训是其余五个人里他最不投契的，只是看着何士忠的兵权，何家的势力，他才竭力把他盘进太子的圈子里。太子需要身边的势力，才能坐得稳天下。

当年迫于晋王李景遂的势力，陛下曾一度把李景遂立为皇储。太子拼着这些年的战场厮杀，逐步攥住了几支兵权，也培养起了自己的势力，这才迫使李景遂辞去了皇太弟的地位，将太子的名分定下。只有他们几个知道，太子这个位子，坐上来得多么艰难。

如今濠州的战事已经好几个月，大唐越来越抵抗不住，他也越来越估算不出下一步的局势。他很怕自己担心的事情成真。想了许久，祁正修写了张拜帖，吩咐下人送给了金陵外城都护崔力，约了三日后晚上一起喝酒。

把这一切打点好之后，祁正修起身从床榻边的木架上取下了外袍，该回后巷去了。无意瞥了眼床榻上，一片血迹像梅花般点点散了开。祁正修的唇际扬了起来，披上外袍转身出了书房。

濠州城外，赵匡义早已带了十万兵马从东线赶了过去，蛰伏了几天，配合着西线过去的符彦卿，场场出战，打得何士忠父子有些招架不住。

赵匡胤心疼弟弟，在大营里私下聊时说道："我知道你想立功，也想扩大自己的实力，但是要循序渐进，你这么个打法，濠州没攻下来，你就垮了。”

赵匡义眉头皱得很紧：“我只想尽快攻下濠州，这对我来说，很重要。”

赵匡义的语气让赵匡胤几分不解，想了想不禁笑道：“上次娘的家书里说，你看上了一个李唐的女人，你不是要打下濠州，去金陵把她抢回来吧？”

赵匡义看着营帐外，声音很沉：“她是何士忠府上的。”

“哦。”赵匡胤何其聪明，瞬间明白了赵匡义的意图，随即问着，“何家小姐？大的还是二的？”

“只是一个侍婢。”赵匡义答着，眉间却有了一丝暖意，“不过，她很好。”

赵匡胤微微吃了一惊：“一个侍婢？能好到哪？”他理解不了，看赵匡义眉眼间难得一见的柔色，心里有些担忧。难怪娘说他和符雪婵的日子不甚安宁，看他这个样子，对那个李唐的侍婢只怕已经情根深种，这怎么行？他如今也有些不一样的打算，符彦卿的势力是他必须倚仗的，要是因为这个闹掰了，可是天大的损失。不禁皱眉道：“那个侍婢能比得上符家小姐？真是越大越不开眼，眼馋肚饱的，一个贱婢都能入了你的眼。你要记住，符家小姐，才是你要记挂的。”

赵匡义冷冷看了赵匡胤一眼，说道：“是符家小姐要记挂，还是符彦卿的势力要记挂？既然你有所图，为什么不自己娶了？”

“放肆！”赵匡胤没想到赵匡义敢这么和自己说话，顺手抄起手边的砚台冲赵匡义砸了过去，赵匡义身子一偏，躲了过去。只落得一地四溅的墨汁。赵匡义冷着脸大步走了出去。留下赵匡胤气得把桌上的东西扫了一地。不行，他不能放任事情越行越乱。赵匡胤急忙赶到了皇上柴荣的营帐。

第二天一早，赵匡义接到了陛下的旨意，不必再出战，只镇守大营即可。又是赵匡胤的主意！赵匡义坐在桌前，手指重重地敲着桌子，一下，一下……此时不让他出战，比杀了他都难受。他不辞辛苦从开封赶到濠州，为了什么？

过了许久，他吩咐下去，选了一千心腹精兵，等到入夜，偷偷地出了大营。

三日之后，周军突然夜袭濠州，皇帝柴荣亲自率军从南关城入侵，守在城外的唐军战船和周军的水军战成一片，激战数日，周军夜里突然放火。濠州入冬后不时地有雪粒，可偏偏那几天阳光晴好，四下都干燥，转眼间唐军的战船都烧成了火海。外城失守，守城的万余士兵都被杀尽。濠州主城里一片慌乱。

消息报回金陵，朝堂上也乱成了一片，主战的，求和的，弃城的，各执己见。只有徐锴奏本："陛下，请速速召回太子。"

皇帝李璟已经满脑子混乱，听到徐锴的奏本更加焦急，太子还在濠州战场，万一有个三长两短可是国祚不保。忙派了三千羽林军赶赴濠州，无论如何，要把太子召回。

李璟的即诏令连着三天下了三道，太子却充耳不闻，坚守在濠州的战场，无论如何也不肯回来，誓与濠州同存亡，又派了三万兵马从泗州一带去截周军的后路。

金陵城内，陈述和祁正修正在何府后巷处的院子里对桌而坐，战事让他们都有些焦急，陈述说着："子介，你还是去把太子劝回来吧。濠州眼看着已经不保，不能搭上太子。皇上的即诏令已经下了三道，他都不肯回来，恐怕只有你能把他劝回来。"

祁正修的面上，是从没有过的凌厉，带太子回来，军心不稳，意味着拱手让出了濠州。又是一座城，他能体会太子心里的那种悲愤，他又何尝不是！可是，他如果离开金陵，濠州才是真的完了。只怪周军的进攻太快，再等十天，崔力就可以把金陵外城的一千兵马调进来守着后巷，他就可以撤身去濠州去找太子。可现在，他不能走。

陈述看祁正修不动声色，一时也琢磨不透他在想什么，但他一定有着更深远的打算，便说道："待会徐锴也过来，听听朝堂上是什么意见。"

话音刚落，突然有个侍卫进来，在祁正修耳边低声说了几句。祁正修的脸色顿时苍白如雪。陈述站了起来："怎么了？"

祁正修没有说话，大步向外冲了出去。陈述不明所以，紧跟着祁正修一起出去。没几步便到了何府别院，陈述有些惊讶，问道："你要进去？"

祁正修眉头紧锁，一脚踹开了何府别院的门，守门的侍卫看是祁正修，这既是何公子的挚友，又是大小姐的夫婿，一时不知该怎么拦，只好眼睁睁看着祁正修带着陈述，身后还跟了一队侍卫走进了别院。

祁正修径直向后院走去，没几步就走到了何之棠的院中，果不出所料，那个他一直等着的人，正站在屋里和何之棠激烈地说着什么。

祁正修的声音很平，却没有一丝温度："之训，你回来了？"

何之训一扭头，一身素白的祁正修束着青玉冠，正长身立在他面前，一时有些发怔："你怎么这么快就过来了？"

"不想看见我？"祁正修冷笑了一声，"我在后巷守了这么些日子，就等着今天，怎么能不快？只是我很失望，你真敢回来。"

何之训的脸色也变了，刚才的诧异褪去，浮上了一层阴寒："祁正修，你和李弘冀一直都不信我？！"

"太子不信你，怎么会给你出城的兵符？"祁正修无奈地摇摇头，太子还是没记着他的话。他千叮咛万嘱咐别把濠州城出城的兵符交给何家父子，最终还是白搭。

"你还有脸说信？"陈述已经看明白了情势，耐不住性子开口，"你都做出这种事，还好意思让别人信你？信你就是眼睁睁看着你回来准备打包带走你的家人，然后向周狗投降？”

“够了。”何之训向陈述厉声道，“你们缩在金陵，你知道濠州成了什么样子？你知道我每天提着脑袋出去，都不知道能不能再带着脑袋回来的感觉吗？”何之训扯开衣襟，露出了一片片的伤疤，“我是这样，我父亲也是这样，我们都拼了命地护着濠州，可是濠州护不住了，你知不知道，吴越要派兵过来助周军打我们，荆楚的战船已经到了鄂州，我们连周军都打不过，还有其他国家的围攻，我们怎么打？大唐早晚要亡，我不想等死啊。”

话没说完，陈述已经冲上去对着何之训就是一拳：“孬种。”可惜他是个文官，一拳下去，何之训只是向后歪了歪，没有任何反应，陈述大声骂道：“你还是个男人吗？国家危难，你打不过就跑，不忠不义，身为武将，宁肯战死沙场，也不能投敌，你懂不懂？”

何之训冷笑道：“我不懂。你们懂，你们怎么不去打仗？”

“混账！”陈述气得青筋暴跳，“你怎么能说出这种话，我是文官，子介是太子侍读，无权带兵，可他一直都陪着太子在战场上，身上现在还留着见血封喉的余毒。你还有脸说？难道朝廷养着你们这些武将，就为了打仗像缩头王八一样？你还不如王八！”

何之训痛苦地摇着头，他不想投降，身为一个男人，一个武将，投降是莫大的耻辱。可是这场战事的结果已经明明白白地摆在了眼前，怎么打都是败。他见不得自己同甘共苦的兄弟，前一刻还在说着话，后一刻脑袋就被周军砍了下来，滚落到了马蹄底下，再被践踏个稀巴烂。

每天的死人，都是无谓的挣扎。看不到光明，看不到前景，只是垂死的摇摆。他受不了。而且自从那夜赵匡义潜到他的大营，和他讲了还会有援兵前来的时候，他就更加绝望。赵匡义劝降的本事不错，他的笃定和气势，让何士忠父子犹豫了。

思考了几天，随着濠州外城的攻陷，最终何士忠决定投降。只是在投降之前，他必须要把何之棠和何之兰接过来，否则一旦他们投降，何家的人都是死路一条，他不舍得扔下自己的女儿，才让何之训回来偷偷把她们接过去。只是听说祁正修回了金陵，又有些担忧。

何之训琢磨了一番，祁正修和他交情不算浅，又和之棠有婚约，总不至于绝情到宁肯看着她们死也不放人吧，最终还是回到了金陵。

何之训看着祁正修道："子介，放我何家一马，你和之棠有婚约，如果你护得了她，我只带走之兰。"

祁正修的唇际勾起了一丝凛冽的寒意："我不和叛军之将谈条件。如果你想带走这里的人，可以，踩着我过去！"

何之棠的心"怦""怦"开始一下一下地扯疼，她错了，她全错了。她以为祁正修是为了保护她才守在后巷，可她万万没想到，他只是为了警示她在濠州打仗的父亲和哥哥，她和之兰的命都在他手里攥着，不敢向周军投降。她脸色苍白地坐在了一旁，全身微微颤抖着。

何之训看着何之棠的样子，心里一疼，转身出了院子对祁正修冷声道："人，我一定要带走。你要是打不过，就别废话。"

祁正修一撩袍子也冲出了院子，陈述有些头大，祁正修的功夫虽好，但何之训毕竟武将出身，只怕打不过他。他还没来得及想，院子里的两人已经打在了一起，何之训招招用力，因为想急着带走何之棠姐妹，每一招都发着狠戾，祁正修宛如游龙，灵活地闪躲着。

他们的动静早已惊动了整个院子，小桃从屋里跑到大小姐的院子，看着一白一青的两人打得难解难分，虽然不知道是为什么打，但小桃的心已早早悬在祁公子的身上。

两人打了一个时辰还没分出胜负，但祁正修已经渐渐处在了下风，随着打斗的进行，他身上见血封喉的余毒又开始因为身体发热而蹿的到处都是，祁正修全身痒得厉害。小桃看出他的难受，心也跟着绞疼，何之训趁着祁正修一个顾及不来，飞起一脚把祁正修踢在了地上，转身又是一个回旋踢。小桃来不及想，下意识地冲上去拽地上的祁正修，何之训的那一脚结结实实落在了小桃的后背，小桃哪经得住何之训这一脚，一个趔趄跌在了祁正修的怀里，一阵剧痛差点闭了气，过了半晌才轻轻喘了口气，咳出了两口血。

祁正修心里一紧，把小桃扶到一边，转身飞起直踢何之训的胸口，招招发狠地致命。身上的痒痛更加厉害，祁正修的眼睛开始发花，何之训忽然看到墙边立着的一个竹竿，挥起来向祁正修戳了过去。

陈述大声叫了起来："够了，何之训，你不至于要他的命吧？"

何之训一顿，犹豫的瞬间，忽然几支箭冲着他射了过来，何之训挥着手里的竹竿挡了下去，定睛一看，数千全副铠甲的羽林军已经不知什么时候围在了他周围，似乎一下从地底下钻出来的。

他就是再有能耐，也打不过上千人，他带的那几百兵力也根本不是羽林军的对手，何之训看着祁正修冷笑道："行，你还真是有谋算。"

羽林军的首领冲何之训一抱拳："得罪了，陛下有请。"说着把一脸决绝的何之训带出了别院。剩下的数千羽林军把何府团团围了起来，再不许何家的任何一个人出入。

祁正修眉头一皱："谁告诉的陛下？"

陈述一愣，不是他布置的，那是谁？这时一个蓝袍身影从旁边跑过来对祁正修说道："没事吧？我看你打不过他就赶忙去宫里禀告陛下了。"徐锴本来和陈述约着去后巷祁正修那里商议事情，等他赶过去只听下人说他们到何府了，徐锴赶到何府，正听到何之训和陈述争执，要和祁正修比试。他估摸着祁正修打不过何之训，便赶紧进宫禀告了皇上。

祁正修的眉头蹙起，他来之前已经派人去通知金陵都护崔力，几百兵力还是能调度过来的。他就怕惊动皇上，皇上知道了一定大怒，万一对何之训有什么动作，只怕激怒何士忠，投降得更快，而且太子还在濠州，何士忠一定会拿太子要挟皇上。

祁正修皱眉道："我必须立马启程去濠州。"

陈述拽着他的胳膊，全是痛惜："你这样子，还怎么赶路。"话音没落，门口芸娘的声音已经喊了起来："小姐，小姐，醒醒啊。"

刚才太多的惊心动魄，看得何之棠的心一直扯痛，一边是自己的哥哥，一边是祁公子，她谁都不想受伤，心随着他们来回跌宕着，好容易停了手，何之训却被羽林军带走了，心里一急，就晕倒在了门口。

祁正修顾不得去看何之棠，对陈述一抱拳道："这里麻烦你和楚金照看一下。"对徐锴叮嘱道，"千万启奏皇上，对何家要怀柔。别逼急了何士忠。"转身看着被下人扶到一边的小桃，祁正修大步走到小桃面前，拢了拢她的头发，温声道："疼得厉害吗？"

小桃疼得说不出话，轻轻抬手拉上了祁正修的袖子。疼痛，像漫无边际的水溢了上来，让她有些窒息，喘不上气，脑子里也空空的，唯一的浮木，就是祁正修。疼，她疼得厉害。

祁正修的胸口闷闷的，小桃的样子让他心疼得喘息不上，他抬手擦了擦小桃唇边的血，声音有些颤抖，慢慢说着："很快会好的。等我回来。"

说完后，狠了狠心，把袖子从小桃的手里一点一点抽了出来，

第二卷

二更鼓：教坊官妓花月情浓

三更鼓·桃娘传

楔子

亥时，二更的梆子响了。金陵城里更加安静。寻常巷陌里，偶尔能听到几户上了门板的声音，大多人家已经灭了灯，进入酣眠。

只有一条街道上，一辆马车还在疾驰着。那马车并不豪华，看装饰，简单得很，只是粗粗的几根木头配着几副帘子，但是细看去，每根木头都散着淡淡的香味，帘子也是纯色的卍纹锦缎。而拉着车的马，是匹西域的汗血宝马，跑得飞快。

帘子里一个抿唇的女子，正紧紧抓着马车，忽然一个颠簸，撞在了一旁的车壁上，服侍的侍婢紧张地问道："没事吧？"

那女子摇摇头，轻声说道："吩咐车夫，再快些。"

花月坊里，笙歌更盛。一更鼓时击鼓的女子再次出来，击响了二更鼓。

二楼的包厢里，几个世家子弟依旧在饮酒，心情却有些忐忑，其中一个说着："沈兄这趟更衣也太久了，怎么还不回来？"

另一个接应道："我去看看，别是喝多了失足跌在什么地方，我们可罪过大了。"说着起身出了房门。

几个人正兴趣索然，忽然四下安静了起来，堂前正中的台子上，装扮得分外富贵的月娘脸色惨白地开了口："今天是我家桃娘出坊的日子，是个好日子。”说着声音微微颤了颤，抹了抹额上的汗接着道：“桃娘说，相识一场，也是缘分，最后再给大家演一出《桃花双燕舞》。今后，各自珍重。”

话音刚落，四周已经喧哗哄闹成一片。厢房里的几个世家子弟也赶紧拍手，其中一个兴奋地对张姓官员说道：“你可真是有福了。桃娘的双燕舞是最绝的。别人做不来。还以为你看不到了，没想到临出坊，还有这么一出。”

张姓官员也随着拍手，但桃娘的舞到底能好到哪儿，他也想不出个一二。

月娘从台子上下去，险些绊一跤。这个祖宗哟，有人赎出去是多少人羡慕的事，又是那么一个人物，这个祖宗还弄这些幺蛾子，她真怕那人一怒之下把她的花月坊拆了，再把她卸了胳膊腿，可桃娘执意还要演一出双燕舞，怎么劝也说不通。真是两边都得罪不起，她这个管事的，倒像个受气包。

屋里，桃娘把喜服穿上了身，果然是好质地，这么大一套，穿上倒轻便得很。大红的颜色，喜庆极了，配上她的妆容，像一朵灼灼如火的桃花。

桃娘眉梢挑了一挑，问着青青：“看着还不错，嗯？”

青青有些担心地问道：“姑娘，真的要穿着喜服去跳吗？会不会怪罪下来？”

桃娘冷哼了一声，声音也冰凉：“大不了把我的脑袋提了去，有什么怕的？”说着一甩披帛，昂着头出了房门。青青赶紧跟在了身后。

前堂的台子上开始布置，几个人抬上了些有高有低的树桩，有的树桩上面还做上了树枝样的枝杈。

张姓官员好奇地问道：“跳个舞，要这么大张旗鼓地布置？”

一旁的世家子弟笑道：“这就是妙处，你看了就知道了。”

过了片刻，一切布置妥当，前堂的灯烛灭了些，光线变得昏暗。四周也静了下来。

笛子声悠悠地起来，仿佛是春天的拂晓，一切都是安宁而欢愉的开始。众人正沉浸在笛声带来的静谧中，忽然从前堂的顶上飘然落下一个身影，悠悠地，飘逸地，像一只燕子落在了台子中间的树桩上，那个身影宛如一只精灵，一会儿在这个树桩上舞动，一会儿又跃到了另一个上，来回翻飞。忽地一个纵身，从下面一跃，就飞到了最高的一个树桩上，单脚立在上面，稳稳的一个回眸亮相。

四周的灯烛亮了起来，一身大红的桃娘惊艳无双，四下先是被震惊了一般的宁静，忽然就噼里啪啦的掌声、喝彩声，几乎把前堂的房顶掀翻。

楼上包厢内张姓官员点头赞叹着："好，果然好。"刚才那个女子是顺着绸子从上落到下的，而桃娘没有借助任何东西，直接从上落了下来，动作还那么轻盈，不仅可以从上往下跃，也可以从下往上跃，真的像会飞一样。

一旁的世家子弟笑道："接着看吧，好戏还在后头呢。"

笛声戛然而止，琴的声音铮铮响起，七弦泠泠；紧接着瑟的声音相随相伴，仿佛在云层里追逐。桃娘勾唇淡淡一笑，眉眼挑起，几乎能勾人心魄。身体也随着琴瑟的声音腾空而起，在树桩上飞旋。

琴的声音厚重，瑟的声音清亮，犹如一男一女，相伴而歌。而桃娘的动作，先是缓缓地来回舞着，时而折腰，时而回旋，身体柔软得仿佛怎样都能舞动。引得看的人一阵阵惊呼。

随着琴瑟的声音越来越快，桃娘的动作也越来越快，在灯烛的照映下，身子和影子相互追逐着，众人的呼吸也屏住了，看着桃娘的身影在烛影间幻化。

桃娘的身形动作太快了，众人都不敢眨眼，桃娘在树间来回翻跃的身影让人眼花缭乱，只看见两个鲜红的身影相互追逐，分不清是桃娘和桃娘的影子，还是桃娘前后身影的幻化，只是看着像两只轻盈的燕子，在树间翻飞。

张姓官员站了起来，眼睛盯着桃娘一眨不敢眨。低声呓语着："我可算明白，这舞为什么叫双燕舞了。我还想着，一个人，怎么演两只燕子。

原来这一个人真能变成两只燕子啊。”

琴瑟声音渐渐缓了下去，树上的两只燕子也迷离起来，一只燕子没有了，只剩下另一只，桃娘的动作缓慢起来，仿佛失偶的孤燕，茕茕独立。桃娘的身体仿佛有魔力，所有的感情都浓浓地盈在舞里。让看的人心里都扯疼。如果说刚才的双燕，让人惊艳于她的舞技，那么快，那么缭乱，而现在的孤燕，才让人沉浸在那份离愁中，随着她的动作，悲凉落寞。舞里面最难表现的那个“情”字，被桃娘刻画得淋漓尽致。

一曲终了，四周像被湮没了一般寂静，忽然就雷鸣瓦釜地爆发了掌声和喝彩声。

桃娘淡淡地笑了，把所有看的人一个一个扫了一眼。然后轻轻落到台子后面，走了出去。

张姓官员瞠目结舌，直摇头：“要不是亲眼看见，真不敢相信。能有这样的舞技，跳到人心里头了。不像看她跳舞，倒像自己心里所有的难为事，都让她勾了起来似的难受。”

一旁的世家子弟略微有些惊讶地说道：“咦，今天怎么没写字？往常桃娘会边跳边在白帛上写字的。”

桃娘回到了屋里，青青紧跟了上来，还没走到门口，桃娘已经一个甩门，紧紧关上了。青青只好站在了屋外，心里说不上的滋味，低声对着屋里说道：“姑娘，知道你心里不痛快。不过，不过……”青青支吾着，“月娘刚才让我转告你，那人让你别再磨蹭，否则……”

话没说完，桃娘在屋里冷声说道：“知道了。”她不想听。否则能怎样，除了杀人就是杀人，还能怎样？

桃娘从枕头下，拿了把精致小巧的匕首出来，别到了中衣的腰带上。宽大的外袍遮着，也看不出。桃娘理了理妆容，方才的一支舞，又折腾半晌，离三更越来越近了。记得第一次进花月坊，就是半夜三更。

第九章

何府入罪满门累
教坊花月正春风

数年前，也是三更，花月坊里还热闹得很。花月坊属教坊管辖，虽不是什么清高的地方，也比一般的娼门门庭高贵得多。红姑是花月坊日常事务的总管，正在前堂张罗吩咐着，忽然一个下人跑到她耳边说了几句，她皱了皱眉，向后院走去。

前几天教坊的周大人就说会有几个新来的，早不来晚不来，正忙着来了。也不知道是些什么货色。

红姑扭着身子来到了后院，歪歪斜斜地站着十来个人，像霜打了似的，红姑扫了一眼，看背影，有几个还不错的。红姑走进了后院的一间房子，命人掌了灯，扭身坐在了木椅上吩咐道："挨个拉进来，我看看都能干什么。"

红姑剔着指甲，第一个被拉了进来，头发散乱，目光躲闪，看着原来也是个下人，红姑勾了勾唇："叫什么？"

半晌，那人开了口："若素。"

"原来做什么的？"红姑看她长得普普通通，没了兴致。

"服，服侍大小姐的，端茶倒水。"若素有些结巴。

"会什么？琴，棋，书，画？"红姑说一样，若素都怯怯地摇摇头。红姑没了耐性，这个鬼样子，又是个赔钱货，红姑不耐地问道："破了身子吗？"

若素一愣，半晌才反应过来，赶紧摇头。红姑的眉头舒了舒，也就这一样还有点价值，初夜能讨个赏。红姑手一挥：“去下三堂吧。”下三堂是娼门，做些皮肉生意。这丫头养个两三个月，退退脸上的晦气，做那生意不错。

下人把懵懂的若素带出去，又带了个进来。这不是个好对付的，一双眼睛不甘里又有着愤怒，见了红姑冷冷瞪着，一声不吭。

这样的，红姑见多了，抬眸迎上她的眼睛，问道：“叫什么？”

那女子没有吭声，继续对峙着。红姑站了起来，上下打量了一番，这个模样生的真不错，虽说额上有些伤，但能看出是个美人胚子，红姑淡淡笑道：“是个小姐？”

依旧没有应答，红姑坐了回去看着她说道：“来我这儿的，大家小姐有，小家碧玉有。我不管以前是谁，到了我这，都是花月坊的姑娘。第一件事，是要学规矩。”

说着一抬手：“把外头那几个都拉过来看着，学学什么叫规矩。”下人把其他人推推搡搡扯了过来，红姑眸子一冷，吩咐道：“开始吧。”

一个二十多岁，短衣襟的男人走了过来，冲着方才倔强的女子的腿一脚踹过去，女子支应不住，跪在了地上。男人拿起手里的竹板，冲着女子的脸左右开弓，五六下下去，女子嘴里的血漫了出来。

外头一个女子声音哆嗦着低声喊道：“别打了，求求你们，别打了，她叫何之兰。”

何之兰一扭头冲那女子瞪眼道：“要你说？呸，软骨头。”

红姑笑了笑：“看来你骨头硬？很好，我最喜欢骨头硬的。”转身对拿着竹板的男人说道，“正好，用来训练这些人的二十八招也好久没用了，给这个硬骨头试试，看看能熬到第几招。”抬头冲其他人笑道，“都看着点，还有骨头硬的，一起试试。”说着扫了一眼其他人，除了一个病歪歪靠着身边人的女子，其他人都低下了头。

红姑看了眼何之兰，对那男人说道：“挨个试吧，还等什么？”

那男人出了门，过了一会回来，手里拿了条蘸了盐水的鞭子，冲着何之兰抽了过去。何之兰疼得跌在了地上，皮鞭每抽上一次，都疼得一哆嗦。衣服很快被抽得破烂得一缕一缕，血浸了出来，随着何之兰在地上翻滚，拖出了一道道的血痕。但何之兰始终不肯哼一声，咬出了一嘴血。

旁边看着的人脸色惨白，有一个已经晕了过去。红姑示意男人住了手，冷笑道：“还真挺硬。下一个。”

男人又出去了一趟，回来的时候，带了一副夹棍，另一个比他年纪小些的男子进来，冲地上奄奄一息的何之兰泼了一盆冷水，何之兰一个哆嗦，用力瞪着那人。先前的男子爽利地把夹棍套在何之兰的手上，和另一个一起，左右一扯，十指连心，何之兰终于忍不住，“啊——”地大声喊了出来，全身的冷汗像被水洗过一样冒了出来，疼得全身发抖。

何之兰惨烈的声音让看着的人又是一哆嗦，红姑满意地点点头：“才第二招，就号出来了？下一个。”

年纪小的男子出去，另个男人把何之兰的上衣扯了下去，露出了血迹斑斑的身子。何之兰羞愤难当，她长这么大，哪曾被男人看过一段胳膊，现在却整个上身裸露出来，一时拼尽了力气想骂，却疼得没一丝力气，最终只是张了张嘴。

不多时，年纪小的男子回来了，手里抱了一只猫。看着的所有人的眼睛都直了，这是什么意思？

男子手一松，猫落到了地上，闻着地上的血腥味，冲何之兰一步一步走了过去。何之兰拼尽全身力气向后缩着，眼睛里全是绝望。

猫伸出舌头舔了舔，继续向何之兰走过去，忽然一个纵身，扑上了何之兰的胸前，开始沿着何之兰上身的血痕舔过去。何之兰用力扭着身子，但毫无作用，她的脸又红又涨，红姑冷笑道：“把她裙子扒了。光舔上面有什么意思？”

看着的女子都开始哆嗦得打摆子，屈辱和疼痛把何之兰彻底击垮了，她看着红姑沙哑地说着：“不要……”眼睛里的不驯散去，只剩满眼屈辱的眼泪。

红姑满意地站起来，走到何之兰面前勾起她的下巴，笑得灿烂：“不硬气了？”

何之兰闭着眼睛，含泪点了点头。

“现在后悔了？”红姑冷冷笑了两声，“回头就好。不过为了避免你下回再犯，还是得给你点小惩罚。”吩咐着那男人，“今晚季大人来，把她送过去。季大人就喜欢身上皮开肉绽的。”

转身对外头看着的女人们说道：“哪个还敢骨头硬的，她就是榜样。”说着一挥手，“好了，送过去吧。”

何之兰被那男人架着出了房门，地上的血痕，泛着狰狞的光。

陆续有女子被扯进了房门，但是没人再敢抗争，被红姑从头到脚仔细看了番后，各自打发到了各自的去处。

何之棠走进房门的时候，红姑的唇角勾了一下。这些女人应该已经在教坊被关了几天，个个形容憔悴，但唯独这个女子，头发一丝没乱，衣服虽然脏，但也是整齐的，身上倒有点大家风范的样子。红姑见的人多，眼睛也毒，看着她笑道：“你也是个小姐？”

何之棠低头说着：“只是个落难的人。不说从前。”

红姑笑笑：“识时务的，才能活得好。”顿了下问道，“你会什么？”

何之棠答着：“认识几个字，也能写，会弹琵琶。”

红姑点点头，吩咐着：“拿把琵琶过来。”

不多时下人把琵琶拿来，红姑对何之棠说道：“随便弹个什么。”

何之棠坐到一旁的椅子上，把弦挑了挑，轻拢慢捻，续续而弹。琵琶声里是无尽的悲凉和凄苦。红姑边听边点头，一曲罢了，声音也缓和了：“花月坊里，只要有本事，就能做人上人。你这把琵琶，也够你好好活下去了。”

何之棠微微屈了屈膝，看着红姑道：“谢姑娘。”

红姑淡淡扯了个笑：“叫我红姑吧。”说着吩咐下人道，“先把她安顿到宜春堂秀梅的房间。”下人带着何之棠出去，红姑叹了口气，这一晚上，可算有一个能入眼的了。

最后进来了两个，一个畏畏缩缩不敢看她，另一个病怏怏地斜靠着她。红姑也有些乏了，没怎么仔细看，两个都不怎么打眼，便吩咐着：“送到下三堂去吧。”下人把那两个人带出去，红姑打着哈欠出去，这一通折腾，天都快亮了，扭着身子回到了自己的屋子。

过了几天，估摸着新来的都歇息得差不多了，红姑把上三堂新来的姑娘召到一起，细细看了看，还是有几个不错的。

何之棠看了看周围，伤愈的何之兰站在离她不远不近的地方，低着头，脸上没什么表情。芸娘，若素，小桃都不见了踪影。倒是瑶台阁的几个舞姬也在上三堂。

红姑坐在最上首的椅子上，喝了口茶，缓缓说着：“这里时常都要来些新人，来一批我就要讲一次。不过，只讲一次，你们细细听着。

“花月坊，就是你们现在在的这个院子，是朝廷教坊管着的。今天我来和你们说说教坊的规矩。教坊的人多得很，十条街也装不下。教坊分成内教坊，外教坊。内教坊，那是给朝廷用的，掌管着雅乐，朝廷祭祀、庆典、出征那些大阵仗的乐舞……是内教坊的事儿，和咱们八竿子打不着。花月坊归外教坊管，乐令周大人，那是外教坊直接管咱们的，偶尔也会来花月坊看看，你们机灵点，看到周大人，要好好侍奉着。

“花月坊，分上三堂，和下三堂。上三堂，宜春堂，会春堂，点春堂。下三堂，风月堂，秋月堂，醉月堂。有什么分别？不想做皮肉生意的，去上三堂；只能陪睡觉的，去下三堂。不过谁也不用瞧不上谁，谁也别嫌谁不干净，服侍好官爷，甭管用什么手段，他们愿意买你的春，就有脸面。

“上三堂的，甭管琴棋书画，得会来一样。当然技多不压身，要是有愿意学的，花月坊里有师傅，也能再去学。花月坊要学的东西多得是，我会派人带着你们一样一样学下去。”

“最要紧的，是学规矩。在花月坊里，技艺可以慢慢学，但规矩要是学差了，就是死路一条。所以都放聪明点。”红姑冷笑道，“想要守着身子做清倌人，先把身上的本事练好了，在姑娘里做个拔尖的，官爷们才能尊重你。”

“给你们举个例子，花月坊五年前有个叫霜莲的，歌唱得好，还会自己写诗填词，名声都传到皇上那里了。皇上宠幸过一次后，教坊也不敢再让别人碰，在城南置了座宅子供着，现在过的那是什么日子？”

“不过毕竟能见到皇上，那得托几辈子的福气。只要肯用心，做出点名堂，教坊会给你们封“内人”的名号。几年前，花月坊有个跳舞绝佳的梦竹，封了内人，朝廷名册都记录了的，直接给她发俸禄，都不用经过花月坊。还赐了金子做的鱼袋，风光极了。鱼袋那是朝廷命官才有的东西，你们想想内人是什么分量吧。”

红姑说了半晌，啜了口茶：“一时半会也说不完，先这样吧。以后逐渐说，逐渐教。今天先把名字改了，原来的名字都抹了吧。我看你们也不想让人知道你们原来是谁。”

何之兰改成了冰兰，何之棠改成了采樱，其他的舞姬也纷纷改了名字。

改好名字之后，红姑说道：“东西慢慢学，这几天先学第一个本事。

这第一个嘛，说简单，也简单，但说难也难。”众人面面相觑，不知道她要说什么。

“第一个要学的，就是笑。”红姑扫了眼众人，缓缓说着，“我知道你们心里想什么，笑嘛，谁不会。”

顿了下，红姑声音有些威严地说道：“不过，你们还真不会。第一，要学会一直笑，哪怕官爷们骂着你婊子，把酒泼到你头上，你也得给我笑，敢支棱着脖子顶嘴的，想想怎么死痛快；第二，要学会怎么笑，不要笑得傻，笑得呆，笑得像个青头鹅。要笑得美，笑得俏，笑得有味道，让官爷看着喜欢。”

红姑说完吩咐着；“让玉娘过来，教教她们怎么笑。”

用了七天的时间，在不知道多少次打骂咒怨和哭哭啼啼里，上三堂新来的女子们终于学会了第一个技能，就是笑。何之棠学得容易，何之兰却学得难，在竹板的调教下，最后终于学会了含着眼泪笑得魅惑。

下三堂里，翠娘看着红姑挑剩的这些女子，叹了口气。同在花月坊，下三堂的地位可远远比不上上三堂。

上三堂里，便是当朝的一品大员来了，也得恭恭敬敬叫声“姑娘”，遇到了清倌人，便是想有些非分的念头，也得度量度量。上三堂行走的大多是有身份的人，有了身份便自然要面子，姑娘们也能少受些窝囊气。

下三堂就麻烦了，来的大多是武将，兵油子，来了就直奔主题，不需要诗词歌赋那花花事儿，但是体力太好，常常把姑娘们折腾得几天下不了床。即便有些知书识礼的，到了下三堂也尽做些不斯文的事。

翠娘看着这些女子，心里也有些酸楚。原来都是大户人家好好的女孩儿，不知道得罪了谁，就得受这些非人的待遇。翠娘把这些女子一个个细细看了看，她们都吓得直往后缩，看着她的眼睛里也全是恐惧。得，一定又在红姑那被收拾了过来的。

翠娘问着："都还没吃饭吧？"说着挥手让下人端来些吃的，让她们先吃着，自己坐在一旁慢慢看。心里也在琢磨着该把谁分到哪个堂子里，做些什么事。下三堂里虽然做皮肉生意，但里面的门道也不少。翠娘看着吃得顾不上形象的一堆女子，忽然注意到一个，虽然衣服又脏又破，头发也散乱着，但模样实在是出挑，即便现在看着病恹恹的，也有些病西施的味道。

翠娘伸手指过去，问道："你叫什么？原来做什么的？"

小桃半靠着墙，手里的饭有一口没一口地吃着，听到有人问话，勉强睁开了眼，一旁的若素替她答着："她叫桃宜，原先是服侍大小姐的。"

翠娘点点头，又问道："得了什么病？"

若素结结巴巴答着："先前，先前被何公子踹了一脚，郎中来开了药，还没养好，就被关到教坊了。又到了这。"

翠娘眉头一展，不是痨病就行，外伤养养就好了，这是块好料，收拾收拾打磨打磨，能给下三堂撑场子。下三堂已经多少年没出过个像样的姑娘了。翠娘来了兴致："快去请郎中，给她好好治治。"

过了七八天，小桃养得也好了些，脸上有了红润的光泽，身上用药调理了后，也不咳血了。只是肋下一动还疼得紧，郎中给开了方子，让坚持服个把月，便能好利索了。若素陪侍着小桃，芸娘却是偶尔见到小桃也是一声"呸"，再无多话。她恨死了小桃，且不说她狐媚子妖娆冲出去替祁公子挨了一脚，她是个什么低贱的东西？怎么就敢不自量力处处和大小姐争抢祁公子？她早就劝过大小姐，小桃有桃花劫，是个扫把星，大小姐偏不听，还待她那么好，可最后换来什么？全家跟着这个灾星给毁了。听跟何之训回来的人说，那个原打算配给小桃的云笙已经死了，芸娘更加笃定小桃是个不祥之人。恨不得永远不要再见到她。

翠娘看小桃行走渐渐自如，便把新来的姑娘召集到了一起，大致介绍了一番教坊，接着说道：“我们在的是下三堂。下三堂是娼门，做的是皮肉生意。”

话音刚落，聚在一起的女子们已经面红耳赤，微微抖着。翠娘淡淡笑着：“别怕，别一说娼门，就吓得哆嗦。娼门也有娼门的规矩，只要按规矩做，日子过得也不会很辛苦。”

“来下三堂的，武官多，性子直爽。所以在下三堂的好处是不用学那些琴棋书画的劳什子，更自在些。得的赏赐也不少。但下三堂服侍的，是官爷的身子，那也不是躺下去就完事的，自然有种种妙处，以后会一步步训练你们。”

翠娘顿了顿说道：“今天先给你们改了名字。上三堂是花名，下三堂是月名。”于是小桃改名叫瑶月，芸娘改名叫碧月，若素改名成素月……

改名之后，翠娘继续说道：“下三堂要学的第一件本事，是不要逃。”说着看了看四周愕然的女子们，笑了笑道，“有些不明所以的女人，一听说下三堂是做皮肉生意，总要想办法溜走。但你们不想想，下三堂也属于教坊，朝廷开的，能随随便便让你们跑吗？我在花月坊已经十五年了，前后进进出出的女人有几千，没一个跑得掉的。”

“其实仔细想想，除了讨官爷欢心的方式不同，上三堂和下三堂有什么区别呢？一样没法赎出去，一样得在这里待到老，待到死。对着迎来送往的官爷，进了这个门郎情妾意，出了这个门互不相识。别指望有人真心待你们。所以我觉得没差别。就算上三堂混好了，给个“内人”的名分当当，不也一样卖笑一辈子？都是虚名。下三堂待好了，也能舒服过一辈子。”

翠娘说完，抬手叫了个下人进来：“把宋婆叫来。”转而看着众人说道，“别怕，宋婆来给你们验个身，这里的姑娘没破身的，第一次能卖个好价钱。要是运气好再碰上个重情义的，也没准只跟了他。好了，去吧。”

小桃的手紧紧攥着，看着翠娘问道：“除了皮肉生意，还能做什么？”

翠娘一愣，看着她脸色沉了下来：“你不愿意？”

小桃咬了咬唇，抬眸看着翠娘坚决地说道：“在何家犯事之前，我已经委身于人，我不能对不起他。”小桃的话音刚落，旁边的女子都看向了她。若素是不敢相信地张大了嘴，芸娘冲着她的背影啐了一口：“骚狐狸，扫把星。”

翠娘看着认真的小桃“嗤”了一声，还有这种傻丫头？不禁冷笑道：“下三堂真没什么别的好活儿。端茶倒水用不着你们，也不许你们做这种轻省活儿。你以为你们是谁？罪臣的家眷，做的是官妓，朝廷是惩罚你们，不是让你们享福，所以哪有好活儿？”

说着一挥手，让其他人先过去验身，独独把小桃留下了。这么个好模样，她是真不舍得浪费了。翠娘抬手把小桃的脸抬了起来，又捏了捏身上，对小桃温声说着：“以你的资质，我敢保证，花月坊这么多女子，上三堂我不敢说，调教调教，你在下三堂一定是出头的。日子过得不会差，何必犯傻呢？”

小桃摇了摇头，何家遭遇这场变故，对她来说，就像做了一场梦。当初何之训的一脚把她踹到了疼痛得几乎窒息的深海里，她唯一的一根浮木被人抽走了。

她只觉得四处都是冰冷。等她强挣扎着醒来，曾经的高楼瑶台、纸醉金迷，只成了教坊的四堵围墙。周围的人都成了教坊的玩物，连大小姐和二小姐都成了强颜卖笑的，绝望一次次地几乎把她吞没。她不知道半夜多少次哭醒来，她唯一能想到的就是祁公子，那个她生命里唯一的男人。可是他在哪儿啊？

还记得他临走时，带着一身见血封喉的余毒，不知道他现在怎么样？他知道自己进了教坊吗？要是自己的身子脏了，还有什么脸面再去见他？

小桃跪在了地上，扯着翠娘的裙角说道：“求求你，别让我侍奉别的男人。我不能对不起他，真的不能。”

翠娘拍了拍小桃的肩，叹口气说道：“你还想着再见他吗？不管你是他什么人，但终究没过了正儿八经的名分，你才跟着何家到了这里。到了这里，你就只能做花月坊的姑娘，过去的一切，都抹了吧。即便他回来，也不会再要你了。”

看小桃愣在那里，翠娘继续说道：“他嫌不嫌弃你是其次，你的身份已经成了贱籍，落到了花月坊。不管他是什么身份，按朝廷的规矩，他没办法赎你出去的。你又守给谁看呢？”

小桃的脑子轰的一声，她没法被赎出去了？她一辈子都要待在这了？她再也见不到祁公子了？小桃拼命摇着头：“不会的，不会的。”

翠娘看着小桃有些癫狂的样子，无奈地让下人进来：“先把她关到冰室去静静。”又补了句，“第一间就行。”

花月坊的冰室有好几间，从地下通到地上。最里面的是像雪洞似的房子，进去用不了半个时辰就能冻得晕厥过去，可以储存些吃食之类；中间是冰水泡的池子；最外面的一间是缓冲间，后两间的冷气吹到这里，温度比正常的房间低一些。常常为了惩罚些不听话的姑娘，便会关到这里。

小桃被关到这里，冷风一吹，旧伤开始隐隐作痛，也咳嗽个不住。翠娘关了小桃，心里也有些不忍，小桃的确是这批官妓里模样最出挑的，万一冻出些毛病，以后可怎么服侍官爷们？不免又吩咐下人给小桃送些衣服和吃的过去。

小桃被关了半个月，本来快痊愈的身子又有些熬不住，渐渐地又开始咳血，人也昏昏沉沉的，迷糊中做的唯一一个梦，就是祁公子对着她温温的笑，可每次她想扯上他的袖子，都被他用力地拽了出去。多少个晕沉沉的梦里，小桃孤独而绝望地自言自语着：“祁公子，你到底在哪儿？”

翠娘每天都要问一遍看着冰室的下人：“那丫头服软了吗？”每次的回答都是摇头。到了第十五天，翠娘一咬牙：“先把她弄回来。”冰室不能再关了，否则真要出人命了。硬的不成，就来软的吧。现在她转不过弯来，等周围的女人都是那样子，她早晚也会跟着转了性子。

周军的大营里，何士忠带了三万亲信的忠勇军投奔了过去。那些人是一直跟着他出生入死的，不管他在唐营还是周营，都愿意继续跟着他。

周朝皇帝柴荣看到何士忠大喜过望，穿着常服亲自到营帐门口迎接，并且当晚就办了隆重的欢迎仪式。赵匡义看到只有何士忠却并没有何之训来，眉头紧紧皱了起来，不由问着何士忠：“之训兄呢？”

何士忠的眼睛有些血红，从祁正修到濠州的一刻，他已经觉得不妙，之训没有带来之兰之棠，守在金陵的祁正修却来了。那么他们投降的意图一定是暴露了，李景达又率着队伍前来，只怕传到了皇帝的耳朵里，何家凶多吉少。

赵匡胤打断了赵匡义的话说道：“之训回去安顿，相信不久就可以过来。唐朝已经不适合安身立命，何将军是明大义的人。”又转到了别的话头。赵匡义顿了顿，低声吩咐着侍从速去打探何之训的消息。

几日后，传来了何之训被鸩杀，何家被查抄的消息。何士忠又急又气，晕倒在了营帐里。可战事紧急，攻打濠州还在继续，柴荣便命何士忠交出兵符，由赵匡胤接着掌管何士忠的三万忠勇军。

赵匡义得知这个消息，披了外袍立马向营帐外走去，还没出门就被赵匡胤堵了回来，冷声问道：“你要做什么去？”

赵匡义用力一把推开他：“去金陵。”

赵匡胤把他拦住喝道："糊涂！"瞪着他大声道，"你是打算去金陵劫教坊，还是去攻城？"

赵匡义顿住了步子，眼睛血红："何家被抄了，女眷都充了官妓，官妓！你懂不懂？"

赵匡胤冷笑道："我懂，但你去能做什么？你还没进金陵城，就被李璟抓起来砍了吊上了城楼。你以为你一个人能抵得上千军万马？那是金陵，不是开封，不是你想去就能去的地方。"

赵匡义没有吭声，只是大步向前走去。

赵匡胤用力扯住赵匡义，大声道："我已经给你问过了。"

赵匡义这回停住了脚步，看着赵匡胤问道："你问过什么了？"

赵匡胤顿了顿，沉声答道："不是只有你关心那个丫头，何士忠也关心他的子女。我便派人去金陵城打听了一番。何之训虽说被赐了鸩毒，但死没死，谁都不知道，没人见过他的尸首。何府的女眷，先是被关到了教坊，但后来去了哪，也没人知道。教坊除了在金陵，在其他地方也有分支。有人说前两天曾往南边的洪都府派了一批官妓，不知道何府的家眷在不在里面。你也知道，一旦充了官妓，原来的名字都改了，就是防止打听她们的下落。所以你去了金陵也没用，一切还要从长计议。"

赵匡义摇头："我等不了。你让我怎么想象她做官妓的样子？"说着一拳捶在了旁边的柱子上。

赵匡胤叹口气，拍了拍赵匡义的肩："别冲动。眼下忠勇军的兵符也到了我们手里，唯一的办法是尽快把濠州城攻下来，一鼓作气。李唐已经日落西山，等我们打得李璟也投降，别说一个丫头，你就是想要他的公主，也会乖乖给你的。可你现在去了就是送死。"说着一抬手，跟上来了五十多个侍从，赵匡胤吩咐道："把少将扶回营帐，好好侍奉。"

"你要防着我？！"赵匡义的眉头皱起。

“我是防止你做糊涂事。”赵匡胤一副恨铁不成钢的样子，“今早我刚和皇上请命，攻打濠州城，由我统帅，你做先锋，咱们兄弟俩联手打一场硬仗。皇上好容易同意了，你知道这是你多好的立功的机会？你偏偏不思进取，一脑子全是那个丫头。我只问你，是带军打濠州城重要，还是你急着去找那个丫头重要？”

赵匡义的拳头紧紧攥在了一起，没有说话。有赵匡胤杵在这，他走不了。他转身回了大营，脚步沉重得让人心里发疼。

赵匡胤心里颤了颤，吩咐侍从好好看着赵匡义，有什么风吹草动立即报告他。

赵匡义回到大营，心一点点沉了下去。愤怒，不甘，随着营帐外战鼓擂响，厮杀声此起彼伏，化作了一腔跃动的热血。赵匡义一拳砸在了桌子上。想要走，只能晚上了。

傍晚时分，赵匡胤冲到了赵匡义的营帐，手里拿着皇上柴荣的令牌：“匡义，濠州内城东南守备有些异动，估计是余下的忠勇军的动作。陛下下旨立即从东南攻打濠州。”

军令如山，赵匡义来不及多想，穿上铠甲披上战袍，出了营帐打马随着赵匡胤向濠州冲去。

攻城，厮杀，赵匡义杀得红了眼，似乎只有打下濠州这一条路，才能通向见到小桃的彼岸。他只想尽快，尽快！

十五天后，濠州城被攻破，太子率领着余下的残部向金陵逃去。齐王李景达率领队伍赶回泗州守城。濠州历经了近三个月的烽火硝烟和鲜血的洗礼，被周军占领了去。

攻下濠州后三天，周朝皇帝柴荣重新调整了军队。何士忠在得知何之训被鸩杀后一病不起，柴荣将何士忠的忠勇军和原有的天英军合并后一分为二，赵匡胤和赵匡义各领一支。赵匡胤拜武威军节度使，赵匡义拜义成军节度使。这便意味着赵匡义今后自己独领一支军队，不必再听命于赵匡胤。

重新调整之后，在柴荣的率领下，渡过淮河，在楚州西北方向驻军，准备即日攻打楚州。

花月坊的下三堂，小桃从冰室出来后，身体渐渐恢复了些。翠娘并没有强迫她支应客人。只是每天的训练，要求她必须跟着做。比如怎么把腰肢练得柔软，怎么把身子养得水嫩，怎样笑，怎样走路，怎样饮酒，都是学问。

小桃也跟着学，虽说这些并不难，可学着卖笑终归是件羞耻的事，再加上她自己承认坏了身子，被其他下三堂的姑娘当成笑话，暗地里骂她天生就是做姑娘的料。除了若素偶尔还会和她说两句话，其他人没人愿意多搭理她。芸娘更是冷嘲热讽。

小桃的心也整日闷闷的，得知云笙也不幸身亡后，小桃更加自责。小桃第一次信了自己的不祥之说。从前她对自己颈上的桃花胎记没什么概念，纵然云湾村的人都视她为不祥之人，她也不肯屈服。可现在，她信了，爹在她一出生就死了，娘也不幸早亡。好容易栖身何府，现在何府也整个落难。许给了云笙，云笙死了。小桃现在唯一的念想，就是祁公子。希望祁公子不会因她招来灾难。

在下三堂待了几天，这一日忽然有人指名要找小桃。小桃还没在下三堂挂上名号，按理不会有客人点她。这人直截了当地点“瑶月”，那一定是以前就认识小桃。可教坊严禁透露官妓原来身份，这人能找到这里来，一定和教坊周大人的关系密切才能有这个门路。

翠娘不敢耽搁，把小桃喊了过去。小桃心里纳闷，待见了来人，百味杂陈，一时眼圈泛红，屈膝喊了一声：“陈大人。”咬住了唇。

陈述看到小桃活生生在眼前，松了口气。祁正修临走前吩咐他照顾好何小姐和小桃，他本以为小桃是祁正修许给云笙的媳妇，聘礼还是他送的。可那天小桃豁出命去替祁正修挡那一脚，他便什么都明白了。

何家落难后，他托了无数的关系门路，才打听到她们的下落。方才已经见了何之棠，所幸她在上三堂的宜春堂，应该还不至于过得太凄惶。可这个丫头就没那么好命了，下三堂的娼门，可要了命了。

陈述叹了口气道："桃姑娘，你受委屈了。"

小桃这些天受的委屈，被陈述一句话，勾得更加难过，眼泪一滴一滴地掉了下来。

陈述看小桃哭得伤心，有些着急地问道："可是有人欺负你了？"

小桃摇头："刚来几天，还在学规矩，没有见过客人。"

陈述点点头："那就好。姑娘再忍些时候，太子已经回来了，等过些日子安顿好战事，再从长计议姑娘的事。"

小桃一怔，太子回来了？不由急切地问着："祁公子呢？他回来了吗？"

陈述的脸色变得有些苍白，顿了顿，沉声答着："回来了。"

小桃的心怦地跳了起来，不由扯着陈述的袖子急切地说道："陈大人，祁公子还好吗？能不能带我去见见他？"看陈述的眉头蹙了蹙，小桃的心缓了一拍，祁公子回来却不肯见她，只怕是嫌弃她官妓的身份了。

小桃的手凉了下去，声音也有些颤抖："算，算了。"扯着陈述袖子的手放了下去，含着眼泪淡淡笑道，"我现在的身份，不配见他的，没关系。"

陈述看着小桃忍着眼泪强颜欢笑的样子，一时也有些不忍，想了半晌，一咬牙道："没事，收拾收拾，我带你去见他。"

可以见他？小桃抹了抹眼泪，赶忙说道："我没什么收拾的，现在走吧。"

陈述出去和翠娘办了走春的手续。所谓走春，就是把花月坊的姑娘带出去。带出去的时间不能超过一天，还要把官员的鱼袋押上，做好登记才能走春。否则万一姑娘跑了，可是说不清的事。

陈述带着小桃上了停在外面的马车，很快就到了秦淮河边祁正修的别院里。小桃的心跳得很快，她不知道再见祁公子，会是怎样的情形。他胖了瘦了？身上的余毒好了吗？

穿过熟悉的竹林，到了祁正修的卧房，门外行色匆匆的侍婢，和浓浓的药味，让小桃的心越来越不安，她快步跟着陈述，到了后来，几乎是忍不住小跑起来，跑进了祁正修的卧房，却呆在了那里。

一身素白的祁正修，背对着门，坐在椅子上。高大挺拔的背影，头发没有束起，如墨般倾泻下来。小桃扶着门，气都不敢喘一声。陈述紧跟着走来，在外门顿了顿，沉声喊了句："子介。"

祁正修的背影怔了一下，声音依旧温和："你来了。"

陈述的嗓子动了动，应了声："嗯。"看了看扶着门泫然欲泣的小桃，不禁又说了句，"我，我还带了个人来看你。"

屋里，是死一般的沉静。过了许久，祁正修仍然没有说话。小桃有些忍不住，咬了咬牙，从门口迈了进去。刚走了几步，祁正修开口了："是小桃吗？"声音却冷得彻骨。

小桃顿住了步子，心里扯了一下，低声说着："是我。"

祁正修的声音像剑一样射了过来："瑶月姑娘，近来可好？"

小桃站在那儿顿了一下，随即刺骨的寒凉从脚底蔓延到全身，心像被剜了一样疼，瑶月？他喊她瑶月？小桃全身开始发抖，过了好久，才竭力让自己的声音不打战："我，我很好。"

"既然很好，就回花月坊去吧。这里太冷清，瑶月姑娘恐怕习惯了下三堂的热闹，不能适应。"小桃第一次发现祁正修的声音寒凉起来让人无法招架，戳得心都要疼碎。

陈述有些看不过，插嘴道：“子介，你怎么这么说话——”

话没说完，祁正修冷冷的声音掷了过来，毫无回旋余地：“谁让你带她来的？走吧！”

小桃的头轰的一声，她心心念念的人，最终就是这么对她。她梦里见到的温和的笑，抵不过现实的一句冰冷。她真的在做梦，自己官妓的身子，哪还配得上如玉的祁公子？翠娘说的没错，他不会要她了。他也要不了她了。

满腹的心事，满腔想说的话，都被小桃硬生生憋了回去，她含着泪看着祁正修的背影，许久，低声说道：“祁公子，那，那你多保重。我走了。”说完转身向外跑去。她虽然是个丫头，可也第一次被人这么嫌弃。又是何苦？

陈述跺着脚对祁正修说道：“她是个女孩子，你怎么能这么说她？她为了你，在下三堂被关到冰室关了半个月，都不肯说一句软话。现在连何之棠都抱着琵琶准备接客了，你以为像她这样的傻丫头有多少？你以为自己真的能让所有的女人死心塌地？祁正修，你是不是心也有毛病了？”

祁正修腾地站起身来，大步向里走去，但是前方的凳子把他绊得扑通摔在了地上，陈述赶紧跑过去把他扶起来，想再说他几句又有些不忍，把他扶到床上后叹了口气说道：“我先把桃姑娘送回去。”

祁正修一抬手，声音有些喑哑：“别告诉她……”

陈述顿了一会儿，对他说道：“我知道了。”说完大步走了出去。

祁正修摸索到了床边的墙上，头一下一下，用力撞了上去。以前他这么撞，就会管用的，可以看得清楚些，可现在不管用了，怎么撞，眼前还是漆黑一片。

由于他和何之训那一场打斗耗时太长，又紧接着赶去了濠州，连日的劳累奔波，身体长期过热，让见血封喉的余毒又有了生长的空间。不仅全身都出了红线，身上发痒溃烂，连眼睛也看不见了。各路郎中、御医都请了一番，除了身上的溃烂好些，所有人都说眼睛治不了，他祁正修，以后就是个睁眼的瞎子。

一定是自己作了孽吧，何之棠当初用处子之血救了他，可他的心，早已在不知不觉中辜负了她；把小桃许给云笙，又对云笙不义。想到云笙，祁正修的心扯得更疼，都是报应吧。

端着药进来的侍婢看着额上渗出血的祁正修，不由低低地惊呼着："公子！"

祁正修被侍婢的一声呼喊回过了神，顿了顿，面上恢复了微笑："把药放在这里，出去吧。"

侍婢把药放在了祁公子手边的案几上，轻轻说道："公子，药已经晾好了，刚好可以喝。"

祁正修摸索着端起了药碗，一饮而尽，把碗递给了侍婢："谢谢。"

侍婢端着空碗出去，心里也有些五味杂陈，都病到了这个份上，公子还有这个风度，真是不容易。可公子心里一定也苦，要不怎么把头撞成那个样子？唉，还不如大喊大叫让人心里踏实，这样倒怕他憋出毛病。

陈述追到了别院的门口，小桃正靠着门口的一株柳树哭得伤心。陈述走到小桃身边，一时也不知道说什么，只是静静等着她哭。

小桃看陈述出来，用袖子擦了擦眼泪，却怎么也擦不干净似的，只好含着泪挤出个笑说道："让陈大人见笑了。我没事，没事。这个结果，我应该料到的。毕竟我已经沦落到教坊，本来就不配再来……"说着说着，眼泪又出来。她说不出的委屈，她是干净的，可现在看来，这份执着，多么可笑。

陈述搓着手，犹豫了半天说道："你别和他一般见识。他不是那个意思，我敢保证，他肯定没嫌弃你。他也派人找了你的下落。”

小桃怔了一下，看着陈述止住了眼泪：“那——”既然如此，为什么话说得那么难听？

陈述转了话题：“先回去吧。路上慢慢说。”说着把小桃扶上了马车。向回到花月坊的路上走去。

一路上，小桃时不时看陈述一眼，欲言又止着：“陈大人，祁公子……”小桃那双如水的眸子，除了惦念就是担忧。

陈述的心有点乱，想了想说道：“他最近心情不好。濠州失守了。他和太子从濠州回到金陵，自然，自然是不痛快的。主要是这个。”陈述说完，自己也觉得这个理由不太说得过去，打了败仗就那个德行，也确实不像。顿了顿又说道，“再者，他那个老毛病又犯了，身上有病嘛，自然找人泻火了。我也经常被他刺得一愣一愣的。没事，过两天就好了。等他好了，我抓着他来看你。”

小桃的心一扯，老毛病？难道是见血封喉的余毒又厉害了？不由扯着陈述问道：“是又身上痒了么？还有红线么？”

陈述支吾着：“差不多吧，痒得厉害，身上也抓烂了。”

小桃的心疼得有些抖，刚才被祁正修的奚落瞬间烟消云散了，原来他那么难受，那冲自己发几句火又有什么要紧？身上都抓烂了，该有多疼啊。小桃不由念叨着：“要是那个老游医在就好了。他可以手到病除的。”

陈述一愣：“什么老游医？”

小桃回答着：“是越州的一个叫霍仲的郎中，他能治好多奇奇怪怪的病。我曾经和他问过祁公子的病，他说去了他那里，施几针就能手到病除。”

陈述摇头：“现在濠州失守，去越州的路也被截断了，更何况吴越和周朝狼狈为奸，与大唐为敌。子介也没法去越州。”

去不了越州？小桃有些失望，自言自语道："那就只能放血了，幸好那时做药引没随便找个谁的血来用。"

陈述听小桃念叨药引的血，他也曾听说当初大小姐为了祁正修割腕放血的事，不由问道："难道做药引的血还能再解他的毒？"

小桃有些没法启齿，对陈述支吾道："嗯，啊，麻烦陈大人明天再来一趟，我去想想办法。"

小桃回了花月坊，要了命，那老游医说她的血原来做过药引，可以让祁公子身上的毒归经。要是祁公子的余毒再发作，可用来缓解一二，但是要先吃些大黄把火泻掉，让血归凉才可以用。

大黄——小桃想着就头大了，那还不得拉肚子拉到腿软啊。但是为了祁公子，小桃一咬牙，向翠娘开口讨了些大黄，只说自己最近火大积食。

大黄真不是乱吃的，小桃又有些把不准量，晚饭后就泻个不住。这下血估计凉透了吧。到了第二天一早，小桃拉得腿都开始抽筋了，忍着难受，把胳膊划开，放了血出来，兑了凉凉的井水盛到碗里，放到了冰室。

上午陈述过来，看着脸色蜡黄的小桃，不禁担忧地问道："怎么了？昨晚没睡好？"

小桃揉了揉浮肿的眼睛笑笑："没事。你等我一下。"说完提着食盒去冰室把那半碗血水取了出来，提回去交给了陈述，"把这个给祁公子喝了，应该会有缓解。"

陈述打开一看，是结了小冰块的血水，不禁看着小桃有些激动："太好了，我回去让子介试试。谢谢了。"说完头也不回地急忙提着食盒回去。

小桃在后面忙补了一句："别告诉他，给他喝了就行。"

陈述应了一声，已经不见了踪影。小桃斜靠在了床上，全身像瘫了似的卧下去，要命，肚子又不行了。小桃挣扎着起身，一个扑棱摔倒了地上，下人在外面听到响动，赶紧禀告翠娘。

待到陈述赶到别院，血水里的冰已经化开了，陈述到了祁正修的卧房外头，把食盒打开，取出碗，端到祁正修面前："试试这个。"

祁正修拿起碗，一股淡淡的腥味冲到了他鼻子里："这是什么？"

陈述被问得张口结舌，想了半天才措辞好："你就别管了，反正是个偏方，说是能治你的病。行不行的，你试试就知道了。"

祁正修摇摇头，摸索着把碗放下："不知道什么来路的，我不喝。"

陈述有些发急，把碗硬塞到祁正修手里："别磨蹭了。再等下去，药效都没了。这药来的不容易，可是人家姑娘的血呢……"

祁正修一怔："血？"

陈述也顾不得小桃的吩咐了，急言急语地说道："桃姑娘说以前见着一个游医告诉她的方子，之前你中毒的时候，不是用处子的血做过药引吗？那个血还能缓解你的毒。"

"那这是谁的血？"祁正修的眉头蹙了起来。

陈述一愣，他光顾高兴了，还真没问是谁的血。小桃既然说是要以前做药引的血，那应该是何之棠的吧？只是何之棠的血怎么会在小桃那里？不过都在花月坊，兴许是何之棠给了小桃的，便答着："我没问，应该是何家大小姐的吧。不是她给你做的药引吗？赶紧喝吧，别浪费了人家的一片心。"

祁正修的手有些微微颤抖，碗里的血水也在轻轻晃着，祁正修端起碗一口一口喝着，有些腥，有点凉，有点甜。这个味道，他还真是第一次品尝，他只想细细地，认真地尝一次。

陈述看着祁正修细品慢酌的样子只咋舌，老七这家伙真是怪癖种种啊。这是人血，还不赶紧屏着气赶紧喝了，竟然还有闲情逸致细细品咂，真是人不可貌相。他竟然重口到这个地步。

半晌，陈述抽了抽嘴角问道："尝好了吗？好喝得不像话吧？"

祁正修展眉淡淡笑了，是很好喝，也有些作用，喝了之后，全身像火绷着似的感觉好了许多，身上不再像被火炉烤了，有些凉意，很舒服。祁正修把碗放到了桌上说道：“嗯，很好。”

陈述撩起祁正修的袖子看了看，神了，红线好像淡了些，不由惊喜道：“真管用？是不是身上也轻便了？”

祁正修点点头：“不过以后别让她再这样。我不会再要了。”

“为什么？”陈述有些不明所以，“一点血，没什么大碍的。你的病前后七七八八的郎中请了那么多，药也喝了许多，没什么见效的。好容易有这么个方子，怎么还忸怩上了？”

祁正修的脸上拂过一层凉意，冷声道：“总之以后别要了。你再拿来，我也不喝。”说着站起身来。

陈述赶紧上去扶着他：“好好，你说不要，就不要。”顿了顿说道，“我和太子说说，派几个身手不错的，去越州偷偷找找桃姑娘说的那个游医，要是能把他请回来，你的病也就好办了。”

祁正修点头，摸索着走到书桌旁，从抽屉里拿出一个盒子，递给了陈述，声音有些悲凉：“你把这个给她。这些日子，也难得有时间让我安安静静想些事。我终归是亏欠了她。”说着有些艰涩，“告诉她，自己保重，不用再记挂我。”

陈述有些摸不着头脑问道：“就是和人家断了？各走各路的意思？”

祁正修闭上了眼，点了点头。

陈述想想，也是，何家的女人都成了官妓，就算对他有情有义，也是没有结果的事。不过要换了自己，即便娶不了，也不会放手。一个能割腕放血，另一个能守身在冰室，这老七，有福不会享。谁说除了娶，就不能厮守的？死脑筋。

陈述打开盒子，一块莹润洁白的玉，料子极好。陈述把盒子盖上：

“我有空就去帮你送。”

祁正修顿了顿，对陈述说道：“如今朝廷怎么说？有没有不利于太子的言论？”

陈述叹了口气坐下：“还不是那些老臣，原本就和李景遂一条裤子的，看濠州失守，又开始主张议和。还说不要逼得大周一路向南，打到金陵来，放屁！谁逼谁？认怂就一个个行，一说打仗就变王八。”

“皇上的意思呢？”祁正修问道。

“皇上有些犹豫。”陈述答着，“不过，只怕皇上也有心求和。最近对太子的看守很严实，生怕太子又去挑大战事。”

“濠州夺了，下一步就是往南，楚州，泗州，海州，都不能幸免。又何来扩大战事一说。”祁正修淡淡说道。

“海州也是他们的目标？”陈述有些惊讶，“你怎么知道？”

祁正修叹了口气道：“周军和吴越的关系一直很微妙，虽说吴越对周臣服，但一直有异动，和周军的联盟也是颇有技巧。不到周军快胜的时候，吴越不会出战帮忙。好几次都这样，只干锦上添花的事，不去雪中送炭。周朝对吴越难免也戒备。这次周朝攻打我大唐的几个州，只怕最终的目标，是要和吴越接壤上，这样就可以坐怀几国，也不用再担心哪里生变了。”

“那周军会打到金陵来吗？”陈述有些担心。

“依我之见，不会。”祁正修的指尖敲着桌子，“起码暂时不会。周朝的野心很大，只怕是想一统天下。如果此刻打金陵，我大唐的国力在诸国中并不弱，又是水军作战，周人是北方人，很难应对，没有几年的硬仗是不可能的，而且此刻全面攻唐，谁胜谁负都未可知。周人不会那么蠢，全面攻唐的代价会国力亏空，到时北方的汉或是契丹南下，都够让周亡国的，所以他不会。

“只不过趁着现在冬季契丹在北边散守，他要打通一条贯穿诸国的路。如今周占了濠州，再加上之前的滁州，寿州，泰州，刚好可以和各国接壤，东临吴越，南到西蜀，荆楚，北接汉，以后想攻打哪里，都是轻而易举。”

“原来如此。”陈述不由对祁正修又生了几分敬佩之情，老七最厉害的就是精准的战事头脑，不出门也能把天下事拆解。只是可惜，皇上不像周朝皇帝柴荣那么好武重兵，也敢于信任年轻上将，赵匡胤兄弟就是这么步步起来的。可唐朝李璟这里，几支队伍都在一些老臣手里，或是皇上的亲兄弟晋王、齐王手里，经验是有，勇猛不足。才会一次次惜败。

祁正修想了想说道：“不过你回去，还是劝太子眼下先少安勿躁吧，濠州失守，陛下心里只怕对太子也有些芥蒂。其他人更是蠢蠢欲动。太子手里兵权有限，争也没用。”

陈述应好，说道：“对了，太子晚上约我们几个兄弟去他那里饮酒，到时我来接你。”

“我不去了。”祁正修摆摆手，如今的他，做什么都没心思。

过了几天，陈述想起祁正修的吩咐，坐着马车驶到花月坊，进了上三堂的宜春堂，见到了何之棠。

对于陈述的再次到来，何之棠有些惊讶。上次他的到来，已经让她很意外。父亲投降，哥哥被皇上赐毒，何家成了这个样子，她不知道该怪谁。她和祁正修的婚约，自然是随风飘散了。

可上次陈述的到来，让她本已凋零的心又燃起了一丝生机。祁正修还是派人来探望她了。是出于情分？同情？责任？她不知道是哪种，但不论是哪种，都让她的心莫名有丝安慰。他对她，还是有挂念的。如今陈述又来，何之棠的面上也多了一丝和悦：“是公子托大人来的吗？”

陈述和何之棠寒暄了几句，把手里的盒子递给了她：“这是子介让我给你的。也要谢谢你的情深义重。”

何之棠愣了一下，情深义重？这是哪来的出处？何之棠把盒子打开，一块素白玉。送块素玉是什么意思？让她守身如玉？祁公子给她的情定之物？一时何之棠有些愣怔。

陈述笑笑：“小姐虽然身处教坊，但上三堂还算个干净的地方，子介也会让人多照拂的。小姐注意保重身体，以后就不用再记挂他。”

何之棠的心颤了一下，自己是个明白人，早已对祁公子没了非分之想，明明上次是他先来撩拨，如今却又巴巴地跑来划清界限。这不是戏弄人么？何之棠的眸子一冷，对陈述笑道：“我知道了。”说着拿起盒子，也不等陈述再说什么，转身走了回去。

陈述一愣，随即叹了口气，也是，人家给老七割腕放了血，老七却要和人家再无瓜葛，换谁也得生气。陈述出了宜春堂，向后门走去，院子七绕八绕的，不知怎么没找到出去的门，倒绕进了下三堂的院子，也罢，既然来了这里，顺带再去看看桃姑娘。和何之棠比起来，陈述倒更愿意看见小桃，不像何之棠总是端着什么，小桃的实在和傻气，让陈述常常不由自主地跟着她的情绪为难。

陈述刚走了几步，已经有下人把他指引到前堂，问道：“公子以前来过吗？可有相熟的姑娘？”

陈述答着：“我找瑶月姑娘。”

下人愣了一下：“瑶月还没有挂牌子。再说——算了，公子，你换一个吧。”

“再说什么？”陈述好奇，看下人支吾的表情，陈述的心提了上来，冷声说道，“今天我必须见到瑶月，否则我去教坊把周大人请来看看。”

下人一看陈述不好应付，赶紧跑去禀告翠娘，翠娘走到前堂，举着帕子笑道："官爷，是您呐。"

陈述问道："瑶月呢？"

翠娘笑笑："大人，这里姑娘多得很，为何几次都要找瑶月呢？瑶月是下三堂的人，我还想留着以后撑场子。我知道大人和周大人相熟，但是姑娘就是姑娘，要迎来送往许多客人，不能只盯着一个，那我们就做不了生意，也不合教坊的规矩。您说呢？"

果然是教坊的女人，嘴能舌灿莲花。陈述也不是寻常人，朗声笑道："看来是在怪我了？我只带瑶月出去一次，不过那丫头体贴得很，我还非得找她不可了。几天不见见，我就担心，如果不能通融呢，我先去问问周大人，看教坊是不是有规矩只能找一次姑娘，第二次就不许了？要是周大人管不着，我再去问太子。"陈述和太子相熟，身上有太子赐的怀龙佩，此时刻意撩了撩腰上的玉佩。

翠娘被陈述说得噎上了，再看了看他腰上的东西，龙纹的，看来他这道关系走的是太子，那是真得罪不起。翠娘为难地笑着："既然公子想见，哪有不让见的道理。"说着在前面带路，领着陈述到了小桃的卧房。

打开房门，陈述看到趴在床上的小桃，不觉就是一愣，大步冲上去问道："这是怎么了？"

小桃抬眸看了看翠娘，摇了摇头："我没事。"

没事会这么趴着？陈述转眸看着翠娘厉声问道："你倒说说，这怎么回事？"

翠娘走上前来叹了口气："公子，我今天腆着这张老脸和你到这里，也是为了和你说说这事。"说着把小桃左边的胳膊抬起来，用力把袖子一扯，露出了里面裹了一圈一圈的白布。

"这是什么？"陈述的眉头皱了起来。

"我也想问公子呢，这是什么？"翠娘看着陈述脸色沉了下来，"那天早上公子走后，瑶月就晕在了屋子里。郎中看了，说是瑶月气血有些亏泻，我知道她前天吃了大黄，兴许是吃多了。本来没在意，可郎中说不仅仅是大黄的药力，又仔细看了，才找到这处伤口。瑶月是用刀子把胳膊拉了口子放了血出去，伤口还有些烂，要不是发现得早，兴许会出大事。我想问问公子，她放血做什么？还是不想活了？”

陈述有些不敢相信自己的耳朵和眼睛，是小桃放的血？他一时有些懵，说不出话来，他需要捋捋这里面的关系。这次不是何之棠，是小桃放的血？可血只有做过药引的才有效，小桃也知道这一点，却还是用了自己的血，那就是说，第一次做药引的就是小桃的血？

陈述的心说不出的滋味，他见过的女人也不算少，可这么傻气的，真的是头一个，他不由握住了小桃的胳膊，心里有些不忍："你这个傻丫头，怎么……"

小桃摇了摇头："没事的，就一点点血而已。"

翠娘接着说道："官爷也别怪我心狠。你也知道我们这里的姑娘，是要服侍官爷的，哪能身上留那么多疤吓人呢？这还是自己戳的。所以我只能小惩大戒，把瑶月，和服侍瑶月的丫头都教训了教训，我没有恶意，您也不希望瑶月一身伤疤吧？"

陈述点点头，对翠娘说道："我知道了。你先出去吧。"

翠娘走了出去，吁了一口气。她不像红姑老喜欢威逼这些姑娘，她本来是和善的，要不是瑶月把她气急了，她也不会收拾她。割了胳膊留下疤不说，万一没处理好会送命的。这丫头简直是傻到家了。

小桃把胳膊收了回来，看着陈述问道："祁公子好些了吗？"

陈述点点头，脸色很沉："好了，很管用。"看小桃趴着歪着头可怜，不由又问道，"挨了多少？"

小桃听到祁公子身体好转，立即眉眼都眯成了小月牙般开心，俏皮地伸出了两个手指，嘟了嘟嘴："二十板子，不多，也不疼。"

陈述不觉也跟着笑了："一个女孩子家，二十板子也不少了。"

小桃看着陈述，可怜兮兮地说着："陈大人，能不能带我去看一眼祁公子，我想亲眼看看他，现在怎么样了？"

陈述摇头："算了，他现在脾气不好，看见你难免又像上次那样大发雷霆，干吗去受他的气。"

小桃的手来回揪着，知道他不是嫌弃她，只是受伤才心情不好，那就算被他气两句，也不妨事。小桃低低地说着："就偷偷看一眼，我保证不打扰他，不让他知道。我只是想看看，如果他没好，我还可以放些血出来的。"

陈述赶紧说道："好了。真的好了。"他可算明白祁正修为什么再也不要了，他从前不知道，以为放点血没什么的。没想到胳膊上的伤口处理不好问题会严重。

上架建议：畅销/言情

ISBN 978-7-5143-6346-3

9 787514 363463 >

定价：72.00元（全二册）

三更鼓
桃娘传

下

文安初心忆故人 著

中国出版集团 现代出版社

三更鼓

桃娘传

目录

第十章

无心反入上三堂
有情空余李佳人

接下来的几天，小桃在下三堂分外乖巧，每天一早起来，随着翠娘和其他姑娘一起拜神。然后去吃早饭，学“功课”。小桃看着大家拜的那个红袍神仙，也不知道是谁，看着土地爷不像土地爷，关公不像关公。不由好奇问道：“咱们拜的是哪路神仙？”

翠娘扭头嗔了她一眼，徐徐说道：“这是我们娼门的神仙，管仲爷。”管仲？小桃从前听大小姐讲古论今的时候好像听过这个名字，战国还是春秋来着？翠娘接着说道：“管仲爷最早创立了官妓，所以我们得每天拜他，求他赏我们口饭吃。”

小桃似懂非懂地跟着点头，总之是祖师爷就对了。趁着翠娘不注意，小桃偷偷把管仲塑像后面的金粉蹭了蹭，这么对祖师爷不敬，能不能惩罚她早点出了娼门？

娼门的功课，小桃学得有些面红耳赤。虽然她生怕得罪了翠娘不让她出去，学得专心致志，但这些功课确实不堪。下三堂的皮肉生意，也要做出花样来。服侍客人，从嘴开始。一招清露滴香，要姑娘先把酒噙到自己嘴里，然后俯到客人身上，在距离大约三寸远的地方，把酒滴到客人的嘴里。

翠娘教着：“这一招，是为了挑起客人的兴趣。闻着香，吃不着，才会有兴致。你们要先吃些清口的蔬果，让口齿噙香，才叫清露滴香。还有，不能把自己的口水滴进去。”

有人问道：“怎么才能不滴进去口水？”

翠娘笑道：“只有一个字，练。这酒在你嘴里噙上半个月，你就不会滴口水了。”

芸娘听着不堪，跑出去干呕，被翠娘抓了回来。为了惩罚，特意叫芸娘对着下三堂的狎司去做“清露滴香”。狎司是花月坊里看家护院的男人，个个一脸横肉，看着胆寒。芸娘更加羞愤，却没有办法。

小桃和若素两人嘴对嘴地练着，只觉得脸红得要滴血，要了命，这是什么鬼招数？男人为什么会喜欢这种东西？还三寸远，真不好把握，滴得缓了，一口酒在嘴里半天出不去，呛得眼睛发辣只想流泪；滴得快了，又像吐出去似的难看。

小桃不由问道：“为什么要三寸远的地方？”

翠娘点点头：“这个我要给你们好好说说。我们下三堂，赚的是皮肉钱，最要紧的是分寸。什么是分寸？”

翠娘扯过来小桃，说道：“面对面坐在这里聊天，叫清谈。这是一个价格；要是想摸摸你的手，这叫执手，要加银子；要摸摸你的胳膊，这叫游龙，还要加银子；接着摸到耳垂，叫探花，加银子；摸到脸颊，叫粉面，加银子；摸上了头，叫擒丝，加银子。”

翠娘一边说着，一边在小桃身上比画着。小桃咬唇默默地受着。翠娘接着说道：“上头的便宜，下头的呢，更贵。摸上脚，叫怀香，加银子；摸上小腿，叫玉挂，加银子；摸上大腿，叫临宫，加的是大价钱。要是摸上胸，叫巡山，是最贵的。所以我们这里，分着算账，点什么部位，只许摸什么部位，叫点春。要是豪气的，一口气做全套，甚至入了春门。又是另一个价格。”

有人低声问着：“什么叫入了春门？”

一旁有人哂笑，翠娘乜了那人一眼，道：“你说呢？”转看向小桃：“所以你如果不离客人的嘴三寸远，直接嘴对嘴，是要加钱的。加多少，按照每个姑娘的身价，加的不同。有便宜的，二十文就能做个全套。可有身价的姑娘，一两银子，都只能摸摸手。你们想做什么价位的姑娘，自己把握命运。”

又有人吭吭哧哧地问道：“只是，只是摸摸吗？”

翠娘勾唇笑笑：“不全是，身价低的姑娘，除了摸，还可以亲，还可以用其他地方去碰。”

几个姑娘低低议论着：“其他地方，是什么地方？”

翠娘没有解释，继续说道：“但有身价的姑娘，摸和亲，是不一样的价格。三六九等，在我们这里分得最清楚。一寸身，一寸价。”

翠娘把小桃松开，又把若素拉来，细细讲着。听得姑娘们一个个面红耳赤。翠娘淡淡道：“什么时候不脸红了，你们才能学好这些本事。学好本事才能赚好钱。别以为在娼门就是躺在那里张张腿，那是最没出息的。只有把每样本事学精，学通，让官爷对你们看了想摸，摸了想吃，才能混出名堂。否则官爷为什么不在家里拉个丫头姬妾，要出来找你们？”

翠娘顿了顿又教训道：“不过要记着，你们只是做事，赚银子。不要妄想用这些手段就能勾着男人的心，你们充其量也只能勾着他们的身，有的连身也勾不着。所以不要有痴心妄想，最后害了自己。”说完别有深意地看了看小桃。

小桃听得一哆嗦。这些事要是对着不喜欢的人做，会有趣吗？不过这些花样，还真是以前听都没听过，也不知管用不管用。正胡思乱想着，翠娘已经又开始教下一招。小桃赶忙又跟着学。

小桃认真乖巧了几天，翠娘看得也舒心。她早看出小桃是个好苗子，将来只怕能艳冠下三堂，她也跟着有好日子了。小桃却日日焦心，每天眼巴巴盯着来往的客官，却没等来陈述。小桃有些急，该想个什么办法出去呢？

这几天的楚州，却陷入了水深火热。周军兵临城下，涟水县知县投降，周军攻打楚州的第一天，已经攻下了月城。赵匡义无暇顾及其他，有时连着打几天，都来不及睡觉，打到两军都困乏，就支着在沟里，或是坡上不管什么地方躺着歇一会儿，待精神一好，又立即打马冲上前去杀敌。

男人的血和汗，只有在战场上，才是全无顾及地挥洒。赵匡义觉得自己像疯了一样，他恨不得几天就能攻下李唐所有的江山，打到金陵去问问李璟皇帝，他的桃宜，到底在什么地方？

只是楚州的守将张彦卿是块硬骨头，周军强攻十几天，都丝毫不破。赵匡义连续围攻，胳膊摔伤了，咬牙提着枪还要上，被赵匡胤一把拽过去摔到了地上："你不要命了？！"

赵匡义由于长期奋战，脸上更加像斧削般地棱角分明，看着赵匡胤沉声道："我只想尽快。"

赵匡胤皱眉没有吭声，拍了拍赵匡义的肩："你在大营守着，我替你上去。"说着提枪出去。

赵匡义的心里有些颤动，这些天，他怪怨过赵匡胤，甚至莫名地愤恨，尽管他知道，他怪不着赵匡胤，赵匡胤说的都是实情，劝得也合理。但他就是一腔的怨气，看着挡在他面前的大哥，他百爪挠心似的焦急。此刻看着不顾一切要替他上战场的赵匡胤，不由追了一步，沉声喊了句："大哥！"

赵匡胤扭头看着赵匡义，笑了笑："好好休息。有我。"说着出了营帐打马而去。

楚州的危机，让金陵城里的众人都压力沉重。已经没有再能调遣的兵力，皇上李璟除了每天去祠堂请求祖宗保佑，不知道还有什么办法。

太子在太庙前长跪了三天，不肯吃一口饭，喝一口水，向李璟请求再次带兵出战。李璟硬着心肠命人把太子押回东宫，禁足了。楚州万一失守固然可惜，他不能再搭上自己的儿子。濠州一战，已经让他后怕了。

太子禁足后，除了宫人，陈述、徐锴都再也见不到。一时众人也没什么办法。陈述忙着在太子身边的宫人里找个突破口，好和太子保持联系。答应带小桃去见祁正修的事，也忘在了一边。

小桃等了十多天，都没有等到陈述，越发焦急，是不是祁公子的身体出了什么新状况？不会是余毒更厉害了吧？焦急万分，小桃只好去求翠娘，让她出去一趟。只要两个时辰就好。

翠娘摇摇头："不是我不通融，是教坊从没这样的规矩，没人带着走春，姑娘是不许自己出门的。"

"买东西也不成吗？"小桃哀求着，"翠娘，我知道你心善，你就帮我这一次。我真的有急事要出去看看。"看翠娘无动于衷，小桃咬牙说道："就这一次，以后不论你让我做什么，我都听你的。"

最后这句话，翠娘听着欢喜。她知道小桃是个硬气的，心里也一直惦记着那个官爷。现在她也不敢提接客人的事，只让她先学着。和她同时来的几个姑娘，有的已经被她喊出去陪着喝酒，或者挂出牌子可以清谈、游龙、探花甚至除了最后一步，什么都可以的地步。只有小桃，她还不敢动。一来是忌惮那位来找小桃的官爷的势力，二来怕把小桃逼急了做出什么惊天动地的事来。如今她自己愿意，倒是绝好的机会。正好她也可以把她的牌子挂起，先把名气甩出去。

翠娘看着小桃道："既然你这么说了，我也不为难你。你把牌子挂三天，我就放你出去走两个时辰。"

"挂牌子？"小桃愕然，"要陪客人做全套吗？"

翠娘摇摇头:“不用，轻易做全套，就不值钱了。再说你也不愿意，慢慢来。这三天只是清谈，执手。游龙先算了，等你胳膊的伤疤好利索了再说，别吓跑了客人。”

小桃抬眸看着翠娘:“只清谈行不行？”

翠娘摇头，光练嘴皮子没意思，只有一步一步地从身体上开始接受被人沾染，才能逐步适应做这种生意:“如果想出去，至少要执手。”

小桃心一横，咬牙道:“好。一言为定。”

翠娘笑道:“那自然。”说着吩咐下人，“把瑶月的牌子挂出去，清谈一个时辰十两银子，执手一炷香二两银子。”

十两，这么贵？小桃看着翠娘有些惊讶。翠娘笑笑:“越是贵，才越显身价，越有人捧场。”

小桃的牌子挂上去第一天，没有人问津，十两清谈的价格虽然人人都注目，但毕竟不是人人愿意付，花了十两，只能看看，万一长得不怎么样，亏大了。所以第一天是看的人多，聊的人多，却没人点春。不过只一天，半个金陵城都知道了花月坊的下三堂有个天价官妓，清谈的价格就要十两一个时辰，不知道能谈出什么来。

第二天傍晚，小桃迎来了她的第一个客人。一个四十多岁的官爷，不知道是什么身份，锦衣玉袍，腰上的玉腰带盘着错金丝的带扣，中间一块莹润翠绿的碧玉，看着气派不小。翠娘叫他吴大人。

吴大人看了看小桃，一身葱绿的衣裙，披着鹅黄的披帛，头发绾成朝天髻，显得高挑清瘦，一双眼睛尤其动人，不说话倒像含着两汪水，有点意思。吴大人挥手让翠娘出去。屋里只剩下他和小桃。

小桃看了眼吴大人，挤出个笑抬手道:“吴大人请坐。”

吴大人坐在了上首的椅子上，小桃把茶端到吴大人身边，在对侧下首的椅子上坐了，眼睛盯着吴大人的鞋看，刚才一见这活生生的客人，小桃就懵了，早忘了翠娘交代她要说的话，只剩下发呆。

还是吴大人先开了口："瑶月？新来的？"

小桃点点头："吴大人请喝茶。"

吴大人啜了一口茶，看着小桃问道："你能谈些什么？诗词歌赋？琴曲茶文？"

小桃脑袋迅速转了转，除了以前在大小姐那里学的诗词还能知道个一半句，别的确实也不懂，便低声答着："吴大人见笑了，只会几句诗文。"

"哦？那吟诵几首听听。"吴大人随口说着。

几首？小桃一紧张，拼命想也想不出几首，冲吴大人尴尬地笑了笑说道："不如，我写一首给大人。"

"还会写字？"吴大人来了兴致，"那快写来。"

小桃吩咐下人拿来纸笔，顿了顿，脑子里只想出最熟悉的那首"海上生明月，天涯共此时"。

吴大人一看小桃的字，愣了一下，不由说道："好字！"说着话已经执起小桃的手叹道，"果然值十两。妙人，妙字。这是怎么一双手，看着柔软，竟然能写出这么刚劲有力的字。"

小桃轻轻挣扎着往后退："大人，我只会这些，粗陋笨重得很。"

"诶，"吴大人的眼睛泛出了光彩，"字写得这么好就很勾人了，不需要更好了。"说着牵着小桃在椅子上坐下，开始轻轻揉捏着小桃的手，"我还花了二两银子买了一炷香的执手。"

门外侍奉的下人适时进来，点了一炷香，小桃看那香也不粗，忍忍也就过去了，只好咬着牙，看着吴大人两眼放光地在她手上揉来捏去，还不时抓起她的手放到了他身上。

小桃起了一身鸡皮疙瘩，全身都有些哆嗦，好容易熬过了一炷香的时间，吴大人前脚刚走，她后脚冲了出去，冲着地上干呕个不停。

翠娘走过来拍了拍小桃的肩膀:“别去想，过去就过去了。这已经是不错的了，还有那粗鲁的，更是腌臜，但也要接待。做姑娘，无论什么客人，都能把他当谪仙似的去服侍。”

谪仙，祁公子吗？小桃想起祁公子，心里就是一疼，为了见到祁公子，就是被狗啃，她也认了。

第二天晚上接了两个客人，第三天多了些，有八九个，都是听说她字写得好要来看的，自然点了清谈再点执手。从接第一个吴大人开始，她就后悔了，可是已经开了头，被一个人摸和被十个人摸，没有区别。如果停了，第一个也是白摸。到了后来，小桃已经有些麻木，被多少人摸过手，闭上眼都当是祁公子吧。

第三天晚上最后一个客人走了，小桃在盆里不停地洗着手，打着皂角，一遍又一遍，不知道洗了几十遍。明天就能出去见祁公子了，可她觉得自己好脏。

翠娘很遵守自己的承诺，小桃的牌子挂出去三天后收了回来。就目前的试探，效果还不错，起码如今金陵城里不少达官显贵都知道花月坊的下三堂也终于来了个出彩的，还会写几个不错的字。胃口是吊起来了。不过小桃还需要打磨，现在还不行，等新鲜劲过去就该没人点了，放长线钓大鱼。所以翠娘摘了小桃的牌子，只说过些时候，就会把小桃重新挂上，但时间不定。

收了牌子的第二天，翠娘给了小桃三个时辰的外出时间，但是要花月坊的两个下人跟着一起去。

花月坊的轿子抬着小桃到了祁正修的别院，下人不认识小桃，进去通报后出来对小桃说道:“公子说不认识姑娘，让姑娘回去。”

小桃的头轰的一声，他为什么要这么绝情？她是多么难才能出来见他啊。小桃不停地哀求着守值的下人:“求求你们了，让我进去吧。我原先是何府的，怎么会不认识呢？”下人们相对看了一眼，看着小桃没有说话。

时间过去了好久，小桃只有宝贵的三个时辰，她不知道该怎么办。去找陈大人吗？可她也不知道陈述在哪里。在祁府别院门口来来回回地走着，小桃看着面前这扇门，只觉得好不甘心。她委屈忍辱了这么些天，只为看看他，怎么就这么难？

祁正修在书房里，手指轻轻敲着桌子，心里却波涛起伏。她还来做什么？过了半晌，听到屋外头有些动静，问着身边的下人："那个女子，走了吗？"

下人回答着："没有，不过……"下人顿了顿说道，"她一直站在门口，刚才晕倒了。"

祁正修的心一扯，站起来急促地问着："现在还晕着吗？"

下人答道："掐了人中，醒了，但还是要站着等。守值的让请公子的示下，是不是还不让她进来？"

祁正修的眉头紧紧锁了起来，过来很久，才说道："带她到这里吧。"

下人应声出去。祁正修吩咐侍婢在香炉里加了一大捧香料，直到不大的房间里全是浓浓的烟雾，看不清楚。祁正修背过了身子，等着小桃进来。

很快，门外响起了细碎的脚步声，到了门口，反而放轻了。祁正修淡淡地问了一句："来了？"

小桃立在了门口，祁公子的背影修长玉立，今天头发用白玉冠束了起来，一身青白色的袍子，负手而立。只是屋里香烟缭绕，看不太清楚。小桃轻轻应了一句："公子。"

屋里的侍婢们都退了出去。祁公子的声音很冷："为什么又来？"

小桃咬了咬唇，往前走了几步："只想看看公子好不好。不知道身上见血封喉的余毒怎么样了？”

祁正修微微侧了下身子，语气很平，没什么情感：“已经好了。”

“哦。”小桃的心放了下来，“那还有红线吗？”

“没了。”祁正修简单答着。

“那就好。”小桃忍不住多话，“红线下去就好了。陈大人说你身上这次也有烂的地方，不知道是不是已经结痂了？”说着小桃不由自主地走上前去，很想细细看看。

祁正修听到越来越近的脚步声，她要走过来？忙大步往里走了两步，冷声道：“行了！我好没好，不劳瑶月姑娘费心。”

小桃的心一痛，停住了步子。他的心情还不好吗？不由尽量克制着委屈，竭力让自己的声音轻松：“公子，我，我只是来看看，打扰了你，你也不要生气。生气对身体也不好——”

小桃的话没说完，祁正修已经冷冷下了逐客令：“如今看也看了，你该走了。”

小桃用力咬了咬唇，自己千辛万苦出来，还没说上几句话，又是这个样子。不过看到祁公子一切安好，她也踏实了。便微微屈了屈膝，说道：“那我先回去了。过些日子再来看公子。”

祁正修忽然有些烦躁，还来做什么？还要他伪装多久？他虽然是个伪君子，可在她面前伪装，好累。他忍不住冲口而出：“不要再来了。”

小桃愣了一下，眼泪在眼眶里打了好几个转，终于还是没有克制住自己，声音有些发抖地问着：“公子，是不是我哪里做错了？我没有什么非分的想法，我只是，只是想知道公子安好，就好了。”

祁正修冷冷说道：“我很好，你可以安心了？你还是回去做好你的瑶月姑娘，一个时辰十两银子的清谈，一炷香二两银子的执手，才是姑娘的身价，而不是和我在这里废话。我给不了你银子打赏。”祁正修自己也不知道嘴里说了些什么，他只想用最简短的话，让她赶紧回去。她在这里的每一刻，他的心上都像有座山在压着。

小桃往后退了两步，心像被绞碎了，这么尖刻的话，是从她一心惦念的人嘴里说出来的吗？小桃的眼泪忍不住落了下来，所有的委屈一刹那全都涌了出来，她再也抑制不住说道："祁公子，我是脏，我也贱。当初在何府我也没有敢妄想什么，如今做了官妓，我更不敢奢望。可做官妓不是我的错，我也不愿意在花月坊里卖笑。可如果不去清谈、执手，我怎么能出来见公子？我只能咬着牙去接三天的客，才能换三个时辰，出来看看公子！"

祁正修的心像被什么抽空了，几乎站立不稳。过了半晌，他的尖刻紧紧逼上："以后你还是省省，不要这么自不量力。我不需要你来看望。"

小桃的心一堵，从袖子里拿出丝帕抹了抹眼泪，含泪说道："好，我知道了。"说完又贪婪地细细看了看祁正修的背影，扭头跑了出去。

祁正修转身，听着小桃的脚步声远去，他的心里起伏跌宕，无法平静。伸手扶住了书桌，脑子却一片空白。为什么要这么傻？他受不了这个。

小桃向外跑出了两扇门，这里没有下人，小桃靠着墙抹着止不住的泪。祁公子为什么要这么说她？虽然他心情不好，可她也委屈啊。为了看他，她付出了多少艰辛？

过了许久，小桃的心情才渐渐平缓了些，拖着沉重的步子向外走去。越到门口，小桃的心越有些不舍，这道门出去，不知道下次又得什么时候才能见祁公子。小桃又开始不甘，她发现自己对祁公子真是有着没底线的贱性。不论他怎么对她，她都生不起气来。纠结许久，忽然发现袖里的帕子不见了，小桃心里跳了一下，竟然还有点小小的喜悦，正好可以顺着原路回去再偷偷看一眼。

小桃放轻了脚步，一边找帕子，一边往回走着，快到了书房门口，小桃更是连呼吸都屏住了，步子放得极轻，探过了头看着书房里。

书房里香熏的烟雾渐渐散去，祁公子正坐在书桌前，眼睛定定看着门口。小桃心里一抖，完了，这下被祁公子看到了，只好稳稳走进屋里，正准备对祁公子说她只是来找帕子的，祁公子却先开了口：“方才的姑娘走了吗？”

小桃一愣，祁公子是正看着自己呀，怎么问了这句话？不由又往前走了两步，祁公子的眉头皱了起来，侧着耳朵，脸色有些惨白：“小桃，是你吗？”

小桃的心猛地抽紧了，她已经和祁公子只有三步的距离了，祁公子还是盯着前方，却双目无神，似乎只在用耳朵捕捉着她的脚步。他怎么了？小桃全身开始泛凉。

感觉到小桃的靠近，祁正修猛地站了起来，转过身背对着小桃，声音有些不稳：“你又回来做什么？”

小桃的心一抽，快步走到祁公子身边扯上了他的袖子，转到了他面前急急地问着：“祁公子，你怎么了？你看不到我吗？”

祁正修匆匆又转过身去，用力甩开小桃的手，大步向前走去，却撞到了书桌的角上，“砰”的一声。祁正修忙又继续往前走，但是前面有凳子，祁正修一个趔趄，跌在了一旁。心，忽然凉得有些麻。

小桃扑过去，扶着祁正修的胳膊，急得都有些变音：“怎么会这样？怎么会这样？”

祁正修生硬地把小桃的手掰开，冲着她冷笑道：“你不是想看我吗？现在看到了，满意了，嗯？”

小桃拼命摇着头，她不想看到，她怎么会想看到祁公子这个样子？她做梦都想不到啊。小桃握住祁公子的手，眼泪落了下来：“公子，我没想到，我真的没想到。”擦了擦眼泪，小桃忽然想到了那个游医，忙说道，“公子，我们去找越州那个名医，他一定能治好你，一定能——”

“够了！”祁正修低吼道，“你非要让我一点耐心都没有吗？叶小桃，你能不能滚出去？！”

“不能！”小桃的倔脾气上来了，忍泪说道，“从今以后，我都不会滚。我就要陪着你！”她不知道自己哪来的勇气，可以这么坚定地和祁公子说话。

祁正修的心像被什么撕磨一样难受，他第一次有种想落荒而逃的仓皇，即便是濠州失守，他也没这么仓皇过，祁正修急着站起来要走出去，未料脚下又一个不稳，小桃及时抓住了他的胳膊。祁正修的眉心一蹙，他的自尊容不得自己这么窘迫的样子被小桃看到。寒意从脚底泛起，祁正修控制不住自己的力度，用力把小桃推了出去，声音凉得彻骨："你走！我不需要你可怜！”

小桃的身子像飘起来似的“砰”地撞到了屋里的柱子上，巨大的冲力撞得小桃跌在了柱子旁，背后痛得要命，小桃几乎晕了过去，半晌说不出话。

祁正修听着四下没了动静，心里一凉，没有说话，耳朵搜索着小桃的细微动静。小桃疼得几乎背过气，呼吸都不畅快。祁正修听了半晌都没有小桃的声息，终于着了慌，伸手摸索着："小桃！”声音虽寒凉，却有着寸寸焦灼。

小桃看着寻找自己的祁公子，心里翻江倒海似的难受，上天为什么要这么对待祁公子，他那么温润如玉的一个人，怎么能看不见？为什么要这么折磨他？心疼，难过，酸涩像洪水一样泛上了小桃的心，把她所有的矜持、所有的腼腆、所有的疼痛都湮没得不见踪迹，她只想让他好过一点，哪怕只是一点。

小桃摇晃着站起身来，鼓足了勇气，从背后紧紧抱上了祁正修的腰，声音微微颤着：“公子，我在。”

祁正修被小桃突然抱着，身子僵在了那里，他很想抽身走人，可小桃那软软的手，暖暖的气息，他挣扎了许久，还是没有力气抬手去扯开她。

小桃的声音柔柔得像自言自语一样：“我不是可怜你。我只是，只是喜欢。从在云湾村第一次见你，就喜欢上了。”

祁正修怔在了那里，云湾村？他去过吗？哦，似乎是去过，那年周朝的宜城节度使高权英和夫人突然死在边境上，宜城是周朝和大唐接壤的地方，高权英夫妇的突然暴毙，周朝怀疑是大唐所为，两国交涉许久，最后各派一方，让他和赵匡义一同去宜城先行勘察一番。当时是从歙州取道，经过洪都府，然后去的宜城。在歙州，似乎是经过了云湾村。是那个找不开银子的渡女？她从那个时候就等着自己？祁正修的心有点麻。

小桃继续说道：“从云湾村到金陵，我不停地打听着，只要能离公子近一点，我都会竭力去做。去卖酒，重逢了公子；做舞姬，可以有机会见到公子；服侍大小姐，可以时常见到公子。我的心一直不变，从开始，到现在，不论公子是什么样子，我都喜欢。”小桃憋着一口气说了这么多，这些话憋在她心里好久了，她喜欢祁正修，没有止境、没有底线地喜欢。他是她的第一个男人，唯一的一个男人，她可以为他做任何事情，怎么会在乎他是看得见，还是看不见？

小桃的话，每一句都让祁正修的心一阵颤，他从来没有这种感觉，这个女子的每句话都扯得他心里酥酥麻麻，有些酸涩有些震颤。在他的世界里，本来只容得下战事和谋算，可这些话，让他心里生出了一种罕见的旖旎之情。

他以为的巧合，原来不是巧合，是她一直用心的结果。祁正修的眼前，闪过濠州城外，他送她香囊时她羞怯的神色；在河边，他挥手下令射杀她和赵匡义的情形；在涡口的水边，她在朝阳里那一抹明艳；在这里，她在他身下婉转承受……祁正修有些喘不上气，这个女人什么时候已经在他心里留下了这么多影子？

可是这些有什么用？他已经成了个废人，除了连累她没有别的。祁正修手背上的青筋跳突起来，把小桃揽在自己腰上的手，一点点扯了下去，声音依旧清冷："但我不喜欢你。"

六个字，每个字都像一记重锤，砸在了小桃的心上。小桃走到了祁正修面前，吸了口气，轻轻吐出了三个字："没关系。"倔强地又补了句，"我喜欢你就够了。"

祁正修的心突了一下，白皙的脸上罕见地浮现出了一丝红晕。一刹间竟不知道怎么应对。

小桃看着眼前白衣墨发的男人，心跳得很快。从前，她看到他就会微微紧张，她怕和他对视，被他看得无处遁形般仓皇。他的目光，似乎能明了她的一切，可她却看不懂他。

如今，她不怕他看，她已经豁出去所有的自尊，所有的脸面，向他吐露了自己的心事，这份心事，从第一次见他，一直到如今，已经压得她要喘不上气。她要亲口告诉他，她就是喜欢了，无论他怎样，她都喜欢。

过了半晌，祁正修抬手扶上了小桃的肩，胸腔有些起伏，却始终没有说话。

小桃抬眸看着祁正修，他的眉头锁得很深，小桃忍不住抬手抚上了祁正修的眉心。柔柔的手指触碰到他的一刹，祁正修的心"怦"地一下，好像什么坍塌了似的，没有任何思绪，他情不自禁俯身下去，去搜索怀里人的唇。

小桃的心飞快而欢悦地跳了起来，她主动迎了上去，他看不到她，可她可以看到他啊。他找不到她，但她可以找到他！

唇齿相触的一瞬，祁正修整个人都有些狂乱，他抑制不住自己，去揉着怀里的女人，他整个人都绷得有些紧，只有怀里的清凉，让他情不自禁地一头扎进去，化进去。

小桃第一次勇敢地抚上了祁正修的背，她只想告诉他，她不是同情，她是喜欢，那抹喜欢，就像云湾村那清凉入骨的水，缠上了就舍不了地投入。不管他怎样，她都想把自己的一切给了他。小桃吻上了祁正修的脸颊，脖子，祁正修的嗓子发干，更加用力地揉着小桃。他的脑子很空，第一次有些难以抑制的冲动，他想要她，很想。

小桃勇敢地抬起了手，去解祁正修的衣襟。他看不到，她可以主动。带子解开的瞬间，凉风一吹，祁正修从刚才的情欲混乱中清醒了过来，他在做什么？他都这个样子了，还凭什么要她？他真是个混账。祁正修把小桃推开，微颤着手把衣襟重新系上。

小桃看着祁正修的目光有几分茫然，还有几分迷离，声音有丝细细的笃定："公子，你心里也有我的。"

祁正修的心被戳中般一震，脸色沉了下来，硬着心肠说道："你想多了。情绪上来，这里的丫头，随便拉一个我也会这么做。"

祁正修的话像刺一样扎得小桃生疼，小桃咬着唇坚持说道："不会，你不会。"

祁正修硬了硬心，话比冰更寒凉："这不代表什么，上次，不也是你用药的结果？"

祁正修最后这句话，彻底把小桃揉得粉碎，原来真的是药。羞愧、不安化成彻骨的凉意，小桃脸上的柔情一瞬间褪了下去，只剩下凄惶。为什么要这么说她？为什么要这么伤她？够了，真的够了，小桃捂着嘴，带着哭腔说道："那，那公子保重，我走了。"说完头也不回地跑了出去。

小桃脑子一片空白，连撞到了迎头进来的陈述也没有感觉。陈述看着一脸是泪的小桃忙抓着问道："你怎么了？"

小桃急慌慌地挣脱陈述的手："没事。"继续向门外跑去。

外面花月坊的轿子和下人还在等着，小桃上了轿子，整个人像掏空似的靠在了轿子里，没有了思绪。

陈述看着小桃的背影，忽地想起来曾经答应过带她来看祁正修的，自己近来一忙也忘了，不知道这丫头是想了什么办法跑出来的。忙大步走到祁正修的书房，看着一脸沉冰似的祁正修立在书桌前，陈述问道："刚才桃姑娘怎么哭着跑出去了？你又说什么了？"

祁正修没有吭声，摸索着坐到了书桌后的椅子上，过了半晌才说道："让她去吧，以后也别带她来。"

陈述看了看祁正修，想了一番还是开了口："子介，其实这个丫头挺傻的，她为你付出了不少。"

"我知道。"祁正修淡淡答着，心里却像被什么划过疼了一下。

陈述又道："上次给你的那碗血，是她的。也就是说，之前做药引的血，也是她的。"

祁正修面色没有变化，定定说道："我知道。"

陈述一愣："你怎么知道？他们不是都说是何之棠给你做的药引吗？"

祁正修没有回答，第一次，他的确以为是何之棠做的药引。可他上次和何之训打斗之后带伤去了濠州，又落得现在这样，如果何之棠有情意，不会不向陈述打听他，更不会不来看他。一个并不关心他的人，怎么会再次割腕救他？只有那个傻丫头，才会轰不走，撵不走，推不走。

陈述猛地想起什么来说道，"对了，刚听说她前几天都挂牌接客了，什么清谈执手的，一定是下三堂那个翠娘逼的。真是可怜。"

"我知道。"祁正修的声音有些疼。

陈述气得要笑："既然你都知道，为什么次次不给人家好脸色？她在花月坊的日子不好过，你还在这再戳一刀。什么时候真给骂走了，让你后悔！”

祁正修的心来回翻绞着，顿了顿说道：“以后如果她的牌子挂出来，你把她所有的时间都买下来。”

陈述叹了口气：“你这是何苦。”他不知道祁正修心里到底想些什么。说他没心，他什么都知道；说他有意，他什么都不做。不知道是不是眼睛有毛病后心也跟着脆弱了。顿了顿，陈述说道：“对了，我来找你是告诉你如今通通关系，可以进去拜会太子。不过时间不能太长。太子说要见你。明天我们一起入东宫。”

祁正修点点头，思绪飞到了大唐的版图上，脑子里勾画着各种边界线路。

小桃回到了花月坊，翠娘看着她笑道：“按时回来了，很好。”小桃没有心思应付翠娘，一头倒下再也不想起来。她睡不着，全身软得一点力气都没有，她好累。她已经尽力了，祁公子那个世界，她努力去闯了，去走了，甚至不顾脸面，不顾矜持，拼尽了所有力气想在他的心上开一个小口，可她还是失败了。他的心太硬，她进不去。这么久了，她竟然在祁公子心里还是什么都不是。她不知道自己到底要怎么做，才能融化他，哪怕只是一点点。

小桃晚饭也吃得很少，正在屋里发呆，翠娘走了进来，抚着小桃的肩问道：“怎么了？出去不开心吗？”

小桃摇摇头：“没有。”强撑出个笑看着翠娘，“找我有事吗？”

翠娘从袖子里拿出一个小盒，递到了小桃手里：“这个是花月坊的宝贝，我特意给你送了一盒来。”

小桃好奇地打开盒子，大概有二十几颗莹润泛红的小药丸，小桃捏了一颗闻了闻，有一股特别的香味，有点冲，闻着身上还有点发烫。小桃不由问道：“这是什么药？”

翠娘把盒子盖上，放到小桃枕边的柜子上：“这些可不寻常，每一颗都值些银子，一般的姑娘我还舍不得给呢。”说着笑笑道，“你也知道，做姑娘的，整天迎来送往，就怕怀上身子。万一怀上，生下是不可能的，打掉弄不好就要出人命。不如防在前头。上次你出去，回来给你喝了一碗汤药。可那汤药听说也不保险，听说别的地方有喝了那个药还怀上的。我也是替你操碎了心，特意托了人，找了这个宝贝来。每天在肚脐上揉一揉，直到药丸全渗在身体里，就有效果了。”

小桃听得一愣，还有这种药？不禁说道：“真的可以？”

“我还骗你不成？”翠娘笑嗔着，“其他姑娘，我只给些麝香或是马钱子碱就算了，给你自然是好东西。这个药不仅能避孕，还能让你一直容颜不改，保持青春呢。”后面的话，翠娘没说。这药更大的效用是抹在身上，男人闻了就会情不自已，秦楼楚馆哪个少得了这种药。不过小桃不爱听这些，翠娘便也没有说。

小桃问道：“这药叫什么？”

翠娘拿出一颗来，答道：“以前只宫里有，汉朝赵皇后，就是抹了这个一辈子都像十五六的小姑娘。那会叫息肌丸，现在我们叫凝香丸。你用了就知道好了。”说着递到小桃手里，“用用吧。”

小桃有些羞涩：“我暂时用不着吧，也不接客。”

翠娘浅笑着，声音里却是不容抗拒：“先备着。这里的姑娘都要先做好准备。再说还能让你变得更好看。”

小桃不知道这药丸用了到底怎样，但翠娘一个劲地盯着她，大有一副她不用就不出去的架势，小桃只好撩起上衣襟，把那丸药在肚脐上揉了揉。药丸挥发得很快，不出半炷香，就已经渗进去了。小桃只觉得从肚脐往里，都是清清凉凉的。

翠娘这下舒了口气，安顿了小桃几句，出了门。小桃今天出去她就害怕，谁知道她和什么男人做了什么，万一怀上孩子可是个大麻烦。她必须要把这些事提前扼杀杜绝。

小桃用了那个药，只觉得全身都有股怪怪的味道，脸也有些潮红，全身发烫。趁着晚上翠娘去前堂招呼客人，小桃偷偷打水把自己擦洗了个干净。

祁正修和陈述进到宫里，支开看守，见到了已被禁足多日的太子。李弘冀有些胡子拉碴，但精神尚好，看到祁正修，用力拍了拍他的肩，叹了口气："子介，你受苦了。"

祁正修轻轻笑了，仿佛浮云掠湖一般波澜不惊："不算什么。"他不喜欢诉苦，从来就不会。从小他就学会了踩着鲜血走，更学会了背后偷偷舔着伤口，在众人面前笑。他反问道，"太子可好？"

李弘冀点头："之前的确是不甘心。不过前几天和父皇彻夜聊了一宿，总算心里畅快些。"

"那陛下还不肯给殿下解禁吗？"陈述不由问道。如果已经说通了，为什么还禁着太子。

祁正修轻轻扬了扬唇道："陛下总要留条后路。现在和周朝的战事结果不明，但濠州之战后，周朝在上风。陛下禁着太子，是防止太子再去和周朝硬碰。"后面的话祁正修没有出口，万一大唐真的战败，太子是强硬的抗周派，只怕太子继位都会遭到周朝的阻挠。

太子佩服地看着祁正修："子介果然聪明。父皇也是这个意思。"转而道，"不过楚州危急，却无兵可派。父皇同我商量了一番，琢磨上了晋王李景遂的兵马。他如今是洪州大都督，掌握着西南道的兵力，却攥着不肯交出来。如果硬收，只怕逼急了他也反。所以父皇准备派人去洪州与他分权抗衡，我向父皇推荐了子介。”

陈述一愣：“他现在——”又止住了话头，祁正修眼睛都这样了，还怎么和李景遂周旋？

祁正修单膝向太子拜道：“定不辱命！”

太子把祁正修扶起来道：“子介的智谋，不用眼睛也足够对付李景遂。到时你就带着我的剩余兵马，父皇还会派羽林军协助。过了正月，二月就出发。我会再派些御医，趁着正月，为子介好好诊治眼睛。”

陈述不禁有些为祁正修担忧，可这朝堂上下，也的确再找不出像祁正修这样的了，不免长长叹了口气。

过了几日，朝廷颁旨，封祁正修为洪州防御史，协晋王同掌兵符。一个“协晋王”，让朝廷上下都摸不着皇帝的心意。再加上祁正修自领旨后从未在朝堂上出现过，不上朝也不觐见谢恩。一时文武百官对祁正修充满了好奇，也传出了他眼睛有疾的传言。

这下众人更是如坠五里云雾，如果皇上想收晋王的兵权，为什么派个瞎子去？如果不收，为什么派个人去？难道是祁正修濠州之战奋力抗敌，陛下想奖赏又没有适当官职？一时众说纷纭。晋王本来心里抵触，但听说祁正修眼睛看不见，便也没在意。

祁正修受封后，每日在家中便习惯着用耳朵去听辨声音，靠对周围的触觉感知情况。陈述有次随口和他谈起：“你过了正月就走，不找桃姑娘来叙叙吗？”

祁正修冷着脸摇头。战事飘摇，他自己都今天看不见明天的路，又怎么去照顾她？好容易骂走了，走就走吧，再不要来。好在陈述和太子都在金陵，有什么事可以照拂她。

小桃在花月坊懒懒散散地过了好几天，每天跟着翠娘行尸走肉般学些不堪入目的服侍男人的法子，心思也沉了。花月坊行走的都是官员，人多嘴杂，更是官场是非集散的地方。没几天，不少人都知道新晋了洪州防御史祁正修祁大人。

何之棠在上三堂听说了这个消息，摸着手里的素玉有些失神。防御史是一方军事统领，是不小的官职，但又听说他看不见了，这便不是什么好消息了。只是祁正修既然要同自己分道扬镳，那他的消息是好是坏又和自己有什么关系？

何之棠手里的素玉被她摩挲得更莹润光滑了，看着宜春堂行走的来来往往各色脑满肠肥的官员和曲意逢迎的姑娘，何之棠的唇角勾了勾，总得傍个大树去活，既然送了玉，就还有瓜葛。关系，要慢慢去把握。

小桃也听说了祁正修晋封的消息，先是替祁公子高兴了一番，可瞬间又低落了下来。去洪州那么远，他的眼睛怎么办？尽管祁正修的话把她伤了个体无完肤，但她满脑子想的都是怎么才能治好他的眼睛。越州，一个好遥远的地方，怎么才能再见到那个老游医？想了好几天，小桃只好去和翠娘商量着能不能把她的牌子再挂出去。

翠娘摇头道：“你现在还不到时候，没学什么功夫，客人来了你怎么服侍？”

“能不能只清谈？”小桃低声问着。

“清谈？”翠娘嗤了一声，“你以为不执手游龙，谁会光买个清谈？再说，你和人家谈什么？诗词歌赋还是官场趣事？”

小桃咬了咬牙：“那就加一个执手，挂十天出去，好不好？”待在这里，什么也做不了。客人里万一有能找到老游医的呢。

翠娘看了看小桃，冷声道：“挂出去可以，你必须告诉我为什么。”小桃之前为了不接客连待在冰室都不说软话，现在竟然主动要求挂牌子，这里面一定有原因。

小桃想了想，还是决定实话实说："我要打听一个游医的下落。一个朋友生了病，必须要找到那个人。"

翠娘叹了口气："又是你之前那个男人？"小桃点头。

翠娘摇了摇头，这个丫头的心是不是让猪油蒙了。看小桃坚持，翠娘心软只好答应了，心里却更加担忧，照这么下去，这丫头的生意不好做啊。

小桃的牌子第二天上午刚挂出去，下午便有客人来点了。小桃赶忙收拾好到了厢房一看，竟然是陈述坐在那里，有点哭笑不得："陈大人，你怎么来了？"

陈述着急地问道："她们怎么又把你挂出来了？没被人欺负吧？用不用我去教坊找找周大人，让她们把你的牌子撤了？"

"别，千万别。"小桃急忙制止道，给陈述倒了杯茶说道，"这次是我主动要求把牌子挂上去的。"

陈述一口茶喷出来："你疯了？"

小桃揪着自己的衣袖说道："我是想着，客人里会不会有能去越州的，找找那个郎中。"

陈述怔住了，过了许久，摇头叹道："你真是……怎么说你好，就为这渺茫的一点消息，你就让人家看来摸去的？"

小桃的脸红了，陈述这么说好难听，只好硬着头皮道："客人里还是规矩的多。对了，陈大人，你喝喝茶就先回去吧，可别耽误我的事了。我还要等其他人过来。"

陈述把茶盏放到了桌上，直看着小桃道："晚了，我已经和花月坊把你十天的清谈都买下了。你还挺贵，一天挂牌子六个时辰就要六十两，十天就是六百两。"陈述暗想着，好在是祁正修花钱，让他自己花这个钱还真心疼。

“啊？”小桃急得直跺脚，“陈大人，你这是做什么呀。”

“我做什么？！”陈述的梗性子也上来了，“我们已经偷偷派人去越州请那游医了。再说还有太子派的御医。有我们这些男人在，还轮不到你受这份委屈。”

小桃愣在那里，想了想，眉眼弯弯地笑开了：“原来你们已经去找了呀。也不告诉我，害得我瞎操心。”

陈述朗声大笑：“哈哈，你这丫头，就一个字，傻。”

陈述和小桃又闲聊了会，小桃细细问了问祁正修的近况。陈述还有些事便先走了，小桃的心思也轻松了不少。有陈述他们去找，游医一定能很快找到的。

陈述从厢房出去，在花月坊里绕了几圈走到门口，看着来来往往的姑娘，有的披金挂银，有的穿红裹翠。心里也生出几分感慨：这么多的女人走来走去，漂亮的不知道有多少，可有几个能真心的？别说这座花月坊里的女人都是卖笑为生，就是大街上走的良家妇女，像里面那个那么傻的又有几个？老七那家伙不惜福，自从眼睛有毛病以后心更凉，白白辜负了桃姑娘。不行，他得回去从中撮合一下。

下三堂一下就有人出了六百两银子包了十天的清谈，这消息像风一样瞬间传遍了整个花月坊。六百两，可不是个小数目啊。以前别说是下三堂，就是上三堂的宜春堂，客人打赏的银子也不过是十两二十两，有一百两就够姑娘们几天茶余饭后的谈资了。这次竟然有这么阔气的官爷，不用弹琴唱曲儿，不用卖身张腿，竟然就聊聊天就有六百两银子？！一时间花月坊上上下下都在聊这稀奇事。

消息传到了何之棠的耳朵里，不由问着旁人：“什么人这么阔绰？”

有人嘴快："听说是个叫陈述的官爷，给下三堂的瑶月。"

陈述？瑶月？花月坊虽说大，上三堂和下三堂也隔得好几重院子，但来来回回喜欢传话的人也不少。更何况何之棠是个不喜欢说话，却喜欢收留话的人。瑶月是小桃，她早已知道了。

陈述是祁正修的朋友，那背后那个豪客，只能是祁正修。祁正修，一个想起来都觉得寒的名字。外头的下人又开始催着练琵琶了，何之棠烦躁地在琵琶上用力划了两道子。自己辛辛苦苦地练，受着红姑的淫威，过的什么日子？小桃凭什么那么滋润？何之棠本想着对小桃眼不见心不烦，但现在看来，倒不如把她收在身边，好好盯着，才是踏实。

下三堂六百两银子的事也传到了红姑的耳朵里，在给姑娘们训练的时候不禁说道："可长点心，好好练吧。你们当初都是拔尖挑出来的，看看现在，人家下三堂做皮肉生意的，光靠嘴皮子，都能六百两了。"

何之棠在一旁一边调着琵琶的弦，一边轻描淡写地说道："其实瑶月来上三堂，也绰绰有余呢。去下三堂还真是亏了。"

红姑一愣："你认识她？"

何之棠淡淡笑笑："她以前是我的近侍丫鬟。诗词歌赋会一些，关键是写的一手好字。做过舞姬，跳舞的底子也好得很。"何之棠一番话说得红姑心痒痒死了，当初黑天半夜的她也没仔细看，竟然漏过了这么大一条鱼，才便宜了下三堂。何之棠笑道："这本事到了上三堂，别说六百两，六千两也有人捧她呢。"

听到银子，红姑的心按捺不住了。既然会写字跳舞，那就和下三堂的再要了去，反正姑娘总是上三堂挑了算的，不由笑道："既如此，我就和下三堂的翠娘说说，把她调到这里。有才能不能埋没了。"

何之棠转眸轻笑道："那再好不过了。只是——若是红姑就这么巴巴地跑去要，翠娘好容易有了个撑场子的，万一舍不得给，反倒伤了和气。

不如红姑直接去找周大人调度。”

红姑眼睛一亮：“这个主意好。”不由暗暗叹着何之棠不愧是大家的小姐，谋划确实高明。

翠娘接到周大人的通知，无异于晴天霹雳一般，好容易得来的一个尤物，又被红姑阴了去。但也没办法，谁让人家是上三堂呢。翠娘本来想和周大人说小桃没什么才艺，但那周大人也不知哪来的小桃写的字，让她说不出话。

翠娘到了小桃的房里，不知道怎么对小桃说，半晌扶了扶小桃的衣领，苦笑道：“我没本事留住你。”

小桃下午已经听到风言风语自己要被调到上三堂去，却并不开心。虽然她们都说上三堂更干净些，可这里翠娘是个好说话的，可上三堂的红姑……小桃想到那晚二小姐被猫舔的样子，就是一哆嗦。

要说上三堂唯一的好处，便是能见到大小姐。毕竟主仆一场，如今沦落到这里，想起大小姐小桃心里还是有些暖意。

小桃扯了扯翠娘的胳膊：“我会再回来看你。”

翠娘拍拍小桃：“好了，赶紧收拾东西吧。红姑那里严苛，你去了要多加小心，不要硬碰硬。有什么为难的可以找我，我即便帮不上大忙，也可以通融通融。”

小桃也有些感伤，看着翠娘眼圈有些红。

翠娘笑笑：“怎么这个样子，去上三堂好歹也算高升了，是好事。那里的客人更有身份地位，也更讲究。去吧！”说着快步走了出去，心里却终归有些难过。

小桃把东西收拾好，翠娘送她那盒凝香丸，她想了想还是带了去。既然翠娘说是好东西，就先收着吧。

第二天一早，上三堂已经派了下人来接。小桃简单背了一个包袱，和若素道过别。芸娘冲她白了一眼扭过了身。小桃没有吭声，跟着下人去了上三堂。

上三堂分宜春堂、会春堂、点春堂，根据姑娘们的身份不同安排不同的住处。宜春堂的姑娘最尊贵，会春堂次之，但会春堂多是清倌人；点春堂里大多是新来的姑娘。小桃便被安排在了点春堂，是点春堂最北的屋子，和何之棠的房间正好隔了两个廊子可以互相看到。

小桃刚打开窗户，便看到了对楼正在弹琵琶的何之棠，不由心里一暖，冲着那边大声喊道："小姐。"

何之棠看到小桃，微微一笑，放下琵琶，绕过廊子走了过来。小桃远远看着何之棠的身姿，不过个把月不见，何之棠走路的姿势已经变了许多，更加袅娜。

何之棠到了小桃门口，小桃屈膝便要拜，何之棠忙抬手把小桃扶起："如今在这个地方，你和我是一样的。再不要做这些虚礼了。"说着拉着小桃坐下问道，"芸娘还好吗？若素呢？"

小桃一一答着，眼前的大小姐又像刚服侍的时候似的，温和有礼，小桃也不由和何之棠更亲近了些。

何之棠看了看小桃带来的包袱，简单得很，一双鞋，两身衣服，还有个盒子。不禁伸手打开盒子，里面的丸药莹润，还有股淡淡的香。

小桃红了脸，结结巴巴说道："这是翠娘给的，那个，避孕……"

何之棠心里凛了一下，她还真是需要避孕。不过这丸药不稀奇，红姑也给她们发，身为官妓，哪个不需要这个。只是看着似乎和自己的不太一样，何之棠拿起闻了闻，也的确味道不同。

红姑已经迫不及待找人来传，她要看看传说里的瑶月到底是什么样子。小桃拜别何之棠，跟着下人进了红姑的房间。小桃如今养得白净了许多，和刚从教坊来时病恹恹的样子判若两人。红姑完全没印象见过她，只觉得眼前这个女子模样确实楚楚动人。那个味道，我见犹怜。

久在男人堆里打滚的红姑自然知道，小桃虽说现在还不能算艳冠群芳，但调教调教，是块好料子，便指着一旁的纸笔说道："写几个字来看看。"

小桃拿起笔，看着红姑的样子有些紧张，手底下也缺了力气，随意写了两句。红姑不懂字，让花月坊的先生看了看，只说还可以，并未出彩太多。

红姑皱了皱眉，原来是言过其实。又让她试着跳几下舞，小桃的舞大多是跟着幺娘练的，跳舞还没写字顺畅呢。忽地想起包袱里还有双幺娘送的鞋，被押去教坊的时候还带着，小桃便赶忙回到房间换了鞋过来。

几个动作下来，红姑对小桃的舞更没什么好感，只能说明她学过，会几下子，吸引红姑眼球的是小桃那双脚，方才没觉得小啊，怎么突然变小了？不由问了句："你的脚，天生就这么小？"

小桃摇了摇头："只是比较软，缠了脚以后就显得小了。"

红姑不由勾唇笑了："难为你想到这个。只是舞技差了些。跟着师傅再去好好学学。想有官爷捧，舞技得过关。"

说完安排了一个叫雅竹的舞娘带小桃去练习，顺便给小桃改名为水莲。小桃随口说道："我本来就叫小桃，能不能继续叫？"反正都是花名，这个水莲也太难听了点。

红姑冷笑了一声："等你以后成了当红姑娘，或是花魁花颜，再和我说改名的事。"红姑最讨厌自己的权威被挑战。

小桃忙噤了声，随雅竹出去。

时至腊月，金陵城也处处准备过年的景象。花月坊里换了新的桃符，备好屠苏酒和各色糕点吃食。姑娘们的训练也更加严苛。因为正月本就是吃喝玩乐的日子，自然是花月坊一年生意最好的时候。何之棠的琵琶练得指尖都出了血。

小桃的日子更不好过。这里和何府不同，在何府跳得不好，大不了数落几句。这里跳得不好，鞭子就上了身，小桃只好咬牙练着。字一般，舞不行，红姑好容易要来又不能退回去，便只好发了狠地训练小桃，手下丝毫不留情。小桃的一双脚没几天就血淋淋的全是泡，但还是每天站场子、劈腿、下腰、甩肩各种高强度训练。

楚州的围攻持久不下，守城张彦卿带着五万兵马，有不少楚州当地的百姓也加入了保卫战，誓不投降。

年关将至，周朝皇帝柴荣下令先整顿三日，待除夕之后，再发动攻势。腊月二十八，乾州节度使李英带着家眷拜见皇帝柴荣。知道将士们打仗辛苦，特意带了几大车的新鲜肉蔬，并着粮草，赶往楚州城外周军的大营。

柴荣心里十分高兴，这个时候的粮草，无疑是雪中送炭。李英的这个马屁拍的正是裉节儿上。柴荣特意在军中设宴，一来招待李英，二来也让全军的将士都放松休息一下。

赵匡胤听到李英到来，心里也舒展了许多，早听闻李英的女儿李月娥是乾州第一美人，明艳得不可方物，这次带来正好给匡义撮合撮合，既然不喜欢符雪婵，李家小姐总能让他看上眼吧。不至于整天想着个侍婢，丢人现眼。

晚上宴席开始，大家分席而坐。军中不像朝堂上规矩多，虽然皇上亲临，但也你一言，我一语聊得畅快。皇上命令把肉烤了许多，给将士们分下去。一时间吃肉喝酒，豪气干云。周朝军士不喜奢华，即便是皇帝亲自督战，也并没有带丝竹乐器，歌姬舞姬等人。

酒肉行至半酣，皇上看着李英说道："这次辛苦你了。"说着举起了酒樽，一饮而尽，喝完后看着李英身边的人笑道，“还带了家眷？”

李英拱手道：“家里只一子一女，都没有出过门。这次也带着出来见见世面，看看外头是什么样子。”说着对皇上道，“大家也畅饮正酣，不如让小女舞一曲，给大家助助兴。”

“那太好了。”柴荣来了兴致，“快快腾出场子来。”侍从赶紧把营帐中间的炭火撤到一边，腾出了一片地方。

李英身边一个十五六岁穿着水红色长衫襦裙的女子站了起来，袅袅地走到场地中间，向四周微微屈膝道：“月娥献丑了。各位都是军中豪士，行军打仗自然没有丝竹相伴，大家击掌给月娥助兴就好。”李月娥年纪不大，几句话却说得落落大方，让大家是耳目一新。

赵匡胤在一旁微微点头，这女子不仅容貌绝色，行事也大方有度，不愧是乾州一绝。不禁对旁边的赵匡义说道：“这女子不错，你用心看看。”

赵匡义抬眸看了一眼在场地中心的女子，聘聘袅袅，身材不错，五官也很美，笑起来的样子和小桃有点像，没心没肺似的，不觉唇角扬了扬。

赵匡义这个细微的动作让赵匡胤心里舒了一口气，能看上就好，只要匡义点头，他就和李英去说亲。

四周的掌声响起，给李月娥打着拍子，李月娥随着节奏缓缓舞动，她的动作柔美中带着几分阳刚，婉转里又渗着一些英武。正好符合这群行军打仗男人的脾性，一时掌声越来越热烈，气氛更加哄闹。

赵匡义看着在场中旋转的红衣女子，一圈一圈，有点晕，水红的光晕里，似乎是那个笑靥如花的女子，叽叽咕咕个不停，握着他的手不松开，在地上用树枝划他的名字，和他一起骑马笑得咯咯清脆，给他做茶叶糕，和他牵手相拥在雪里……赵匡义的心疼得厉害，端着酒碗走出了营帐。

外面起风了，吹得他脑子晕晕涨涨，赵匡义翻身坐在柴垛上，看着天上的星星，一口一口喝着酒。她会在金陵吗？还是在洪都府？谁能告诉他？

赵匡义正在出着神，忽然背后被轻轻拍了一下，他扭头一看，一身水红的李月娥正在微笑看着他："怎么一个人在这里？他们都在营帐里喝酒呢。"

赵匡义勾了勾唇，淡淡说道："这里清静。"

李月娥扑哧笑出了声："人家都喜欢热闹，你偏偏喜欢安静，真是个怪人。"看赵匡义没有理她，还是定定坐在那里，李月娥顺着赵匡义的目光看过去，好奇地说道："你怎么就盯着那颗星星看啊？有什么好看的？"

赵匡义把碗里最后一口酒喝完，沉声说道："那颗星正对着金陵的位置。"

李月娥从背后拿出个酒壶俏笑道："知道你一碗酒不够，我特意带出来这个。"说着把酒壶里的酒又倒在了赵匡义的碗里。

"谢了。"赵匡义端着酒碗，没有动。

李月娥顺着柴垛也爬了上来，本想着赵匡义会给她搭把手，但看他一动不动，便也不好意思主动提出来，只好自己用力爬上去，拍了拍手上的土道："你是少将赵匡义？"

赵匡义点点头。

李月娥睁大了眼睛问道："你不好奇我怎么知道的吗？"

"你怎么知道？"赵匡义出于礼貌，随口问了一句。

"因为那群人里，就你最瘦。他们都说少将很能打。"李月娥声音柔中带点脆，"打仗是不是很辛苦啊？是不是经常要埋伏在一个地方很久都不能动？你要亲自上战场吗……"李月娥的问题还挺多。

赵匡义没有回答，如果是桃宜，会问些什么傻问题？赵匡义忽然觉得身边有一个不相干的人，比一个人还要寂寞。他把碗里的酒一饮而尽，勾唇对李月娥说道："我先回去了。"说完从柴垛上跳了下来，往营帐里走去。

李月娥不禁跟着他的步子，追问道：“对了，休息时不该聊战事。你刚才看的星星旁边的星对着哪里呢？”

赵匡义停住了步子，猛一回头，李月娥不防他猛地停住，脚下收不住，差点撞在了赵匡义怀里，不觉脸一红。

赵匡义唇角扬起：“李姑娘，如果你喜欢看星星，可以请教辛大人，他夜观天象的本领不是常人可比。我只认得那一颗。”说着大步走进了营帐，在自己的案几前坐下，低头喝着闷酒。

赵匡胤端着酒杯过来看着他笑道：“李姑娘还不错吧？看你们有说有笑的。要是喜欢……”

赵匡义蹙眉冷声道：“不喜欢。还是省了这个心罢。”

“诶，别不好意思。”赵匡胤坐下看着弟弟说道，“男人三妻四妾很平常，再说如果纳了李月娥，李英的势力也可以倚仗一二，皇上也高兴，必然会给你做主，符家奈何不了的。”

赵匡义猛地把手里的酒碗用力摔在桌上，看着赵匡胤眼睛有些红：“够了！大哥，如果你还顾及兄弟情分，就别再自作主张！”想要的要不了，不想要的偏偏塞给他，他受够了！符小姐，李姑娘，都够有势力，够有背景，够漂亮，够大方，可他不喜欢，他真的不喜欢。

赵匡胤愣了一下，得，刚才看他俩一前一后出去，还以为是彼此看上眼了，他还和李英眉开眼笑聊了许久的婚事，原来又是空欢喜一场。匡义是被狐狸精迷上了还是疯了？赵匡胤理解不了，拍了拍赵匡义的肩，坐到了一边，琢磨着该怎么和李英解释这事。

当晚酒兴正浓，赵匡胤也没有提。第二天一早，李英倒是先跑来找他了，见到他忙笑着拱手道：“赵大人，好事，好事！”

赵匡胤请李英坐下问道：“什么好事？”

“昨晚我们聊的小女和令弟的婚事啊。”李英笑得眼睛都眯了起来，“我这个女儿啊，性格有时像个男孩子。虽说是个庶出的，但全家都捧在手心里一直当掌上明珠宠着，所以心气高。在乾州媒人的腿都跑断了，她就是一个都瞧不上。这次带她来这里本来是散散心，没想到阴差阳错的，还把这事解决了。昨晚我回去问她觉得少将怎么样，起初我还担心，少将是有夫人的，给人做妾她不一定愿意。谁曾想她红着脸和我说，少将英武霸气，是个难得的英雄。这可不就成了吗？”

赵匡胤的心一沉，李姑娘看上了匡义，这下可麻烦了。看着李英乐得合不上嘴，他实在不好把扫兴的话说出口。

李英捻着胡须笑道：“今后我们结了姻亲，两家合一家，什么事情就更不分里外了，要荣俱荣，更是老夫的幸事。”

李英嘴上说得客气，但李英手里的兵力并不比赵匡胤兄弟少，乾州是军事要塞，老头麾下的兵都够皇帝柴荣掂量掂量的。要是真的能和李家也联上，那又是一大杯羹啊。想到兵力，赵匡胤更加犹豫。心里不禁埋怨匡义也是个不开窍的，娶个女人又不是要他的命，摆在屋里有什么为难的？非要把这么好的机会拱手相让。

赵匡胤思来想去，还是舍不得这块肥肉，便对李英笑道：“李大人客气了。这是赵家的幸事才对。只是眼下战事紧迫，一日后又要攻楚州，时间仓促，没法给李姑娘风风光光过个名分。这样，不如等战事结束，我和匡义亲自登门，拜会李大人和李姑娘可好？”赵匡胤想着先应承下来，再去做做赵匡义的工作，这么大的好事，丢了可惜。

“好！好！”李英看赵匡胤说得诚恳，眼下也确实战事紧急，便朗声说道：“那一言为定。”

李月娥一早起了床，看到一身玄色袍子的赵匡义从营帐里走了出来，正在和侍从吩咐着什么，李月娥轻手轻脚走了过去，在赵匡义背后朗声笑道：“早啊。”

赵匡义一扭头，今天李月娥又换了身浅碧色的衣裙，衬得肌肤似雪，难怪大哥说她是乾州第一美人呢。这身襦裙不错，浅碧盈盈，要是桃宜穿了，只怕更好看。赵匡义和侍从交代完，淡淡和李月娥说道：“早。”说着大步向前走去。

李月娥也快步跟着，看赵匡义不说话，一时也不知道说什么，但又想跟他聊两句，便随口问着：“昨晚休息好了吗？看你喝了不少酒。”

赵匡义“嗯”了一声，又没了下文。

话这么少？李月娥绞尽脑汁，又说道：“昨晚我跳舞你也没好好看吧？”那可是她最引以为傲的，可惜赵匡义竟然没怎么看就出去了。

赵匡义随口应着：“看了一点，跳得挺好。”

李月娥脸上泛起了光彩，声音里也带出了一丝骄傲：“那是自然，我是和我表姐学的，她的舞跳得才好呢，在外教坊行走，封了内人，还赐了三品的鱼袋。”看赵匡义又没了言语，只好又强找着话题，“可惜前几年战事起了，我和她也少了来往。她在金陵也不方便回来。”

赵匡义顿住了步子：“她是唐人？”

李月娥点点头：“她是庐州人，庐州后来归了唐地，中间发生了许多变故，她便进了教坊。我们也很少来往，只是偶尔通通书信。”

赵匡义正在发愁怎么打听小桃的下落，这下来了精神，再看向李月娥的眸子里也全是神采：“那能不能麻烦姑娘帮我在金陵教坊打听个人？”

“可以啊。”李月娥大包大揽下来，赵匡义让她帮的忙，她不会推辞。

“她叫叶小桃，或者桃宜，原先是何家的下人。”赵匡义答道。

“她是公子的……？”李月娥看赵匡义说得挂心，不由问道。

赵匡义顿了顿，答着：“一个亲戚，失散了。”

“哦。”李月娥放下心来，盈盈笑道：“包在我身上，待会儿就给我表姐写信。”

“多谢姑娘！”赵匡义一抱拳，诚恳地对李月娥道了声谢。正好前面到了赵匡胤的大营，赵匡义走了进去。李月娥不好继续跟着，便返回了李英的营帐，但心里却是满满的欢喜，立即提笔开始写信。

第十一章

正月抢春得头筹
元宵不告而别离

这年的除夕来得有些清冷，战事绵绵，金陵城里也少了往年的奢华铺张。祁正修的别院里，已经换上了崭新的桃符，院子里也为了喜庆挂起了几串灯笼。

陈述和徐锴前半夜过来陪祁正修喝酒。陈述问徐锴道："明天初一，你做什么去？要是闲着，再叫几个人玩曲水流觞。子介这里的竹林当初建了就为了玩这个热闹的，但一直也没凑齐人。"

徐锴叹口气道："工部侍郎夏大人明天请客，在花月坊开了两桌，还说要看看打头春的姑娘。"

祁正修的脸微微变了神色，这几个惯常风月的人都知道，花月坊每年的正月初一是大日子。为了给一年博个好彩头，也为了趁着官爷们心情最放松的时候敛银子，花月坊会在正月初一这天新推出几个姑娘，上三堂有，下三堂也有，叫"打头春"。

这些姑娘有的擅歌，有的擅舞，有的擅乐，有的擅书画，各不相同。而花月坊也不是随随便便推的，往往正月初一推的姑娘是极好的成色，走红的可能性极大。尤其上三堂，出名是最要紧的。一旦有了名气，那就真的有了"姑娘"的范儿。可以自主排期，可以做清倌人，也可以招入幕之宾。所以花月坊的姑娘在正月初一这天也是铆足了劲儿，要争个脸面出来。

而宾客也不闲着，这天也是他们斗富的机会。平日里有多少银子没人知道，这天甩在花月坊，整个金陵城都会知道。花月坊打头春这天，谁谁谁花了多少银子买了哪个姑娘的“春月”。所谓的春月，也是花月坊的招数。平日里的姑娘只能一次次地点，而正月初一的姑娘可以一次包一个月，这一个月里这个姑娘可以只接这一个客人，弹琴唱曲儿、带出去走春，要是姑娘愿意也可以入了春门，成就那种好事。

所以初一这天的打头春，宾客和姑娘们都是竭力出挑。花月坊便又出了新的法子——“抢春”。有的姑娘争的宾客多，便从低喊价，底价一般二十两银子，上不封顶，谁出的银子多，姑娘的“春月”便归了谁。

陈述“嗤”了一声：“夏大人也真行，五十多的身子骨了，还在花月坊办宴席，打算抢春啊？他消受得了吗？”

徐锴笑道：“那些人哪个肯服老，即便是没法身体力行，也少不了毛手毛脚。再说，有的是捧姑娘，有的是去斗富，什么人都有。”

祁正修的脸上没什么表情，陈述眸子一转，对祁正修笑道：“子介，你还不行动？桃姑娘搞不好明天就被推出去，让人抢了，你可别后悔。”

徐锴张嘴道：“桃姑娘不是去了上三堂吗？上三堂推姑娘要本事大的，桃姑娘有什么——”话没说完，就看陈述冲他只眨眼，便住了嘴。

陈述一直想帮着撮合小桃祁正修，便故意说道：“反正我是听说，桃姑娘最近的舞技了得，都能在天上飞着跳了，上三堂的红姑竭力要捧她早点出来。子介你要是真狠得下心，就别管。到时候被那个猥琐的夏老头包一个月洗脚……”

祁正修脸色有些青白，半晌才说道：“你明天不是要曲水流觞吗？我吩咐下人准备。”

陈述被噎在了那儿：“你……谁和你曲水流觞？！徐锴有事，我也有事，你自己喝去吧。”

徐锴想笑又不敢笑，偷偷对陈述说道：“我赌五十两银子明天他不去。”

陈述脖子一梗：“我偏赌他会去！”

正月初一的花月坊，一大早就已经把五彩的灯笼和火红的绸缎挂出了十里街外。噼里啪啦的爆竹震得满街都是喜庆的味道，门口气派地摆出了九面花鼓，每个花鼓上是不同的花形，都用红绸包裹着。这次上三堂要推出九个新的姑娘，今天的打头春也格外隆重。

到了傍晚，笙歌夜上，进入花月坊的人陆陆续续多了起来。徐锴拿着帖子，在月上初梢的时候走了进去。夏大人的厢房在一楼靠窗，请了两桌十五六个人，都是朝廷里些微有些瓜葛的。徐锴本来是太子何之训一党的，但由于哥哥徐铉和夏大人关系甚密，所以也偶尔有些来往。

徐锴进去的时候，人已经到得差不多，酒还没上，聊得却酣，都在猜测今天推出来的会是些什么人。年前除了何家，还有陆家也犯了事，只是不知道这些家眷都在哪里充着官妓，朝廷对这些人的去向又极为保密，除了大理寺经手的官员和教坊的人，其他人很难打听到她们的去向。

阁楼上的房间里，各个姑娘都在做着准备。今年被推出的九个人里，何家的人只有两个，一个是原先瑶台阁的舞姬，一个便是何之棠。何之棠的琵琶本就弹得极好，再加上这些日子的训练，更是曲调含情，乐声铮铮。红姑笃定何之棠的琵琶一放出去，必然四座皆惊。为此还特意找了几个舞姬给何之棠伴舞，在情境和气氛的烘托上再造些势头。小桃的舞技还远不到能推出去的地步，只在何之棠的伴舞中领舞做一个莲花仙子的造型。

何之棠换上茜色的衣裙，镜子里的自己，美得出尘。今天是每个姑娘都想珍惜的机会，可她不这么想。方才静静把所有的客人扫了一眼，没一个入眼的。不是大腹便便就是形容猥琐，想着那些客人何之棠心里就烦。而且还有不少在朝廷里位高权重的大人，和父亲原先熟识，自己也曾见过，如今让她去向这些叔叔伯伯曲意承欢，无疑是对她的折辱。再者，虽说这些位高权重的一般还是要体面的，但万一遇到那强横霸道的，自己怎么抵抗？还是整整一个月，风险太高。

何之棠想了想，从阁楼上向下走的时候和迎面来的侍婢迎头一撞，脚下一扑棱，顺着台阶滚了下去。眼看要撞到台阶边的栏杆，何之棠用力把右胳膊狠狠转了过去，直撞得栏杆都折了一根。周围的姑娘赶紧把她扶了上去，红姑闻讯赶了过来，看到何之棠头发乱着，额头也擦破了皮，血直往外渗，不由一拍大腿："这可怎么办？破了相可不能出去见客人啊，触霉头，客人会骂的。"

何之棠虚弱地笑笑："对不起，我只是想到楼下取个东西，没曾想……"

红姑气得直骂："把那个贱婢拖出去打上三十板子，走路不长眼睛的？"已经有狎司走了过来，把方才那个发呆的侍婢拖了出去。红姑急得来回走着，想了想对何之棠说道："不行就遮块面纱出去吧，九个姑娘，缺你一个可怎么办？"

何之棠扶了扶右胳膊，一脸歉意："我的胳膊，真的抬不起来了。"

红姑这下着了大急，赶紧把花月坊里的郎中喊了过来，抬着何之棠的胳膊看了看，一大片青肿，郎中说道："还是先休息吧，已经伤了筋骨，要是再伤上加伤，以后胳膊就残废了。"说着拿出两贴膏药，又兑了些药粉抹了上去，给何之棠贴上。

红姑急得直叹气："这可怎么办？这裉节儿上去找谁顶上？你也真是够不争气的。"

何之棠看红姑实在没了办法，悠悠说道："不如这样，我的琵琶虽然不能弹了，但之前不是还有伴舞吗？让琴师继续演奏，把琵琶换成舞蹈就好。”

这倒也算个办法，但伴舞里面都是不怎么出彩的舞姬，已经在花月坊很多年了，没什么新人能推出去。红姑发愁道：“舞哪有能推的姑娘啊？”

何之棠想了想说道：“水莲不就是嘛。虽说她现在跳得不算精妙，但好在她身子软，原本她就是做莲花仙子，在莲花台上跳。待会把台子加高，她在上面跳，距离那么远，下面的人也看不出好坏来。只是觉得高台莲花，足够新鲜。”

红姑点点头：“也算个办法，死马当活马医吧，也没别的招数了。”说罢赶紧出去让人找木棍，待会把莲花台加高。

小桃听到待会要自己出去跳舞，吓得全身一个激灵，她虽说舞技有些进益，但是离登台独舞还远着呢，忙直摇头：“我还不行，差得远呢。”

红姑对小桃不像对何之棠那么好脾气，没什么商量余地：“不去也行，待会直接找个客人，把你绑了送去压床。”

“不要！”小桃拼命摇头，“我，我去。”

徐锴在一楼的厢房里，一边和众人饮酒，一边看着外面的歌舞。已经推出五个姑娘了，青菀的歌，把当朝宰相冯延巳的“风乍起，吹皱一池春水”唱得清灵婉转，被冯延巳的学生、如今的翰林张学士花了一千两银子抢春；吟萱的笙，吹得凄绵动人，本来吹笙的女子不多，吹得这么好的更少，又被户部侍郎用八百两抢春，笑道：“陛下的小楼吹彻玉笙寒，今天还真有人吹出来了。”

徐锴不禁摇头，这些人捧姑娘也不忘了拍马屁，还拍得有情有调的，一个拍宰相，一个拍陛下，也亏他们想得出来。不知道改天在朝堂上是不是又要靠这个笼络感情去。

第六个姑娘要出来了，只见场地中间架起了一座高台，那台子足有丈余高，最上面是个莲花托盘似的造型。一时宾客议论纷纷，这是要跳舞吧？只是这么高的台子，上面那个托盘那么小，什么人才能在那上面翩翩起舞？

小桃看着这个台子，身子都有些打战，看着红姑问道："我怎么上去？"

红姑拍拍小桃的肩道："待会灯烛会都灭了，会有人把你抬上去，你只管等灯烛亮了后跳，还和原来一样，反正那么高，大家也看不清。对了，别忘了把脚裹好。"

"已经裹好了。"没想到幺娘送自己的鞋还真派上了用场，成了自己吃饭的家伙。

小桃看着台子，只觉得喉头发紧，那么高……正想着，四周的灯烛已经灭了，乐师的丝竹响起，几个大汉叠着把小桃扛到了台子上，小桃只好趁黑爬上去，摆了摆身子，做好了姿势。

待四周的灯烛重新亮了后，小桃悠悠地从台子上单脚站起来后独立着，好似一株莲花从拔茎而出，四周的掌声稀稀拉拉响了些，这不算什么稀奇的。

乐声渐入意境，小桃跟着在莲花盘上起舞。宛如荷花静静绽放，摇曳着身姿，出淤泥而不染，亭亭净植。小桃舞得很慢，由于舞技有限，没有什么高难的动作，唯一的特点就是裹了的脚很小，可偏偏台子很高，脚小也看不清楚。看的人渐渐也没了兴趣。

只有二楼西侧的一间厢房里，一身檀色袍子的一个人盯着小桃的脚看了很久，笑道："这舞，有点意思。"看向对面的人重瞳有神，"和窅娘很像，是不是？"

对面缃色袍子的人脸色变了一下，嬉笑道："窅娘是六哥最熟悉的，六哥说像，自然就像。"

门外几个黑衣的侍卫守着正严。

乐声越来越急促，小桃在托盘上旋转着，随乐声越转越快，盘子好小，台子太高，看着下面的人群，小桃眩晕得很，脚下一个不稳，向边缘滑了过去。

宾客里“啊”地响起了一声声惊呼，刚才扛着小桃上去的壮汉赶紧聚到了下面，准备接着掉下来的小桃。

小桃的一条腿已经滑出了盘子，整个人的重心也拽到了盘子下面，小桃情急之下用手拚力掰着盘子，一点点，一点点地又挪了上来，动作、形象已经完全没了。

徐锴没有认出小桃，看着那盘上的女子几乎要掉下来却又爬回去的样子，也不由笑得出了声。旁边的宾客摇头哂笑道：“花月坊现在也是糊弄人，这种货色也敢推出来。”

红姑的脸铁青得发乌，她已经想不出怎么收拾这个丢人现眼的东西才能发泄她的愤怒。她从没有这么丢脸过。

小桃表演完毕，花月坊的下人照样走到那九面花鼓前，揭开了第六架鼓，还是画着何之棠樱花的花鼓，但特意大声道：“第六个姑娘，水莲，起价，二十两银子。”说完敲了一声鼓，这已经是最低价了。

宾客里一阵哄笑，有人大声笑道：“二十两银子看一个月的爬盘子吗？”

小桃的脸涨得通红，站在盘子上不知所措。

一个男子站了起来：“三十两吧。”

男子身边的人笑道：“三十两没处花了啊？”

男子朗声笑道：“你们没看到她的脚很小吗？这么小，又软又嫩，搂在怀里，捂着心口热。”说完周围一阵笑声。

徐锴瞅了眼那男子，长相猥琐不堪，这是哪个衙门的？

二楼厢房檀色袍子的人吩咐下人道："叫价一百两，把这个姑娘的春月买了。"

缃色袍子的男子嗤笑道："六哥府上随便拎一个舞姬不比她跳得好？干吗花钱买她？"

檀色袍子的男人浅浅笑了："取乐易，民生难。她不容易。再说，她的脚和窅娘很像。"

听到窅娘二字，缃色袍子的男子又没了声响，转头看向了楼下。

过了半晌，也再没人出价，方才的下人只好说道："水莲，三十两，刑部许大人得——"

话音没落，这边檀色袍子男子的下人正要开口，二楼西侧厢房里出了一个淡淡的声音："三千两。"

宾客里骚动起来，三千两，谁这么大方？花银子买这样一个舞姬的春？一个侍婢跑过来对着击鼓的下人耳语了几句，下人再击鼓："水莲，三千两，防御史祁大人得。"

祁大人？他来了？徐锴赶忙从一楼的厢房出来，这才认出来台子上的原来是小桃。徐锴顾不得再看小桃，忙向二楼走去。小桃也急忙从莲花台上连滚带爬地下来，完全不管宾客席上的嬉笑声，朝着二楼声音传出来的地方跑了过去，小桃只觉得自己的心都要跳出来了。他来了！

小桃跑到二楼的厢房，里面已经空无一人，只有侍婢在收拾着，小桃喘着气问："祁大人呢？"

侍婢低头答着："刚走。"

小桃跑出去，从另一边的楼梯下去，跑到院子里，进进出出的客人还不少，小桃仔细看了每个客人，可没有一个身影是祁公子。小桃要追出去，却被守门的下人拦住了，她不能出花月坊。

一眨眼的工夫，怎么就没了影子？小桃又跑回后院，来回找着，连没人的池塘假山也不放过，却依然没有踪影。小桃的心像被揉碎了，又拆成了一片一片。祁正修，如果你心里没我，为什么眼睛看不见还来花月坊？如果你心里没我，为什么花三千两买我的春月？祁正修，你这个口是心非的伪君子！

小桃在静静的后院忍不住对着弯月大喊了一声，泪流满面道："祁正修！你是个胆小鬼！"

小桃怏怏地往回走，迎面撞上了也追出来的徐锴，徐锴冲着小桃一抱拳："桃姑娘。"向四处望了望道，"子介走了？"

小桃抿着唇，想抑制自己的情绪，可眼泪偏偏吧嗒吧嗒落了下来。

小桃委屈的样子让徐锴心里也有些难受，不由细细打量了一番小桃，比之前又出挑了些，可惜子介看不见，否则怎么会忍心不见她呢，不觉安慰她道："没事，兴许他还有事，就先走了。"

小桃抹了抹眼泪，有些担心："他看不见，怎么走的呢？"

徐锴笑笑："有下人陪着吧，再者子介的身手，现在走路也没太大问题了。"

小桃"哦"了一声，看着徐锴像扯着救命稻草般恳求道："徐大人，祁公子买了我一个月，我想出去看他。可没有他的帖子，我还是出不去。你可不可以帮帮我？"

徐锴想了想道："好，我帮你想想办法。"

小桃喜不自胜，频频点头："那我等徐大人的消息。"不由又补了句，"千万别忘了啊。"

二楼厢房，檀色袍子的李从嘉看着楼下若有所思："祁正修——"

缃色袍子的李从善冷笑道："原来也是个登徒子。父皇还对他委以重任。"说起这个就来气，几个皇叔手里都有兵权，太子也有，六哥一向参禅礼佛对国事没兴趣就不说了，自己也挺用心的，父皇怎么不把防御史这种分兵权的事交给自己，反而交给了外人，还是个瞎子？！

李从嘉摇摇头："不是。"登徒子是花三十两银子买双小脚捂的人，舍得花三千两买一个跳得并不出彩的姑娘的春月，这个祁正修有点意思。难怪太子对他也青眼相看。

李从善不屑地挑了挑眉："六哥你先看着，我下去松活松活筋骨。"

徐锴从花月坊出去，忍不住跑到陈述府上，特意讲了晚上花月坊晚上的奇事，叹气道："桃姑娘真是个难得有情有义的女子。"

陈述拍手道："哈哈，我说的不错吧。五十两银子，你输了！"

徐锴转眸道："愿赌服输，我给你五十两没问题，但你得帮桃姑娘一个忙。"说罢看着陈述嘿嘿笑着，"子介的拜帖，你去弄。我可不敢动他的私印。"

"没问题！"陈述打着包票，只要是小桃的事，他一定会管。

宜春堂里，何之棠的胳膊被郎中贴了膏药后又用白布裹了起来。这一伤，约莫着十天半月都好不了了。不过能躲过在父亲同僚面前强颜欢笑，何之棠觉得蛮值。

屋外喧嚣、欢闹声音一片，不知道哪个姑娘又得了头彩，哪个姑娘又博了重金。只是可惜要躺在屋里装样子，不能亲眼看到小桃是如何在高台上起舞的。她素来胆小，没摔下去就是造化了。

何之棠正想着，门口传来一阵冷笑："不出去看看？你的这场戏可赔了夫人又折兵，真真是遗憾。"

何之棠眉头一蹙，何之兰还是那个风凉话的样子，不过现在有了规矩，即便是冷嘲热讽，面上也总带着一抹笑。何之棠淡淡笑道："你又说什么有的没的，什么戏？"

何之兰迈步进来一摊手："我说错了吗？大小姐自己摔自己，不想在人前卖笑。楼底下的什么夏大人，朱大人，张大人……原先都是家里的座上宾，不能说熟悉，认识是一定认识的。"看何之棠脸色泛了白，何之兰接着笑道，"让一个跳舞刚入了门道的丫头去替你，还故意把台子加得那么高，你就差再收买几个下人把撑台子的柱子折断让她掉下来摔死算了。"

何之棠挑了挑眉，波澜不惊："你有什么凭据？没凭据就不要乱说，要是让红姑听到，这两样都够把我打死的。我可担不起。"

"哈哈哈！"何之兰朗声大笑，"原来你也有怕的。放心，我没凭没据，就是说个笑话。"转而冷了眸子，"我要是有凭据，还会在这和你废话吗？"

何之棠站了起来，走到何之兰身边温温笑道："之兰，都到了这里，到了这个地步，我们还有必要斗气吗？毕竟我们姐妹一场。"

何之兰向后退了退，冷笑道："我可不敢。我哪玩得过你？那叶小桃原先也是你宠得要命的丫头，可转眼不就暗里捅刀子吗？"何之兰转眸一笑，"哦，对了，你一定是怪你的未婚夫婿祁正修，竟然花了三千两银子，买小桃的春月，哈哈哈……"何之兰边笑，边走了出去。

三千两？祁正修？何之棠的拳攥了起来。为什么要这么对她？何之棠忍不住从厢房走到了前堂，小桃已经走了，现在推的是第九位姑娘了。何之棠倚着门冷冷笑了两声，转身从后门出去，却正赶上李从善从后院回来，两人打了个照面，李从善愣了一下。何之棠忙快步走开。李从善在身后摸了摸下巴，这个女人看着面熟，在哪儿见过？

何之棠回到了屋里，头皮一阵阵发麻。为什么祁正修会来？他不是看不见了吗？那他怎么来的？怎么买春月？她曾经是他下了聘的女人，可他不闻不问；一个丫头，竟然值得他出三千两？

何之棠想不通，本来还算平静的心思被祁正修完全搅乱了。她无法接受自己不如一个舞都跳不了的丫头，对祁正修也生出了许多的好奇和不甘。他到底是真瞎还是假瞎？还是有什么隐情？何之棠觉得自己一刻都坐不住了，可偏偏花月坊不是她能自由出入的地方，急也没有办法。

花月坊的打头春，弄巧成拙，小桃成了当晚最火的姑娘。一是因为她的身价三千两，当晚再没有更高抢春的价格，光这一点就是当之无愧的花魁了。二是三千两竟然是给了这样一个姑娘，无疑是拿买珠玉的价格买了捆白菜，也够人寻味的，三是这个买白菜的竟然是当朝新晋的防御史大人，这个大人连皇上封官都不去谢恩，竟跑到花月坊捧姑娘，就更让人摸不着头脑了。

红姑本来想惩罚小桃，但三千两抢春的身价和祁正修洪州防御史的背景，让她的气早已烟消云散了，难得地对小桃一晚上带笑："姑娘真是好福气，得了祁大人的赏。春月里，可要好好服侍祁大人。"

小桃低眉道："是。"这个是字，说得诚心诚意。

只是这祁大人也怪，买了姑娘的春月，却直到初五也没派人来下帖请她过去，白扔三千两啊。花月坊里的人议论纷纷，小桃只暗暗伤怀，心里一遍遍地骂着祁正修，胆小鬼！

没等来祁大人，花月坊却真等来一位大人物。红姑不知道这位大人物的真实身份是什么，但是教坊的周大人特意嘱咐她，务必用心接待，否则注意脑袋。这是之前从未有过的隆重。红姑不敢怠慢，忙安排了几个花月坊拔尖的姑娘伺候。

这位大人物到来的阵仗倒不大，只是带了几个随从。看着年纪不大，二十左右，却有股盛气凌人的风流态度。

红姑忙把来人请到装饰最为奢华的一间厢房，这里平时都不对外，专门留给贵客。又把预留的几个姑娘喊了过来，那人一摆手："不必，只把采樱姑娘喊过来就是了。"

采樱，也就是何之棠，还没正式挂牌子，按理现在是不接客的，但红姑哪敢多说半个字，赶紧吩咐着下人："快把采樱喊过来。"

那人斜睨了一眼红姑笑道："退下吧。"红姑应声而出。

何之棠有些纳闷，有人点名找自己，还是贵客？微微转眸，心里大致有了估量，换了件月白的素襦裙，披了件浅绿的披帛，袅袅地随下人走了过去。

红姑远远看到何之棠的身影，心都提了上来："穿得这么素，倒像吊丧的，这是要命啊。"

何之棠走进厢房，冲着来人屈膝拜道："罪臣之女，拜见七皇子。"那晚和七皇子的擦肩而过，她就怕有这么一天，谁知道怕什么来什么。

李从善哈哈大笑道："何家大小姐果然聪慧。名不虚传。"

何之棠站了起来，淡淡笑道："那都是过去的事，如今只是花月坊的采樱。"当年何家权倾天下，何之棠和宫里的许多人都见过，包括太子、六皇子。七皇子见得少，但也打过一两次照面，七皇子的淫乱恶名，传播得太远。

七皇子走到何之棠身边，轻轻抬手抚了抚何之棠的头发，柔声道："不知道这樱，谁采得？谁采不得？"

何之棠向后退了两步，微微笑道："采樱现在还不到接客的时候。自然是谁都采不得。皇子真是折煞采樱了。皇子的身份地位，一言一行多少人盯着呢，陛下也挂怀得很，怎么能劳烦皇子担心采樱被谁采呢？"

何之棠的话虽婉转，却给了李从善一个软软的钉子，他即便是七皇子，也有能治他的皇帝和太子，何况她是何家小姐，虽然落了罪，但在皇帝太子那里还是挂了名号的。他也不能任意妄为。

何之棠的话让李从善心里悠悠地荡了一下，是个聪明人，难得一见的聪明女人。他喜欢和这样的女人周旋，乐在其中。李从善敛了不恭，正色说道："小姐多虑了，我只是想见见故人罢了。"转而把腰上的七龙佩递给何之棠，"见也见了，我先走了。这个给你，有什么难处，只管带着这个到我府上。"

说着起身离去。李从善这么好说话就走了，倒让何之棠有些发怔。看来这个人也不像外界传言的那么乖张。

何之棠把李从善的七龙佩执在手里看了看，走出了厢房，迎面遇到赶过来的红姑，着急地问她："怎么样？怎么没说一会儿就走了？"

何之棠笑笑："只是个从前的朋友来探望。"忽然想试试这七龙佩的威力，便拿出来对红姑说道，"他给了我这个，还说有麻烦就去找他。我明天想出去两个时辰再去见他说些事，不知——"

红姑是经见过些世面的，看到七龙佩，心里一个哆嗦，刚才那人的身份她也猜了个七七八八。忙对何之棠笑道："当然可以，随姑娘的方便。不过要带几个下人，用着也方便。"

何之棠不觉有些喜出望外，这在花月坊里已经不容易了。微微向红姑屈膝谢过，何之棠回到了屋里，明天两个时辰，去哪儿呢？正倚窗想着，看到了廊子那头的小桃刚练完舞回去，心里一动，起身转到了小桃的屋里。

小桃看是何之棠忙屈膝要拜，何之棠淡笑着扶起了她的手："还在练呢？明天我要出去一趟，你有没有什么需要带的？我帮你买回来。"

祁公子花了三千两买她春月的事，大小姐应该也知道吧？小桃本来见到何之棠心里是怯怯的，但看她毫不在意，也不提起，心里的不安好了一些，忙答道："没有。"

何之棠点头道："那就算了。对了，你的凝香丸，借我两颗，我的用完了，待红姑发了新的还你。"

上三堂要求更严苛，宜春堂的姑娘们每天都要用息肌丸揉着肚脐。小桃好在不是红姑重点栽培的对象，有时红姑想起来盯着她便揉一颗，不盯着她就不用，因此还剩了不少。

小桃拿出两颗给了何之棠。何之棠轻笑着道了谢，袅袅地回去。握着手里的素玉，何之棠心里有些不平静。明天等待她的又会是什么，她也不敢去想。但让她当所有的一切都没发生，背叛了她的人都比她活得舒坦？她似乎没有那么宽大的胸怀。

第二天下午，何之棠坐着花月坊的轿子出了门，身后还跟了几个穿便装的狎司以防她不见踪影。何之棠曾经跟着哥哥何之训路过祁正修在秦淮河边的别院，当时何之训还曾指给她看，告诉她祁正修基本都住在别院里。快到秦淮边了，何之棠给自己揉了两粒凝香丸。

轿子停在了祁正修的别院门口，何之棠把手里的素玉给了守值的下人。下人进去禀告祁正修。

祁正修摸了摸手里的素玉，是他的，没错，他让陈述给了小桃的那块。自己没给她下帖子请，她又是怎么出来的？这次是用什么换的？陪客人吗？祁正修的心有些酥麻，叹了口气道："让她进来吧。"

书房里的炭火有些灭了，屋子很冷，祁正修吩咐下人加了些炭火，很快就烧得旺了，屋里也暖和了起来。

门口有了零碎的脚步，应该是下人带着她进来了。祁正修坐在了窗下的椅子上，待脚步到了跟前，指了指旁边的椅子："坐吧。"

身边的女子没什么动静地坐在了他旁边，只是身上的味道似乎比往常浓郁了许多，冲得有些头疼。祁正修揉了揉额头，下人端上来两盏茶，祁正修摸索着喝了一盏。

何之棠看着身边的男人，一时间心里五味杂陈。他真的看不见了！之前风华绝代，白衣翩翩的男人，如今只是一个睁眼的瞎子。她有些受不了这个落差，全身都在微微抖着。客观来讲，即便他看不见，棱角和五官依然摄人心魄，可是看着他木然无神的眼睛，何之棠突然有点后悔来这一趟了。

是走？还是留？屋里的温度越来越高，何之棠身上出了一层薄汗。祁正修只觉得味道越来越重，他的心跳得有些快，面色也微微潮红起来。她今天怎么抹了这么多这个东西？

祁正修有些克制不住自己的躁动，伸手去摸茶盏，恰好何之棠也有些口渴，伸手也去够茶盏，两只手碰到的一刹，何之棠的柔软把祁正修全身的火猛地点燃了，祁正修腾地站了起来，俯身扶住了何之棠的肩揉着，声音有些冷，却有着克制不住的情欲旖旎："你是不是就喜欢我这样？一次不够还要一次？"何之棠呆在了那里。

中午，徐锴拿着盖着祁正修私印的拜帖把小桃从花月坊接了出来，红姑只吩咐晚上要早些回来。小桃这一个春月虽然是祁正修的，但是每天必须回花月坊报到。

小桃出了花月坊，一脸笑意，整个身子都轻松了，不由问着徐锴："徐大人，祁公子答应见我了是吗？"

徐锴笑得有些不自然："桃姑娘，这个拜帖，是陈述偷偷用了子介的私印做的。你待会去了子介的府上，最好还是别出声。"

小桃有些失望，随即浮上一个俏笑："知道了，保证不出声。"小桃一蹦一跳地跟着徐锴，路上看到一家点心铺有卖茶叶糕的，不由跑进去买了一包清淡的，对徐锴笑道："祁公子喜欢吃清淡的糕点。"徐锴笑着摇头。

到了祁正修的别院，守门的看是徐锴带着人来，便没有阻拦，放了他们进去，院内的下人忙进去通报。

徐锴带着小桃走到后院祁正修的书房，小桃的心里像揣了只兔子般跳突不安，祁公子再见她，到底会是怎样的情形？

两人刚一迈进书房，只看见祁正修扶着何之棠的肩面色潮红，何之棠的衣服都被他扯得歪向了一边，露出了半缕香肩，而何之棠也正两眼发直痴痴地看着祁正修。

小桃手里的茶叶糕掉到了地上，脸色顿时变得惨白，也忘了刚才徐锴不许她说话的要求，声音都有些哆嗦：“祁公子，大小姐，你们——”小桃的脑子一片空白，她说不下去了，转身疯了一般跑了出去。

“小桃？”熟悉的声音让祁正修一愣，心突然像被刀锋划过似的，什么都没来得及想，一撩袍子追了出去。只留下了错愕的徐锴：“这——”

何之棠回过了神，扯起衣服红着脸也跑了出去。

小桃跑得很快，她只想赶紧逃，逃开那些她不想看的东西。祁正修侧耳听了听她跑的方向，纵身一跃，稳稳落到了小桃面前，准确地紧紧握住了小桃的肩。

小桃不知道哪来的力气，拼力挣扎着，脸上的泪早已花了，看着挡在前面的祁正修，她不管不顾地推、揉，打、踢，低声吼道：“你放开我！放开我！”

祁正修的心被她扎得有点疼，任由她踢着，没有松手。

“你还追我做什么。我早就该知道的，你去花月坊不是为了我。你一定早就知道那九个姑娘里有大小姐才去的。要不是大小姐摔了胳膊，怎么会轮到我上去？你怎么会预料到这个意外？你就是去看大小姐的，才阴差阳错地买了我的春月。我错了，我不该自作多情，我更不该破坏你和大小姐，都是我的错……”小桃哭着，话却收留不住，“都是我的错，我干吗要一趟趟地来，我干吗要买茶叶糕，我干吗要犯贱……”

祁正修只觉得自己的心都要被她哭碎了，猛地一把把她揽进了怀里：“好了。别再折磨我了。”

小桃还没来得及反应，已经紧紧贴在了祁正修宽厚的胸前，祁正修的气息幽幽传来，有些急促，有些情动，小桃怔住了，眼泪还在流着，却没有了刚才的抓狂。

祁正修艰涩地吐出了几个字：“我以为，她是你。”

小桃一愣，随即反应过来祁正修话里的意思，他以为大小姐是她？一缕纽细的宽慰从心底浅浅泛上，小桃咬唇看着祁正修，没有说话。

耳边传来一个清清凉凉的声音："看来是我打扰你们了。"何之棠不知何时已经走到了祁正修和小桃身边，看了看小桃，转而定定看向祁正修，"公子置之棠于何地？"她知道祁正修看不见她，别说现在瞎了，就是以前，他的眼里恐怕也没有她吧？本来她是不甘心折腰去问这句话的，可是眼前的情景，让她忍无可忍，到底还是没有把持住自尊，问了这句。原来即便是刚才的片刻旖旎，都是把她当成了一个贱婢。

祁正修缓缓向前走了两步，朝着何之棠的方向躬身揖了揖手："正修和小姐，没有缘分。"

何之棠逼问了来："既然没有缘分，当初为何下聘？"

祁正修心里一怔，是啊，为什么要下聘？最初提亲是为了把何之训牢牢巩固在太子阵营里，为了何士忠和何之训的兵力，后来下聘是为了报答何之棠的救命之恩。第一个原因已不复存在，第二个原因，从没存在过。之前祁正修面对小桃和何之棠尚有一丝愧疚，何之棠的恩和小桃的情令他曾困惑。可现在，他很坦然："事已至此，当初的聘定都没了意义。正修一直命人暗中关照小姐，今后如果有什么需要——"

话没说完，何之棠淡淡地打断了他的话："公子，第一句就够了。之棠明白了。"说着看了眼小桃，唇角向上勾了勾，转身缓缓地走了出去。

小桃看着何之棠的背影，挪了挪脚步，她习惯性地想跟出去，却又顿住了步子。愧疚、纠结，一起涌了上来。她对不起大小姐，可她真的舍不下祁公子。

过了很久，祁正修缓缓地开了口："你也回去吧。"声音有些苍凉。

小桃咬了咬唇，固执地说着："你买了我的春月，我该服侍你的。"

祁正修摇摇头，往回走去："我不需要你服侍。"

小桃快走了两步，红着眼圈轻轻扯住了祁正修的袖子："公子，让我服侍你一个月。这是我应该的，也是我想做的。"

祁正修顿住了脚步，侧着头声音寒凉："叶小桃，我不想你看着我这个样子，你懂不懂？"

小桃的眼泪泛了出来，固执地看着祁正修："我不在乎。我只想服侍公子。"

小桃的声音斩钉截铁，没有一丝犹豫，让祁正修的心又慌了一下，他的世界是黑暗寒凉的，他发现自己贪恋小桃带给他的那一抹温暖和阳光，可他又不敢接受，前路渺渺，他不知道自己会带给她什么。祁正修狠了狠心，抬起脚步又想回去，小桃不由迈上前一步扯住祁正修："公子，就让我服侍你一个月。你看得见看不见，我不在乎，你心里有没有小桃，我也不在乎。我只想给公子添茶递水，研墨熬药，就已经很满足了。我只有这么一点点心愿，就这一点点。"

小桃的话，扯得祁正修的心不是滋味，卑微落寞的语气，让他再也没法硬着心肠，祁正修站立在那里，一时不知道自己的脚步该迈到哪儿。

小桃鼓了鼓勇气，伸手牵上了祁正修的袖子，声音软软："公子，我们回去吧。"

祁正修的心摇摆了一下，眉头蹙了又松，却再也没法说出绝情的话。小桃那种柔柔的语调，卑微的语气，让他明白了一个词，"不忍"是什么滋味。半晌，祁正修淡淡说道："走吧。"

小桃抑制不住心里的狂喜，轻轻"嗯"了一声，步子轻快地扶着祁正修走了回去，徐锴正在屋里着急不知道院子里那三个人怎么样了。可他终究是个外人，不好出去掺和。看着小桃扶着祁正修进来，终于松了口气，半笑道："可算是好了。"

小桃的脸微微一红，祁正修倒没什么表情，对徐锴说道："我要给太子去封信，如今我写不了，我来念，劳烦你代笔吧。”徐锴点头。

三人去了书房，小桃把笔墨放好，看到祁公子身后的书柜里，每个小屉上摆着不同的纸，来回看了看，扭头问道：“徐公子，五福镇的纸是哪种？”

徐锴一愣，哈哈大笑道：“我可不是子介，非五福镇的纸不用。你随便拿一个就好。不过我可以告诉你，最细致白净的那种是五福镇的。不晕染。”

祁正修的心微微颤了一下，她竟然还知道自己喜欢五福镇的纸？她到底在自己的身上花了多少心思？心，不觉融融暖了许多。小桃的脸红了，知道祁公子喜欢五福镇的纸，歙砚徽墨，还是云笙告诉她的。可惜云笙……唉，小桃叹了口气，脑子里不由地浮现出了云笙的身影，买酒时的青涩，给她送药的聊天，为她留着蜜瓜干的关爱……小桃忽然烦透了这战争，让好好的祁公子什么也看不见，让活生生的云笙再也回不来。为什么要这样？为什么？

正月初九，赵匡义收到了李月娥的来信。信是赵匡胤递给他的，外加一个别有意味的眼神。赵匡义来不及向赵匡胤解释，匆忙回到自己的营帐，迫不及待地打开了蜡封。

李月娥的来信很长，足足有十几页，除了讲自己归程的见闻，还讲了许多细密的心思，和赵匡义的那次相逢，在她的笔下，倒变成了一幅散着韵味的画卷。赵匡义顾不上看这些，飞快地在字里行间扫着，终于在最后一页，看到了他最想看到的字，小桃在金陵教坊的花月坊。

只这几个字，已经让赵匡义血脉贲张了。她果然在金陵！李月娥没有太多讲述小桃的近况，反而让赵匡义百爪挠心。她在花月坊，那种地方可让她怎么活？赵匡义一撩战袍，冲出了营帐。

周军围攻楚州已经近四十天，粮草耗费，兵马疲累，但楚州的守将张彦卿始终硬抗，不肯投降。周朝皇帝柴荣颇为头疼，召集了将领们研究如何攻破楚州。

楚州临着运河，防守坚固，将领们盯着地图，一时也没有良策。赵匡义看了许久，突然发声道："不如声东击西。"

"怎么个声东击西法？"柴荣来了兴趣。

赵匡义站了起来，指着地图道："楚州临着运河，运河成了一道天然屏障。如今过了春节，天气转暖，运河这个屏障可以进行一番利用。"

"利用运河？"赵匡胤的眉头微微一蹙，勾唇笑了，他已经猜到了七八分。赵匡义果然进益了，这个主意妙得很。

赵匡义指着东侧道："陛下可以在这里，摆开阵势，和唐军对战。这样唐军会把主要兵力集中在这里，耗持几天，运河的西侧守备必定松懈，到时带一支熟悉水性的队伍，从运河潜到城下，攻下缺口。"

柴荣一个扬眉，用力拍着桌子道："好！"

正月初十，柴荣把行宫搬到了楚州城下，亲自督战，士气大增，从楚州城的东侧开始猛攻。楚州城的守备有些抵抗不住，不断地调动兵力到东侧增援，甚至城里的百姓也开始带着兵器，冲上了战场。

刀光剑影，马嘶风叫，血流得城里城外一片血腥的味道。赵匡义带了两千会水的士兵，从西侧的运河偷偷潜到城下，在夜幕的掩护下，进了城里。

里应外合之下，正月十二，楚州的城门被周军攻破了。守将张彦卿带着残余的将士仍然用刀剑拼杀，做着最后的抵抗。直到刀剑都拼完了，张彦卿挥剑自杀，其余的上千士兵全都战死，没有一个投降。

赵匡义杀红了眼，他以前不是个滥杀的人，能劝降的，绝不愿屠尽。可现在，他没有时间，他没有心情。他不知道还能有什么方法，才能去把握他想做的事，保护他要保护的人。

正月十三，楚州完全攻克，柴荣在楚州修整兵力五天，安排着战后的事宜。赵匡义在营帐里静静地坐着，五天，够了，骑上快马，可以到金陵打一个来回。

赵匡义没有和赵匡胤提起，而是直接同皇帝柴荣告了五天的假，只说有要事去处理。赵匡义屡立战功，柴荣对他格外嘉赏，也相信他的安排，便许了他五天。赵匡义带了五个身手敏捷的贴身侍从，打马一路向金陵的方向疾驰而去。

楚州战败的消息传到金陵，朝堂上下，一片凄然。楚州的地理位置还有运河做屏障，都被攻下，那附近的城池，更加没屏障可依附。每个人的心都惶惶然，大唐的命运似乎已经看到一二，悲凉，从上到下，笼罩了整个金陵。

皇帝李璟把自己关在太庙里，看着先人的牌位，有些麻木。这个国，他不知道还能守多久？他不是不励精图治，也不是不用心良苦，可为什么会到了这个地步？他想不通。

祁正修待在竹林里，两天没有出来。眼看着大唐的土地像被蚕食的桑叶般破败，他的心说不出的痛。他已经入东宫见过太子，出发的事，只怕等不到月底，要及早进行了。

下人依旧按祁正修之前的吩咐每天去花月坊下拜帖，把小桃接出来，可祁正修坐在竹林里不出来，也叮嘱不让任何人进去打扰他，小桃便只好在外面等，再做些茶点让人送进去。听徐锴说，那位战死在楚州的张彦卿是祁公子的至交好友，也难怪公子会那么难过。

到了第二天下午，小桃有些不放心，偷偷端了茶盘进去，如果祁公子一切安好，她就装作是送茶的婢女，将茶放下就走。

竹林里依旧温暖如春，小桃穿过几条小径，绕到竹林后面的石桌旁，祁公子正坐在一旁的石凳上，侧脸勾出了一个好看的轮廓。只是胡楂有些泛青，整个人身上有些颓然的失神。

小桃舒了口气，还好还好，小桃把茶盘放到石桌上，正准备离开，祁公子淡淡地开了口：“来了就坐一会再走吧。”

小桃一愣，不觉“咦”了一声，自己没出声响啊，祁公子怎么会知道是她？祁正修扯了扯嘴角：“一般的下人，不会走到我身边松口气。”下人只会屏着气，因为紧张。而小桃的松口气，说明担心解除。

小桃不好意思地弯唇笑了，顺势在祁正修旁边的石凳上坐下。祁正修摸上了茶盏，端起啜了一口，没有说话。眼看着和自己并肩向前的人，一个个倒下，语言此刻才是贫乏的。只有静静地坐着，想着当年曾经和张彦卿一起闲聊时说道大丈夫就要马革裹尸还，还真是一语成谶。

小桃看祁正修半晌不说话，便鼓起勇气说道：“公子，明天就是十五了。不如我们出去走走，一来元宵走百病也是个好兆头，二来，也可以祈福。”

祁正修没有吭声，祈福？听说六皇子也带着家眷去祈福了。可佛祖能保佑战争停止吗？能保佑大唐的士兵没有伤亡吗？祈福只是最软弱的妥协，让自己的心得到些许安慰。可眼下，似乎也只有这一条最软弱的路了。半晌，祁正修点点头说道：“好。”

金陵的元宵节，从黄昏后，便开始了热闹。这一天不论大家闺秀，小家碧玉，甚至是花月坊的姑娘，都可以出来逛逛，是一年里难得的可以自由出入的一天。凤箫声动，玉壶光转，爆竹的噼啪，烟火的炫目，哪条街都洋溢着热闹的气息。有文人墨客守在悬着的花灯前，猜着灯谜，也有三五成群的女子结伴而行，谈笑取闹，看着街边售卖的荷包香囊。

小桃扶着祁正修沿着朱雀街走着，不时对祁正修叨叨着：“公子，左边在舞狮子，右边有舞龙。前面还有一座八角的宫灯，上面还有灯谜呢。

子夜静歌凤求凰，广陵曲罢慰嵇康。千军分麾空城制，七弦妙音奏未央。打一物。”念完后，小桃不禁沉思起来，“这是什么呢？”

祁正修唇角微微上扬，外面爆竹的味道，身边女子的气息，让他难得地心情舒缓。这首谜并不难猜，他只是没想到如今小桃可以认识这么多字，都可以流畅地读了一整首。不知道是她下的功夫，还是花月坊的调教，想到后者，祁正修的心有些阴郁。

小桃看祁正修微笑，不觉扯着他的袖子笑道：“公子一定猜出来了，快告诉我啊。是什么嘛？”

祁正修捏了捏她的手，淡淡笑了笑：“如果你猜出来了，我送你一样东西。”

有东西送？那还是自己猜吧。小桃抿上了唇，到底是个什么东西啊？谜面文绉绉的。小桃百思也不得其解，刚才还叽叽喳喳的样子凝住，脑子里不停地转着各种她见过的东西。

元宵这天金陵城的守备也比平时松懈了些，节日的气氛总是容易让人沉浸。赵匡义带着随从到了金陵北边的城门处。人多惹眼，赵匡义让四个随从守在城外候着以防意外，只带了最精干的一个，在傍晚的时候，随着大批的人流混进了城。

金陵对赵匡义来说并不陌生，之前也来过一次，便一边打听着一边去了花月坊。下人告诉他今天的姑娘凡是没被官爷点着走春的，都去到大街上走百病去了。

“那小桃姑娘呢？”赵匡义问道。李月娥的信里并没有说小桃已经改名叫了水莲。

“小桃？”下人想了想说道，“这里没这么个姑娘。”

“没有？”赵匡义一愣，难道李月娥打听错了？还是换了名字？赵匡义又有些心急起来，已经到了金陵，再见不到她，他怎么甘心？

远远看着花月坊里有些清冷的样子，赵匡义决定到大街上碰碰运气。金陵的元宵果然比开封更加热闹，气派。唐人婉约，更擅丝竹乐声，也更纸醉金迷。赵匡义顾不得看热闹，盯着来来往往的妙龄女子，生怕错过一个身影。

不知不觉赵匡义已经走了好几条街，穿红披翠的女子在他眼前已经来来往往走了许多，他看得眼都有些晕，却始终没找到他心心念念的那抹熟悉。

远处又放起了烟火，使得暗夜里时时有着闪亮的绚丽，赵匡义忽然眸子一定，心噌地揪了起来。十步开外的地方，一个穿着湖蓝色襦裙的女子，披着一件浅银色镶锦鼠毛的披风，正侧着身子盈盈浅笑。头上的步摇还在烟火下熠熠闪光。是她！梦里不知道见过多少次，只需要一个剪影，甚至一缕气息，他也能准确地找到她的位置。

赵匡义不顾一切地就要迈步上去，却忽然看到她身边，立着一个霜白袍子、长身玉立的男子，也正含笑看着她。两人宽大的袖子牵在了一处。

“怦”的一声，赵匡义觉得自己的呼吸好像停滞了一般，身边的烟火，舞龙，耍狮，来来往往的行人，都好像不存在了，他的眼里，只剩下了那对相偎而立的璧人。不得不说，他们很相配。温文尔雅的男人，娇柔俏丽的女人。可为什么，自己的心像被刀割了一般？赵匡义的拳头紧紧攥了起来。

小桃身边一个顽皮的孩子把一枚爆竹忽地扔进了路边的炭火盆里，巨大的噼啪声在小桃身边炸开，赵匡义下意识地向前冲去，却只见霜白袍子的祁正修出手比他更快，像闪电般准确地揽上了小桃的腰，一个旋身，轻轻把小桃抱到了自己的对面。

爆竹在祁正修身后炸得碎屑四处，小桃吓得像失了魂似的，脸色苍白，顾不得看自己，紧紧拉着祁正修的手，上下前后打量看着：“公子，有没有事？”

祁正修摇摇头：“我没事。你呢？”

“没有。”小桃猛地摇着脑袋，还有些心有余悸，“吓死我了。公子转过身来，看看衣服有没有事——”

“好了。”祁正修抬手捏了捏小桃的脸，俯身温和地说道：“没什么要紧。”却由于看不见，俯身时恰好撞上了踮脚要看他身后的小桃，小桃便结结实实撞进了祁正修的怀里。

小桃的脸一红，却舍不得从祁正修的怀里出来，祁正修揉了揉小桃的肩把她扶好，也不觉脸上有些泛红，声音温柔：“怎么还是这么毛躁？嗯？”

赵匡义的身上开始泛凉，从手脚，到四肢，到心，他不知道自己两天一夜没睡打马跑到这里来，看到的会是这样的情形。金陵的天，比开封还冷。赵匡义忽然冻得四肢发僵。路边有卖酒给行人取暖的，赵匡义扔了几块碎银子拿了一罐灌了进去，才腾地一下从手脚开始热了起来。可，心还是那么疼。

小桃和祁正修又向前走去，赵匡义没有犹豫，将手里的酒一饮而尽，继续跟了上去。

祁正修牵着小桃，继续听小桃讲着路边的热闹。走过了朱雀大街，很快到了秦淮河畔。元宵的秦淮河边，更是锣鼓喧天。祁正修和小桃走了很久，才终于远离了人群，到了一处僻静之处，河水在这里很浅，四周悬着几个灯笼，在风里摇曳着。

小桃从袖中取出一个盒子，打了开来，里面是她昨晚用纸连夜折的十几盏河灯，像船的形状，小桃摸出火折子，将河灯点起，对祁公子轻声说道：“公子，这里很安静，可以祭奠，也可以祈福。”说着将点燃的一只河灯放到水里，顺着秦淮的河流，幽幽地漂了下去。

祁正修沉沉叹了口气，需要祭奠的人，太多了。两个结义的兄弟，云笙，张彦卿……小桃把河灯递给祁正修，扶着他的手将河灯放在水里，河灯缓缓顺着河流漂走。元宵的喧嚣和繁华，与这里是两个世界。这里只有沉默，静寂，哀思……

赵匡义站在不远处，看着小桃和祁正修，中间不过是隔了一片空地，几丛枯树，却好像隔了千山万水。赵匡义知道他们在做什么，可是那些人的死亡，是他、是周军造成的。

此刻，赵匡义才觉得在他和小桃中间，不只隔了一片空地，不只隔了两个国家，还隔了许许多多看不见的东西。她和祁正修，才有着共同的爱恨，共同的情仇。这是多少挂念、多少心思都抵消不了的。

赵匡义有些怅然，心也被扯得一丝丝疼痛起来。他攥了攥拳。

小桃和祁正修将河灯逐个放到秦淮河里，祁正修霜白的袍子，清俊的轮廓，和着天上一轮明月，成了小桃多少年都抹不去的记忆。直到所有的河灯都放完了，小桃才低低地说道："公子，这里冷，你穿得少，我们回去吧。"

"好。"祁正修站了起来，小桃顿了一下，伸手牵住了祁正修的手，他的手果然和想象的一样凉，小桃微微用力揉搓了起来。祁正修的心一动，反手牵上了小桃，揽着她一起并肩走去。

赵匡义看着他们离去的身影，心也跟着一扯一扯地揪疼。他觉得自己有点可笑，却也有些释然。起码，他知道她过得还好。虽然和自己原想的结果不同，但只要她好，他就可以安心。

赵匡义转身走了出去，守在不远处的侍从看他出来问道："少将，接着去哪里？"

赵匡义疲累地抬了抬手："回去吧。"

"啊？"侍从一愣，拼了死劲跑到金陵，竟然什么都没做就回去？他搞不懂赵匡义想什么，但也只有听命。

一轮圆月仍旧悬在空中，赵匡义偷偷潜出了城，踏着月色向楚州的方向赶去，直把金陵的烟火、爆竹、人声、笑语……都远远甩在了身后。

祁正修和小桃沿着秦淮河边走着，很快便到了祁正修的别院门口。小桃轻轻说着："公子，到了。"手却不肯松开，仍紧紧牵着祁正修的手。

祁正修怔了一下，声音有些干涩："不早了，我让下人送你回去。"

祁正修的身上好像有股吸力般，每次都让小桃舍不得离开，可终究也要回去。小桃的声音有些落寞，应了一声："嗯。"说着挪了挪步子，准备转身。

祁正修听着小桃的脚步，突然忍不住一伸手，把她紧紧揽进了怀里，小桃的心怦怦跳得很快，祁正修的气息让她抗拒不了，不觉抬起了头，却迎上了祁正修俯身而下的唇，瞬间便点燃了所有隐忍的情愫。祁正修的动作很温柔，温柔得让小桃有种被捧做珍宝的错觉。小桃的脑子里一片空白，随着祁正修的动作顺承辗转，唇齿纠缠之间，早已忘了自己。

祁正修的手紧紧揽上了小桃的腰，小桃的呼吸急促起来，脸也有些发烫，随即伸手拥上了祁正修的背，她可以给他，她愿意给他。

祁正修的身子僵了一下，动作缓了下来，微风一吹，刚才情不自禁的冲动黯了下去。祁正修松开了揽着小桃的手，揉了揉她的肩，声音轻柔："不早了。"又补了一句，"回去想想谜底，想到了告诉我。"

小桃本来听到"不早了"心里有些黯然，却又被后面一句点的心里有些憧憬，想到了谜底便有礼物收呢，不觉抿唇笑道："好。"

回到了花月坊，小桃还在暗自念叨着谜面，却也没个头绪。其他的姑娘也陆陆续续走百病回来了，七嘴八舌聊着街上好玩的，好看的。小桃没心思参与讨论，还在想着谜底，要是大小姐在就好了，她那么有学问，一定知道是什么。

小桃看了看廊子对面，大小姐屋里黑着，不知道去了哪里。算了，即便大小姐在，她还哪有脸去和大小姐问东问西。小桃默默地躺在了床上继续琢磨。

第二天一早，小桃才刚起来，却迎上了抱着琵琶回来的何之棠，看样子何之棠是刚从外面回来，身上披着水红的夹层斗篷，里面一件厚厚的荷色襦裙，全身都渗着凉气。小桃忙微微屈膝给何之棠行了礼，心里却有些忐忑。自从上次在祁公子家碰面后，她和大小姐也没有机会再迎在一起，大小姐一定恼死她了吧。想到这里，小桃的手心都有些微微出汗。

何之棠看了看小桃，微微笑道："我早说过了，不用多礼。"说着从袖里摸出一个金锞子塞给小桃："昨天得的赏，送你一个，好歹也是过节，讨个好兆头。"说完冲小桃点点头，向自己屋里继续走去。

小桃手里拿着金锞子，愣在了那里。大小姐没有生自己的气？一时激动、欣喜，全涌了上来，小桃开心得几乎要跳起来了。正准备捏捏自己的脸看是不是做梦，被迎面来的下人撞了一下，小桃定睛一看，跟在大小姐身后的，还有几个下人抬着大大小小的箱子。红姑在最后乐得合不上嘴："早说了，采樱才是这花月坊的台柱子，瞧瞧这赏赐，真是多少年都没见过的。"

小桃侧身站在了一边，不觉有些好奇，昨夜大小姐是出去走春了吗？看来去的是个大户人家，赏赐这么多，那金锞子也不算什么了。不过也不足奇，大小姐的琵琶弹得那么好，早晚都是这里的红牌姑娘。

想到琵琶，小桃的脑子突然灵光一现，昨晚那个谜面，"七弦妙音"难道是琴？凤求凰，司马相如弹的《凤求凰》就是琴曲，嵇康的《广陵散》也是琴曲，"空城"，诸葛亮的"空城计"也是抚琴，哎呀，自己太笨了，这么简单也没想到。

小桃忙蹦跳着跑下楼，去兑牌处领了去祁公子别院的牌子。本来姑娘出去是要官爷出帖子的，但是小桃的春月被祁大人买了是人尽皆知的事，再加上这几天祁正修府里的下人每天都带着帖子来请小桃，所以也没有细究，便派了两个花月坊的下人把小桃送到了祁正修的别院。

小桃跑进了别院，心里雀跃着，公子，我猜到了，是琴。前厅没人，后院没人，小桃跑到书房，一个下人正在打扫着房间。小桃笑着问道："祁公子呢？"

下人抬头看了看小桃，正要回答，屋外走进来了别院的管事，一个四十多岁的中年男子，这里的人都叫他"泉叔"。看到小桃拱了拱手道："桃姑娘。"

小桃这几天总来，别院的人也都与她相识了。小桃转身笑道："泉叔，公子呢？"

泉叔的眉梢沉了沉，看着小桃道："公子走了。"

走了？小桃没有反应过来："去哪了？"

泉叔答着："公子不是被皇上封了洪州防御史吗，自然是去洪州上任了。今天一早天没亮就走了。"

好像一记闷雷敲过了小桃的心，怎么就这么突然走了，为什么也没有一句半句的交代？小桃的心麻了一下，接着狠狠疼了起来。

泉叔把书桌上的盒子拿起来，递给了小桃："公子吩咐，把这个给姑娘，是姑娘猜谜的奖赏。"

小桃木然地接过了盒子，打开一看，一朵白玉桃，玉是好玉，白皙莹润，只是雕工不怎么样，磕磕绊绊，大致有个桃花的线条。

泉叔插了一句："姑娘可别嫌这块玉雕工不好，这是公子亲手雕的。我来来回回路过看着，公子雕了好几天呢。"

小桃的心揪了起来，她无法想象看不见的祁公子，是怎么摸索着一刀刀雕出了这么朵桃花？这是祁公子送的第二块玉，第一块，是他的无心之礼，第二块，他用了心。

泉叔又说道："公子还说，姑娘若是有了好的去处去便是，不用念及公子。"

小桃的心一颤，是让她忘了他？这是要告别，才送了这么用心的礼物？小桃把玉桃攥在了手里，心疼得喘息不上。半晌才说出一句话："陈大人和徐大人知道吗？"

泉叔点点头："知道，公子带着人马走的，二位大人一早来送。"

小桃的眼泪，此时才像醒过神来，一颗，一颗地落了下来。他对谁，都比对她慷慨。他舍不得对她动心，舍不得对她用情，甚至连个告别，都舍不得给她。祁正修，你怎么这么小气？还是你的心太凉，凉到放不下一个炽热的我？

小桃把玉桃收进了袖里，跌跌撞撞，不知道怎么回的花月坊。整个金陵，都没了颜色。昨夜的元宵，还是情到深处，你侬我侬，他会不让她受伤，他会一起放河灯，他会执子之手，他会情不自禁，可转眼，就什么都没有了。

小桃跌跌撞撞地回到了花月坊，正月才刚过了半个月，本以为可以陪着祁公子一个月，谁知道又是妄想。小桃躲在屋里，像生了场大病，心痛到每呼吸一口，都揪得心肝脾肺肾都疼。想念一个人的滋味太难熬，小桃的脑子里每天都是祁正修的身影，祁正修的眉眼，像片段一样，不厌其烦地在她眼前反复地现着。而每一次的浮现，都让她的心跟着扯痛。相思最苦，她算是尝到了。

正月是花月坊的姑娘争奇斗艳的好时节。因为正月里宴会多，官爷们常来点几个姑娘走春，也有直接在花月坊做东请客的，所以红姑铆足了劲，想了各种的法子在正月赚银子。

譬如"行云流水"，花月坊在一楼前堂辟了一条水渠，水流环绕过一楼的每个房间，在水流上放置一个轻薄的荷叶盘，上面放着几个姑娘的名牌，随着乐声，荷叶盘流到哪个房间门口，哪个房间里的官爷就可以随机挑选一个姑娘，或是才艺，或是陪酒。

这个法子新鲜有趣，不少朝廷里的达官显贵都不免放下架子，来凑个热闹。每次荷叶盘出来的方向都是随机，而且流到哪里也是随机，每个人都想试试自己的运气。一时一楼的房间每晚一百两银子都大有人挥金如土，提前几天就定了下来。

红姑的眉眼都舒展了开来，但姑娘们却个个惶恐。显贵来得越多，越让她们心惊胆战。虽说有身份地位的人讲究个脸面，不会对清倌人们用强。但红姑却最会看这些人的脸色，若是有达官显贵看上的姑娘，不用客官强求，红姑便把姑娘主动送了过去。至于客官要做什么，红姑自然吩咐姑娘们一切顺从。

有两个模样出挑的舞娘，已经被红姑送到了当朝宰相公子和御史大人的房里。出来后，一个几天都下不了床，另一个原来住在清倌人住的会春堂，那晚之后便搬到了宜春堂，花牌也上了九面花鼓，成了宰相公子热捧的姑娘。

何之兰的酒量如今十分了得，不仅喝多少都神清气爽，而且格外会挑动酒桌的气氛，不论是行酒令还是酒桌上的各色戏耍，都做得有模有样，成了花月坊里数一数二的酒妓。

何之棠虽然没有参加正月初一的打头春，但弹得一手好琵琶的名声也传了出去。红姑把何之棠的花鼓摆在了最上面正中的位置，最为显眼。有时官爷出的银子多，何之棠也会在前堂奏一曲琵琶。只是无论行云流水，还是别的花式，都不会放何之棠的花牌。红姑留着她还大有用处。

前堂的热闹，似乎都与小桃无关。论舞技，她还没到能挂出花牌的地步，只能在群舞里走个场，也并不显眼。论喝酒陪客，她更是哪样都不行。红姑碍于祁正修三千两银子包了她的春月，在正月里对小桃睁只眼闭只眼，并没有为难她。

正月很快过去了，祁正修赶赴洪州的消息也传到了花月坊。红姑便无法再容忍小桃晃来晃去了。吩咐教导小桃的舞娘雅竹狠狠把小桃训练出来，她可不养吃闲饭的人。

小桃在红姑的紧盯之下，每天从早练到晚，几个月下来，舞技有了不小的提高。只是想在花月坊里出头，还是不够。雅竹开始训练小桃的一些技巧，比如腾高跃低的一些舞技，把台子从矮到高逐步搭起来，让小桃试着跃上。

随着一天天的训练，台子已经到了一人多高，小桃实在跳不上去了。无论雅竹怎么调教都已经是极限。雅竹对小桃叹气道："要是给红姑看到了，又得上鞭子让你跳起来了。"

小桃无奈地摇摇头："鞭子也跳不起来啊。能想想别的办法吗？"

雅竹想了想说道："你的身子软，跳起来动情，这都是长处。光这几点，已经可以做到中上。再假以时日，可以做到上。但是你看那些个拔尖的舞姬，哪个没点绝活？你却只是都好，没有一样让人看了叫绝的，终究还是不行。"

"那非得跳得高才行吗？"小桃也犯愁，没个绝技镇不住场子，只怕红姑早晚让她陪客人。

雅竹拍了拍小桃的肩："我在这里调教姑娘十多年，看人很准。你身子软，跃高是最适合你的绝技。只是你胆子小，慢慢来吧。"

小桃似懂非懂，自己适合跳跃？可明明一看到台子就不由地有点哆嗦。一来是的确蹦不上去，二来想到自己曾经丢丑地爬盘子，就更是心理障碍。但是也没有办法，只好继续日复一日地训练。

而红姑也早已等不及，每天都会让小桃出场，也会派她去大户人家的家宴上一舞助兴。不过只是群舞，偶尔会做群舞里的领舞，还没有到可以独舞的地步。

大唐和周朝的战事一天紧似一天，舒州城破，刺史被抓。周军已经到了迎銮镇的江口，如果再将东沛州攻下，便可拿下庐州，那么周军在长江上就可以自由出入。长江是大唐的天然屏障，长江再失守，便几乎等于亡国。

祁正修到了洪州，晋王李景遂起初对他并不在意。一个眼睛看不见的人，又是初次入朝为官，即便有太子做靠山，又能掀起什么风浪？再加上祁正修温和儒雅，二人倒是你来我往，相处得还算融洽。

但是过了一个多月，李景遂才发觉祁正修是用了“润物细无声”的法子，在渐渐渗透洪州的各个政事。每次商议洪州的政事或是防御布局，祁正修并不会先发表意见。等李景遂和几个主要的将领说完之后，他才缓缓道来他的意见，而他的高明之处，是起初附和李景遂的意见，让李景遂听着颇为入耳。但到了最后，却会补充一些细微的调整。

这个法子让李景遂起初毫无察觉，尤其是当有的将领和李景遂的意见相左的时候，祁正修的看似支持，让李景遂非常受用，对祁正修的表态赞不绝口。

一个晋王，一个防御史，两位最高统帅的意见都一致，其他的将领即便对李景遂的决定有什么腹诽，也不再坚持了。李景遂起初觉得皇帝李璟简直是给自己派了个得力助手。

但一个多月后，才渐渐咂摸过了味儿。祁正修每次看似支持他的意见，但最后的那些细枝末节的调整，开始他不在意，不过是几百人马的调配，或者一村一镇的调度，而且每次也都理由充分。

一个月后，李景遂回看地图上祁正修的布局，才大惊失色。这个书生，没用一兵一卒，就和他下了盘绝世好棋啊。洪州的东南边境，已经全换成了祁正修的人马，这些人马有的是祁正修来洪州时从金陵带的，而大部分却是一次次调整从李景遂这里要的，集腋成裘，聚成了一条完整的防御带。祁正修的高明之处，是不按顺序出牌，就像下围棋，从几个不相干的角落围了过来，起初看着毫无关系，但到了最后却连成一片杀了过来，让人无力招架。

“妈的，被这小子阴了。”李景遂气得直拍桌子。东南防御最是关键，这里一边接着吴越，一边接着周朝，祁正修掐住了这里的咽喉，让李景遂一点还手之力都没有。眼下周朝和大唐战事激烈，自己手里的兵力本不想折损在战场上，可现在祁正修把住了东南边境，很明显下一步会以此要挟，让他出兵抗周。李景遂简直都懵了，这个什么都看不见的人，到底是怎么做到这一步的？简直是个鬼才。

李景遂的幕僚给他出着主意：“办法还是有的。如果祁大人提出派兵抗周的主意，我们可以先答应，但是兵力可以分批次地给他，只说调度需要时间，让他带着两万人过去，如果战事顺利，我们再增派人马，如果战事不顺，我们就按兵不动。”

李景遂皱起了眉头：“按兵不动？已经答应了再按兵不动等于诓军，这是掉脑袋的事。”

幕僚微微笑道：“战事不顺，大唐的前景都不一定怎样呢？皇上哪有心情管我们？实在不行，晋王自拥兵马，划城为国，也不是不可。”

“大胆！你是叫我谋反？”李景遂声色俱厉。

“不敢，不敢。”幕僚擦着汗退了出去。

屋里灯火明灭，李景遂坐在桌前陷入了沉思。刚才不过是做做样子，但那幕僚的话却真是说到了他的心坎里。憋屈了这么多年，先是被立为皇太弟，又迫于形势辞了，为了这个皇位前前后后真是胆战心惊。如今的机会，是不是能利用起来，放手一搏？

第十二章

冤家路窄受凌辱
绝处又遇雪上霜

早春三月，花月坊里碧桃锦绣，一片热闹。晚上听说要来个大人物，红姑三天前就接到了周大人的通知，要好好服侍。自然不敢掉以轻心，向周大人旁敲侧击了一番，大致知道来人的身份。红姑心里便有了盘算，怎么服侍，才能对得上来人的胃口。

下午时分花月坊便停了所有的营生，专心筹备着晚上大人物的到来。红姑更是把上三堂所有能搬得上台面的姑娘都喊了来准备。何之棠的琵琶是当晚的重头戏。小桃在群舞《采莲》里也有个领舞的角色要出演。一时花月坊里里外外都忙成了一团，准备着晚上的盛大。

日头刚落，暖风微微，送着春花的各种香气幽幽地飘进了花月坊，天边一弯新月浅浅挂上了枝头。这个晚上，格外妖娆。

花月坊外面，有了清道的侍卫，用帐幔拉出了一条禁严的路。前方礼乐鸣奏，仪仗队排到了花月坊。看着这派头阵势，即便是没什么心肺的小桃，也知道今晚来的人派头不小，不免心里又有些紧张。《采莲》虽然练得还可以，可是还是在盘子上跳。要是再出了岔子，红姑非打断她的腿不可。

何之棠在屋里端坐在镜前，侍婢给她梳着高耸入云的仙云髻。何之棠的手脚都是冰凉的。侍婢梳好头走了出去，何之棠取了些胭脂擦在了唇上，细眉俊眼，镜子里的自己的确姿容不凡。

从红姑让她今晚撑台子弹琵琶时候起，她已经猜到了，今晚来的人里，别人不敢说，七皇子是一定来了的。她对七皇子，有种说不出的畏惧。这种畏惧不是对七皇子的害怕，而是对自己的害怕。

初到花月坊，何之棠以为可以以柔克刚，凭着一技之长在这风月场所混个自己的名声和清白出来。戏文里不也演了吗，可以做清倌人，可以卖艺不卖身。可入了这泥坑，才知道都是假的。哪有不卖身的，只不过是寻常姑娘的底线低些，才艺绝佳的姑娘底线高些。之前红姑对她尚算客气，可上次七皇子来了之后，红姑也恨不得把她推进七皇子的怀里。元宵节七皇子下帖子请，红姑不由分说就把她塞了过去。

若是从前，她是绝不屑于和七皇子这样的人来往的。七皇子声名狼藉，淫邪无度，她再不济也不会投向这样的人。

可现在，她有得选吗？祁正修弃了她，没人能做她依傍的大树。在花月坊这个见人卖笑的地方，有得依靠，一个普通的舞姬，也能成为宰相公子热捧的姑娘，凭什么？到底凭什么？何之棠明显感觉到自己的心时刻在偏移，以前不屑的，不齿的，现在却纠结挣扎起来。她真的怕七皇子再对她用些心，她会把持不住。

正说着，外头的声音躁动起来，有侍婢轻声说着："来了。"何之棠的心"怦"地跳了一下，对着镜子抿了抿鲜艳欲滴的唇，抱着琵琶走了出去。

花月坊的前堂坐了几个衣冠华彩的公子，一身玄色袍子的七皇子，还有一位紫色袍子的公子，一双桃花眼，风流俊秀，手里摇着一把描金折扇，看着便是轻薄非常。何之棠在帘后细细打量了一番，却不认得是谁。其余的一些作陪的王孙贵胄，何之棠七七八八认识一些。不由又把目光转向了紫袍公子，这应该是大唐的贵客，连七皇子那么目中无人的人，对此人也十分客气。何之棠更多了几分小心。

七皇子和紫袍公子对饮着，花月坊的节目也开始上演。开场的歌舞，紫袍公子看了几眼，斜看着七皇子冷笑道："都说唐人擅长丝竹，也不过尔尔嘛。"七皇子的脸上有些尴尬，没有接话。

陪酒的何之兰一个回身，从高空将酒壶悬了下来，酒垂直倒进了紫袍公子的酒杯里，像一道瀑布，却没有溅出来一滴。紫袍公子笑道："还不如这酒倒得精彩呢。"

何之兰扬唇一笑："公子可是过奖了。我这不过是雕虫小技。待会有的琵琶箜篌让公子叫绝。大唐的丝竹，可不是浪得虚名的。"

紫袍公子哈哈大笑，一把执住了何之兰的手："有性格。我就喜欢这辣性格。"

何之兰把手抽了出来，拿起桌上的一个大酒杯一饮而尽，笑看着紫袍公子道："公子先喝了这杯，才是对冰兰青眼呢。"

那杯子不小，紫袍公子被话赶到了那里，便也只好抬手饮了一杯，对何之兰也不敢再小觑，拱了拱手。七皇子的脸色这才好些。

正说着，小桃的采莲舞开始了。很高的台子，上面托着鎏金盘子，小桃的脚裹着，像一只轻盈的燕子在盘里舞着。如今小桃的技艺增进了不少，跳得也有模有样。几个回旋做得十分漂亮，赢了不少掌声。

七皇子看了看紫袍公子，一向满眼轻薄的他竟然敛了神色，盯着小桃出神。七皇子看在眼里，心里一动，问道："钱兄觉得这舞可好？"

紫袍公子冷哼了一声，眉眼里的狠戾一闪而过，随即笑道："非常好。跳舞的姑娘，更是不错。"说着看向七皇子道，"还望皇子成全弘仪的心意。"

这意思再明显不过了，钱弘仪竟然看上了小桃。七皇子心里冷笑，还以为吴越国的这位举足轻重的皇亲贵胄品味不错呢，竟然看上这么个毛丫头，舞跳得一般，长得更一般。除了脚小一点。七皇子还记得小桃正月初一爬盘子的窘相，现在看着她的舞，总是想笑，怎么也看不出这舞，这人，到底哪里出彩，竟然还入了钱弘仪的眼？

七皇子朗声道："那是自然。哈哈。"

一舞终了，小桃回到了台子后面，这才敢鼓起勇气看了看前面，紫袍的钱弘仪离她并不远，小桃的心忽然"怦怦"用力跳了几下，原来是他！他怎么来到大唐了？小桃仍然记得他大冬天还摇着扇子，真是个怪人啊，原来一年四季扇子不离手。小桃擦了擦额上的汗，回到了后院自己的屋里。

过了一会，七皇子对紫袍公子拱手道："钱兄，我先去更衣。"

紫袍公子勾唇一笑："请便。"

七皇子出了前堂，顺着廊子，走到了花月坊的后院，红姑赶紧跟了上来："皇子要去哪里，找下人带您去。"

七皇子沉着脸问道："采樱姑娘呢？"

红姑满脸堆笑："知道皇子惦记采樱姑娘，早准备好了，再过几个歌舞，就是采樱姑娘的琵琶。"

七皇子眉头紧皱，破口大骂："老奴才，你抖什么激灵？谁让她出来的？"

一句话骂得红姑愣在了那里，不知道自己错了什么。周大人说七皇子会带着人来，那能讨七皇子高兴的不就是采樱吗？这又是什么幺蛾子？红姑不敢怠慢，赶紧低头问着："那是把采樱姑娘换下去吗？"

七皇子眉梢一挑，心里微微动了一下，冷笑道："先不用，我去见见采樱姑娘。"

红姑忙说道："采樱去前院了，皇子先去她房里，我这就把她叫回来。"说着让身边的侍婢带着七皇子去何之棠的房间，自己忙跑去前堂。

不多时，门外环佩叮咚声响起，七皇子的眉眼眯了起来。门一开，何之棠的脚还没有都跨进来，已经被一个修长的声音揽进了怀里，声音温热："是我。"

何之棠的脸一红，用力挣了挣："皇子，请自重。"

七皇子把手松开，看着何之棠眯眼笑道："自重？可以，既然你还是不能接受我，那你看，外面坐的那个紫袍子的怎么样？"

何之棠一愣，眉头锁起："什么意思？"

七皇子重新坐回凳子上，把袍子撩了撩，玩味地看着何之棠："那是吴越国的镇东军安抚使，吴越王的亲兄弟钱弘仪。如今唐周开战，皇上迫切渴望着吴越的援军。所以，这自然是大唐的贵客，连我也不得不敬畏三分。如果他看上你，你可愿意？"

何之棠的心一凛，李从善这是威胁她？不跟他就让她去侍奉那个钱弘仪？何之棠僵在了那。

七皇子站了起来，轻轻揽上何之棠的腰，声音温和了下来："我不愿意。我舍不得你。"说着将唇凑到了何之棠的脸侧，"我早说过，我想你心甘情愿，我要你的心。"

何之棠的身子一僵，脑子空空一片。她不想去陪客，更不想去陪那个什么吴越的钱弘仪。何之棠僵硬地伸手扯住了李从善的袖子。

李从善笑了："之棠，我喜欢你和我两情相悦的样子。"说着手顺着她的腰抚了上来，到肩，到胸……她没有拒绝。当李从善在她身上动作的时候，何之棠闭上了眼睛，紧紧咬着牙关。就这样吧，她认了。

何之棠的处子之身让李从善有些疯狂，要不是钱弘仪还在前堂等着他，他恨不得直接在这里通宵达旦地享用。一炷香的时间过了，李从善从何之棠的身上下来，一边系着袍子，一边笑道："钱弘仪的眼光也不怎么样，竟然瞧上了之前那个爬盘子的丫头。"

何之棠正在木然地扯着襦裙往身上裹，听到李从善的声音不由一愣：

“小桃？”

李从善一挑眉：“她叫小桃？”

何之棠的表情微微动了动，过了半晌，别过头低声说道：“她不会同意的。”小桃对祁正修心心念念，听说之前在下三堂为了拒绝接客还被关在冰室都不肯屈服，如今让她去陪钱弘仪，还指不定能出什么岔子。

李从善眉头一皱：“她敢？！”忽地想起正月初一祁正修似乎给她花了三千两，不由冷笑道，“祁正修也瞄上了那个丫头。不过，远水救不了近火。如今皇上还等着吴越国发兵，我怎么能不随了钱弘仪的愿呢？”

何之棠失神地问道：“那祁正修知道了怎么办？”

李从善抽抽嘴角，勾上了何之棠的下巴，轻轻吐气道：“那就不让他知道。”说着又要吻上何之棠。

何之棠轻轻抬手挡了一下，看着李从善道：“她性子很烈的。只怕最后会弄得不愉快。反倒得罪了钱弘仪。”

李从善一怔：“那怎么办？”手却仍是不老实地滑上了何之棠的胸揉捏了一番，用力嗅了嗅道，“之棠，真香。我都舍不得走了。”

何之棠心里一顶，有些厌恶，本能地想向后躲去，却被李从善顺势堵到墙上无处可躲，只得闭上眼忍着李从善的再次轻薄手脚。悲凉，屈辱，反胃……同时涌上了何之棠的心。为什么，为什么她得陪着自己恶心反胃的人？而小桃就可以和祁正修同枕鸳鸯？

何之棠唇角冷冷勾了勾，对李从善轻声说道：“二更时候，你带着钱弘仪来这里就可以。”

李从善勾了勾何之棠的脸：“知道你聪明。”说着朗声笑了几声，又同何之棠狎昵了片刻，才走了出去。

李从善到了前堂门口，吩咐守着的红姑，把何之棠的琵琶去了，用别的歌舞顶上。何之棠成了他的女人，不管喜欢不喜欢，有多喜欢，总不能让别的男人再染指。红姑忙应声而去。

红姑到了后面赶紧又安排了别的姑娘顶上，走到何之棠的房间，敲了敲门进去，满脸喜色道：“采樱啊，你可是好福气，今晚不用你出台了，七皇子亲自吩咐的。可见七皇子的心里是装了你——”

红姑的话没说完，已经被何之棠打断：“好了。”转眸说道，“七皇子想让水莲陪客。”

红姑一怔，水莲？不由说道：“那就陪啊。”

何之棠浅浅一笑：“她性子烈，又和祁大人有些瓜葛，想来是不会陪的，到时得罪了客人，既失了你的面子，也让七皇子脸上过不去。”

红姑摇摇头笑道：“那有什么难的。”说着从袖里拿出一包药，倒进了桌上的茶壶里，晃了晃，药已经摇匀，“咱们花月坊别的没有，这最不缺了。花月坊可以有歌妓，舞妓，乐妓，酒妓，就是不能有不陪客的姑娘。”说完向外吩咐道，“让水莲赶快过来。”

门外候着的侍婢应声而去。不多时，碎步跑来的小桃随着侍婢走进了屋子。小桃看着红姑和何之棠在一起，微微屈膝行了个礼，有些疑惑地问着：“红姑找我吗？”

红姑看着小桃，声音没什么波澜，指着桌上的茶盅说道：“把茶喝了。”

“喝茶？”小桃一愣，找自己来莫名其妙喝什么茶。

何之棠站了起来，将茶递到小桃的手里，盈盈笑道：“红姑有话同你说，看你跑得虚汗淋漓的，让你先喝盏茶。”

小桃看着何之棠一如既往亲切的笑，心里再没有任何顾虑，大小姐肯对她展颜欢笑，她已经开心得不得了。小桃接过何之棠手里的茶，一口气灌了进去。

红姑看小桃喝完茶，指指床沿让她坐下，说道：“今晚来的客人呢，有一个是极尊贵的，是当朝七皇子。”

小桃一听到“七皇子”三个字，眉头就是一皱，不由想起了窅娘，嘴唇咬了咬。

红姑接着说道：“七皇子再带来的客人，那自然也是极尊贵的，花月坊是得罪不起的。所以，他们看上了哪个姑娘，别说是你我，就是天上的仙女，我也得想法子给弄去。没人能例外。”

小桃的手心攥紧了，不觉冒了些汗，红姑的话是什么意思？她听出了些弦外之音，不由心里紧张得发虚，可是怪了，头却晕晕沉沉的，红姑的声音好像飘得越来越远，她听着听着，倒像是从天边传过来的。

红姑接着说道：“所以待会客人来，要是对你有些兴致，你也不要大惊小怪，做姑娘的，哪有不卖身的？说是清倌人，也不过是待价而沽，想留着初夜卖个好价钱。又哪能在花月坊当一辈子的清倌人。这不是蹚过污泥沟还想不湿鞋么？怎么可能？你也不要怪我……”

小桃听得这几句，已经明白了红姑的意思，只想拔腿而逃。她不能，她有祁公子，她不能啊……可是脚下却像绑了几十斤的秤砣，她怎么挣扎也站不起来，脑子里昏昏然，不知不觉，已经倒了下去。

红姑走了过去，把小桃的腿扶上了床，用锦被盖好。这么看着，倒真有几分俏丽，小桃的清秀是越看越耐看的。红姑经见过太多这样的场面，心里没什么波澜。这里的姑娘，哪个不得早晚走这一遭。红姑安顿好小桃，对何之棠说道：“抬到她屋里？”

何之棠全身有些冰寒，她没有想到，这么快，她只是几句话，红姑竟然就把小桃放倒在了她的床上。何之棠心里说不上的滋味，有一丝丝不忍的心痛，但更多的却是一种释然，一种快感。她受的，只比小桃多，不比小桃少。小桃还有祁正修，她呢，她有什么？连祁正修，都是她抢走的啊。想到这里，何之棠狠狠心走了出去，扔给红姑一句话：“就这里吧，二更时分，他们会来。”

红姑了然，赶忙走了出去，吩咐了几个狎司守在这里门口。又给何之棠找了间房子，命下人进去服侍。

二更时分，花月坊安排的歌舞也进行得差不多了。钱弘仪看着李从善颇有玩味地笑道：“皇子，时候差不多了。”

李从善站了起来，笑着应道：“钱兄喜欢的东西，自然竭力安排。”说着在前面先走着带路。钱弘仪跟在了后面，手里的描金折扇一边摇着，一边笑得惬意。

穿过几个廊子，绕了几处院子，到了何之棠的屋子。李从善命人开了屋子，伸手道：“钱兄，可是这个舞娘？”

钱弘仪走进了屋子，看了看躺着的小桃，没错，就是这个丫头。钱弘仪将扇子合上，在小桃的脸上拍了拍，没什么动静，不觉摇头笑道：“我不喜欢玩死的。”

李从善勾唇道：“那钱兄可以先睡一觉，你醒来，她也该醒来了。”

“哈哈哈。”钱弘仪笑得大声，李从善说话也怪有意思的。笑过后，钱弘仪一拱手，“那谢谢皇子成全。”

李从善点点头，走了出去，命下人关上了门。

钱弘仪看着床上躺着的女子，没错，就是那个叽叽喳喳扫他兴的丫头。没想到狭路相逢，在这又遇到了她。说实话，她长得入不了他的眼。可她入了赵匡义的眼。这就不同了。玩别的男人的女人，是一个男人极大的骄傲。

吴越国在周朝的压制下已经够倒霉的了，年年纳贡，周朝那个皇帝还总是指手画脚，对吴越的皇位继承也要染指，如果不是周朝作梗，他都离吴越王的位置不远了。如今唐周开战，周朝又跑去找皇兄要援兵，大唐也去要援兵。他知道，皇兄虽然没表态，其实是想借兵周朝的，毕竟皇兄和周朝的渊源更深一些。

在这个节骨眼上，他把这个女人玩了，周朝那个赵匡义应该很生气吧？到时不仅生他的气，也会生皇兄的气。周朝这个靠山不稳，看皇兄还能得意到几时？

钱弘仪勾唇笑了笑，用扇子把小桃胸前的丝绦挑了下去，扯开衣服，露出了洁白的肌肤，这么看着，还真有了兴趣。钱弘仪扑了上去。赵匡义护着的女人，滋味还真不错。

小桃迷迷糊糊中好像什么压在了身上，她很热，也很疼，头疼得像要炸开，摇摇晃晃地直到过了很久，才睁开了眼。

一双桃花眼正带着几分嘲讽看着她，看她醒来，用扇子挑了挑她的下巴："醒了？"

小桃一愣，低头一看自己的身子，一丝不挂地在锦被里，下身酥麻酸疼，顿时脑子里一片空白。哆嗦着唇低声道："怎么了？"

钱弘仪扬眉笑道："能怎么，又不是黄花大闺女，装什么。"说着凑到小桃的脸前问道，"爽吗？"

小桃的脑子里好像有千万匹马在呼啸而过，她直勾勾地盯着钱弘仪，忽然用力冲他的脸撕了过去，大声凄惨地叫着："啊——"

钱弘仪一躲，躲开了小桃的手。钱弘仪冷笑道："我就说我喜欢活的。既然你活过来了，那就让我再快活一次。"说着用力按上了小桃的肩膀，扑了上去。

小桃像疯了一样挣扎着，扭头咬上钱弘仪的胳膊狠狠撕了下去。钱弘仪疼得一个巴掌把小桃甩开，回头一看自己的胳膊被小桃咬得血淋淋都撕了块肉下去，怒从中来，用力又是一个巴掌，打得小桃一头撞在了墙上，整个人倒了下去。

真触霉头。钱弘仪理了理袍子，大步走了出去。

李从善同何之棠又缠绵了一夜，何之棠的身子白皙细腻，纵然李从善玩过的女人不计其数，但还是沉溺其中不愿自拔。大家闺秀虽说没有风尘女子有情趣，但那种欲迎还拒的羞涩，别有一番味道。李从善正在床上尽兴，门外守值的侍卫低声禀着："七皇子，钱公子出来了。"

"扫兴。"李从善不情愿地从何之棠身上下来，穿好袍子，抬手抚了抚何之棠的脸，温声道："我先出去。"

何之棠淡淡勾唇笑笑："好。"目送着李从善的身影消失在房门外，何之棠用力擦了擦脸。

李从善刚出房门，便迎上了怒气冲冲的钱弘仪，定睛一看，钱弘仪的半条袖子都淋上了血，不由大吃一惊，那个死丫头狗胆包天啊，不由问了句："是那丫头弄的？"

钱弘仪冷笑道："你说呢？除了她还有谁？"

李从善眉头紧锁，厉声道："把红姑叫来。"

不多时，红姑带了两个下人碎步跑了过来，看着钱弘仪的袖子，心里就是一惊，七魂也吓飞了六魄，哆嗦着看着七皇子说道："皇子有何吩咐？"

七皇子一脚把红姑踹在了地上，骂道："你调教出来的好婊子！"

红姑的胸口疼得像碎开似的，半晌才缓过气来，挣扎着站起来道："她不懂事，回头我好好收拾收拾她。"

钱弘仪吹了吹扇子上的灰尘，斜着桃花眼冷哼道："这样的要是放在吴越国，早就乱棍打死了。"

打死？李从善一愣，他就够狠了，这钱弘仪比他还狠。要是别人，他还真不吝惜，打死就打死，得把这位吴越国的贵客招待好。可是这个水莲还是小桃，是祁正修包过春月的人。玩玩可以，再打死……他得掂量掂量祁正修。

想到这里，李从善看着钱弘仪拱手笑道："既然如此，总得教训教训这个丫头。"说着对红姑喝道，"拉出去，乱棍打死。"

红姑一个哆嗦，不敢相信地紧盯着七皇子，大气都不敢出，这就要打死？半晌都不敢动。李从善皱眉道："还不快去？你是让我亲自拿板子吗？"

"不敢，不敢。"红姑一边说着，一边赶紧退了下去。心里有些可惜，刚调教出来一个，就这么着没了。

走下院里，红姑正要吩咐狎司去把小桃带过来，一个侍卫打扮的人从红姑身边匆匆走过，声音又快又低："皇子有令，留活口。"

等红姑回过神来，那侍卫早已走得不见踪影。留活口？红姑的心松快了些。给狎司们使了个颜色。那二人便都领会了。互看了一眼后，大步走到楼上把衣衫不整的小桃拖了下来。

钱弘仪和李从善也跟了下来。小桃披头散发，目光呆滞，身上套着一件桃红色的亵衣，外面罩着一件葱绿色的外袍。衣衫凌乱，整个人都神情涣散了。其他房间里的姑娘们也纷纷披上了衣服窜出来看。唯独何之棠没有出去。

狎司从柴房搬来一块木板，把小桃扔了上去。红姑一声令下，便开始左右开弓打了起来。第一板子小桃疼得便大叫一声，疼，真疼，全身都火辣辣地入骨地疼。狎司继续打着，小桃的哀号一阵接着一阵，围观的姑娘们都忍不住瑟瑟发抖。花月坊也有收拾姑娘的时候，但毕竟只是教训为主，不会下狠手。如今看着没几下，小桃屁股上的衣服已经渗出了血迹斑斑，不由人人自危。何之棠在屋里听着小桃的惨叫，捂上了耳朵。

打人的方式有着许多的技巧，那些狎司最会掌握。有的看着血肉横飞，那棍子的力却是虚的，雷声大雨点小，重重抬起，轻轻落下，只伤了肉。所以看着血肉模糊地吓人，却是好好养养，半个月就没事。而有的看着不怎么样，棍子却直劈骨头，表面看不出血痕，里面的筋骨已经寸寸皆断，直接可以断气。小桃受的自然是第一种。只不过这第一种也足足让小桃疼得喘不上气，二十几板子下去，小桃全身大汗淋漓，混着血肉，晕了过去。

钱弘仪看着也有些倒胃口，用扇子遮了口，摇摇头道："真是难看。"说着大步向前走了出去。七皇子冲红姑使了个眼色，狎司冲着小桃泼了盆冷水继续打着。小桃的已经痛得喊不出来，只是"呜呜"地喘息着。头好晕，四周的一切都像黑云压城一般堵了过来，小桃疼得受不住，便只能在脑子里一遍一遍地想着祁公子的身影，祁公子的脸。

七皇子跟着心满意足的钱弘仪出去，到了驿馆把钱弘仪安顿好，又嘱咐内府送了不少金银玉器，名为礼物，实则赔偿，才算了事。

红姑看着门外的仪仗车马渐渐走远，吩咐狎司住手，忙把小桃抬回屋里，把郎中请来诊治。

小桃做了一个很长的梦，梦里是一身霜白袍子的祁公子。小桃只觉得周身都很冷，冷得喘息不上，那袭霜白袍子是她唯一的动力，唯一的一点光热。可她怎么爬，都全身疼痛爬不过去。她和祁公子之间，不知道烟雾缭绕地隔了些什么。好容易要爬过去，祁公子冲她微微一笑，那笑里有抹寒凉。小桃忽然自惭形秽了，回头看了看自己，好脏，这么脏的自己，会把祁公子的白袍子弄脏吧？他那么干净的一个人，怎么能容得下这么脏的自己？小桃缩在了一边，任由身上疼得发颤，却再不敢接近祁正修一步，只是默默地看着，看着……

不知道过了多久，小桃才睁开了眼睛。坐在她身边的，是一脸倦容的何之棠。看她醒来，柔柔地问着："醒了？"

小桃看着何之棠，有些恍惚。记得她第一次在何府被何之兰惩罚，醒来就是大小姐救了她。如今，又是大小姐守在她身边。小桃正要开口，忽然想起了那盏茶，目光变得有些迷惑，有些凄然。

何之棠紧紧握住了小桃的手，泫然欲泣道：“是我害了你，我并不知道，那茶里是有药的。我只当红姑是怕你口渴，没想到，是有人瞧上了你。对不起，对不起。”何之棠垂下了头，眼泪一颗一颗落了下去。

小桃的心一恸，大小姐是不知情的。可是知情不知情，已经到了这个地步，小桃有些麻木，没有吭声。

何之棠抬手轻轻抚着小桃的额头道：“好好休息，把身子恢复了。一切都过去了。以后还要好好地活着。如今世溷浊而不清，蝉翼为重，千钧为轻……”

小桃听着何之棠的那些不知所谓的话语，一个字都听不进去。她不需要励志，她不需要安慰，她好想幺娘，要是幺娘在身边，她好想抱着她号啕大哭一顿，可现在对着大小姐，她哭不出来。

过了不知多久，何之棠走了出去。小桃缩进了被子里，她是趴着睡的，只想钻进被子里，不出来，再也不出来。

幺娘自从进了六皇子府，身份颇有些尴尬。虽是舞姬，却有着单独的庭院，六皇子府里来了客人或是举办宴席，有时也会让幺娘舞一曲。幺娘的舞，是众人都叹服的。那一双新月似的小脚，是多少座上宾津津乐道的事情。

六皇子偶尔也会去幺娘那里过夜，但也并没有给幺娘一个“妾”的身份。月例银子也是按照舞姬的标准领取的。幺娘有些惶然，可是，只要能离六皇子近一些，她不在乎。

何府的变故，她是春节后才听下人说起，当时就急出了一嘴血泡，顾不得规矩，巴巴地跑到六皇子的书房跪了下去，祈求让她出去看看小桃。那是六皇子第一次对她神色严肃：“回去！”

幺娘愣在了原地，六皇子却没有一丝回转，冷冷地吩咐着侍从："送窅娘回去！"

幺娘没敢多嘴，跟着侍从回到了住处。侍奉她的一个年长的婢女说道："姑娘还是心思单纯了些。入了皇子府，一切都要谨言慎行。姑娘本是姐妹情谊，可在别人眼里，就成了皇子的主意。六皇子素来不参政事，一心向佛。怎么会让姑娘搅在这些是非里头呢？"幺娘这才了然。从此再不敢在六皇子面前提小桃半个字。倒是六皇子过了几天心情渐好，随口告诉她小桃在花月坊的上三堂，祁大人出了三千两买了她的春月。幺娘便也放了心。

只是六皇子的府上，人多口杂，也是最能传外头消息的，刚过了几个月，幺娘为小桃担忧的心刚落在肚子里，又听得其她舞姬叽叽咕咕议论道："听说花月坊有个舞姬逆了客人的意，差点被打死。"

幺娘一听花月坊三个字，心里就是一揪，不由凑上去问道："哪个舞姬？"

那几个舞姬面面相觑，她们也不知道是哪个，只好摇摇头："好像是个刚去不久的吧。""听说性子烈，把一个贵客的胳膊咬了，差点被打死。"一个年轻的舞姬没什么城府，看着幺娘笑道："我听说和你一样，会缠着脚跳舞呢。"

幺娘愣在了那里，和她一样缠脚，那不就是小桃吗？幺娘腾地涌起一股寒意，顾不上再问，跑到了六皇子的书房外，却被侍卫拦在了外面："皇子有事，任何人不得擅入。"

幺娘急得要死，却拧不过侍卫，索性一撩裙子，直挺挺地跪在了院子里，等着六皇子发落。来来往往的侍婢下人看着，不明就里，纷纷窃窃私语，这舞姬也太没规矩，仗着六皇子的恩宠，跪在那里像怎么回事。幺娘顾不得别人异样的目光，只直直地跪着，她要去看看，小桃到底怎么样了。

六皇子在书房里淡淡画着水墨，他虽然专心礼佛，但凡尘的事，却一样不落地都收在了他耳朵里。几天前他已经从李从善嘴里知道了事情的原委，吴越的援军如果能争取来，自然是大唐最大的后盾。钱弘仪风流轻薄，阴险狠戾，他一早知道。如果不是仗着吴越的背景，谁会拿他当个要紧的？偏偏仗着这个节骨眼在大唐作威作福。

六皇子摇摇头，透过纱窗，看着院子里跪着的窅娘，唇角轻轻勾了勾，一树梨花，下面跪着一身水绿的俏娇娘，倒是一幅好画。六皇子抬起笔，照着窅娘细细画了起来。

过了一炷香的时间，六皇子画好了，吩咐下人道："让她回去吧。"

下人应声而去，走到院子里，对窅娘说了六皇子的吩咐。窅娘咬了咬唇，抬眸看了看六皇子的屋里，起身回去。

第二天一早，窅娘又走了过来，无须下人交代，又默默跪在了梨树下。如果六皇子不同意，她就每天跪着，反正在屋里待着心也难受，还不如跪在这里求个安心。

一天天过去了，连服侍窅娘的侍婢都捏把汗，窅娘这是和六皇子杠上了。六皇子看着温温和和，可也不是没脾气的人。这场执拗，可有得看了。

过了七八天，小桃的伤渐渐好了许多，可以躺着睡觉了，虽然还是有些疼，但基本结了痂，渐渐开始恢复。只是小桃整个人都变了，缩在屋里，任红姑好言相劝，还是恶语相向，都不肯再出房门一步，目光也变得呆呆的。红姑让人把她房里的剪刀针线都收了走，连茶杯也不敢放一个。门外一整天都派人守着，生怕她想不开。红姑倒不是多心疼她，毕竟训练了多时，没了可惜。再者七皇子也吩咐留活口，那还是小心服侍着吧。

小桃害怕黑夜，一到了夜里，她会不由自主想那个油灯暖暖的晚上，那个压在她身上的身影。每当想到这些，小桃都觉得自己好脏，她好想找一桶水，把自己洗得干干净净。可红姑怕她的伤口遇水发作，她说了几次都没有答应。小桃急得直扯自己的头发，眼泪盈盈："我要水，我要洗，我太脏了……"却没有人理会她。小桃只觉得衣服都要烂在自己身上一样，又痒又粘，便拼命地抓着，直把身上都抓得血淋淋，也丝毫没觉得疼。

六皇子府里，六皇子还在细细描画着工笔，兴致来了，提笔便是一首词，"浪花有意千重雪，桃李无言一队春。一壶酒，一竿纶，世上如侬有几人？一棹春风一叶舟，一纶茧缕一轻钩。花满渚，酒盈瓯，万顷波中得自由。"

身边的幕僚沈同点头赞道："六皇子这首词寄情山水，难得的清心之作。"

"清心？"李从嘉轻轻笑了，把词递给沈同，"拿出去吧，别忘了拿给太子看。太子最近心情欠佳，只怕又胡思乱想了。"

沈同恭敬地把词接了过来。六皇子时不时做些参禅悟道，清心寡欲的词作，这些不是给皇上看，就是要给太子看。太子疑心重，总是对重瞳的六皇子有所忌惮，尤其在打了败仗的时候。六皇子也只好把自己装在一个不务正业的壳里，只有沈同知道，六皇子对国事操了多少心。沈同笑道："皇子知道太子心情为什么欠佳？"

李从嘉走到窗前，端起茶盏啜了一口道："祁正修带着兵马到了洪州，进展不错，已经把晋王李景遂的兵马连成了一道防线，如今晋王被迫只得出了两万兵马随祁正修抗周。只是——"李从嘉顿了顿说道，"听说首战败了。"

"哦。"沈同恍然。祁正修是太子向皇上力荐，如今吃了败仗，等于抹了太子的面子，太子的心情自然焦灼，不由叹气道，“看来我大唐撑不了多久了。”

李从嘉看着窗外定定说道：“晋王那个老贼，舍不得他手里的其余兵马，两万唐军怎么能和周军抗衡。兵力悬殊，只怕祁正修凶多吉少。”

“祁大人也不容易，明知是死路也得拼上去。”沈同叹了一声，“这次再败了，就再没转圜余地了。”

李从嘉站立在原地，半晌，缓缓说道：“还有——”说着看向沈同道，“派二十个青羽卫，到洪州。”

沈同一怔，随即明白了李从嘉的意思，拱起双手道：“是！”

小桃被关了半个多月，出不了门，也没有人说话。白天像是监牢般没有自由，晚上更是长夜难眠。小桃有些害怕睡觉，一睡就想起自己不能动弹的那个晚上。原本睡觉是香甜的、舒服的，可那晚之后，睡觉成了可怕的梦魇，睡了就会醒不来，就会手脚不由自己，还会被人欺负……小桃想到这些，头就要炸裂，只好把头拼命地向墙上磕着，才稍稍好些，没那么疼。

红姑看着差不多了，吩咐守在门口的狎司撤了，对小桃竭力和颜悦色道：“好了，我也是为你好。如今伤好了，收拾收拾，快去练舞吧。”

小桃的神情有些呆滞，看着红姑，木然地点了点头，走了出去。外面的阳光有些刺眼，小桃大叫了一声跑了回来，缩在床上盯着脚面一动不动。

红姑柳眉倒竖，咬了咬牙，把想骂的话憋住了，使劲摔门走出去才骂道：“又不是黄花大闺女，陪个客人就这个作死样给谁看？再这么不识抬举，索性天天让你陪客……”

红姑骂骂咧咧出去，看着何之棠房间大白天紧闭的门，知道一定是那位七皇子又来了。这采樱也是个有本事的，竟能把当朝的皇子迷得五迷三道，隔几天就得来找她。也不用排场，常服带着几个随从就来了。红姑也见惯不怪了。

何之棠的屋里，李从善用力揉着何之棠，不知道第几次从她身上下来，喘息笑道："你就是个妖精，我还从来没见过你这样的尤物。"说着又吻上了何之棠的背，在她耳边低语着："我早晚也得被你弄死。"

何之棠转过身子，淡淡笑道："说的好像我弄死过别人似的。"

李从善哈哈大笑，抚着何之棠的背，又滑到胸，用力揉捏着道："哦，对，祁正修不能算，他不是被你弄死的，再说他和你也没什么。"说着用力吮着何之棠的脖颈，"这个我知道，你从头到脚，都只是我一个人的。"

何之棠的心咯噔了一下，声音微颤着问道："你什么意思？什么叫他不是被我弄死的？他——怎么了？"

李从善眯着眼盯着何之棠，眉眼间露出一丝阴鸷，捏上何之棠的脸笑道："还关心他呢？你们不过就是定了亲，你就这么惦记他？你该惦记我才是，一日夫妻百日恩，我们做了多少日夫妻了？"

何之棠一阵反胃，竭力扯出个笑道："我这不就想知道，他到底有多不如意，才问的。"

李从善朗声大笑："哈哈哈，还是这么聪明。"顿了顿道，"我也不用卖关子，他死了。"补了句，"东沛州一战，战死了。昨晚的消息。皇上今天一早已经派人去善后了。"

何之棠的心怦怦狂跳起来，全身都酥得没了力气，他死了，就这么死了？李从善又在她身上做了什么，她都再没了知觉，甚至连李从善什么时候走的，她都不知道，只知道自己像个木头人一样机械地侍奉着他。

送走李从善回来，何之棠走到小桃的房门外，门没有关，里面亮着一点微光，何之棠走了进去，看着抱膝坐在床上的小桃，她忽然觉得小桃很可怜。她的确很可怜，出身低，一路受苦，好容易遇到祁正修，偏偏又死了，哈哈哈。想到这里，何之棠的心酸得想流泪，却是噙着眼泪笑了。

小桃缓缓回过神来，看着站在她面前的何之棠，呆呆唤了一句："大小姐。"

大小姐？何之棠的心颤了一颤，脑海里又回到了去年的秋天，小桃唤着她大小姐，那时她也真的是大小姐，祁正修一袭白袍还时常到濠州城外的别院和她谈诗论词，那样的日子，怎么走得那么快？那时的何之棠，连做梦都是勾唇笑着的。她以为比起她出身寒微的娘，她会是幸福的。一个儒雅多谋的夫君，是多少人梦寐以求的。可惜世事难料，一切都变化得让人猝不及防。何之棠看着小桃有些失神，半晌没有说话。

小桃看着沉吟的何之棠几分不解，往后坐了坐，让出一块地方："小姐，坐吧。"

何之棠顺势坐下，人都有些游离的空洞，像自言自语，也像问小桃："祁公子给你来书信了吗？"

祁公子？小桃的心一痛，手指紧紧攥住了衣角，心疼得几乎呼吸不来，眼圈有些红。祁公子没有书信，也没有消息。可是，她哪还有脸去询问祁公子的消息。她如今这么脏，怎么见祁公子？想到这里，小桃不由向后缩着。从枕头下摸出祁公子送她的玉桃，紧紧攥在了手里。

这些日子，她夜夜噩梦，一身身的冷汗，心里像长了草一样荒芜。唯有摸着祁公子的玉桃，凉凉的，润润的，心里才安定一些。也唯有玉桃上那些生涩、粗糙的花纹，能给小桃传递一丝丝祁公子的温度和气息。

何之棠瞟了一眼小桃，看到了她攥紧的手和手中的玉，心里一颤，伸手牵上了小桃的手："这是什么？"

小桃的手松开了，玉桃莹润的光刺得何之棠的眼睛生疼。上面的花纹太粗糙了，一看便不是匠人雕刻的。有些地方的花纹甚至接缝的地方都合不上。这很明显是看不见的祁正修雕的。何之棠的心翻江倒海，祁正修看着清清淡淡的人，也会这么用心。可为什么他用心的那个人不是自己，而是自己的婢女？

何之棠把玉桃放回到小桃的手里，心像被剥开似的，一层一层，都有些血淋淋。他带给自己的美好，全成了笑话，全成了伤痛。可是，他们也是有报应的，如今祁正修不就死了吗？何之棠很想放声大笑，辜负她的人，终究还是没有好报的。可她笑不出来，只觉得心酸。过了很久，何之棠盯着小桃轻声说道："他死了。"

"他？"小桃一愣，谁死了？头皮倏地麻了一下，她不敢去想，只是死死盯着何之棠。

何之棠的唇角勾了勾，声音干涩："祁正修。祁公子，死了，战死了。"

好像一记闷雷，敲到了小桃的头上，轰一声，小桃懵了，嘴唇微张着，却一句话都问不出来。全身从手脚开始，一点一点冰凉了下去。

何之棠看着发愣的小桃，伸手揉了揉她的肩："是不是很难过？"说着唇角扬起了个笑，眼角却渗出了泪。祁正修死了，她不必再装了。她是不是该啐小桃一脸，再大笑着走开？

不知过了多久，夜风吹得屋里的油灯的火苗摇曳不定，床上的帘幔也随着飘飞起来，小桃抿了抿干涩的唇，声音喑哑："不会的，不会……一定是谣传。祁公子，不可能的……"

何之棠打断了小桃的话："东沛州一战，已经……"何之棠也有些说不下去，顿了顿，又接着道，"七皇子的消息，皇上已经派人去敛后了。不会有错。"

不会！不会！小桃心里有一千个声音在疯狂地喊着。祁公子不会出事！这个世界上，她唯一能想着的，念着的，盼着的，只有他，只有祁正修啊。他怎么可以把她扔下就走？小桃拼命缩到了床头的墙边，全身剧烈地哆嗦：“假的，一定是假的。骗人的，都是骗子……”小桃抖得厉害，手脚继而全身都像筛糠一般，嘴唇变成了灰白色，眼睛空洞得看不见底。

“也许吧！”何之棠站起身来，没有再看小桃，转身幽幽地走了出去。她竟然也希望这消息是假的。只是，理智告诉她，七皇子的消息，应该不会错。

夜风更大了，吹得油灯火苗摇摇欲坠。小桃跳下床，把房门砰地关紧，把所有的窗户都关紧。她不要风，风会把油灯吹散。娘说过，灯就是一个人的灵魂，如果灯不灭，人就不会死。小桃紧张地坐在油灯旁边，用手细细呵着。这盏灯就是祁公子，他不会出事，自己不能让他出事。

小桃的脑子发直，什么都不想去想，只是用手护着如豆的火苗。心好像绷紧了的弦，火苗的每一点摇晃，都拨得她的心生疼。

小桃两眼紧盯着油灯，不知过了多久，忽然灯芯噼啪了两声，火苗灭了。“啊！”小桃发出一声凄凉的尖叫，缩进了床里，双手紧紧抱住了头。不要，不要，祁公子不会死，不要啊！

小桃的脑子开始疯跑，从第一次的渡口初识，一点点，一滴滴，都涌了上来。祁公子的一袭白衣，祁公子的墨发如丝，祁公子温和的笑，祁公子凉凉的手，祁公子润润的唇……可黑夜好像一个洞，把这些都在吞噬着，祁公子的身影模糊了……小桃的心用力跳着，慌得找不到路。祁公子，祁公子呢？

第二天一早，红姑打着哈欠出来，路过小桃的屋子，房门开着的。这丫头最近都躲在屋里像怕风似的，难得屋门开着。红姑不禁抬步走了进去，却是吓了一跳。

披头散发的小桃，正坐在床下的地上，两腿直直地伸着，用力扯着布条，嘴里自言自语嘀嘀咕咕，也不知在说着什么。

红姑的心一突，走到小桃身边，用脚轻轻碰了碰小桃的腿：“喂，怎么了？好好的怎么坐地上？”

小桃用力一扭，抬头冲红姑龇了下牙：“别吵，烦死了。就你话最多。”说着埋头又开始扯布条。也不知道她哪来的力气，那布条在她的手里竟像纸条似的。

红姑心里一个咯噔，觉得事情有些不妙，蹲下去想把小桃手里的布条拿开，但小桃的力气像蛮牛似的，任红姑怎么拽都拽不动。小桃被她扯得烦了，索性一把把红姑推在了地上，拖着手里的布条跑到了外面，大声喊着：“公子，等等我……”

红姑气得一拍大腿：“这个死丫头，抽什么风？看我不打死你。”说着挣扎着站了起来，赶忙走到门外吩咐着狎司，“快把水莲逮住。”

门外的几个大汉应声而去，向着小桃跑出去的方向追了过去。小桃看有人追，跑得更起劲，偌大的院子，里面的花花草草小桃都视作无物。一会踩到了花盆里，又急着跳出来，一会窜到水渠里，泥着脚又跳上来。也不知道小桃哪来的蛮力，愣是把几个大汉都追出了一身汗，也没追上。

小桃看着后面直喘的狎司，叉腰笑道：“哈哈哈，快来追呀，追不上吧……”

几个大汉面面相觑，房门吱呀依次开了，花月坊的姑娘听到院子里的动静，都打开窗子看是怎么回事。小桃看到四下突然冒出来很多脑袋，吓得又想找个地方藏起来，可前面是湖，后面是楼，小桃往四周看了看，忽然冲着一个亭子跑了过去。上亭子，她记得好像是干过。二话不说，小桃顺着亭子的柱子噌噌爬了上去，很快就到了亭子顶，不禁咧嘴笑了：“追啊，有本事上来！”

红姑在下面急得直跺脚：“快把她逮下来！”狎司听到命令，只好又向亭子冲过去。

一旁的下人嘴巴张得老大：“不会是疯了吧？”

红姑的心怦地跳了起来，天哪，疯了？这要是真疯了，那是要了命了。花月坊怎么养个疯子啊？想到这里红姑急得直指着门口：“快去请郎中，请城里最好的妙春堂的郎中。”

过了好半晌，几个狎司才爬高上低地终于把小桃逮了下来，用绳子紧紧捆了带到了红姑面前。红姑仔细打量着，小桃的目光浑浊，眼睛像蒙了一层灰似的，看什么都没有神。红姑的心有些烦躁，猛一抬手：“先扛回房间，等郎中来再说。”

不多时，妙春堂镇店的老郎中跟着到了花月坊，一番望闻问切后，看着红姑眉头紧缩：“这位姑娘像是惊厥的症候。”

“惊厥？”红姑一愣，“那是什么毛病？”

郎中捻着须子：“许是受了什么刺激或是惊吓，便成了这样。早些诊治，趁着毛病还浅，兴许还有法子。要是拖下去，积久成疾，可就真疯了，再找华佗来救不了了。”说着提笔开了方子，递给了红姑，“按照这上写的药方去抓。”

红姑看了看上面密密麻麻的字，她也不认识，便直截了当道：“多少钱一服？”

郎中微微摇头：“要想治好，就得趁早用好药。这方子里全是舒活筋络，理通气血的药，吃了后能不能好彻底，要看她造化了。五两银子一服。先服七服试试。”

“五两？”红姑倒抽了一口冷气，“这么贵？”

郎中没有说话，开始收拾东西准备离开。红姑一咬牙一跺脚：“那就先抓七服。”话音一落，肉都随着颤疼。

红姑这回也算咬牙出血了。寻常下人婢女她可舍不得五两银子一服的药。可小桃不同，一来好容易调教好了，舞技也还拿得出手；二来七皇子吩咐留活口的人，应该还会有用吧？红姑也只好拼出去试试。

七服药下去，小桃没有任何的好转。倒是神智越来越不清了，头发整天乱糟糟的，丫头婢女想给她梳头都费劲，她基本没法在凳子上老老实实坐一会儿。衣服也穿得七零八碎的。唯一被她当成宝贝的，只有那枚白玉桃。挂在胸口，时时拿出来擦摸擦摸。小桃还总是念念有词："祁公子，等等我。我这就去找你。"然后就满世界地疯跑。

偶尔能清醒一会儿，就是坐着发呆。看着人也不说话，不知道心里在想什么。红姑和她说话也置若罔闻。只有何之棠和她说几句，她有时还会搭理："大小姐，嘘，你听，祁公子在吹笛子，《双燕舞》，你听到了吗？"

何之棠的心一动，明知小桃的话不能信，却也忍不住侧着头听了听，直到现实的寂静把她带回清醒，现实就是，祁正修死了，小桃疯了。何之棠有些萧索地离开小桃的房间。

而李从善再来找她，何之棠竟然不像以前那么排斥。她忽然意识到，她什么都没了，连可以记恨、可以算计的人都没了。整个人像被掏空了一般凄惶无助，她只想在李从善那得到一点点温暖，缩在他的怀里，哪怕是虚情假意，能给她温暖就好。

李从善看着何之棠比之前乖觉的样子，心里难免几分得意，即便是大家小姐，底线也不过如此。多来几次，多些甜言蜜语，多些温情暖意，没有不上钩的鱼。

小桃的七服药喝了之后不见效，红姑咬了咬牙又抓了五服，依然没什么作用。不由着急，又把郎中找来："药也服了，怎么还是这个样子？"

郎中给小桃把了把脉，又询问了几句，小桃都是答非所问，或者干脆不回答。郎中摇了摇头："罕见。兴许是思虑太甚，没法逆转了。"

"那怎么办？"红姑直皱眉。

"或者，针灸试试？"郎中拱手道，"也只是尝试，没有确实的把握。"

“死马当活马医吧。”红姑没了法子。

可是针灸对小桃来说更是难上加难，要把她逮住都不容易。花月坊的狎司爬上爬下地找她，小桃却是一会上了矮墙，一会又蹿上了树，身手不知道多么敏捷。花月坊的其他姑娘都不由跟着看热闹。

教习小桃跳舞的雅竹叹了口气，抹了抹湿润的眼角道：“早先让她放了胆子去跳，她不敢。上个五尺的台子都畏畏缩缩。如今倒是上树都轻而易举。”她早看出来小桃的身子软，跳舞弹高是块好料，可她万万没想到，小桃竟然是在这个时候，以这个方式达到了她的极限，甚至还远远超过。

旁边的舞姬也纷纷说着：“听说人疯了，和平常都不一样呢。力气大了，也比平时结实了。要不你看街头巷尾的那些要饭的疯子，个个冬天都冻不死，跑起来连官差都追不上。”

雅竹听得心酸，她无法把曾经娇俏的小桃和街头的疯子联系起来，不觉冷了声音：“好了，别嚼舌头了。”

旁边的舞姬撇撇嘴，却仍是饶有兴致地看着小桃和狎司们上演着猫捉老鼠的游戏乐此不疲。

小桃蹦上了一株矮的梨树，树杈把脚划破了她也毫无知觉。看着有人追过来，索性又是一个弹高，竟然跳到了旁边屋檐上，在屋顶的瓦片上跑了起来。屋上的瓦咯噔咯噔作响，红姑吓得脸色都变白了，屋里还有人呢，这个疯丫头要是把瓦片踩坏了，砸着屋里的客人，掉十个脑袋也赔不起啊。红姑声嘶力竭地喊着：“赶紧，抓住她，不管用什么办法，赶紧给我把她弄下来。”

两个年轻的狎司听到红姑下令，其中一个也跳上屋顶，小桃扭头一看，嗤嗤地笑着：“追我做什么？这里好玩吗？”

这个狎司和同伴使了个眼色，和小桃支应着：“你觉得好玩吗？”另个狎司会意，从屋檐的另一侧向小桃慢慢走近，小桃背对着他，并未察觉。

小桃的笑容敛了去，想了许久，有些失神，正要说话，后脑一阵剧痛，晕了过去。另个狎司有些愣："我没怎么用力啊，只是想着能把她制住。"

前面的狎司一挥手："赶紧扛下去吧。"说完把小桃扛在肩上，跳下了房顶。走到红姑面前禀告着："已经抓住了。"

郎中一拍大腿："哎呀，你们怎么又把她打晕了。她本来脑子就不清楚，再打上几下，更该疯疯癫癫了。"

红姑气得直骂："蠢货，打哪不行偏打她的头！脑子被驴踢了的货。"

郎中吩咐赶紧把小桃放在床上，把门窗闭好后，郎中拿出银针，给小桃针灸着。过了大约一个多时辰，小桃缓缓地苏醒过来，看着郎中有些发愣，却并没有什么动作，只是静静看着他。

红姑心里窃喜了一下，难道是有好转的迹象？又过了一炷香的时间，郎中把小桃身上的针撤了下去，对红姑叹口气说道："我是尽力了，行不行就看她的造化了。"

小桃的大眼睛看了看郎中，又看了看红姑。红姑心里一动，唤了声："水莲。"小桃还是瞅着她没有吭声，目光却比较温顺。红姑微微一喜，又问道："你还认识我吗？"

小桃点点头。红姑看了郎中一眼，眉眼笑开，看来有戏："我是谁？"

小桃腾地忽然坐了起来，冲红姑哈哈大笑道："你是媒婆。"说着跳下床，跑了出去。

红姑气结，愣在了那里。郎中也怔了一下，随即摇摇头："你再换个人来瞧瞧吧。"说着收拾东西便要回去，红姑扯着郎中却不放。

小桃跑出屋子，看着花月坊，也不知道该去哪里。忽然看到廊子对面大小姐的房间，跑了过去。要找大小姐一起去救祁公子！说着偷偷溜到门边，有不少侍卫守在外面，小桃想进，却被侍卫挡在了门外。小桃便扯着嗓子大喊起来：“小姐，出来啊！祁公子等着我们呢！”

红姑也顾不得郎中了，急急跑了出去，祖宗哟，七皇子还在屋里呢。这要把那位爷得罪了，有得好受的。

小桃喊了几嗓子，看屋门没动。忽然顺起旁边木架上的花盆，也不知道哪来的蛮力，挥手就把花盆冲门砸了过去。门上的花棱处被砸开，裹着被子的何之棠和慌乱穿衣服的七皇子影影绰绰被看得到。

小桃还在吼着：“小姐，出来啊——”

屋里传来李从善的怒喝：“你们是死的吗？”

门口的侍卫三下五除二把小桃抓了起来，随手从腰上解下巾子，塞进了小桃的嘴里。

红姑跑到何之棠门口，看着“呜呜”挣扎的小桃，心里七上八下。

李从善穿好衣服怒冲冲地走出来，冲着小桃就是两个巴掌，反过来狠戾地看着红姑：“花月坊怎么还能留着这么个东西？”

红姑愣住了，之前是他说的要留活口才一直这么大排场地看病诊治。怎么突然他就变脸了？不由诚惶诚恐地问道：“皇子，之前您说得留活口……”

“蠢材！”李从善骂道，“祁正修都死得不剩骨头了，还留着这个东西做什么。赶紧该打发哪打发哪，别留在这儿扫兴！”说着一甩袖子，回到了房里。

红姑赶紧命令狎司把小桃接了过来，押到了冰室。得罪了七皇子，还是先在那儿关着吧。

红姑回到房里，直敲脑袋，真是头疼啊。进了花月坊这么久，还从没遇到这种事。这么麻烦的人，这么难解的事。其中的关系错综复杂到她都不知道该对谁捧高走低。但眼下看来，小桃的靠山是倒了，七皇子让打发她，这可往哪打发啊？

红姑琢磨了好几天，小桃在冰室也被关了好几天。冷得不行就蹦蹦跳跳，勉强靠行动发点热。到了第四天，红姑吩咐着狎司："把水莲放出来吧。"再关下去，该冻死了。可放出来，怎么弄呢？难道拴在屋子里？不由挠头道："关也关不得，放出来又没地方。这可怎么是好？"

旁边一个上了年纪的下人看红姑犯难，随口说道："每年不是都会有几个姑娘被发配了做营妓吗？"

营妓？红姑眼睛一亮，怎么把这个茬忘了。教坊每年都会往军营里发些营妓，给那些在外打仗的军士们用。一般都是些身份地位极低，或是犯了极重的罪过才会被发配到军营里做营妓。做营妓自然比不得官妓，军营里那些将士个个生精虎猛不说，又都是些年长日久不见女人憋得慌的男人，对营妓丝毫不会客气，恨不得生吞活剥了。

花月坊有时也会把些用不了的姑娘发过去。但近几年花月坊生意红火，没有什么用不了的姑娘，故而红姑都把营妓这个去处给忘在脑后了。

"是个好主意。"红姑点点头。七皇子翻脸了，听七皇子说那个舍得给水莲三千两银子的祁大人死了。那她的靠山应该没了，打发去做营妓是最好的去处。想到就做，红姑下午就赶忙跑到周大人那里打听今年的营妓什么时候选派，她都有些迫不及待了。

战乱连绵，为了鼓舞军心，从去年到今年，倒是选派了不少营妓去战场前线。眼下又有一批要送到庐州一带，以犒赏将士。周大人问道："花月坊今年有人去吗？"

红姑连连点头，随口应道："有几个丫头不好调教，留着没用。"也没有说名字。

周大人也无心过问，对红姑说道："月初就要去庐州，你回去准备准备，出发前送过来就可以。"

红姑眉头都舒展了开来，连声笑道：“好，那太好不过了。”现在已经是月末，过不了几天，那个疯丫头终于能清净了。红姑心满意足地离开。

小桃依旧是老样子，蹦上蹿下，只是这几天红姑的脸色似乎比以往好多了，偶尔还会给她些可口的吃的。小桃有得吃就吃，吃饱就蹦上蹿下地瞎扑腾。

月初很快到了，红姑把“水莲”的名字报到了周大人那里，没几天批文下来，红姑把小桃以及下三堂一个破了相的姑娘一起连夜命人送到了教坊，跟着押送营妓及粮草的马车队伍，离开了金陵。

何之棠是第二天下午一直没看到闹腾的小桃，去问了红姑才知道小桃已经被送去做了营妓，不由心咯噔沉了下来。营妓，一个听着就浑身起鸡皮疙瘩的名字，何之棠不敢想象疯疯癫癫的小桃去了军营会被那些饥渴的男人怎么处置。哪个营妓不是要应付几十甚至上百的将士？

何之棠的脸色变得苍白，匆匆回到了屋里再不想出来。兔死狐悲，何之棠想想自己如今的身份，比小桃又能好得到哪里去？花月坊就是这么个现实的地方，走红的姑娘，才有身份地位，可一旦哪天不慎，等着的就是厄运。

李从善再来找何之棠时，何之棠虽然神情有些凄然，手脚的动作却是比从前更加温柔妥帖。李从善看着何之棠纤纤玉手剥着葡萄，剥好后送到了他的嘴里，索性将何之棠的手也衔在了嘴里，轻笑道：“今天怎么这么可心？”

何之棠咬了咬牙，反手揽上李从善的脖子，撕磨到了一处。外间突然有些动静，李从善眉头一皱，低声问道：“那个疯子还没送走？”

何之棠的心一沉，缓缓答道：“走了，送到庐州军营里去了。”

李从善唇角勾了勾，红姑还算有眼力价。感觉到怀里何之棠的微微战栗，李从善把她揽得更紧了些，调笑道：“别怕，你是我的人。我在一天，你就有的好日子过。”说着转身压了上去。

过了几日，李从善去六皇子府找李从嘉商量事情，二人在书房谈了半晌，李从善放眼瞟了眼院外，只见一身霁青的窅娘袅袅地走到书房外院子的梨树下，默默地跪了下来。李从善看到窅娘，身上就像趴了几百只蚂蚁，有些不自在，不觉说道：“六哥府上的舞姬也够宠得没规矩的。这算是做什么？”

李从嘉看了看院里的窅娘，淡淡道：“随她去吧。已经这么着有些日子了。”

李从善摇摇头笑道：“也就六哥好脾气，这要是在我府上，早就乱棍子打死了。六哥，你看着就不烦吗？”

李从嘉唇际扬了扬：“她是个真性情的人。我自然不会烦。我烦的，只是那些虚假的伪善。世道疮痍，有些赤子情怀总是好的。”顿了顿说道，“她没什么错。也不过是想出去见见她的姐妹，对了，就是上次在花月坊你我都看见过的，跳舞几乎摔下来的那个。”

李从善一愣，对啊，她们之前都在何府，他怎么没想到这层关系，可是……李从善的嘴张了张，说道：“那个姑娘，已经被送去庐州大营做营妓了。”

“什么？！”李从嘉的眉头紧紧皱了起来，只有片刻的思索，一撩袍子大步走了出去，吩咐着门口的侍卫：“备车，去花月坊。”转而看着跪着发愣的窅娘，说道，“你随我一起。”

窅娘赶忙起来，跟着六皇子向外走去。李从善有些摸不着头脑，但看这架势，六哥是要带着窅娘亲自去花月坊了。一个上三堂的丫头竟然惊动了六哥？这是什么复杂的关系？他理不清，只好匆匆也跟了出去。

一路无话，马车扬着尘土直奔花月坊而去。红姑虽然不认识李从嘉，但对七皇子是熟悉的，看着七皇子对李从嘉都恭敬有礼，自然知道来者非凡，赶忙迎接着：“官爷有何要事？”

李从嘉直奔主题：“那个叫水莲的姑娘呢？”

红姑一愣，看了看七皇子，转而看向李从嘉道：“送，送到庐州大营了。”

李从嘉身后的窅娘脑子轰的一声，不由颤着声音问道：“大营？做营妓？”

红姑心道不妙，只好指着自己的脑袋怯怯地回着：“她这里已经不清楚了。整天疯疯癫癫的。留在这里整个花月坊的人都看不住她啊。”

窅娘的心像被刀绞一样，疯了？小桃到底都经历了些什么事啊？顾不得六皇子七皇子在侧，窅娘扑上去摇着红姑，声音很大：“你怎么能这么对她？你是不是人啊？”

李从嘉轻轻抬手拍了拍窅娘的肩膀，问着红姑：“什么时候走的？怎么走的？”

红姑颤着声音回答道：“走了有四天了，只是把她送到了教坊，跟着去庐州的车走的。”

李从嘉心里一盘算，想着大概是跟着运粮草的车走了，把身后的侍卫叫了过来，吩咐了几句，侍卫领命而去。李从嘉看着红姑道：“去她房间里看看。”

红姑拼命点头，赶紧在前头小跑着领路。心里也一个劲地翻腾，这个水莲，还真是个麻烦，怎么什么人都认识？什么人都和她有点来路？真是倒了血霉收了她。

绕过几个廊子，到了小桃的门口，好在这两天没有新来的姑娘，红姑又忙着别的，才没顾得上吩咐下人把小桃的房间收拾干净，还有些小桃的东西。

李从嘉和窅娘进去，屋里已经有了薄薄的一层灰，床上的帘幔都被撕成了条条缕缕，连被子也被扯得七零八落。梳妆台上胭脂水粉散乱着，像被人打劫过一番。红姑小心翼翼地解释着："你们看，她在的时候，自己就把这里弄成了这个样子。"

窅娘扑了过去，看着满屋的狼藉，床下还散着一只绣鞋，那鞋还是当初和小桃分别时她送的，不由捧着鞋悲从中来，眼泪一颗颗落了下去："我来晚了，如果早些日子来，一定不会是这样。"放下小桃的鞋，窅娘又去床上摸索了一番，忽然在枕头下看到一块雕得不怎么样的白玉桃，不由"咦"了一声。

红姑忙说道："这也是她的。"那晚是趁着夜里把睡得迷迷糊糊的小桃扛上了车，玉桃应该是她落下的。

李从嘉走了两步上前，拿着玉桃在手里看了看，略一思索，把玉桃揣在了袖中，牵起窅娘的手道："先回去吧。我会找人试试能不能追回来。"

从未有过的暖意，从窅娘的心里酥酥地泛起。窅娘折过去又把小桃的鞋收起来拿上，跟着李从嘉出了花月坊。

回去的马车，李从嘉怀里揽着窅娘，心中却在思索。小桃是祁正修的人，如果不是因为皇上下令去东沛州敛后，陈述和徐锴他们都去奔忙祁正修的后事，小桃也不至于落得没人问询，才到了这个地步。如今自己出面，只怕太子又会多疑自己收买人心，不如回去找人在太子面前放个风，依着太子和祁正修的交情，应该不会放着小桃不管。

第十三章

痴女子疯癫成困
有情郎白衣移情

庐州附近的江口大营，赵匡义起得有些早。得到密报有批唐人的粮草要运往庐州，昨晚陈副将已经率兵出去截粮草，按时辰应该回来了。赵匡义出了兵营，问道："陈副将回来了吗？"

守值的侍卫答着："半个时辰前就回来了，怕惊了您的觉，已经在后面安顿了。"

赵匡义理了理袍子，沉声道："我去看看。"说着向后走去。

唐人果然还是粮草丰足，鱼米之乡不愁粮食。赵匡义看着大营后几十车的粮草，心里一阵顺爽。这些粮草又够周军扛两个月的。皇上派李重进赶赴庐州开战，这些粮草还需征询皇上的意见是送到庐州还是留在这里。赵匡义正对着粮草盘算，耳边又传来嘈嘈切切的动静，不由问道："什么声音？"

侍卫红着脸答道："听说唐人除了粮草，还敛了不少营妓。陈副将已经迫不及待去营妓那里了。让属下等节度使大人醒来问问，看您是否需要？陈副将留了几个最好看的——"

没等侍卫把话说完，赵匡义一摆手："我不需要。"说着一撩袍子，向自己营帐走回去。

小桃和其他十几个营妓，被绑在一起。小桃有些好奇地看着进进出出的士兵，这些人是谁？怎么个个笑得很奇怪？其他营妓纷纷在瑟缩着，只有小桃好奇地抬起头细细打量着周围。

陈副将进来的时候，便迎上了小桃扑腾闪烁的眸子，心里一定，这个女人真好看。他们都说江南女子水润，吴娃娇美，这么一看果然比北地的女人漂亮多了。陈副将笑了，吩咐属下把这些营妓解开。指着小桃道："把这个送到我的营帐。"第一眼看着顺眼的，不能错过。

陈副将又走到其他几个营妓跟前看了看，挑了两个纤瘦端正的，吩咐着："这两个送到节度使大人的营帐里。"指了指其他人道，"剩下的就关在这里吧，让将士们轮流着都来享受享受，知道大家都憋坏了。"说着哈哈大笑着出去。

陈副将又去四周巡视了一番，回到了营帐，便看到了送来的小桃。长得的确非常好看，只是衣服有些破烂，头发凌乱，这个难免，经历一战，怎么还能整齐？陈副将本来想让人给她梳洗梳洗，再换件干净衣裳，享用起来才舒服。但转念一想，军营里的事没准什么时候就来个突发军令，还是及时行乐重要。

想到这里，也顾不得小桃身上的脏乱，大步走过去就把小桃抱起放到了床上，开始解着自己的衣襟。小桃的手还被绑着，她拼力往里缩了缩，这人要做什么？不由惊惧地看着陈副将。

陈副将几下就把外袍中衣脱个干净，抬手勾起小桃的脸笑道："美人儿，别怕，我会很轻的。"说着便吻上了小桃的脸颊。

小桃心里一惊，那个恐惧的夜晚，那个迷迷糊糊的梦，再次袭上了脑海。小桃不知哪来的力气，捆着的双手用力朝着陈副将的头砸过去。

陈副将没想到这么瘦弱的女子有这么大的劲，一下被砸懵了。小桃趁机跳下床，向营帐外跑去。陈副将一个箭步，把小桃拽了回来，眼神凶狠："小丫头，我还没被人这么打过。你别不识抬举，当心我把你扔给将士，让你尝尝万人同享的滋味。"

小桃眼神慌乱，她听不懂陈副将的话，只是反复说着一句话：“公子，救我，大小姐呢？公子，救我——”

陈副将扯着小桃的手紧了紧，看着小桃空洞的眼神和扑棱愣的脑袋心里一惊，这丫头脑子是不是有点不清楚？皱眉问道：“什么公子？”

小桃看着陈副将，低头就是一口咬了上去，陈副将扯着小桃的手又是一痛，再也没了耐心，反手一个巴掌把小桃打得摔在了一边：“妈的，疯子？”

小桃被打得嘴里一股甜腥，挣扎着站起来，向大营外跑去，一边跑一边叫着：“祁公子，救我。”

陈副将懊恼至极，挑了一个还是个脑子有问题的，不觉恼羞成怒，随手抓了件外袍披上追出了大营，看着像个没头苍蝇似的瞎跑的小桃，冷声吩咐着：“把这个扔给昨晚打仗回来的士兵，谁想用就用。妈的，触霉头。”转身又命令下属再送个模样周正的营妓过来。

小桃跌跌撞撞跑了一会儿，被几个嬉笑的士兵抓了起来，其中一个笑道：“真是好运气，这么漂亮的营妓还是头回见。”说着在小桃胸前趁势摸了好几把。另一个顺势笑道：“谁说不是，还不用等着头儿们享用完了。”也在小桃身上摸去。

小桃大声叫着“啊……啊……”挣扎着试图离开，但她怎么挣得过几个身强力壮的男人？

那几个士兵调笑着：“还挺辣。”“她是疯的，你们看不出来？”“难怪陈副将把这么好的一个赏给咱们。”“管她疯不疯，进去了都一样舒坦”……

赵匡义在营帐里听到外面的动静蹙了蹙眉，问道：“什么声音？”

门外的一个侍卫进来禀告着：“陈副将给士兵们赏了个营妓，大伙都兴奋着呢。听说长得很好看。”

赵匡义皱紧眉头道：“吩咐下去，注意些分寸。再兴奋这里也是军营，不是窑子——"

话音没落，传来一声清晰的惨叫："祁公子，救我！"

赵匡义的心一突，像被锥子刺了般痛得全身一紧，脸色变得惨白，几乎不可置信地盯着侍卫，声音微颤："是她？"

侍卫应着："这就是那个营妓——"话音没落，赵匡义已经箭一般地冲出了营帐。

不远处，几个士兵押着一个女子向里走去，女子挣扎得厉害，其中一个士兵冲着女子的腿狠狠踹了两脚，嘴里还在骂骂咧咧，女子疼得弯下腰，再没力气挣扎，被士兵拖着前行。

疼痛，从赵匡义的心漫到了四肢，漫到了每个毛孔，他几乎疼得像被油煎烹炸了一般。几乎什么都没想，他随手扯起挂在营帐外的弓箭，连发了三弩。

押着小桃的士兵还没来得及反应，已经中了箭，疼得松开了小桃，小桃跌在了地上，挣扎着起来想跑，但腿已经被踢伤，怎么挣扎也起不来。

赵匡义冲了过去，不过几百步的距离，赵匡义却从没有过的腿软，每走一步心都疼得摇摇欲坠。面对千军万马，他都从没有过这种情怯。

小桃向前爬了几步，眼前立着一个黑色袍子的身影。小桃有些撑不住，一把扯住了袍子的下角，声音喘息："公子，救我。"

赵匡义的心被绞得几乎窒息，过了半晌，才微颤着把小桃的脸抬了起来，声音沉得像从塔底出来般疼得压抑："对不起，我来晚了。"

小桃瞪着大眼睛，看着眼前的来人，干干净净的脸，黑色的袍子，好熟悉，见过吗？好像见过。小桃用力想着，头好痛。小桃捂住头，扑棱着使劲摇头道："好疼，好疼。"

赵匡义的心一紧，蹲下来摸着小桃的头问道："哪疼？"

小桃看着赵匡义的手抚下来，心里一惊，忙躲开，警惕地看着他：

“你要做什么？”用力扯着自己外衫的前襟，几乎要把头缩进去，“别碰我，别碰我。坏人，滚开，都滚开。”

赵匡义看着行为奇怪的小桃，怔在了原地，脑子一片空白，过了半晌，才微颤着声音轻轻扯了扯小桃的胳膊：“桃宜，是我，不是别人。”

小桃抬眼看了看赵匡义，仍然摇着头：“你是谁？”

赵匡义的心疼得厉害：“你不认识我了吗？”

这时旁边一个没中箭的士兵大着胆子插了一句：“她是疯的……”

疯？赵匡义的心像被撕扯开来，全是鲜血淋漓。看着衣服褴褛，头发蓬乱的小桃，脸也肿了半边，还有血丝渗出，赵匡义不敢想象她都经历了什么，怎么会疯？

赵匡义一片混乱，过了许久才定了定神，伸手想去扶小桃，小桃却始终挣扎，反复只有几个字：“别碰我，别碰我。”

赵匡义把手收起来，竭力保持着声音不颤抖：“那你自己起来，我带你去吃东西，好不好？”

“吃什么？”说起吃，小桃来了兴趣，她饿了多久？她也记不得了。

“炖得很香的肉，还有烤得很酥的鸡。”赵匡义的声音有些喑哑。

“好！”小桃的眸子放出亮光，肉和鸡，她想着就口水直流。自己又挣扎了一番，站了起来，跟在赵匡义的身后，一瘸一拐地向着赵匡义的大营走去。

身后的几个士兵都傻眼了，还有两个中箭倒在地上的，好在没有射在致命部位，一个在胳膊上，一个在肩上，赶忙相互扶着回到了营里，找郎中来瞧。

赵匡义回到大营，吩咐下去准备吃食。小桃好奇地打量着大营，又打量着赵匡义。从上到下看了一会儿，又歪着头从下向上瞄了一会儿，一边打量赵匡义，一边扯着自己的头发揪着玩儿。

赵匡义一阵心酸，蹲在小桃身边问着：“给你打些水，洗洗怎么样？”

洗洗？“好！好！”小桃直拍手。不知道多久没洗了，小桃痒得又开始抓自己。赵匡义忙把小桃的手扯下来。军营里唯一有女人的地方也就是厨房了，命令找了两个女人来，打了热水，准备给小桃洗澡。

赵匡义走出大营，一颗几乎窒息的心被风吹了许久，才渐渐舒缓过来。略一思索，赵匡义走进了陈副将的大营。

陈副将刚换了一个营妓，还没解开衣服，就听属下禀告着之前那个疯子被节度使带回了营帐，心里就咯噔一声。赵匡义一向不近女色，自然不会有把玩疯子的癖好。莫不是那疯子和他有些瓜葛？一时间吓出了一头冷汗，忙把怀里的营妓推出去，穿好衣服准备去找赵匡义，却没料到刚收拾妥当，赵匡义已经找上门来。

陈副将堆出了一脸笑：“大人——”话音没落，已经被赵匡义一脚踹在了地上，声音阴冷：“刚才你做什么了？”

陈副将扶着腰从地上挣扎着爬了起来，看着清瘦的节度使力气还真不是一般大。陈副将自然知道赵匡义指的什么，忙低声下气道：“大人，我什么也没做，那姑娘力气大得出奇，一来就又打又咬，我就是什么都做不了才赏了士兵。”说着把袖子挽起给赵匡义看道，“大人，您看，我胳膊上的肉都快被她咬下去了，真的什么也没做。”

赵匡义看了看陈副将渗着血牙印的胳膊，心里松了口气，又仔细问了问昨夜抢夺粮草的过程，才终于缓了缓神色冷声道：“谁动了她，我自然会要他的脑袋。”说完一撩袍子走了出去。陈副将擦了擦一脸的汗，这是出什么戏。玩个营妓还差点把脑袋玩掉了？节度使大人这脾气真是招惹不得。

小桃在木桶里泡着，好舒服啊，多久没有这么舒坦了。身上太脏了，小桃使劲擦着，从那个夜晚，她就觉得自己好脏，如今终于能洗干净了。

旁边服侍的女人看着小桃死命抓自己，赶紧两人上去按着，好言相劝道：“姑娘，这样就可以了，再用力就抓伤了。”

可小桃的拗劲上来哪管得那么多，推开两个女人又把自己抓了半天才终于从水里钻了出来，眯眯笑道：“这下干净了。”

两个女人面面相觑，不无担心地看着小桃有些渗血的衣服，头皮一阵发麻，待会节度使大人回来可怎么交代？会不会责怪她们连个姑娘都看不住？

赵匡义进来的时候，一身干净衣服的小桃，正坐在桌前啃着鸡腿，看赵匡义进来，只是好奇地打量了他两眼，这个人真面熟，是谁呢……小桃想得头疼，索性低下了头继续吃东西。

那两个女人却是赶忙走到赵匡义跟前禀报着：“大人，这姑娘洗澡的时候一个劲地抓自己，都抓伤出血了。”“我们使劲拦也拦不住，她的力气很大。”

赵匡义听得心一颤，细细打量了下小桃，由于军营里也没什么女人衣服可换，只有厨房几个下人的粗布衣服给小桃换上了，但肩膀上还是隐隐渗出了血迹。她用了多大的力气？她不疼的吗？

赵匡义的心一抽，挥手命那两个女人先出去。走到小桃身边，温声说道：“给我看看，你伤了哪里？”

小桃正啃着鸡腿，对赵匡义的话没有理会，两口吃完了，抹了抹嘴上的油，又开始向鸡翅膀伸出了手。赵匡义轻轻按住了小桃的手，另只手伸向小桃的衣襟：“听话。”

赵匡义本想先看看肩膀脖子，他的手刚碰到小桃，小桃一个激灵，用力推开赵匡义的手，一脸的惊惧：“你是谁？你要做什么？”

赵匡义只觉得呼吸都有点疼，竭力平复着汹涌起伏的心，缓缓说道：“我是赵匡义，赵廷宜，我们认识的。桃宜，你不记得了吗？”

赵匡义，赵廷宜？很熟，谁啊？小桃的头很疼，忍不住伸手揉着头："是谁呢？谁？"想来想去还是想不起来，小桃有些焦躁地在桌子边来回走着，反复说着一句话，"谁，是谁？"

赵匡义看着心疼，拽了拽小桃的胳膊，柔声道："好了，想不起来就不要想了。总之，我只会保护你，不会伤害你。"看小桃的情绪有些平复，赵匡义接着说道，"给我看看你的伤，如果严重，要找郎中来诊治。"说着向小桃的衣领伸出了手。

"啊！"小桃大叫一声，满脸惊慌，一下蹦得老远，赵匡义的触碰让她好容易舒缓的情绪又开始激愤，脑子一片混乱，又开始神志不清。小桃的疯劲一旦发作，便六亲不认，把桌上的饭碗用力摔到了地上，冲着赵匡义喊道："你是坏人，滚，滚！别碰我！"说着又向营帐门口跑去，"祁公子，救我，我要去找祁公子。"

小桃跑得飞快，赵匡义追上去的时候，小桃已经跑到了营帐外面，营帐外守值的士兵赶忙把跑出来的小桃迎面拦住，小桃拼力挣扎着，可怎么也挣脱不了士兵的钳制。

赵匡义赶到小桃身边，士兵才松开了手，赵匡义用力抓住又想跑的小桃，温声说着："别怕，我不会伤害你……"小桃哪里听得进去，冲着赵匡义的胳膊又是狠狠一口，赵匡义的身子一僵，没有挣扎，任由小桃咬着。

小桃用力咬着，很快就一口的血腥，咦？这个人怎么不动？以前她咬别人的时候都会被扇一巴掌的，这个人竟然就这么站着让她咬？小桃的情绪没那么激动了，松开了口，好奇地打量着赵匡义。

赵匡义忍着疼，故作轻松道："你先回去，还有烧肉，你不吃了吗？"

听到吃的，小桃的心痒了痒，向营帐里跑去，跑了几步冲赵匡义大声喊道："你别进来！"

本想跟进去的赵匡义顿了顿，脚步停在了外面。心里乱得像一团麻，赵匡义转身向营帐后面的烽火台走过去。烽火台很高，站在上面可以望得见整个城池。满目山河，抵不过心里的憋屈，他以为她和祁正修能在乱世里求得一方宁静的幸福，那么即便他离开，也离开得安心。可他没想到再次重逢，她会是这个样子。

赵匡义后悔得直想捶墙，早知道她会成了这样，当初就是抢，也该把她抢出金陵城。可是千金难买早知道，赵匡义木然地站着，任由风把他的袍子吹得乱飞。这次，他不会再放手，不管什么代价，他绝不放手。

赵匡义正在烽火台上出神，军中另一个孙副将也上了烽火台。孙副将比赵匡义年纪还大些，行事沉稳，连皇上也很器重，特意配给了赵匡义做副手。孙副将看着游移的赵匡义，拍了拍他的肩："廷宜。"

赵匡义回身，看了看孙副将，没有吭声。孙副将一大早就听说了新鲜事，军营里来了营妓，而一向无心风月的节度使大人为了这个营妓大开杀戒，种种奇闻，不觉有些担心："军中都在说那个姑娘的事。"看赵匡义没有反应，又道，"只怕传到陛下耳朵里，对你的声誉有影响。"皇帝柴荣本来就反对狎妓之事，更何况赵匡义的正妻还是皇后的妹妹，别人狎妓还好，可赵匡义和那营妓的事被皇帝知道了定会大发雷霆。

赵匡义勾了勾唇，淡淡笑了，只是那笑有些凄凉："就算要我的命，我也不能再把她放开。"

孙副将的心一凛，看来赵匡义和那个姑娘有些渊源，自己也不好再多嘴，该尽的提醒也提醒了，便点头道："你心里有分寸就好。"

忽然身后一个侍从跑了过来，喘着气向他汇报道："大人，那姑娘，吃完饭又要走，我们怎么拦也拦不住，又不敢用力怕伤了她，您看——"他们也是够为难的，知道那姑娘是节度使大人在意的，都不知道怎么动手了。要是寻常人，几个闷棍下去，哪有制服不了的，可对那姑娘，没人敢那么做。

赵匡义赶忙冲下了烽火台，向大营里走去。孙副将也赶紧跟了过去。

小桃正在大营的院子里像困兽一样来回走着：“让我走，我要去找祁公子。祁公子，祁公子……”周围的士兵伸着手拦着她，可谁也不敢用力拽她。

看到赵匡义回来，侍卫总领赶忙过来报告着：“这位姑娘一直嚷嚷着去找祁公子。”

话音没落，四处找着出口的小桃忽然看见了一身白袍的孙副将，眼睛一亮冲着孙副将跑了过来，声音都激动得有些发颤，不由分说地牵上了孙副将的袖子大喊道：“祁公子！我可找到你了。”可定睛仔细看了看孙副将，不对啊，和她记忆里的祁公子不一样，祁公子长得眉眼要细长些，便又愣了神。

孙副将一脸的尴尬，看着脸色铁青的赵匡义忙把袖子扯出来：“我不姓祁。”说着不由看向赵匡义问道，“这祁公子是谁？”

赵匡义从牙缝里挤出三个字：“祁正修。”

小桃转身看了看一圈深色战袍的士兵，又看了看黑色袍子的赵匡义，这么多人里，只有孙副将是白袍子，好像在沙漠里看到了唯一救命的水源，小桃的眼睛依旧放光地叨叨着：“祁公子，只有祁公子是白袍子。”会不会是自己记错了祁公子的样子？祁公子长什么样？小桃越想，越想不起来，头疼得直捶脑袋。

赵匡义伸手去扯小桃的胳膊，孙副将忍不住说了句：“祁正修不是死了吗？”赵匡义凌厉地瞪了他一眼。他又何尝不知道祁正修在东沛州一战已经战死？可他始终不敢在小桃面前提起，生怕刺激了她。这个孙副将倒好，大剌剌地就说了。

小桃一愣，祁公子死了？对哦，大小姐也说他死了。死了！死了！不要啊！小桃的脑子里酥麻一阵，忽然开始癫狂起来，大喊着："没有，祁公子没死，没有！"说着开始在营帐里疯跑，这里不像花月坊，有着楼阁高台可以跳，小桃便在柴垛、马槽上来回跑着，所有的神智，在听到祁正修死的那一刻，再次崩溃！直到被石槽绊倒摔在了地上，小桃才无力地闭上了眼，她不想想，什么都不想想。

一脸痛楚的赵匡义想抱着小桃回大营，可小桃扔在挣扎，只有白袍的孙副将走过去，她才不会抗拒，被孙副将扶着一瘸一拐回了营帐。从营帐出来，孙副将的脸满是尴尬："廷宜，这事弄得……"

赵匡义的眉眼都是疼痛，拳头攥紧又松开，不知过了多久，赵匡义微微闭上了眼，吐出几个字："你的衣服，借我。"

孙副将一愣，心里有种说不出的滋味，顿了顿说道："随我回营帐吧，还有干净的袍子。"孙副将的心里是巨大的震惊，他不知道这个女人在赵匡义的心里，有这么大的分量。需要爱得多深，才能让铁血无情的节度使大人，放得下尊严，去做另一个男人？

小桃在营帐里昏昏沉沉，睡了过去。刚才又跳又闹，有些精疲力竭。在梦里，祁公子的白衣白袍分外鲜明，她开心地跑过去，却只拽到了他的袖子，小桃低低地祈求着："公子，让我看看你，他们都说你死了，我不信。"

祁正修只淡淡地笑，眉眼却越来越模糊，和周围重重的雾霭连在一起，让小桃怎么用力也看不清。小桃急得哭起来："祁公子，祁公子！"

哭喊着从梦里醒来，小桃睁开了眼。外面日已偏西，斜阳从营帐支开的顶上洒了进来，直照得屋里一片暖意融融。而坐在小桃身边的，是个一袭白色袍子的人，那衣服真白，真干净。小桃忍不住先伸手去摸了摸那袍子，雪白如蝉翼，祁公子也喜欢穿这么干净的袍子，像云里的谪仙。

祁公子？！小桃的心一突，猛地抬头，一张熟悉的脸，正定定地看着她。小桃的眉头蹙了蹙，这人的脸好熟悉，是祁公子吗？好像不是，祁公子的眉眼比他要细长。可如果不是祁公子，他的面孔怎么会这么熟悉？

祁公子的模样？小桃努力地想着，却怎么也想不起来。祁公子走得太久，久得让她的记忆都有些模糊。记忆中祁公子的面孔和眼前人的面孔来回交织着，重叠着。小桃只觉得脑子好乱，好乱，用力甩了甩头，映入眼帘的又是白色的衣袖。

没错的，一定是祁公子，除了他，谁还能像飘然出尘的仙人般穿得起这身白色？小桃看着赵匡义怯怯地问着："祁公子，是你吗？"

赵匡义的心像在油锅里煎了似的狠狠痛了一下，没有吭声。半晌，微微点了点头。只有他自己知道，那轻微的动作，像背负了千斤的重锤。

小桃在看到赵匡义点头的一刹那，忽然全身像被洪流袭过一般，多少的不安，多少的委屈都瞬间涌了出来。小桃咬着唇定定看了赵匡义许久，忽然扯着他的袖子大哭起来。那声音，像受尽了千般的委屈，万种的侮辱，从心底里泛着酸楚。

听得赵匡义的心像被撕裂了一般，疼得喘息不上。犹豫了下，伸手拍上了小桃的背。

小桃不知道哭了多久，直哭得上气不接下气，抽噎不止，才边哭边结结巴巴地说着："他们，他们都说你死了。我知道你没有。"说完咧开嘴想笑，却又像突然想起什么似的缩到了后面，语无伦次，"对不起公子，小桃太脏了，小桃对不起公子，对不起，对不起……"说着慌乱地缩到了床的另一侧，瑟瑟发抖着，"对不起，对不起。"

赵匡义的心一恸，小桃经历过什么，他不敢想，也不敢问，半晌，轻轻拍了拍小桃的肩："都过去了。听话，让郎中过来为你诊治，好吗？"

小桃抿着唇揉了揉哭红的眼睛，点了点头："好。"祁公子的话，她怎么会不听。

不多时，军营里的郎中过来，为小桃切了切脉，又简单看了看衣袖小腿处的伤痕，来回揉压了一番，对赵匡义道："都是外伤，敷几贴膏药再配着汤药，应该用不了几天外伤就能痊愈。不过——"郎中顿了顿看着赵匡义道，"姑娘神智方面已经受损，恕老臣无能为力。"

赵匡义紧紧皱眉道："天下，还能有治得了的人吗？"

郎中沉思许久，摇头道："天下名医很多，也有不少游医身怀绝技，但就要看缘分和运气了。兴许有人能妙手回春，但也不好说谁就能一定治好。"

赵匡义的心沉了下去，既然如此，那就只能碰运气，他不会放弃。不由冷声道："那就去找，凡是郎中，都请回来看看。"

金陵城里，陈述和徐锴操办完祁正修的后事，回到东宫复命。东宫已经被侍卫包围了太久，门前都窜了好多青苔，斜阳洒落，格外萧索。太子李弘冀在宫里砸着东西，软禁的日子快让他受不了了。尽管他知道父皇是为了他好，但是前方传来的节节败退的消息，祁正修的死讯，让他几乎抓狂。

陈述和徐锴踏进东宫的时候，看到的就是太子颓然烦怒的样子。看到陈述，太子的眉眼稍微泛起了亮光，抓着陈述的胳膊问道："怎么样，看到子介——了吗？"他没忍心说出"尸首"二字。

陈述叹了口气，微微摇头："子介是被敌军逼到山崖边跳下去的。尸首没有找到。但是在崖底找到了他的鞋和玉佩。山崖很高，活下来的可能性，太小了。"

太子的心狠狠扯了扯，拉着陈述的手松开了，颓然向屋里走去，没有再说话。死了，都死了，张彦卿死了，祁正修死了，大唐还有多少可以用的人？亡国，是不是成了必然？他只恨自己不能投身杀敌。

徐锴在后面追了太子两步，说道："还有件事。"看太子顿住了脚步，徐锴接着道，“子介中意的女子，原何府的丫头桃姑娘，现在花月坊，被送去做了营妓。听说还在路上被周军劫了，同一起运去庐州的粮草。太子看这事——”

陈述徐锴刚回来，便受到了李从嘉那边的人故意放来的小桃的消息，陈述徐锴一阵懊恼，只恨当时匆忙赶去敛子介的后事，却忽略了桃姑娘。谁曾想乱世流离，在花月坊都能落得这个下场。便赶忙趁着向太子禀告之机把这事说了出来。

“啪！”太子用力一掌打在了桌上，是可忍孰不可忍，周军欺人太甚，抢了粮草还抢了人，子介的人做营妓？他怎么向九泉下的祁正修交代？太子眉眼一凛，想了想，从袖中拿出一个玉符，交给徐锴道：“这是青龙军的兵符，拿着这个去羽林军的营里，还能召三十个死士。命他们把桃姑娘救回来。智取！”

青龙军是李弘冀还没有当太子时带的一支队伍，当年李弘冀驻守润州时就是凭借着青龙军的作战。李弘冀做太子后，青龙军被皇上编入羽林军中，不再归李弘冀统领。但青龙军里仍然有一些与李弘冀出生入死的将士，私下听命于李弘冀。所以李弘冀的兵符，也仍然有效，只是可调度的人马，早已不是当年的几万，而只剩下了几百，不足一役。

徐锴接过兵符，郑重向太子拜谢道：“谢太子。必不辱命。”三十人，要想潜入周军大营救人，只能智取，这个要好好规划筹谋一下。徐锴同陈述出去，磋商着办法。

赵匡义的大营里，小桃最近乖觉了许多，每当她急得发燥，癫狂发作的时候，只要看到白色袍子的赵匡义，就会安宁下来，变得沉静。赵匡义不知道自己该是个什么心情，只是每天穿上孙副将那件白色袍子的时候，那轻薄的衣服竟然像茧一样，束得他从身到心，疼痛不已。可是为了小桃能有个安宁的心神，这些，都算不了什么。

小桃就住在找赵匡义的营帐里，她并不排斥白色袍子的赵匡义。尤其夜深人静的时候，看着一袭白衣，她才能睡得安宁。赵匡义在营帐的另侧又支了一张床，每晚看着小桃安眠后，他才到自己的床上去睡。

小桃有时扯着赵匡义的袖子也会天南海北地说着，只是话语间毫无逻辑，再不像从前叽叽喳喳地有趣："祁公子，你还记不记得那次我去跳舞。哈哈哈，大小姐摔了，我就爬到盘子上去跳，脚太小，差点滑到了地上，但是居然爬了上去。"小桃竟然把这事都记住了，接着又说道，"还有好多人也掉下去了，噼里啪啦，煮饺子……"这后面的，却是她自己天马行空的想象。

可想着想着，她竟然又找补了回来："我那么难看，你为什么还要买我的春月呢？"

赵匡义看着小桃殷殷的目光，心里一颤，不知道怎么回答，为什么？他怎么知道祁正修是为什么，但如果是他，别说她从盘子上掉下去，就是爬下去，他也会买。想想小桃描述的情形，赵匡义一丝苦笑。

可小桃还是不依不饶，继续嘻嘻哈哈地问着："你说，为什么，为什么？"小桃的眉眼泛着桃花，看得赵匡义的心跳突得厉害。

赵匡义的手缓缓伸向了小桃的脸庞，娇俏清丽的面容让他几分情动，声音也温柔了许多："因为舍不得你。"

舍不得？赵匡义的答非所问让小桃愣在了那里，她嘿嘿笑了，思绪又跳突起来，伸手攀上了赵匡义的脖子："祁公子，明天做茶叶糕给你吃，好吃的。"

赵匡义的心一紧，看着小桃蹭过来的脑袋，想搂紧，却又觉得不甚光明正大。有点乘人之危？他的手有些微颤，天知道他多想把小桃搂进怀里拥紧复拥紧，可……赵匡义微微用力把小桃的手掰了下去，沉声道："好，那你明天做给我吃。”茶叶糕，他有多久没吃到小桃的茶叶糕了？即便不是做给他，他也仍然期待着。

“那说好了。明天中午，你一定要等着我的茶叶糕。”小桃开心地咧嘴笑着，伸出手来，勾上赵匡义的手，“拉钩上吊，一百年不许变。”

赵匡义木然地随着小桃的动作和她手指相缠，心里软软的，又酸酸的。如果不是小桃疯癫，他和她，也许不会有这烛下安宁静守的时光，可他宁肯不要这份虚幻的旖旎，也不希望小桃成了这个样子。

小桃嬉笑玩闹够了，很快就扯着赵匡义的白袍子睡着了。如今小桃的生活倒是简单，吃了闹腾，闹腾累了睡觉。再没有什么纠结的心思，悱恻的牵挂。

赵匡义把小桃床头的油灯灭了后，走到自己的床上，还没坐定，外间忽然传来侍卫的通报声：“大人，有急令。”

军营里半夜的军令一般都是当紧的要事，赵匡义不敢耽搁，赶忙出去，侍卫拿着一封急信递给了赵匡义。赵匡义借着门口灯烛的光，急忙打开信。信是下午时分赵匡胤派人快马加鞭送来的。如今赵匡胤和赵匡义兄弟围着迎銮镇展开了排兵安营。

赵匡胤在东沛州一带，与吴越商谈结盟之事，从东南整个掐住大唐的命脉。而赵匡义守在迎銮镇西北，防止大唐金陵的军队派往西北处的庐州，会合成一处从洪州一带侵袭。

之前的东沛州一战，赵匡胤聚了大周所有的精强兵力，将祁正修赶尽杀绝。只是本以为已经灭了大唐的精锐，突然又有一小股兵力趁其不备偷袭周军，将周军的粮草烧了去。赵匡胤听闻赵匡义这里劫了唐军的粮草，急信过来让赵匡义分派些粮草到东沛州的军营。

从迎銮镇西北到东沛州快马也需要小半天，赵匡义本想派陈副将等人过去，但赵匡胤书信中让他亲自过去，赵匡义想着与赵匡胤会面应该会商谈一番军机要事，便决定依从赵匡胤的要求，自己亲自押送粮草过去。

赵匡义没有犹豫，换上战袍，立即出了营帐点了三千精兵，押送着劫来的粮草，向东沛州赶去。临行前不忘叮嘱着孙副将："不论怎样，一定保护好桃姑娘，我会尽快回来。"

孙副将忙抱拳允诺："属下必当尽全力。"

赵匡义没有再迟疑，打马趁着夜色，带着精兵押着粮草向东南奔去。

小桃一夜安眠，清晨醒来，营帐外已经传来练兵的声音。一切同往日并没有什么不同。小桃舒坦地伸了个懒腰，平日里醒来也常常是赵匡义已经出去练兵，故而小桃也习以为常。

有下人进来服侍着小桃梳洗完，小桃忽然想起昨晚答应给赵匡义做茶叶糕的，"啊呀，那个要赶紧做的，很麻烦的。"小桃顾不得下人正在给她梳头，一下蹦了起来，冲出了营帐。只留下了目瞪口呆拿着梳子的下人。

小桃的头发梳好了一个髻，另一个梳了一半，就那么披散着冲了出去。军营里的士兵如今看着她也见惯不怪了，也不敢私下议论，甚至连多看一眼也不敢，万一被节度使大人逮着了，又不知道是要踹两脚还是射两箭了。

小桃跑到军营的厨房，一进门就到处找着："糯米粉呢？茶叶呢？快帮我找出来，我要给祁公子做茶叶糕。麻烦你们了，快些！"

厨房里的人也早知道了小桃的分量，不敢怠慢，赶忙取出糯米粉和茶叶。小桃自顾自地走到灶台前，随手找了一个盆，把糯米粉放进去用开水和了起来。

如今的小桃，做茶叶糕的本事却大不如前，许多步骤已经被她忘了。不是和得太稀就是太硬，茶叶也蒸得不出绿汤，小桃急得来回直走，脸上也被糯米粉蹭得白了好几块："这可怎么办？祁公子中午就回来了，怎么还做不好？这可怎么办？"越想越焦急，越想越狂躁，头又开始疼，小桃索性捂着头蹲在了灶台边，自己喃喃咕咕，怎么办，怎么办……

厨房的人知道小桃毛病犯了，互相使了个眼色，一个走过去赶紧把糯米粉和好，另一个赶忙把茶叶蒸上，小桃蒸的时候忘记放了碱发开，厨房的人帮她配上碱之后，很快绿色莹润的茶汤便出来了，把茶汤兑进糯米粉中，不多时就成了碧莹莹的糯米糕，再放到笼里一蒸就是茶叶糕了。

厨娘推了推小桃，轻声说："姑娘，你的茶叶糕已经做好了，快看。可好看了。"

小桃还蹲在灶台边扯着头发，听到厨娘这么一说，赶忙站了起来，咦，刚才还稀拉拉的糯米粉怎么现在这么好看了？小桃不觉好奇地问着："这是我弄的吗？"

厨娘赶忙说着："没错，姑娘，是你弄的，你弄好放在这里时间长了就这样了。赶紧蒸上吧。"

小桃这才转愁为笑，开心地在衣襟上蹭了蹭手笑道："好，好。我就说嘛，我会做茶叶糕的，做得可好了。"说完把糯米细细揉成了一个个的小团子，放到了蒸笼里，不多时，一笼碧绿的茶叶糕就出来了。

小桃捧着热乎乎的茶叶糕出去，像捧着最珍贵的东西似的向赵匡义的营帐走去，满心满眼的都是期待，祁公子回来，一定会觉得很好吃的。

不知等了多久，日头渐渐升到了最高，又开始向西偏去，小桃等得犯困，来回睡了好几觉，还不见赵匡义回来，不由有些起急，向营帐外跑了好几回也没看到，就更加焦躁。

忽地看见孙副将从大营前头经过，小桃这些天老见着孙副将，也不害怕，直接上去扯着孙副将的袖子焦急地问道："祁公子呢？你快告诉我，他在哪儿？"

孙副将自然知道她说的祁公子是指赵匡义，也不好戳破，被小桃扯着袖子有些尴尬，忙把小桃的手拽下去，随口说着："大人有军务，出去了。”

“出去？”小桃一愣，“什么时候走的？”

“昨晚就走了。”孙副将答着。

小桃又追问了句：“什么时候回来？”

孙副将摇摇头，大人只说尽快回来，可不知道什么时候回来。

小桃的眉眼沉了下去，记忆的闸门轰的一声涌了过来，还记得当初祁公子也是微微笑着对她说，猜出了灯谜就有奖赏。可当她猜出了灯谜去找他的时候，他没有一声言语就走了。

如今又是这样，答应了吃她的茶叶糕，可还是一转身就走了，没有说一句话，没有打一个招呼，又走得无影无踪。小桃的心像一万只蚂蚁爬过似的疼痒难耐，又开始焦躁抓狂，没有再和孙副将说话，转身绕着营帐匆匆来回走着：“祁公子不回来了，不回来了……”声音里，满是绝望。

赵匡义在天明的时候赶到了东沛州，将粮草放下，进营帐见了赵匡胤。营帐里只有他兄弟二人，赵匡义也没有虚礼，坐在窗侧啜了口茶，问道：“二哥找我何事？可是军中有什么要事？”

赵匡胤也端了盏茶，走到了赵匡义旁边坐下，顿了顿，颇有深意地看着他道：“这事，说要紧也要紧，说不要紧，也不要紧。”

赵匡义眉头一蹙，不知道赵匡胤打的什么哑谜，心里一凛，勾唇笑道：“二哥不妨有话直说。”

赵匡胤把话又反复捋了一遍，才向赵匡义缓缓道：“你收留了一个营妓的事，陛下知道了。”

“哦？”赵匡义眉梢挑起，“那又如何？”

看着赵匡义面色没有一丝惊慌，赵匡胤心知他这个弟弟又是打定了主意，只好打开天窗说亮话：“我知道那个营妓是谁。但问题是，陛下不知道从哪里听的，也知道了。昨夜特意找我过去，嘱咐我安顿你，别误了国事。虽没有明说，这什么意思还用猜吗？雪婵毕竟是皇后的亲妹妹，那位姑娘又是唐人还是营妓，你贵为堂堂的节度使，战事在即却和敌国的营妓卿卿我我，让陛下怎么想你？”

赵匡义缓缓又啜了一口茶，紧盯着赵匡胤道：“陛下怎么想我，又有什么要紧？”

“放屁！”赵匡胤本想着是和赵匡义好好说，但还是被他这副什么都无所谓的样子激怒了，“你的功业前程，全在陛下的一念之间，你说要紧不要紧？你现在怎么变得这么冥顽不灵？”

赵匡义冷笑一声道：“冥顽不灵？打仗流血，往敌军大营里冲的时候，我皱过一下眉头吗？功业是靠豁出命打出来的，不是靠女人爬上去的。我要的人，我不会放手。”转而看着赵匡胤说道，“如果没有其他事，我先走了。”说着起身便向营帐外走去。

赵匡胤没有想到赵匡义会这么决绝，一时也愣在了原处，半晌才回过神来，用力捶了下桌子：“混账！”

小桃窝在营帐的床上，眼睛也哭肿成了桃子，祁公子又不吭一声地走了，恐惧，绝望，像潮水般再次湮没了她的心。日头又偏了西，小桃抽了抽鼻子，眼泪又泛了出来。正低头哭着，忽然一袭白色的衣衫停在了她的面前，声音沉沉：“怎么了？”

小桃抬起了眼睛，熟悉的人，熟悉的眉眼，熟悉的白色衣袍。小桃揉了揉眼睛，确定站在她身边的是人是谁后，猛地跳了起来，紧紧拽着赵匡义的胳膊再也不撒手，身子都有些微微颤抖。

赵匡义眉头一紧，抬手拥上了小桃的背，声音很轻：“怎么了？”

小桃的眼泪忽然流了出来，抬手去擦，却是越擦越多，怎么也擦不完。赵匡义有些急，拥着小桃的手又紧了紧：“发生什么事了？”

小桃摇摇头，抽泣了半晌，才抬眸看着赵匡义，第一次用一种不那么疯癫、不那么语无伦次的语调，对赵匡义认真说着：“公子，以后走之前，告诉我一声。好吗？”说着眼泪又朦胧起来，“我好怕公子像上次一样，不辞而别，走了就不回来了。”说着心里有些酸，祁公子上次走的时候，像一盆冷水浇到了小桃雀跃的心上，砸得她有点懵。从此她怕极了不告而别，她受不了突然的消失。

赵匡义看着泪眼凄迷的小桃，把她紧紧搂在了怀里。不管她把自己当成了谁，看着她这个样子，赵匡义只觉得心都要裂碎，他抬起小桃的脸，郑重地说道：“我答应你。以后不论去哪里，一定告诉你。”

“那你会不会像上次那样——”小桃的脑子一乱，说话又开始倒三不着两。

赵匡义沉声打断了她的话：“不会！”他不喜欢和祁正修比。尽管祁正修在战场上也许能算个英雄，但连自己心爱的女人都无法给个承诺，他瞧不上。赵匡义声音笃定，“我是我，不会辜负你。”

小桃听得迷迷糊糊，什么我是我，但转而又高兴起来，拉着赵匡义的手跑到桌前，指着已经凉了的茶叶糕道：“看，我一早就做好等你回来。可好吃了。”说着伸手拿起一块，嘟起了嘴，有些扫兴，“现在不好吃了，凉了。”

赵匡义把小桃手里的茶叶糕拿了过去放进嘴里，有点凉，有点硬，味道也不好，但他依然吃得专注，没有什么吃的，能比得上带着一份情的美味。他只想把眼前这人，这景，这茶叶糕，都珍惜起来。

小桃看赵匡义吃得认真，也开心得直笑。赵匡义有一刹那的怔忡，如果就这么一辈子，看着她快乐无忧，是不是自己是谁，也没那么要紧？

不过从那之后，小桃对赵匡义上了不少心。只要看着他在营帐里，便会凑在他身边静静地坐着看他，有时叽叽咕咕说些摸不着头脑的话，大部分时间都只是安静地守着赵匡义，生怕他再次不见。

看着跑前跑后，给自己端茶研墨的小桃，赵匡义有丝丝缕缕的温暖感动，也有怅然若失的失神落寞。终究这份情感，不是对他。一如小桃到了如今神志不清的状况，却还记得要给他拿五福镇的纸，要给他用徽州的歙砚，这些又何曾是他的喜好？

几天之后，赵匡义收到军令，周军开始全面攻击南唐，皇帝柴荣亲自在迎銮镇坐镇，赵匡胤率军从东南攻进，李重进从庐州一带攻破，而赵匡义要率军从北部杀进。

战火浩浩荡荡地拉开了帷幕，不到五日，周军所到之处，已经全部披靡斩尽。春天，本是江南欣欣向荣的季节，池塘生春草、园柳变鸣禽的如诗如画的季节，但是在周军金戈铁马的践踏下，所有的春花，都成了枯木。只有四起的硝烟，和寥落的村庄，流离的百姓。兴，亡，瞬间之事，一个盛世繁荣的大唐，在烽火连天中，危机四起。

几天后，周军的军队从东南、西北、东北三个方向围攻过来，连成了一片，大唐在长江以北的城池尽失，周军在长江上来去自如，再无障碍。

大唐皇帝李璟坐在孤寥的深宫中，无助，不是第一次涌上心头。从战争开始，到现在，每次的军报，永远让他是这个感觉。失败，一次一次，他不知道自己还能经历多少失败。

可如今，长江以北，只剩四座孤城，没有任何还击之力，再打下去，周军淌过长江，直捣金陵，那么大唐，就是彻底的亡国。想到这里，李璟的手心里不自觉地又是一层冷汗。亡国的噩梦，每天都扰得他不敢睡觉，只要一睡，不是战火中唐军的崩溃，就是山河土地的尽失，要么就是父亲沉默憔悴的面容。是啊，自己都做了些什么？辛辛苦苦打下的江山，传到他这个不肖子孙手里，才多少光景，就到了这个地步？

门外跪了几个大臣，等着李璟的命令。从金乌西坠，一直到月上东山，李璟都一直把自己关在门里，没有声息。

一更鼓响了，更漏的声音在寂寥的深宫尤其清晰，李璟的宫门终于打开了。过了半晌，李璟指指兵部侍郎陈觉道："拟诏，求和吧。"

陈觉的心也跟着痛了一下，不止他痛，跪在那里的大臣哪个都痛，却没有人有一丝办法。求和，只是个委婉的说法，实质便是投降。打不过，不投降又能如何？

陈觉的头重重地磕了下去，许久都没有直起身子，声音沉得像从地下传来的钟声："是，陛下。"

窗外，几只乌鸦悲鸣着，向着月亮升上的地方游移不定。

三天后，陈觉奉表率军，到了迎銮镇，求见大周皇帝柴荣，把降表进献给了柴荣。降表中的词句十分哀伤，请求将长江以北剩下的四个州也全部割让给周朝，两国以长江为界划开，乞求罢兵。

柴荣的表情很温和，但眉眼中却是抑制不住的胜利者的光芒，半晌，柴荣徐徐说道："朕本来只是要你们长江以北的土地的，既然如此，罢了，就这样罢。"

陈觉微微屈膝拜过柴荣，转身离开。踽踽独行的步子，有些苍凉。

大唐的国号依然是"唐"，只是领土面积从江南江北，变成了长江以南的一隅，而李璟不再称"皇帝"，只叫"国主"。同吴越国一样，附属于周朝，每年要向周朝纳贡。

这对李璟、对大唐，无疑是屈辱的，这种屈辱夹杂着悲凉，却是谁也抗拒不了的。似乎每个人都能预料到明天的命运，大唐像一片桑叶，被周军一点点地蚕食，却无能为力。之后，吴越国也及时地表了态，派了四百艘战舰、近两万名士兵在通州南岸驻扎，和周朝遥相呼应，直指唐军。

柴荣摇头苦笑："这头老狐狸，唐军都已经出了降表，谁还用他做这个样子？早先是做什么的？"见风使舵，没人比得上吴越。如今周朝和唐朝划江而治，兵戈早已调停。周军都准备班师回朝、开回朝宴了，吴越才做了这般动静。

赵匡胤回道："今日吴越来了军报，说是钱弘仪会率军来给陛下请安。"

钱弘仪？赵匡义听着名字耳熟，不由想起了开封那个冬天摇扇的紫袍男子。皱了皱眉，把杯中的酒一饮而尽。

柴荣哈哈大笑道："也罢，既然来了，见还是要见见的。正好几天后开回朝宴，他来了也算个热闹。"说罢看着赵匡义勾唇浅笑，"要回去了，都去收拾收拾、整理整理吧。"

赵匡义身后的炭火跳了一下，将他的披风烧了一个小洞。赵匡义摆了摆袍子，没有看柴荣的表情。

出了营帐，看着四下无人，赵匡胤一把拉住了赵匡义，声音很沉："陛下刚才的话，你听到了吧？该收拾整理了。他可是盯着你说的。"

"我？"赵匡义眉头一蹙，反问道："我需要收拾整理什么？"

"你是真糊涂还是揣着明白装糊涂？"赵匡胤起了急，"你营帐里那个营妓，从迎銮镇北带到这里，如今就在陛下眼皮子底下，你说要整理什么？难道你要把她带回开封？"

赵匡义点头："没什么不可以。"

赵匡胤气急反笑："好，好，可以。"顿了顿说道，"如今唐军覆没，陛下的下一步必然是北伐。魏王符彦卿的兵力是陛下的重要倚仗，陛下自然不会让符彦卿的女儿符雪婵不痛快。我说不动你，你自己看着办吧。非要等着陛下亲自找你谈，到时我看看你怎么挣？"说完拂袖而去。

赵匡义的唇角勾了勾，回到了营帐。正坐在桌前瞅着油灯发呆的小桃看到赵匡义回来，三步并两步地跑了过来，一个没有城府的笑脸绽开：“公子，小桃等了你一个晚上呢。你饿不饿，想吃什么？”

赵匡义摇摇头：“我吃过了。你也该早些休息了。”

小桃却是兴致勃勃，毫无休息的意思，伸手帮赵匡义把外面的披风解了下来，惊叫了一声：“破了个洞？”转而用手搓了搓洞，“不要紧，不要紧，我会补的。”说完认真地拿着披风坐到了床上，开始度量怎么补。

赵匡义看着认真的小桃，心里不由一酸，这个女人，不管怎样，他绝不会再放手。小桃从前的针线是不错的，还在云湾村的时候，常常帮着娘缝缝补补，这么个窟窿对她来说根本不是难事。可是神智错乱之后，连带着手脚都不利索了。脑子发僵，看着那洞在眼前，手哆哆嗦嗦怎么也缝不出想要的那份缜密。

小桃拿着针线比画着，穿了几下，额上的汗珠都出来了。赵匡义看着心疼，可看着她在油灯下的那份认真和执着，一丝莫名的幸福，甜丝丝地从他的心底泛起，怎么也不忍心打断她。

过了许久，小桃才把那个洞皱皱巴巴地补上了，针脚有些粗糙，她不好意思地把披风递给赵匡义：“公子，是不是不能穿了？我缝得不好。”

赵匡义没有接披风，却紧紧攥住了小桃的手，语调沉沉：“不会，这是我最暖和的一件，我会一直穿着它。”

小桃的脸腾地一下红了，这是多久没有过的情愫？小桃偷眼看了看赵匡义的脸，清瘦棱角，眉眼里全是坚毅沉稳，小桃的心跳得很快，只是眉眼怎么不是狭长的呢？记忆里祁正修那双狭长的眸子忽地在小桃的脑海里划了一下，祁公子的眉眼比他温和含笑，却不会有这份深情坚定，小桃下意识地脱口而出：“你不是祁公子！”

赵匡义怔了一下，僵在了原地。征询地看着小桃，她是记起来了吗？素来沉稳的赵匡义竟然有些忐忑，既盼着小桃能认出自己，却又怕她认出自己后逃离。太矛盾复杂的心绪。

小桃的话说出后，看着赵匡义白色的衣袍又有些愣神，脑袋又开始疼。小桃揉着脑袋上了床：“公子，我先去睡了。”说完和衣躺在床上，片刻便进入了安眠。小桃如今说睡就睡，一点都不需要时间准备。

赵匡义勾唇苦笑，有时候，忘却也是一种幸福。反倒是那些忘不了、放不下的人，活得最苦。这种情绪一旦陷进去，不论什么铁胆英雄，也难免儿女情长。

几天之后，周朝皇帝接到了大唐李璟的陈情表，恳请自己退位，让太子李弘冀继位。如今大唐的国主继位问题，也需要得到周朝皇帝柴荣的许可。这便是附国的悲哀。

柴荣找来诸位重臣商议，有人觉得无所谓，李璟吃了这么大的败仗，想来在朝堂上也深感惭愧，自己主动退位，太子继位是顺理成章的事。也有人赞成，太子李弘冀根基浅，如果他上位，大唐国内必定会先浮乱一阵子，大唐的乱对于周朝来说，只有好处没有坏处。

看着一直沉默不语的赵匡义，柴荣发了话：“廷宜，你说说。”

赵匡义微微蹙眉道：“这个李弘冀，是个强硬的。当年润州之战，他拼死抵抗。濠州之战，他利用勘察风水之名去排兵涡口，几次试图反攻。如果不是陛下及时亲征，只怕涡口的兵力也会被他们清除。所以，如果他做了皇帝，只怕战事会再起。”

有人说道：“可是后来战事那么激烈，他也并没有再带兵出来。而且也没有听闻他在朝堂上有什么铁腕的言论。”

赵匡胤也插了话：“兴许是李璟想让他顺利继位，故意做出的样子。”

赵匡义点点头看向柴荣：“陛下，见微知著，从之前的事，可以看出李弘冀比李璟还要强硬。如果下一步想集中兵力北伐，还是需要慎重。”

北伐两个字触动了柴荣的心结，对于唐朝，已经告一段落了。他不想再在这里浪费时间。想了想，他决定还是先相机而动，不做回应。转而看着群臣说道："三天后，吴越王的兄弟、镇东军安抚使钱弘仪要来。迎銮镇地处简陋，就在镇上的鸿宾楼设宴款待吧。"

"是。"众将纷纷抱拳。

周朝素来崇俭，再加上行军打仗在外，迎銮镇虽是军事要镇，却也不算繁华，鸿宾楼名字听着气派，规模终究还是小了些。柴荣虽然对吴越国颇有微词，但出于两国外交，还是决定亲自设宴款待一番，也算是安抚。

如今战事平定，也打算班师回朝。部队的大营不像从前那么壁垒森严，将士们都开始收拾行装准备回开封。赵匡义带着小桃也住进了迎銮镇里的驿馆。营帐已经陆陆续续在撤了，待这个做样子的钱弘仪回去，整个周军都要撤移。

赵匡义一早便对小桃说今晚会有应酬去鸿宾楼，晚些回来。小桃对应酬二字似懂非懂，扬眉问道："鸿宾楼在哪？"

赵匡义很有耐心地牵着小桃走到门口，指指巷子口说道："顺着这里一直走，到了挂红灯笼的地方，就是了。"

小桃随意点点头。待赵匡义出去，小桃便在驿馆里百无聊赖，一会看看花，一会逗逗虫鱼，有时心血来潮也用毛笔画上几笔，只是那字，比起从前差远了。

第十四章

借故交符释兵权
抛却世事行天涯

到了傍晚，天色渐渐沉了下来，小桃忽然无端地有些心慌，也不知道是怎么了，便回到屋里的床上躺着。夜，一点点静了下来，驿馆的下人少，小桃躺在那里有些莫名的不安，忽然门外咯噔一声，小桃一愣，跳起来跑到门口，想看看是怎么回事。

忽然眼前一道影子，似乎有个什么扑面而来，小桃下意识地躲了过去。定睛一看，七八个深青色袍子的身影，把她围得水泄不通，其中一个低声说道："姑娘，我们奉太子之命接姑娘回去。"

太子？太子是谁？小桃捶了捶不灵光的脑袋，说道："我不认识太子，我不走。"

那几个人面面相觑，怎么还有不愿意回去的？任务在身来不及多想，那些人冲着小桃挥了过来。小桃一边喊着，一边大叫着向院子里枣树那边跑去。跑跳如今是小桃的强项，没几步就腾跳着到了树的最高顶，蹲在枝杈上看着那几个人在树下围成一圈，其中两个很快叠起来，第三个人腾在底下那两个人身上，很快飞跃了上向小桃扑了过来。小桃吓得尖叫着，又急忙跳下了树。

门外守值的士兵听到里面的动静，急忙冲进来和那十几个人进行打斗，小桃在院里心扑腾扑腾地跳着，这些人的身手真好，几乎一眨眼就变幻了身形。那些士兵根本不是对手，眼看着一个个士兵流血倒地，小桃在院里越看越害怕。

忽然一个深青袍子的冲小桃又扑了过来，小桃向后飞快地退了几步，退到了门口，一个转身跑出了门。去哪儿？哪儿可以逃开？小桃忽然想起赵匡义说过，往前走到有红灯笼的地方，他就在那里，祁公子，救救我。小桃冲着鸿宾楼跑过去。

鸿宾楼里，主宾尽欢，虽然没有舞姬，但有丝竹琵琶的乐声，也算是给宴会增色不少。钱弘仪和柴荣在上首寒暄着，一众将士都在两侧分席而坐。今日的钱弘仪敛了一脸风流，也没有摇着扇子。虽然还是紫色锦袍，头上束了金玉的冠，还有两条锦带垂了下来，看着十分正式。

赵匡义斜睨了钱弘仪几眼，淡淡笑了笑，只低头把杯中的酒一饮而尽。丝竹的声音持续着，酒宴过半，宾主都喝了不少，一时气氛也比开始随意了些。赵匡义在屋里待着沉闷，端着酒杯出了院子。

鸿宾楼分前后三进院子，最前面的是客堂，平日里来的普通宾客在客堂设宴进餐，中间是雅间，供有身份地位的宾客享用，后院是些池塘水榭，亭台玉树。今天来的是皇帝，自然里里外外都是重兵把守。前面的客堂也封锁起来不再对外经营。好在柴荣还是随意的人，所以鸿宾楼周围也只是多了几层兵把守，并没有方圆几里都划成禁区，仪仗铺陈开道的场面。

赵匡义走到后院，在池塘边找了处假山的石头，坐在上面喝酒，刚饮了一口，耳边就传来一声嬉笑："赵大人怎么在这里喝着闷酒？"

赵匡义扭头一看，钱弘仪不知道什么时候也端着杯盏出来，正在一旁看着他微微笑着。月色清朗，钱弘仪的面上有丝说不清的暧昧笑意。赵匡义冷冷回了句："月色不错。"转而看着钱弘仪勾了勾唇，"开封一别，别来无恙？"

钱弘仪笑了，看着赵匡义笑得更轻："很好。很好。"此刻的钱弘仪，心里有种很复杂的滋味。赵匡义在周朝的地位，他今日在酒宴上也看出了几分，皇帝柴荣对他很器重，还有个赵匡胤护着他。他是个记仇的人，对赵匡义，他很难有好感。看着他在大周这么得势，更加让他心里不痛快。不过想想这么个人，也有力所不逮的地方，也有护不周全的人。钱弘仪想着就有些想笑。

这时忽然东侧门有些动静，似乎有守值士兵大声的呵斥声，还有女子的呼叫声，兵器声，赵匡义眉头一皱，顺着声音的方向走了过去。钱弘仪被晾在一旁，侧门不远，想了想，也跟了过去。

离侧门越来越近，忽然一句大声的“祁公子，救我！”让赵匡义的心一突，几下奔到了东侧门，一把推开了门。门外，惊慌失措的小桃头发散乱，正和守值的士兵拉拉扯扯着，大抵是她要进来，守值的士兵不让。看到赵匡义，小桃的眼睛都泛起了光：“祁公子，家里有坏人，快，快！”

赵匡义一把把小桃护在了怀里，拽进院中，自己转身冲出了门外。街道上冷冷清清，偶尔的一个灯笼在风中摇曳着，空气里泛着兵戈的寒光铁气，但是却看不到一个人影。赵匡义心里噔了一下，今晚来者不善。

钱弘仪跟在赵匡义身后，待看到被赵匡义拉进来的小桃时，月光在小桃的身上打了个好看的侧影，照得分外清晰。钱弘仪的心里也噔了一下，这个女人怎么跑到周地来了？她不是唐朝的官妓吗？就是想着唐人软弱，她又是官妓无法脱身才占了便宜。老天爷开了个大玩笑吧？怎么她这么神通广大，能到这里？

钱弘仪看赵匡义护着小桃的样子，手心微微泛了层汗，趁着没人注意，匆忙折回去酒宴中，坐在那里。

柴荣笑道：“方才大臣来敬酒，都找不到你。”钱弘仪支应着，神色有些慌张。

赵匡胤转身看了看，赵匡义不见影子了，不由皱眉，这个人又跑到哪里去了？所有大臣都趁着酒宴在皇上面前讨巧，唯独他倒避之不及似的。估摸着赵匡义到了后院，赵匡胤也抬腿去了后院。

赵匡义看街道无人，吩咐守值当心，再次向巷道深处凛冽地扫了一眼，转身刚要进去，忽然像从天而降似的，七八个深青袍子的挥着剑从院中的树上俯冲了下来，速度很快，用力很猛，带着空气都旋出了一阵风。

赵匡义早知道来者不善，却也为他们的身手叫好。他们何时进了院子到了树上，竟然杳无声息，连自己都未曾听到动静。赵匡义把小桃护在身后，躲了开来，冷声问道："什么人？"

其中一个沉着应道："我们只要带桃姑娘回去。"

带小桃回去？大唐还有在意小桃的人？祁正修已经死了，会是谁？赵匡义冷冷哼了一声："休想。"

那些人也没有再啰唆，直接冲着赵匡义又劈了过来。赵匡义把小桃推到一边，和人群打斗了起来。

赵匡义的身手虽然不错，但对方也不弱，而且是七八个人，赵匡义好容易打倒两个，竟然又不知从哪里蹦出两个，补了上来。赵匡义的心有些凛然，来的不止是七八个人，到底有多少？他有些没数了。万一来者众多，里面还有皇上，惊了驾可不是小事，一时动作更加狠戾。

周围守值的士兵看赵匡义动手，也急忙从四下赶过来助阵，却不是来人的对手，几下就已经被放倒了三五个。由于今晚皇上柴荣在此，所有的禁卫军排布都是固定的，并不能随意走动，这边门的守值人数并不足以抵挡来人。其中一个机灵的看着形势不对，赶忙跑出去找禁卫队长，再调精锐的人马过来。

守值倒地的渐渐增多，赵匡义也有些体力不支，但深青袍子的人却越战越勇，有几个也倒地，却倏地又从空中飞下补足。始终保持着七八个人的阵形，扰得守值的士兵心里也没底，没有打已经胆战了。

深青袍子的来人不愿恋战，只想尽快带走小桃。领头的一声令下，猛地从上空又降下十余人，瞬间把赵匡义和仅剩的几个守值士兵围住打斗，另又有两个降下夹着小桃就跑。小桃惊恐地叫着："祁公子！祁公子！"

赵匡义心急，眼看着小桃被抓出去，伸手将身边守值士兵手里的枪夺过来，冲着夹着小桃跑的人挥了过去，一个应声倒地，另一个踉跄了一下，继续向前。赵匡义抬脚奋力把身边的人打开，追了出去。

出了院子，外面的街道上深青袍子的人更多，赵匡义一个人难敌众人，眼看着被逼到了墙角处。小桃心下着急，却偏偏有人拽着她硬跑，小桃伸腿踹、踢，全都不管用，索性一低头，狠狠咬了上去。

小桃的这一口用力极大，拽着她的人一个吃痛，手微微松了下，小桃猛地用力挣脱，冲着赵匡义跑了过去。眼看有人挥剑刺向赵匡义，小桃没有丝毫犹豫扑过去挡在了赵匡义的胸前。挥着剑的人看小桃挡在了前面，忙把手又缩了回去。寻找着能刺到赵匡义的缝隙。赵匡义拼力推着小桃："你走开，这里危险。"

小桃固执地伸手紧紧抱住赵匡义，把背冲向那些人，大声喊着："不要，不要杀他。"

看着小桃的蛮劲儿，赵匡义又心急又震动，这个不要命的女人又一次不要命地护着他。不管她把他当成了谁，看着那个弱小的身躯挡在他前面，他有种捏碎了骨头也要护她的冲动。

忽然门口一声大喝："什么人？"赵匡胤找到后院冲了出来，看赵匡义危急，拎着枪过来便刺。赵匡义身前一松，深青袍子的人又和赵匡胤打在一起。这时远处的禁卫军也调了兵力过来。

看着黑压压的军队冲了过来，还有一个深青袍子的要过来拽小桃，领头人看情势不好，喊了一句："撤！"片刻那些人已经跑得不见踪影。

赵匡胤转身看了看打得精疲力竭的赵匡义，又瞅了瞅他身边一身狼狈的小桃，皱起了眉头，问道："这就是那个营妓？"

赵匡义不爱听营妓这个词，蹙了蹙眉道："这是桃宜。"

“这些人又是冲着她来的？”赵匡胤方才在混乱中也看出了些眉目，那些人最后还在拉扯着那个女人。

赵匡义微微点了点头：“应该是唐人。”

小桃好奇地打量着赵匡胤，留着胡子，看着威猛凶悍，不由往赵匡义身后缩了缩。赵匡胤看着小桃神神叨叨的样子更来气：“赶紧弄回去，还在这拉扯什么？”

话没说完，从里面走出了李将军，冲他们一抱拳说道：“陛下有请。”刚才的动静已经惊扰了柴荣，特意吩咐李将军出来看看，李将军补了一句道，“陛下让都回去复命。”

赵匡胤一愣，都回去？瞥了眼小桃，皱皱眉先大步走了回去。赵匡义带着小桃跟了进去。小桃有些懵懂，眼看着灯火越来越明亮，缩了缩脖子。赵匡义感觉到小桃的瑟缩，停下了步子，指着大堂外面的回廊说道：“你先在这里等我。”小桃忙停住了步子点头。

赵氏兄弟进去，向柴荣禀告了刚才的事情。赵匡义身边有个唐朝营妓的事，在座的周朝大臣没有不知道的，所以听了也没有特别惊讶。柴荣之前也有所耳闻，只是没有和赵匡义挑明，如今眼眸抬了下道：“那就是说，来人是唐人，要带桃姑娘回去？”

赵匡胤的神色有些尴尬道：“应该是的。”

柴荣有些好奇，不过区区一个营妓，竟然还值得劳师动众来劫，会是谁？不由说道：“让桃姑娘进来，问询清楚。”说罢也不待赵匡胤和赵匡义再言，抬手示意侍从。柴荣身边的钱弘仪脸色瞬间变得有些白，起身道：“陛下，我去更衣——”

话没说完，屋门一动，小桃跟在侍从后面走了进来。钱弘仪怕自己一走反而引得她注意，便侧过了脸看着旁边。

小桃瑟缩着，边走边看着两侧，好多的人，还都穿得好华贵，看起来都很威严，小桃忙低下了头，但片刻又忍不住向四下看，好香的肉味，小桃忍不住咽了口口水，一抬头看到锦袍端坐的柴荣，怔在了那里。

一旁的仪官声似洪钟："不得无礼。"

赵匡胤离得小桃更近些，低声喝道："快给陛下行礼。"

小桃愣愣地看了他一眼，陛下？是什么？行礼她倒是会，也没有什么征兆，猛地冲着柴荣跪了下去，砰砰磕了几个响头。

四下传来低低的哂笑声，柴荣也不禁笑了："这丫头倒是实在。"

小桃听到四下都在笑，懵懂地抬起了头，四处看着，忽然看到了紫袍子的钱弘仪，愣了一下。钱弘仪侧身对她，她看不清他的脸，但看到紫色袍子，小桃无端地微微发抖，看向钱弘仪的目光也有些直刺刺，那目光好像钉住了一般再不移动。顺着小桃的目光，柴荣看到了侧身的钱弘仪，怔了一下，唤了一句："安抚使？"

钱弘仪听到柴荣唤他，回过了身子，表情有些不自然："酒喝多了，有点晕。我还是早些……"

话还没有说完，小桃看到了钱弘仪的脸，沉沉的夜，狞笑的脸，铺天盖地压了过来，小桃来不及想到底发生了什么事，只是下意识地大声喊了起来："啊！"

小桃的猛然大叫，除了赵匡义外，所有人都吓了一大跳。门口的侍卫已经拔出刀来，准备随时应对着意外。赵匡义快步走到小桃身边，轻轻拍着她的背，语气温和："怎么了？"

如果说小桃的叫让大家惊吓，赵匡义的举动更让人惊讶。一个素来冷面无情的节度使面对一个突然发疯的女人，竟然温和得像是怕惊了一个孩子。连柴荣的眉头也轻轻蹙了一下，暗想幸亏魏王符彦卿不在这里，否则看到赵匡义的神情还不知道会多么光火。

可是小桃却没有任何改善，盯着钱弘仪，仍然在瑟瑟发抖。那身紫色的袍子，像织得密不透风的网，网得她喘不上气，她忘不了那种要窒息却无能为力反抗的感觉；那双桃花眼，像鬼魅的幽灵，压在她身上还是鄙夷嘲讽的神色，她更忘不了那种全身骨髓都像被他的眼睛浸淫了一遍的神情。小桃大口地喘着气，刻意想忘掉的事，断断续续在她脑子里呈现了片段，那夜，那沉迷的蚀骨，那疼痛的屈辱，一段一段浮现在了她面前。

小桃突然癫狂起来，猛地站起身，像一只灵巧的燕子般飞快扑到了钱弘仪旁边，伸手抓起桌上的盘子，向钱弘仪的头上砸了过去，眼睛红红得像要吃人，每一下都是用足了力气的狠劲儿，嘴里还在低声呓语般说着："杀了你，杀了你……"

钱弘仪还没反应过来，脸旁一阵凉风，他下意识地把头偏了一下，盘子砸到了他的肩上，溅起的瓷片划得他脸上一阵尖刻的疼痛，妈的，破相了。钱弘仪最在乎的就是他那张脸，平日就不同于一般男子，花露脂粉地往脸上用功夫。如今竟然被小桃砸破了相，钱弘仪恨不得把小桃吃了，用力反手就是一巴掌，恨恨道："贱妓！你怎么就没死！"

打完后，才看到四周皱眉看着他的诧异神色，已经到了这个地步，再遮掩倒像他亏欠了什么，索性直起身来耍横，看着柴荣道："陛下，这莫非是大周的待客之道？"

赵匡义冲了上去，把还要扑上去的小桃拽了回来，如果不是皇上在侧他早已挥拳上去了。赵匡义忍了又忍，盯着钱弘仪声音很冷："钱公子是在陛下面前大发威仪？"

众人此时才渐渐缓过神来，刚才的一切都发生得太快，还没来得及反应已经打了个来回。友邦身份尊贵的安抚使同一个营妓对打，有人冷笑看着热闹，有人暗暗担忧今晚怎么收场。赵匡胤呆住了，醒过神来脸上一阵发烫，他素来想着建功立业，如今却跟着赵匡义丢人。

柴荣皱了皱眉，事情似乎并不简单，先是唐人，后是钱弘仪，这事情有些蹊跷。看情形，这两个人认识。赵匡义护着的那个营妓很明显有些疯癫的，从进来走路的姿势，到磕头跪拜，这里的每个人应该都看出来了。可她偏偏冲着钱弘仪撒泼，而钱弘仪更奇怪，竟然会自降身份对一个疯子反击？这其中一定有些缘故。柴荣看着钱弘仪，淡淡开了口："这其中有什么因由？钱公子不妨直说。"

钱弘仪从座位上下来，向柴荣一个抱拳说道："陛下，吴越素来听命于大周。虽说吴越之地是鱼米之乡，衣丰粮足，但吴越王也常常对我们说，能安居一隅，全靠大周的庇护。所以尽心纳贡，每当有战乱，无论多么身处艰难，也必然要竭尽所能帮护大周。"钱弘仪的这番话先来了个下马威，说得好听，内涵就是吴越有国力有实力，还听命大周，这是不容易的盟友关系。

柴荣听了唇角轻轻一勾，吴越的重要，不用钱弘仪强调他也当然知道。如今天下戡乱，刚平了唐，马上要出兵北伐，自然吴越这个盟友不能丢。只是钱弘仪把这层关系搬了出来，可见他心虚。

钱弘仪继续道："如今我奉吴越王之命，来大周进献援兵粮草，却被这意外破了相。面损运损，这脸面不仅是吴越的脸面，也是运祚，今后还不知道会带来什么噩运，请陛下做主！"说着向柴荣一拜，不再说话。

这个无赖！柴荣心里也暗暗哼了一声，吴越本来就是跑来锦上添花来了，弄花了脸却说破相、影响运气，倒打一耙，讹了大周。要是不给他做主，这倒成了两国的国事了。柴荣没有表情，看着小桃问道："姑娘说呢？"

小桃早已开始癫狂，柴荣的话她根本没听到，只是缩在赵匡义怀里，直勾勾盯着钱弘仪不停低声叨叨："杀了他，杀了他……"

赵匡义只好向柴荣回禀道："她身子有些不便，发作起来不认人。"说完心痛地看着小桃，心里有丝不好的感觉。平日里小桃虽然疯癫，但绝不会无缘无故去伤人。这么激烈地对钱弘仪？他的心里隐隐蹿起了火苗，拳头微微攥了起来。

钱弘仪扭头看了眼小桃冷笑，真疯了？回头再次向柴荣拜了下去：“陛下做主！”先发制人总是有好处的，不是吗？

柴荣淡淡笑道：“怎么做主？”

赵匡胤脸上挂不住，因为一个疯丫头被吴越抓了这个把柄，钱弘仪在大周受了伤，终归是大周的疏漏，要是因为这个上升到国事纠纷，将来自己和赵匡义都吃不了兜着走。赵匡胤看钱弘仪没有说话，便说道：“既然钱公子要做主，那就把这丫头给了钱公子，听凭发落。”赵匡胤早就想把小桃送走了，留在赵匡义身边引了多少流言蜚语，皇上都旁敲侧击示意他们送走，还有唐人的追击，把这个麻烦送走就一了百了了。要是皇上同意，不怕匡义不从。

小桃这句听明白了，惊恐地盯着钱弘仪，忽然把衣服紧紧攥了起来，绝望地大声喊着：“不要！不要！”说着紧紧扯着赵匡义的胳膊，眼泪都流了出来，不情愿却又怕被送走，咬牙低低地说着，“他，他会欺负我……”

赵匡义脑子轰的一声，全身的血顿时都涌了上来，畜生！赵匡义没有任何思考，腾地起身冲着钱弘仪飞起就是一脚，赵匡义的脚劲很大，钱弘仪被踹得撞在了中央的三足香炉鼎上，偌大的铜鼎都被冲击力撞倒了，香炉灰撒了遍地。钱弘仪弹在一边，胸口都像要折了似的剧痛，捂着胸口看着赵匡义声音挣扎：“你！”

赵匡义又是两脚，眼睛阴鸷得全是寒冰：“你不是要做主吗？我给你做主！”两脚下去，钱弘仪的嘴角渗出了血，赵匡义顺手抄起旁边的长枪冲着钱弘仪的胸口戳了过去，这一招就是夺命的架势。

反应过来的赵匡胤赶紧一个箭步上去紧紧攥住了赵匡义的手，大吼道：“匡义！”

赵匡义抬眸冷冷看着赵匡胤，声音没有一点温度：“不要拦着我。”

赵匡胤更加用力拽紧了赵匡义，他不拦着赵匡义，今天得捅下天大的娄子，这钱弘仪再不是东西，也是吴越的人，是吴越王的亲兄弟啊。这是大周能动的吗？赵匡胤咬牙道：“陛下在侧，你放肆！”

柴荣皱紧了眉头，他本来很器重赵匡义，年轻有为，战场上是一员猛将，又深得军心，应该给他个好的前途。可怎么遇事如此冲动不顾后果，不由拉下了脸：“赵大人，不得无礼！”

柴荣的声音刚落，禁卫军已经整装待发，寒光声起，随时准备听令行动。

赵匡义没有动，四周的刀剑已经出鞘，发出“唰”的声音。随时准备听柴荣的命令对赵匡义动手。赵匡义的心随着刀锋出鞘的声音，渐渐寒凉了下去。这里终究不是他说了算。赵匡义停住了手，稳稳立在了原地。看着柴荣跪拜了下去：“匡义鲁莽，听凭陛下惩处。”

柴荣忙命人把钱弘仪扶了起来，钱弘仪本就伤得不轻，更是装模作样喘息不已。柴荣吩咐把钱弘仪送回营帐请郎中诊治。赵匡义命侍卫把小桃带回了驿馆。

好好的宴席，就这么不欢而散。柴荣命其他人先回去，把赵匡义留了下来，他想和赵匡义聊聊的想法，已经很久了。偌大的厅堂，只有君臣二人。柴荣的语气一扫往日帝王的威严，温温地看着赵匡义，把面前的酒杯递给了他。

赵匡义全身紧绷，方才的怒气、不甘、悲愤，他还没有来得及消化，也没有推辞把酒一饮而尽，才缓缓平复了些，也清醒了许多，看着柴荣道：“陛下，臣鲁莽了。”

柴荣叹了口气，淡淡说道：“你还年轻。血气方刚下容易冲动是可以理解的。不过……”柴荣顿了顿道，“且不论谁对谁错，大丈夫处事，是要硬着心肠的。”

赵匡义抬起眸子，硬着心肠不是件难事，但是要看对谁。对一个渐渐走进他心的女人，他无法硬起心肠。

夜的幽静，偶尔微风吹着灯烛和四处的帘幔，方才的繁华散去，只留下了一室的残羹冷炙，显得有些悲凉。柴荣素来是个威严刚毅的人，对着这浮华去尽的颓凉，也有些罕见的伤感。柴荣喝了口酒，缓缓开了口："我这辈子到现在，先后有三个正妻。"柴荣没有用"朕"来自称。

"第一个是家中说定的亲事。少年夫妻，有着磕绊，也有开心。只是缘分太浅。当年后汉皇帝刘承祐兽性大发，她和三个孩子，都被杀了。"柴荣说着声音低沉了下去。那场杀戮，让他一夜之间从妻儿满堂变成了孤家寡人。那种蚀骨铭心的痛楚，如今想来也几乎要窒息。

赵匡义轻叹了声，他也曾听说过当年的事。战乱四起群雄割据，大周的开国皇帝郭威当年是后汉的武将，后汉小皇帝刘承祐刚刚登基，根基不稳疑心四起，怀疑郭威谋反，便开始了诛杀。当时郭威带兵在外，刘承祐便把郭威在京城的所有家眷全部屠尽，而柴荣是郭威妻子柴守玉的侄子，留在京城的妻儿也没能幸免。刘承祐的屠杀，逼得郭威揭竿而起灭了后汉，建立了大周。并在百年之后，将大周的皇位，传给了内侄柴荣。

柴荣接着说道："第二位正妻，是符家的大小姐，雪娆。那是一个惊喜，我没想到世上有这么好的女人。知书达理，冰雪聪明。和她在一起，不像面对一个平常的女人，更像个朋友，能理解、支持、包容。有时想不通的事，她一点拨，就豁然开朗。那种滋味儿，这辈子，再也不可能找到了。"柴荣回忆起符雪娆，唇际都洋溢着淡淡的笑。

赵匡义也随着唇角轻扬。每个男人，心里都有个刻骨铭心的女人吧。一如皇上的符皇后，大哥的京娘，自己的桃宜。想起来，从心底都泛着丝丝扯痛的清甜。只是大符皇后是个薄命的女人，才二十六岁就早早病逝了。

"第三位，就是如今的皇后，雪娆的亲妹妹，雪姣。"柴荣的神色有些黯淡，“雪娆走得太早，太突然。如果我是个寻常百姓，也许这辈子，我都不会再娶。但可惜，我不是……”声音里有悲凉，有挣扎。

赵匡义的心震了一下，皇上对小符皇后也十分尊重，大家还一直以为皇上对小符皇后也深情有加，如今看来，皇上当初娶符雪姣只怕考虑的更多的是符彦卿的势力。

一个男人一辈子，也许心里也只能完全装得下一个女人，再去硬挤个别的女人，太难。

柴荣看着赵匡义淡淡笑笑：“看，女人看起来是极简单的，但连朕都不能随心所欲。”柴荣恢复了对自己的称谓，“如今你和匡胤都是朕的左膀右臂，尤其是你，常有些出其不意的妙招。所以朕对你寄予了很高的期望。今天的情势，你也明白，吴越不能翻脸，唐朝也要安抚，而魏王的情绪，朕必须顾及。”柴荣拍了拍赵匡义的肩，“回去再想想该怎么做。想成大事，必须要杀伐果决的勇气。”

赵匡义低头对着柴荣沉沉拜了一拜，应道：“臣遵旨。”说着转身出了房门。柴荣的意思，他明白。钱弘仪仗着吴越和大周盟友的关系，故意闹腾，眼下为了息事宁人，自然最好的办法就是像二哥说的，把小桃交出去。皇上让他回去想的，恐怕也就是这个事。

赵匡义回到驿馆，屋里的灯黑着。小桃想必已经睡下了。赵匡义犹豫了半晌，还是推开了小桃的房门。月光如练一般洒了进来，赵匡义的脚步很轻，生怕惊了小桃。忽然一个黑影嗖地从赵匡义身边窜了过去，钻到了门边。

“谁？”赵匡义大喝一声，同时飞快地从袖中摸出火折子打着。

一脸凄惶的小桃正缩在门口，怯怯地看着赵匡义，那目光，有迷离，有悲切，更多的是惊慌。

赵匡义看着心一阵紧似一阵地疼，用火折子把桌上的蜡烛点燃，向小桃走过去："怎么不睡觉？"

小桃抱着胳膊，看着赵匡义眼圈很红，嘴里嘟嘟囔囔着不知道在疯言疯语嘀咕着什么。

赵匡义走到小桃身边，伸手抚上了小桃的肩膀，语气温和："别怕。是我。"

小桃感觉到肩上的温度，身子松了一下，抬眸看着赵匡义，语气全是祈求："求求你，别送我走，他会欺负我，求求你……"

小桃的话像冰刀似的锥进了赵匡义的心里，剜得他好疼，疼得四肢冒冷汗。他舍不得碰一下的女人被一个畜生欺负，可他空有一身力气，却什么都做不了。如今还惹出了两国的纠纷。真他妈的窝囊。赵匡义忍不住一拳砸在了门框上，力气很大，拳头一阵疼痛，却也麻木。

小桃被赵匡义的动作吓了一跳，怔了一下，忽然扑通一声给赵匡义跪了下去："公子，别送我走，小桃以后会听话，听话……"说着拽紧赵匡义的袍子，哭得上气不接下气。她不要被送给那个紫袍子的，不要！可是她脏了，祁公子会不会嫌弃她？小桃怕得全身都在抖。

小桃的声音听起来字字揪心，迷蒙的眼泪几乎让赵匡义窒息。赵匡义俯身紧紧把小桃抱住，力气极大，小桃几乎有些呼吸不上。看赵匡义没有回应，小桃的声音更加卑微而怯怯："没有娘，没有大小姐，小桃只有公子，只有公子了啊，公子不要嫌我脏，我太脏了……"

只有他！小桃的话震得赵匡义一阵阵战栗，心都碎成了一块一块，血淋淋地无法拼凑。赵匡义声音微颤："我不会。放心。"男人做事，是要硬着心肠，可对着这么一个女子，让他怎么硬着心放手？

赵匡义的话让小桃安定了些，仍抬眸问着；"真的吗？公子没有骗我吗？"

赵匡义把小桃的手放到唇边摩挲着，几丝苦笑："没有。有我在，没人伤得了你。”如果他能学会骗她，也许就不会这么难受了。

小桃安宁了下来，紧紧攥着赵匡义的袍子不肯撒手，渐渐止住了啜泣，唇角浅浅扬起个笑。祁公子没有嫌弃她，不会把她送走，这对她来说，已经是莫大的幸福。

赵匡义把小桃扶到床上，小桃那夜不肯睡，却也不肯对赵匡义撒手，两人就那么在床边对坐了一夜，小桃叽叽咕咕地说些自己也听不明白的话，赵匡义看着屋外的月亮，直到天色泛白，心却越来越沉重。

三天过去了。钱弘仪在随军御医的诊治下，伤势好了些，却依然在扯皮，向大周要说法。要个什么说法？他自己心里都没底。只是想虚张声势转移注意力，免得赵匡义为小桃的事找他的麻烦。至于大周怎么给说法，到时看大周的条件，合适就顺坡下驴得了。

看大周始终没有动静，钱弘仪有些心虚，便又向大周的官员放出虚招，说要给吴越王钱弘俶去书信，以请示下。说得客套，实际就是威胁大周，再不给说法，他要给吴越王写信告状了。

柴荣看赵匡义没有什么回应，之前该讲的道理，该说的话，已经都说尽了。如今他也不再找赵匡义，只把赵匡胤找了来。这一次，柴荣没有多说，只简单的几个字：“朕希望此事尽快解决。”含义却无尽丰富。

赵匡胤领命下去，却一身冷汗。匡义这次太不分轻重了。文官和武将不同，文官手中没有兵权，对陛下的旨意有异议也无非就是空嚷嚷几句，不到了掣肘的地步，陛下不会计较。但武将不同，武将手中有兵权，对皇权既是保障又是威胁。所以武将讲究的是服从。可如今匡义对皇上的旨意竟然置若罔闻，这已经犯了大忌。再加上伐南唐一战，他和匡义兄弟在军中的威信大立，只怕皇上更是忌讳。

赵匡胤不能等了。他对赵匡义有种天生的责任在胸，父亲已逝，他便是长兄为父。他相信早晚有一天，赵匡义会感激他的做法。

第二天一早，趁着赵匡义出去点兵操练，赵匡胤带着兵马直接冲进驿馆，将惊慌失措的小桃绑了去。驿馆的人一看是赵匡胤，也不敢阻挡，有人偷偷去给赵匡义送信，剩下的只能眼睁睁看着赵匡胤把人带走。

赵匡胤又附了两箱金银，派人给钱弘仪送了过去。想着自己去怪掉价的，赵匡胤写了一封信，也让人带给了钱弘仪。大致意思是此事就这么了结也就罢了，不要再引起吴越和大周的纷争。这已经给足钱弘仪面子了，如果他识相，是时候适可而止了。

小桃被陌生的士兵绑起来押解着，强行推进了一顶轿子里，她想喊，嘴也被堵了起来；想挣扎，四肢都动弹不得，只好拼命用头撞着轿子的侧壁，"咚咚"作响。尽管她不知道要被送到哪儿，可这群人，不是好人。

外面抬轿子的听到砰砰的声音，越来越大，不敢不在意。这么撞下去，等到了目的地，活人也成了死人了，赶忙喝止着："不得胡闹。"可里面的小桃哪听这些人的话，继续撞着。

看着咋呼没用，领队的吩咐把轿子停下来，自己抬起帘子一看，吓了一跳，小桃的额头已经血流不止，弄得衣服上都是血迹斑斑。领队赶忙吩咐道："金银先送到驿馆，和那边解释一下，人送到附近的医馆去看看，包扎了再送去。"估摸着包扎个伤口也就是前后脚的工夫。于是抬着小桃的轿子改了方向，向镇上的医馆抬去。而押送金银的马车一路继续前行，到了钱弘仪的驿馆。

赵匡义在校场正点兵，他也在想，如何给吴越交代？钱财？恐怕不够；城池？陛下绝不会给；桃宜？他不会给；那就只有一条路，人是自己打伤的，大不了自己去给钱弘仪赔罪。向那畜生低头？赵匡义的拳头攥得有些紧。正想着，忽然冲进来一个士兵，在他耳边低声道："桃姑娘被赵匡胤大人绑了去。"

赵匡义的心一凛，二哥已经迫不及待替他做出了决定。赵匡义来不及多想，吩咐属下带一支人马紧随，顺手牵起一匹马，飞快地冲了出去。赵匡胤绑着小桃不会去别的地方，只会去钱弘仪的驿馆。

快马一路疾驰，一直到了钱弘仪的会馆。赵匡义下了马，直接冲了进去。门口守值的士兵是吴越的兵马，伸出刀枪来拦着赵匡义，却根本禁不住赵匡义一个用力，纷纷被踹到了地上。身后跟着的赵匡义的人马不少，驿馆的吴越士兵不敢随意阻挡。

院子里还放着没有开封的金银，箱子外面的封条赵匡义看得清楚，是大周的。看来小桃已经到了这里。赵匡义的心腾地跌到了谷底，他来晚了吗？小桃又进了那个畜生的房间？

赵匡义脑子热了起来，拿起枪冲到了驿馆后面，如果那个畜生敢再无礼，管他什么两国战事，今天不提了他的头，他决不罢休。驿馆不大，赵匡义几步已经冲到后面钱弘仪的卧房。

钱弘仪正在屋里斜躺着吃着葡萄，摸了摸脸上的疤，他要好好收拾收拾那个贱妓，管她疯不疯，敢对他的脸下手，他有的是手段让她好看。上次把一个贱婢扒光了用藤条打出一幅山水画好像是好几年前的事了，这回，他要在那个贱妓的脸上，也画幅春艳图出来。

正恨恨想着，门外有了喧嚣声，钱弘仪眉头一皱，屋里的侍从忙说道："我出去看看什么事。"

话音没落，门已经被一脚踹开，一脸阴鸷的赵匡义手里提着一杆银枪站在门口，迅速地看了看四周，像风一样倏地就落在了他面前，声音寒得像冰："桃宜在哪儿？"

钱弘仪眉头一挑，银枪头就在他脖子上，他轻轻抬手把枪头拿掉，斜睨了一眼赵匡义道："你这么来，征得你们大周皇帝的同意了吗？还是征得你兄长的同意了呢？"

赵匡义看着他那副痞气，心里起急，抬起枪狠狠冲着他肩上劈了过去："少废话，快说。"

钱弘仪向一旁躲开，但肩膀还是擦到了一点，立马弓起了身子，邪气地笑着："哎哟，赵大人，好疼！看来两箱金银加一个女人也不够啊。"

赵匡义的火在全身腾了一遍，用了极大的力气才强压着火气，吩咐着身后的士兵："搜。掘地三尺，也要把桃姑娘找出来。"

钱弘仪看着赵匡义，声音也冷冷："赵大人，这里是吴越的驿馆，你没权利搜。"说着凑到了赵匡义身边，声音几分挑衅，"你要是强行搜呢，如果搜不到你想要的，我可会如实禀告你们的陛下的。"

赵匡义没有再理会钱弘仪的阴阳怪气，继续吩咐着搜寻。从钱弘仪那副欠揍的表情，赵匡义已经猜测到几分小桃不在这里，但是纵然只有一分乃至一个零星的危险，他都不能放过，哪怕代价很大。他不能允许小桃再有事。

士兵得令纷纷出去在驿馆的院子里搜寻着，大房小屋，甚至是院墙边都不肯放过，正搜得一团乱，门口来了几个士兵禀告着："那位姑娘到了。"

小桃刚到？赵匡义急匆匆地冲到了驿馆门口，几个士兵正把全身都五花大绑的小桃扛了下来，看到赵匡义，士兵们赶紧行礼道："大人。"

赵匡义一个箭步上去，把小桃揽进了怀里，把小桃嘴里的布取出来，小桃大口喘着气，看着小桃额上的伤口，赵匡义又是恼火又是心疼，忙又把小桃身上的绑绳松开，焦急地问着："还好吗？哪里受伤了吗？"

小桃看清来人，便紧紧抓着赵匡义不松手，用手指指脑袋，轻声说道："撞的，疼。"

士兵们看小桃说不清赶紧在一旁插嘴道："是姑娘自己往轿子上撞的，我们及时阻拦，还送到医馆包扎，才来晚了。"

赵匡义无心听他们解释，又细细摩挲打量了一番小桃的身上，确定没有其他的伤处，才把一颗悬着的心放了下来，对小桃温声说道："没事就好。"

小桃紧紧抓着赵匡义，刚才的慌乱渐渐平息了下来，扎进赵匡义的胳膊里，嘟囔着：“公子在，小桃不怕，不怕。”

赵匡义扭头看了眼钱弘仪，后者正皮笑肉不笑地盯着他看。赵匡义冷冷道了一声：“打扰。”转身带着小桃出了驿馆。

未时，柴荣的大营里，吴越的使臣向柴荣禀告着赵匡义闯进驿馆的始末，说道：“如今安抚使大人受了惊吓，躺在床上不能动弹，故而不能亲自前来。已经写书信禀告了吴越王。还望陛下能给吴越一个交代。”

柴荣眉头紧皱，支应了几句，把那几个使臣打发走之后，用力一拍桌案：“糊涂！”这个赵匡义，太意气用事，不但没有妥善处理事情，反而将事情进一步推到了风口浪尖。

柴荣下令：“传赵匡胤。”他不愿意和赵匡义面对面直接碰撞，只能让赵匡胤在中间做个润滑剂。

赵匡胤早已听到属下回来的禀告，还没来得及找赵匡义责问，皇上的传令已经到了，赵匡胤心里咯噔一声，情知不好，赶忙到了柴荣营帐，行了跪拜大礼：“陛下！”长伏在地上，没有起来。

看着赵匡胤这个样子，柴荣心里的气打了个转，变成了一声长叹。赵匡义惹的麻烦，赵匡胤这个当哥哥的，又怎么替他收拾，不禁声音软和了些：“起来吧。”

赵匡胤直起身子，没有起来，半晌声音有些痛惜地说道：“对不起，陛下，臣管教无方。如今事情到了这个地步，只求能得吴越和大周的和解调停。”

柴荣的手指在桌上轻轻扣着，脑中也在思量。吴越的问题越滚越大，本来的参拜变成了如今的局面，钱财是肯定要赔偿些的，只怕吴越来纳的那点贡又得悉数还回去了；其实大周的态度也可以强硬，只是一方面不愿意在北伐前再和吴越冲突，二来赵匡胤兄弟二人如今的兵力，在伐唐之后剧增，他们二人等于一人，这股势力继续下去会很危险，也适时做些调整了。过了很久，柴荣淡淡说道："匡义的兵权，我暂时收回来。待风头过了，再做调停。"顿了顿，又补充道，"其中龙虎营的兵力，你先代他管着，其余的，我收做禁卫军。待过阵子再做打算，可好？"柴荣之所以调龙虎营给赵匡胤，只怕赵匡胤因为撤掉赵匡义的兵权介怀。

赵匡胤的心紧了一下，赵匡义手里的义成军在这次战争中好容易扩大，此番调整，陛下一声令下，匡义的基业全都没了。不过好在还有一部分转给了自己，也算有个余地。待将来风头过了，皇上北伐还有的仗要打，再有用人之际匡义自然也就没事了。半晌，赵匡胤对柴荣顿首道："臣领旨。"

小桃随着赵匡义回来后，情况有些不好。本来就疯疯癫癫，脆弱敏感的情绪，被这么一惊吓，又在轿子上撞了许久，回来就开始发烧，躺在床上嘴里不停地嘀嘀咕咕，却完全不知道说的什么。

赵匡义赶紧请了郎中来看，针灸后稍稍安定了些。郎中摇着头："姑娘的病要静养，要是总这么折腾，越疯越厉害，到最后完全癫狂，就彻底完了。"

赵匡义的心绞疼起来。送走了郎中，坐在小桃的床边，他觉得自己实在窝囊。每次都想护她周全，可世事总由不得他权衡，反倒害得小桃越来越病重，自己到底都做了什么？还能做什么？这么下去不是办法，该带她去四处寻医问药，现在还有丝希望，等将来彻底没希望了，哪有后悔药可买？

赵匡胤推门进来的时候，看着赵匡义守着那个营妓发呆的样子，气又不打一处来，沉声对赵匡义低声道："出来！"

赵匡义把小桃的手放下，跟了出去。一出门赵匡胤就是一顿低吼："你瞧瞧你现在这个样子！哪有一点英雄之气？简直莫名其妙，守着一个疯了的营妓，没完没了地捅娄子，你是不是以为你立了一点功，就没人敢动你？"

赵匡义冷冷看着赵匡胤，等他咆哮完了，定定说着："我没有。但是你下次要处置桃宜，务必要让我知道。否则别怪我不讲兄弟情分！”

“混账！”赵匡胤气得想抬手打人，看着赵匡义如今也是高大魁梧的身材，攥了攥拳头，又把手放下了。半晌，叹了口气道，“你这次闯大祸了。钱弘仪闹到了陛下那里，还给吴越王去了书信，这回是要讨公道讨到底了。本来那小子就是个无赖，你还偏偏一次次地给他机会。上次是动手，这次把吴越驿馆弄了个人仰马翻，那钱弘仪非说你又动他了，躺在床上装死，你瞧瞧这烂摊子怎么收拾？”

赵匡义唇角勾了勾，钱弘仪这招他早料到了，不过事急从权，他不后悔。转而看着赵匡胤问道：“陛下什么意见？”

赵匡胤沉默了，半晌又怕刺激到赵匡义，度量着慢慢说道：“陛下也没有办法，为了北伐，吴越的盟友关系一时半会儿咬牙也得维系着，等北伐结束，才有空收拾他们。所以眼下，只能是赔些金银，正好把他们纳的贡都免了，再额外送些。”顿了下，说道，“另外，也要给他们一个交代，所以，陛下暂时，只是暂时，收了你的兵权。”

赵匡义的眉头微微蹙了一下，说不震动，是不可能的。都是常人，不是圣贤，手里的义成军是自己一仗一仗，豁出命去打下来的。随着收编的战俘越来越多，才将义成军扩到了如今的规模。将兵权收去，无疑等于把之前的努力全都抹杀得精光。这对一个男人来说，是太大的折损。

赵匡胤拍了拍赵匡义的肩：“没事，这只是权宜之计，做给吴越看的而已。等北伐开始，又是需要良将的时候，陛下必然会再把兵权交给你。何况，龙虎营是义成军的精锐，陛下给了我。那不等于还是你的嘛。只要你之后好好听命于陛下，很快兵权会再到你手里。”

赵匡义挑了挑唇际：“好好听命？”

“是啊。”赵匡胤叹道，“你如今羽翼渐丰，这次那个营妓的事，我看陛下是有意试探你。可你偏偏违逆君令，犯了大忌。陛下自然要磨磨你的性子，才敢把兵权再次给你。他也怕威胁。”

看赵匡义沉默不语，赵匡胤继续点拨着：“你不愿意把那个营妓给钱弘仪，那也罢了，事情闹到这步，再给他太没骨气。但你可以把她送回唐地，她本来就是唐人，回去理所应当。”

“那不可能。”赵匡义没等赵匡胤说完，就打断了他的话。

“你又糊涂！”赵匡胤恨铁不成钢，“你把她送回去，也算给皇上个面子。皇上上次提醒了你，你还拧着不送走，就这么放不下个疯女人？再说，你带回去，你那位符小姐闹将起来，魏王再一掺和，到时陛下还是头疼。这里头的关系，你怎么就拎不清呢？”

赵匡义依旧是沉默，这里面的关系，他比谁都清楚。带回开封，符雪婵和魏王不开心，没准又闹到皇上那里，皇上北伐需要魏王的军力相助，自然到时又是一场风波。之前他也为这个闹心，但如今，皇上把他的兵权收了。震惊之后，反而有丝轻松。

赵匡胤看赵匡义没有答话，眉眼间又是轻松的神色，直道他想通了，便又沉下心道：“匡义，伴君如伴虎，每一件事都要拿捏好分寸。当年因为后汉皇帝刘承祐猜忌，才屠了先皇和陛下的家人。你我如今也是手握重兵，容易建功，也容易招祸。你千万要小心从事。”

赵匡义依旧沉默不语。赵匡胤把该说的都说了个遍，直以为赵匡义的沉默是听进去了，自己这通苦心也就没白费，又安顿了他几句放宽心之类，赵匡胤回到了自己的兵营。

赵匡义回到自己的房间，守着蜡烛，在桌前坐了一整夜。身为良将收兵权，身为将军把弓藏，这是一个男人最憋屈的事。眼下似乎只有两个选择，一个，送走小桃，向陛下示弱，估计风头过后，会再有兵权；而另一个选择——赵匡义的眼前浮现了很多画面，一次次地在战场上的厮杀，那被撕扯得狂乱的战旗，那几次死里逃生的经历，那人仰马翻浩浩荡荡的场面，都在他的脑中厮杀着，轰鸣着。

那是他的天下，那是他的基业，就这么轻而易举，一句话，就没了。如今，有机会争回来，可是——赵匡义闭上了眼，又有一些画面浮现了出来，满地的血，那个女子哆哆嗦嗦握着快要断气的他，给他讲着好吃的烧肉和鸡，不肯放手；明月树林间，骑着马儿开心的笑声像幽幽的花香一样，印在了他心里；那一笔一画，写的和他神似的字；那碧莹莹泛着茶香的茶叶糕；那和他在亭子顶看天，在雪地里踩着脚印的时光……哪一件，都让他的心闷闷地疼。娇俏动人的女子，如今成了这个样子。可即便她疯了，傻了，在面对那些唐人的时候，她仍然挡在了他的面前。

临近黎明，赵匡义终于不再挣扎，听自己的心吧，这一辈子，难得的几次听自己心的机会。

天色泛白，赵匡义将桌上的灯烛熄灭，到了小桃的房间，小桃睡得早，醒得也早，正睁着大眼睛盯着床板，手里撕扯着帘幔玩，看赵匡义进来，嘿嘿地笑了起来："公子，看，小花。"说着把手里打了结的帘幔递给了赵匡义。

赵匡义走了过来，轻抚着小桃的头发，沉声问道："你肯不肯跟我走？"跟他走？小桃看了看赵匡义白色的衣袍，用力点了点头，祁公子说走，去哪里都跟。赵匡义的声音有些微颤："不管去哪里，不管路多远，都肯？"

小桃扯起了赵匡义的袖子，喋喋自语着："公子去哪里，小桃去哪里。什么都不怕。小桃只有公子，公子只有小桃。去山上，去湖里……"说着说着又没了条理。

赵匡义听到了前面的几句，心里已经涨得有些酸疼，他只有她，她只有他的日子，听起来的确很美。赵匡义紧紧攥住了小桃的手，声音坚定："好，那就只有我们。"

过了几日，柴荣将赵匡义的兵符正式下旨收走，其中龙虎营的兵符给了赵匡胤，剩下的收编禁卫军，改名为天正军。对吴越除了免贡，又赔偿了十车金银玉帛。钱弘仪也算得了脸面，带着人马回到了吴越。柴荣下令整顿军队，五日后正式班师回朝，准备移驾开封。赵匡胤忙着每天整点兵马，分批次整装出发。而赵匡义的兵符已经被收，自然没有军队需要整点，只余身边几个服侍的亲信在收拾。

班师回朝的前一天，赵匡胤终于把所有的事情安顿好，走到赵匡义的驿馆，却来回找了几圈，都空无一人，只有几个门口站着守值的士兵。赵匡胤问道："大人呢？"

守值士兵有些发愣，答道："大人下午出去，还没有回来。"

赵匡胤再问去哪，守值都不知道。其中一个从袖中摸出一封信递给赵匡胤说道："大人吩咐属下，如果您来了，把这个交给您。"

赵匡胤看着信封上"兄 亲启"三个字，心里噔了一下，什么话还不能当面说，非要写信？赵匡胤回屋找了个凳子坐下，把信拆了，细细看起来。

"二哥：就此别过。桃宜的病需要尽快诊治，我会带着她去寻医问药，尽早治好。这是我的心愿，也是我的责任。

如今兵权已释，我本闲人一个，走得也轻松。无须像从前，国事军事牵绊不得已。人生白驹过隙，随心所至，陪想陪的人，做想做的事，无须挂念。待桃宜痊愈，我会再做定夺。"

短短的几句话，对赵匡胤来说是迎头一棒，把他击得几乎眩晕。这是赵匡义给他的信？那个胸中有丘壑的弟弟，竟然为了一个女人，扔下事业不管，扔下母亲不顾，扔下妻子不闻，带着那个女人走了？他妈更可气的是，他还挺会瞅时机，偏偏陛下把他的兵权收了，等于闲人一个，他还真是不用禀告皇上就能随心所欲地走。如果不是自己眼睁睁看着事情走到这个地步，他真怀疑那小子是预谋好的。

好一句“随心所至，陪想陪的人，做想做的事”，堵得他简直想跳起来骂娘，要不是他们俩是一个娘，他真的开骂了。妈的，这是什么事儿？

赵匡胤在屋里来来回回走了无数圈，越走越烦乱，手里攥着赵匡义的信，不知道该怎么办。想了半天，才突然像反应过来似的冲到门口，问着守值的士兵：“走了多久？几个人走的？往哪个方向？”

守值的回忆了半晌：“四个吧。大人和桃姑娘，还有两个近侍。未时不到就往东走了。”

赵匡胤算了算，往东，应该是和吴越接壤的地方。道路都是又宽又平，未时到现在，早走得没影了。赵匡胤想了想还是赶紧回去派了几队人马去找，万一找到，不管什么方式，一定给带回来。至于皇上那里，赵匡胤把手里的信攥紧揉成了一团，还是先别提了。

小桃坐在马车上，心情终于轻松了。看着城外的水田，已经是初夏，一切都生机勃勃地可人……田里的小苗，枝头的嫩叶，再看着身边白衣白袍的赵匡义，小桃偷偷垂下了眼睛。

赵匡义看到脸色微微泛上一层红霞的小桃，心怦怦用力跳了两下，牵上了小桃的手，温声问道：“想什么呢？”

小桃抿唇摇摇头笑笑，她自己也不知道想什么，但就是觉得开心，好像从心底里都能泛出一丝蜜糖似的，甜丝丝的。

赵匡义把小桃的手攥在手里，目光看向了窗外。向东是个幌子，绕过城外，马车又向西奔去。第一个地方，要去秦中一带，那里名医中药很多，挨个去试试，兴许会有能治得了的。

马车越往西，风景越与大唐不同。几天下来，小桃看着窗外的景色，一天比一天惊讶，心情却也好得出奇。疯癫的毛病渐渐收敛了些，赵匡义看在眼里，舒心不少。不管怎么样，这些代价，没有白白付出，终归是在好转。

离秦中不远了，赵匡义的心情也轻松了许多。阴阴夏木啭黄鹂，坐车的时间太长了，趁着傍晚凉爽，赵匡义在夕阳里纵马驰骋了一圈，舒活舒活筋骨。

小桃从住处出来，就看到了牵着马回来的赵匡义。那时的赵匡义，没有穿白色袍子。小桃没顾得上关注赵匡义袍子的颜色，倒是极关注马，忍不住伸手去摸了摸。

赵匡义看她神情娇憨，微笑着问了句："想骑吗？"

小桃用力地点了点头。这马骑上去是什么滋味呢？她有些迫不及待地想上去试试了。

赵匡义纵身上马，向小桃伸出了手，小桃刚把手搭上，赵匡义一个用力，小桃已经飞上了马背，不由轻轻惊呼了一声："啊。会不会掉下去？"

这一幕，一切都和从前一样。一如从前的小桃，娇俏地问他会不会掉下去。只是如今，人和马都依旧，心情却不依旧。赵匡义的情绪有些复杂，回答也一如从前，只是声音沉重了许多："胆小。"

赵匡义用力拍了拍马背，马儿风驰电掣地飞奔了起来，小桃惊讶地张大了嘴巴，双手紧紧抓着缰绳，而赵匡义的手，紧紧揽住了小桃的腰。赵匡义的想法也如从前，这一刻，如果能一直这么下去，该多好。

小桃的脑子渐渐有些乱，马跑得好快，天色渐渐暗下去，一切都熟悉得像曾经的画面般闪现。那马儿奔跑的感觉，那个低沉的声音，那个带她飞翔的男人，那个云和月相追逐的夜晚……小桃的脑海里窜出来赵匡义冷峻的眉眼，和祁正修狭长的眉眼，相互交织着。谁是谁？她已经分不清了。

不知道奔跑了多久，赵匡义的马停了下来，把有些懵懂的小桃扶下马，小桃一阵眩晕，向着一旁的树栽了过去。赵匡义赶紧伸手去扶，小桃不自觉地缩了一下，看着深色袍子的赵匡义，脑海里泛着记忆里的片段，看着赵匡义迷茫地问着："你是谁？"

赵匡义的心跳突了一下，竟也紧张了起来，深看着小桃问道："你不认识我？”

他是谁？小桃下意识地说着：“祁公子？”忽然脑海里蹦出两个名字，小桃伸出手比画着，声音也断断续续透着不确定：“云骢。赵，廷宜。”

那一刻，赵匡义听见了自己的心绽开的声音。他从没在任何一个人的嘴里，听到他的名字如此动人。赵匡义上前一步，紧紧握住小桃的手，声音低而动情：“如果我是赵廷宜，你还会跟我吗？”

小桃刚才只是突然闪现了一下名字，才脱口而出，如今看对面的人竟然激动得声音微颤，一时怔住了，没有回答。只是觉得他离得自己好近，脸也不由泛红。赵匡义看着一脸娇羞的小桃情不自禁把唇覆了上去，那一刹，全身都像针刺了般酸酸麻麻，心却像要飞出去般跳突欢悦。

小桃的唇也麻了一下，覆过来的脸让她有些压抑，下意识地喊着：“祁公子！”

赵匡义的动作停住了，如果说前一刻心还在山顶飘舞，那么此刻，就完全滑进了谷底沉抑。赵匡义直起身子，顿了半晌，揽着小桃的肩淡淡说着：“回去吧。”

小桃听话地点了点头，却又开始嘀咕絮叨，祁公子，白袍子，黑袍子，云骢，赵廷宜……

赵匡义的心随着她的嘀咕在摇摆不停。回到住处，还是换上了那件像枷锁般的白衣衫。他不愿意去做那个已经死去的人，但是一旦脱离了这件衣服，小桃的脑子就开始一片混乱，那更是他不愿意看到的。

可是小桃却忘不了赵廷宜这个名字了，时不时地叨叨几次，虽然她还没有办法把这个名字对应上谁，但眼前人的眉眼，祁正修的眉眼，都让她时刻迷茫。只有看到白袍子的时候，才会安定地告诉自己，眼前的这个人，这个看着熟悉的人，一定是祁公子。

第十五章

寻医问药有转机
机缘巧逢俏佳人

秦中的药铺，医馆果然不少，比开封的都多了许多。赵匡义到了秦中找了家客栈住下，便带着小桃挨家去寻医访药。不知不觉三个月已经过去了，从初夏到初秋，秦中的秋天来得比江南早一些，天气已经微凉，小桃的情况还没有好转。

赵匡义在寻访之间，听说乾州有位叫霍昆的名医，擅长针灸，尤其对伤风、阴寒、消滞等病更是手到擒来。小桃的毛病，兴许找霍昆还有些办法。赵匡义本想带着小桃直接过去，但乾州离秦中虽不算远，也不近，万一消息有误，白白耽搁时间。赵匡义决定给乾州的故交写封信打听打听，看那位霍昆是否在。

过了十几天，乾州一带的朋友回了书信，的确有一位叫霍昆的名医，自己开着医馆，医术了得，尤其是针灸，对于不少疑难杂症颇有成效，连郡守的夫人都曾被他治好了。只是霍昆如今外出为乾州节度使家诊治，要一个月后才可以回来。

乾州节度使？赵匡义的心里忽然蹦过几个模糊的影子，李英和他女儿李月娥？竟然忘了他们就是乾州人。万一遇到，只怕皇上和二哥很快也就知道了。可不去，这又是治好小桃的一个难得的机会。微微思忖了半晌，赵匡义轻轻摇了摇头，与小桃的病比起来，其他都是些无关紧要的事。吩咐随从去集镇置办些出远门的东西，一个月后，准备去乾州为小桃寻医诊治。

此时的大唐，却是一片衰颓。作为战败的一方，刚刚向周朝纳了贡，国库几乎被掏了个空。战火连连，百姓叫苦，却还不得不多缴税收。

皇帝李璟如今也不再称为“皇帝”，而改称“江南国主”。国主一词，叫得他心中锥疼。可更让他寝食难安的是如今国家的格局。以前金陵作为国都，倚仗长江天险，淮河屏障，是安全的。可如今淮河失守，被周朝侵占了去。守江必守淮，淮河攻陷，金陵和周朝只隔着一条长江，李璟生怕哪天晚上做着梦，周军就再次打过来了。金陵如今作为国都，实在不妥。李璟开始琢磨着迁都的事儿，在朝廷上几次提起，却都被大臣反驳了回来。大臣们认为，一来金陵作为国都日久人心定，迁都会让人心惶惶；二来金陵繁华，再去哪里建都都会劳民伤财，如今的国库，哪里还能支撑这么浩大的工程。

李璟心里懊恼，与太子李弘冀商议。战事已败，李弘冀也从东宫的软禁中释放出来。李璟几次给周朝皇帝柴荣上书想要退位，让位给太子，但周朝一直不许可。只说兹事体大，需从长计议。李璟也只好在这个位子上如坐针毡地继续坐着。

而李弘冀从最初的恼怒，到如今已经平静了不少。周朝对他的忌惮，他心知肚明。李璟固然守国，但如果换成他，濠州之战乃至后来，绝不会那么软弱，必然誓死抵抗，不会轻易就认输投降。所以周朝不肯让他继位，也是正常。他如今对这个皇位，也比从前看淡了许多。以前他忌惮李景遂，李从嘉，李从善，没一个他不放在心上转两圈的。可如今国破城残，这些，都没那么重要了。

李璟看着大唐的地图，心里阵阵割痛，三千里河山，如今只剩下一半，这一半不知道哪里还能当做新的都城，不由问着太子：“你看哪里合适？”

李弘冀大步走了上去，指着洪州点了点：“这里。”顿了顿道，“如今的大唐，洪州成了腹地中心，这里做都城，四周都能顾及到。而且这里四周山林从绕，有天然屏障。周朝不容易打过来。”

李璟眉头微蹙了蹙：“这里好是好，但如今洪州是晋王的兵马，在这里定都……”李璟有些踌躇，洪州是李景遂的地盘，不得不防。

李弘冀冷笑了几声，李景遂之前在抗周的时候就瞻前顾后，不肯出兵。祁正修到了洪州用尽计谋从他手里夺了两万兵马。打仗的时候他又不肯出援军，才导致首战战败。如果不是李景遂，祁正修不会死！那么大唐也不见得会战败得这么快。李弘冀冷声道：“晋王的兵马，也该整顿整顿了。听说他手底下有些幕僚，整天劝他划城为王，他是觉得谋反不用掉脑袋吗？”

李璟的眉头皱了起来，李弘冀和李景遂一直为了皇位暗暗较劲。李景遂拥兵自重他是知道的，但若说他要谋反，李璟还是有些不信，便摆了摆手：“闲言碎语，不足信。”

李弘冀的嗓门大了起来：“父皇，洪州的将士都看出来了，李景遂如今和周人的往来十分密切。这其中的缘由，还用想吗？”李弘冀这话倒并不虚言。自从幕僚点拨他“划城为王”之后，李景遂心里多少也盘算起了小九九。大唐眼看着没几年的光景了，如今已经投降，等周朝把北边打下来，转过身早晚得把大唐连根拔了，与其到时候跟着李璟倒霉，还不如现在就巴结好周朝，铺好以后的路。

李璟还是摇头：“不要信那些挑唆之语。”说完又看了看地图，不由叹道，“要说迁都，洪州的确是最好的选择。只是怎么谋划，还得细细琢磨琢磨。”说完离去。

李璟所谓的琢磨，便是让李景遂改任其他地方的兵马总督。洪州作为新的都城，自然不能让李景遂的重兵屯在那里。

李弘冀却没有李璟的好耐性，国家已经危亡到这个地步了，哪有时间和他捉迷藏？更何况对于当初李景遂按兵不动害死祁正修，他早已恨得牙痒痒了。李弘冀的拳攥了起来，冷笑几声，喊了侍从进来交代了几句，隔天出了宫。如果不是父皇把他软禁在东宫，这事，他早就做了。

八月初四的夜里，六皇子李从嘉正在欣赏着歌舞，忽然下人进来在李从嘉耳边说了几句话，李从嘉的脸色变了，立即停止了歌舞，转身进去换了素服，急忙命令备了马车进宫。

过了两个时辰，李从嘉从宫中回到了书房，命人把幕僚沈同传了进来。沈同很快过来，看到仰着身子靠在椅子上的李从嘉，不禁问道："六皇子，宫中的令，下来了？"

李从嘉点了点头："追谥文成。"

沈同了然。晋王李景遂突然薨了的事晚上已经传了出来，再加上六皇子素服紧急入宫，他已经知道传言不假。可惜了，李景遂才三十八岁，正值壮年，身体也强壮，却突然就这么没了。沈同顿了顿说道："他们都说，是太子……"

李从嘉摆了摆手，示意沈同别说了。李景遂的突然暴毙，自然不寻常。他也有所耳闻，是李弘冀找人下的毒。可这事无凭无据，万一传到李弘冀的耳朵里，还不知道又是怎样的风波，李从嘉沉声说道："吩咐下去，府里所有人，都不得议论这个传言，否则一律杖毙！"

沈同打了个冷战，六皇子这么严肃还是头一遭，忙噤声道："是。"

李从嘉的神情好了些，顿了顿，看着沈同轻声问道："他的伤，好些了吗？"

沈同一怔，随即明白李从嘉指的是谁，忙应道："郎中还在诊治。但伤处太多，还需要调养些时日。如今醒是醒来了，但还不能动。”

李从嘉点点头：“好。切记不要传到太子那里。”李从嘉的声音很笃定。沈同忙应是。太子手腕铁血，连晋王都说毒死就毒死，要是知道了六皇子私自救了他的心腹，还指不定会怎么想。但六皇子为什么要救那个人，沈同更是琢磨不透。只按吩咐去办就是。

秋去冬来，秦中的冬天来得要早一些，也比江南更冷些。赵匡义吩咐随从收拾好东西，该带小桃去乾州寻那个叫霍昆的郎中了。从秦中到乾州，马车快走也要两天一夜，到了乾州已经是晚上，赵匡义带着小桃先寻了客栈住下，吃过晚饭，小桃望着窗外的灯笼火烛，心有些痒痒，几次扯着赵匡义的袖子嚷嚷：“公子，出去看看吧。”

赵匡义无奈地揉揉小桃的肩，沉声道：“就在屋里歇着不好吗？”乾州是李英的地盘，万一遇到熟悉的旧人，虽不说是大麻烦，也够挠头的。

小桃叽叽咕咕好几次都不能如愿以偿，脸色有些黯然，抱膝坐在床上发呆。赵匡义看着小桃的嘴瘪了又鼓，鼓了又瘪，不觉想笑。转头看着有一块垫窗户的木块，反手拿了过来，拿出随身带着的匕首，认真刻画了起来。

过了不多时，小桃还在鼓着嘴生气，眼前多了一块木头，咿？这木头还有表情，两只大眼睛，就是嘴撇得好丑。“丑死了！”小桃嘀咕着把那木头推开。

小桃抬眸看了看，赵匡义正忍笑看着她问道：“好不好看？像你吗？”

原来是自己？！小桃鼓着的嘴巴咧了开来，紧紧把那块木头捧着看了起来，谁说丑？既然是自己，那就不丑了嘛，这小嘴儿，撇得多可爱。小桃嘻嘻笑得开怀：“不丑，多好看。嘴巴，眼睛……”

赵匡义笑着摇了摇头，看着小桃欢快的样子，心里微微动着，她的世界多简单，只要哄一哄，就会一颗心扑上去。比多少精明的女子，都有让人心动处。

第二天一早，赵匡义带着小桃去了霍昆的医馆。霍昆年纪大了，一般人请他出诊，是请不动的。赵匡义不愿暴露身份，便也亲自赶了过去。一番望闻问切，霍昆正提起笔要写处方，一声娇俏的声音传了过来："霍老头，你快去我家看看，多少日子了，还不好。"

赵匡义听到这个声音，眉头不觉蹙了一下，轻牵着小桃的手攥得更紧了些。小桃好奇地顺着声音来的方向，眼睛一亮。一个像团火似的女孩子闪了进来，步子很快很轻盈，一件大红的披风潇洒地扬着，容颜也被那红色衬得更加瓷白生动。那女子没有看赵匡义和小桃，直盯着霍昆噘嘴道："霍老头，上次你说的七服药就好了，如今都十服了，我娘的咳嗽还断断续续的，你不是名医吗？怎么这次不管用了？还是你故意留一手想诳我的银子？"说着凑到霍昆的脸前，眉眼一勾，轻轻咬牙，"信不信我拔了你的胡子？"

刚才还一脸严肃的霍昆，见到这位姑娘，什么脾气都没了，微微摇头笑道："我的好姑娘啊，这病去如抽丝，我之前也说了，你娘的病是积劳成疾，得慢慢去，七服药只是试试看认不认，认就继续，不认就换方子。你怎么不问青红皂白就赖上我了？"

"哼！"那团火撇撇嘴哼了一声，眼睛向上翻着，爽利地说道，"我不管，你现在必须跟我回去看看。"话说完才注意到屋里似乎还有两个人，心想管他是谁，先搁一边，正要对他们说话，忽然愣了一下，心"怦"的一声，缓了半拍。刚才还大剌剌的手脚一时有些僵硬，脸上不知何时也飞上了一片红晕，看着赵匡义半晌才柔声吐出了几个字："赵公子？你怎么来了？"

赵匡义看着一团火红的李月娥，淡淡笑道："带她来看看病。"

李月娥这才把全神贯注的眼睛从赵匡义身上拿下来，转而细细打量着小桃，好清秀的面容，好大的一双眼睛，像会说话一样，白皙如水的肌肤……李月娥越看，心越往下沉，这个女子不是让人惊艳的那种，却是能撩动心弦的那种，越看便越能看出些味道来。只是眼神好像有些不对劲，看人的目光太过直喇。李月娥转而看到了她被赵匡义紧紧攥着的手，心忽然就像被什么割了似的，生疼生疼，不由问道："她是公子的……？"

赵匡义不想横生枝节，转了话题："如果不耽误姑娘，可否让霍郎中先为她诊治完毕，再去姑娘府上？"

李月娥的脸绯红，退到了旁边，说道："当然，当然。"

霍昆看两人竟认识，不由也笑道："有缘千里能相会，倒也是巧了。"说着转而对赵匡义道，"这位姑娘的病情，本不算严重，但耽搁到现在，就有些积重难返了。这种癫狂之症，主要靠针灸，辅以汤药。由于姑娘淤积难疏，所以针灸的方法不能像寻常人那样，一口气施针，会适得其反。对这位姑娘，需七天施一次针，根据效果再确定下次施针的穴位和力度、时间等。"霍昆看是李月娥的熟人，便也不像最开始那样简单几句，而是细致耐心地说了起来。

赵匡义问道："那要施针多少次才能好？"声音也有些微微激动，只要能好，什么方式都不重要。

霍昆拈着胡子道："先施针三次看是否见效，如果见效就继续下去，有十次便也差不多可以痊愈。如果不见效，只好请公子另寻高明了。"

赵匡义点头，看霍昆言谈之间，是个有道行的郎中，既然如此，也值得一试。便问着霍昆："那今天就开始施针？"

霍昆转头看了看李月娥，李月娥忙说道："你先给这位姑娘诊治。"霍昆便点点头："请姑娘坐到床边。"

赵匡义把小桃牵到床边，小桃还有些懵懂，待看到霍昆拿出一个布袋，上面插满了大大小小的银针之后，才猛然明白要做什么，她以前已经被扎过无数次了。痛，还累，每次扎完全身都像被抽了力气似的。小桃扭着身子，微微颤抖：“我不想扎，公子，不要。”

赵匡义好脾气地俯下身子，对小桃温声道：“不扎怎么会好呢？扎了后就不会头疼，不会难受。”

小桃还在扭股着，眉头皱成了一团：“我不要，疼死了。”

赵匡义轻轻拍了拍小桃的肩道：“不会疼的。这位郎中医术高明，手法也轻，保证不疼。”看小桃还是将信将疑地直缩着身子，赵匡义又道，“我先帮你试试，如果疼你就不扎，好吗？”

小桃直点头：“好！好！”

霍昆有些无奈地摇头，从没见过这么宠女人的男人，倒像哄着个孩童。难得这姑娘有福气，病得这么疯疯癫癫还有人当宝贝地宠着。

赵匡义把手伸到了霍昆面前，说道：“麻烦霍郎中给我施几针，也好让她看着放心。”

霍昆抬起赵匡义的手，在合谷穴处很快施了一针，旋了旋，赵匡义面色没有一丝改变，对小桃笑道：“你看，这不是好好的？一点都不痛。”

小桃的表情这才舒缓了些，微微往床里坐了坐，少了方才的警惕和害怕。霍昆带着针过去，赵匡义也跟过去紧紧按上了小桃的肩，温声道：“别怕，郎中要施针了，千万别动。”

小桃听话地点了点头。霍昆将银针在小桃头顶和颈部的穴位施了下去，手法很快，小桃还没有感觉到疼痛，三十六枚银针已经全部就位。果然和以往郎中的手法有很大不同。

赵匡义把按在小桃肩上的手拿了下来，说道：“靠着我歇一会，一炷香的时间就好。”小桃没有吭声，靠在赵匡义的肩上，闭上了眼睛。脑袋里发出沙沙的响声，好像有什么东西在窜动，小桃的眼前闪过很多画面，云湾村的，金陵的，都是片段，怎么也联系不起来。但是，毕竟是有色彩的画面了啊，不像从前，脑子里永远是漆黑一片。小桃有些好奇、有些兴奋地缓缓睡了过去。

李月娥在一旁看着，说不上的震动和酸涩。她不傻，她能从赵匡义脸上的温情中看出他身边的那个女子在他心里是多么如珠如宝。她也能看出，那个女子不是正常人，病得傻里傻气，可这却丝毫不影响赵匡义对她的宠爱。为什么？可笑她还一直在乾州等着，父亲告诉她等战事一定，赵匡胤赵匡义兄弟会亲自上门，可如今，却是这样的情形。赵匡义的眼中完全没有她，他只在乎那个女子有没有靠得舒服，有没有疼痛。真奇怪他那么一个冷面无情的人，用起心来原来是这么细致。李月娥看得呆呆的。

直到一炷香过后，霍昆把小桃头上的针都拔了去，小桃也从睡梦中醒来，歇了片刻，赵匡义把披风给小桃披上，披风上的帽子戴起来可以防止针孔再次中风。赵匡义冲霍昆一抱拳："多谢，七日后再来打扰。"转身又看着李月娥道，"再会。"说完，牵着小桃走出了霍昆的医馆。

李月娥机械地点点头，直到赵匡义和小桃的身影都消失在医馆的门口，才像突然反应过来似的追了出去。

赵匡义带着小桃刚出了门几十步，一个火红的身影很快地跳到了他们面前，气喘吁吁地说道："赵公子，好容易碰了面，怎么这么着急就走？"

赵匡义有些诧异，他和李月娥也不过是一面之交，曾经托她帮忙打听过小桃的下落而已，看着李月娥淡淡道："论理是该和姑娘聚聚，只是我这次来只为了治病，实在不便和姑娘叙旧……"

话没说完已经被李月娥急匆匆打断："没有不方便的，你不是还要去找霍昆施针吗？那你一定就住在乾州，找个时间我们一起聊聊，我有很多话要和你说，实在是不吐不快。"看赵匡义沉吟不语，一跺脚又道，"你带着这位姑娘一起，总可以了吧？"

赵匡义看着热切的李月娥，虽然觉得他们之间没什么可聊，但看她好像的确有不少话要说，便也不再推辞，回道：“既然这样，就过两日，找个地方叙叙。不过，”赵匡义深看着李月娥道，“不要告诉任何人见过我，包括你父亲。”

李月娥一愣，赵匡义这话的意思她不尽明了，但答应就对了。李月娥点点头：“两天后，中午在万锦楼见。我等你们。”

赵匡义应允，转身带着发愣的小桃向客栈的方向走去。只留下看着他们背影继续发呆的李月娥。世事难料，李月娥整个人都懵了。

李月娥不知道自己怎么浑浑噩噩回到的李府，焦灼地等了半天，直到傍晚，父亲李英才回到了府邸。李月娥没等李英换好衣服便冲了进去，直截了当地问道：“爹，我想问问你赵匡义的事。”

李英一愣，点着李月娥笑道：“你如今年纪也不小了，怎么一点不讲究？哪有这么直刺刺地问男子的事？”说着拍了拍李月娥的肩，“可是等不及了？”

李月娥直皱眉，嘟着嘴道：“哪有。我只是想问问当初你到底和赵匡义怎么说的嘛？他是亲口答应你会来咱们家府上吗？”

李英仔细琢磨了一番，答道：“那倒没有。不过婚姻大事，总不能是我亲自和他讲。自然要父母之命，他父母不在身边，我便与他的兄长赵匡胤商量了一番。赵匡胤也对你们的亲事很赞成，只是当时战事紧急，不便撮合。但他亲口向我答应，一旦战事结束，他一定会和赵匡义亲自登门的。这个你放心好了。”李英对着李月娥淡淡笑道，“赵匡胤没那个胆子诓我。他要是敢拿我宝贝女儿的亲事开玩笑，乾州的二十万兵马也不是白白放在这里看的。”

李月娥的脸一阵红，一甩手里的帕子：“爹，你乱说什么呀。我又不是嫁不出去，干吗说的我好像非摽上了人家似的。”李月娥的心有些凉，原来那亲事还真不是赵匡义说的，只是赵匡胤和爹私做的主张，赵匡义还不一定知道不知道呢。李月娥越想越心慌，恨不得立即跑到赵匡义身边去问问。

李英朗声哈哈笑了两声道：“你那点心思我还不知道。嫁人总得嫁个你满意的。那赵匡义也算个人中翘楚，你嫁了他才不算辱没，不过，”李英想起了最近军中传来的军报，有些迟疑。

“不过什么？”李月娥紧张地问着。

李英顿了顿，还是对李月娥说道：“最近军中传来消息，赵匡义由于惹出吴越的乱子，被陛下收了兵权。”说着脸上有一丝担忧之色，削了兵权可不是小事，不过他唯一可以放心的是赵匡胤并没有受影响。那就说明削兵权也许只是权宜之计。

“惹了什么乱子？”李月娥瞪大了眼睛，赵匡义是个沉稳的人，还会惹乱子？

李英摇摇头，军报中并没有讲是为什么，他最近也忙，便没有多问。看着李月娥满脸惊讶的样子，李英笑道：“那我派人去打听打听。谁让我的宝贝女儿关心呢？”转而思忖了一下又道，“不过，听说自从削了兵权后，就不再见赵匡义的人影了，也不知道去了哪里。陛下倒是没有动静，只听说赵匡胤经常给各处军营书信打听他去了哪里。”

李月娥嗓子里呼了一声，差点把赵匡义就在乾州的话说出来，却还是咬牙把话吞进了肚子里。

李英看李月娥的表情奇怪，不由问道：“怎么了？你是听说了什么？”

李月娥急忙摇头：“没，没有。”

李英眉头微微蹙了蹙，对李月娥说道：“放心，赵匡义的事爹会再去打听，不会委屈了你。”

李月娥点点头，心事重重地回了自己的卧房。今天的事，一连串有些突然。本来以为如意郎君不久就会上门提亲，谁知道竟然是这么一场乌龙。她不知道多少个难眠的夜晚，幻想着自己夫君的模样，自从见到赵匡义，那模样便和赵匡义重合在了一起。虽然只是短短的一面，但那种冷静、沉稳、霸气，都是她没有见过的。那种思念一旦被距离和时间发酵，就变得悠长又回味。李月娥的心里早已经满溢着赵匡义的身影。此时这种意外，让她有些应对无措，心也疼得一缕一缕。

好容易熬过了两天，第三天的上午，李月娥只带了一个贴身丫鬟，很早就去了万锦楼，坐在里面最清静的一个雅间里，等着赵匡义。手里的帕子揉了又揉，舒了好几口气。

直到中午，楼下的客人越来越多，喧哗声都四起的时候，赵匡义才带着小桃过来。小桃的神情依旧是有些木愣，看着李月娥歪着头想了想，没有吭声随着赵匡义坐了进去。

李月娥看着赵匡义，心怦怦跳得很快，吩咐上菜后，对着赵匡义想说话，一时又不知道该从何说起，只好随意想着话题打开局面，记得以前赵匡义穿的是深色袍子，如今看他一袭白衫，便笑笑道："公子穿白色衣衫倒也别致。"

赵匡义眉心微蹙了蹙，这身衣衫，他倒是盼着早日脱下去。赵匡义没有接李月娥的话茬，转而说道："今天这顿饭，该是我请姑娘才对。"

李月娥一愣，赵匡义接着道："上次麻烦姑娘帮我打听桃宜的下落，还没有谢过姑娘。战乱时期，一封信，也抵得上万金。所以必须得感谢姑娘。"

小桃一愣，桃宜？转看着赵匡义点点自己："我？"赵匡义把小桃傻气的手放了下去。

李月娥却有些震惊，看了看眼前这个傻乎乎的女人，赵匡义费尽心思打听的就是她？那自己算什么啊？还像个傻子似的帮他打听，不由眼圈有些泛红："公子原来要找的就是这位姑娘？"

赵匡义点点头。这份恩情，他自然该有所表示的："所以，这顿饭姑娘随意点，只是匡义聊表一点心意。本来也该专程去找姑娘拜访答谢，但是桃宜的身体，你也看到了，多有不便。所以……"

赵匡义的话还没有说完，李月娥却是有些按捺不住了，不禁咬唇紧紧盯着赵匡义，声音微颤："我不需要公子感谢。"声音也不觉大了起来，"如果月娥图的是感谢，何必在战火连连的时候，还竭力给书信不通的金陵去信？如果图感谢，又何必整天担惊受怕，生怕公子……"说着不由止住了话，眼泪却一颗颗地落了下来。她对赵匡义，既惦记又担心，每天都磨着李英问前方战事的情况，一听说攻城不下，就几个晚上睡不踏实，生怕赵匡义负伤。可如今看来，全是白搭。

看着李月娥激动的情绪，赵匡义有些愣怔，这是怎么回事？门开了，万锦楼的伙计把菜端了进来，李月娥把头扭到一边去抹着眼泪。小桃看着端上来的鸡鸭鱼肉，开心地对赵匡义说道："祁公子，我要吃。"

赵匡义把筷子递给她温声道："吃吧。慢些。"

小桃抬眸看了眼含泪惊讶的李月娥，怔了一下，琢磨了琢磨，没有说话，低头夹着烧鸡开始吃。

李月娥看着赵匡义道："她叫你什么？祁公子？那是谁？"

小桃扯着烧鸡含糊地答着："白袍子的祁公子啊。笨。"

赵匡义苦笑道："她病了后，不认得人。吃吧。"说着也拿起了筷子。

李月娥不知道怎么形容自己的震惊。那个傻女人把赵匡义认错做别的人，而赵匡义，也心甘情愿被认错！这简直超过了她的想象。李月娥呆呆地看着赵匡义和小桃半晌，才回过了神，嘴巴张了张，想问赵匡义提亲的事，可看着他和小桃坐在那里，又觉得这个问题太不合时宜。

憋了半顿饭，和赵匡义有一搭无一搭地聊着，李月娥还是忍不住问道："公子，赵匡胤大人，有没有和你说过……"后面的话吭吭哧哧有些难启齿。尽管她已经算个爽利人，但要亲口问自己的婚事，还是有几分羞涩的。

赵匡义的眉心蹙紧，从李月娥刚才的话，以及她欲言又止的神情，赵匡义已经猜出了几分，又联想到当初赵匡胤要给他撮合李月娥，赵匡义心里有了考量。他停下筷子，看着李月娥认真道："李姑娘，家兄有时喜欢瞎张罗事。匡义父亲已去世，家兄便总是自动承担起父亲的责任，为匡义种种铺陈。我不知道他和李大人又私下定了什么事，但如果有误会，匡义回去必然向他解释明白，把约定取消。匡义已有家室，又心中有牵挂，不能耽误别人。"

赵匡义的声音很笃定，却说得李月娥心里一阵阵发凉。瞎张罗，误会，这些字眼刺得她心里好疼。李月娥的眼泪不禁又涌了出来，却不知道怎么对答。半晌才止住眼泪，看着赵匡义眼神有些凄迷，欲说还休："公子，我……"

一旁的小桃忽然放下筷子："我吃完了，要走了。"说完也不看赵匡义，蹦着向门外跑了出去。

赵匡义一愣，忙从袖中摸出一锭银子放在桌上匆匆说道："李姑娘，对不住，改天再和你细说。"说完急忙追着小桃出去。

屋里只留下一脸错愕的李月娥，和一桌残羹冷炙，李月娥心里翻腾得难受，也没有心思吃饭，匆匆叫了店家结账后回到了家里。扑倒在床上，李月娥的眼泪止不住地倾泻了出来。

赵匡义追着小桃出去，可今天小桃的脚力分外快，赵匡义快跑了几步才抓上了小桃，微喘着问道："怎么了？才刚开始吃怎么就不吃了？"

小桃用力挣脱赵匡义的手，继续大步向前走去，嘟囔着："我吃饱了，当然就走。”

赵匡义紧追两步牵上小桃的手：“慢点走，又不急着回去，刚吃了饭走这么快做什么。”

小桃仍旧用蛮力甩开赵匡义的手，大步地走着。赵匡义有些纳闷，跟在小桃后面回到了客栈。小桃往床上一蹦，抱膝坐着只看着床面，抿着唇，脸上的表情有些严肃。

赵匡义用力把小桃的肩扳过来，小桃又挣着扭过去，背对着赵匡义不吭声。赵匡义有些急，声音也不由大了起来：“你到底是怎么了？”

小桃猛地转过身来，冲着赵匡义声音也不小：“我没怎么。你去看看那个姑娘为什么哭才对，干吗冲我吼这么大声。”

赵匡义怔在了那里，半晌才反应过来小桃说的是什么，心“怦怦”用力跳了两下，看着小桃气鼓鼓的嘴巴，竟然那么动人，他还有丝说不出的喜悦。她在吃醋吗？她竟然会吃醋？赵匡义揽过小桃的肩，有些动情地问道：“你很在意那个姑娘吗？”

还提那个姑娘，小桃简直一肚子气。虽然她糊里糊涂的，虽然她记性不好，从前的事都不记得，虽然她脾气也不好，常常不知道自己干了什么，但那个姑娘看祁公子的眼神，她才不会看错。越想越生气，小桃把脖子一梗，硬硬地回答道：“我才不在意。我就是吃饱了，不想看她。哼。”

赵匡义看着她小嘴撅起的样子，想笑又心动，忍不住俯身下去覆在了小桃的唇上厮磨着，低声道：“你居然会有小心思。你的心里，是不是有了我的位置？”

小桃的脑子晕晕的，赵匡义说的话，她又有些糊涂了，但是扑面而来粗重的气息让她有些招架不来，刚才的懊恼，好像在这层氤氲的气息里都烟消云散了。小桃被动地向后撑了撑身子，却一个趔趄，贴贴地伏在了赵匡义的唇上，似乎只一个轻微的触碰，便点燃了所有的浓情，赵匡义的动作用力起来，唇齿和小桃的纠缠在了一起。小桃还在恼刚才的事，反口咬上了赵匡义的唇，却咬出了甜腥，赵匡义还不肯松口，反而更加动情，把小桃的衣襟解了开来。他想要她，从开始，到现在，他都想要她。不管她成了什么样子，他都抑制不住自己的冲动。

小桃被解开衣襟，赵匡义的手触到她身上的一刹那，一层鸡皮疙瘩起来，她的脑海里闪现出了很多画面，那竹林，那夜，小桃竭力控制着自己不去想，却仍然有无数的画面冲进来她的脑海，使得她的表情有些痛苦的挣扎。

赵匡义的动作停住了，转而把吻落在了小桃的唇上，脖颈上，还有那朵桃花胎记上，什么桃花劫，他不在乎，在他眼里，都是极美的绚烂。吻了半晌，赵匡义把小桃松开，小桃害羞地把被子扯过来捂在头上，不肯再出来。赵匡义也有些讪讪的，拍了拍小桃露在外面的胳膊轻声道："我到外面去走走。"

出了客栈，赵匡义开始盘算着，霍昆说如果见效，要针灸十次，每次间隔七天，那就是要两个多月，一直住在客栈也不是个事，客栈鱼龙混杂，一则不安全，二则对小桃的恢复也不好。还是找个庭院可以租借两三个月为好。那个霍昆郎中的针法看起来似乎还不错，小桃到今天也没有犯病，还学会吃醋了，想到这里赵匡义的脸上微微有些发烫。却忽然想到，万一小桃的病好了，认出他是赵廷宜，还会像现在这么黏着他吗？想到这里，赵匡义第一次打了个冷战。

李月娥在家里闷了两天，心情像屋外初冬的景色一样萧索。李英从军营打听了一番回来也是怒气冲冲，之前没细问不知道，如今才晓得赵匡义竟然是为了一个南唐的营妓才得罪了吴越的使臣。成何体统！

李英都不知道该怎么向李月娥开口，只是气得胡子都翘了起来，对李月娥道："这门亲事，不攀也罢。那赵匡义，只当是个能托付终身的良人，没想到竟然狎妓丧志，不分轻重，还惹出大祸。不是个什么正经人。赶紧早散早好。"

李月娥只是在一旁哭得眼睛红肿，赵匡义狎的那个妓，如果她不知情，一定也会像父亲一样大骂他不分轻重不识好歹，可她偏偏见过那个营妓，是个傻子。赵匡义对她，除了情深义重，再无别的词形容。听了父亲讲赵匡义在周军大营里为那个傻女人做的事，李月娥的心里更加震动，哭得也更加怆然。不是因为自己遇人不淑，而是懊恼自己遇到了这么重情重义的男人，却偏偏不是对自己。

李英看李月娥哭得伤心，还以为她在懊悔攀了赵匡义这门亲事，忙拍着李月娥的肩缓下声音道："别哭，别哭。上次只是和赵匡胤随口那么一说，又没定下什么。不用怕，爹再给你找个良配，就不信了，大周这么多好男儿，还挑不出一个比那浑小子强的。"

李月娥下意识地直摇头，李英一愣："你还愿意嫁他？"

李月娥有些发愣，她是愿意，可他不愿意啊。李月娥脑子一片混乱，对李英嚷嚷着："我又不是年纪大嫁不出去，那么着急嫁我做什么，烦不烦啊。"说着咬咬嘴唇，一转身跑回了卧房。

夜不能寐，李月娥劝过自己无数次对赵匡义死心，不就是个男人嘛，天下的好男儿那么多，更何况自己一贯是爽利的性格。可每次下定决心，又很快挫了下去。她实在对小桃充满了好奇。

越好奇越难忍，李月娥的心里好像爬过几千只蚂蚁般痒痒。想来想去，还是忍不住想去看看，哪怕就瞅几眼呢。再过几天，他们不是还要找霍昆老头施针吗，到时她就装着也去，就不信偶遇不到他们。

又到了小桃施针的日子，霍昆给小桃把了把脉，又询问了一番，对赵匡义说道："脉象比之前平和了。眼睛看着也稍微清亮了些。看来是认了这针。"

赵匡义心里一阵激动，既然认针，那就说明可以治好，不由对霍昆用力一抱拳道："那就劳烦您了。如果真的能治好她，我必将重谢。"

霍昆淡淡笑笑："行医治病，是我的本分。不过，这位姑娘的病，要想痊愈，十次施针，一次不能少，而且次次必须准时，早一日或是晚一日，都前功尽弃。"

赵匡义忙一躬身："不会，必定次次准时。"

"那就好。"霍昆说完，把小桃带到内室，又开始施针，由于上次不疼，这次小桃没怎么害怕就坐在了床上，等霍昆把针扎好，便靠在床边歇着了。

赵匡义在外间，正准备再问霍昆些事，帘子一挑，一身红火的李月娥爽利地走了进来，看到赵匡义清了清嗓子，刻意朗声道："太巧了，公子，又遇到了，我来找霍老头拿药。"说完对霍昆说道，"你先和赵公子聊着，待会麻烦把我娘的药给我。不急。"说着也不用霍昆招呼，就坐在了另侧的凳子上，静静等着。

赵匡义看李月娥这样，也不好再多问，只随口问了问霍昆小桃在饮食、起居方面的禁忌。霍昆只说饮食清淡些，不要吃发物，主要得静养。

赵匡义听闻静养叹了口气："我也知道长久住在客栈是有些嘈杂，只是不知道哪里有安静的院落可以租，或者卖也行。"

李月娥的眸子亮了一下，没有吭声。待霍昆和赵匡义说完，转身去取她要的药时，李月娥对赵匡义说道："我家里有处闲置的院子，在乾州城郊，公子要是不嫌弃，随便住多久都可以。"

赵匡义一愣："方便吗？"

李月娥笑笑："那宅子是我娘家中的，多年没人住，就只派了两个下人在那里打扫着，别荒了就是。如果公子肯去住，倒是省了月娥不少心呢。”

赵匡义的心动了动，在郊外，宅子又静，倒正好解了眼前的急困，这几天也派随从去找房子，但时近初冬，外出的人开始归乡，房屋正是紧俏的时候，找了多天也没找到，如今倒是得来全不费工夫，便对李月娥一抱拳：“那就恭敬不如从命。”

赵匡义和小桃很快从客栈搬到了李月娥的宅子。那宅子原本是李月娥的娘家的，所以李英除了派两个下人守着，也不放在心上，自然并不知道赵匡义住在里面。

宅子位于乾州城东，有些偏僻，却也正好安静。附近有几处民居，再往东便是树林和通往外面的道路。前后共两进的院落，小巧精致，还有一处亭子和假山小桥。只是屋顶有几处残旧，也不妨事。

李月娥很热切，跑前跑后照应着屋里有没有缺的，发现缺什么就命下人记下来，给他们一起送来。大到屏风桌椅，小到茶盏烛台，李月娥都无一不用心。赵匡义有些过意不去：“李姑娘，这些东西，我会命随从去置办的，你不必这么操劳。”

李月娥笑意盈盈：“怎么会操劳呢？我就喜欢张罗事。再说你们住不了几个月，什么都买新的太浪费了。这些东西放在我家也是白白摆着，又何苦花那个钱？”赵匡义便也不好说什么。

李月娥看到下人在布置后院的卧房的时候，内外间都各放了一床被褥。这就是说——他们不是睡在一起？原来他们不在一起的啊！李月娥的心忽然就翻腾着欢喜起来，轻飘飘地好像踩上了棉花，脚步都欢快地迈着。

小桃却有些心情沉沉，本来赵匡义带她搬出客栈，她是满心欢喜的。马车行到了乾州郊外，她看着安静的院落开心得不得了，可还没多久，那个一团火似的姑娘又来了。那双眼睛看着赵匡义满是笑意，她心里的小火苗不知怎么就窜了起来。小桃虽说脑子不太清楚，可在这件事上倒是格外地明白。看着李月娥在屋里进进出出得欢快，小桃的胸前好像堵了团棉花似的。

可李月娥不止第一天搬家的时候来了，在之后几乎每天都会来，今天送床被子，明天送罐茶叶。每天都有理由，还是无法拒绝的理由。小桃有些想不明白，缺什么一次拿来不好吗？每天送一次不累啊？

小桃都又去霍昆那里扎了两次针，前后也半个月了，李月娥每天都来，起初赵匡义还比较拘谨，后来熟悉了，也就并没有在意。李月娥天性活泼，不管什么，都能扯出一堆话来。而赵匡义想着已经和她解释明白之前的误会，如今看她性格爽利得像个男孩子，便也不再和她芥蒂。

有时她过来，赵匡义在练剑，李月娥便能随口搭上话："英雄得配宝剑，乾州可是出兵器的好地方，公子哪天得空，月娥带公子去买把趁手的剑，那剑放在手里，才是沉沉的得劲儿。"李月娥说着顺手拎起赵匡义的剑挥了两圈，摇摇头，"不行，还是太轻了，女人用还差不多。"

李月娥这句"女人用"让赵匡义听了心里不爽利，堂堂一个征战沙场的七尺男儿，被一个女子笑话兵器太轻，这让他面子上很不好看。赵匡义没什么表情道："那还劳烦姑娘带我去买件沉的。"

"好啊！"李月娥一拍巴掌，"说走就走，趁热打铁。"

赵匡义扭头进屋问小桃道："到街上买兵器，去不去？"

小桃看着赵匡义和李月娥在院子里嘻嘻哈哈聊了半天，心里已经扯得很难受了，如今赵匡义这么一问，小桃嘟嘴回了句："不去！"她才不要和他们一起走。她希望赵匡义也别走。

可赵匡义已经满脑子都是兵器了，没再顾及小桃的情绪，说了句："那你等我回来。"便掀起帘子出了门。

真走了？小桃看着并肩出去的两个人，两只手在衣服前襟揉着，眼圈有些红红。

乾州的兵器很有名，赵匡义早有耳闻，却在来到乾州后还没顾得上去看看。如今李月娥带着他专拣做工精良的兵器铺子逛，每件都是精工细作，烈火淬炼，比开封一带的兵器更加锋利坚实，造型还更加美观。

兵器对男人的吸引力，不亚于胭脂水粉对女人的吸引力，甚至更甚。赵匡义一件件看着，拿在手里就舍不得放下，爱不释手。整整逛了一下午，直到天都要黑，才挑了一把长刀，一把短剑，心满意足地回去。

天色已晚，出于礼貌，赵匡义把李月娥送到了李府的附近。那天的赵匡义分外开心，一向板着的脸上也有了丝丝笑意。看着李月娥道："今天多谢姑娘，改天该请姑娘吃个饭，才好表达匡义的谢意。"

李月娥眯眯笑道："好。那月娥可等着公子的饭啦。"说完转身连蹦带跑地回到了府中。长长的院子，李月娥没用几步就跑回了卧房，扑倒在床上，李月娥的脸上都是淡淡的绯红，她开心，她好开心，能和赵匡义说这么多话，能被他送回来，能和他聊兵器聊得那么热乎，能得到他一顿饭的承诺，对她而言，这一切都太快乐，让她承接得满心欢喜。

对于和赵匡义的婚事，她本来是死了心的。可她还是忍不住想见他，这一见，便没了头绪。见了一次想见第二次，见了第二次还想见下一次，见了还想说话，说了话还想一起逛逛……人的欲望啊，真的没有穷尽。可自己为什么要这么做？明明人家说了，没有和自己结亲的打算啊。李月娥扯着被子蒙上了头，管它呢，反正现在快乐一天算一天，将来的事，谁知道！她李月娥就知道，现在，她和赵匡义在一起，不管聊天还是逛街，她都开心得不得了，那她就要这么做！

赵匡义回到小院，小桃正在屋里盯着油灯发呆。赵匡义拿出短剑递到小桃的面前，沉声问道："看，多漂亮的剑。喜欢吗？"

小桃撇过头看了一眼，她不懂这些，看上去也挺普通的，便抬眸问道："哪里好看？"

赵匡义把剑拔出鞘，放在油灯下，晃出了一道凌厉的光影，赵匡义指着剑锋道："开刃开得漂亮，你看这里，薄得像纸，但是你别看这里薄，却最锋利，削铁如泥。这种刃，叫蝉翼刃，听月娥说，蝉翼刃是乾州特有的一种开刃，别的地方都寻不到。"

月娥说，月娥说，小桃这几天脑子里最多的就是这三个字。月娥说乾州的什么点心最好吃，月娥说乾州的什么纸笔最好，月娥说乾州哪里卖兵书，月娥说乾州冬天要备什么茶酒，月娥还说……如今月娥又说了，连兵器她也能说出个一二。小桃真不知道月娥还有什么不知道的。小桃无端地自卑起来，月娥什么都知道，可她，什么都不知道。甚至连自己之前的记忆，都不知道，小桃抱着膝往后缩了缩，赵匡义抚了抚小桃的肩："怎么了？"

小桃摇摇头："累了。想睡觉。"她不知道该怎么应付这些"月娥说"。

"那你先休息休息。"赵匡义拿着短剑走到了外间，点起了油灯，自己又端详起了剑，端详完剑又去看刀。

小桃在里屋，翻来覆去一个晚上，心里乱得像一团线球。直到凌晨，脑袋沙沙作响，才迷迷糊糊地昏睡了过去。

小桃的施针已经一多半，时间也过去了近两个月，从初冬到了腊月，乾州城里开始有过年的迹象，家家户户忙碌起来。小桃的针也颇为见效，每次施针的时候，脑中都会沙沙簌簌，好像浑浊被洗涤一般。许多前尘旧事纷纷掀开一角，向小桃招着手，小桃想努力看清一些，却总在最后的一刹，那些旧事重新又覆上面纱，让她如同雾里看花，怎么也看不清楚。

小桃看着赵匡义，会闪现出各种画面，和他骑马的，练字的，一起在亭子上看星星的，一起在雪地里牵手走的，还有竹林里的夜晚，秦淮河边的放灯，她有时觉得这些事都是她和赵匡义做的，有时又觉得似乎和另一个眉眼狭长的人做的。小桃想努力想清楚些，却怎么也想不清。但她分明觉得，她对赵匡义的情感，有些不同。

眼看着李月娥跑得越来越勤，和赵匡义的关系也越来越近，日渐好转的小桃却有些沉默了，变得心事重重。

这天赵匡义正在教小桃写字，李月娥又一如既往地跑到小院。下人看李月娥每天都来，有时甚至一天来两次，也都见惯不怪了，任由着她一路小跑进了后屋。

小桃的笔力有些不稳，赵匡义一手揽着小桃的腰，一手执着小桃的右手，声音沉沉："要写好字，不要手里用蛮力，要腕上用力，同时腰上也要用力，运气于一身，然后发于笔端……"

赵匡义正附在小桃耳边说着，李月娥已经没头没脑地冲了进来，帘子一挑，眉眼张扬："公子，你那天说没有趁手的墨，我帮你寻了一方。"

话没说完，就看到赵匡义和小桃正偎在一起，一起悬腕，写着一方字。李月娥的心陡了一下，却又立即若无其事地说着："你们在写字啊，那正好看看我这墨好用不好用。"

李月娥说着已经风风火火地走到了赵匡义面前，仰头看着赵匡义，声音几分娇憨："快试试，这可是我特意托人从邻县捎来的。这家的墨啊，做得真不错呢，是松烟墨，工法细致，用土灶熬的胶，三晒三晾，做了几次坯才成的呢。"李月娥噼里啪啦说起来便不收口，小桃在她眼里仿佛不存在般。

赵匡义揽在小桃腰上的手放了下来，看着李月娥手上的墨，不知里面怎样，外头的门面还不错，这么小一块，上面还雕刻着松竹，连细致的竹节都清晰可辨。赵匡义拿起墨，放在鼻下嗅了嗅，又在手上掂了掂，淡淡笑笑："看外头是不错，好不好，还得写字才知道。"

“那还不简单，现在就试。”李月娥把披风解下，顺手甩在了一旁的凳子上，毫不客气地站在赵匡义一侧，伸手把砚台拿过来，滴了几滴水，将墨块放在砚中细细研磨起来。

不甚宽大的书桌，在一侧挤了三个人。李月娥又和赵匡义蹭得很近，小桃有些闷闷地转到了书桌的另一侧，好给他们腾出些地方。李月娥很快把墨研好了，笑着对赵匡义说道：“快试试。”

赵匡义拿起笔，蘸了蘸墨，很饱满也很润笔，赵匡义随手写了几个字，李月娥却看得认真，嘴里还念叨着：“靡不有初，鲜克有终……诶，公子，我也会写这个。”说着抬起手来，想把赵匡义手里的笔拿过去，却是动作太急，还没等赵匡义的手拿开，李月娥的手已经碰上了赵匡义的指尖，触碰之间，李月娥的脸瞬间变得通红。赵匡义的眉头皱了皱，不自觉地看向了小桃。

小桃的表情是从未有过的冰冷，她不是惯有这种表情的人，但此刻她清秀的小脸上，全是陌生的寒冰。小桃的心里很迷茫，他不是只会和她执手握笔吗？原来他也会和别的女孩子握在一起？可是，她的心怎么有些尖锐的疼？小桃的脑子有些混乱了，那一瞬间，只有沙沙的响声。眼前的墨，砚台，都有些狰狞，像对着小桃在笑一般。她本来就脆弱的神经，被李月娥的墨拨动得异常疼痛。

小桃忽然有些忍不住，手脚都像完全不受控制般，向前走了两步，伸手拿起剩下的半块墨，扔到了地上。看着那块墨碎成了七八块，小桃舒了口气，唇际勾起了一抹笑。

李月娥的眼睛瞪得很大，小桃突然的动作让她有些呆，直到这个行为，才让她从漠视小桃到意识到，这里还有一个疯子，她是随时会发作的。

赵匡义的眉头紧了紧：“桃宜。”说着快走了两步执上了小桃的胳膊，声音有些生硬，“你在做什么？”

赵匡义带几分厉色的声音让小桃一怔，却更加刺激了小桃本就触痛的伤心，小桃忽然声音很大地指着李月娥："你走，你走啊！"

如果是个正常人，李月娥绝对会和她理论半晌，这里又不是她的家，这是她李月娥的屋子诶，凭什么让她走？可看着癫狂起来的小桃，李月娥也情知讲不出什么道理来。

小桃快戳上她脸的指头来回晃着，嘴里还在唠唠叨叨："你怎么没有羞耻的？每天都来，你喜欢祁公子……"李月娥有些羞臊，猛地一跺脚，捂着脸跑了出去。

赵匡义用力扯住了小桃的胳膊，声音有些痛惜："你在瞎说什么？没有的事。"

小桃打断了赵匡义的话，不由分说用力把赵匡义推了出去，她好烦，她烦透了。她讨厌一个个在她面前装模作样的神情，她没傻到什么都不懂的地步。小桃的蛮力还不小，赵匡义被她推出了屋门，门闩从里插上了。小桃抱膝坐在床上，眼泪流得止不住。

脑子里的片段反反复复，那双狭长眉眼比任何时候都更加清晰，门外的那个是祁公子吗？如果是祁公子，怎么会让她这么伤心？可是，也只有祁公子，才会让她这么伤心啊？别人又怎么可能把她伤成这样？小桃哭得喘息不住，却更加迷茫。

赵匡义在门外，心里莫名地疼痛。小桃的样子让他心疼，可对李月娥他也有些抱歉，坦白地讲，李月娥对兵器、墨、兵书的研究很让他赞赏，这个女子是头脑里有东西的人，自然对李月娥会多几分青眼。可是，这和对小桃的感情是完全不同的，小桃能让他舍得下一切，这不是什么狗屁赞叹欣赏能比的。如今小桃这个反应，他实在有些不明所以。

小桃在屋里咬着唇默默地哭泣，赵匡义在门外眉头紧蹙地站立，一道门，隔得两人的心都疼得厉害，却一个走不出去，一个走不进来。

第十六章

三人同行生尴尬
两曲春宴罢干戈

直到两三天后，两人还有些别扭，小桃对赵匡义说话客客气气的，而赵匡义虽心疼小桃为这莫名其妙的事又犯了一次病，却也为小桃到现在还不明白他的心思更加懊恼。

李月娥倒是回去调整了两三天，又是一副什么事都没有的轻松样子过来了。这次她没好意思不管不顾往里冲，放慢了步子在院里缓缓走着，心里琢磨着待会怎么开口，却和往外走的赵匡义险些撞在一起。

李月娥有些不好意思地抬眸看看赵匡义，抿唇笑道："我在家里无聊，便又想来看看你……你们。"看赵匡义唇角勾了勾没有说话，李月娥又问道，"你们……没事了吧？"

算好了，还是算不好？赵匡义淡淡道："姑娘费心了。"

看赵匡义这副面目难受的样子，李月娥就知道必然还别扭着，一时心里也说不上是放心还是舒心的滋味。可看赵匡义淡淡的，她倒不知道怎么接话了，半晌才猛地有了个想法，对着赵匡义爽朗地笑道："不如我请你们吃饭吧，反正这事也是我引起的。都怪我弄了块墨当宝贝似的献来，才让桃姑娘误会，这事就书房里结，饭桌上解，怎么样？"

赵匡义沉吟着，李月娥的频繁到访虽说自己不甚在意，但毕竟惹得小桃好容易已经稳定的病情又发作，这么下去只怕之前的针灸也功亏一篑。不如一起吃个饭，在饭桌上将话讲明，一来消解小桃心中的别扭，二来也提点李月娥一二不要如此频繁往来。何况自己还欠着李月娥不少人情，总该有所表示，便说道："还是我请吧，一直也该答谢姑娘的多方帮忙。"

李月娥倒也不客套，谁请她本就不在乎，在乎的只是能有机会和赵匡义一起，便点头道："好啊。"

赵匡义顿了顿道："我去和桃宜说一声。"说着转身回去。李月娥本想跟进去，步子迈了几步，又觉得不甚合适，立在了院子里。

小桃听到又要和李月娥吃饭，头皮就是一麻，但赵匡义又说该请她吃饭以还她的人情，小桃转不过这人情的弯儿，但如果她不去，那就只有赵匡义和李月娥在一起吃饭，她更不舒服，咬了咬牙，小桃轻轻点了点头。

吃饭的地方是赵匡义选的，近来他对乾州也有些了解，选了城中很繁华的缀玉楼，那里一般是士人乡绅去得较多，环境还算清雅。时近傍晚，赵匡义在门外等着小桃梳洗完毕，好一同出去。

小桃还是近日来第一次在妆镜台前画得这么认真，细细把眉眼描了，铜镜里的自己还是显得有些单薄，比不上李月娥那般艳丽。小桃往唇上涂了些胭脂，想让自己看着红润些，却又显得妖媚，小桃又赶忙去擦，涂涂抹抹，怎么都不满意，小桃紧张得都有些哆嗦，赵匡义在外面敲了敲门："好了吗？"

小桃忙把胭脂盒盖上，急匆匆道："好了。"随手扯起一件襦裙套上，用手捂着跳得很快的心，快步出去。

借着傍晚昏寐的光，李月娥把小桃上上下下打量了一下，噗嗤笑出了声，小桃擦得没有章法的唇，配上她那身水葱似的衣服，再一件鲜红的披风，可真够扎眼的。李月娥忽然想起了饭桌上的水萝卜，红心绿叶儿，也是这么副打扮。

小桃看着莫名发笑的李月娥，心里一抖，不由紧张地拽了拽自己的衣裙，是哪里不合体了吗？又忍不住抬头看了看赵匡义，赵匡义眉头微微蹙了一下，伸手把小桃唇边画出来的胭脂擦了去，声音很平，却有丝温暖："方才着急了？"

小桃的脸噌地红了，没顾得上回味赵匡义声音的温暖，只是懊恼李月娥一定是笑自己的胭脂擦得乱。倒是李月娥，看着赵匡义温温的表情，心里像被针扎了似的，有点疼。

坐着马车，三人很快便到了缀玉楼。时近腊月，都忙着备年货，收拾屋子，收田租地租，整理门面，送礼拜访，故而缀玉楼的生意倒不是特别红火。三人坐在大堂东侧一处屏风隔开的雅间，四周零零星星的，也没几桌人。

饭菜很快上来，小桃今天分外紧张，她不想在李月娥面前相形见绌。要是从前，她早就一伸筷子冲着最喜欢的烧鸡去了，可今天不行。小桃盯着远处的鸡肉瞄了两眼，咽了咽口水，默默伸手夹着面前的青菜，再斯斯文文地放到嘴里。这么苛着自己，连饭菜都有些味同嚼蜡。赵匡义伸出筷子，夹了一块小桃最爱吃的鸡腿放到她碗里，温声道："平日不是爱吃这个吗？"李月娥的心跟着一颤。

小桃盯着硕大的鸡腿，在犹豫该用筷子夹呢，还是直接上手呢。李月娥倒是毫不客气地对赵匡义笑道："那边的卷饼，我够不着呢，公子能不能帮我夹一下？"说完吐了吐舌头笑得爽朗，"再加些菜就更好了。"

赵匡义看到左手边的菜李月娥也的确够不到，便伸出筷子夹了块卷饼，包了菜，递给李月娥。李月娥伸手接过来，噼里啪啦地说道："这道菜在乾州还挺有名的，最初啊，这配菜里只有萝卜肉丝，是没有豆芽的，你知道为什么会加豆芽吗？"

赵匡义摇摇头，他怎么会知道。李月娥的眸中有丝得意之色，说道："这还是我父亲的功劳呢。以前他带兵打仗，有次腊月还在守城，到了小年，家家户户吃这个卷饼，可军营里早就没什么肉和菜了，没什么能卷的。正愁呢，晚上截了一队蜀军，截的军粮就是豆芽，就把豆芽裹进去了。”

赵匡义听得心里有些发笑，李月娥这个故事很吸引人，但真实性却让他有些怀疑：“蜀军吃豆芽？”

李月娥本也是道听途说，七分故事三分编排，被赵匡义这么一问嘻嘻笑道：“我忘记了呀，那蜀军吃什么？公子给我讲讲。公子和蜀军打过仗吗？”

这倒恰好问到了赵匡义熟悉的地方，赵匡义的话也多了起来。小桃听得有些堵心，把碗里的菜扒拉了一番，对赵匡义勉强笑笑道：“我出去一下。”

“去哪儿？”赵匡义抬起眸子。

小桃看着正吃卷饼吃得香的李月娥，用力吐出了两个字：“茅房。”李月娥的嗓子一梗。小桃快意地走出了门。

李月娥被“茅房”二字顶得有些吃不下饭，看着赵匡义不好意思地笑笑：“公子再讲些打仗的事吧，听着好有趣。”

赵匡义看小桃的背影已经远去，看着李月娥诚恳地说道：“打仗的故事，其实大同小异，我经历的，令尊也经历过。所以你一定也听了不少，都差不多。”顿了顿，赵匡义双手端起茶盅，对着李月娥道：“这阵子，麻烦打扰了姑娘不少，匡义以茶代酒，敬姑娘一杯，聊表心意。”说着把茶一饮而尽，放下了茶盏。

李月娥被赵匡义突然的动作弄得有些招架不住，忙把手里的卷饼放下：“公子客气，真的都是举手之劳……啊呀，这可折煞我了。”

赵匡义接着道：“姑娘的情意，匡义心领了。但劳烦姑娘，匡义心中也过意不去。再加上桃宜的病情不稳，时常会误会、猜疑，要是为了这些事惹得她病情发作，这次来诊治就适得其反了。所以我还是希望她能有个安静的环境休养。只要她的病情能好几分，无论让我做什么都是心甘情愿的，任何事比起她，都不足为重。”顿了顿又道，“姑娘今后有事，遣个下人来就好。不必事事亲力亲为，否则匡义心中惶恐，在姑娘的屋中住得也不安稳。”

赵匡义的话像寒冬腊月猛地吹起的一阵暴风，让李月娥刚才还热乎乎的心瞬间跌到了冰窖，真冷，从心，到四肢。这些日子她刻意地接近，绞尽脑汁地想话题，想由头，只为可以吸引赵匡义的注意力，能让那个冷冰冰的人和她聊个一半句。他的态度从客气，到随意，他的语言，从沉默，到畅聊，她以为一切都进行得很顺利，却原来只是她一个人的独角戏。

李月娥垂下了眸子，多狠的一句话啊，任何事比起那个傻女人，都不足为重。他让自己别再去找他，否则他“住得不安稳”，是要走的意思吗？自己的热情竟然吓得他要走？！不过他还算给了她面子，是趁那女人不在的时候说的。可是，现在心都没了，要面子还有什么用？李月娥脸上的笑意消失得无影无踪，只剩下一脸失意和落寞。

过了不久，小桃回来了，没有注意到李月娥脸上的变化，只是静静坐在一旁继续吃菜。

缀玉楼的中央也有一个台子，台上有上下两层，摆着些器具布景，每日会有些节目。在正月里客人多的时候，自然是宏大的演出，各色乐器，歌舞，杂耍。如今客人清淡，便只有些简单的小曲。一更的时候，乐声响起，一个靛青长袖的女子，轻轻唱着《凉州词》：“树发花如锦，莺啼柳若丝。更游欢宴地，悲见别离时。”

别离？今天这顿饭就是别离的意思吗？李月娥听得心里难过，挥手吩咐着店家：“来坛酒。”

赵匡义眉头一紧：“还是不喝了吧，回去令尊难免责怪。”

李月娥摇摇头：“他才没空管我呢。无酒不成宴，今天聚了之后，以后再见公子可不容易了。”说着眼睛有些红，不由分说道，“上酒。”

赵匡义听李月娥提刚才的事，心里有些歉意，便也没有阻止。小桃有些愣怔，摸不着李月娥在指什么。只看见店家搬了一小坛酒，拿了三个碗，李月娥摆摆手，把其中一个命店家收起，看着小桃笑道："桃姑娘不能喝，姑娘身子还不好呢。"

说着把另只碗摆到赵匡义跟前，直接把酒倒满："公子，干了啊。"说完给自己倒上，二话没说一干而尽。赵匡义蹙蹙眉，看她已经喝完，便只好一扬脖把碗里的酒喝干。

看赵匡义喝完，李月娥又倒上，一连喝了三碗，李月娥还要再倒，赵匡义把手覆在碗上，抬眸定定道："适可而止。该停了。"声音带着一丝不容置辩的冰凉。

李月娥的心狠狠疼了一下，到了此刻，连陪她喝碗酒，都要适可而止？他果真是铁心铁意，难以融化。算了，能做的，自己已经都做了，他还是一心只有那个傻丫头，她无能为力。

外面厅堂的台子上，一个翠绿衣裙的女子在跳着不知什么名字的舞，李月娥的心随着那纤纤舞步，疼得有些紧，自己最擅跳舞，却没为赵匡义跳过一支，不禁笑得凄婉："月娥再给公子跳一曲吧。"说完也不看赵匡义的表情，向着台子旁走去。

赵匡义本想抬手制止，但李月娥走得很快，已经到了台子旁和乐师商量着什么。赵匡义忽地想起第一次见李月娥，她似乎就在军营跳舞。不过当时他全副身心都惦念小桃的下落，压根也没去看她跳得怎样。今天既然她执意要跳，那就随她吧。

小桃坐在一旁，看着一脸凄清的李月娥和眉头紧皱的赵匡义，心里有些疙疙瘩瘩的别扭。她不知道发生了什么，她去茅房前李月娥还眉开眼笑的，回来后就一脸愁容了。但不管她眉开眼笑还是一脸愁容，那死死盯着赵匡义的眼眸都一样让她心里抽紧。

乐声悠悠地响起，和方才的曲风都不一样。乾州属于秦地，民风刚硬，曲风也多是雄浑激昂，即便是小调，也在柔婉中带着一丝刚直。可这首曲子不同，婉转轻柔，缠绵悱恻得令人心神荡漾。

小桃的脑子又开始沙沙地响，这首曲子很熟悉。每句她都能顺应地想到下句。是什么？小桃敲着有些发疼的脑袋，不停地闪着片段。一会儿是下腰转身，一会儿是抬腿旋步，一会儿又是反手续弹……

李月娥今天挑的这首是冯延巳的《长命女·春日宴》，为的就是曲子里“一愿郎君千岁，二愿妾身常健，三愿如同梁上燕，岁岁长相见”的缠绵劲儿。可她忘了一点，冯延巳是南唐人，也只有唐人才写得出这么婉转的曲子。而这首曲子是小桃以前在花月坊时常练的，如今听来，小桃倒像醍醐灌顶似的熟悉。

随着乐曲，李月娥移着步子旋着身姿。李月娥跳舞的功底本就不错，再加上喝了酒放得开，柔婉中带着刚劲，把一曲《春日宴》跳得浑然一体，极为好看。即便下面只有零星的几桌，叫好声却如雷震。

赵匡义有些怔忡，这是他第一次认真看李月娥跳舞，平心而论，跳得的确不错。比大周的舞姬跳得要好得多，舞姿完美无懈，可圈可点。

小桃抬眸看了眼赵匡义，他看得很认真，不由心里狠狠抽了一下。待李月娥从台子上下来，小桃脑子一热，也冲着台子边走了过去，对乐师定定说道：“刚才的曲子，再来一次。”

赵匡义看着小桃过去，不知道她要干什么。难道她也要跳舞？不由想迈步跟过去，虽说这里没多少人，可男男女女盯着小桃看，赵匡义像被人偷了什么似的很不舒服。但还没等他走过去，乐师已经开始奏乐，小桃也轻盈地跳到了台子上。

赵匡义迈出去的步子只好又收了回来，坐在凳子上倒如坐针毡，手心紧紧攥着，眼睛一眨不眨地盯着小桃。

从台上下来的李月娥有些好奇，这个傻傻的姑娘也要跳舞？不禁唇角向上得意地扬了扬，看来脑子的毛病还不轻。她李月娥别的不敢说，跳舞在乾州没人敢比，且不说她的师傅是她表姐，金陵教坊赐了三品鱼袋的舞姬，她自己也是有童子功的，一直练到现在，论技艺，还没见过几个比她强的。这个傻女人不自量力，还选同一首曲子，倒要看看她怎么现眼。可转眼瞟见赵匡义认真攥拳的劲头，李月娥心里又有些酸疼，看赵匡义那架势，上去跳舞的倒像他自己似的紧张。李月娥看着别扭，又忙把目光移到了台子上。

《春日宴》的曲子缓缓悠悠地响起，“春日宴，绿酒一杯歌一遍。”小桃从台子一侧向台中间移了过去，小桃已经早不记得冯延巳这词，更别提投入感情，只是生涩地跟着记忆里的片段，下意识地挪着步伐。由于许久都没有练习过舞，只偶尔兴起按着记忆里的步子玩耍过，小桃的动作有些生硬。

台下的观众起初还以为一个曲子第二遍跳，应该上来个更好的，便都盯紧了台中，待看到小桃的舞姿，不禁撇撇嘴，如今的姑娘还真是胆子大，跳成这个样也敢上来。李月娥的唇角更是毫不客气地扬了上去，眉眼中全是轻视。赵匡义只是紧盯着小桃的动作，屏气凝神。

过了起初的生涩期，小桃的动作渐渐连贯、圆润起来，这曲子当年在花月坊，小桃跳了不下百遍。冯延巳是当朝宰相，又写得一手连李璟都叫绝的好词，自然教坊里都把冯词当做范本，不停地学，唱，跳。南唐多词人，不止是冯延巳，包括李璟的词，六皇子李从嘉的词，都缠绵悱恻，盈盈动人，最是教坊喜爱的调子。

如今小桃虽然忘了许多事，但音乐似乎有种能抵达人心的奇异功效，更何况红姑曾那么严苛地让小桃练了又练，这舞倒是刻到小桃骨头里了。小桃在熟悉的曲子里，下意识地就把从前的舞步渐渐顺畅地连贯了出来。小桃的舞姿是典型的南唐风格，柔婉、娇媚，大不同于李月娥的柔中带刚。

小桃的舞，像江南的一池春水，映着夜间的月华，既柔得蚀骨销魂，却又迷离徘徊，一会儿如涓涓细流，渗入骨髓；一会儿如云间新月，半掩半藏。每一个动作都和着音乐，和着词，恰好沁了进去。

这词曲本就是南唐人做的，这舞也是南唐人编排的，自然是舞随词动，舞随情动，把那一份南唐人独有的婉约、清柔，表现得淋漓尽致。而小桃又恰是江南女子独有的清秀柔婉，更将那舞跳得入画入骨。

此时吃饭的人也都顾不上吃饭了，一个个盯着小桃的身影再不舍得移开目光。乾州刚硬，哪见过柔得这么如诗如画的女子。《春日宴》的曲子从江南一带流传到西边的乾州，这里跳这支舞的人也有，但从没一个人能跳到小桃这样，就像从江南春日宴里走出来的水样女子。南唐人的词曲，只有南唐人才跳得出那份韵味。

《春日宴》的词到了“再拜陈三愿：一愿郎君千岁，二愿妾身常健，三愿如同梁上燕，岁岁长相见”，小桃忽地腾起身子，台上有两只搭起的莲花背景，一只约三尺，一只近七尺，小桃纵身一跃便很轻松地跳上了三尺台，又一个旋身，腾上了七尺，仿佛真如词中的“梁上燕”般，在花间盈盈轻点。

下面的人早已忍不住把巴掌拍得如雷震耳。叫好声震得缀玉楼外方圆几里都听得一清二楚。赵匡义早在小桃向三尺台跳的时候已经一个箭步冲到台子旁，一向沉稳的他心都要揪了出来，生怕小桃摔了下来，待看到小桃蹦向七尺台时，赵匡义更是下意识地伸出手，心也随着小桃悠上了七尺台。看着小桃在七尺台上抬步轻舞，赵匡义的心跟着颤来颤去。

李月娥的眼睛瞪大了，小桃这个表现是她完全没想到的。那个看起来傻到家的女人竟然会跳舞，身姿还这么软？对啊，她就是唐朝教坊的，哼，会跳舞不稀奇啊。可看着小桃的舞姿越来越柔婉，她终于也忍不住心里暗暗叫好，这种妩媚，这种清婉，她这个西北的女子就是跳一辈子，也跳不出这种骨子里的柔吧。她有些懊恼，自己干吗选这个曲子，正选到人家的腰眼了。

待看到小桃飞上高台，仿佛振翅的凤凰冲入云霄般，那种惊艳的华丽，曾被李月娥嘲笑像水萝卜的翠裙，都那么艳丽特别。李月娥的嘴微微张开了，半晌合不拢。她想象不到平日动作不太灵光的小桃，怎么能身轻如燕，合着音乐，就把那梁上燕刻画得宛如一幅写意画呢？

小桃依旧在高台上飞旋，她想找更高的台子，她此时已经完全沉浸在自己的世界里了，没有舞台，没有观众，没有乐师，什么都没有，只有她记忆里的舞步片段，只有不断攀高的台子。

以前小桃在花月坊学舞的时候，她胆子小，不敢腾空跃起，雅竹怎么教，红姑怎么骂都不行。可她疯了后，反倒什么都不怕了，从花月坊开始伶俐敏捷地爬树，到之后随处的跳上蹦跃，她早已不再惧怕高处，反而高处能让她得到安宁。可现在只有这么两个高台，小桃还有些跳得不过瘾。

赵匡义说不上什么心情，小桃的舞是好是坏，他完全没有印象和概念。他最初是紧张小桃能不能跳得来，后来是揪心小桃的安全。待看到小桃在高台上来去自如，他心里又是疼痛的酸涩，她到底在金陵遭了多少罪，才能把一支舞练得这么好？他不敢想，想了心就扯得疼。

曲子终了，不少人不满足于坐在那看，早围在了台子前，如潮水的掌声这才让小桃回过神来，刚才癫狂劲儿上来跳上了台子，现在看着下面，小桃的腿有些颤悠悠，怎么下去啊？试着抬腿迈了一下，一个打战，身子一晃，差点就栽了下去。

赵匡义忙推开众人也跳上了台子，把小桃扶了下来，脸色却有些铁青。小桃忍不住看着赵匡义问了句：“我跳得还行吗？”

赵匡义冷着脸没有说话。小桃心里抖了一下，看别人的表情，应该还可以。可怎么祁公子是这个表情，不由又问了句：“我跳得不好吗？”

赵匡义忍不住冷冷回了一句：“逞这个能做什么？”跳得好不好，有个屁用。他需要她去现吗？才刚刚身子好一点又去蹿那么高，摔下来就什么都完了。赵匡义越想越后怕，脸也越来越青。

回到了座位上，李月娥不由得再次上下仔仔细细打量了一番小桃，原本她对小桃是轻视、鄙夷的，这个看起来傻乎乎的女人让她有种莫名的折辱和挫败感，她始终想不明白她好在哪儿。可现在，她似乎有点明白了，那舞跳得是好，除了好之外，好像还有点别的东西。怎么说呢？她形容不来，就是看似平淡却突然能给人惊艳，看似普通却有倔强的爆发。李月娥对小桃好奇极了，她好想迫切地问问她是在哪学的，学了多久，怎么跳的。可想想之前对小桃的芥蒂，心里又有些别扭，一时转圜不来。

小桃坐在那里，心里有些忐忑。刚才脑子一热冲了上去跳，到底她跳得好还是那个一团火跳得好，她心里没底。

李月娥先绷不住了，对小桃举起酒碗："桃姑娘，我今天见识了，你跳得很好。改天一定要好好探讨一番。"说着自己先干为敬。

小桃怔了一下，李月娥突然这个态度，让她转不过弯来。便也只是端起茶盅，把茶喝尽了。

李月娥又噼里啪啦道："改天桃姑娘好好教教我，怎么能跳上那么高的台子？这怎么练，得练多久？一定要亲自教我蹦上去……"

赵匡义的眉头越皱越紧，忍不住打断李月娥道："爬高上梯成何体统，如果姑娘喜欢，自己回去先练着爬树就好。这种奇险怪绝的舞，最令人厌。"赵匡义的声音很冷，方才的惊险已经让他出了一身冷汗，李月娥还提学的事。

李月娥面上有些讪讪的，没再说话，她不明白赵匡义怎么突然这样。小桃的心一颤，他不喜欢她的舞，"奇险怪绝，最令人厌"这几个字刺得她有些疼，脑中嗡嗡响个不停，小桃忽然莫名的委屈，她这么做，是为了什么？不由悲从中来，放下筷子转身跑了出去。

门外，几个深青色袍子的影子动了动。看着小桃跑出了缀玉楼，那几个影子也在墙上跃了跃，飞快地跟着向前。自从上次在迎銮镇劫小桃失败后，剩下的青龙军没法回去向太子复命，便继续追着小桃随时准备再次劫走。但赵匡义和小桃在秦中一带行踪不定，青龙军跟着跟着没了方向。这几天辗转到了乾州，正没头绪，方才小桃那惊鸿一舞，那婉转的唐调，吸引了缀玉楼外青龙军的注意。眼看着小桃出来，正是好时机，等小桃跑出缀玉楼的院子，其中一个青龙军首领伸手轻轻把小桃一带，便夹上了马，向着东面飞驰而去。小桃惊得大叫，但那些人怎么肯听她。

紧随出来的赵匡义眼看着小桃被抓上了马，心里一咯噔，又是那些人，情急之下也顾不得多想，驾着来时乘的马车追了过去。

李月娥也紧跟着跑出来，看着前面有几匹马跑得飞快，赵匡义又驾车紧追不舍，知道出了事情，只怕来者不善，赵匡义孤身一人前去，寡不敌众，忙跑回府里找父亲李英搬救兵。

青龙军的马向东一路飞奔，赵匡义的马车渐渐有些跟不上，赵匡义飞身跃上马背，用马车上备着的刀把套着车的缰绳砍断，车被甩在了后面，马跑得轻松了许多，赵匡义用力夹紧马的两侧，疾追了上去。

前后跑到了乾州城东，繁华的地带已经过去，映入眼帘的是越来越荒凉的村庄、田地，再向前是更加冷清的树林、荒地。青龙军眼看着赵匡义要追了上来，其中一个人向赵匡义的方向甩了几柄短剑过来，直刺赵匡义的胸口。

月色下寒光一闪，赵匡义侧着身子躲了过去，前面是越来越摸不清状况的地势，他们还有没有接应的人？有多少？赵匡义的脑中只闪了一下这个念头，却没有丝毫的退缩，不管有多少人，哪怕只有他一个人，也绝不会扔下小桃不管。

前方又有人扔了镖过来，赵匡义扯着缰绳扭转着马的方向才躲了过去。这样不行，寡不敌众，前方总有兵器过来，势必距离会越来越远。赵匡义狠狠用力抽打着马背，马奋蹄疾驰，离前方的青龙军越来越近，赵匡义瞅准时机，纵身向前，将最后一匹马上的青龙军一脚踹了下去，稳稳落在那人的马背上，用力一拍马背，马冲到了前面，赵匡义打马追上了带着小桃跑的那匹跑在最前面的马，从袖中摸出前不久李月娥带着他买的短剑，冲着小桃身后的青龙军刺过去。

那人一个侧身，马也跟着侧了侧，赵匡义忽地转了短剑的方向，刺向了马脖子，马疼得停止了奔跑，在原地撒蹄子嘶吼着，用力甩动着身子，小桃和马背上的青龙军都被甩了下去，赵匡义伸出胳膊用力一捞，把甩下去的小桃扯住，一个用力，把小桃拽上了自己的马背，同时迅速打马向着乾州城里的方向疾驰而去。这一切都像闪电似的飞快，小桃还没反应过来，已经从青龙军的马背上到了赵匡义的马背。

剩下的青龙军怎么肯罢休，纷纷掉转马头追了回来，有两个跑得快的已经堵在了前面，阻止了赵匡义回乾州的路。赵匡义情急之中掉转方向，向着没有青龙军的东北方向打马过去，那边远远看着是一片树林，也许过去后可以找到转圜的方向。

那片树林很茂密，虽然到了冬天，叶子几乎掉光了，但是仍然丛丛匝匝，赵匡义的马进去来回绕了几圈，加上后面是山，来回有几个起伏的坡，曲曲绕绕间，青龙军已经绕晕了，只见周围全是密密的树木，好像听到赵匡义的马蹄声在响，但是树木很密，马蹄有回音，那些青龙军停住马仔细听着声音，也没辨别出声音是从哪来的。

而赵匡义兜了两圈，停住马，用鞭子向树上狠狠抽了两下，转而向完全相反的地方跑去，那里是更密的林子，还有山坡，绕下去应该是乾州城郊。青龙军听到鞭响，向着声音传来的方向策马奔去，待马蹄声渐渐远了，赵匡义疾打马向前飞驰。

绕过密林，前方就是坡了，赵匡义的心刚一松，忽然马蹄好像绊上了什么，马“砰”地向一头栽了过去，赵匡义下意识地揽紧了小桃，还没反应过来，四周“哗”地塌了下去，赵匡义抱着小桃被卷着，仿佛一直在向下坠，脑子一片空白，半晌，“啪”！摔到了底。

赵匡义只觉得全身像散了架似的剧痛，小桃压在赵匡义身上倒没觉得很疼，四周黑漆漆的，不知道是什么地方。小桃紧紧抓住了赵匡义的胳膊，声音都微颤着：“这是哪儿？”

赵匡义挣扎着坐了起来，四周看看，又仰起头，只有头顶还有一丝丝微弱的光，赵匡义不禁心一沉：“我们怕是掉进陷阱里了。”

“陷阱？”小桃有些不明白。

“这附近的猎户，冬天就挖了陷阱，准备捕捉掉进来的动物。没想到我们栽进来了。”赵匡义从袖子里摸出了随身带着的火折子，打着后举着四下看了看，这陷阱很大，像是捕捉老虎野猪之类大牲畜的。离出口至少也有丈余，这可怎么爬上去？

赵匡义苦笑道：“这回可是自投罗网。”小桃试着往上蹦了蹦，虽然她爬树跳舞都是一把好手，但这陷阱挖的极深，周围又都是土壁，没有抓握的地方，小桃试了好几次都爬不上去。赵匡义抓住小桃道：“算了，省省体力吧。掉进这种大牲畜的陷阱，只能等着有人来救。”

“什么时候才有人？”小桃看着四周，心有些怯怯的。

这可问住赵匡义了，什么时候有人得看猎户是什么时候来查看猎物，有的天天来，也有的图省事，隔好几天到一次。这情形，赵匡义也说不好什么时候会有人来，但又怕小桃害怕，便又淡淡说了句：“应该很快。也许天亮就有人了。”

小桃“哦”了一声，赵匡义这么说，她安心了许多。外周又响起了马蹄的声音，赵匡义忙把手里的火折子灭了，一把揽过小桃，紧紧贴在陷阱的壁上，一动不动。小桃抱着赵匡义的胳膊，忽然摸着手里黏糊糊的，心里一惊，正要说话，赵匡义一把捂上小桃的嘴，轻声道："别出声。"

外面的马蹄声疾驰而过，并未做停留，过了许久，四周又恢复了死一般的寂静，只有偶尔风吹过呼呼的声响。

赵匡义重新把火打着，小桃赶忙拿起赵匡义的胳膊看着，不知道什么时候被那些人的飞镖划伤了，手臂处是两道深深的口子，正往下滴着血。小桃有些心疼，眼圈泛红："怎么弄成这样？"想了想，从自己衣襟处撕了两条布下来，给赵匡义紧紧缠了上去。

陷阱里还有些落下来的枯叶树枝，小桃把这些都细细地收罗起来聚到一起，用火折子点着。有了火，便有了些暖意，小桃和赵匡义相偎着坐在一起，小桃又要拿着赵匡义的胳膊看，赵匡义忍着疼痛，轻轻把手拿了下去，揉揉小桃的脑袋，温声道："别看了，我没事。"

小桃咬唇看着他问道："疼不疼？"

赵匡义轻轻摇了摇头，把身上的大氅解了下来给小桃披上，小桃微微挣扎，嘟囔着："我不冷。"

赵匡义不由分说把大氅给小桃裹起来，声音生硬："别动。"

小桃扭了扭，还是顺从地披上了大氅。不由地又往赵匡义身边靠了靠，嘀咕着："说话总让人心里不痛快。"转而抬眸问着赵匡义，"你说，我和那个李姑娘，谁跳舞好看？"

赵匡义有些哭笑不得："什么时候了，还惦记这点事。"

"你说说嘛，谁跳得好？"小桃不依不饶，和赵匡义坐得拉开了距离，瞪着水汪汪的大眼睛直看着他。

赵匡义往小桃身边凑了凑，把她紧紧揽进怀里，下巴厮磨着小桃的脸颊，沉声道："我不知道。你跳的时候，我没看进去。"

"什么？！"小桃气得刚要发作，赵匡义的声音沉沉传来，"我只是很担心你掉下来。答应我，以后不要跳得那么高，很危险。我很怕。”

赵匡义的“怕”字，竟然说得有些声音微颤。小桃蹿起的火，在听到那个“怕”字时，不知怎的，忽然“扑”地就灭了。在她心里，祁公子是个顶天立地什么都不怕的人，和那群青袍子的怎么打都没退缩过，在她危难的时候，他永远都能岿然不动地救她出来。从这么一个坚如磐石的人嘴里说出怕字，竟然是为了她？！小桃的心被这个字撩拨得有些软软的，疼疼的。面前火焰在来回地跳着，小桃的心也跟着火焰来回扑腾着，赵匡义的胡楂在她脸上，有些微疼。小桃侧过脸，看着火光下赵匡义棱角分明的脸泛着一层光晕，第一次忍不住心跳，将唇覆在了赵匡义的脸上。

赵匡义怔了一下，忽然像被什么点燃一般，心中腾地烧起一簇火苗，伴随而来的，是身体的每处都律动的狂喜，那种喜悦，是他从未体验过的。从四肢渗透到肌肤，渗透到心里，而心在那一刻强烈而有力地跳个不停，整个人都被一种沁入心脾的甜浸润着。这个滋味，他以前没尝过，以后，他也一辈子忘不了。

对于小桃，他不知道是什么时候上的心，一点点，一丝丝浸入骨髓，他舍不下，放不开。但她心里，始终是没有他的，以至于他甚至不抱希望，这个女子有一天会情不自禁地对他。可这一天，竟然这么猝不及防地来了。

赵匡义只愣了片刻，便俯身紧紧抱住小桃，吻了上去，带着他所有的激情，他所有的爱恋，他等这一天，等得太久了。赵匡义触碰到小桃柔软的唇，就情不自禁想深入，再深入，直到唇齿交缠，把彼此的呼吸，彼此的情动都刻在骨子里。

小桃顺承着赵匡义的激烈，如水一般浸在赵匡义的身上，她的眸子半闭着，眼中第一次都是这个棱角分明的男人，而记忆里那双狭长的眸子，不知道什么时候淡漠了，以至于她此刻都没有想起来。

赵匡义的双手揉上了小桃，半晌才从自己热切的情动中恢复过来，看小桃闪亮的眸子，不禁脸上微微发烫，声音沉沉却有丝轻柔：“在看什么？”

“看你。”小桃的眼眸像湖面倒映的星星，粼粼闪烁，泛着梦幻似的色彩，小桃的唇角勾起，脸色微微有些红，“我想把你看清楚些。以后万一病得又厉害了，还能认得你。”

赵匡义的心猛烈地“怦怦”跳了几下，伸手紧紧攥上了小桃的手，声音很沉却很动情：“不会，不管怎样，我都会在你身边。”

小桃抿唇笑了，往赵匡义的怀里又钻了钻。赵匡义只把小桃揉得更紧，原来两情相悦的滋味，能让他的骨头缝里都洋溢着一种叫“幸福”的情愫。

夜，越来越深，天气也越来越冷。乾州的冬天冷得彻骨，又是腊月，一年中最冷的时候。这里又是荒郊野岭，没有一丝人气。陷阱里的枯树叶，树枝渐渐都烧光了，寒气开始肆虐起来。到了寅时，小桃只觉得全身都要冻僵了，尽管赵匡义不停地在她身上揉搓着以给她取暖，但是寒冷还是直往骨头里钻。

实在冻得受不住，赵匡义把小桃拽了起来，两人在陷阱里跺着脚，动弹着生热。赵匡义平日习武还好，虽然也冷得彻骨，但终究还有些抵抗力。小桃的身子本就弱，乾州又不比江南的温润，风吹来就像刀子割进肉里似的疼，从头皮，到脚尖，没有一处不冷的。

到了后来，小桃已经跳不动，也蹦不动了，只觉得全身软软的，头晕晕沉沉的，很想睡觉。赵匡义心里发急，把大氅给小桃裹得严严实实，又把自己的外袍也脱了下来给小桃紧紧裹上。从前带兵打仗，有时在北方遇到寒冷的天气，也有士兵冻得直泛迷糊，晕晕乎乎地睡着后，便真的就冻死了。

赵匡义心里发疼，使劲摇晃着小桃：“别睡，我们说说话。”

“你说……我听……”小桃的嘴唇已经乌青，话都哆哆嗦嗦的，没什么力气。

赵匡义用力搓着小桃的手："你想听什么？"

小桃迷迷糊糊，脑子里闪着各种画面，云湾村的渡口，分明是来了两个公子，一个白袍子的，一个青色袍子的，都是谁呢？小桃呢喃着："你是谁呢？穿着什么袍子？"

赵匡义听得心中一阵酸涩，在小桃耳边轻声，却定定说着："我是赵匡义，赵廷宜。"顿了顿道，"你还记得吗？"

赵廷宜？小桃的脑海里浮现出了毛笔字一笔一画的"赵廷宜"三个字，还有那"海上生明月，天涯共此时"，还有"三千宠爱在一身"……小桃迷迷糊糊地"嗯"了一声。

赵匡义心里一紧，他很想问问，如果自己是赵廷宜，不是祁正修，小桃的心里还有没有他，还想不想不忘记他？可他最终，还是没有说出口。怕什么？他自己也不知道。

小桃的呼吸越来越重，睡得沉沉，赵匡义用力晃着，小桃才发出几声哼哼唧唧。赵匡义心里发急，又用力掐着小桃的胳膊，小桃微微睁开了眼："想睡。"

赵匡义竭力压着心里的着急，勾起唇际沉沉问着小桃道："从这里出去了，有没有什么想吃的？"

吃的？小桃的精神好些了，烧肉？鸡？松鼠鳜鱼？唉，好端端的提吃的，晚上本来就没吃饱，这下更是又冷又饿，还很渴，小桃用力想吞点口水，但嗓子都要冒烟，连口水都没有。小桃嘶哑着嗓子轻轻道："我要摆这么大一桌子菜，全吃光，全吃……光……"小桃想伸手比画到底有多大一桌子，却没力气，只是微微动了一下。

赵匡义搓了搓小桃的胳膊，轻声说着："好，一大桌。"

小桃微睁着眼，看着赵匡义在她身上用力揉搓，可她竟然什么也感觉不到，不禁心里有些着急，为什么她没知觉？可越着急，脑子越沉，好像整个人在向下坠一般，没了重心。她是要冻死了吗？小桃心里很慌，可看着身边面色青凌的赵匡义，又不觉得慌了。

小桃头皮麻酥酥的，一会儿有点意识，一会儿又懵懵的，浮现最多的，就是云湾村的渡口，那里，是她这辈子最熟悉的地方，也是她最开心的地方，在那里，她遇到了祁公子。小桃说得断断续续："公，公子，要是能出去，我们，一起，到一个漂亮的地方，去住……住一辈子……"

"好。"赵匡义紧紧攥住了小桃的手，答得坚定，"只要你喜欢，就去。住一辈子，只有你和我。"赵匡义把小桃的手放在了唇边，声音稳稳的没有一丝颤，"还有我们的孩子。"

小桃的唇角微微扬了起来，孩子？她会有孩子吗？小桃喉咙里"嗯"了一声，便沉沉地睡了过去。任赵匡义怎么摇，怎么晃，也再没有了动静。

四周，黑得像倾泻了的墨一样，应该快天亮了。可此时，正是最黑，也最冷的时候。小桃的身体尽管裹着赵匡义的衣服，却还是没有什么温度。赵匡义看着头上遥远的出口，又拼尽了全力向上跃了几次，却还是出不去。这里，简直就是一口深井。

天边泛起了一丝光亮，黎明终于到了。可小桃的全身忽然开始急剧地发烫，过了不到一炷香的时间，却又开始变冷，而且全身哆嗦打着摆子。赵匡义用力在小桃身上揉，搓，捏，捶，全都无济于事。小桃哆嗦得厉害，唇上都枯干着。

四周再也没有一片枯叶的陷阱，除了土，还是土，没有一点能取暖的，也没有一口水。赵匡义看着哆嗦抽搐的小桃，心里像被锥子戳着一样疼得发狂。这比他自己难受还甚。看了看自己周身，赵匡义有些懊恼，平日里都会随身带着酒壶的，如果此刻有壶酒，还能救救急，小桃也不会受这种煎熬。偏偏昨天晚上想着去缀玉楼吃饭，便没有带。

赵匡义心里悔得滴血，恨恨地向陷阱壁上捶了一拳，却把昨晚的伤口震得裂了开来。昨晚那些青袍的人，估计还是南唐派来的，飞镖短剑齐发，他纵然左右闪躲，却还是被划伤了。如今这一拳，伤口裂开，血又开始渗了出来。

赵匡义看着渗出来的血，心里忽然一动，把小桃扶了起来，用带着的那把短剑把伤口割得更深了些，血流了出来，赵匡义把胳膊放到了小桃的唇边，血流到了小桃干涸的唇上，赵匡义用力掐着小桃："桃宜，醒醒。"

小桃听不到赵匡义的呼喊，只是觉得唇边痒痒的，下意识地伸出舌头舔了舔，水？腥味，咸味，她都没有知觉，只是一点一点地吮着唇边的液体，好暖和，好热……刚才还是漫无边际的冰寒一片，忽然就冒出一点火源一般。小桃只觉得肚子里忽然热乎乎的，好像被封起来的身体，又被破冰了似的。

半晌，小桃止住了哆嗦，身子终于不再打摆子似的颤抖。慢慢地恢复了些平静，呼吸也不像方才那么急迫，趋于了平稳。只是依旧昏昏沉沉，睁不开眼。

早晨的阳光，渐渐从云端射出了光芒，夜，终于过去了。赵匡义的全身都僵硬了般，再也动弹不了，只是把小桃紧紧地裹在怀里。阳光在他的眼里失去了光芒，从火红变得黯然，再黯然，直到最后，他的眼里也看不到了色彩。只是身上觉得终究是比暗夜里要暖和一些。赵匡义搂紧了小桃，哪怕只有最后的一口气，他也希望她能在他的怀里，睡得安然。

当李英带着人马在乾州城郊的陷阱里找到赵匡义的时候，已经是第二天的下午，还是有士兵发现了被绊索绊倒已经冻死的马，又在附近搜寻，才发现了赵匡义和小桃，赶忙通知了李英。

李英和李月娥赶到的时候，李月娥捂上了嘴。这辈子她永远也忘不了那个场景，下午的残阳，照着赵匡义和小桃的身上都暖融融地泛了一层金色。赵匡义的身上只剩下了浅白色的内袍，外袍和大氅把怀里的女人裹得紧紧。他的胳膊放在小桃的唇边，上面的伤痕和着血已经冻上。赵匡义的姿势还保持着给小桃唇边滴着血的样子。小桃在他的怀里，眉眼很安宁。素来爽利的李月娥突然一下就落了泪，她从未见过这种生死相依的情感，斜阳残照，竟然生出几分壮美。

李英的眉头皱了皱，心里叹着，是条汉子。但看着李月娥一脸的泪，不免又是几分心疼。赵匡义的怀里，应该就是那个唐人的营妓吧？如果说之前他对赵匡义是不屑的，但看到此时的情形，他除了震惊，还有佩服。能用自己的血去救另一个人，除了情分，还得有多深刻的决心？只是可惜，自己的月娥没有这个福分。

李英赶忙命士兵下去把赵匡义和小桃抬了上来，两人的身子都有些僵直，十几个士兵一起鼓捣才好容易连拉带扯地弄了上来。李英抬手放到赵匡义和小桃的鼻下，还有气。不觉舒了口气，命人把他们扛到马车里。李月娥把能找到的衣服都给赵匡义和小桃披上，不停地揉搓着两人的胳膊腿，马车一路狂奔，向霍昆的医馆奔去。

霍昆听李月娥说了大致情形，又看着抬进来的赵匡义和小桃，心道“坏了”。小桃正在施针，本来再有三次就能痊愈了。如今这么一受冻，会是什么情形他一点把握都没有。只好命人先把门窗都紧闭好，屋里的炭火盆子先撤了。两人刚从外面冻了一夜，五脏六腑都冻透了，要是屋里热气逼人，内冷外热一夹击，只怕全身都得抽搐萎缩，必须慢慢恢复温度知觉。

霍昆命众人出去，吩咐药童准备了生姜、当归、黄芪、蜈蚣粉，煮到大锅里，烧了一大锅药汤。待药汤在院外放置到温凉，用布沾上药汤，给二人擦拭着身上。那些药材都是发热温补的，先用来活血舒筋。

小桃的身子先软和了些，渐渐地，赵匡义的身子也没有那么僵直了。

霍昆又用古法，烧着一种艾草和其他中药混合的药粉，在赵匡义和小桃的檀中、百汇、人中、三焦等穴位，并辅以针灸。足足两个时辰，赵匡义和小桃的脉象才渐渐平稳。

霍昆抹了抹头上的汗，此时才吩咐屋里生起炭火盆子，并且架上大锅，锅里煮的都是生热的药材，门窗紧闭，用熏蒸的法子，让屋子成了一间药疗室。此时赵匡义和小桃五脏六腑内里的寒气也散得差不多，可以升温熏蒸。逼出外在的寒气。由于小桃在交困的时候喝了血，恢复得也快，熏蒸了半个时辰，便睁开了眼。

霍昆赶忙上前给小桃把着脉，脉象比较平稳，偶尔有些滑滞，也只需要慢慢调理。霍昆问着小桃："感觉怎么样？"

小桃全身像被打了一顿似的酸疼，用力抬了抬胳膊腿，都能动弹，只是酸痛得直哆嗦，便回答道："还好。"这一觉睡了好长，小桃只记得掉进一个大坑，好冷，和祁公子拥着拥着，就睡着了，不由问道，"祁公子呢？"

霍昆知道她指的赵匡义，便一指旁边的床："在那。"

小桃也顾不得身上酸疼，挣扎着要坐起来，霍昆赶紧一把按住："行了，你先在这里好好休息，把自己照顾好就阿弥陀佛了。"说完走到赵匡义的身边，把了把赵匡义的脉，眉头蹙了起来。

按理他是男人，该恢复得更快才是。可怎么反而还没动静？霍昆又仔细看了看赵匡义受伤的左手，这里他已经用重药处理过了，就怕风邪入侵。可如今看来，只怕还是这里的缘故，才会还醒不来。

霍昆又出去做了个药包，紧紧系在赵匡义胳膊的伤处，并且把熏蒸挪到了他身边，着重治疗着赵匡义。

一直在门外等着的李月娥听说醒了一个，赶紧冲进来，看着斜靠在床头的小桃，心又怦地悬了起来，赵匡义还是没有醒。李月娥叹了口气，吩咐下人端了些粥饭进来给小桃。看着小桃吃得香甜，一向话多叽叽呱呱的李月娥竟然不知道该说什么，只是认真地看着小桃。这是个什么样的女人，竟能值得一个男人舍命相护？

小桃看李月娥紧盯着自己，有些愣怔，看了看自己周身，不禁问道："怎么了？"

李月娥这才回过神来，淡淡笑笑："没什么。"又吩咐下人给小桃再盛一碗粥。

小桃接过粥，却没有自己吃。强挣扎着下了床，走到了赵匡义的床边，用勺子比着只把上面清清的米汤盛出来，放到了赵匡义的唇边，轻声道："公子，喝一点。"

赵匡义牙关紧咬，小桃用手捏了捏他的下颌，才终于松开一点，小桃把勺子轻轻放到赵匡义的唇上，缓缓倾斜，一口汤好不容易进到了赵匡义的嘴里。赵匡义下意识地吞了一口。小桃一脸的惊喜，赶紧依葫芦画瓢地又去喂。

李月娥看着眼前的情形，心里扯得有些疼，忽然觉得自己在这里待着很多余。竭力扯了个笑道："那我先出去了。"说完走出了门，眼圈却红红的。

她不知道自己是个什么情绪。对赵匡义，有钦佩，有心疼，有求而不得的遗憾，却也被他痴心重情所震撼。对小桃，起初是不屑，不喜，如今却是惊艳、羡慕、欣赏、好奇，好复杂的感情。她无法再去讨厌小桃，小桃和赵匡义，在那夕阳下相拥赴死的样子，在李月娥的脑海中已经不由自主把他们看做了一个合体，再讨厌小桃，就如同讨厌赵匡义了。

李月娥抹了抹眼泪，留了几个下人在这里照看，吩咐有什么情况就回府禀告她。已经是晚上二更了，她留在这里也多余，不如出门坐着马车回家是好。

到了家中，本想直接回到自己的卧房，却和迎头出来的一个侍从险些撞上，李月娥不禁眉头一皱问道："大半夜的，走这么急做什么？"

那侍从双手抱拳："属下急着给大人送军报。小姐见谅。"

军报？近来没听说有什么战事啊。李月娥追问道："去哪里的？"

那侍从吭哧了半天，还是拗不过李月娥，只好答着："开封。"

李月娥的心一凛，吩咐道："你先别走，等我一下。"说完跑到李英书房，门也不敲冲进去就问，"爹，你是不是给赵匡胤发军报了？"

李英正在收拾笔墨，被李月娥这一嗓子震得胸口疼，捂着胸皱眉道："一点规矩也没有，我给谁送军报是你过问的？"眉眼却瞟到了一旁。

"哦，还不肯承认。"李月娥一个快步走了过来："我昨天找你的时候就说了，不许告诉赵匡胤，你居然反悔？看，眼睛又瞟一边了，你心里有愧的时候就这样。"

"放肆！"李英佯怒道，"赵匡义虽说解了军甲，到底不是平头百姓。赵匡胤到处打探他的下落，你这个死丫头竟然敢藏了他这么久。我必须得报告赵匡胤大人，否则怪罪下来，谁承受得起？"说完一甩袖子，就要回去。

李月娥哪里肯放他走，又扯着蘑菇了许久，好说歹说，李英对这个女儿极为骄纵，看她缠磨不休，只好先答应着不去禀告赵匡胤，却是等李月娥刚一回卧房，便又吩咐侍从快马加鞭即刻前往开封。

子夜时分，赵匡义终于醒了过来。伏在床边一直盯着他的小桃看他醒来，眉眼都闪亮起来："公子，你醒了。"说完又不禁开心地冲着外间大喊，"公子醒了！"

外面候着的药童赶忙去把霍昆请了过来。霍昆给赵匡义把脉之后，拈须笑道："公子还是身体壮实，底子好，这般煎熬，如今也无大碍。"

赵匡义只觉得全身无力，好像刚从云端漂浮似的。郎中既然说没事，那想必恢复些日子，应该就无事了。便微微点了点头，看向小桃道："你没事吧？"

“没事。”小桃抿唇笑着，赵匡义醒来，她心头的所有阴霾都散了，“公子，想吃些什么，饿了这么久，赶紧吃些东西。”

赵匡义摇头，声音有些虚：“给我倒盅茶。”

小桃忙跑过去从壶里倒了一盏茶递给赵匡义，看着小桃盈盈的双目，赵匡义的心暖暖地一荡，缓缓伸出左手，却是“哗”的一声，茶盅掉到了地上碎了开来。赵匡义的眉头皱了起来，他明明接住了的。赵匡义动了动手指，虽然有些发麻发僵，但是可以动的。又握了握拳，却没有一丝力气。赵匡义眉头紧锁，怎么会这样？

小桃还以为方才赵匡义的手滑了，忙又去倒了一盏茶递给他。赵匡义摆了摆手：“不要了。你先去休息。我还有些事情要和郎中商量。”

小桃有些奇怪，什么事情还不能让她听？但看赵匡义表情凝重，也不好蘑菇，便先从屋里出去，在外间等着。

看小桃出去，赵匡义才对霍昆沉声道：“我的左手，没力气了。”

霍昆方才看赵匡义的动作，已经猜到了几分，拿起赵匡义的胳膊仔细看了看，又切了切脉，来回揉捏了一番，对赵匡义道：“受了冻本不至于这样，但你的胳膊还有伤，再一受寒，恐怕伤了筋脉，有些痹症。”沉吟了许久道，“先施几次针看看。”

小桃在外面等了许久，霍昆才出来。小桃忙冲进去问着赵匡义：“没什么事吧？”

赵匡义把刚施完针的左手藏进了宽大的袖子里，淡淡笑笑：“没事。对了，我饿了，帮我找些吃的。”

小桃这才眉头舒展开，抿唇笑道：“就知道你饿了，方才我在外面已经让人去准备了。”说完一挑帘子出去，端了一盘粳米粥并两碟精致的小菜进来。赵匡义看着开胃，用右手拿起勺子吃得津津有味。小桃这才放心地坐在一旁看着他吃。

第十七章

他之放血换她生
她之狼群换他药

赵匡胤在开封的府中收到了李英的军报。打开一看，整个人愣在了原地。从头到脚都是不自在。赵匡义带着小桃私自出走已经够令他臊得慌了，整个大周都传开了，一个大将带着一个营妓归隐山林，甚至还有了像模像样的戏文在唱。赵匡胤看见一回便强令制止一回，但这事，越是制止，越发如火如荼地流传。如今赵匡胤见着朝堂里的同侪都觉得颜面扫地，家里出了这么个爱美人不爱江山的弟弟，也够戎马半生的他羞愧的了。

纸里包不住火，皇上自然也知道了。皇后气得病情又重，卧病不起。符雪婵一气之下回到了娘家，魏王符彦卿甚至亲自找到赵匡胤理论，赵匡胤整个焦头烂额。皇上虽没有震怒，但言辞间满是失望。赵匡胤暗暗担心如此下去，赵匡义的兵权只怕有去无回了。他暗中派了不少人打听，都没有消息。如今好容易有消息返回来，却是李英的。

当年他还曾许诺李英，待伐唐之战结束，和赵匡义亲自去李英府上提亲。这下可好，赵匡义带着营妓去了乾州，还被李英写信告知，这巴掌打得，赵匡胤的脸都不知道往哪搁了。赵匡胤立即点了两百兵马，即刻启程赶往乾州。无论如何，他得把赵匡义带回来。

虽然经历了一番冻寒，小桃受的影响倒并不大，兴许是赵匡义的血起了些作用。霍昆又施了一次针，小桃的脑子比从前清醒了不少，有些事渐渐地有了些印象，也很少疯癫发作，和人交流也逐渐趋于正常。只是小桃变得有些沉默，常常看着赵匡义发呆。脑子越是清醒，记忆里那双狭长的眸子就越是清晰，可那双眸子对应的脸，她又想不真切，但和赵匡义的眸子，是不同的。她能想起云湾村，想起娘，想起幺娘，甚至大小姐，却偏偏想不清楚眼前的人到底是谁。但这个人，对她很好，她知道。

赵匡义的左手，瞒着小桃暗地里找霍昆施了几次针，都不甚见好，依旧是无力，别说拿刀拿枪，就是端个杯子，拿片纸，都有些微微颤抖使不上力。赵匡义从起急，到懊恼，到释然，只用了几天，便完成了所有情绪的转变。当时的那种情况，只能那么做。他没什么后悔的。

李月娥从霍昆那里知道赵匡义的手受了伤，也在四处打探着法子诊治，却很少去赵匡义借住的屋子了。即便有时去送些药，也只和小桃说说话，倒很少和赵匡义聊了。她知道了小桃在赵匡义心里的分量，又何苦做那无趣的人。

转眼就到了腊月二十八，再过两天就是除夕了，李月娥特意派人送了些年货。小桃也把那些胡思乱想暂时收了去，张罗着过年，把前庭后院都打扫了，又新糊了窗纱，还贴了几张剪纸。乾州一带的剪纸很漂亮，各种图案都有，小桃喜欢得不得了。

李月娥看小桃爱不释手的样子，扑哧一笑："这些在我们这里的姑娘，哪个都会的。没什么稀奇。"

小桃十分惊讶，不禁问道："那你也会吗？"

李月娥点点头："那是自然。"说完顺手拿起剪刀，把手边的红纸叠好，轻巧地绕着剪了几下，一幅喜鹊登梅就跃然纸上了。

小桃眼睛瞪得老大，捧起李月娥的剪纸叹道："手太巧了。快教教我怎么剪。"

李月娥也不推辞，细细给小桃讲着怎么叠纸，怎么构图，怎么下剪，李月娥讲得认真，小桃学得仔细。赵匡义推门进来的时候，就看见两人坐在床上靠着，有说有笑，一副暖意融融的情态。不禁摇头，女人，真是搞不懂，之前两个人横眉冷对，如今却笑语盈盈，真不知是哪条线突然通透了。

小桃把自己刚剪好的一朵牡丹花拿给赵匡义看，嘻嘻笑道："公子，好不好看？我剪的。"

赵匡义微微笑着点头，声音沉得笃定："好看。"

李月娥咬唇忍着笑，小桃剪的那个样子也叫好看？不过转念一想，小桃不论剪什么，在他眼里都是好看的。不由心里微微一酸，忙又调整过来笑道："你们待着吧，我先走了。"说完利落地把披风披上就出门。

小桃扯着李月娥的手道："怎么这么急，说走就走？"

李月娥调皮地一眨眼："放心吧，除夕晚上等我过来和你们喝酒。"说完转身出了门。

除夕很快到了，小桃一早把新的桃符换上，新春气象，周围都是爆竹声声，小桃看着干净清利的门庭，心里也愉快了许多。赵匡义从身后揽上小桃，看着早晨的阳光洒在庭院里，忽然心里很满足，这样的一方院落，这样的一种日子，其实就很好。那些功名利禄，追逐一辈子，又有什么意思？小桃往赵匡义怀里缩了缩，说道："待会再写个新斗方吧，我贴上去。"

"好。"赵匡义的声音很沉，就在小桃的耳边，有力的呼吸都清晰可闻，小桃的脸有些泛红。

忽然门外由远及近传来了一阵阵马蹄声，很齐，很有力，赵匡义的眉头猛地皱了起来，这种声音太熟悉了，不是商队，不是百姓，只能是军队。赵匡义揽着小桃的手松开，迅速地扯起小桃的胳膊皱眉道："快走。"说着冲到院子里，左手不给力，只凭右手便慢了许多。还没把马的缰绳解开，门口已经响起了一个熟悉的声音："匡义！"

赵匡义一怔，解着缰绳的手放了下来，看着眼前的身影，沉沉叫了一声："二哥。"

赵匡胤一拳捶上了赵匡义的肩膀，又伸手拍了拍，眼圈有些泛红。赵匡义比之前又清瘦了不少，一定是在外受了不少罪。转眸又看到立在门口的小桃，赵匡胤就是一皱眉，这个女子倒是不像在军营里那么憔悴疯癫，如今干干净净的，看着还有几分明艳。赵匡胤长长叹了一口气，拍着赵匡义说道："你啊，真是……"

赵匡义也轻叹了口气，伸手招呼道："屋里坐吧。"说着吩咐小桃去沏茶，自己和赵匡胤走进了屋中。

赵匡胤看了看四下简陋的布置，心里又是一阵不痛快，这过的什么日子，不禁皱眉道："匡义，我也不和你来那些虚的，赶紧收拾收拾，准备回家。娘因为你都胸口疼了好几个月了，一个劲念叨不知道你在外受罪没有。朝堂的事，家里的事，你赶紧回去处理。"说着转头看了看屋子，"瞧瞧你这日子。"

赵匡义把赵匡胤轻轻按着坐下，沉声道："二哥，不要急。"小桃端茶进来，看到赵匡胤凌厉的眼神就不由有些发颤，把茶盅放下后便又出去。赵匡义把茶递给赵匡胤，询问了几句家里的情况和母亲的身体，道："我过得很好，这就是我想过的日子。那些打仗，是非，我不想再去掺和。"

赵匡胤的急脾气又上来："大丈夫怎么能说这么颓废的话。听我的，跟我回去，过完年皇上就会派兵北伐契丹，正是用将的时机，到时你的兵权一定能回来。"

赵匡义没等赵匡胤说完便摇摇头："兵权？还是算了。"

赵匡胤用力一拍桌子："你什么时候变得这么不可理喻？"

赵匡义笑笑，用左手去拿桌上的茶盏，却是半晌，只看到手附在茶盏上，却拿不起来，赵匡义看着赵匡胤勾起唇际，淡淡道："这就是我的手，还怎么上战场？"

赵匡胤愣住了，几乎不敢相信地拿起赵匡义的左手，反复看了看，又轻轻放下，声音发狠：“怎么弄的？”

赵匡义摇头：“郎中说是痹症，施几次针就能好。但已经施了十几次，天天去，却不见好。怕是没办法了。”说着笑了笑，“如今不是正好么？解甲归田，也不用再后悔。”

“借口！”赵匡胤哼了一声，“左将军腿断了还在打仗呢，你还有右手。再说你也可以不亲自上战场。男人顶天立地，怎么能放弃天下，窝在这么一个小地方天天儿女情长？”赵匡胤越说越来气，红颜祸水，他真是恨透了那个南唐女人，要不是她，原本刚直勇猛的赵匡义怎么会变得这么软弱？赵匡义这只手不知道怎么成了这个样子，但十有八九也是拜那个女人所赐。想到这里，赵匡胤腾地站了起来，面色阴沉：“快收拾，回开封。”

赵匡义的眉头也微微锁了起来，这么多年，二哥的性格永远是这个样子，虎虎生风，说要怎样就立刻要怎样。赵匡义竭力平着声音：“桃宜还得施针，不能回去。更何况，我暂时也不想回开封。”

混账！赵匡胤心里狠狠骂着，那个南唐女人算个什么？他倒是时时挂记。但为了劝赵匡义回去，他硬是把那些话咽了进去：“这样，带着那个女人，带着郎中，一起回开封，这总可以了吧？你也这么大了，想想家里，想想前途，选个顾全大局的法子。你看看如今，多少人都在拿你当笑话似的讲，说你见色起意，糊涂混乱……”赵匡胤一气之下说得又重了，忙收了口。

赵匡义倒并没有改一丝神色，飞短流长，对他来说算什么？愿意编排就去编排，活在别人的口舌里患得患失，那不是他的作风。带着小桃和霍昆回开封，他不是没有考虑过。但是一旦回到开封，皇上、皇后、魏王、符雪婵，哪个不得考虑权衡？他也抗不过那些强权势力，如果只是他一个人，周旋在其中，借力上位，不是什么问题。但如今有了小桃，就有了牵绊，更何况小桃是他们人人都嫌恶的。他不能拿心爱的女人冒险，更不能让她整天活在刀刃上。所以开封，他是断不能回的。

赵匡义没有吭声，等赵匡胤全都说完，只稳稳说了一句话：“今夜除夕，正好我们兄弟团聚。二哥在这里住上几日，便回开封去吧。”说完目光定定看着赵匡胤。

赵匡胤的火腾地蹿了上来，这是铁了心不回去？赵匡义从小就主意硬，以前也就算了，如今眼看着他在邪路上越走越远，赵匡胤心里起急，从上午直消磨到傍晚，赵匡义依旧不改初衷。

赵匡胤看说不动，冷着脸吩咐带来的精兵留下一半，把院落守住，不许一个人出去。自己带了另一半，起身去了李英府上。一来必须去拜会一番，二来他急切地想知道赵匡义的手到底是怎么回事。

李英在家中正和李月娥说着闲话，忽地侍从进来禀告赵匡胤大人驾到，把李英惊得一个愣怔，大除夕赵大人驾到，这是他万万没想到的。李月娥心里一紧，冲着李英一跺脚：“爹，你真是糊涂，明明答应我不去告诉赵大人的。”

李英顾不得李月娥的抱怨，赶忙换上官服，快步走到前堂去拜见赵匡胤。赵大人亲自登门，于他也是难得的殊荣。李月娥看李英出去，也偷偷跟到了前堂，却苦于有重兵把守不能进去。好在守卫的都是李英的部下，也都是认得李月娥的，李月娥挤开一众守值，猫在后窗底下，听着里面的动静。

赵匡胤和李英见了面自然寒暄客套一番。赵匡胤从开封带了些特色赏玩，当做礼品送给了李英。一来感谢李英的通风报信，二来也多谢他对赵匡义这些日子的照顾。李英自然乐得收下，只是不无遗憾地说道：“只是可惜了，匡义这般重情重义的人，小女没有缘分。”

赵匡胤听着心里一梗，李英这话不知道是什么意思？如果拒绝联姻，倒是朝堂上一股不小的力量又损失了。赵匡胤一摆手：“哪的话。令爱是不可多得的女子，若是能辅助匡义，也不至于屡屡糊涂。”

李英看赵匡胤说得恳切，一时也没再吭声。看来赵匡胤是有心结这门亲事，而且是极力促成，但问题赵匡义不愿意。李英也有些纠结，便没说话。

赵匡胤又问起赵匡义的手，这下李英才把他们遭受追杀，掉进陷阱等一系列的事讲给了赵匡胤，赵匡胤越听，心越一阵阵发凉。他无法想象赵匡义在濒临绝境的情况用自己的血去喂一个女人，想着就心惊肉跳。这个营妓，身上似乎有着一股妖气，能让自己那个沉稳内敛的弟弟发狂。赵匡胤的拳攥了起来，冷声道：“祸水，不除的话，早晚是个祸害。”

李英的心一凛，打着哈哈：“不至于。”转移着话题道，“那大人准备怎么办？”

赵匡胤冷冷说着：“先都带回开封。”

李英“哦”了一声，拱手道：“今晚是除夕，一年最大的日子，先不说这些。大人难得来一次，我这里蓬荜生辉。大人要是不嫌弃，在这里热闹热闹，有什么事，都明天再说，别扫了过节的兴致。”

赵匡胤叹了口气，想想回到别院也是和赵匡义怄气。从这里回开封要走三四天，现在出发过年就得在路上了。便点头道：“那就叨扰了。”

李月娥的心扑通扑通跳得飞快，赵匡胤要把他们都带回开封？那赵匡义肯定不愿意啊，可这个赵匡胤一定带了不少兵来的，这可怎么办？

李月娥回到了卧房，想了想，还是不放心，得去城郊别院去看看。至少去通风报个信或是和赵匡义商量商量。李月娥换了身衣裳，跑到城郊的别院一看，好家伙，里里外外围了两三层，赵匡义就是三头六臂也跑不出来啊。李月娥想进院子，可守值的士兵却任她说破嘴皮都不让进。

“喂，这是我的家，我的屋子，怎么不让我进去？”李月娥大声嚷嚷着。但守值士兵依旧不为所动。

赵匡义和小桃在屋里听到了李月娥的声音，小桃忙跑了出去，但还没出后院，却被士兵拦上了，连前院都过不去，只好扯着嗓子回应着喊了几句："李姑娘，我们出不去。"

李月娥在门口大喊大叫半晌，都没见人出来，隐约听到小桃的声音，却听不真切，心知情况不好。赶忙跑回了府上，在屋里来回闷转了几个圈，有了主意。

李月娥跑出房间，趁着李英出来吩咐下人的空档说道："赵匡胤大人带来的士兵是不是也该犒劳犒劳？"

李英点头："那是自然。"赵匡胤带着兵来的，总不能让他们饿着肚子，忙吩咐厨房赶紧准备饭菜，待会给士兵们送过去。

李月娥大包大揽下来："这事你就别操心了，我去办就好。"说着便跑到后厨张罗。李月娥在家中娇宠，也确实很能干，有时李英府上的宴请李月娥也会帮着布置，所以对于李月娥今晚的主动，李英倒也没放在心上。

李月娥跑到后厨吩咐下人去买些酒回来，赵匡胤带的人马，带到李英府上几十人，守着别院的少说也有百十来人。李月娥琢磨着算了算，命下人往车上捆了十几坛酒，待到一更的时候，李月娥找李英要了赵匡胤的手令，亲自出马，带着下人，用马车拉着酒菜往别院送去。

守着别院的士兵早已饥肠辘辘，饥寒交迫，又是年夜，看着别处灯笼爆竹，这里却冷冷清清，心里更加闷闷。如今看着一个娇俏亮丽的姑娘，打扮得一身艳红，像团火似的，带着酒菜过来，那些守值的士兵顿时热血沸腾起来，又带着赵匡胤大人的手令，定是没错的了。忙三个一团五个一伙，围着吃起了饭菜。天冷喝酒御寒，那酒到了肚子里把五脏六腑都暖融了，士兵们喝得畅快，一碗喝完又来一碗，不多时，每个人都喝了三四大碗。

李月娥还在一边脆笑着："还有酒，不够再添。"边说边又给探前的几个碗里添了酒。

守在外面的士兵们吃饱喝足，又换了里面的出来，李月娥趁机也跟了进去，士兵们刚吃完李月娥带来的饭，不好意思轰人，便由着她进去。李月娥到了后院，赵匡义和小桃正在静静吃着年夜饭，赵匡义蹙眉想着怎么出去，小桃则是有些担忧地看着赵匡义。看李月娥进来，二人都有些诧异。

李月娥也顾不上寒暄，急忙道："赵匡胤大人在我家，说是要带你们回开封，怎么办？"

赵匡义手指敲了敲桌子，只说了一个字："跑。"

小桃担忧地问道："怎么跑？"

赵匡义看了看门口，只有一个守着的士兵，其余的几个都出去吃饭去了。不由勾起唇角："就他了。"转而对李月娥说道，"还得麻烦姑娘。"

李月娥自然领会，和她想的不谋而合，对小桃道："你和我把衣服换了，你穿了这身出去。"

赵匡义走到门口，对那士兵说道："进来，有点事。"

那士兵愣了一下，以为屋里有什么需要他做的事情，便走了进来。赵匡义走到他背后，用没有受伤的右手冲着那人的后脖颈用力劈了过去。赵匡义身手本就不错，这一掌又劈得恰到穴位，那士兵一声没吭就扑通倒在了地上。李月娥跑过去把门关上，回来赶紧和小桃把衣服换了。赵匡义把士兵的行头换上，顾不得和李月娥客套，只是深看了她一眼，拱手抱拳道："大恩不言谢。来日再见。"

小桃攥了攥李月娥的手，一时各种情绪涌上心头，不知该说什么好。李月娥伸出胳膊紧紧抱了抱小桃，心里有些酸涩，有些不舍，却还是故作爽利地说道："没事，兴许过不了多久又见了呢。你好好保重身体。再见的时候，你教我跳舞，我教你剪纸。"

赵匡义猛地想起小桃还需要施针，忙问道："郎中那边，能否麻烦李姑娘帮忙？再过几天桃宜还要施针，待家兄走后，麻烦姑娘安排一番？”

李月娥点头：“那是自然。”想了想道，“乾州东南城郊有座古刹怀安寺，你们先去。等明天一早，我去告诉霍昆老头儿，让他去那里找你们。”

赵匡义想想也好，没有时间再多说，忙拉着小桃出去。小桃在前面先走，门口守值的士兵吃肉喝酒正欢，黑灯瞎火也顾不得仔细看，只知道刚才进去那个姑娘一身大红，像团火似的，出来的也是个一团火的姑娘，其中一个领头的打着招呼：“姑娘这就回去了？”

小桃紧张地攥了攥拳，没有吭声，大步向门外走去，出了大门，又快速向一旁的树林里走去。守门的士兵觉得有些奇怪，但吃着喝着正舒爽，便没有多事。赵匡义一身士兵的衣服走出来，垂着头避着光线，走出大门，趁着四下没人注意，也飞快地进了树林，紧紧拉着小桃便向东南方向跑去。

那几个士兵还在唠着闲话，其中一个嘻嘻笑着：“那姑娘怎么不吭声，只往树林里跑啊？”另一个促狭道：“那还用说，憋了这么久，这里也没个方便的地方，哈哈……”旁边的人笑成一团。

吃饱喝足后，守值的士兵有些纳闷，那姑娘跑到树林都快半个时辰了，怎么方便也时间足够了吧。领头的士兵派了两个人道：“去树林里看看，别有什么事。”

转头看了看，李月娥带来的下人不知道什么时候也都走了。李月娥在来的时候就吩咐那些下人把菜和酒放下就回去，不必等她。所以那些下人一早便回去了。这下守值的士兵觉得有些不对劲，不多时去树林的士兵回来：“树林没人啊。”

糟了，领头的士兵赶忙跑到后院，赵匡义和小桃的卧房门紧闭着，门口却没有一个守值的。领头士兵走上前，在外面轻声问道：“赵大人，属下可以进去吗？”屋里没有应答，那士兵又喊了两声，还是没人回应，伸手用力推门进去，愣在了那里。

一身鹅黄裙子的李月娥正坐在凳子上，手里拿着剪刀在剪纸，地上躺着一个士兵。李月娥看人进来，把手里的剪纸摊开粲然一笑："看，岁寒三友，好不好看？"今晚的她，格外痛快，不仅没有爽约在除夕夜来看了赵匡义和小桃，还带了酒，干了件大事。

那士兵脑子轰的一声炸开，竟然被调包了。顾不得和李月娥斗嘴皮子，忙跑出去吩咐手下在方圆几里赶紧搜寻。那个一团火似的女子跑了还不到一个时辰，骑着马应该能追上，另外又派人赶紧去李英府上禀告赵匡胤。

李月娥站起身，拍拍手道："我也该回去啦。"

那士兵忙伸手拦着道："姑娘还是等赵大人回来再说吧。"没赵匡胤的命令，打死他也不敢放了这个罪魁祸首。

也罢，李月娥勾唇笑了笑，坐在凳子上。等就等吧，大不了责罚她一顿。受着就是了。

赵匡胤在李英府上酒兴正酣，李英今日让大厨拿出了压箱底的功夫，做了一大桌的宴席，又请了几个乾州的官员过来作陪。歌姬舞姬乐姬，一起助兴，赵匡胤心中的气恼好容易下去了不少，看着载歌载舞的节目乐兴陶陶。

酒至半酣，那几个官员轮番上来敬酒，以表敬意，赵匡胤端起酒杯正喝得兴浓，忽然从外面进来一个士兵在赵匡胤耳边说了几句，赵匡胤的眼睛瞪大了，手里的酒杯"啪"地砸到了桌上，怒气冲天道："混账！"

旁边的官员都被赵匡胤怒发冲冠的气势怔住了，只有李英上前问道："怎么了？"

赵匡胤看着李英道："匡义又跑了。"补了一句道，"还是有个姑娘做内应放跑的。"

李英的脸唰地变得惨白，姑娘？李月娥方才追着闹着要去给那边的士兵送饭菜，莫非……不由拱手看着赵匡胤道："大人，不如前去看看。"

赵匡胤冷哼了一声，再无心喝酒看歌舞，一甩袖子在前面大步流星地走了出去。李英和一众官员跟在后面，骑马的骑马，坐马车的坐马车，前前后后到了别院。

赵匡胤和李英迈进了后院的屋子，李月娥正蹲在地上摇着那个晕倒的士兵："起来，该起了。"赵匡义的力度正中穴位，那士兵都躺了一个多时辰还醒不来。其余士兵光顾着去找人，也没人搭理他。李月娥看他久不醒来，都有些着急。

李英一看，屋里果然是李月娥，不由火从心蹿，上去一把把李月娥扯了起来，咬牙道，"人是你放的？"

李月娥从没见过父亲这么震怒，又看了看旁边站着的赵匡胤，早已气得脸色铁青，只好点点头。

李英气得挥起了手，却还是舍不得一巴掌下去，最后拍到了自己的大腿上："你这是做什么？瞎胡闹！"

赵匡胤看着李月娥冷冷道："姑娘倒是好聪明才智。"

李月娥迎上了赵匡胤的目光，没有丝毫胆怯："大人谬赞了。赵匡义大人和桃姑娘都是月娥的朋友，月娥只是帮朋友罢了。"顿了顿又说道，"赵匡义大人有自己的想法，大人要是真的兄弟情深，又何必逼得他做不愿意做的事呢？"

李英还没等李月娥话说完，就忙大声喝着打断："闭嘴！哪有你说话的份儿。"暗暗叫苦，这个女儿真是被他宠坏了，竟然还教训起赵匡胤大人了，赵大人素来勇猛刚烈，她一个毛丫头没轻没重，真是害死人。

赵匡胤被李月娥这么一说，倒仔仔细细把李月娥又打量了一番。别说，他还真有点欣赏这个丫头。如果说之前想把她许给匡义，主要是李英的兵力，再加上李月娥远近闻名的美貌。可现在这个有些侠士之风的性格，倒让赵匡胤从心里赞许。这样的姑娘，才是该配匡义的。赵匡胤勾起唇角，扬起个笑，并没有怪罪李月娥，转而向李英道："加派五千兵力，方圆二十里都搜开去。"

李英忙低头应诺，转了转眸子，对赵匡胤道："大人，除了派兵，其实还有一处咽喉可掐。"

"什么？"赵匡胤来了兴致。

李英答道："那位姑娘身体有疾，定期都要在一个叫霍昆的郎中那里施针诊治。如今他们匆忙出逃，但那姑娘的病必须得由霍昆继续诊疗，听说那施针的日子，一天不能早，也一天不能晚。所以，依着属下的意思，不如派兵把霍昆的医馆围起来，总能守株待到兔的。"

赵匡胤想了想也有道理，分兵行动。李英说的是，医馆要重兵把守，人也要继续追。赵匡胤即刻派了五十精兵去守医馆。

李月娥悔得肠子都要出来了，早知道就不那么大嘴巴地和李英聊小桃的病了。本是无意的家常闲聊，却被父亲大人就这么毫不在意地泄露了出去。李月娥急得直跺脚。

赵匡胤看了看李月娥，冲李英笑道："看，就冲令爱对匡义的这份心，我们也得赶紧把匡义找回来，才不辜负李姑娘的心意。"

李英一时语塞，赵匡胤没怪罪他已经祖宗保佑了，如今竟在这种形式下还在想着赵匡义和李月娥的婚事，李英也有些无措。

李月娥却对赵匡胤后面的话左耳朵进右耳朵出，她现在满脑子的糨糊，霍昆老头也被控制了，这可怎么办？小桃再过四天，就又该施针了啊。

李英把李月娥领回了府中，长长松了口气，本想教训一顿李月娥，但又不知道该从哪下口。李月娥看来对赵匡义还是有情。李英沉思着。

第二天一大早，李月娥便跑到了霍昆的医馆，外面早站了两层的士兵，不少百姓都在指指点点，不知道这医馆出了什么事。李月娥看了看外面守着的兵，有赵匡胤的人，也有李英的人。李月娥对李英的部下还认识几个，也没打招呼便要进去。有士兵过来拦着：“大人有令，任何人不得入内。”

李月娥眼睛一瞪：“我要找霍昆老头看病，你们都拦在这儿，是想让我病死？”

一旁李英的部下自然认识李月娥，看李小姐发怒了，赶紧过来打着圆场：“这是李大人的千金，拦不得。”门口守卫的看了看李月娥，这才极不情愿地把她放了进去。心里却极不畅快，说话如雷怒震，丹田十足的样子，哪里像个病人？

霍昆看李月娥进来，忙问道：“我的小姐啊，你可来了。这到底是怎么回事？大半夜的来了这么些人，吓得都没人敢来看病了。之前的病人也进不来，没法继续诊治。你这可叫我怎么是好？”

李月娥看着霍昆，也没了法子。守卫的这么多，可怎么才能把霍昆带出去而不被发现呢？昨晚那招是肯定不行了。李月娥来来回回走着，却没什么主意。

霍昆看李月娥不说话，只好坐了下来扶着额头：“你这来回走得我头都晕。”

李月娥也一屁股坐了下去，有些懊恼：“这么多兵，可怎么带你出去。可不带你出去，桃姑娘还剩两次针，怎么办？你说说这赵大人，早不来晚不来，偏偏这个时候来，这不功亏一篑吗？桃姑娘的病可怎么办？”

霍昆看着李月娥发笑：“你还给他们操心？你先告诉我，我什么时候能出去？赶紧去求你爹啊，他在乾州独霸一方，现在不正是他发挥的好时候？”

李月娥瞪着霍昆：“又想让我扯你胡子？”霍昆忙伸手把胡子护着，这大小姐说到做到，以前还真被她揪过胡子，怪疼的。李月娥愁眉苦脸：“我爹这回也不灵了。是那赵大人要看着你，逼着桃姑娘他们现身。唉，这可怎么办？桃姑娘怎么办？”

霍昆蹙了蹙眉头，低声道：“要是这个事，倒也不是没办法。”

李月娥眼睛发亮：“什么办法？”

霍昆咳了两声，拈须道：“我有个弟弟，和我一同学医，同一师门，医术还在我之上。只是他闲云野鹤惯了，不像我愿意老老实实开个医馆在这里治病救人。他整天到处跑，但也正因为如此，见了更多的疑难病症，医术更为进益。所以我虽然不能出去给桃姑娘诊治，但如果找到他，继续剩下的两次施针，也绝无问题。”

李月娥先是猛地高兴了一下，片刻又柳眉倒竖：“好你个霍老头儿，你也说他整天到处跑，你让他们去哪儿找他？”说着凑到霍昆跟前，扯着他胡子道，“再不说个正经法子，我真扯了。”

霍昆忙道：“我说的就是正经法子。平日他到处跑，但现在是大年初一，正月里他一定在家的，到他家里找他便是。”

李月娥这才高兴起来，放开霍昆道：“那太好了。他家在哪？远不远？”

霍昆揉了揉被李月娥扯疼的下巴，走到桌前，把纸笔铺开，道：“不算远。在越州。万春堂的霍仲，一打听便知。我给他写封信，把桃姑娘的病情、诊治方法都告诉他，他一看便知。剩下的两次针，便不算什么了。从这里到越州，也不过是两三天的路程，赶得紧一些，两天一夜也就到了。来得及。”说着开始写信。

李月娥的心放了下来，这个法子也不错。如今的情形，她的确没能耐再把霍昆弄出去了。既然霍昆说那两次针由霍仲来施，那个霍仲应该医术还过得去。李月娥等霍昆写完，赶紧把信揣进了袖子里。一刻也没有耽误，冲出了霍昆的医馆，坐着马车向城东南赶去。

走到了半路，李月娥撩起马车的帘子四处看了看，方才在乾州城里不觉得，现在跑到了郊外，人烟稀少，跟在他们后面的那两匹马便格外显眼了。糟了，李月娥心里懊恼，不知道是赵匡胤还是父亲的鬼主意，竟然还跟着她。

李月娥在马车上飞快地想了想，眼看着马车到了一处山涧，前面就是几条岔路，这里有一汪不大的水面，冬天已经结冰。李月娥下了马车，跟着她的有一个丫鬟，两个随从，还有一个车夫，都是她信得过的。李月娥把信交给了其中一个随从，命令他从小道赶去怀安寺把信交给赵匡义，再告诉他去越州万春堂找霍仲等事宜。

那随从从一旁的树林里偷偷地向前去。李月娥走到那片水边，先是用力呼吸了几口，接着便开始在湖边甩了甩胳膊，踢了踢腿。跟着的那几个人有些纳闷地看着李月娥？赵大人吩咐跟着这姑娘，之前还风风火火的，现在怎么倒像来这里郊游了？

眼看着李月娥舒活完筋骨，在湖边跳起了舞，那几个人不由跟着李月娥的舞看得专注。这趟跟差真不错，这舞姿平日还真没见过。只是大正月初一，也怪了，这姑娘不在家待着，竟然跑湖边跳舞。

足足看李月娥跳了一个时辰。李月娥才停了下来，披了披风，又上了马车。等了又约莫有一个时辰，方才的侍从回来了，低声告诉李月娥道："已经送去了。赵匡义大人让谢过姑娘。桃姑娘让把这个给姑娘。"说着递给李月娥一个东西。

李月娥伸手接过来，一个剪得怪丑的牡丹，不由唇角挑了起来，这是小桃的手笔。看来信是的确送到了。李月娥整个人都轻松起来，爽快地大喊了声："回去喽！"说着轻快地跳上马车，抢了车夫的鞭子，自己驾起车来，看着车跑得歪歪扭扭，李月娥笑得嘻嘻哈哈。

赵匡义和小桃连夜逃到怀安寺。这寺庙有着上百年的历史了，只是藏在山里，知道的人很少，故而香火不旺。庙里只有一个老住持和几个看家护院的小和尚。看着大除夕夜的两人来投宿，也没有多问，便腾了两间房给他们。赵匡义担心追兵追上，一夜无眠。

第二天一早，除了两个赶来上头炷香的老妇人，再也没有旁人，赵匡义的心才稍微放下些，却又记挂着李月娥不知道什么时候才能把霍昆带来，一时也有些焦躁。

怀安寺的住持见赵匡义身形魁梧，行走带风，看着像行伍出身，也不敢怠慢，一早吩咐了小和尚准备好斋饭，给赵匡义和小桃送去。住持亲自登门，准备问询一二。

赵匡义忙起来抱拳道谢，小和尚把斋饭放下后，住持坐在一旁，又似不经意地打量了番赵匡义和小桃，淡淡问道："施主准备前往哪里？"

赵匡义答道："我在这里等个朋友。等到后，便会去东南边。"赵匡义说得模棱两可。

住持了然，既如此，那应该也不会住很久，便也松了口气，随口道："这里的斋饭虽简陋些，倒都是自己种的，施主将就吃便是。"说着把一旁的茶盏递给赵匡义，"这茶，是用了山里的泉水煮泡出来，味道比城中的清新些。施主尝尝。"

赵匡义再次道谢，为表敬意，伸出两只手去接，但左手只是虚挡，用右手接着拿了去。住持的眉头微微蹙了蹙，寺庙里的茶盏比一般的大些，一只手拿着并不轻松，不由问道："施主左手可是受了伤？"

赵匡义点点头："受了冻，有些痹症。"自从昨天情急之下都解不开系马的绳索，小桃便已经知道他的手有了伤。只是他并没有告诉她是如何伤的。赵匡义不愿意给小桃的心上再添负累。

小桃听着眸子有些黯淡，之前她虽然也对赵匡义遮遮掩掩的手有怀疑，但到昨天，才确定他的手受了伤。唉，都怪她，如果不是她惹的追兵，也不会两人掉进陷阱险些没命。

“哦。”住持轻叹了口气，“乾州今冬的天气，比往年都冷。也难怪。”突然像想起什么似的说道，“你们往东南去，一路可以留意有没有五火地玄参，那个泡酒后，外敷内用，对治疗痹症很管用。”

赵匡义还没有什么反应，小桃已经不由激动地插嘴道：“真的吗？那个什么参很管用吗？”

住持看着小桃微微笑道：“以前曾见有人那么做过，在雪地里冻麻了的脚，几年都动弹不了，用了五火地玄参泡了的酒后，好了不少。只是那种参很难找，长得也慢，百年不见得能长成一支。而且也只有乾州东南，和越州北边有生长。若是有缘，自然能寻得。”

小桃暗暗记了下来，五火地玄参，不管是真是假，试试总是要的。否则祁公子的左手不便，她心里也难受。小桃继续问：“那五火地玄参长什么样子？”

住持想了想道：“一般长在水涧边的树根旁，夏天不好辨识，冬天顶上会有层白绒毛似的一圈，便好认了。”白绒毛一圈？是什么样？小桃竭力地想着，也没想出个所以然。

赵匡义却是一直记挂霍昆什么时候到来，对住持讲的什么五火地玄参完全没听进去。这时送信的侍从到了，住持走了出去。赵匡义听侍从禀告之后，带着小桃匆忙和住持道别后，到了山下。本想雇一辆农户的马车，但无奈正月初一，没人肯抛下家中老小去赚这个钱，只好买了驾马车，赵匡义自己驾车，向越州一带疾驰而去。

马车在路上行了一整天。为了赶时间，赵匡义夜里也没有休息继续赶路。第二天上午，赶到一处小镇，名叫邵景镇。赵匡义才把马车停了下来。到了一处饭庄，对小桃说道：“再过两个镇子就是越州的地界了。再赶赶路，最晚明天早晨，就可以到越州城。”

小桃点点头，看着眼睛红红的赵匡义有些心疼：“还有两天才施针，能赶得及。”

说着二人一起走进饭庄，进到一处雅间，点了几个菜。正月的客人有些多，菜也上得慢。还没等菜上来，满身疲惫的赵匡义已经撑不住，伏在桌上睡了过去。小桃的心有些闷闷地疼痛，起身出去吩咐店家待会再上菜，让赵匡义能多睡会儿。

店家正端着菜冲这边雅间过来，听小桃这么一说，便说道：“那正好了，你们的菜我就给旁边那桌上了，他们正催着呢，赶着吃完要进山采药。”

听到“采药”二字，小桃的心不由动了一下，忙走出来轻手轻脚把门关上，看店家走到外面大堂里的其中一桌把菜放下，小桃忙走到那桌跟前，问道：“是你们要去采药吗？”

桌旁坐的四五个人打量了一眼小桃，其中一个年纪大些的答道：“是啊。姑娘有什么事？”

小桃急忙问道：“你们这里有种叫五火，五火地玄参的药材吗？”一急之下，险些没叫来那个拗口的名字。

这时店家正好又来上菜，听到小桃的问话笑道：“你可问对人了。这几位是我们镇上岐黄药会的，对各种药材都懂得很。”小桃听店家说了后，对这几人更是尊崇。

年长的那人笑道：“五火地玄参也就是我们这里最多。运气好的，没准还真能碰上。”

小桃有些激动起来，对那些人道：“那能不能麻烦你们采些，我都买。银子好商量。我就在这等着，你们要多久回来？”

“采些？”年长的摇摇头，“姑娘，一看你就是外行。五火地玄参能采一株就不错了，还采些？不错，我们邵景镇山里，是特产五火地玄参，可那参难采着呢。沿着水沟边的斜坡长着，本就不好找，即便找到了，挖着挖着，突然就跑了。”

“跑了？”小桃还从没听说过有会跑的药材，不由睁大了眼。

旁边一个三十多岁的女子看小桃的样子，扑哧笑出了声：“这都不知道？人参会跑有什么稀奇？五火地玄参尤其是吸了日月精华，自然更难挖。挖着挖着不见了的情形多的是。所以我们可不敢保证能给你挖回来。”

年长的也说道：“再说我们这一进山，还得去山顶采些珍稀药材，不是一时三刻能回来的。干粮都备好了，起码得去个三五天，好好采些药材回来，才不枉辛辛苦苦折腾一趟。”

三五天？那赵匡义一定不肯等。小桃的心凉了一半，忍不住还是问着：“那你们有采到过那个参吗？”

那女子笑道：“当然采到过。只不过不可能每次都采到。但两三回，总有一回能采上。那药材对人身体极好，许多不好治的病，用了五火地玄参，都好得很快。你是哪里不舒服？”

小桃摇头：“不是我，一个朋友，胳膊冻着了，有些痹症。”

那女子接着道：“那就对了。五火地玄参尤其对冻伤有奇效。”看小桃说得诚恳，不由道，“要不你跟着我们进山去找找，找的到便成了，找不到就回来。”

年长的制止着那女子：“你又胡说了。她又不会采药，进去可怎么是好？”

“三哥，”那女子笑道，“你怎么糊涂了，五火地玄参长得并不高，一般就在山口那片水涧的树底下，我们一起过去找找，要是找的见就卖给这姑娘，也不误咱们继续去采药，要是找不到，她也可以原路返回啊。那里是山口，好进好出得很，有什么不行的。”

小桃的心动了动，那女子的话对她格外诱惑，如果能找到五火地玄参，祁公子的胳膊就不会总是拿不了东西，也不会在坏人追上来的时候，都解不开马的绳索。想着心里更加痛楚酸涩，便问着那些人："从这里到山口有多远？"

那女子应道："坐马车有一炷香就到了，不过我们都是走路，用不了一个时辰就能过去。那山口也好找，你进去看看，要是没有就直接出来返回，也不远。"

小桃越听越心动，才一个时辰，要是真能找到五火地玄参，就能治好祁公子的胳膊。小桃仔细打量了一番那几个人，听他们和店家的对话，就是这个镇子的本地人。小桃的心放了些，急着去找参的念头已经占据了她的头脑，对那几个人道："那我待会和你们一起进山。"

不多时，那些人吃完饭，和店家结了账。小桃折回雅间看了看，赵匡义还趴在那里睡觉，一路赶得太累，赵匡义睡得很沉。小桃嘱咐店家照顾赵匡义，转身和那些人一起出了饭庄。

那些人向镇子东南走去，一路聊着些采药的趣事，小桃一边走一边听着，倒也不觉得沉闷。那女子没有说谎，镇子很小，不出一炷香，已经走到了镇子郊外，多半个时辰后，已经到了山下，那女子对其他人说道："我们进山要待好几天，不如在这里帮这个姑娘找找五火地玄参。反正那参即便有，也就在这附近。"

其余的人看那女子这么说，也没反对，便一起顺着山口的矮坡向上攀了去。小桃随口问着："你们怎么冬天也采药？"

那女子掩口笑道："这你就不懂了。采药一年四季都适宜。冬天有冬天的好，一些药材只有冬天才长，还都是名贵药材。"

"哦。"小桃似懂非懂，跟着一起顺着坡爬上去。那女子道："五火地玄参顺着这坡上去，往往在那种树的下面。"女子指着一株大树说着，那树也奇，这么冷的天，居然也不掉叶子。女子蹲在树下来回找了找，摇摇头：“这棵下面没有。”说完又向前走去，小桃也跟着过去。

这时前面一个人叫道：“这里有。”

小桃的心怦地跳得老高，赶紧快步跑了过去。她迫切地想看看是什么样的参。那女子在后面急得喊：“别，别跑那么急。”话没说完，小桃已经大步跑到了喊的人旁边。

那人正蹲着一点点地挖着，忽然颓然地停了手，看着跑来的小桃叹口气：“你跑这么快做什么？好容易看到一棵，你跑得这么用力，又震跑了。”

跑了？小桃有些手足无措，自己什么也没干啊，就这么跑几步，就能震跑？这时身后的女子也跑了过来，对小桃说道：“我还拼命喊着你呢。见到参，得脚步轻些过去，否则力气太大，参容易跑得不见。”

原来如此，小桃有些颓然地看着女子：“那怎么办？”

女子拍拍小桃的肩：“再找找。”

正午的阳光晒得暖融融的，一众人又在坡上细细找着，忽然其中年长的喊了一句：“这儿有。”这回小桃聪明了，没敢快跑，只是轻轻挪着脚步，挪到了跟前，其他人也都屏息凝神，没有吭声，看着那人从袖子里掏出一根绳子，系上了那株参。然后一点点地挖着周围，生怕碰断了参的须子。

小桃瞪大了眼睛仔细看着，终于明白了老主持说的一圈白绒毛是什么意思。那参在树下，上面有几片叶子，在冬天也变得枯黄，凝结了霜露，便在叶子上形成了一圈白色的冰霜，以至于像长的绒毛似的。小桃拍拍胸口，好在是跟着采药人来的，否则这参就在她眼皮子底下，她也不认得。

约莫过了一顿饭的时间，采药人才慢慢地把整个参都挖了出来。这株参不算很大，但须子也不少，那人把参递给小桃道：“拿着吧。这株参虽然不是千百年的老根，但疗效也不会差。今天是你有缘分。”

小桃接过参，不知道该怎么感谢他们。从袖中拿出些银子递给那女子道：“我不知道这些钱够不够，你们收着。太谢谢了。”

那女子把小桃的手推了回去：“别，你这么就没意思了。我们带你来也是顺路，这么一来倒像讹了你钱似的。快收着，趁着天早，赶紧原路返回去吧。我们还得进山里头，就不陪你了。你自己小心。”说完几个人向小桃挥了挥手，又往山里走去。只剩下小桃站在原地，怀着一身感激。

赵匡义在饭庄的桌上撑着睡了一会儿，连夜赶路的疲惫让他睡得有些沉，不到半个时辰猛地惊醒，一看身边没有人，忙走了出去。看到店家问道：“刚才屋里的姑娘呢？”

店家笑道：“您是说和您一起来的那位姑娘吧？”见赵匡义点头，接着道，“店里方才来了几个人，是镇上岐黄药会的，准备进山采药。那姑娘也跟着去了。”

赵匡义的心一颤，眉头紧紧蹙了起来，不禁抓着店家胸前的衣襟，声音清冷：“她好端端的为什么要跟着采药的走？可是有人下了什么邪术？”

店家无奈地说道：“我也不知道他们说什么了呀，那姑娘就突然非去不可了。兴许是觉得好玩呢。只吩咐我照顾好您，不过您也不必担心，那些人都是镇上的，还有些名望，平日我们都熟悉，不是坏人。”

赵匡义急火攻心，哪里听得进去，只觉得四肢都麻了，这个小桃，到底在瞎跑什么？赵匡义用力甩开店家，着急地问着：“他们去哪里采药？怎么走？”

店家看赵匡义真的急了，赶忙走到门口，指着东南方向道：“就从这顺着小路一直到头，很快就到郊外了，然后向东转三个岔路口，您就记着向左，或是问问人，绍峰山的入口，他们就在那里采药。”

店家还想细细说说那山周围都有什么标记，赵匡义哪里听得进去，出门把马车解下，骑着马向东南方向飞快地奔了过去。一路连打听带问，由于认不清路又走了不少冤枉路。直到下午，赵匡义才终于到了绍峰山的入口。

绍峰山是一个莲花形状的山群，入口处比较平缓，但前方的岔路却不少，赵匡义看着有些懵，这可去哪里找？赵匡义的心像有一百只猫在抓似的，小桃到底去哪了？那些人又是什么来头？会不会是南唐的探子？看着空荡荡的山，飘着湿冷的雾气，赵匡义忍不住大声喊着：“桃宜，小桃！”但回应他的，只有自己的回声。

赵匡义在山口等了一个多时辰，没有一个人经过，心里更加着慌，又等了半个多时辰，才从东边的山上下来一个药童，赵匡义仿佛看到了救星，急忙冲过去问道：“你是从山上下来的吗？有没有看到一个姑娘，穿绿裙子的？”

那药童茫然地摇了摇头：“我没往深里走，只是在近处采了些药草，没看着人。”

赵匡义的心凉了下去，又问道：“那你们采药一般走哪条路？”

药童指了指东边和西边两条路道：“要是采寻常的，走东边就可以。要是采些名贵的，就去西边，不过西边山又高又深，进去容易迷路。”药童看了看赵匡义好奇道，“你不会想进山吧？不熟悉路可别去，尤其是西边的，当心夜里遇见狼。”

药童本是好心，但一句遇到狼，让赵匡义的心又狠狠揪了起来。赵匡义脑子里飞快地盘算着，小桃跟着的采药人不止一个，听店家说是什么岐黄药会。如果是采寻常药材，大可不必这么多人结伴而行，那一定是走的西边那条路，去采名贵的药材。赵匡义没再多言，向着西边的路大步走了过去。

西边的路起初有些石阶，是人们为了进山方便用石头铺就的，走了大约两百多阶后，就全成了山间的小径。赵匡义顺着人踩出来的路向上走着。开始坡比较缓，越往后走，坡越来越陡，路两边棘草丛生，也越发难走。

赵匡义向上爬了半个多时辰，越来越急。这里的路倒是像有人走过，地上的薄雪有被踩开的痕迹。赵匡义仔细盯着路上的蛛丝马迹，顺着有人迹的地方向上快速地爬去。太阳越来越偏西，他必须尽快找到小桃。否则到了夜里，自己只怕也要迷路，赵匡义加快了步伐。

又向上快速地爬了许久，终于到了一处平台，有几个磨平的树桩，既然树桩磨平，说明这里常会有人停歇。赵匡义在平台附近来回走着，搜寻着，忽然看到一条小径通往后面似乎有亭子，赵匡义赶紧走了过去。

亭子里有几个人正在歇着，从背着的口袋里往外拿着干粮准备吃，还有几个人在一旁说着话。赵匡义赶忙过去一抱拳，沉声问道："敢问你们可是山下镇上岐黄药会的？"

那些人愣了一下，上下打量了一番赵匡义，面露惊讶，他们的额头也没写字，这个陌生的小伙子是从哪看出来他们是岐黄药会的？其中年长的那位点点头道："阁下是？"

赵匡义悬了半晌的心才终于缓了缓，道："是不是今早在饭庄有个姑娘同你们一起进山采药？穿着绿裙子的，她现在在哪儿？"

"她？"那些人中一个女子笑道，"她是你什么人？你这巴巴地从山下跑上来就为了找那个姑娘？那你之前怎么不和她一起来呢？"那女子见到陌生人，话却不少。

赵匡义没心情同她说些不相干的，眉头也越皱越紧。这时旁边年长的咳了一声道："好了，别和这位公子开玩笑了。"说着对赵匡义正色道，"早晨是有一位姑娘和我们一起进山采药，不过我们在主峰东边水涧旁的树下，便已经分开。"说着想了想道，"要是她那时就原路回去，此刻肯定早已回到饭庄了。你们会不会恰好走散了？"

赵匡义听到这话，心嗖地蹿了起来，自己千算万算还是走错了，要是走东边那条路，兴许和小桃就遇到了。赵匡义匆匆道了谢，不顾下坡的路陡，三步并作两步连跑带奔冲下了山。

“哎！”身后那姑娘不无遗憾地说道，“都怪你们，那么快和他说完，都没人可以闲聊几句了。还没告诉他帮那姑娘挖了五火地玄参呢，真是的。”周围的几个人都哈哈大笑起来，“小妹也该找个人家嫁了。”

赵匡义从原路返回到山下，骑马疾驰回饭庄。他的心有些期待又有些害怕，心中只祈盼着等他回去，小桃好端端地在饭庄坐着。赵匡义快马加鞭奔回饭庄，冲进去问着店家：“那位姑娘回来了吗？”

店家一愣：“没有啊。你不是去找了吗？没找到？”

赵匡义只觉得一阵锥心的凉，她没有回来——从绍峰山的入口到这里，就是走，也早就走回来了啊。慌乱，把赵匡义击得有些摇晃。店家看了看外面已经暗下去的天，对赵匡义道：“天色已经黑了。我这边喊两个伙计，带着火把，一起进山去找找吧。山里晚上会有狼。”

赵匡义的心来回撕扯着，急忙一抱拳：“多谢。”

店家派了伙计，带着火把和干粮、酒，陪同赵匡义再次进了山里。这次赵匡义在东面的入口带着路，一边走，一边用火把照着四周。那几个采药人说水涧旁，赵匡义便和伙计在水边一直找着。

天完全黑了，月亮升起，在沿着夜幕划着轨迹。月亮升到了正中，又滑到了东边。随着月亮的轨迹，入夜的天气也越来越冷。赵匡义更加心急如焚，小桃就穿了那么条裙子，可怎么受得了？

翻过一个枯草坡，其中一个伙计的声音忽然抖了起来：“那儿，那儿——”说着哆哆嗦嗦地伸手指着前方。

赵匡义顿住步子，在月色下，纷纷凋落树叶的枯枝在风中萧索地摇晃，而前方背着他们的，是一头昂首定立的狼。听到他们的声音，狼迅速地扭过了头，看到他们手中的火把，狼的头向一旁歪了歪，继续回头看着刚才的方向。而狼对面的草丛里，有一个微弱得几乎没气息的声音：“救我。”

赵匡义的心咯噔疼了一下，一瞬间，那个大男人的手竟微微有些颤，手里的火把都不稳地跟着颤了一颤。是小桃的声音，她还活着。赵匡义不顾一切地向前走了过去，那两个伙计赶忙拼命拽住他：“有狼，你不要命了？”

赵匡义淡淡笑了，他要命，但当小桃的性命受到威胁的时候，他的命就不算什么了。赵匡义对那两个伙计示意，让他们走到一边安全的地方，赵匡义右手拿着火把，向狼走过去。

荒凉的草坡上，半弦月悬在如幕的苍穹，赵匡义一身如墨的袍子，手里擎着火把，向那头狼义无反顾地走了过去。他眸中的狠戾，对视着狼眼中的凶狠，甚至于分不清，谁更像一头狼。

那头狼的兴趣终于从小桃的身上转移到了赵匡义的身上，盯着赵匡义看了许久，赵匡义手里的火把渐渐有些燃尽，光弱了下去。狼瞅准时间，猛地向赵匡义蹿了过来，速度快得让人躲闪不及。

赵匡义把手里的火把向着狼甩了过去，狼的头微微一偏，就在千钧一发的刹那，赵匡义手里的短剑像一团寒光，飞快地从腹部刺进了扑过来的狼，没有来回格斗，没有生死较量，只是一招，就把一头刚才还迅猛飞扑的狼，变成了一摊血肉分离挣扎垂死的皮囊。

赵匡义不知道自己哪来的这种力量。平日里他的功夫虽然好，但是还没到了一招毙命的地步。可见情急之下，能有多大的力量，不到那个时候是怎么也想象不来的。何况他只有一只手，可为了保护想保护的人，那一只手也必须全力以赴。

赵匡义快步走到了狼对面的草丛里，心都在颤着，还没等他去扶，小桃自己从后面吭哧着爬了出来，全身的污泥杂草，不知道从哪儿滚下来的。腿上乌漆墨黑的一片，脸上黑一道白一道，肩膀的衣裙也扯成了好几缕，赵匡义不禁问道：“没事吧？”

小桃摇摇头：“没事。”又抚着胸口劫后余生般庆幸道，“幸好你来了。这里真不是什么好玩的地方，太要命。”

小桃本是随口一句话，却让赵匡义的心锥得疼，疼着疼着，就生起无名的气来。自己辛辛苦苦保护着她，可她竟然不知道整天想着什么，乱跑瞎逛，把她自己弄得这么狼狈不说，晚来一步……赵匡义不敢想下去。

赵匡义解下身上的大氅，把小桃裹住，没有多说一句话。小桃的腿伤了，走路一瘸一拐的，刚才又受了惊吓，此刻更是一句话也说不出。赵匡义看小桃走得吃力，俯身背起小桃，向山下走去。

颠簸的山路，背上的上弦月，黑色的天幕，小桃伏在赵匡义的背上，是从未有过的安心。从前，她的脑子里一直只有白色的袍子，似乎只有那片白，才能带给她心灵的安宁。可就在刚才，月色下的那一束黑，那和狼不分伯仲的狠戾，让她觉得一切都不算什么，那束黑，让她更加踏实安稳。

到了山下，赵匡义把小桃放到马上，和另两个伙计一起回到了饭庄。店家忙腾出间屋子给赵匡义和小桃，又命人打了热水给小桃洗澡。小桃钻进了热腾腾的水里，却又疼得龇牙咧嘴地飞快从水里扑了出来。

疼，身上那些被树枝石块摩擦的伤痕，深的深，浅的浅，却无一不是撕心裂肺地疼着，每一处伤痕都让她直喘气。小桃只好用巾子蘸了水，把身上的污泥和脏水擦掉，再把巾子投干净，又重新蘸了干净的水擦拭。一点点，像小鸡啄米似的，把泥垢擦干净，却还得避让着鲜血淋漓的伤口，疼得眼泪直往下掉。

折腾了半晌，才好容易把身上擦洗干净。一整天的害怕，疼痛，这才稍微舒缓了些。小桃换了件干净衣服，把门打开，伙计送了热腾腾的饭过来，小桃在门口张望着，不由问道：“公子呢？”

伙计把饭菜放到桌上，回答道：“公子在另间房里吃着。让我告诉姑娘，赶紧吃，吃完去赶路。”

小桃有些发愣，吃饭还在另间房里吃？兴许是急着赶路，小桃也没有多想，从那件换下的衣服里把两支五火地玄参拿出来，细细用白布裹了，淋了些水，缠得紧紧，放在了包袱里。

小桃这里刚收拾好，赵匡义已经到了门口，看着小桃没有什么表情：“收拾好了？那就走吧。”说完也没有看小桃，大步流星向外走了出去。小桃忙背着包袱一瘸一拐地跟在后面，也到了饭庄外。

天还没有亮，满天繁星坠着的夜空，很清凉，很炫目。赵匡义和店家辞别，又奉了一大锭银子答谢这一天的帮忙，看着小桃自己吃力地钻进马车，也没有搭把手，直接跳上马车前面，驾着车绝尘而去。

赵匡义把马车赶得飞快，不知道在和谁赌着气。他心里的确是不痛快，他想不通小桃到底在想什么，每天都在出状况，这一路颠簸，一路艰辛，好容易从二哥的眼皮子底下溜出来，在这十万火急的时候，她竟然还有心情游山玩水。

她的身体，他那么在乎，可以抛下兵权，抛下娘和二哥，抛下他能抛下的一切，只为了带着她把病看好。在他都不笃定能活着出去的时候，他可以不要自己的命，用血去换她的命。可她为什么就不能珍惜自己的身体？就算她有病，就算她的情绪和正常人有异，可是……赵匡义给自己想了上百个理由，不去生小桃的气。尤其她的疯癫病还没有好，做任何事都是情有可原的。

可情绪还是得不到缓解。只有他自己知道，当漫山遍野找不到小桃的时候，他有多么焦灼。那种焦灼，恨不得可以一手把整个山翻遍，恨不得把每一寸地都铲遍，那种焦灼甚至成了一种炮烙之刑，让他疼得没地方钻。这种疼痛之后，他看着小桃，是无法心平气和的。

小桃却还毫无知觉。靠着马车打了个盹儿。中午的时候，赵匡义把马车停下，喝了几口水，吃了些带着的干粮。小桃看赵匡义赶得辛苦，便说道：“不用急，今晚之前肯定能到的。”说着下了马车一瘸一拐地在地上舒活了舒活筋骨，不远处有条小溪，难得的在冬天竟然没有结冰，小桃向小溪走过去，想照着河水梳弄梳弄头发。

赵匡义看小桃又向远走去，情急之下一把拽住了小桃，紧紧皱眉道：“你又做什么去？”

小桃只顾着看前面的溪水，也没留意赵匡义的情态，声音还带着丝喜悦：“那里有条小溪。我们过去……”

话没说完已经被赵匡义冷冷打断，声音在凉薄中有着一丝愠怒：“桃宜，你是不是永远不能消停一会儿？你知不知道你这种冒冒失失会惹很多麻烦？”他没有心情和她去看小溪，他只知道今晚赶不到越州，见不到那个霍仲郎中，她的病就会很麻烦。而这里距越州，还有上百里，沿途会发生什么事情，他都不敢预测。

小桃怔住了，赵匡义从没有和她这样说过话，她会惹麻烦？小桃有些发懵。赵匡义蹙紧了眉头，不容丝毫置辩：“上车！”

小桃没有再说话，一瘸一拐地向马车走了过去。赵匡义伸出手，准备让小桃搭着上车。小桃一手扶在了马车棱上，用力一踩，脚上钻心的疼痛袭来，小桃深深吸了口气，钻进了马车。赵匡义撤下了没用的胳膊，反身上马，把马车驾得飞快。

小桃坐在车里，眼泪莫名其妙地往下掉，这么些日子，她似乎一直依赖着赵匡义，在她的世界里，只有一个他。不论是看病，生活，他是她全部的依靠。以至于她忘了问自己，他为什么是她的依靠？自己又凭什么在危难时总得到他的庇护？原来他也会烦躁，也会觉得自己惹麻烦。

小桃紧紧抱着膝，把自己缩了进去。好冷，哪里才能暖和一些？她第一次反思她和赵匡义之间，此刻她忽然意识到自己是个沉重的包袱，带给他很多的累赘和麻烦，自己这么跟着他，是不是很不应该？

日落西山的时候，马车终于进了越州城。越州是吴越的地界，但吴越对大周的百姓是无须通关文牒就可以入城的。赵匡义是周人，拿着玉牌便进了越州城里。万春堂在这里很有名，赵匡义打听了一番便已经到了万春堂的门口。

万春堂的门闭着，赵匡义拍打了半晌，才从里面出来一个小童，问他们找谁。

赵匡义问道："霍仲大夫在吗？"

小童摇摇头："师傅外出给人瞧病去了。今早刚走。"

赵匡义的心急了起来："什么时候回来？"

小童答着："要七日后。"

赵匡义想了想又问道："我们找他有急事，你知道他去哪里出诊吗？我过去找他也可以。"

小童一个劲地摆手："那可不行。他没有交代去哪儿，但一定不在越州城了。你们就在越州等着还快些，这去哪里找？再说了，师傅这次出诊进出都有人来接，我们都不知道是哪家府上。"

有人接，那想必是大户人家。可不在越州，又去哪能找？七天，黄花菜都凉了。千算万算，没想到大正月里，霍仲还会去出诊，赶得又这么凑巧。小桃的针谁去施？

小桃的心也沉了下去，但事已至此，也没什么办法，便对赵匡义说道："既然这样，不如就在这里住下，等郎中回来问问再说吧。"现在也只有这么一个办法了。

赵匡义说不出的懊恼，霍仲是一早走的，如果不出意外，昨天晚上赶到，那根本就来得及。可偏偏这倒三不着俩的事，最后白白错失了机缘。赵匡义闷闷在前面走着，找了间客栈投宿，一声不吭。

小桃看赵匡义闷声不响，心里更是七上八下。从桌上的茶壶里倒了盏茶递给赵匡义，说道："喝茶吧。"顿了顿，咬咬牙说道，"我的病，其实也差不多了。我不想治了。"

赵匡义声音很冷："什么意思？"

小桃纠结了许久，说道："现在做什么事也不影响，只是有些事记不得。也不要紧。公子还有许多事，要不要先回去看看？我拖累了公子这么久，实在……"

小桃生分的话像把利刃似的，狠狠剜了赵匡义的心，铮铮发疼。她在和他客气？那他白白在给谁操心？赵匡义定定看了小桃一眼，勾唇淡淡笑了，笑容有些悲凉："叶小桃，你没心的。"

小桃的心狠狠扯了一下，眼圈有些红，抬眸看着赵匡义竭力扯出个笑："我是没心。你可以不理我。"

赵匡义的心痛了起来，他妈的他到底要怎么做才能让这个女人心没这么凉？赵匡义忽然觉得很累。身体很累，三天了，没正经睡过一觉，只是打了个盹儿，还让小桃走丢了。心更累，从迎銮镇再见到小桃，看着小桃从疯疯癫癫到现在的有条有理，每一点变化，他既欣喜又害怕。他不愿意做那个白袍子的死人，可他又怕她想起来后和他疏远。就这么一天一天地在两种情绪的夹缝中过，不管心里多纠结，他始终希望小桃是健康的。可到了最后，她越健康，和他越生分。

赵匡义站起身来，没再说话，到隔壁的房间倒头睡去。他太累了，只想好好休息。

小桃坐在屋里，眼泪不知怎么就流了出来。她不知道自己哪做错了，可越是想揣摩他的心思，越惹恼他。小桃有些手足无措。从包袱里把那两支费了好大劲才弄到的参拿出来，放在鼻子下闻了闻，比刚采出来的味道又淡了些。小桃有些焦急，这参会不会越放越变差？本来想着来这里，有郎中在，才好知道怎么用这参，可现在郎中没在，这参她自己又不会用，真是焦急。小桃把参放在窗口晾了一会儿，又用白布裹好，收到包袱里。

转念一想，这里是越州城，不可能只有一个郎中。用五火地玄参治疗冻伤，别的郎中应该也会。想到这里，小桃带着参走了出去。在越州城里打听了打听哪里还有医馆，有人说城西的仁济堂不错，只是远了些。远不怕，小桃向着城西走了过去。

仁济堂的郎中是个胡子花白的老者，听小桃这么一说，又打开小桃带的五火地玄参看了看，微微笑道："如果像你说的，由于冻伤造成的痹症，那么把参切片，泡在原酿的烈酒里，不论是服用还是擦拭，都见效的。"

小桃刚舒了口气，那郎中又道："不过，病人不在，没法望闻问切，自然不知道该怎么调方子，多少酒，多少参，还加不加其他药材，都是未知。要是别的药材，姑且不论怎样，先用着。但这五火地玄参不是寻常药，想必姑娘也费了番周折才拿到。自然不能随随便便用了。必须用最合适的方子，最恰当的用法，才不浪费了这参。"

小桃听着也有道理，连连点头。这参不能浪费，想想道："那我带着他来您这里诊治后再说吧。"可是，如今她和赵匡义别扭着，她还真不知道怎么开口。

越州城很大，小桃从客栈到了城西的医馆，又从医馆溜达着回来，脚也瘸着，一拐一拐，回去的路上，每一步倒钻心似的疼。又是两个时辰过去。

赵匡义一觉醒来，到隔壁一看，小桃又不见了。天早已黑了，客栈都上了灯。她又去哪了？赵匡义焦躁得有些坐立不安，为什么她就不能安安静静待着，为什么总让他担不完的心？

赵匡义跑出去正要问店家是否知道小桃去了哪里，却看到满怀心事的小桃正向房间走了过来，赵匡义一个箭步上去，抓着小桃的肩几乎咬牙：

“你又去哪了？”

小桃正要说去医馆，忽然心里咯噔一下，糟了，那参落在医馆忘了拿回来了。那参可不能丢啊。小桃急得全身直冒冷汗，顾不得回答赵匡义就要向城西跑去：“不行，我得再去一趟。”

赵匡义一把把小桃扯了回来，声音很大：“够了！”

赵匡义情急之下，力气有些大，小桃的脚本来就不爽利，又在外面走了许久，早没了力气。被他一扯站立不住，撞在了门框上，“砰”的一声，小桃的半个身子都磕在了上面，痛得眼泪都冒了出来。

赵匡义没料到小桃一点力气也没，撞的声音又大，忙把小桃又揽了回来，刚才的气早抛到了脑后，焦急地问着：“碰到哪里了？痛吗？”

小桃摇摇头，忍着泪看着赵匡义声音微颤：“公子，真的必须赶紧去医馆，我的参落在那里了。再不去，只怕丢了。”

赵匡义一愣：“参？什么参。”

“五火地玄参，”小桃忽然觉得有些委屈，身上的疼，又焦急参被人拿走，眼泪有些止不住，“我费了好大的劲才弄到的啊。”她真的为了那两支参费尽了辛苦，当初采药人帮她找到了一支。她又怕一支不够，在附近又找了好久，天寒地冻的手都要冻僵了，好在老天助她，又被她发现了一支更大的。小桃不会挖参，又怕参跑了，就用手指一点点地把参附近的土刨掉。等整个参出来的时候，她的手指都是血。

可就是为了挖第二支参，耽误了时间，下山的时候天都快黑了，她迷了路，在山里徘徊逡巡了好久，天黑路险，她从坡上滚了下去。好在坡并不高，她摔到坡下的时候，整个身子都擦破了，只手里紧紧抱着那两支参，连头都顾不得护。跌到了坡底，好容易爬了起来，还没歇过来，却又遇到了狼。她也不知道自己怎么就那么倒霉。好在赵匡义及时出现，否则，为了那两只参，她险些没了命。

小桃哭得有些无助："为了它们，摔下坡，差点被狼吃了。我不想丢，我要去医馆找回来。"

五火地玄参？赵匡义像被一把大锤狠狠抡了下来，自己真是个混账。赵匡义一把把小桃紧紧揽在了怀里，她不是去玩，她是去给自己找药。自己的脑子是被猪油蒙了吗？为什么就没有想到她是去找药材呢？只怪当时住持随口那么一说，他又记挂着霍昆什么时候过来，压根就没放在心上。可那个傻丫头，竟然记住了。还费尽了心血去找。赵匡义抱紧了小桃，声音沉沉却有些微颤："对不起。"

小桃的情绪平复了些，对赵匡义道："我们赶紧去找吧。"

赵匡义点点头："好。"

外面的月亮虽然只是上弦，却很亮，赵匡义骑着马带着小桃过去，好在仁济堂的郎中看那五火地玄参名贵，给小桃收了起来。等小桃回去后递给她道："这药可不容易找，千万收好别丢了。"

小桃看着找回来的参，一脸的笑意，对郎中道："对了，就是这位公子的手冻伤了。你快看看，该怎么服药。"

仁济堂的郎中看了看赵匡义，道："那就请公子坐下，老朽试着把把脉。"

赵匡义坐了下来，虽说并不太信这信手拈来的郎中，但看小桃兴致很高的情态，也不好让她扫兴，便伸出手让郎中诊脉。

郎中拿起赵匡义的胳膊，切扣一番，拈须笑道："这位公子的手，不在冻伤。"

赵匡义和小桃都是一愣，不是冻伤是什么？郎中继续道："在亏了气血。"赵匡义不以为意地笑笑，霍昆也曾说过，亏了气血加上冻伤，才会这样。

郎中又道："不过很奇怪。公子腕上的疤痕，不像能流出那么多血的缘故，而且还是伤了心脉。按理这个伤口不大，血流片刻便能自动愈合，即便是寒冬，也断然不会一直流血。除非——”

小桃追问着：“除非什么？”

赵匡义沉声打断道：“也没什么，那天负了伤，又天寒地冻，兴许就比平日要严重。”

郎中摇头：“不会，除非用力放血。”

小桃半信半疑看着郎中，琢磨着这个放血是什么意思。赵匡义打断道：“那如何诊治？”

郎中道：“如果的确是放血伤了心脉，再配些当归，熟地黄，把五火地玄参切片，熬了汤药喝，再配以针灸，便可痊愈。要是只是寻常失血，那加些鸡血藤，不必熬汤药，用酒泡三日就可服用。公子要是不告诉我实情，我怎么开药？”

赵匡义心里一惊，这位郎中是个深藏不露的高人，霍昆都没法子的病他一下就诊出了原委，只是小桃在这里，先不说这些，赵匡义转了话题：“果然医术高明。”说着把霍昆的信递给了郎中，“我们本来是想找霍仲大夫施针的，但霍大夫不在。如今遇到您，更胜一筹，不知能不能给她施针？”

郎中接过信看了看，又给小桃切了切脉道：“这位姑娘的病已经在见好。霍家兄弟的医术天下有名，找他看不错的。不过每个人都有专长，霍昆这么治也可以，只是他们用的是霍家的点梅针法，每次施针的穴位、力度、针的长短都有讲究，这个是他们的独门秘学，除了霍仲，这天下没人能接霍昆的针法。我是会施针，但我不会点梅针法，扎进去反而会气血紊乱，前功尽弃不说，只怕血脉逆行。还是等霍仲回来试试吧。”

赵匡义听他这么说，心又沉了下去。看来，只有等霍仲了。小桃却是一个劲儿地问着：“那公子的病呢？怎么治？”

赵匡义不等郎中开口便说道：“今天天色太晚了。反正已经说了可以治，不如明天一早过来，也好详细问诊。”说着把五火地玄参拿了起来，“东西找到了，先走吧。”

小桃极不情愿地被赵匡义拽了回去，心里却还在琢磨着什么是用力放血。

连日来的劳累，小桃一夜睡得很沉，等到第二天醒来，已经日上三竿了，小桃忙起来穿好衣服，出门看到赵匡义已经从隔壁的房间出来，忙说道：“公子，我们快去诊治吧。都怪我，睡得太沉了。”

赵匡义微微笑道：“不必了。我已经去诊治过了，郎中开了药，我托店家帮着熬了出来，已经服过了。”

“啊？”小桃惊讶得合不上嘴，一个早晨，公子已经把这么多事做好了？小桃有些懊恼，都怪自己太没用了，睡觉都能睡得这么死。不由嘟囔着，“都怪我，什么都做不好。”

“不会。”赵匡义轻轻执起小桃的手，看着小桃目光沉定，“你还可以帮我把以后的药熬好。”

“那是自然。”小桃急着答应道。已经没有陪他去诊治，更得把药熬好。

郎中开了五服药，每天一服，煎好分两次服用。小桃便一早就用凉水把药泡好，在晨露里放一个时辰，据说药效会更好。小桃每天都起个大早去泡药，泡好了再去煎。

赵匡义趁着小桃每天上午忙着煎药的工夫，快速地去到郎中那里辅以针灸。

五天过去了，最后一服药煎好，小桃端着药碗递给赵匡义，赵匡义无意伸出了左手去接，虽然手有些颤，但是竟然接住了碗。小桃看赵匡义用左手接，先是赶忙伸手去护着要掉下来的碗，看着赵匡义摇摇晃晃把碗接过放在了桌上，小桃愣住了，紧接着是涌上心来的狂喜，不由大叫着：“你可以接着了，这药管用了。”

赵匡义也是一怔，自己刚才本是无意，谁知道手中竟比平时多了力气，虽然只能接很短的一段距离便又酥麻无力，但比原先还是长进了许多。五火地玄参果然很有效，不由看着小桃淡淡笑道：“多亏了你的参。”

小桃捧着赵匡义的左手，眼圈都有些红红的。她一直放心不下的事情，终于开始有了好的苗头，她也说不上来自己怎么就这么激动。比自己的毛病好了还要心情跳突，好像春风拂上了嫩芽似的喜悦，声音都有些微颤道：“那再去找郎中开几服药回来吧，就可以彻底好了。”

赵匡义也用右手拍了拍左手，道：“好。明天再去。今天还有些事。”赵匡义这早晨在集市上走着，仿佛看着有几个像是赵匡胤的部下，兴许赵匡胤已经打听到他们的下落了。他有些担心，准备换家客栈投宿。又怕小桃担心，便没有再讲多余的。中午时分，赵匡义到了城郊，准备找家农家投宿。客栈来来往往都是人，他左思右想，都觉着有些不安全。

小桃看赵匡义出去，忽然想着如果明天才去找郎中抓药，那药便不能在晨露里泡了再煎服，不如自己去找那郎中开回来。也免得赵匡义顾不过来。小桃换了衣服，去到郎中那里。

见到郎中，小桃直接笑吟吟地开门见山：“多亏了你，公子的手见好了，今天都能拿住药碗了。”

郎中看是小桃，哈哈大笑道：“有了你的五火地玄参，再配上我的独门针灸，虽然不比霍家的针，诊治冻伤还是可以的。”

小桃听到针灸的时候愣了一下，祁公子还来针灸了？她怎么都不知道，忽地想起之前郎中曾经说过，如果是用力放血，才需要熬药并配以针灸，如果只是普通冻伤，只要用五火地玄参去泡酒就可以。自己真是脑子坏了太笨，熬了这么多天的药，愣是没反应过来，不禁问道：“什么是用力放血？公子的伤到底是怎么弄的？”

郎中一愣：“你不知道？”

小桃摇摇头：“那晚我冻晕了，迷迷糊糊的，什么都不记得了。”

郎中犹豫了一下，道：“之前为公子诊治的时候，他特意嘱咐我不要随便说。”

“和我还叫随便说？”小桃缠磨上了郎中，一个劲儿地追问着，“快告诉我嘛，怎么用力放血？你一定知道的，对不对？”看郎中转到一边去抓药，又道，“那你告诉我，我又不会去乱说。再说你告诉了我，我才能更用心地熬药，你自己守着这事有什么劲……”

小桃追着郎中绕来绕去，就是不肯停嘴，郎中被磨得实在没办法，停住了手，看着小桃道：“你还真是晕得够迷糊的，你以为就你这身子骨，冻一晚上还能活着？是那位公子割了自己的伤处把血喂了你，你才能熬过那么冷的夜。我也是人老话多，这又是件积功德的好事，虽说那公子让我不要同你讲，但这事并没有什么不可讲的……”

郎中后面的话，小桃一个字也听不进去，她的脑子里只有那震山动地的几个字“割了自己的伤处把血喂了你”。小桃的心猛然跳得很快，仿佛被什么狠狠拨弄了一番，扯得有些疼痛，却有些甜蜜。她从来不知道，有人可以这么对她。小桃猛地转身往回跑去，她想见到她，很想，立刻！马上！

赵匡义在城郊打听了一圈，但正值正月时节，家家户户团聚，并没有空余的客房可以投宿。赵匡义在越州城中行走都不由分外小心，如今必须全心等着霍仲回来，实在不想横生枝节。

从城郊回来，赵匡义顺路又去霍仲的万春堂瞅了一眼，他每天出来都会路过看看，万一霍仲提前回来了，也好第一时间带小桃过去看病。

今天的万春堂与前几日有些不同。前几日的门板都是上得死死的，今天竟然开了一半，门也虚掩着。门口立着几个人，虽然穿着袍子，但看立在那里的姿势及身形，不是普通人，像是兵将的气度。赵匡义的眉头皱了皱，难道霍仲回来了？

第十八章

觅神医双双痊愈
寻桃源比翼守情

赵匡义没有上前，把身子侧在一边，看着万春堂内的动静。不多时，从后院抬出一顶轿子，往巷外走去，门口的那些人也跟着走了。赵匡义暗暗琢磨这是不是就是之前接走霍仲的人物？会是谁呢，是吴越的王公贵胄？还是其他国家的？但看着出行低调不张扬，又是便服，只怕不是吴越的。

正想着，霍仲从万春堂里追了出来，前面的轿子停下，霍仲说了几句，把手里的几包药递了上去，轿子里伸出一只手接了，同霍仲讲了些什么。霍仲恭敬地拱手躬身目送着轿子离去。

赵匡义在巷子旁，却惊得紧紧皱了眉头。方才伸出的那只手，是件白色的袍子。而那个侧影露出的一点容貌，已经足够让他心惊。他不是死了吗？怎么会出现在这里？赵匡义大步向前走去。

霍仲正要吩咐药童把门板上了，却被一只手拦了下来，声音清冷："等等。"霍仲抬眸一看是赵匡义，有些疑惑："你来看病？"

药童看了看赵匡义道："他之前带了个姑娘来瞧病，已经前前后后找了许多趟了。"

霍仲恍然："这几日出去诊治，方才回来还不到一炷香的工夫。本想歇息，如果你们紧急，现在诊治也行。"

赵匡义定定问道："方才出去的就是找你出诊的人？"

霍仲怔了一下，答道："是。把我送了回来，又拿了些我珍藏的药回去。"

"那人是谁？"赵匡义问道，"是不是姓祁？"

霍仲扬起唇角笑了笑，拱拳道："公子不要为难在下。我们这行就是混口饭吃，治好了病赚几个铜板，病人的事情，我们不敢多一句嘴。公子带的病人在哪里？"

赵匡义紧紧盯着霍仲，却在他脸上看不出一丝惊慌，也看不出任何端倪。赵匡义心知问他也不会答什么，便又说道："我们是乾州霍昆郎中介绍来的。"说着把袖里的书信递给霍仲，"我这就去把病人领来。"

霍仲看了看信，哈哈笑道："霍昆老头儿又用这招，我不用看病人也知道是什么毛病。有些疯癫？糊里糊涂？不记得事情？"

赵匡义有些诧异："你怎么知道？"

霍仲抖了抖信道："霍昆把他的针法和进行步骤都写在这上面了。自然一看就知道他是要治什么病。不过我早和他讲过，有新的法子可以治，他非不信，墨守成规。你这病一定被他扎了几个月吧？"

赵匡义点头："是。还有别的省事法子？"

霍仲笑道："你要是敢用，我就敢试试新法子。不管之前怎么诊治的，用针把之前的法子闭了。重新施三次针就能见效。就看你们愿意不愿意？"

赵匡义追问道："之前霍昆郎中的针能再继续吗？"

霍仲摇头："过了时间，再施针等于下毒。如今要么就按他的法子重新来过，再施针几个月，要么就按我的新法子。你们自己选。"

赵匡义虽然心有不甘，上次的针功亏一篑。但接下来的选择才叫他真正为难。再施针几个月，万一中间出了岔子有一次无法施针，又是白白浪费时间；可要是用霍仲的新法子，却不知道效果怎样。赵匡义犹豫了片刻道：“我再想想。”说完出了万春堂。

回去的路上，赵匡义的步子有些沉。一则是小桃的病情该用什么法子，另一则，他万般没有想到，祁正修还活着。当初他亲眼看着祁正修摔下去，不会有错，可是刚才那轿子里若隐若现的脸庞，他更不会认错。一刹那，他觉得四周都好像寒凉了一层。他一直在演着的人，还活着，那他怎么办？赵匡义的心有些跳突。

不知道在外面绕了多久，越州城的不少角落都被他走遍了。天色垂暮，赵匡义才回到客栈。一直等着的小桃看到赵匡义的身影，不顾一切地扑了过去：“怎么才回来？去哪儿了？”

赵匡义把眼中的怅然收了去，换了沉稳的目光：“去了万春堂，霍仲回来了。”

小桃轻轻应了一声，她对霍仲回不回来倒不是那么关心。小桃把桌上的食盒打开，端出里面的碟子，声音有着不同寻常的柔和：“我给你做的，要不要尝尝？”

赵匡义看了过去，一碟碧莹莹的茶叶糕，不觉心里一震：“你做的？”

“嗯。”小桃应着，“和客栈的管事说了说，便借了他们的厨房。我是不是好得差不多了？你看，茶叶糕都能再做得出了。”

赵匡义拿起一个茶叶糕，放到嘴里尝了尝，很好吃，和之前的味道相差无几，看来小桃的病情的确有了好转。但心中却又倏地有些失落，她如果真的好了，记得起自己是谁，又会是什么情状？

正想着，小桃甜甜的声音又过来：“祁公子，好不好吃？是不是和以前一样的？”

赵匡义的心猛地疼了一下，看着小桃目光有些游离：“如果，我只是说如果，我不是祁公子呢？”顿了顿又补了句，“你还会给我做茶叶糕吗？”

小桃一愣，接着咯咯笑出了声，看着赵匡义说道：“公子又说笑。你怎么会不是祁公子。那你是谁？”

赵匡义一个冲动，险些冲口而出“我是赵廷宜”，但话到了嗓子眼又咽了下去。如今小桃伶俐了，之前自己这么说她糊里糊涂不会放在心上，现在只怕这一句，她要起疑琢磨了。

看赵匡义有些失神，小桃鼓起勇气，轻轻执上了赵匡义的手，声音很柔：“只有祁公子，才会对我这么好。在我冻晕的时候，割了自己的伤处把血喂给我。”小桃的嗓子发紧，生死之际有人这么对她，感动、心悸，都是她真实的心情。从上午听郎中说了这句话，她的心里就一浪一浪无法平静。

赵匡义的心狠狠揪了一下，接着开始阵阵地疼，她的眼里，只有祁正修会对她这么好吗？不由苦涩地勾了勾唇：“你都知道了？”

小桃点点头，看着赵匡义眼眸溢着柔柔的光彩，像春水泛着摄人的波光：“公子，小桃不知道该怎么报答。就这么一直，一直，让小桃服侍公子，好不好？”

小桃是含蓄、内敛的，很少会说这么热烈的话。赵匡义的心一荡，那句“一直，一直”太动人，赵匡义只觉得脑子“轰”的一声，不由反手紧紧握住了小桃，看着小桃如水的眸子，将唇覆了上去。赵匡义的呼吸有些沉重，有些挣扎，他有种偷了别人东西的感觉，但又觉得这种感觉很荒谬。这份感情，到底是他的，还是别人的？

犹豫徘徊间，小桃无骨的小手有些生涩地抚上了赵匡义的背，赵匡义的身子一僵，随即整个人都如狂风骤雨侵袭来一般，所有的犹豫都坍塌了。赵匡义把小桃抱到了床上，仿佛溺入一池春水中，不由地揉着小桃的肩，腰，把自己沉了进去。

小桃被赵匡义带得有些动情，用力咬着自己的唇才不发出声音，身子却早已软软地绽开。赵匡义附在小桃的耳边，声音有些沉重的迟疑：“你愿意吗？”

小桃的脸刷地红了，她明白赵匡义指的是什么。对于赵匡义的动作，之前她有过拒绝，有过犹豫，每当赵匡义的身子俯下，她的眼前总会有一双狭长的眸子让她心悸。这双眸子，和赵匡义合不上，这让她慌乱。可此刻，她的眼前没有重影闪烁的眸子，只有这个在她生死攸关时刻，可以放血救她的男人。如果她可以给，她都愿意给。小桃轻轻点了点头。

赵匡义的全身都腾地燥热起来，一种肆意的欢愉在他心里油油升起。她终于愿意了。赵匡义解开小桃的衣襟，伸手抚了下去。小桃闭上眼睛，全身有些微颤地顺承，却忽然身子一紧，下身一片潮热。小桃一愣，随即羞红了脸把被子扯到了身上，声音像蚊子哼哼：“公子，不可以了——”

赵匡义扫了一眼，用力把小桃揽进了怀里，声音是前所未有的温柔和释然：“不要紧，我们还有的是时间。”一辈子很长，他不会放手。不管祁正修活着还是死了，他要定了她。

小桃往赵匡义的怀里钻了钻，轻轻“嗯”了一声。赵匡义把小桃拥得更紧了些。这样的小桃，无论怎样，他都舍不得松开。赵匡义的心中倏地飞过一个念头，就这样也很好。小桃的眼里，心里，只有他一个。万一霍仲把她治好了……赵匡义泛起一身凉，用力沉了沉气息。不该这么想的。

第二天一早，赵匡义带着小桃到了万春堂。该用什么法子，让郎中先把把脉才是。霍仲正在给别的病人诊治，待打发了病人定睛看了看小桃，忽然朗声笑了起来：“还记得我吗？”

小桃一愣，霍仲的脸看着眼熟，在哪里见过？小桃用力捶着自己的头。要是以前，一定记得的。可现在，看着霍仲的面孔，好像和记忆里挡着一层重重的雾，怎么也想不清楚。

霍仲忙把小桃的手拦下：“好了好了，想不起来就算了。再捶更不灵光了。”说完顺势把小桃的手放下来切了切脉，抬眸对赵匡义道，“可以试试我的新法子。施三次针，就会见效。”赵匡义的心突突跳了两下，抿唇点头。

霍仲把万春堂的门关上，吩咐药童从外上了门板。屋里一片安静，霍仲从药架上取下两个竹筒，在里面点了火，猛地扣在了小桃的头上，竹筒紧紧吸在了小桃的头顶。随即霍仲拿出针，用力穿过竹筒旋进了小桃的头。

赵匡义在旁边看得一阵心惊，这法子别说见，听也没听过。那针看着细细的，赵匡义想不出它怎么能穿过坚硬的竹筒，再扎到人的穴位。这霍仲还真有些鬼招妙方。

小桃的头好像有什么东西吸着一样，脑子里的雾好像一点点被吸了走。以前看不清的，模模糊糊的东西，渐渐露出了些头角。云湾村的桃花，娘在油灯下咳嗽，幺娘和她一起玩耍，叶老三的唉声叹气……那双细长的眉眼，眉目也渐渐清晰了起来，小桃的身子有些微微颤抖。

过了半个时辰，霍仲把针拔了下来，看着小桃呵呵笑道："怎么样？"

小桃揉了揉方才竹筒扣过的地方，有些潮潮的湿气。又看着霍仲，他的面目更清晰了，一定是见过的。只是方才这么一施针，好多人和事都猛地涌到了她的脑子里，她需要时间理一理这些脉络。小桃点了点头："和以前大不一样了。"

赵匡义一怔，不由问道："怎么不一样？"

小桃看看赵匡义，眸子闪过一丝困惑，随即笑笑："以前空空的，现在多了好多东西，却不知道怎么对应起来。"顿了顿道，"我好好理理。"

霍仲笑道："这就对了。这是我行走荆楚，从苗医那讨来的法子。第一次就是这样，第二次后就清爽多了。到了第三次施针完毕，就和原来一样了。"

赵匡义冲霍仲一抱拳，道：“多谢。那就太好了。”

霍仲想说些什么，看着赵匡义还是把话咽了进去，只是说道：“回去好好休息，别见风，三日后再来施针。”

小桃随着赵匡义回去，只觉得全身犯困，在床上沉沉睡了过去。梦里，那些拼接不上的人和事，都渐渐地逐一清晰。那双狭长的眸子，朦朦胧胧间，有了一张面孔。只是那面孔，和赵匡义完全不同。

小桃吓得惊醒了过来，眼前坐着的是一身霜白的赵匡义，眉眼是清冷的，不似睡梦中的那双柔和；神情是清俊的，不似睡梦中的温雅。可是他穿的也是白色。小桃盯着赵匡义看了许久，眸子里是满满的迷惑和迟疑。

赵匡义自从小桃睡后就难以入眠，他素来心意沉稳，该做什么不该做什么，心里是铁一般的分寸。现在却第一次陷入了矛盾和纠结中，甚至还有担心和害怕。从前，他只盼着小桃的病能好。可是这些日子耳鬓厮磨下来，小桃对他的依赖，给他的温存，为他的付出，已经像水一般缠到了他的骨子里，他无法想象她病好了后能否像现在这么对他。这一切，都是忐忑而未知。一早，赵匡义特意又换上了霜白的袍子，只要不失去已经得到的幸福，他可以做一切。

赵匡义看着小桃醒来，沉声问道：“怎么样了？”

小桃回过神来，看着赵匡义的袍子，目光里闪过一丝怔忡，抿唇笑了笑：“做了一夜的梦，乱七八糟的。”

赵匡义的心突了突，两人有一搭没一搭地聊着，小桃经常走神，常常一句话都会让她陷入沉思。她脑子里的断篇渐渐在拼接，重合。有的开始逐渐完整，有的开始逐渐清晰。

三天后，赵匡义和小桃再次去找霍仲施针。这次霍仲又变了法子。不再用竹筒，而是直接在小桃的头上施针，但是和上次细长的银针不同，这次是短而细密的针，在小桃头上的各个穴位插了进去。

赵匡义有些担心："为什么要这么多？"

霍仲笑道："放心好了。上次施针，目的是化瘀。把她脑中累积已久的瘀血散开，用竹筒可以把针的力量加强、震碎，大块的瘀浊散成小块，逐步吸收或是散开。现在用细密的小针去疏通，把脑中各处的细小污浊排出去，就可以清爽了。等下次，再辅助以熏蒸，把全身的筋络、瘀堵都疏散开，就基本没什么问题了。"霍仲说得颇为自信，"这种疯癫之症，如果不这么下狠力，是去不了根的，顶多暂时缓和缓和，等到瘀堵集聚得多了，没准什么时候就又发作了。这个法子我看苗医用了多次，效果都不错。"

赵匡义这才放了心，细细看着小桃的反应。小桃坐在床上，眼睛紧紧闭着。头上酥酥麻麻，像有什么流窜来，流窜去，脑子麻成一片。但是脑中沉闷的地方渐渐轻松了，以前想什么想不起来便会头疼，好像一堵墙死死地横在面前，可现在想什么，就好像是一条幽深的巷子，可以一直往里走着，走着。

过了半个多时辰，霍仲把针取了下来。小桃只觉得全身像被抽空似的乏软无力。太奇怪了，明明什么都没做，就是坐在那里，却像干了重活似的疲累。赵匡义把小桃扶回了客栈，小桃一头扎到床上，无力地睡了过去。

这一觉，又是好久。梦里是五彩斑斓的，好像有很多人在跳舞，幺娘在跳，自己在跳，连大小姐都在跳。对了，除了大小姐，还有二小姐。从金陵，到濠州，许多往事都像从水底浮了上来。小桃的心跟着欢愉起来。

但是没过多久，梦里的颜色变得越来越暗淡，花月坊里的莺莺燕燕，二小姐被猫舔着的样子，大小姐被七皇子揽在怀里的样子，自己被人摸着手……小桃的身上开始打起了冷战，梦里变得漆黑一片，有一个看不清的身影压在了她的身上，声音阴阴地问着她：“爽吗？”

小桃想叫，却喊不出声。心里发急地想把那人推开，却推不动，只在漆黑里看到那一角紫色的袍子。那种无助和绝望，她好容易已经忘了，此时却变本加厉，像洪水一样涌了过来。

她想骂畜生骂不出口，想喊祁公子喊不出声。只有大小姐凄凉的声音在她耳边像鬼魅一样飘着：“祁正修死了，他战死了……他死了……他战死了……”

所有的气血，从脚底轰地蹿上了头顶，小桃只觉得有一股自己抑制不住的洪流倏地麻木了整个头脑，她凄厉而绝望地大叫着：“啊！啊！”

这一次，她终于叫了出来，声音还很大，以至于把自己都喊醒了。小桃睁开眼，还好，很大的太阳，不是梦里的漆黑；还好，白袍子的祁公子就在自己的身边，没有死……可是，他是祁公子吗？

赵匡义看着一脸是泪的小桃全身哆嗦，伸手紧紧揽上了她的肩：“怎么了？梦到什么了？”

小桃盯着赵匡义，全身绷得紧紧，声音都在颤：“你是祁公子吗？你是吗？”

赵匡义的心扯了一下，不知道怎么开口。半晌，他勾了勾唇，抚了抚小桃凌乱的头发，声音有些艰涩：“怎么问这个傻问题，糊涂了？”

“你是，对不对？你没死？”小桃急切地问着，她迫切地想把耳边那句“祁正修死了”丢到一边，那是梦，那一定是施针后错乱的梦，祁公子不是好好坐在这儿吗？还有他的白袍子啊。

赵匡义闭上了眼，用力吸了口气，睁开眼看着小桃，沉闷地点了点头。

小桃的心舒了下来，伸手用力勾上了赵匡义的脖子，把头深深埋进了赵匡义的怀里，身上都打战，还好他活着，只是梦。

赵匡义愣了一下，随即把小桃紧紧地搂在了怀里，他用力把小桃揉着，心却发疼。让他怎么办？

小桃醒来后，眉目更清明了，以前的浑浊散去。如今的伶俐，已经完全看不出她的疯癫。但是却常常出神，一个人坐在那里，呆呆地想着事情。

赵匡义看小桃出神，心里也更加混乱。他不知道她都想起了什么。她已经记起祁正修死了，那是不是意味着她都记起来了？赵匡义很想问问，却又说不出口。他不知道自己在小桃心里，到底是个什么角色。可这层窗户纸，他不敢去捅。他害怕捅破了，自己会一无所有。

赵匡义心里烦乱，便也出去走着。无意走到了万春堂门口，却看到了门口有几个人在来回走着，那几个人他没认错，是赵匡胤的得力部下。糟了，赵匡胤还是找到万春堂这里了。不知道霍仲会不会把他们交代得一清二楚。

赵匡义顾不得多停留，赶紧折回了客栈。只剩一次针灸，无论如何，是要施针的。只是，该怎么和霍仲碰面？赵匡义回去便急忙赶到小桃的房间里，却是空空无人。赵匡义在客栈里外找了找，依然没有。不由起了急，问着店家："和我一起来的姑娘呢？"

店家摇头："出去得有一炷香的时间了，我也不知道去了哪里。"

赵匡义忙冲出了客栈，在路上到处找着。如今越州城里不知道有赵匡胤多少人马，可千万别让他们抓了去。赵匡义在大街小巷来回找着，快到傍晚，才在一处摊子前找到了发呆的小桃。

赵匡义悬着的心这才落下来，一把扯过小桃，声音生硬："怎么又乱跑？"小桃却没有什么反应，依然盯着前面的小摊发愣。

过了半晌，才转过头，看着赵匡义神情迷离："公子，我今天上街，发现很多东西都不一样了。"

不一样？赵匡义眉头蹙了蹙，不知道她是什么意思："什么？"

小桃失神地说道："以前看着什么都新鲜，可今天看着什么，都觉得好像见过。但要说在哪见过，又想不清楚。"小桃指着前面的摊位道，"就说这个香囊吧，我记得公子给我买过，可买了几个，我忘了。"说着，目光有些热切地盯着赵匡义。

赵匡义看着小桃的眼神，心里说不出的滋味。她还是太单纯，想试探别人怎么不先学着掩饰自己的目光呢？要知道，眼睛是不会骗人的。她明明已经想起来了，却问这个问题。赵匡义没有回答，只是定定地回看着小桃道："如果我不记得呢？"

小桃的眼里疼了一下，目光垂了下去。他不记得了？如果他是祁公子，是不会不记得的吧？可是……可是……小桃有些懊悔，为什么要问这个问题？小桃抿唇道："没关系，我也常常不记得。哪能什么事都记得。"说完，小桃在前面先走了去。

赵匡义大步跟在后面，看着小桃的背影，心里一阵疼得紧似一阵。忽然，小桃转过了身子，看着赵匡义，大大呼吸了一口，用力对赵匡义说道："公子，我不想再去施针了。"

赵匡义怔了一下，他没想到小桃会和他说这句话："为什么？"

"我已经好了呀。"小桃眸子转到了一边，声音故作轻快，"你看，我如今什么和以前都一样，为什么还要去施针。只不过再想些小时候的事情罢了，我不想去想了。"

赵匡义的心荡了一下，说不上的滋味涌上心头。小桃还在自顾地说着："其实，好不好，也就这样吧。现在就挺好的，何必非得再去受罪扎针，每次扎完都怪难受的。"她怕，怕那黑沉沉压抑的梦境，更怕祁正修不是眼前的人。如果真相是痛苦，不如不要。

赵匡义没有再继续听下去，只是伸手一抻，用力把小桃搂进了怀里。

冷酷的真相，旖旎的梦境，到底该要哪个？赵匡义只紧紧地抱着小桃，生怕她不见了。过了半晌，在她耳边沉沉地说道："当初，买了两个香囊。"那天下午，他跟着祁正修，自然也看到了盯着咸水鹅流口水的小桃，和送了两个香囊的祁正修。

小桃一怔，伸手紧紧攥着赵匡义的衣襟，再不松开。一股暖流从脚底泛了上来。是他，他还记得买了两个香囊，一个送大小姐，一个送给了她。小桃偎在赵匡义的怀里，前所未有的安心和幸福。

"还怕吗？"赵匡义的声音有些不稳，到底谁在怕？

小桃的心松了下来，既然祁公子没有死，那梦境便只是梦境。她是不是可以不用怕施针恢复记忆了？想了想，小桃轻轻摇头："不怕了。"

赵匡义勉强勾唇笑了笑，小桃不怕了，但如何见霍仲还是个问题。赵匡胤的无孔不入又到了越州。赵匡义把小桃送回客栈，等到天色完全黑了下来，出门向万春堂走去。

万春堂门口的人更多了，比白天看着还严整。赵匡义已经不可能再进去。在附近来回走了几圈，也没有找到突破口。忽然不知谁家留了头的孩子，正捧着一包果脯在巷子里窜，赵匡义忙把那孩子扯住，吩咐他进到万春堂传个话，就对霍仲说桃姑娘的病怎么办。

那孩子起初不肯，赵匡义又许诺了两包花生，孩子才高高兴兴地跑进了万春堂。

过了约莫一炷香的时间，那孩子跑了出来，往赵匡义手里塞了一个纸团，又扯着赵匡义在一旁的铺子里买了花生才连蹦带跳地跑了。赵匡义等不及回客栈，在卖花生的铺子的油灯下就着光，看着霍仲给他的字团。

霍仲下笔应该也是很匆忙，简单地写了几味药，嘱咐他们先按着这个方子煎服，病情也会渐好。剩下的一次施针，看服药的情况，若是好了，便不用再施针。若不好，待这些看守撤了，日后再补上也不妨事。不必像之前霍昆那种治法，非得一天不能早，一天不能晚。

赵匡义看了后心里舒朗了些，立即回到客栈，连夜收拾好东西带着小桃出了越州城。

赵匡义出城的同时，赵匡胤正带着人进城。在乾州守株待兔了好几天，又在李英的配合下，将乾州城差点翻个遍，却没有赵匡义的影子。本以为他们必然会去霍昆那里诊治，等了五天后没人影才回过味儿来。赵匡胤一气之下对霍昆进行了严审，霍昆受不住便如实招了赵匡义去越州城找霍仲的事。

赵匡胤派着先遣的将士去越州打探，自己紧随其后。果然听返回来的消息，他们是在越州城出现过。赵匡胤心急火燎地冲进越州城，先到了霍仲的万春堂，又派人探问到了赵匡义的客栈。可当他风尘仆仆地冲进了客栈，却又是赵匡义已经先行一步离开的消息。

赵匡胤懊恼地捶上了客栈门边的柱子，总是晚一步。还是自己太手软。下次再有他们的消息，无论用什么代价，也要把赵匡义带回去。

越州城外的小路上，斜月弯弯，赵匡义驾着马车，踏着月色越走越远。小桃也睡不着，除夕过后，哪里都有了春的意味，夜也似乎没那么冷了。小桃坐在马车最前面，出神地问着赵匡义："我们现在要去哪儿？"

没有追兵，赵匡义的马车并不急，声音也平稳："找个地方住下来，给你服药试试。"

"去什么地方呢？"小桃又问道。从去年，到今年，他们一直在各处奔波，从迎銮镇出来，秦中，乾州，越州，处处都陌生，处处都待不久便又要再换地方。

赵匡义心中也没有方向，乾州是不能回去了，那里是李英的地盘，自然赵匡胤随时都能抓个正好。秦中一带又太冷，小桃住着也不舒服。赵匡义随口问着："你想去哪儿？"

她想去的地方？小桃的心思开始活络，往昔匆匆在她脑海里闪过，金陵，濠州，开封……想了半晌，小桃咬唇问着："可以回云湾村看看吗？"在她不完整的记忆里，云湾村给她的印象，便是满山满坡的桃花，夹岸清浅的九曲十八弯，村头的渡口，还有娘的坟，不知道有没有人给添一捂土。而叶老三和叶广，被她选择性地忽略了。也许，人都有种本能，努力去忘记伤害自己的人和事。

云湾村？赵匡义淡淡笑了："好，那咱们就回云湾村。"

云湾村彼时还是南唐的地界，赵匡义驾着马车，赶了三天的路，终于在第四天的傍晚，到了云湾村。马车停在村边的渡口，落日熔金，暮云合璧，夕阳映着澹澹的溪水，折射出一片金黄。

小桃看得有些发呆："这就是云湾村吗？"这份熟悉的美丽，让她有些不敢置信。

赵匡义走上前，紧紧攥住了小桃的手，声音坚定："是。"他也记得，那个春山暖日的上午，他和祁正修阴差阳错地从这里赶路，命运却给他安排了一场刻骨铭心的邂逅。

云湾村并不大，没用半个时辰，赵匡义已经把村里里里外外走了一遍。云湾村在大唐版图的南端，唐和大周的战争，对这里的影响并不大。村落很安静，暮色里炊烟袅袅。赵匡义本想找户农家租住下来，但绕了一圈后，有好几处破落的院子，想必是原先的主人搬到了其他地方，便把这里荒了下来。虽然柴门木屋，简陋得很，但收拾收拾，住下来倒也可以。有一处院子就在溪头附近，背后是桃林，虽然此刻桃花还没有开，但小桃已经是一脸兴奋："这里好，春天桃花开了，我们这里就会像仙境一样，处处飘香。"小桃用手开心地比画着。

"你不嫌太简陋？"赵匡义很怕委屈了小桃。

“怎么会？”小桃已经开始动手收拾院子里的杂草，“这是我从小长大的地方。”只要能安定地住下去，已经是最大的幸福。何府，花月坊，哪里都比这里奢华，可是哪里都不安宁。

赵匡义看着一山落日，一座小小的院子，和他想守着的女人，心里竟有些淡淡的满足。人生只这样，就很好。

第二天赵匡义找了几个村里的工匠，把屋顶翻修加固了一番，又把门窗、院子都修整过，小院子变得焕然一新。二人又乘着竹筏到弦高镇上买了些布匹、家用的东西。赵匡义到这么大，还从来没有像这样安顿过一个家。从翻修，加固梁、墙、门窗，到装围栏、院墙，到选定糊窗户的纸，锅碗瓢盆，茶壶酒盅，每一处都要用心。

小桃乐此不疲地挑选，时不时拿起问赵匡义：“这个好，还是那个好？”赵匡义便细心看着哪个好。以前他是绝不屑于做这些事的，在他的概念里，这都是下人的活儿。即便他和贞婉的婚房，也完全是娘打理，下人置办。他甚至不知道屋子里都有些什么。和符雪婵更不用说，皇后亲自操办的大宅，他没动过一分心。可现在，即便只是间荒弃的小院子，即便只是乡间野宅，但他第一次生出一种“家”的感觉，这个家，是他和她，一砖一瓦，一瓢一碗置办的。大到桌椅板凳，小到针线棉麻，他都知道买了什么，从哪里买的，花了多少银子。

晚上，赵匡义和小桃终于把东西买得差不多，还雇了一个人帮着搬运回家。没有力气再去收拾，小桃早已趴在了床上动弹不得，赵匡义侧身躺在小桃身边，随口说着：“过几天还是买几幅窗纱，过了惊蛰，就不能再全用纸糊窗户了，得换上窗纱。”

小桃“嗯”了一声，边想着该换个什么颜色的纱窗，忽地一怔：“惊蛰？要住那么久？”如今才刚立春。

“你不想，一直住下去吗？”赵匡义把“一直”两个字说得很重。

“一直？”小桃有些愣怔。

赵匡义看着小桃的眼睛，说得认真：“一直。”顿了顿，道，“还可以有我们的孩子。”

小桃的脸腾地红了：“瞎说什么。”说着不知哪里来的力气，猛地坐了起来，跳下床去收拾屋子。

赵匡义也觉得自己的话有几分唐突，但刚才，那情那景，在烛火下柔得像水的小桃，让他只想和她厮守在一处，一辈子都好。

小桃当初离开云湾村的时候，还是个面黄肌瘦的黄毛丫头。如今长得开了脸，整个人又出脱的举步袅娜，几个村里的人见了都觉得眼熟，却不敢认就是当年的小桃。直到小桃回来的第三天，就和赵匡义去了娘的坟上去添土祭拜，村里的人这才笃定，的确是小桃回来了。只是女大十八变，如今的小桃再不是以前那个傻里傻气的野丫头，变得袅娜窈窕，气度神色都和村里的丫头不同，再加上神武英朗的赵匡义，村里人更多了几分忌惮，对赵匡义和小桃都是客客气气。

叶老三的耳朵里风闻了几句，忍不住拄着拐杖也过去看。叶老三如今的身体大不如前，连路都好好走不了。日子过得清苦。叶广前年有人给了些银子不知去做什么，就再也没回来。叶老三四处托人打听，都没有消息，也不知道是死是活。听村里人说，新来的一对小夫妻，女的有些小桃的模样。叶老三便撑着身子也要去看看。小桃回来了？那她有没有见过叶广？

好容易挪到了小桃的门前，正遇上出来的赵匡义。赵匡义身形高大，眉目清冷中带着厉色，叶老三只打了个照面，就无端地有些紧张，想好的话也不知道怎么开口了。

赵匡义看他目光直直地看着，冷声问道：“找谁？”

“啊，找，”叶老三想了半天说道，“叶小桃在吗？”咽了咽口水又补了句，“我是她，爹。”

爹？赵匡义的心突了一下，面色缓了缓，他倒是没听小桃说过还有个爹，但这人既然这么说，想必也有些缘由。赵匡义把叶老三让进了屋里，对小桃说道：“桃宜，有人找你。”

小桃端了一盘茶点出来，看了看叶老三，有些迟疑，这人面熟得很，在哪里见过呢？

叶老三看着出落得更加高挑袅娜的小桃，说不上是欢喜还是懊悔，当初要是把小桃许给叶广就好了。看小桃一脸踌躇，叶老三颤巍巍地说着：“小桃，我是爹啊，不认识了？”

小桃轻轻敲着脑袋，是极熟的面孔。可还是想不起来。赵匡义这时插嘴道：“她病了一场，有的事记不清了。”

叶老三恍然，不由着急起来，赶忙问道：“那你还记得你哥哥叶广吗？你有没有见过他，他之前去找你就再也没回来，你可要好好想啊，叶家如今就剩那一根独苗了。”

叶广？小桃的头有些疼，刻意想忘记的事情又一次袭了过来，被叶广撞在墙上的头很疼，为了逃跑躲在水里一动不动……一幅幅画面如浪般翻滚而来，小桃轻轻捶着头，眉头皱得紧紧。叶老三却只是紧紧盯着小桃催促着：“你再想想，真的没见过你哥哥吗？”

赵匡义看着有些心疼，眼前的这个人虽然说是小桃的爹，只怕和她没什么亲近关系，否则不会看着小桃痛苦成这样还逼着她想。而且他见到小桃，没有一丝欣喜之色。赵匡义的面色有些不好看：“改日再问吧。她的病还没好，想多了会头痛。”顿了顿道，“至于你说的叶广，她一定没见过，我和她一直在一处的。并没见过这个人。”

赵匡义的声音沉稳有力，带着不可抗拒的威力。叶老三也不敢再多说什么。看来小桃是找了个硬靠山。半晌才讪讪地问道：“你们回来是长住还是短住？”

“不一定。”赵匡义答得简单。

“哦。”叶老三应了一句，看了看小桃仍旧是紧皱眉头，又不由补了一句，“要是想起来记得告诉我一声。”说完拄着拐杖出了门。

赵匡义看着叶老三的背影，把小桃搂得紧了些：“别想了。省得头疼。”顿了顿道，“我去抓药回来，你走不走？”

小桃甩了甩头，把刚才的事情放在了一边，一说出门，小桃心里就是欢悦：“当然走了。”

云湾村只有一个土郎中，铺子里的药缺这个少那个的。赵匡义带着小桃去弦高镇上去抓药。从云湾村的七里溪渡头到弦高镇要划着筏子过去，坐在小小的筏子上，小桃又开始失神。这筏子，这两岸的景致，对她来说，都是那么熟悉。

船行到中间，要过两山夹起来的一线天，小桃的脑中忽地就滑过一个白色袍子的身影，像闪电般迅疾，把快要撞上一线天石壁的她拽了回来。小桃的心用力跳了一下，看着身边眉目沉静的赵匡义，闭上了眼睛，把刚才跑到脑子里的幻象赶了出去。

到了弦高镇，赵匡义按着霍仲给的方子把药抓齐，又和小桃在镇上转了转，买了些笔墨纸砚，带回了云湾村。

云湾村的日子过得宁静而惬意。赵匡义找了份私塾先生的活儿。云湾村最东头的戴家是村里最富庶的人家，给家里的几个孩子请先生最是不吝惜钱的。赵匡义不仅能教些四书五经，更主要的还能教刀枪棍棒，强身健体。一份工钱教了两份活，戴家自然乐此不疲。云湾村里识字的少，赵匡义也帮人代笔写个书信，写个斗方对联的，倒是不乏活计。

小桃在家中做饭洗衣，闲来无事要么练练舞，要么照着赵匡义的笔迹写写字。生活轻松而平静。

霍仲开的药也在渐渐起着作用。虽说汤药不比针灸来得快，但小桃服了汤药后，只觉得头脑里越来越清明，原来的沙沙声，钝疼感，都在渐渐消失。记忆里断了的篇章也在逐渐地拼接。小桃由不住地出神，但有时又被连接好的回忆吓得愣怔，不得不强迫自己再去忘掉这些回忆。

惊蛰过了，屋子换上了碧绿的窗纱，窗外的蝉鸣虫唱渐渐多了起来。而陇上的桃花也开始绽放，一树一树，如火似霞。影落半坡，十里纷纷。小桃随着桃花的绽开心情也格外的好，时不时爬到树上枕着一树桃花，就是一觉好眠。赵匡义有时担心她会掉下来，但后来却发现自己多虑，小桃似乎天生就是属于桃树的，跳上蹿下，睡觉倒挂，都难不倒她。

那段日子，天高云淡，桃花逐水，美好得都有几分不真实。

夏天到了，雨水变得多了起来。木屋虽然被修缮了一番，但是遇到连绵的细雨，还是会有的地方漏水。每到这个时候，小桃便拿着一个盆去接，有时盆还不够，需要大碗和桶一起出马。

赵匡义有时会心疼小桃跑来跑去，便说道："不如再花些钱，索性重盖一间大些的房子，那就不会漏雨了。"

小桃却咯咯一笑："你不觉得这样才有意思吗？屋里的雨声，屋外的青蛙声，雨打芭蕉的滴答声，风吹竹子的沙沙声，都能听到。要是盖间大房子，安安静静的，什么都听不到。"小桃才不愿再花银子呢，虽说钱是赵匡义的，那她也照样心疼地算计着每个铜板。赵匡义的银子带出来的所剩不多，自己抓药又要钱，戴家私塾的工钱只够日常生活。还不知道要在这里住多久，吃多久的药，无论如何不能再浪费银子。

赵匡义知道小桃想省钱的心思，但听她这番理论，倒也有几分道理。的确，这间小屋的好处便是屋外的蛙鸣鸟叫，风雨吹竹都听得到。阶下虫声，窗前竹籁，月影花影，低吟徘徊。

两个人在一起就很幸福，在这村头木屋听着漏雨都幸福。开封的大宅，气派富足都够，却独独少这一份幸福。赵匡义很满足。

雨连着下了好几天，屋里都开始灌水了。赵匡义一早把屋里的水清了之后，吩咐小桃中午吃饭不用等他，便披着蓑衣出了门。

等到下午还不见人，小桃有些坐不住了，撑着伞跑了出去。外面的雨不大，就是淅淅沥沥地挠人。赵匡义应该不是去了戴家，遇到雨天，戴家的私塾是不必去教的。那会去哪里？小桃在村里绕了一圈，碰到几个顶着雨出去做农活的，忙打听有没有看到赵匡义。其中一个指着山后说道："早晨看着到那边去了，你去看看。"

小桃看了看山后，那会有什么？忽然心里动了一下，顾不得脚下的泥土，撑着伞噼里啪啦地向山后跑去。山后是小桃娘的坟，没用一炷香的时间，小桃跑到那里，远远地就看到了赵匡义的身影，不由停住步子，呆呆站在了那里。

一身蓑衣的赵匡义，正在坟头修整着。连日的雨，本就简陋的坟墓灌了水，前面淤积了一个大水坑。赵匡义修了一个缓坡，这样倒灌的水就能顺着坡流出来，又用夯土加固了一下，便不会再雨水倒流。否则墓坑里面也会全都是水，亵渎了已经故去的人。

一般的人都会忌讳这个，不是自己的祖坟，没人愿意做这事情。可赵匡义没有丝毫顾忌，认真细致地一抔一抔拢土。动作和缓，好像怕惊到了什么。

小桃看得眼眶有些泛潮，这些天的雨，她都没有想到坟地会灌水，赵匡义却想到了，甚至没有吭声就做到了。小桃的心里翻江倒海地冲击了过来。如果说赵匡义放血救她是深深震撼了她，那这次就是从震撼，到丝丝浸入了她的骨髓。

小桃默默走上前去，把伞撑在了赵匡义的头上。赵匡义猛地一回头，看到双眸春水的小桃，不觉微微笑了："你怎么出来了？当心潮了身子难受，快回去。”

小桃定定看着赵匡义，过了许久轻轻吐出三个字：“谢谢你。”

赵匡义一愣，随即笑开：“说什么傻话。快回去。”赵匡义的手上都是泥水，向后退了两步，免得把小桃的身上蹭脏。

小桃固执地仍然给赵匡义撑着伞，赵匡义便也没有再拒绝。两个人都没有再说话，赵匡义加快了手上的速度，在小桃娘的坟上夯实着最后几锹土。小桃随着赵匡义向左或向右撑着伞，二人虽没有说话，却极有默契。伞外的雨淅淅沥沥，伞里的心却暖意融融。

过了半晌，坟修好了。赵匡义在雨水里净了净手，揽着小桃大步跑回了家里。那四角漏水的小木屋，也是他们温情满满的家。小桃一回到家里赶紧去厨房熬姜糖水，赵匡义被雨淋了半天，那蓑衣也不怎么管用，万一生病就麻烦了。

晚饭并着姜糖水一起端上了桌子。以前并不擅烹饪的小桃如今把几个小菜做得有模有样。虽说云湾村的菜蔬就那么几样，小桃却很会别出心裁。她因忖度着赵匡义以前是山珍海味吃惯的，云湾村的这些粗茶淡饭只怕他吃着没味儿，但也不能总去弦高镇买大鱼大肉回来。小桃便把那些小叶子的菜，裹上面炸了出来，外焦里脆；大叶子的菜，裹着肉馅蒸了；或是把不起眼的小鱼，用荷叶包着再用调料煨足，即便不是肥嫩的鱼，做出来也是闻着清香，吃着入口。

赵匡义吃着小桃做的菜，只觉得以前的大鱼大肉也就那么回事，比不上一个细心的女人，清清爽爽的精致。赵匡义转身又去温了一壶酒，给自己和小桃斟上：“喝点酒，去去寒。”

晚饭的荷叶蒸鱼和红焖栗子鸡，配上酒倒是正好解腻。加上外头下雨潮冷，小桃一小盅一小盅喝着，不觉就喝多了。头有些晕晕沉沉，脸也泛红。吃饱后便摇晃着起身往床上爬去：“你慢慢吃，我先去歇一会。待会再收拾。”说着便已经伏在了枕头上。不知道是姜糖水喝多了，还是酒喝多了，身上热乎乎得发烫，小桃把衣领往下扯了扯。

赵匡义也吃饱喝足，又喝了碗小桃熬的热热的姜糖水，看小桃睡得香，便没有惊动她，把碗筷收拾了。看小桃袖子都撸起来露出了胳膊，不觉摇头，睡觉都不老实。便走了过去，想给小桃盖上被子。却是愣在了那里。

小桃在灯烛下睡得正酣，雪白的脖子如细瓷，胳膊像一截藕似的莹润，脸上微微泛着潮红，唇上娇艳得像绽开的桃花，连带着颈下的那一块胎记，整个人就像连蔓同枝的桃花，开着一朵一朵的绚烂。

赵匡义忍不住俯下身去，在小桃的唇上覆了上去。却在刚一触碰，全身都化了进去，赵匡义的呼吸腾地急促起来，他想要这个女人，小巧泛甜的唇，白皙净润的脸，都让他情不自禁。赵匡义动情地抬手抚了上去。

小桃的睫毛动了动，抬眸看是赵匡义，不觉向后缩了缩，却腾出了地方让赵匡义全身而上，赵匡义的吻热切而强势地压了下来，小桃微微挣了一下，就在他的攻势下顺承起来。她无法抗拒，一个男人抛弃荣华富贵，带着她跋山涉水寻医问药；生死一线的时刻可以把自己的血喂给她；可以把她的至亲当做他的至亲冒雨修坟……所有的一切都排山倒海般涌上小桃的脑海，她的脑子被涨得满满的，她不该抗拒。

小桃顺应着赵匡义的吻，伸手抚上了他的腰。赵匡义怔了一下，随即如狂风暴雨般揉上了小桃的身子。她是愿意的，他等到她愿意，已经等得太久。

赵匡义解开了小桃的衣襟，动作都有些不稳，只是动情沉声低低叫着“桃宜，我要你”便挺身而入。

小桃只轻轻低咛了一声，已经随着赵匡义的狂乱如一池搅乱的春水，整个人都像洪流冲击着一般，一次次地感受着浸入骨髓的激荡和快乐。脑海中，是一片片艳若朝霞的桃花。

赵匡义看着小桃紧抿着的唇，脸上泛出的绯红，更加用力而狂乱地冲击着。他用情吻着小桃颈下的桃花，不顾小桃的躲闪，声音沉沉：“不要逃，它很美，我要。”那胎记，都是那么美得炫目。

他很想听小桃叫他的名字，可他不敢，他怕小桃叫出另一个名字而让他揪心。尽管他没有把握自己在小桃的心里到底是谁，但是此刻的交融，毕竟是他和小桃，他挚爱的女人。而她从不愿意到愿意的转变，只是因为他，这就够了。他也不算乘人之危吧？

窗外雨潺潺，赵匡义紧紧搂着小桃，这样的日子，如果再有个他们的孩子，此生也就足矣。只是孩子似乎和他们没有缘分。从初夏到初秋，小桃始终没有动静。赵匡义虽不着急，却也有些奇怪。

小桃更是一片懵懂，全然不知赵匡义的心思。只是对赵匡义更加尽心。小桃总是有几分天真，和赵匡义在一起更是心无忌惮，将那些天真尽情坦露。常常会在赵匡义写字的时候，突然就从背后紧紧搂上他的腰，把脸蹭着赵匡义的腰，声音甜腻：“陪我聊一会儿嘛。”待到赵匡义真的放下笔和她认真说话，她却俏笑着跑开，钻到门外的桃树林子不见踪影。只剩下赵匡义磨得牙痒痒。

又或是用笔认真在纸上描画半天，对赵匡义笑道：“快看我给你画的画儿。”等到赵匡义去看时，却发现她画得乱七八糟，光头斜眼，惨不忍睹。小桃还一个劲儿嘻嘻笑着：“像不像你？”赵匡义只无奈地抽抽嘴角，像？像个鬼。

小桃还会在赵匡义口渴的时候递杯咸得发涩的水，或是说着给赵匡义跳舞，却跳着跳着，蹿上了树就不见影，又或是用荷叶做顶帽子，趁着赵匡义在椅子上打盹时扣到他头上……这些精致的淘气，让赵匡义又爱又怜，只想趁着她嘻嘻笑的时候把她攥到怀里，轻轻揉碎。

云湾村的日子，无忧无恼，赵匡义一度认为，就这样过一辈子很好，他的妻子，将来再有孩子，就在这个小村落里简简单单过一生。

可是云湾村外，却已经发生了翻天覆地的变化。四月，大周皇帝柴荣率部下北伐契丹，用符彦卿、赵匡胤为大将，连着收复宁州、瀛洲，仅四十二天，兵不血刃，已经收复三关三州，共十七个县。却在正准备攻打幽州的时候，柴荣发了疾病，只好返回开封。

六月十九，大周的一代明君，柴荣驾崩，年仅三十九岁。柴荣的去世，让大周上下都陷入了一片混乱之中。柴荣走得太突然，所有人都没有想到皇上会英年早逝。攻打幽州的部署赶紧撤了回来，朝堂的格局变得有些微妙。

柴荣驾崩，四子柴宗训继位。但柴宗训虚岁也只有七岁，还是在皇后身边环绕膝下的年纪。对政事不懂，对朝堂无力掌管。而如今这位符皇后，却不似她早逝的姐姐那么断然果敢，聪慧明智。偌大的皇宫里，没有一个人可以信任，她除了紧紧攥着柴宗训，不知道自己能干什么。

柴荣临终前，将赵匡胤升为殿前都点检，掌管着禁军。也就是说皇上手里的亲兵，如今也都落在了赵匡胤的手里。赵匡胤手里兵权重重，难免有些蠢蠢欲动。

如今朝堂上分成了两个阵营，以宰相范质、王溥为首的辅政大臣，以及大部分忠于周朝的臣子是一派，对赵匡胤的虎视眈眈极为忧心，而另一派，自然是赵匡胤及左将军一派出生入死的武将，唯赵匡胤的马首是瞻。

而魏王符彦卿此时，态度变得极为暧昧。他没有明确地站队到哪一个队伍。皇宫里的皇后，是他的二女儿，柴宗训，是他大女儿的儿子，也就是他的外孙。按理他应该竭力保护着自己的女儿和外孙。可是眼下明显的局势是外孙的这个皇帝做不稳，要人没人，要兵没兵。赵匡胤手里握着重兵，如果和他抗衡，势必是鱼死网破的结果，也许自己落个兵败身首异处的惨局。

更何况，赵匡胤也不算外人，他的弟弟娶的正妻，也是自己的女儿。站到赵匡胤的队伍也是可以的。但是，那个赵匡义如今没了踪影，留下女儿符雪婵不闻不问，这口气实在难咽下，就这种情况，他断不会主动找上赵匡胤。如今他倒要作壁上观，看看赵匡胤准备怎么着。

柴荣的去世，给赵匡胤带来了前所未有的冲击。朝堂上孤儿寡母，而他手握重兵，让他完全没有想法，是不可能的。他的骁勇多谋，几乎是一夜之间变成了野心勃勃。之前，他的上面有皇上柴荣压着，柴荣又是励精图治的明主，他只会有遇到伯乐的知遇之恩，而不敢有任何非分之想。可一旦柴荣倒下，他陡然发现，整个朝堂，除了那些个只会磨嘴皮子的文臣，他是立在最中央的。亲信赵普的一句“何不取而代之”让赵匡胤本就蠢蠢欲动的心更加急躁起来。

可现在他最忧心的是，尽管朝堂上亲信不少，但他手下的兵力总不能自己时时握着，总有需要调度的时刻。但现在这个敏感的时刻，他不敢把一兵一卒交给别人，他无法确定谁会突然倒戈相向，那么他便一败涂地了。这个世界上，他唯一能信任的人，只有一个，可那个人现在却不知道带着那个南唐女人跑到哪里去了。赵匡胤想到这个就懊恼万分，恨不得立刻把赵匡义揪回来。

之前尚且不论，现在，他是迫切地需要他。赵普看出赵匡胤的焦躁，在一旁献策道：“何不把少将军找回来？”

赵匡胤抚着额头：“能找得回来还用到现在？两次都让他逃了。”

赵普之前也有所耳闻赵匡义的事，但之前他在宋州任掌书记，直到柴荣驾崩后，赵普才被赵匡胤紧急召命回来。赵普足智多谋，心思细敏，刚好可以补足赵匡胤的急躁。赵普笑道：“重赏之下，必有勇夫。何不重金悬赏？”

赵匡胤一愣：“他又不是嫌犯。怎么悬赏。”

赵普摆手道：“除了悬赏嫌犯，也可以悬赏求人。重金求名医，求对子也是常有的事。只说杜老夫人病重，便是最好的理由。”

赵匡胤想了想点头道：“也罢，只能这么试试吧。”如果说娘病重，就是匡义自己看到了榜文，也会回来开封走一趟吧。

悬赏的榜文发出去了半个月，却没有回音。毕竟榜文只能在大周的地界发，却不能发在吴越或是南唐的地界。云湾村的人更是看不到榜文。没有消息，赵匡胤不得不再次加重悬赏，并把悬赏的人从赵匡义变成了赵匡义和叶小桃两个。找到那个女人，自然就找到了匡义。

这次不过两天，就有人揭了榜文。赵普赶忙命人把揭榜的人带了进来，却是看到后吓了一跳。这人衣衫褴褛，拖着一条断了的腿，头发蓬乱，一脸的污垢。纵然赵普是见惯世面的，还是有些心惊，不由问道：“你为什么揭榜？难道你知道他们现在在哪儿？”

那人一张嘴，露出了一口白森森的牙：“先给我顿饱饭再说。”话没说完已经被带他进来的守卫踹了一脚：“还不老实。你是来骗饭的？”

赵普抬了抬手：“罢了，备些好饭菜给他，吃完再说。”说完进了后堂，只吩咐下人等那人吃过再喊他出来。

不多时，下人备了些饭菜出来，不过是些寻常的鸡鸭鱼肉，但那人已经两眼放光，看着像是多少天没吃过饱饭似的扑了上去就是一顿狼吞虎咽。连下人都看得直咋舌。风卷残云，不到一炷香的时间，已经盘干碗净。这才舔了舔嘴巴对下人嘿嘿笑道：“把你们老爷叫出来，我可以和他说。”

下人去向赵普禀告，又把盘碗撤了，赵普缓缓走了出来，在厅堂主位坐下，看着那人问道：“你是何人？在哪里见过他们？”顿了顿冷声道，

“如今你吃也吃过了，再耍花样，仔细板子伺候。”

那人嬉皮笑脸道：“我怎么敢。回禀老爷，小的叶广，你那告示里的叶小桃，是我妹子。就冲这一点，你怎么能给我上板子。”

赵普心一突，这人是叶小桃的哥哥？那怎么弄得这么狼狈？忙把下人都屏退，仔细盘问这叶广。

叶广当初得了何之棠的银子，要把小桃从何府带走，却是走了半路，被小桃逃脱了。这也就罢了，叶广想着虽然女人跑了，好歹还有银子，一路吃吃喝喝准备回云湾村倒也惬意。

但后来祁正修给何之棠的一纸书信改变了叶广的命运。祁正修声称要去云湾村找人，何之棠生怕自己用银子雇了叶广的事情暴露，便嘱咐芸娘堵上叶广的嘴。芸娘派人去半路劫了叶广，一顿好打，还把身上的银子都劫了去，造成了劫杀的假象，只有死人才不会乱说。

但叶广却是个命大的，当时闭了气，过了半夜，又悠悠地回转过了气。只是断了一条腿，身上又没半文钱，云湾村路途遥远，叶广这两年边乞讨边混日子，不知怎么就到了开封，住了没几个月，就看到了这榜文。

叶广自然开始动心思，这叶小桃真可以啊，出了云湾村倒成了个人物了。叶广好几天没吃到饱饭了，正好借此敲一顿。至于以后的，他要见机行事。面对赵普的询问，叶广没有提何之棠花钱雇他的事，只说小桃是他妹子，从云湾村跑了出去，他出来找，却被人打断了腿，流落到了开封。

赵普听了叶广这倒三不着两的话，一时也很难辨出真假。他们只知道叶小桃以前是何府的丫头，后来何家因为归附大周在唐获罪，女眷被充了官妓。至于叶小桃是哪里的人，倒真不知道。赵普冷眼问着叶广：“你说的是真的？这人可是赵大人要找的，你要是敢胡言乱语害得赵大人浪费时间，仔细你的命。”

叶广忙正了声色：“小的哪里敢。大人要是不信，可以带着我回云湾村问问，那里的人都知道叶小桃是我们村的。”叶广存的心思是，要是他们能把他带回云湾村最好，省得他没盘缠没路费这么些年回不去。

赵普又问道：“那你不知道他们在哪儿？”

叶广挠挠头：“我只知道小桃之前在何府做婢女，都过了这么久，我也没见过她。哪知道在哪儿。”说完又看着赵普道，“但我知道她是云湾村的，也算值点银子吧？不用多，给二两就够。”

赵普看着叶广的贪财相，知道这人是只认钱的。但他说叶小桃之前在何府做婢女倒是对的。这么看来，他的确认识叶小桃，那他所说的云湾村应该也是叶小桃的老家。可是叶小桃和赵匡义会去那里吗？

赵普命人把叶广带到下人的厢房安顿着，自己去见了赵匡胤说了这些事情。赵匡胤一拍桌子：“管他云湾村雨湾村，既然有这么个地方，派人去问问看。总比现在一点动静都没有的强。”他太迫切地要找到赵匡义了。

如今朝堂范质等人都在皇上面前参他的奏本，命他交割出兵权，不再掌握禁军。小皇帝把他改派了归德军节度使、检校太尉。这令他很恼火，却也只能把这气咽下。同时紧锣密鼓地开始布排他的心腹。殿前副都点检，安排了他多年的好友慕容延钊担任，原来空缺的殿前都虞侯的职位，由他的布衣故交王审琦担任，这样整个殿前司系统的高级职位便全都安插了赵匡胤的心腹。

但中间传调兵力的人，赵匡胤却安排谁都不放心。此刻赵匡义有一点消息，赵匡胤都恨不得立即赶去一探究竟。

赵普听了赵匡胤的指示，决定亲自去云湾村看看。那里是叶小桃的老家，即便他们不在那里，兴许和叶小桃熟悉的人会知道他们的去向，或者能提供些线索。

两日后，赵普带着叶广，并二十亲兵，向云湾村赶去。云湾村是南唐的地界，赵普无法带着大批军队过去，只得让亲兵也穿上便服，装作商人的样子行路。

到了云湾村，叶广先带着赵普他们回到了家里。拄着拐杖倚着门的叶老三看到叶广，几乎不敢相信自己的眼睛，但一看叶广的腿，心疼得老泪纵横，紧紧抱着叶广便不肯撒手。

叶广不耐地把叶老三推开，问着："你在村里见过那个死丫头……小桃吗？"

叶老三一愣，又看了看叶广身后带着的人，点了点头："就在村头住着呢，还有一个男人。"

赵普听到叶老三这话，高兴得就是一拊掌，真是踏破铁鞋无觅处，得来全不费工夫。一边吩咐着亲兵赶紧回去给赵匡胤报信，一边安顿着叶老三和叶广千万不要把他们到来的事告诉任何人，以免打草惊蛇，让赵匡义和叶小桃再次逃掉。

赵普带着剩余的亲兵，躲到了云湾村另一头的一处院子里。每天会派一个精兵穿着粗陋的衣袍，偷偷到赵匡义和小桃的住处外面查看着动静。

第十九章

遁世不成返开封
痴情过盛遭嫉恨

赵匡义依旧每天到村东戴家去教私塾，却总觉得哪里有些不对劲。他本就是行伍出身，勘察敌情听风吹草动是他的本能，这几天，他总觉得有人在盯着他，但仔细查看，却又发现不了任何蛛丝马迹，这样的情况有些不对劲。

赵匡义吩咐小桃这几天没事别出去乱走，他自己也尽量晚出早归。赵普这次带的都是禁军里一等一的精兵，动作迅敏，赵匡义难以发现端倪，但本能又让他感觉到什么，心里极为不踏实。

小桃却没有任何知觉，赵匡义既然吩咐她别乱走，她便每天在家里练练舞，写写字，做点茶饭。但几天过去了，家里的柴米油盐也不多了。

这天赵匡义又去了戴家，小桃才看到家里的米已经用光了。小桃忙跑到村头的铺子去买，可巧了，村头铺子的米也刚卖完。小桃无法，只好搭着筏子到了弦高镇，打算在米铺里买点米，再让伙计帮忙搬到筏子上便好。

天高云淡，江南的初秋清明得分外美丽，小桃在弦高镇上走着，心情也随着渗入指缝的阳光而格外愉悦起来。不由在路上左停停，右逛逛，一会看看卖的香囊，一会看看胭脂水粉。新上的胭脂不错，小桃以前不乐于在这些事上动心思，可如今，却体会到了女为悦己者容的滋味。拿着胭脂把玩了片刻，便忍不住拿出银子买了。这个颜色涂了，公子会不会喜欢？

路过一家茶馆，小桃有些口渴，走了进去，在窗户边捡了个偏僻安静的位子坐下，要了碗茶，给了伙计两个铜板，无意扭头看了看旁边，从楼上正徐徐踱步走下来一位公子，白衣白衫，像谪仙一般，那狭长的眉眼，熟悉的脸庞，一瞬间，小桃听到了自己的心"咯噔"的声音，不知道为什么，心忽然就像要蹦出来一样，却屏气凝神，连呼吸都仿佛停滞了。小桃的头又开始剧烈地疼痛，他是谁？为什么看到他头脑里就像所有前尘往事都翻滚了来？

眼看着那公子已经走到了门口，小桃才像缓过神来追了出去，可是只一个眨眼，那公子已经无影无踪，不知去了哪里。就像一个幻境，小桃揉了揉眼睛，看着空落落的门口，和四周稀稀拉拉的人，刚才真的有位白衣公子吗？还是只是自己的错觉？

半晌，小桃才想起胭脂还放在茶馆的桌上，赶忙跑回茶馆去，却差点和门口的人撞上。小桃定睛一看，惊喜地叫道："霍郎中？"

霍仲看着小桃拱手笑道："看来姑娘的病全好了。"

小桃赶紧对霍仲行了个礼："多谢霍郎中的本领，药服了后已经清爽多了。"

霍仲仔细打量了番小桃道："相请不如偶遇，再见到你也是缘分。"对小桃压了压手："你坐下，我给你把把脉。好不好，要看脉象。"

小桃坐回到了刚才的位子，边坐下伸出手，边问道："你怎么会到了这里？"

霍仲切着脉道："那些人总不能在我那里守一辈子，等了几天没人，便只嘱咐越州知府留意你们的动静就撤了，我是个游医，四处游荡，怎么不能到弦高镇？"霍仲说着，点点头道，"疯癫之症已经好了。以后如果不受大的刺激，不会发作。以前的事情能都记起来吗？"

小桃摇了摇头："许多还是想不起来。"顿了顿有些失神，刚才那个白衣公子，也不知道自己到底认识不认识，忍不住道，“你刚才有没有见到一位白衣公子？我是不是眼花了？”

霍仲怔了怔，看了看四周无人，又细细看了看小桃道：“我不知道你刚才看到了谁。但我曾经给一位白衣公子诊治过，先是治了他见血封喉的后遗症，那病一遇热就奇痒无比，听说有个姑娘曾经为了缓解他的痒痛，把自己的手腕割了放血给他服用。那个法子，还是我教那姑娘的。”

“轰”的一声，小桃的头几乎炸了开来，无数的片段瞬间崩塌在了她脑海里。难怪她对霍仲一见便有熟悉之感。霍仲接着道：“还有一个病便是见血封喉毒发导致的失明。如今，他看得见了。”

看小桃坐着发呆，霍仲又道：“我还治了他的摔伤，刀伤，剑伤……我从没见过一个人身上能有那么多伤……”霍仲的声音有些沉，作为郎中，他见过的病人太多了，本不该有多么惊讶。但他见到那个人，依旧是被震撼了。那么丰神俊朗的一个男人，却除了那张脸，身上的伤痛一处连着一处，他不知道他靠什么忍着剧痛还能活下来，遍身的烂伤，他动手清理伤口的时候，手第一次在颤抖。可那人竟纹丝不动。他第一次对一个人有了崇敬的感觉。

只是，从他第一次给他治见血封喉的毒时，他已经知道了他是谁，这天下中了见血封喉的毒还能活着的没几个，脉象里看出曾有人用处子之血做药引又偏偏少了狼毒做辅剂而导致后遗症的更是绝无仅有。所以他在万春堂见到小桃的时候便想说，但当时小桃糊里糊涂都不记得自己，多说也无益。何况她身边的那个人，也曾打听过祁正修的下落。唐人再三叮嘱，不许他泄露祁正修的病情。他也做到了。但是面对小桃，这个曾经割腕救过祁正修的女子，霍仲忍不住多嘴了。

小桃的声音在微微颤着：“你说的，是不是祁公子？”

霍仲从袖中摸出两颗丸药递给小桃让她服下，小桃机械地把药吞了下去，没有一丝感觉，又紧紧扯着霍仲的手道：“告诉我，是不是祁正修祁公子？”

小桃的目光满是凄迷，困惑，和哀伤。霍仲被她摇得无法，叹了口气道：“我不知道。你自己琢磨吧。我只知道他是唐人。方才我便是给他再把脉补开药剂，如今也好得差不多了。他要去洪都府路过这里，便与我书信约在了这里见面。他也向我打听了一个人，便是那个曾经给他割腕放血的女子，因为是她向他介绍的我。可惜我不知道从万春堂出去，那女子去了哪里。时机不巧。”

霍仲的话没有说完，小桃已经向茶馆外跑了出去。霍仲的话绕来绕去，刻意没有明说，但小桃已经听明白了他是什么意思。为什么，自己会满眼的泪？为什么，自己的心像针刺一样疼？小桃到处跑着，看着，找着，刚才那个白衣公子，祁公子，他哪去了？

霍仲看着跑出去的小桃，叹了口气，这个丫头，和第一见时，模样出挑了不少，性子却少了第一次见的欢快。方才给她把脉的时候，意外地发现了她的脉象沉滑。之前由于小桃的疯癫之症还没有好，遮掩了大部分的脉象。现在疯癫的毛病好了，霍仲细细切着小桃的脉，发现她的脉象里有轻微的沉滞现象，又看了看她的面相气色，倒十有八九像是麝香过剩滞留的症状。有了这个症状，受孕怀胎都是不易。

霍仲便将随身带着的丸药给了小桃两颗，可以把体内麝香的残留排出去。只是还没等他和小桃细说，小桃已经冲了出去。也罢，能医一个毛病算一个。再治了她这个毛病，也算功德一件。

小桃把弦高镇的每一寸都细细寻了一遍，那一天，她的脑子里没有别的思绪，只有那个一身白衣的公子。他是祁正修吗？他的白衣，他的眉眼，她见到他的感觉，霍仲的话，似乎都在向她证明，他就是祁正修。往事翻腾到心头，小桃的全身都麻木了。

直到傍晚，小桃也再没有找到那个白色衣衫的身影，只好搭着最后一支筏子回到了云湾村。

刚回到木屋，一脸焦急的赵匡义便迎了出来："你去哪了？"他从戴家回来不见小桃，心里急坏了。这几天一直有人在暗中窥探，他生怕出什么意外，眼看着太阳落山还不见人，赵匡义简直百爪挠心。看到小桃便紧紧钳住了她的手。

小桃下意识地挣了一下，抬眸看了看赵匡义，心中说不出的滋味。她终于第一次很肯定地确定了，他不是祁公子。小桃很乱，麻木地答着："我去弦高镇买米了。"

"米呢？"赵匡义看着她空空的两手，眉头皱了皱。

"哦，米——"小桃这才从神游里回过味儿来，还没到米铺就已经全乱了。小桃无力地抬了抬手，向床上栽过去："我好累，想睡一会儿。"她的头好痛，有好多事情她需要慢慢地理一理。

小桃在床上很快地睡着了。梦里的云湾村满地鲜艳的桃花，七里溪渡头清浅的溪水，远处翩然而来的两个公子，都在小桃的梦里第一次这么清晰。祁公子伸手把她从"一线天"拽过来，祁公子的银子，祁公子送的香囊玉桃，祁公子在水里的度气，祁公子下的两份聘礼，祁公子看不见，祁公子战死了……

白色衣衫的祁公子，眉目如画，温和清雅，在小桃的脑海里越来越近，直到那温热的气息似乎就在身边萦绕。小桃伸手出去抓，却是手一伸出去，就变得虚无，什么也抓不到。小桃急了，不由喊了起来："祁公子！"

赵匡义手里捧着书，心却有些不安宁。屋外很静，静得让他有些心慌，这些天隐隐暗中窥探的目光，让他想着各种可能发生的情况，并一一想着对应的办法。正思考着，冷不丁床上的小桃喃喃地低声喊着"祁公子”，一连喊了三四声，又眉头紧紧皱着睡了过去。

赵匡义的心随着那一生“祁公子”跳突了一下。自从他在万春堂外看到祁正修的一刻，心再也无法踏实。祁正修没死，他便不知道自己能做多久的祁正修。赵匡义走过去把小桃掀开的被子又往上拉了拉给她盖严实，转身坐回到桌旁，眉头也紧锁了起来。

小桃不知道自己梦了多久的祁公子，只感觉一晚上都在用力想靠近祁公子，却始终近在咫尺，触碰不到。直到早晨的阳光晒到了她的脸上，小桃才有些不情愿地睁开眼。醒来，似乎是件沉重的事。醒来后所有的幻象都消失了，接踵而来的就是沉甸甸的现实。

现实是祁公子的确另有其人，而且还活着！小桃不是没有怀疑过赵匡义不是祁正修，甚至有些刹那，她能明显地察觉出赵匡义的脸上并不是祁公子那双狭长的眸子。可是她说不上为什么，始终不肯说服自己笃定身边的这个人不是祁公子。

一则，如果笃定了身边的人不是祁公子，就要接受梦境中祁公子战死的消息，她不愿意，无论如何都不愿意；二则，身边的人为自己做了那么多事，甚至不惜用自己的命去换她的命，如果他不是祁公子，还有谁会对自己这么好？而且万一他不是祁公子，自己又怎么去还这份深情？

所以小桃在逃避，她不断地说服自己这就是祁公子，可以共度余生，可以生死相依。可是自欺欺人却偏偏被血淋淋地撕开，祁公子另有其人，而且还活着！小桃忍不住地高兴，祁公子还活着，这比什么都强。但随之而来的纠结，也让她不堪重负。

小桃一整天都心不在焉，愣愣地想着心事。赵匡义一早去了戴家，下午回来，却看到小桃仍然坐在桌旁发呆，不由问着：“想什么呢？”

小桃一个激灵，随即笑得有些不自然：“刚才看雀儿在树上打架，看呆了。”说着向厨房走去，“我去端饭。”

不多时，饭菜上来了，赵匡义坐下，和小桃闲聊了几句夹了一筷子，却咸得差点吐了出来，强忍着咽下，抬眸看着目光又在游离发呆的小桃，不由竭力压着心里的疑问，淡淡问道："怎么了？"

小桃没有吭声，又问了一遍，才像猛地回神似的忙说道："没，没什么。"

赵匡义的眉头更紧了，这样的出神让他的心有些疼痛，过了片刻，又问道："你昨天去弦高镇没遇到什么人或事？"

小桃像辩解似的急匆匆道："没有，我什么都没碰到。"说完忙快速地扒拉着饭。赵匡义顿了顿，还是什么都没说。

赵匡胤收到赵普的急报，知道赵匡义在云湾村。心头的一块大石终于落停，赵匡胤激动地猛一拍桌子，还等什么？立即整装亲自带了十几人马过去。

赵匡胤趁着夜色入了南唐的地界，赵普在信中已和赵匡胤千叮咛万嘱咐一定要少带人，以免惊动了赵匡义，又详细告知了自己的地址。赵匡胤便顺着方向连打听带问找到了赵普的住处。一进门便难掩脸上的兴奋之色："太好了，这回终于找到这小子了。赶快前去把他们带回去啊！"

赵普轻轻摇头："大人，万万不可。"

"为什么？"赵匡胤不解。

"您想，之前您追了他们两次，两次都逃。这次如果就直接这么过去，和前两次有什么区别呢？结果不一样也是他们要逃吗？"赵普缓缓说着，"而且，您得想想少将军的心思，他们为什么要逃？一则要寻医问药，二则少将军府上有符小姐，必然是容不下那个南唐女人，而符小姐背后有魏王这个硬靠山，少将军惹不得动不得碰不得，便只能带着南唐女人躲到这小村里过生活。如果这些问题不解决，依然摆在那儿，那么少将军也依旧不愿意回去。大人即便硬把他们抓回去，又怎么能让少将军效力大业？"

赵匡胤点点头，赵普说得对，这些他也明白，只不过他每次都急着想把赵匡义带回去，赵普说的这问题他都觉得不是个事儿。一个女人而已，又不是兵权，有什么必要搞这么大动静。但如今听赵普这么细细分析，倒是在理。而且这次和之前不同，之前抓赵匡义回去，是兄弟情分，不忍心看着他在歪路上越走越远，放下大好前程不要却沉醉在温柔乡里，真是天下第一号没出息。可现在，他必须要请赵匡义回去，这是形势所迫，只有赵匡义，才有能力，也有威望帮他协领军队，更重要的是，只有赵匡义才是他唯一毫无芥蒂可信任的人。这是一场豪赌，必须要赵匡义愿意帮他完成这大业才行。

赵匡胤问着："那依你之见，该怎么办？"

赵普喝了口茶说道："这些天我也一直在琢磨，也派人在暗处观察许久。少将与那叶小桃情义极深，生生拆开断然不行。可若是苦言相劝，他们如今的日子平淡惬意，也未必肯为了大人的大业舍掉这份安平乐道的日子。"顿了顿说道，"我也曾暗暗观察过那叶小桃，如今眉目清明，疯癫之症应该好得差不多了。那么看病就不再是理由。少将军对叶小桃情深义重，如果先把叶小桃带回去，少将军不用说也自然会跟回开封。等到了开封，再从长计议，我们就多了时间也多了筹码。"

"让那个女人到开封？"赵匡胤的眉头皱了起来，"不行不行，魏王现在本来就作壁上观，符雪婵的事情弄砸了。本来和魏王联姻，是多了一个盟友，现在倒好，弄成敌人了。再公然把那女人带回去，岂不是承认了她的身份，那符雪婵能痛快？魏王更是不痛快，就等着撕破脸了。"

赵普摇头道："那个女人的底细，我也派人细细查问过。她原先是何府的丫头，准备聘给祁正修府上的一个下人，但后来那下人身亡这事便不了了之。后来何家获罪，这女人在唐做了一年多的官妓，先侍奉过祁正修，后来又侍奉过吴越的钱弘仪。"

赵普的话还没说完，赵匡胤的脸上已经满是青黑，他知道的并没有这么详细，如今只觉得羞愤难当。这个匡义，脑子里到底长了什么东西："这样的女人，怎么能进赵家的门，不是奇耻大辱吗？别说符雪婵不同意，就是她同意了，我也不能同意，赵家祖宗的脸都丢尽了。"

赵普的声音淡淡的："大人少安勿躁。属下打听这些事，也只为了解眼下的困局。知己知彼，才能胸有成竹。那女人的身份倒是其次，属下担心的是，她曾经与祁正修有过那一段瓜葛，又是官妓，整日在南唐的朝堂官员中周旋，万一……"

"万一什么？"赵匡胤不解。

赵普接着道："大周和唐的关系微妙，虽说先皇伐唐收了他们的城池，但唐人狡诈，表面臣服，暗地里却又有动作。尤其太子李弘冀更是蠢蠢欲动，加强了水师操练。李璟还不停上书让李弘冀继位，李弘冀如果真的继位，那大周又得耗费兵力和唐周旋。"

"李弘冀这个硬骨头早晚得除。"赵匡胤皱眉道，"你的意思是——"

"只怕南唐暗地里出阴招，那个南唐女人就在少将军枕边，可她毕竟是唐人啊，到时万一成了南唐的一枚棋子，那我们就后患无穷了。"赵普补充道。

赵匡胤的心无端跳突了一下，赵普说得这层在理，南唐女人万一做了探了内应，又在赵匡义身边，什么消息她拿不到。这么说来，难道那个女人是唐人故意安排在匡义身边的？如今这出计只是欲迎还拒？不由用力捶了捶桌子："唐人至贱！"

"而且，"赵普蹙眉补了一句，"这几日我派人暗暗跟着那南唐女人，她去弦高镇见过祁正修。这事就有意思了。"

"祁正修？"赵匡胤的眉梢挑起，"他不是死了吗？"

赵普淡淡笑道："有意思的就是，他真的没死。盯着那女人的属下亲眼所见，祁正修不但没死，原先的眼疾也好了，和常人无异。”顿了顿道，“弦高镇云湾村这种偏僻的地方他都来，想来不是来看风景吧？”

赵匡胤的心有些不安起来，南唐对大周而言，像一艘风雨迷雾中看不见的船，虽说现在收了唐人十几个州县，但百足之虫死而不僵，南唐的国势捉摸不透，尤其是水师，这是北方的大周更揣摩不出的。所以先皇才打到长江便不再继续，而是见好就收。而南唐的李弘冀祁正修，更是啃不动的硬骨头，有了他们，南唐便不能像吴越那么踏实，永远是块哽在喉咙的鱼刺。本以为祁正修死了，南唐便折了一只翅膀，现在居然这只翅膀又接上了。

赵匡胤的手用力扣着桌子，一下一下，声音低沉："这么说，那女人和祁正修还有密切的联系？"

赵普回着："祁正修花了三千两银子买过她的春月，情丝未断也不足为奇。"

"那她为何又霸着匡义？"赵匡胤没等赵普回答便已得出了答案，"兴许，祁正修就是利用她接近匡义，刺入我大周内部。这女人，必须得除了。"说罢没等赵普回话又笃定说道，"这样，明天就找几个机敏的士兵，索性把那女人灭掉。省得她亘在匡义前头碍手碍脚。"

赵匡胤最后几句话说得狠戾。之前他看着赵匡义沉溺在对小桃的情感里，他对小桃有厌恶，有不耐，但还不至于要杀了她。一来他不认为一个女人能让赵匡义沉迷多久，新鲜劲过去赵匡义一定会迷途知返。二来虽然他在战场上杀人如麻，但他堂堂一个节度使大人，还不至于对一个女人下手，尤其还是个卑贱的官妓。

可自从赵匡义为了她不辞而别后，赵匡胤的恨意便一日深似一日，尤其现在，当他判定那女人只是南唐的一个细作的时候，更加恼怒灌顶，恨不得立即将她除掉而后快。

“不可不可，”赵普忙摆手，“大人万万不可。”

“怎么？”赵匡胤浓眉竖起，“我还奈何不了她怎的？”

“那官妓自然是随大人处置。可是，处置了她，少将怎么办？”赵普满脸忧患的神色，“刚处置了她，我们便去找少将军回开封，以少将军的谋算，怎么会不知道是谁干的？而且这个时候，别说我们做掉那个官妓，即便那个官妓是自己出的意外，只怕少将也会怀疑到我们头上。这么一来，少将会对大人心生恨意，还怎么会效力于大业？”

赵匡胤心有几分不甘：“难道兄弟之情还比不上一个妓女？”他理解不了，不就是一个女人，即便自己最珍爱的京娘，又如何能比得上兄弟之义，如何比得上功业？

赵普叹了口气：“少将是个至情至性的人，功名利禄都可以为了那个女人放弃。更何况，他带着她在这个地方隐姓埋名生活，不已经说明一切都比不上她重要吗？”

赵匡胤仔细琢磨了一番赵普的话，不得不重重叹了口气。人和人，的确是不同的。过了半晌，问赵普：“那你说怎么办？”

赵普沉吟了片刻道：“以我之见，还是先以杜老夫人的身体为由，请他们回去。可以先允诺在开封的府邸外另外置宅，让那南唐女人住进去。这样他们也没有拒绝的理由。待到回了开封，有的是时间慢慢消磨。还怕弄不掉那个女人吗？”

“符雪婵和魏王那里怎么应付？”赵匡胤有些同意赵普的主意了，先把匡义带回去是要紧。

“可以先和魏王讲是暂时安顿，过阵子必然处理。魏王那里一直在观望，给个理由不难稳住。只要不去硬碰硬地激化，魏王不会反目成仇的。”赵普说得很有底气。赵匡胤想了想，重重点了点头。

第二天上午，赵匡义又和往常一样，去了戴家。小桃起床后把屋子打扫收拾了一遍，又开始坐在院子里发呆。她陷入了前所未有的惊涛骇浪的思绪中。最信任最依赖的人完全被颠覆，她不知道自己何去何从。舍掉赵公子回南唐，找祁公子？可她已经和赵公子有了夫妻之实，又有何脸面回去？何况回去还要做官妓，想起那暗夜像鬼魅般的紫色，小桃便是一身战栗。

可是想到白衣翩翩的祁公子，她的心也扯痛不已。她是先许了祁公子的啊。而且如果不是把赵公子当做祁公子，她怎么会一直黏着赵公子？可是真的是这样吗？小桃想得头都痛，却始终想不通。眼前的小雀儿都开始筑巢了，小桃的眼看得有些迷离，不知何时，眼泪已经悄然滑了下来。

忽然耳边传来“吱呀”一声，有人推门走了进来。小桃忙回过神，看着进来的人，一身黑色长袍，虽然没什么花纹，布料却很顺垂，价格应该不菲。三四十岁，长须阔面，看着倒是慈眉善目，小桃问道：“你找谁？”

那人微微笑了一下，拱手道：“姑娘可是叶小桃？”看小桃点头后，便补充道，“在下赵普，是赵匡胤大人的属下。”

“哦。”小桃听到赵匡胤的名字，神色有些紧张，忙向赵普身后看了看，还好，只有他一个人。小桃对赵匡胤的印象，似乎只有她和赵匡义在逃，而赵匡胤在追。

赵普看小桃惊慌的神色，已经明了，淡淡笑着：“姑娘不必紧张。只有我一个人。我来找姑娘，只是想和姑娘聊一聊。决然没有别的意思。”

小桃看赵普说得诚恳，又没有带什么人，便将赵普请到了屋里，去倒了两盏茶过来放在赵普面前的桌上，有些不好意思地搓着手：“这里太简陋了，只有些乡间野茶，还请您将就着喝。”

赵普将茶啜了一口，眉头紧皱，看着小桃问道：“少将军，哦不，匡义平日也喝这些？”

小桃点点头，赵普叹了口气道：“真没想到。匡义平日虽然不是纨绔子弟的作风，不讲究奢华，但是唯独对茶是情有独钟，必须得是名品新茶，阳羡贡茶才对他的味，以前三天喝不到好茶简直是要了他的命，所以在军营里不论条件多苦，好茶是总要给他备着的，没想到，现在竟然每天喝这种茶。真是……”

赵普的话让小桃的脸突然红了。为什么红，她也说不清，但看眼前这人的意思，好像是自己连累了赵公子。但事实上，又何尝不是呢。如果不是为了她，他是不必在这乡间野居，去给乡绅的儿子做私塾先生养家糊口，过这种粗茶淡饭的日子吧。她是天生卑贱，可赵公子不是啊。

赵普看小桃失神，心里又有了些把握，缓缓说道：“这次我来，主要是奉了赵匡胤大人的命令，带匡义回开封。杜老夫人，哦，杜老夫人是两位赵大人的母亲，重病在床，眼睁睁等着大人回去探望，不知道还有多少日子，唉。”

小桃的心一惊，不由问道：“怎么会这样？”

“杜老夫人年迈，对匡义的感情又极深，如今匡义不在身边，思念成疾，找了许多大夫诊治，都不见效，就成了这样。”赵普看着小桃的神色说道，“为人之子，是无论如何也该在母亲身边尽孝啊。”

小桃的手搓着衣襟，有些不安，过了半晌咬着唇说道：“你可以对公子说这些，为何要找我呢？”

赵普怔了一下，他没有想到小桃会找出这个症结所在，看来这个南唐女人不好对付。果然官妓都是训练有素的。赵普深深叹道：“问题就在这里了。赵匡胤大人其实已经找了匡义多次，但无奈匡义的心里，姑娘是最重要的。任何人和事，都比不上给姑娘看病。只是如今，我看姑娘的病情也好利索了，再者，有名医也可以请到开封诊治。还请姑娘看着杜老夫人病重的份上，劝说匡义，一同回开封。”顿了顿又道，“姑娘和匡义感情深厚，在哪里不是一样的呢？与其在这穷乡僻壤过活，不如回开封也是一样，另置处宅院，只有姑娘一人，和这里没有区别。”

小桃这才总算明白赵普这一出的来意。原来是怕赵匡义不肯听劝回开封，才走的这一遭。小桃想了想道：“我听公子的。”

真是够狡猾。赵普心下腹诽，面上却依然带着笑意：“那便好。”说着看着屋外，“小雀儿都有孺慕之思，何况是人呢。希望姑娘能帮着匡义尽好人伦孝道。”说完又和小桃随意聊了两句，便起身离去。

赵普的到来，在小桃的心里又掀起了一场轩然大波。她忽然觉得自己像一株寄生草，盘在赵匡义这棵大树上，只因为自己的生命需要一丝养分。她需要人照顾，她需要人带着看病，她需要有人陪着生活。可她似乎从没想过，赵匡义，或者她误以为的祁公子，他需要什么？他的母亲家人，他的功名前途，难道都抛下尽毁，只在这小村落和她一起，是不是对他太不公平？

他是该回去的。可自己呢？要跟回去吗？自己又算什么？小桃很想找个地方逃开，却发现没有地方可去。金陵不能回，云湾村没了赵匡义，还能待踏实吗？这几天听人说叶广回来了，虽然叶广没有找上门，小桃却已经不安稳。到底哪里是她的安身之所？

小桃正在胡思乱想，忽然觉得肩上一沉，猛地回头，赵匡义不知道什么时候已经回来，轻轻拍了拍正在出神的小桃：“想什么呢？”

小桃不自觉地缩了一下：“没，没什么。”

赵匡义也有些沉默，拉了把椅子坐在小桃旁边，似乎想说什么，却开不了口。今天就在赵普找小桃的同时，赵匡胤也找了赵匡义。这次他听了赵普的建议，没有再大发雷霆恨铁不成钢，而是细细和赵匡义说着杜老夫人的病重。赵匡义的心难以平静了。无论如何，该回去看看的。

过了许久，赵匡义终于开了口：“我想回开封一趟，有些事情要处理。”说完定定看着小桃的表情。

小桃的眸子垂了下去，早有心理准备的事情，便轻轻点了点头。

“你随我一同回去好吗？”赵匡义握上了小桃的手。

小桃下意识地问着：“还回来吗？”

“回来。”赵匡义答得笃定。回去侍奉母亲的病，只要病情好转，就可以再回来了。

小桃沉沉地点了点头。这一去，她不知道前方等着她的会是什么。但她，没有别的选择。

小桃连夜把东西收拾好，第二天一早，便随着赵匡义坐着马车，和赵匡胤等人一起向开封行去。小桃不舍地回头看了几次那小木屋，那里有桃花轻舞，那里有莺歌啼鸣，那里有绕水浮堤，那里有她最快乐最幸福的时光。小桃不住回头看着，直到那木屋化成了一片山水中的一个黑点，再也看不见。

赵匡义紧紧攥着小桃的手，沉声说着：“放心。开封和这里是一样的。”

会一样吗？小桃往马车后面缩了缩，心里一片茫然。

马车行驶了几天终于到了开封。赵匡胤依从赵普的计策，在开封城郊另置了一处宅子，把赵匡义和小桃安顿在这里，四处也派了亲兵把守，赵匡胤拍了拍赵匡义的肩：“放心在这里住吧，有人守着，符彦卿也不会乱来。他和符雪婵那里，有时间再去处理。”

赵匡胤的转变让赵匡义有几分诧异，他没有像以前那样让自己顾全大局和符家示好，还找了处院子安顿小桃。虽然赵匡义不明白赵匡胤为什么态度这么大转弯。但这份细致的心意，还是让他很动容，对赵匡胤的抵触心理也随之减少了许多。

赵匡义回到开封的第一件事便是立即快马赶到杜老夫人的府上探望。

赵匡胤提前和母亲通了气，当赵匡义风尘仆仆冲进府的时候，看到的便是杜老夫人抚着额头斜靠在床榻有气无力的神色。

赵匡义跪拜在杜老夫人的床前，一时惭愧。杜老夫人抚摩着赵匡义的肩，声音有些哽咽："匡义，你怎么忍心弃了为娘而去？"

杜老夫人这句话说得肺腑，一旁的赵匡胤心里都有些发颤。赵匡义深深磕了一头，紧紧抿着唇没有说话。杜老夫人拉着赵匡义的手仔细把这近一年时间的事情都打问了一遍，吃喝冷暖都一一详尽，生怕赵匡义在外面受了委屈。赵匡义便也只拣些山山水水的景致说与杜老夫人，至于那些被追兵逼到陷阱差点冻死的情节，赵匡义都隐了去。

说完这些事，赵匡义开始谈到小桃："儿子这次在外，一年光景，想必母亲也知道，是和叶氏在一起的。如今有了夫妻之实，总要给个名分。"

"那依你，是想给个什么名分？"杜老夫人细细看着赵匡义问道。

赵匡义顿了顿，道："妾室的名分，有些委屈了她，平妻即可。"

赵匡义的话让杜老夫人倒抽了一口凉气，赵匡胤在一旁已经按捺不住，但想起赵普的吩咐，拼尽全力才抑制住脱口而骂的冲动，只是紧紧攥上了拳头。

杜老夫人抬头看了看赵匡胤微微摇的头，对着赵匡义竭力扯了个淡淡的笑："你觉得好，便是好。"为了稳住赵匡义，杜老夫人也不得不平心静气。顿了顿说道："你同那叶氏的情感，你自己知晓。你已成家立业，这些事情，你自己拿主意就好。不过……"杜老夫人转而道，"平妻一事，倒不急在一时。你们刚回来，先把家里安顿安顿。再者，大周已经改了新主，你的功业也该有个说法。待这些都定了，大请宾客，才算不辜负你们的一番深情。"赵普这次的计策只有一个"拖"字，故而从杜老夫人到赵匡胤，既不否定小桃的身份，却也不肯立即给她身份。

赵匡义听了杜老夫人的话，觉得也有理。他要给小桃一个光明正大的身份，越隆重越好。赵匡义点头：“母亲言之有理。”

不过朝堂的事，赵匡义还需要再想想。这次在回开封的路上，赵匡胤已经同他讲了柴荣驾崩后如今朝堂的局势。对于赵匡胤想取而代之的主意，赵匡义知道这是一着险棋，等于押了全部身家性命在上头。如果成了，自然光宗耀祖，改朝换代。如果不成，那全家便再没有一条活路了。对于二哥的这番野心，赵匡义本是不赞同的。风险太大，而且谋权篡位，这种事太背离他一直信奉的忠君爱国的观念。但是篡位的这个人是他的二哥啊，他的至亲，如果连他都躲在后面不支持，还能指望谁？赵匡义心里很是摇摆。

不过赵匡胤并没有给他摇摆太久的机会。就在赵匡义回来的第三天，已经由小皇帝柴宗训下旨，任命赵匡义恢复了义成军节度使的官职，并同时晋封殿前校尉。赵匡义没有拒绝的机会，便只好领旨谢恩。身上压了官职，赵匡义便立即走马上任，开始了像以前一样每天点兵操练的日子。

小桃在看到赵匡义领旨谢恩的一刹，已经明白，云湾村的日子，再也回不去了。只是小桃依然什么也没有说。

小桃的沉默和恍惚，赵匡义看在眼里，却没有时间仔细询问她原委。只当是在府里太闷。恰好过几日赵匡胤要在府里宴请宾客，赵匡义便要带着小桃前去。

小桃有些瑟缩：“我还是不去了吧。”她本就不擅应酬，再加上赵匡胤那里必定都是些达官显贵，她更加手足无措。

“不妨事的。”赵匡义道，“都是些家眷，你整天在府里也闷得慌，宴席上有戏文，歌舞，你去看看也解闷。而且各家都有屏风隔着的，不用你去招呼应酬。”

“可……”小桃还在犹豫，自己身份卑微，跟着又算什么呢。

“不要可是了。”赵匡义攥了攥小桃的手，“这次也是为了我恢复官职特意摆的宴席，你去才是正经。”赵匡义知道他和小桃当初远走的消息已经人尽皆知，如今回来，他更希望所有人都知道，她在他的身边，在他的心里。包括魏王符彦卿和符雪婵，他更希望他们知道。小桃看赵匡义坚决，只好点了点头。

赵匡胤的府上，赵匡胤看了看赵普拟的宴请宾客的名单，问道：“南唐来的那两个官员，也要请吗？”此时恰逢进贡的时节，南唐派了两个使臣带一支队伍，送了几十车的贡品前来，已经拜见过小皇帝，在驿馆歇息着。只等着小皇帝的回信便要启程回南唐。

赵普笑笑：“那是自然。不请那两个人，怎么看清那叶氏的面目？叶小桃如果是细作，必然会和那两人私下见面。我们不妨来一招引蛇出洞，看看他们怎么接头。”说罢，赵普重重在拜帖上写下了那两人的名字，陈述、李进。

写完后，赵普对赵匡胤说道：“不能让少将军知道我们请了唐人。否则只怕他不会让叶氏露面。”

赵匡胤点头：“那是自然。唐人的帖子最后再送。”顿了顿说道，“你怎么确定匡义一定会带着叶氏？”

赵普拿捏人心向来是最有把握的，赵匡义对叶小桃的心思他更是看得明白：“少将军重情重义，既然带着叶氏回来，必然想处处彰显她的地位。带她出来也是自然。”赵普笑道，“对付这叶氏，不能急，要慢慢来，才能既除了她，又能通过她摆唐人的道儿，还能不让少将军介怀。”

赵匡胤听得发愣，赵普这一步步是什么算计，他想不出来。但他佩服的就是赵普这个脑袋瓜子，谋算人心最没偏差。以前他堵了匡义两次都被他跑了，如今有了赵普，就这么顺当当地带回来了。因此他对赵普的信任更是没得说。虽说他理解不了，但他绝对放心赵普的做法。

两天后，赵匡胤正式在府上设宴，大周朝廷上有头有脸的几乎都被邀请在列。只有魏王符彦卿虽接到了拜帖，却并没有出席。

赵匡义在宴席的前两天已经请了开封有名的裁缝到府里，给小桃量了身形，做了好几套新衣服。各式襦裙披帛，都选了上好的面料，精工缝制而成。宴席这天，小桃一早起来，已经有侍婢给她换了桃红绲边绣花的襦裙，浅色的披帛，将发髻梳成了高耸的朝天髻，鬓上簪的嵌玉金钗，攒珠花钿，小桃看着镜子里自己的装扮，有几分不安。太华贵了，她这辈子到现在，都从来没有这么奢华地装扮过。以至于她都不知道该怎么坐着才好了，生怕把头上的钗钿甩了下去，怪心疼的。

赵匡义倒是十分满意小桃的装扮，能给他的女人这份奢华，是他的欣慰。

小桃跟着赵匡义坐着马车到了赵匡胤的府上，有些怯怯地迈出步子在连廊上走着。遇到朝廷的其他官员携带妻女，便随着赵匡义一起做个礼，开口寒暄一两句。只是小桃软软的江南口音，一张口便和直爽的开封话截然不同，更引得别人不由多问几句。当听闻小桃是唐人，便浮现出一缕心照不宣的笑。那笑，小桃总觉得有几分胜利者的姿态。到后来，小桃便只做礼，微笑，而不开口说话了。

为了避免和赵匡胤的称呼混淆，其他官员同赵匡义打招呼还习惯用之前的称呼“少将军”，赵匡义也怕有人称呼他“赵大人”让小桃起疑，便也匆匆带着小桃向后行走。

穿过长长的连廊，到了后院，宴席在不同的房间。官员们在正厅，女眷们在西侧厅，坐了两三桌，各自带着使唤的婢女在一旁侍奉，赵匡义命人将小桃安顿在一个单独的屏风后面，派了赵匡胤府上的丫头服侍。

小桃在里面吃着饭，屏风很薄，能清楚地听到外面女子相互寒暄问候。这家夫人，那家小姐，小桃虽判别不出她们都是谁，但也听得心中记下了一些。只是小桃生怕会有人问及自己，不知道她们会怎么议论。

正想着，却是怕什么来什么。有人低低问着：“屏风里的那位是谁家的夫人小姐？怎么还单独坐着，身份如此尊贵？”

还有人揣测笑道：“不会患有什么恶疾，才缩在里面不敢出来吧？”

这时一个人声音很笃定地说道：“里面那位可别小瞧，那可是赵匡义大人的家眷。”

赵匡义的名字一出口，已经有好几个女眷都侧目看着小桃这边。小桃隔着屏风也仍然能感觉到齐刷刷的目光。

有的还窃窃私语：“这是赵大人的正室符小姐吗？”“怎么会，符小姐不得宠的。”“是赵大人带着私奔的那个官妓？”“可不就是她。”“难怪呢，长得就是一副轻薄招人的模样，啧啧，真是个官妓……”“赵大人也不嫌她人尽可夫？”

那些女眷的声音很小，但还是传到了小桃的耳朵里，小桃像坐在了针毡上似的。官妓的过去，她并不情愿，可如今却抹不去，成了贻笑的耻辱。小桃腾地站起身，她需要出去透透气。

走出西侧厅，旁边是一处绕水小桥，小桃快步走过小桥，再往前走便是一处亭子，小桃几乎是小跑进了亭子，坐在那里直喘。终究她是个唐人，在开封，永远是个被嘲笑的对象。小桃不觉有些眼圈红红。忽然耳边传来两声熟悉的语调，那清软的吴音，小桃听得那么熟悉，这是唐人的口音。

小桃的心猛地欢快起来，刚才压抑的情绪仿佛找到了一丝出口，忙顺着声音看过去，两个长衫的公子正说着话向前厅走去，小桃站起身来，快着走了几步过去，张口便问：“公子，打扰问一下，你们是——”

话没说完，那两位公子抬起头来，看到小桃，其中一个还不怎样，另一个已经僵在了那里，仿佛被施了定海神针般愣着。小桃看着眼前的人，也是一怔。

过了半晌，那愣着的公子不顾一切地抓上了小桃的手腕，声音都有几分微颤："桃姑娘？真的是你？"

小桃看着眼前的人，好眼熟，看着想了半晌，才吐出一丝不确定："陈述？"

陈述激动地一拍腿："瞧你，才不见了多久，都快忘了我了。"太多的话要说，陈述不由一连串问了起来，"你怎么会在这儿？这些日子你都在哪儿？"

小桃看着陈述眼圈泛潮，却咬着唇不知从何说起。远处有侍卫走了过来，陈述对小桃道："这里不是说话的地方，我们住在驿馆，你出来方便吗？明天我们找个地方聊聊？"

小桃很快答着："方便。明天下午未时，我去驿馆找你。"

"好。一言为定。"陈述的眼中泛着光，话中带着深意，"还有个人，一直在找你。"

小桃听到这句话，心猛地跳了起来。那个人，会是祁公子吗？小桃的脸色绯红，心情慌乱，却始终没有勇气去问那个人是谁。陈述看着身边走过的侍卫，对小桃定定说道："明天未时，我在驿馆等你。"说完快速离去。

小桃看着陈述和李进远去的背影，心情久久无法平息。木然回到了西侧厅，再吃什么都食不甘味。饭后在厢房听着戏文，看着歌舞，小桃都心不在焉。厢房和方才不同，各家都用屏风隔着。赵匡义随口问着小桃："方才有没有和其他女眷聊聊？"多结交些人，也是好的。

小桃心不在焉地嗯了一声，看着中间的戏台直愣神。赵匡义没有再问，看着小桃的神色若有所思。小桃还在看着戏文出神，赵匡义被赵匡胤喊了去。

陈述和李进吃过饭，看了几眼歌舞，顾不得继续欣赏，便匆匆告辞了。祁正修还在驿馆旁的客栈等着他们的消息。

的确如他们所言，祁正修伤好了后便一直在找小桃。他知道小桃被花月坊送到了大营，但那队人马在路上都被周军劫走了。再之后便音讯全无，直到传得沸沸扬扬的赵匡义带着一个南唐的官妓私奔。祁正修自然知道那官妓，不会是别人，只会是小桃。

可是他们会逃到哪里，祁正修却并不知道。也曾暗暗派人打听，却都无功而返。这次给大周送贡品，他特意让陈述找太子毛遂自荐来大周，起码到了开封，打听赵匡义的消息应该是最准确的。陈述出面是最好的，除了陈述徐锴，别人就是和小桃擦肩而过，也认不出来。而徐锴有些书呆子的木讷，来打探消息，陈述最为合适。

祁正修自己不敢明着在大周露面，他是大周恨得牙痒痒又日夜忌惮的人，如果知道他在开封，必定会不惜一切代价灭了他。可祁正修还是忍不住跟着陈述来大周了，明知他隐着也是危险，却还是来了。死里逃生的命，按理不该这么不珍惜的。祁正修对自己的内心也有几分疑惑。

门外有了响动，祁正修警觉地把身边的剑握紧了，却忽然传来急促的拍门声："快开门，找到她了。"

陈述的声音？！祁正修忙把门打开，看着陈述跑得上气不接下气的样子，祁正修的心竟有些忐忑："找到了？她在哪儿？"

陈述喘息着："今天赵匡胤的家宴上看到的。"缓了缓气息道。"当时时间紧来不及多聊，约了明天见面。"

祁正修的心像被什么敲击似的，一时说不出话，半晌才只问了一句："她还好吗？"

陈述听着祁正修的语气，说不出的滋味，顿了顿回答着："我只听说她是跟了赵匡义来的，至于好不好，还没问。"

祁正修的心被“赵匡义”三个字刺了一下，随即别过了身子。

赵匡义从赵匡胤那里出来，也有些失魂落魄。又回到厢房和小桃看了一会歌舞，两个人却都是各自想着心事，谁也没把歌舞看进去。

到了下午，小桃实在难受，看不进去的戏文不停在耳边咿咿呀呀，小桃腾地站了起来，对赵匡义抱歉地笑笑：“我有些头疼，想先回去。”

赵匡义没有吭声，只是点头允诺。二人坐着马车回去，各自沉默。赵匡义不禁回味着刚才赵匡胤和赵普同他说的话。赵普的高明之处，没有直接和赵匡义说小桃是细作，因为赵匡义绝不会相信。赵普只是微微暗示着：“方才有侍卫看到叶小桃在后院同南唐使臣聊了一会儿。”那么短的时间，想来他们也聊不出什么，定是约了其他的时间。

赵匡义的眉头皱了一下，小桃和南唐的人聊，难道她想起了什么？赵匡义没有想到宴席会请了南唐的人，但即便请了南唐的人，自己已经把小桃安排在了单独的位置，为什么还是会和南唐人碰面，而且会聊起来？

赵匡胤拍拍赵匡义的肩：“叶氏是唐人，身份本就敏感。如果再和南唐使臣来往密切，难免会引起朝廷其他官员的口舌。你还是把她管好，免得惹出麻烦。”赵匡胤这番话是赵普提前叮嘱的，要是依着赵匡胤的性子，一定会大剌剌地告诉赵匡义，小桃和南唐使臣在一起，绝对是个细作。可赵普千万叮嘱他，万不可在赵匡义面前说那个叶氏的半分不是，只能暗示，再暗示。赵匡胤只好憋着一肚子话，婉转地说着提醒赵匡义的话。这话，反而赵匡义听进去了。

回到赵匡义的府上，小桃扶着额头回到了卧房。赵匡义跟了进去。小桃坐在妆镜台前把珠钗玉钿卸下，看赵匡义一直在她身后站着，有些不好意思：“看我做什么？怎么不去书房了？”

赵匡义向前走了几步，轻轻抚上了小桃的肩，声音有些动情：“你这样打扮，很美。”

小桃的脸一红，赵匡义的意思，她明白。可她今天刚见过陈述，内心一片烦乱，是无论如何也没有心情顺承他。便竭力撑出个笑，小声道：“我头疼。”

赵匡义顿了顿，沉声道：“你我的事，我已经和娘讲过了。她并不反对。过阵子将公务理顺，我便用正式的礼节，迎你做我的平妻。”

小桃的心猛地用力跳了两下，平妻？！小桃忽然有些不安起来，她不知道自己为什么会不安，好像凳子上有什么似的坐不住，忽然站起身来，看着赵匡义有些语无伦次：“不必这么着急。我，我还没准备好。这……”

赵匡义抬手抚上了小桃鬓角的发丝，轻轻勾起唇：“还要准备什么呢？你已经是我的了。”说着目光细细在小桃的脸上逡巡着，捕捉着她表情的每一个细微的变化。

小桃笑得有些不自然，没有抬眸：“我……还是过阵子再说吧。”

赵匡义俯身下去，离小桃更近了些，声音很平：“桃宜，你是不是又想起什么了？”顿了顿说道，“还是你见到什么了？”

小桃猛地摇头：“没有。”她不知道该怎么和赵匡义说。

赵匡义深深看着她，小桃的表情已经太过复杂，再不是云湾村之前简单而纯粹的，一脸笑意的女子。她心里是有变化的，但她不愿意和自己说这个变化。赵匡义问不出来，最终鼓起勇气，用力，却很轻声地问了一句：“在你心里，我是谁？”这是他最关心的一个问题。他扮演了一年的祁正修，现在在她心里，他到底是谁？

小桃抽抽嘴角笑笑：“怎么尽说傻话。你就是你啊。”看赵匡义沉静的脸，小桃怯怯补了一句，“你不是祁公子嘛。”他在她眼里，做了那么久的祁公子。如果她说她见过祁公子，而她也想起来，他是赵廷宜赵公子，那又是一场轩然大波。小桃心里烦乱，对赵匡义说道：“公子，太累了。我先休息了。”说着把外袍解下钻进了被子里。不再管一切，闭上了眼睛。赵匡义看着缩成一团的小桃，心情也同样沉重。

第二天一早，赵匡义去了军营。小桃随口扒拉了半碗饭，午时一过，便赶忙换了身轻便的衣服，跑出了赵匡义的府邸。唐人的驿馆在哪里，她并不知道，只好一边走一边打听着。还不到未时，便已经站在了驿馆的门口。小桃整了整衣襟，手心全是汗，和门口守卫的士兵说自己要去找陈述陈大人，士兵一早已经得到陈述的通知，如果有一个江南口音的女子来找，放行进来就是，所以小桃畅通无阻地走了进去。

陈述的房间在驿馆后院二楼，一处清静的地方。士兵带着小桃到了陈述房间外，向里面说着：“陈大人，来了。”说完士兵转身向驿馆门口走去。

门开了，小桃迫不及待地走了进去。屋里只有陈述一个人，小桃四下看了看，确定没有其他人，小桃有些释然，也有些失落，转看向陈述：“只有陈大人吗？”

陈述点头，给小桃倒了盏茶，问道：“快说说这些日子你都去哪儿了？当日知道你被送去大营里，太子那边动了大力气找，却始终没有你的音讯。据回来的人报告，只说两次都差点带你回来，却被赵匡义都劫走了。到底怎么回事？”

小桃看着陈述，定了定神，把到了赵匡义营里的事缓缓一件件地说了出来。包括她的疯癫，把赵匡义认作祁正修，到秦中、乾州去治病，险些冻死，又逃到越州去治病，遇到狼，最后躲到云湾村，却被赵匡胤追了回来到开封的事。

陈述听得目瞪口呆，如果不是听小桃说，他简直不敢相信还会有这么传奇的人生。祁正修没有战死捡回一条命，还因祸得福治好了眼疾，已经够让他震惊的了。谁知道小桃这里的故事，更是一出百转千回，戏文都唱不出的跌宕起伏。

待小桃讲完，陈述呆呆坐了很久，才看着小桃问道：“那就是说，如今你做了赵匡义的妾室？以后便要在开封生活？”

小桃不知怎么回答，算是吧。但是做妾室，还是做平妻，赵匡义的家里还没有给一个名分。小桃咬咬唇：“不知道，还得赵家的老夫人认定，走了礼数，才算。”

陈述腾地站了起来，皱眉道：“既然还没走过礼数，那就不算。再说你是把赵匡义认成子介，才被他占了便宜。这要说起来，是他乘人之危，明知道你有病，为什么总要换件白袍子？哼，小人！”陈述越说越生气，不住地摇头，“不能算数，你得跟着我们回大唐。”

小桃咬唇，怎么能叫乘人之危呢？只是现在不是辩清这些的时候，小桃忙扯着陈述问道：“祁公子呢？他怎么死里逃生的？”

陈述叹气道：“你和他，总是差点缘分。子介在楚州一战中，被赵匡义带着人马逼得坠崖。本来已经没有生路，但是却不知被什么人救了，还找了个神医治好了伤。这些我都不清楚，等到我看到子介，已经是今年的正月，伤势都好了。只是如今子介没有死的消息还并未公开。只亲近的人知道。”说罢看着小桃，“这次，他也来了。”

“啊？”小桃的心猛地又揪了起来，急切地问着，“他在哪儿？”

陈述答着：“他也是处处打听你的消息，却没有一丝风声。这次来开封给大周进贡，特意命我请命过来，也好探访你的去处。谁知道还真是不枉一番心血，找到了你。”说罢压低了声音对小桃道，“他担心周人狡诈跟着你，所以没有在驿馆。”

依祁正修的谋略，如果赵匡胤他们对小桃起了疑心，看小桃到驿馆，必然会追进来，驿馆四处是墙，不便逃遁。所以祁正修把地点选在了开封城郊，这样赵匡胤他们没追来最好，即便追了来，城郊荒山密林，也便于逃走。这次相见，实在是在刀尖上行走，风险极大。可纵然这么险峻，祁正修还是来了。

陈述对小桃道："待会你先出去。一炷香后，我们在朱雀街门口会面，我带你过去找他。"

小桃有些发愣，尽管她不知道为什么见面需要这么复杂的过程，但她知道大周容不得祁公子，这么做总有道理。小桃点点头，又与陈述聊了几句，出了驿馆。向四周看了看，没有什么古怪的人。小桃整了整衣襟，向朱雀街走去。

守在唐人驿馆对面巷子的赵匡胤和赵普看着小桃出来，赵匡胤有些着急地抱怨道："你看，都出来了。我就说刚才应该进去抓个现行，如今倒好，又错过了。"

赵普摇摇头："大人，不急。"说着嘿嘿笑了两声，"大鱼在后头呢。"

"大鱼？"赵匡胤不解。

"如果叶氏进去许久才出来，那么想必她只是同南唐使臣交涉。我们过一个时辰进去，便可以抓她个现行。可是大人你看到没有，她待的时间并不久。"赵普说得自信，"那必然还有人在别处等着她，这个人，只怕比那陈述重要百倍。"而且这个人还很有谋略，知道驿馆地势狭窄不利于遁逃。要是能抓到这个人，那可是意外之喜了。顿了顿，赵普说道，"大人可以请少将军过来了。"

赵匡胤等着这刻可等久了。他倒不知道赵普这条大鱼有多大。但是此行让赵匡义明白他豢养了个细作才是他最要紧的事情。把这南唐女人除了，和魏王联手，是他最大的目的。

小桃先到了朱雀街，向四周仔细看了看。没有什么可疑的人。又等了约莫一炷香的时间，陈述坐着马车过来，小桃上了陈述的马车，一起向城郊赶去。

赵普在巷口看了看马车的去向，转身对赵匡胤道：“估计是去西门外的紫云台了，那里地处偏僻隐蔽，脱身容易。大人可带着兵马从另外的道路抄过去，免得被发现，坏了事。”

赵匡胤点头，刚要上马，方才赶过来的赵匡义拽住了赵匡胤，眉头皱得很紧：“二哥，你想做什么？”

“我想让你看看，你的女人是怎么和敌国通气的。”赵匡胤拍了拍赵匡义的肩，“走吧。”

赵匡义心中纠结，跟着小桃，总让他心里有些沉重的难受。赵匡义说得有些艰难：“这也说明不了什么。她本来就是唐人，见到使臣乡音亲切，出去叙叙旧也不能说她通敌国。”

“这都什么时候了，你还……”赵匡胤的急脾气刚要爆发，赵普及时接上了话：“少将军，其实桃姑娘去见唐人的使臣，的确也算不得什么。正如少将军所言，乡音亲切，叙叙旧无可厚非。但是只怕桃姑娘见的，不仅仅是使臣。否则在驿馆见不就好了，何必大费周章要出了城见？既然到了人烟罕至的地方，那要见的人，一定是不方便在开封光明正大出现的。”

赵普的话让赵匡义心里咯噔一声，小桃见的不仅仅是使臣，那难道是……？不由心里沉了下去。

赵普接着说道：“所以当务之急，还是赶紧跟着看看，到底是何方人物，需要专程出城去见，如果是我大周的宿敌，还可以来个瓮中捉鳖，这是要紧。想必少将军虽然重情重义，但在这大是大非的问题上，必然分辨得清明。”赵普很会戴高帽子。

赵匡义不相信小桃会通敌国，也不关心他们要抓谁，他只是在乎小桃是不是要去见祁正修。想到这里，赵匡义再也无法沉住气，飞身上马，向着紫云台的方向策马而去。赵匡胤对着赵普不由想竖个大拇指，这个赵普，真是揣摩人心到绝了，怎么就能把话说得那么服帖，让匡义听得进去。这真是个人才。

在离紫云台还有一段路的时候，赵匡胤吩咐所有的士兵下马，改徒步而行，而且动作脚步一定要轻，连旁边的草都不许惊动飘舞。这些士兵都是训练有素，偷袭夜行都在行，自然这样的要求对他们来说算不得什么。一行百人，就这么向着紫云台安静而急速地前进着。

小桃坐在陈述的马车上，心早已跳突成了一片。上次在弦高镇对祁公子那惊鸿一瞥，却没等完全回忆起来，祁公子已经不见了踪影。多少个夜里，小桃不停地逼迫自己想起所有的过往，想起所有的细节，她迫切地想让自己记起。

可是想得越多，她的心越疼。当年她的心的萌动，情的付出，与祁公子的种种过往，每回忆一点，心就扯痛一分。可是，为什么命运会让她的路走到如今的地步？甚至无法挽回？

小桃的手紧紧攥着衣襟，她想见祁公子，迫切地想见，可她又有些恨自己，如今的自己，还怎么面对祁公子？就这么一路矛盾着，马车很快到了城西，停了下来。

陈述把小桃扶下马车，面前是一处矮坡，坡上遍布着密林。陈述说道："再往里走走就到了。你能行吗？"

小桃没有犹豫地点点头，只要能见到祁公子，别说是翻这样的坡，又有什么路她走不下去呢？

两人沿着密林中的道路向坡顶走去，翻过坡，又穿过一条溪流，到了一座小山下面，陈述扶着小桃攀上了半山腰，是一片开阔的平台。平台上是一处四角的小亭子。亭子里立着的，正是一袭白衣的祁正修。

山风吹着祁正修，衣袂飘飘，恍然出尘。墨发在玉冠里束着，只立在那里，就已经是一种逸然的气质。小桃看着祁正修的侧影，心已经跳得没了章法。陈述直接喊了过去："子介。"

祁正修缓缓回过头，看着和陈述一起爬上来的小桃，心先是缓了缓，几乎停滞了跳动，转而是猛烈而用力地怦怦跳了起来。祁正修向小桃走了过去，小桃也大步向祁正修连跑带走奔了过来，却是到了两人相距一步的时候，都停了下来。陈述见状转身向山腰下走去。

祁正修看着面前的女子，她没有变，脸上因为刚爬了半截山的缘故红扑扑的。还是那么娇俏，还是那么清丽。只是这一年多来的风霜，似乎目光更沉稳了些，不像以前那么没头没脑，身姿也更袅娜了些。

小桃也贪婪地看着祁正修，曾经空洞的眸子，如今又有神了。依旧飘逸，不沾染一丝纤尘。小桃的眼圈有些泛红。

两个人就这么彼此盯着看了许久，祁正修先扬起唇角，看着小桃笑得温和："你还好吗？"

小桃轻轻点点头，眼泪已经滚落了下来："你呢？"

"我很好。"祁正修笑得有丝宠溺的柔和，"多亏了你以前提的越州游医，终于找到了他，不仅治好了我的新伤，还医好了旧疾。如今眼睛也没有事了。"顿了顿，问道，"你呢？"他去过花月坊，知道她的遭遇。如今看她眉目清明，想来应该是好了。

"我也找到了那个游医。"小桃和着眼泪笑道，"都好了。"小桃觉得自己好奇怪，明明有一肚子话，可是看到祁公子，却一句话都说不出来。甚至她不知道自己该说什么。

祁正修却淡淡开了口："可以和我回大唐吗？"

"啊？"小桃愣在了那里。祁公子的这一句好突然。可偏偏他说这句话的时候，云淡风轻的样子，好像他不是问一句关于小桃今后何去何从的大问题，而只是问"今天天气好吗"一样随意。小桃的脑子一空，有些张口结舌，过了许久才说了句，"我……还可以吗……"

图书在版编目（CIP）数据

三更鼓·桃娘传 / 文安初心忆故人著. —北京：现代出版社，2017.8
ISBN 978-7-5143-6346-3

Ⅰ. ①三… Ⅱ. ①文… Ⅲ. ①言情小说—中国—当代 Ⅳ. ①I247.5

中国版本图书馆CIP数据核字（2017）第188704号

著　　者　文安初心忆故人
责任编辑　杨学庆
出版发行　现代出版社
地　　址　北京市安定门外安华里504号
邮政编码　100011
电　　话　010-64267325　64245264（传真）
网　　址　www.1980xd.com
电子邮箱　xiandai@cnpitc.com.cn
印　　刷　三河市金泰源印务有限公司
开　　本　710mm×1000mm　1/16
印　　张　40
字　　数　512千字
版次印次　2017年11月第1版　2018年1月第2次印刷
标准书号　ISBN 978-7-5143-6346-3
定　　价　72.00元（全二册）

上架建议：畅销/言情

ISBN 978-7-5143-6346-3

9 787514 363463 >

定价：72.00元（全二册）